Taschenbuch – Literatur - Klassiker

AF216029

Band 82
Giacomo Casanova
Erinnerungen aus galanter Zeit

Giacomo Casanova
Erinnerungen aus galanter Zeit

Band 82
1.Auflage
Taschenbuch – Literatur - Klassiker
Herausgeber Frank Weber, Marburg
Bibliografische Information der Deutschen Nationalbibliothek:
Die Deutsche Nationalbibliothek verzeichnet diese Publikation in der Deutschen
Nationalbibliografie; detaillierte bibliografische Daten sind im Internet abrufbar über
http://dnb.dnb.de
© 2020 Giacomo Casanova
ISBN: 9783751936958
Deutsch: H. Conrad
Herstellung und Verlag: BoD – Books on Demand, Norderstedt

Aus den Memoiren:

Giacomo Casanova

Erinnerungen aus galanter Zeit

Ich habe diese Memoiren nicht für den Teil der Jugend
geschrieben, welcher in Unwissenheit erhalten werden muß, um
ihn vor dem Falle zu bewahren, sondern für diejenigen, welche
viel gelebt haben und dadurch unempfindlich geworden sind, für
diejenigen, welche sich viel im Feuer aufgehalten haben und
dadurch Salamander geworden sind. Da die wahren Tugenden
nur Gewohnheiten sind, so wage ich zu sagen, daß die wahren
Tugendhaften diejenigen sind, welche die Tugend ohne die
geringste Mühe üben. Diese Leute haben keine Idee von
Intoleranz, und für sie habe ich geschrieben.

Giacomo Casanova.

Zum Geleit:

Drei Mythen gebar das christkatholische Europa, in drei grundverschiedenen Formen schwebte ihm das Bild des Mannes vor: in dem germanischen *Faust*, dem romanischen *Don Juan* und dem jüdischen *Ahasver*. Und es ist seltsam genug, daß der Mann, der der letzte große Lebenskünstler der alten Zeit war, alle drei Typen in sich vereinte: *Casanova*.

Rastlos war er, wie der ewige Jude. Trieb sich am Bosporus herum wie am Lido, war bei Kaiser Joseph zu Gast wie bei dem großen Friedrich und bei Katharina ›dem‹ Großen, fühlte sich ebenso zu Hause in Holland wie in der Schweiz, in Frankreich wie in Italien und Spanien. Überall hochwillkommen und hochgeehrt und überall zuletzt in irgendeinen Skandal verwickelt und weggejagt: wie Benvenuto Cellini, wie Austin de Bordeaux. Aber von des Florentiners Wirken zeugt sein Perseus, zeugt manches andere intime Kunstwerk; und des genialen Gascogners wildes Leben krönte die Tadj-Mahal, der wundervollste Traum in dem Wunderlande Indien und das herrlichste Werk, das je eines Künstlers Hirn entsprang. Casanova hinterließ kein Werk, das ihm in alle Zukunft bezeugen konnte: dieser Mann hatte ein Recht, anders zu Leben wie die Menge. Hinterließ nichts als – – eben die Geschichte dieses Lebens selbst. Und die Mucker, die immer wieder und in allen Ländern diese Geschichte auf den Index ihrer kleinen Moral setzten, würden recht haben, wenn eben nicht dies Leben *in sich* ein so vollendetes Kunstwerk gewesen wäre, und dazu eines, in dem sich eine ganze Zeit spiegelte.

Nur *der* Casanova, der ein *Ahasver* war, der ruhelos durch die Welt seiner Zeit zog und am letzten Ende nur rastete, um – am Schreibtische – noch einmal die verschlungenen Wege seines wilden Lebens zu durchwandern, konnte ein solcher Brennspiegel werden. Aber auch nur *der* Casanova, der zu gleicher Zeit ein Faust war und ein Don Juan.

Ein *Faust* war er. War ein Mensch, dem nichts entging, was dem menschlichen Geist von Interesse sein kann. Theologie, Juristerei und Medizin hatte er ebenso studiert wie Philosophie, und wenn man auch das ›heiße Bemühen‹ ihm dabei gewiß nicht recht glauben will, so bleibt doch bestehen, daß er sich um alle diese und sehr viele andere Dinge, wenn nicht als ein großer Gelehrter, so doch als ein grundgescheiter Dilettant und oft als ein Fachmann eifrig kümmerte.

Er war Offizier und Diplomat, Theologe und Jurist, dann wieder Schauspieler und Violinvirtuose. Er war Dichter und Wunderdoktor, Politiker und Bibliophile, Kunstkenner und Altertumsforscher. Er sprach alle europäischen Sprachen, kannte die Systeme aller Philosophen und hat sich selbst sein eigenes zurechtgemacht. Er war Mathematiker, dazu Alchimist und Chemiker und natürlich auch Astrolog, Schatzgräber, Goldmacher und Schwindeldoktor. Und in allem und überall suchte er auf den Ursprung der Dinge zu kommen. Freilich schürfte er nirgends sehr tief, nahm wenig oder nichts ernst. Ging heran an alles mit heißem Blute und klarem Blicke – warf es dann weg, wenn sich irgendein größerer Widerstand ihm in den Weg stellte oder wenn ein schönes Frauenauge ihn ablockte.

Denn er war auch – und mehr als alles andere – *Don Juan Tenorio*, war es als Kind seiner Zeit sowohl wie als Kind seiner eigenen Natur. Das Mittelalter hatte aus der Liebe eine Religion gemacht, das Rokoko machte ein Spiel daraus. Und dieses oft frivole, oft genug tragische Spiel der Liebe hat nie wieder ein anderer Mensch zu solcher Kunst erhoben wie Giacomo Casanova. Was noch roh ist und ungeschliffen bei Benvenuto, dem ungestümen Kraftmenschen der Renaissance, wird bei ihm geistvoll, durchdacht. Jedes kleine Liebesabenteuer Casanovas ist in sich eine Probe seiner Lebenskunst. Wenn man Casanovas Erinnerungen liest und dann die Briefe der Pfalzgräfin Liselotte, so glaubt man, in zwei Welten zu blicken, die durch unendliche Zeit voneinander getrennt sind – und doch sind die beiden kaum zwei Menschenalter voneinander entfernt. Liselotte, die Schwägerin des vierzehnten und die Mutter des fünfzehnten Ludwig, lebte am ersten Hofe der Welt, galt dazu als eine der gescheitesten und mutterwitzigsten Frauen ihrer Zeit. Casanova aber war der Sohn einer verachteten Schauspielerin und der Enkel eines Schusters, begann in den niedrigsten Tiefen des Lebens. Und dennoch ist *er* der große Weltmann, ist die berühmte Fürstin eine manchmal amüsante, aber doch recht plumpe und brutale Bäuerin neben ihm. Bei beiden spürt man, daß das, was sie erzählen, durchaus der Wahrheit entspricht und nicht, wie bei dem manchmal etwas färbenden Cellini, der hier ein bißchen mehr, dort etwas weniger berichtet als gerade stimmt, geschrieben wurde: ad majorem autoris gloriam. Die Herzogin von Orleans erlebt alles – und was konnte man nicht erleben am Hofe des Sonnenkönigs! – wie eine kräftige Landdirne, die keine Nerven, die

9

Eisendrähte im Leibe hat; erlebt fast wie ein Tier oder ein Phonograph. Unglaublich naiv, selbstverständlich und derb, mißt sie, was auch um sie her geschieht, nach ihrem Maße: zieht es hinab auf ihr Niveau, manchmal ins Lustige und Komische, stets aber ins sehr Bürgerliche und Kleinliche. Casanova dagegen erlebt Novellen und Geschichten, erlebt ein Kapitel und eine Episode nach der andern: schon in seinem Erleben selbst liegt die Kunst. Darum sind seine Memoiren so ungeheuer anziehend, darum wurden sie, selbst ehe noch Brockhaus vor bald einem Jahrhundert das Manuskript herausgab, ein Leckerbissen für die wenigen Künstler und Weltleute, denen das berühmte Leipziger Haus Einsicht darin gestattete. Vom Fürsten von Ligne, dem großen Mäzen aller abenteuernden Lebemänner seiner Zeit, angefangen, bis zu dem pedantischen Hebbel mit seinem allzu bürgerlichen Horizont, erkannte jeder Intellektuelle die überragende Bedeutung dieser Lebenserinnerungen an, tat das um so offener und kräftiger, je mehr immer wieder pfäffische Einflüsse die Bände zu unterdrücken suchten.

In dem ersten Kapitel seiner Erinnerungen erzählt Casanova lang und breit von dem Stammbaum seiner Familie, die aus Spanien stamme und dann nach Venedig kam. Er kennt eine ganze Reihe seiner Vorfahren genau, und sie sind alle gut katholisch, spanische und italienische Christen. Ich aber glaube kein Wort davon. Ich meine vielmehr: in den Adern dieses Mannes rollte in guter Mischung alles Blut, das die Kultur Europas schuf, germanisches, romanisches und jüdisches. Und so ward in ihm der große ›Europäer‹, der Weltmann, der ein rastloser Ahasver war, ein wahrheitssuchender Faust und – vor allem – ein Leben und Liebe schenkender und trinkender Don Juan. Don Juan freilich ist die stärkste Seite in des großen Abenteurers Wesen. Und darum mußte diese gekürzte Ausgabe seiner Erinnerungen sich hauptsächlich mit *diesem* Casanova beschäftigen. Eine literarisch-amüsante, künstlerisch geschmückte Auslese von Casanovas galanten Abenteuern besteht bis jetzt in deutscher Sprache noch nicht; alle bisherigen Ausgaben der ›Erinnerungen‹, die Anspruch auf literarische Bedeutung haben – so vor allem die vierzehn, bändige ausgezeichnete des Georg Müllerschen Verlags in München –, sind»vollständig«, aber für viele Tausende unerschwinglich. Von dem überflüssigen Ballast historischer Details ist die vorliegende Ausgabe befreit worden, die genußreicher Unterhaltung dienen soll.

Dabei ist aber nicht etwa beabsichtigt, Casanova als reinen Erotiker hinzustellen: er zeigt sich hier als der wahrheitsliebende und schönheitsdurstige Sittenschilderer eines Zeitalters, dessen Esprit in ihm seinen glänzendsten Interpreten fanden. Die Bilder des Marquis von Bayros scheinen mir am besten geeignet, dem Geiste des lebensfrohen Venetianers gerecht zu werden.

Miramar, im Juni 1911.

Hanns Heinz Ewers.

* * *

Zum 35. Tausend:
Wenn empfindsame Geister jemals daran zweifelten, daß der liebenswürdige Abenteurer auch ein wahrhafter Dichter gewesen ist, daß seine kunstreichen Liebesränke mehr waren als öde Erotik, so hat sie der Erfolg dieser Ausgabe glänzend wiederlegt. Immer neue Auflagen knüpfen das Band zum Leserkreise enger. Wenn ich heute das 35. Tausend der Öffentlichkeit übergebe, so freue ich mich, damit einem Werke von wahrhaft künstlerischem und kulturellem Wert weitere Verbreitung zu schaffen. Dies um so mehr, als mir gar manches Urteil bestätigt, daß Schundausgaben, die das Bild des großen Lebenskünstlers verzerren, dadurch verdrängt werden.

Berlin, im Frühjahr 1916.

Der Verleger.

11

Die Memoiren

Bettina

Weiß Gott, was die Menschen oft zusammenführt. Hätte ich als Kind nicht an starkem Nasenbluten gelitten, nimmermehr hätte mein Auge Bettina erblickt, Bettina, die dem Knaben die ersten Äußerungen der Liebe entlockte. Dieses Nasenbluten schwächte meinen noch unentwickelten Körper überaus, so daß ich unfähig war, mich mit irgend etwas zu beschäftigen, und ganz blödsinnig aussah. Da auch der Hokuspokus einer Hexe von Murano, zu der mich meine gute Großmutter brachte, nicht imstande war, mich davon zu heilen, hörte endlich meine Mutter und mein Vormund, der Herr Grimani, auf den Rat eines Arztes, welcher eine Heilung meines Übels nur bei Luftveränderung hoffen ließ, und brachten mich nach Padua in Pension. Meine Pensionsmutter war eine alte Slavonierin, deren ganzes Wesen mich, der ich von Schönheit und Höflichkeit doch noch gar keine Ahnung hatte, anwiderte. Aber das wäre noch das wenigste gewesen: nachts fraß mich das Ungeziefer fast lebendigen Leibes, und da sich in der paduanischen Luft mit meiner Gesundheit auch ein derber Hunger einstellte, den die Kost der Slawonierin niemals stillen konnte, magerte ich entsetzlich ab. Wohl wußte ich mir manchmal Eßbares zur Genüge zu verschaffen: durch Beutezüge im Hause meiner Wirtin, die verzweifeln wollte, weil sie den Dieb nicht entdecken konnte. Auch nutzte ich mein Amt als Dekurio der Schule aus, die ich besuchte. Ich war durch Fleiß und Kenntnisse zu diesem Amte gelangt, wobei mir oblag, die Aufgaben meiner dreißig Mitschüler zu prüfen, zu korrigieren und mit der gebührenden Zensur zu übergeben. Nichts lag näher, als daß sich meine Freßlust mit allem Eßbaren von den Faulen bestechen ließ, und auch, daß ich bald mein Amt mit aller Ungerechtigkeit ausübte, was die besseren Schüler bald nicht mehr ertrugen und dem Lehrer anzeigten. Bei der Untersuchung erkannte mein Lehrer den jämmerlichen Zustand meines Unterhalts. Da er mir außerordentlich wohlwollte, setzte er es bei meiner Mutter durch, daß ich der Slawonierin genommen und in sein Haus gegeben wurde. Ach, der gute freundliche Priester Doktor Gozzi! Er liebte mich über alle Maßen und schenkte mir seine ganze Zuneigung, so daß ihn nach einem halben Jahre alle seine Schüler verließen. Er beschloß dann, ein kleines Kollegium zu errichten und junge Schüler in Pension zu nehmen. Aber erst in zwei Jahren brachte er es darin zu etwas, in der Zwischenzeit widmete er sich ganz mir, lehrte mich alles, was er wußte; auch das Violinspiel lernte ich bei ihm, welches mich später einmal in größter Not über Wasser halten sollte. Als ich nach zwei Jahren etwa, es war in der Fastenzeit des Jahres Siebzehnhundertsechsunddreißig, mit meinem Lehrer der Mutter einen Besuch abstattete, erregte ich, den alle vorher für blödsinnig gehalten hatten, durch meine Kenntnisse und Fertigkeiten, darunter nicht zuletzt meine poetischen Leistungen, die Bewunderung des ganzen Kreises meiner Angehörigen und ihrer Freunde, und der Doktor freute sich kindisch, als er sah, daß ihm das Verdienst dieser Umwandlung zugesprochen wurde. Unangenehm aber fiel meiner Mutter meine helle, blonde Perücke auf, welche in krassem Widerspruch stand mit meinem braunen Gesicht, den schwarzen Augen und Brauen. Sie fragte den Doktor, warum er mich nicht frisieren lasse? Als er antwortete, die Perücke erleichtere seiner Schwester meine Reinhaltung, erregte diese naive Ansicht allgemeines Gelächter, welches sich noch verdoppelte, als ich auf die Frage, ob seine Schwester verheiratet sei, statt seiner antwortete, Bettina sei das schönste Mädchen des ganzen Viertels und erst vierzehn Jahre alt. Da versprach meine Mutter dem Mädchen ein schönes Geschenk, wenn es mich in meinem wirklichen Haar gehen lasse, worauf der gute Doktor beteuerte, dies solle von jetzt ab geschehen. Ja, Bettina war reizend, heiter und eine große Romanleserin. Vater und Mutter waren unzufrieden mit ihr, weil sie sich zu viel am Fenster sehen ließ, und der Doktor wegen ihrer Neigung zum Lesen. Das Mädchen gefiel mir von Anfang an, ohne daß ich wußte weshalb, und sie war es, welche in mein Herz die ersten Funken einer Leidenschaft schleuderte, die später jede andere überwog. Die fünf Ellen Seidenzeug und das Dutzend Handschuhe, das Geschenk, welches meine Mutter der Kleinen sandte, weckten in ihr eine außerordentliche Zuneigung für mich, und sie nahm sich so sehr meiner Haare an, daß ich in noch nicht einem halben Jahre meine Perücke ablegen konnte. Sie kämmte mich alle Tage, und oft sogar im Bette, da sie, wie sie sagte, nicht Zeit hatte, abzuwarten, bis ich aufgestanden wäre. Sie wusch mir das Gesicht, den Hals, die Brust und erwies mir kindliche Liebkosungen, die ich für unschuldig hielt, und die mich gegen mich selbst aufbrachten, weil sie mich reizten. Ich war drei Jahre jünger als sie, so schien es mir, daß sie mich nicht ernsthaft lieben könne, und das verstimmte mich. Saß sie auf meinem Bette und sagte zu mir, ich würde fetter, wobei sie sich mit ihren Händen davon überzeugte, so versetzte sie mich in die höchste Aufregung, aber ich ließ sie ruhig machen, damit sie meine Gefühlserregung nicht gewahr würde, und wenn sie mir sagte, ich hätte eine sanfte Haut, so nötigte mich ihr Kitzeln, mich zurückzuziehen; ich war dann ärgerlich, daß ich nicht dasselbe gegen sie zu tun wagte, aber doch erfreut, daß sie nicht ahne, wie große Lust ich dazu habe. War ich angekleidet, gab sie mir die süßesten Küsse und nannte mich ihr liebes Kind; aber wie gern ich auch ihrem Beispiel folgen mochte, ich war doch noch nicht kühn genug dazu. Als später freilich meine Schüchternheit mich lächerlich machte, faßte ich Mut und gab ihr kräftigere zurück, als sie mir gegeben; aber doch hielt ich immer an, sobald ich die Lust verspürte, weiter zu gehn; ich wendete den Kopf um, indem ich tat, als ob ich etwas suchte, und sie entfernte sich. Dann aber geriet ich in Verzweiflung, daß ich nicht dem Zuge meiner Natur gefolgt war; und verwundert, daß Bettina mit mir ohne weitere Folgen machen konnte, was sie wollte, während ich mich nur mit der größten Mühe enthalten konnte, weiter zu gehen, gelobte ich mir jedesmal, mich anders zu benehmen. Da bekam im Anfange des Herbstes der Doktor drei neue Pensionäre, von denen sich der eine, ein Junge von fünfzehn Jahren, in noch nicht einem Monate sehr gut mit Bettina zu stehen schien. Diese Beobachtung brachte in mir eine Empfindung hervor, von welcher ich bis dahin keine Idee gehabt und die ich erst einige Jahre später zu analysieren vermochte. Es war weder Eifersucht noch Unwille, sondern eine edle Verachtung, welche ich nicht unterdrücken zu dürfen glaubte, denn Cordiani, der unwissend, geistlos, ohne gesellschaftliche Erziehung der Sohn eines einfachen Pächters und ganz unfähig war, sich mit mir zu messen, und der keinen andern Vorzug hatte, als den des reiferen Alters, schien mir nicht geeignet, mir vorgezogen zu werden. Eine Empfindung des Stolzes, gemischt mit Verachtung, überkam mich gegen Bettina, die ich liebte, ohne es zu wissen. An der Art, wie ich ihre Liebkosungen aufnahm, als sie mich in meinem Bette kämmen wollte, wurde sie dies gewahr: ich stieß ihre Hände zurück und erwiderte ihre Küsse nicht. Gereizt, weil ich ihr auf Befragen keinen Grund ihres Benehmens angab, sagte sie zu mir mit mitleidiger

Miene, ich sei eifersüchtig auf Cordiani. Ich sagte zu ihr, ich hielte Cordiani ihrer würdig, wenn sie es seiner wäre. Sie entfernte sich lachend. Sie sann auf einen Plan, der sie allein rächen konnte, dazu sah sie sich genötigt, mich eifersüchtig zu machen. Da sie aber ihren Zweck nicht erreichen konnte, ohne mich verliebt zu machen, so ging sie dabei auf folgende Weise vor: eines Morgens kam sie an mein Bett mit einem Paar weißer Strümpfe, die sie mir gestrickt hatte. Nachdem sie mir die Haare gekämmt, sagte sie, sie müsse mir die Strümpfe selbst anprobieren, um zu sehen, ob sie Fehler gemacht, damit sie sich künftig danach richten könne. Der Doktor war zur Messe gegangen. Als sie dabei war, mir die Strümpfe anzuziehen, sagte sie, meine Beine seien schmutzig, und ohne mich um Erlaubnis zu fragen, schickte sie sich an, sie mir zu waschen. Ich würde mich geschämt haben, Verlegenheit zu zeigen; ich ließ sie also machen, ohne zu ahnen, was dabei herauskommen mußte. Bettina, die auf meinem Bette saß, trieb den Eifer für die Reinlichkeit zu weit, und ihre Neugierde verschaffte mir ein so lebhaftes Vergnügen, daß diese nicht eher aufhörte, als bis sie nicht weiter getrieben werden konnte. Als ich wieder ruhig geworden war, hielt ich mich für schuldig und für verpflichtet, sie um Verzeihung zu bitten. Sie hatte dies schwerlich erwartet, dachte einen Augenblick nach, und sagte dann mit dem Tone der Nachsicht, sie sei die Schuldige, aber so etwas soll ihr nicht wieder begegnen. Hieraus entfernte sie sich und überließ mich meinen Betrachtungen. Sie waren grausam. Es kam mir vor, als ob ich sie entehrt, das Vertrauen der Familie gemißbraucht, daß ich ein schreckliches Verbrechen begangen, welches ich nur durch eine Heirat wieder gutmachen könne. Eine Schwermut kam über mich, die immer größer wurde, da Bettina nicht mehr an mein Bett kam, und sie wäre allmählich zur vollkommensten Liebe geworden, wenn nicht ihr Benehmen Cordiani gegenüber das Gift der Eifersucht in meine Seele geträufelt hätte, obwohl ich weit entfernt war, zu glauben, sie habe mit diesem dasselbe Verbrechen begangen wie mit mir. Da ich mir sagte, sie habe doch aus freien Stücken gehandelt, und nur die Reue halte sie ab, wiederzukommen, so schmeichelte sich meine Eigenliebe: sie sei verliebt, und in meiner Einfalt beschloß ich, sie schriftlich zu ermuntern. Ich schrieb einen kurzen Brief, der sie aber hinreichend beruhigen konnte. Mein Brief schien mir ein Meisterwerk und durchaus geeignet, mir ihre höchste Liebe zu erringen und mir den

Vorzug vor Cordiani zu verschaffen, dessen Persönlichkeit mir nicht so beschaffen schien, daß sie zwischen ihm und mir hätte schwanken können. Eine halbe Stunde, nachdem sie meinen Brief empfangen, antwortete sie mir mündlich, sie werde übermorgen wieder, wie vor unserer Szene, auf mein Zimmer kommen; aber ich erwartete sie vergeblich, worüber ich sehr aufgebracht war. Aber mein Erstaunen, als sie mich bei Tische fragte, ob ich wolle, daß sie mich zu dem Balle, den einer unserer Nachbarn fünf oder sechs Tage später gab, als Mädchen ankleiden solle! Da alle diesem Vorschlag Beifall gaben, so willigte ich ein. Mir schien dies eine gute Gelegenheit, uns zu erklären, uns gegenseitig zu rechtfertigen, und um geschützt gegen alle Überraschungen der Sinne wieder als gute Freunde zu leben. Ein Ereignis jedoch verhinderte die Ausführung und führte eine wahre Tragikomödie herbei. Ein alter und wohlhabender Pate des Doktor Gozzi, welcher auf dem Lande wohnte, schickte diesem, als er sich nach einer langen Krankheit seinem Ende nahe glaubte, einen Wagen und ließ ihn bitten, ohne Zaudern nebst seinem Vater zu ihm zu kommen, um bei seinem Tode zugegen zu sein und seine Seele Gott anzuempfehlen. Der alte Schuhmacher, der Vater Gozzis, welcher nur nach einigen Gläsern Wein Sprache und Vernunft fand, leerte eine Flasche, zog seinen Sonntagsanzug an und machte sich mit seinem Sohne auf den Weg. Da ich die Gelegenheit für günstig hielt und sie benutzen wollte, da überdies die Ballnacht für meine Ungeduld zu entfernt war, so sagte ich Bettina, ich würde meine nach dem Flur hinausgehende Tür offen lassen und sie, sobald alles im Hause sich zu Bett gelegt hätte, erwarten. Sie versprach mir zu kommen. Sie schlief zu ebener Erde in einem Kabinett, welches nur durch eine dünne Wand vom Schlafzimmer ihres Vaters getrennt war. Da der Doktor abwesend, schlief ich allein in dem großen Gemach. Die drei Pensionäre wohnten in einem abseits liegenden Raume, ich hatte also keine Störung zu fürchten. Ich war entzückt, daß der ersehnte Augenblick herannahte. Kaum war ich in mein Zimmer zurückgekehrt, als ich auch die Tür verriegelte und die nach dem Flur hinausgehende aufschloß, so daß Bettina sie bloß aufzumachen brauchte; dann löschte ich mein Licht, blieb jedoch angekleidet. In einem Roman scheinen solche Situationen übertrieben; sie sind es nicht, und was Ariost von Ruggiero sagt, der auf Alcina wartet, ist ein gutes naturgetreues Bild. Ich wartete bis Mitternacht, ohne mich zu beunruhigen; als aber die zweite, dritte, vierte Stunde vorüberging und sie noch nicht erschien, entflammte sich mein Blut und ich wurde wütend. Es fiel starker Schnee, aber ich litt noch mehr vor Wut als vor Kälte. Eine Stunde vor Tagesanbruch, als ich meine Ungeduld nicht mehr beherrschen konnte, beschloß ich, auf den Strümpfen, um den Hund nicht zu wecken, ins untere Stockwerk zu schleichen und mich unten an der Treppe, vier Schritte von Bettinas Tür, zu postieren, die hätte offen sein müssen, wenn sie hinausgegangen wäre. Als ich hinkam, fand ich sie verschlossen, und da sie nur von innen abgeschlossen werden konnte, dachte ich, Bettina sei eingeschlafen. Ich wollte klopfen, aber die Furcht, der Hund werde bellen, hielt mich ab, Lärm zu machen. Von dieser Tür bis zu der ihres Kabinetts waren es noch zehn bis zwölf Schritte. Gänzlich niedergeschlagen und unfähig, einen Entschluß zu fassen, setzte ich mich auf die unterste Stufe; aber gegen Tagesanbruch, erkältet, erstarrt vor Frost klappernd, und fürchtend, die Magd könnte mich finden und für toll halten, entschloß ich mich, wieder auf mein Zimmer zu gehen. Ich stehe auf, aber in demselben Augenblicke höre ich Lärm in Bettinas Zimmer. Überzeugt, daß sie kommen werde, und neugestärkt durch die Hoffnung, nähere ich mich der Tür: sie öffnet sich; aber statt Bettinas erscheint Cordiani, der mich mit einem furchtbaren Fußstoße vor den Bauch weit weg in den Schnee schleudert. Ohne zu verweilen begibt sich Cordiani in den Raum, wo er mit den beiden Feltrinis, seinen Kameraden, schlief. Ich stehe rasch auf, um mich an Bettina zu rächen, welche in diesem Augenblicke meiner Wut nicht entgangen wäre. Ich finde ihre Türe geschlossen und bearbeite sie mit kräftigen Fußtritten; der Hund fängt an zu bellen, und ich eile auf mein Zimmer, wo ich mich einschließe, um mich seelisch und körperlich zu erholen, denn ich war mehr als tot. Betrogen, gedemütigt, mißhandelt, ein Gegenstand der Verachtung für den glücklichen und triumphierenden Cordiani, beschäftigte ich mich drei Stunden lang mit den schwärzesten Racheplänen. In diesem schrecklichen und unglückseligen Augenblick schien es mir noch zu wenig, sie alle zu vergiften. Von diesem Plane ging ich zu dem ebenso unsinnigen wie niederträchtigen über, mich augenblicklich zu ihrem Bruder zu begeben und ihm alles zu erzählen. In dieser Verfassung war ich, als die rauhe Stimme von Bettinas Mutter mich rief, ich möchte doch herunterkommen, ihre Tochter liege im Sterben. Ärgerlich, ihr Tod möchte sie meiner Rache entziehen, begebe ich mich in ihr

Zimmer, wo ich die ganze Familie um ihr Bett fand. Sie lag in schrecklichen Krämpfen. Ihr halbbekleideter Körper krümmte sich bald rechts, bald links, blindlings stieß sie mit Händen und Füßen um sich, daß niemand sie halten konnte. Ich wußte nicht, was ich denken sollte. Ich kannte weder die Natur noch die List des Weibes, und ich wunderte mich, daß ich kalter Zuschauer bleiben und in Gegenwart zweier Personen, von denen ich die eine töten, die andere entehren wollte, die Gewalt über mich behaupten konnte. Nach Verlauf einer Stunde schlief Bettina ein. Hebamme und Doktor, welche gerufen wurden, konnten sich über die Krankheit nicht einigen. Meinerseits lachte ich innerlich über beide, denn ich wußte oder glaubte zu wissen, daß die Krankheit des Mädchens mit ihren nächtlichen Beschäftigungen oder mit ihrer Angst wegen meiner Begegnung mit Cordiani zusammenhing. Aber ich beschloß, meine Rache bis zur Ankunft ihres Bruders zu vertagen. Da ich, um in mein Zimmer zu gelangen, durch Bettinas Kabinett hindurchgehen mußte und ihre Tasche auf dem Bette liegen sah, kam ich auf die Idee, sie zu durchsuchen. Ich fand ein Billett, und da ich die Handschrift Cordianis erkannte, nahm ich es mit, um es in Ruhe auf meinem Zimmer zu lesen. Ich war erstaunt über die Unbesonnenheit des Mädchens, denn ihre Mutter hätte das Billett finden können, und, des Lesens unkundig, ihrem Sohne, dem Doktor, zeigen können. Ich konnte mir nichts anderes denken, als daß sie den Kopf verloren habe; aber man male sich aus, was ich empfinden mußte, als ich folgende Worte las: ›Da Dein Vater verreist, so brauchst Du nicht, wie sonst, die Türe offen zu lassen. Wenn wir von Tische aufstehen, werde ich mich in Dein Kabinett begeben; dort wirst Du mich finden.‹ Nach einem Augenblicke der Erstarrung und des Nachdenkens überfiel mich die Lust zu lachen, und da ich sah, wie sehr ich angeführt worden war, so hielt ich mich für gänzlich geheilt von meiner Liebe. Ich wünschte mir Glück, daß ich eine so ausgezeichnete Lehre für mein künftiges Leben erhalten hatte. Ich fand nun sogar, daß Bettina recht gehabt, mir den Cordiani vorzuziehen, da dieser fünfzehn Jahre alt und ich nur ein Kind war. Trotz meiner Geneigtheit, zu vergessen, konnte ich Cordianis Fußtritt nicht vergessen und blieb ihm noch böse. Als wir zur Mittagszeit in der Küche bei Tische saßen, fing Bettinas Geschrei von neuem an. Alle eilten zu ihr, ich ausgenommen, der ruhig sein Mittagessen beendete und dann an seine Studien ging. Als ich abends zum Essen kam, sah ich Bettinas Bett neben dem ihrer Mutter stehn; aber ich blieb gleichgültig dagegen, wie gegen den Lärm in der Nacht.

Trotzdem sich das Geschrei Bettinas und der Lärm um sie immer wieder erneuerte, blieb ich vollkommen gleichgültig dagegen, ich gab auch meinen Racheplan auf, als der Doktor zurückkehrte, denn die skandalöse Geschichte zu erzählen, konnte mir nur im Augenblick der höchsten Wut einkommen. Am folgenden Tage redete die Mutter dem Doktor ein, Bettina sei behext, und wußte allerlei anzugeben, so daß der Verdacht der Urheberschaft auf die Magd fiel. Sogleich unternahm es Doktor Gozzi selbst, seine Schwester zu exorzisieren; ich sah mir dies Mysterium an: alle schienen mir toll oder schwachköpfig, denn nicht ohne Lachen konnte ich an den Teufel in Bettinas Leib denken. Als hernach der Doktor wieder auf sein Zimmer gegangen war und ich mich mit Bettina allein sah, flüsterte ich ihr ins Ohr:»Fasse Mut, werde gesund und vertraue meiner Verschwiegenheit.« Sie wandte, ohne mir zu antworten, den Kopf auf die andere Seite; aber den Rest des Tages blieb sie ohne Krämpfe. Ich hielt sie für geheilt, aber am folgenden Tage stieg ihr die Krankheit zum Gehirn und ihr Wahnsinn sprach einen solchen Wirrwarr, daß kein Mensch mehr an ihrer Besessenheit zweifelte. Sofort ließ ihre Mutter den berühmtesten Teufelsbanner von Padua kommen, einen häßlichen Kapuziner, dem das Mädchen einen solchen Spuk machte, derartige Beleidigungen an den Kopf warf, daß er sich nicht mehr anders zu helfen wußte, als dadurch, daß er mir die Schuld beimaß, weil ich ungläubig sei. Ich mußte mich entfernen, aber Bettina warf ihm nun gar ein Glas mit schwarzer Medizin an den Kopf, und mit großem Vergnügen vernahm ich, daß auch Cordiani sein Teil abbekam. Da gab's der Pater auf. Am Abend überraschte uns Bettina, als sie ruhig und gesittet bei Tisch erschien; sie wandte sich im Laufe des Gesprächs an mich, sie werde mich zu dem Balle morgen als Mädchen ankleiden. Ich dankte und riet ihr, sie möchte sich doch noch schonen. Sie begab sich darauf bald wieder zu Bett. Später fand ich in meiner Nachtmütze ein Billett: ›Du kommst als Mädchen verkleidet mit mir auf den Ball oder ich führe ein Schauspiel auf, über welches Du weinen wirst.‹ Als der Doktor eingeschlafen war, schrieb ich ihr als Antwort, ich wollte jede Gelegenheit mit ihr allein zu sein vermeiden, ich bäte sie, mein Herz zu schonen, das ihr wie einer Schwester gehöre. ›Ich habe Dir verziehn, teure Bettina, und will alles vergessen. Hier ist ein Billett, das Du gewiß gern wieder in Händen hättest. Sieh, was Du wagtest, als Du es auf dem Bette liegen ließest, und erkenne meine Freundschaft daran, daß ich es Dir zurückgebe.‹ Um sie also zu beruhigen, daß ich um ihr Geheimnis wußte, übergab ich am Morgen das Billett und meine Antwort. Das Mädchen hatte durch seinen Geist meine Achtung gewonnen; ich sah nur noch ein durch Temperament verführtes Mädchen in ihr. Sie liebte den Mann und war nur der Folgen wegen zu beklagen. So resignierte ich als vernünftiger Mensch und unglücklicher Liebhaber. Während des ganzen Tages spiegelte Bettina Heiterkeit vor, gegen Abend aber mußte sie wieder ihres Befindens wegen das Bett aufsuchen, worüber das ganze Haus in Aufregung geriet. Ich wußte alles, und so machte ich mich auf neue, noch traurigere Szenen gefaßt, denn ihre Eigenliebe konnte die Überlegenheit nicht dulden, die ich über sie erlangt hatte. Ach, ich bekenne trotz der guten Schule, die ich schon vor meiner Jünglingszeit durchgemacht, die mir als Schutz für die Zukunft hätte dienen können, bin ich mein ganzes Leben lang von Frauen betrogen worden. Ohne meinen Schutzgeist hätte ich vor zwölf Jahren in Wien noch ein leichtsinniges junges Mädchen geheiratet. Jetzt, wo ich zweiundsiebzig Jahre alt bin, glaube ich mich gegen solche Torheiten gewaffnet; aber leider betrübt mich das sehr. Am nächsten Tage tobte Bettina so, daß auch der Doktor meinte, sie müsse besessen sein, weshalb er beschloß, sie dem Pater Mancia anzuvertrauen. Als dieser an das Bett Bettinas geführt wurde, war ich ganz außer mir, nicht ohne Grund: sein Wuchs war groß und majestätisch, sein Alter etwa dreißig Jahre. Er hatte blonde Haare und blaue Augen. Seine Gesichtszüge glichen denen des Apollo von Belvedere, nur daß in ihnen weder Triumph noch Anmaßung zu finden war. Er war von blendender Weiße und bleich, aber diese Blässe schien nur dazu bestimmt zu sein, um seine korallenroten Lippen, die beim Öffnen zwei Reihen Perlen sehen ließen, desto schärfer hervortreten zu lassen. Die Traurigkeit seiner Züge verstärkte den sanften Ausdruck des Gesichts. Bettina stellte sich schlafend. Als er sie aber mit geweihtem Wasser benetzte, öffnete sie die Augen, sah sich den Exorzisten genauer an, legte sich dann auf den Rücken, ließ die Arme sinken, und, den Kopf graziös geneigt, überließ sie sich einem Schlafe, der den süßesten Anblick bot. Der Pater machte seine Zeremonien, und als nichts damit erreicht wurde, versprach er, andern Tags wiederzukommen. Entzückend erschien am nächsten Morgen Bettina. Sie begann mit den ausschweifendsten Reden, die ein

Dichter nur ersinnen kann, und unterbrach diese auch nicht, als der schöne Exorzist kam; er ließ sie sich eine Viertelstunde lang gefallen, worauf er sich mit seinem ganzen Apparate wappnete und uns bat, uns zu entfernen. Wir gehorchten augenblicklich, und die Tür blieb offen; aber was tat dies, da niemand gewagt hätte, einzutreten. Während dreier langer Stunden herrschte das tiefste Schweigen. Gegen Mittag rief uns der Mönch und wir traten ein. Bettina lag traurig und ruhig da, während der Mönch sich zum Fortgang rüstete. Er entfernte sich mit der Versicherung, daß er gute Hoffnung habe, und bat den Doktor, ihm Nachricht zukommen zu lassen. Bettina speiste zu Mittag in ihrem Bette, kam abends an unseren Tisch und war am folgenden Tage vernünftig; aber folgender Umstand bestärkte mich in dem Glauben, daß sie weder toll noch besessen sei. Der Doktor bestimmte, daß wir unsere nächste Beichte bei Pater Mancia ablegen sollten. Cordiani und die Feltrinis waren bereit, ich aber wollte den Plan hintertreiben, denn ich glaubte an die Heiligkeit der Beichte und wollte nimmermehr dem Pater Mancia mein Erlebnis mit einem Mädchen anvertrauen, da er sofort Bettina erkannt hätte. Am folgenden Morgen gab mir Bettina ein Billett: ›Hasse mein Leben, aber schone meine Ehre. Keiner von euch darf morgen beim Pater Mancia beichten. Du allein kannst den Plan verhindern. Ich werde daran sehen, ob Du wirklich Freundschaft für mich fühlst.‹ Ich antwortete, daß ich wohl selbst entschlossen sei, ihrer Bitte zu genügen, aber über Cordiani vermöchte ich nichts, sie müßte sich selbst an ihren Liebhaber wenden. Sofort schrieb sie mir: ›Mit Cordiani habe ich seit jener unseligen Nacht, die mich unglücklich gemacht, nicht mehr gesprochen, und ich werde nicht mehr mit ihm sprechen. Dir allein will ich mein Leben und meine Ehre schuldig sein.‹ Sie trieb ein freches Spiel mit mir, das fühlte ich. Sie wußte sich des Erfolges sicher; aber in welcher Schule hatte sie wohl das menschliche Herz studiert? In Romanen? Es ist möglich. – Ich war entschlossen, ihrer Bitte nachzukommen. Beim Zubettgehen sagte ich meinem Lehrer, mein Gewissen nötige mich, nicht bei Pater Mancia zu beichten. Und da der gute Doktor meine Gründe ehrte, versprach er, uns alle nach einer andren Kirche zur Beichte zu führen. Als dies geschah, mußte ich einer Fußverletzung wegen das Bett hüten und war so mit Bettina allein zu Hause. Unter irgendeinem Vorwand kam sie auf mein Zimmer; da ich dies erwartet hatte und endlich den Augenblick einer Erklärung gekommen sah, empfing ich sie sehr erfreut. Sie setzte sich auf mein Bett, und nachdem ich ihr meine augenblicklichen Gefühle gegen sie auseinandergesetzt, daß meine Liebe in jener Nacht in Haß umgeschlagen, daß ich aber jetzt wegen des Geistes, den sie gezeigt, alle Achtung, ja Freundschaft für sie hege, bat ich sie, mir mit gleicher Aufrichtigkeit entgegenzukommen, alle Liebe beiseite zu lassen, meinetwegen nicht mit Cordiani zu brechen, den sie vielleicht mit denselben Mitteln eingefangen wie mich und der nun unglücklich sei. Sie antwortete: meine Ansichten beruhten auf einem falschen Schein, und erzählte mir nun eine lange Geschichte von Cordiani, der sie durch die Drohung, alles ihrem Bruder zu verraten, was sie mit mir getrieben, das er durch ein Loch in der Decke meines Zimmers, über welchem er schlief, hätte beobachten können. Sie habe ihn wohl in gebührenden Schranken halten können, aber doch sei sie gezwungen gewesen, ihm zuliebe nicht mehr an mein Bett zu kommen, ihn selbst aber öfters in ihrem Kabinett zu empfangen. So sei es auch in jener Nacht gewesen, als sie auf mein Zimmer hätte kommen wollen. Sie habe immer gehofft, Cordiani werde sie bald verlassen, und nach Mitternacht könne sie ihrem mir gegebenen Versprechen doch noch nachkommen. Aber Cordiani habe sie aufgehalten mit einem Plane, wonach er in der Karwoche mit ihr zu einem Onkel nach Ferrara fliehen wollte, wo sie sich so lange aufhalten könnten, bis sein Vater Vernunft annehme und ihr Lebensglück billige. »Mein Herz blutete,« fuhr sie fort, »wenn ich an dich dachte; aber ich habe mir keinen Vorwurf zu machen, und es ist nichts vorgekommen, was mich deiner Achtung unwert machen könnte. Hätte ich mich zu Opfern, welche nur der Liebe gebracht werden dürfen, entschließen wollen, so wäre es leicht gewesen, den Verräter nach einer Stunde aus meinem Kabinett zu entfernen; aber eher als dieses schreckliche Mittel hätte ich den Tod gewählt. Konnte ich mir denken, daß du draußen dem Winde und Schnee ausgesetzt seist? Wir waren beide zu beklagen, aber ich mehr als du. Es war so im Himmel beschlossen, um mich um meinen Verstand zu bringen, dessen ich mich nur noch in Zwischenräumen erfreue, und ich bin keineswegs sicher, nicht wieder von Krämpfen befallen zu werden. Man behauptet, ich sei besessen und ein böser Geist sei in mich gefahren; ich weiß davon nichts, wenn es aber wahr ist, bin ich die elendste Person auf der Erde.« Bettina schwieg und ließ ihren Tränen, ihrem Schluchzen und Seufzen freien Lauf. Ich war tief bewegt, obwohl ich fühlte, daß alles, was sie gesagt, zwar wahr sein könne, aber nicht glaubhaft sei: Forse era ver, mà non pero credibile a chi del senso suo fosse signore. (Vielleicht war es wahr, aber dennoch nicht glaubhaft für jemand, der im Besitze seines Verstandes war.) Nachdem ich ihre Tränen getrocknet, ließ sie ihre schönen Augen in den meinen ruhen, in denen sie die sichtlichen Spuren ihres Sieges zu entdecken glaubte; aber ich überraschte sie, indem ich auf einen Punkt kam, den sie aus List in ihrer Verteidigung unberührt gelassen hatte. Die Rhetorik gebraucht die Geheimnisse der Natur, gerade wie die Maler, die dieser nachzuahmen suchen. Das Schönste, was sie geben, ist falsch. Der verschmitzte Geist dieses Mädchens, der durch kein Studium gebildet war, gewährte ihr den Vorteil, für rein und kunstlos gehalten zu werden; sie wußte dies und verstand diese Kenntnis zu benutzen; aber mir hatte sie eine zu hohe Meinung von ihrer Geschicklichkeit beigebracht. Ich fragte sie, wie ich ihre graziöse Besessenheit, welche sich zur rechten Zeit einstellte, wohl für natürlich halten könnte. Da sah sie mich fest an, senkte dann die Augen und weinte. Das wurde mir lästig und ich fragte, was ich für sie tun könnte. – Wenn das mein Herz nicht sagte, so hätte sie nichts zu fordern. Später würde ich schon einmal bereuen, ihre Leiden, deren Ursache doch ich sei, für erdichtet gehalten zu haben. Mit diesen Worten erhob sie sich, um wegzugehn. Ich rief sie zurück, um ihr zu sagen, das einzige Mittel, meine Zärtlichkeit wiederzugewinnen, bestände darin, daß sie einen Monat keine Krämpfe bekomme und die Notwendigkeit, den schönen Pater Mancia zu rufen, vermeide. »Das«, sagte sie, »hängt nicht von mir ab; aber warum nennst du den Jakobiner schön? Solltest du argwöhnen?«»Durchaus nicht; ich argwöhne nichts, denn um etwas zu argwöhnen, müßte ich eifersüchtig sein; aber ich muß dir doch sagen, daß der Vorzug, den deine bösen Geister den Beschwörungen des schönen Mönchs vor denen des häßlichen Kapuziners gaben, zu Auslegungen Anlaß gibt, welche dir nicht zur Ehre gereichen. Halte es übrigens wie du willst.« Hierauf entfernte sie sich, und nach einer Viertelstunde kehrten die andern heim. Nach dem Abendbrote sagte mir die Magd, ohne daß ich sie befragte, daß Bettina sich mit einem starken Fieberschauer zu Bette gelegt und ihr Bett in die Küche neben das ihrer Mutter habe stellen lassen. Dieses Fieber konnte natürlich sein, aber ich zweifelte daran. Ich war überzeugt, daß sie sich nie entschließen würde, gesund zu sein, denn sie wurde mir dadurch einen zu starken Grund gegeben haben, auch ihre angebliche Schuldlosigkeit gegen Cordiani für falsch zu halten. Daß sie ihr Bett in die Küche neben das ihrer Mutter hatte stellen lassen, hielt ich ebenfalls für eine List. Aber andren Tags nahm das Fieber zu, sie begann wirklich irre zu reden, und am vierten Tage bekam sie die Pocken. Cordiani und die beiden Feltrini, welche diese Krankheit noch nicht gehabt hatten, wurden unverzüglich entfernt; aber ich, der nichts davon zu fürchten hatte, durfte bleiben. Das arme Mädchen wurde so sehr von dieser Pest befallen, daß am sechsten Tage kein Teil des Körpers ihre Haut sehen ließ. Ihre Augen schlossen sich. Mund und Kehle füllten sich so sehr mit Geschwüren, daß nur noch einige Tropfen Honig in ihre Speiseröhre gebracht werden konnten. Das Atmen war sie einzige Bewegung, welche noch an ihr wahrgenommen werden konnte. Ihre Mutter entfernte sich nie von ihrem Bette, und man fand mein Benehmen bewundernswürdig, als ich mit meinem Tisch und meinen Heften mich bei ihrem Bett niederließ. Das arme Mädchen gewährte einen schrecklichen Anblick; ihr Kopf war um ein Dritteil dicker geworden, von der Nase war nichts mehr zu sehen, und es war zu fürchten, daß sie die Augen verlieren würde, selbst wenn sie mit dem Leben davonkommen sollte. Was mich am meisten belästigte, was ich aber dennoch zu ertragen entschlossen war, das war der Geruch ihrer Ausdünstung. Am neunten Tage gab ihr der Pfarrer die Absolution, salbte sie mit dem heiligen Öl und sagte, daß er ihr Geschick in die Hände Gottes lege. Ihr Zustand verschlimmerte sich von Tag zu Tag, und trotz aller Scheußlichkeit verließ ich sie nicht. Das Herz des Menschen ist ein Abgrund, denn wer würde es wohl glauben: Bettina bezeigte mir in diesem schrecklichen Zustand die ganze Zärtlichkeit, die ich ihr nach ihrer Heilung einflößte. Als am dreizehnten Tage das Fieber aufhörte, machte ihr ein unausstehliches Jucken viel zu schaffen; kein Heilmittel hätte dies in dem Grade stillen können, nur die mächtigen Worte, die ich ihr unaufhörlich zurief:»Bettina, bedenke, daß du bald gesund werden wirst; wenn du dich aber kratzest, wirst du so häßlich bleiben, daß dich niemand mehr lieben wird.« Ich möchte alle Ärzte der Welt herausfordern, ein mächtigeres Mittel gegen das Jucken eines Mädchens aufzufinden, welches sich bewußt war, schön gewesen zu sein, und welches fürchten mußte, durch seine eigene Schuld häßlich zu werden, sobald es sich kratze. Endlich öffnete sie wieder ihre schönen Augen; aber sie mußte bis nach Ostern das Bett hüten. Ich bekam von ihr einige Pocken, von denen drei auf meinem

Angesicht unauslöschliche Spuren zurückgelassen haben; aber diese gereichten mir bei ihr zur Ehre, denn sie waren ein Beweis meiner Teilnahme, und sie überzeugte sich, daß ich allein ihre Zärtlichkeit verdiene. Auch liebte sie mich in der Folge ohne alle Täuschung und ich liebte sie ebenso zärtlich, ohne daß ich daran gedacht hätte, die Blume zu pflücken, welche das Schicksal, unterstützt vom Vorurteil, der Ehe aufbewahrte. Aber welche jammervolle Ehe! Bettina heiratete später einen Schuhmacher namens Pigozzi, der sie so arm und unglücklich machte, daß ihr Bruder sie von ihm wegnehmen und für sie sorgen mußte. Als der gute Doktor fünfzehn Jahre später zum Erzpriester von Sankt Georg im Thale gewählt wurde, nahm er sie mit sich, und vor achtzehn Jahren besuchte ich sie; ich fand Bettina alt, krank und im Sterben. Sie hauchte unter meinen Augen ihren Geist aus im Jahre Siebzehnhundertsechsundsiebzig, vierundzwanzig Stunden nach meiner Ankunft.

Lucia

Nachdem ich meine Studien auf der Universität in Padua beendet hatte, es war ein rechtes Sauf- und Raufleben, wie es die Studenten führen, kam ich nach Venedig zurück, wo ich auf Beitreiben meines Vormundes die vier ersten Weihen erhielt und so nun als junger Abbé in die beste Gesellschaft geführt wurde, besonders durch einen alten Senator, den Herrn von Malpiero. Dies war ein Greis, der keinen Zahn mehr im Munde hatte, weshalb er wegen seiner langsamen Eßweise stets allein aß, bis ich ihm riet, sich doch eine angenehme Tischgesellschaft dadurch zu verschaffen, daß er sich solche Personen auswähle, die für zwei äßen. Da er auch sonst Gefallen an meinen Gesprächen fand und ich ihm bewies, daß ich, wie er langsam, viel aß, zog er mich täglich zu seiner Tafel. Trotz seines Alters und seiner Gicht konnte er auf die Liebe nicht verzichten; er hatte es in seinem Leben auf zwanzig Mätressen gebracht. Damals liebte er die Tochter eines Komödianten, Therese Imer. Diese besuchte ihn täglich, aber stets in Begleitung ihrer Mutter, welche sich zwar um ihres Seelenheiles willen von der Bühne zurückgezogen hatte, aber doch noch die Interessen des Himmels mit den Werken dieser Welt vermitteln wollte.

Täglich mußte ihre Tochter zur Messe und wöchentlich zur Beichte, nachmittags aber führte sie das Mädchen dem verliebten Greis zu, dessen Wut mich in Schrecken setzte, wenn sie ihm einen Kuß verweigerte, weil sie am Morgen ihre Andacht verrichtet habe und den Gott, den sie noch in sich habe, nicht beleidigen wollte. Ich, ein Fünfzehnjähriger, war der einzige Zeuge dieser erotischen Szenen. Da ich bei allen Damen, die zur Gesellschaft des Herrn Malpiero gehörten, meiner Neigung zur Eleganz wegen außerordentlich freundlich aufgenommen wurde, so daß ich sie begleiten durfte, wenn sie ihre Töchter in den klösterlichen Pensionen besuchte, fragte mich Herr von Malpiero einmal, welche Vorteile diese Bekanntschaften mir gebracht und ohne meine Antwort abzuwarten, sagte er, diese Damen seien alle die Tugend selbst und jeder würde von mir eine schlechte Meinung fassen, wenn ich etwas gegen ihren guten Ruf sagen würde. So brachte er mir die weise Lehre der Verschwiegenheit bei. Meine Eleganz brachte aber den Pfarrer auf, zu dessen Kirche ich gehörte, und er drohte mir die Exkommunikation an, wenn ich die Haare nicht anders tragen würde. Da ich aber darauf nicht hörte, schlich er sich eines Morgens mit Hilfe meiner Großmutter in mein Zimmer und schnitt mir alle Haare des Vorderkopfes ab, von einem Ohr bis zum andern. Aber er erreichte das Gegenteil dadurch: Herr von Malpiero schickte mir einen ausgezeichneten Friseur, welcher mein Haar so kunstvoll anordnete, daß ich noch zufriedener mit meinem Aussehen wurde. Ich wollte mich zwar rächen, das Gericht anrufen, vor allem aber mich einem anderen Pfarrer unterstellen, aber nach einiger Zeit bestimmte Herr von Malpiero mich zum Redner für den Panegyrikus auf das heilige Sakrament, was er als Präsident der Brüderschaft zu übertragen hatte. Ich war entzückt und machte mich gleich an die Arbeit, für die ich das Thema dem Horaz entnahm: Floravere suis non respondere favorem speratum meritis. (Sie beklagten sich, daß die gehoffte Gunst nicht ihren Verdiensten entspräche.) Als ich fertig, begab ich mich zum Pfarrer; da er abwesend und ich ihn erwarten wollte, so näherte ich mich seiner Nichte Angela und verliebte mich in sie. Am Stickrahmen saß sie, stickte, und als ich mich neben sie gesetzt, sagte sie, sie wünschte mich kennen zu lernen und werde sich freuen, wenn ich ihr erzählen wollte, wie mir ihr Onkel mein Toupet abgeschnitten. Diese Liebe wurde mir verhängnisvoll. Als der Pfarrer nach Hause kam, schien ihm meine Bekanntschaft mit seiner Nichte gar nicht unangenehm. Er nahm meine Predigt, las sie und meinte, es sei eine recht hübsche akademische Abhandlung, aber keine Predigt. Er wollte mir dann eine von seinen geben, die ich vortragen solle, aber ich lehnte es ab. Wir stritten nun einige Tage, bis ich mich, Herrn Malpiero zuliebe, unterwarf. Meine Predigt wurde mit Begeisterung aufgenommen, und alle weissagten mir, ich sei berufen, der erste Prediger des Jahrhunderts zu werden. Der Klingelbeutel brachte mir fünfzig Zechinen und mehrere Liebesbriefe, worüber die Frommen empört waren. Diese reiche Ernte ließ mich den Entschluß fassen, Prediger zu werden, was ich dem Pfarrer mitteilte. Da ich um seine Unterstützung bat, erhielt ich das Recht, ihn täglich zu besuchen; dies benutzte ich, um Angela zu sehen, in welche ich mich immer heftiger verliebte. Aber Angela war tugendhaft, sie wollte wohl, daß ich sie liebe, aber sie wollte auch, daß ich den geistlichen Stand aufgäbe und sie heirate. Trotz meiner Zuneigung zu ihr konnte ich mich dazu nicht entschließen, und dennoch besuchte ich sie fortwährend, weil ich ihr andre Ansichten beizubringen hoffte. Doch ein Geschick sollte mich in meinen höchsten Träumen tödlich treffen. Der Pfarrer fand Geschmack an meiner Predigt und beauftragte mich mit einer andern zum Sankt Josephstag. Als ich ihm diese vorlas, war er voller Enthusiasmus dafür. Jung und eingebildet, wie ich damals war, glaubte ich, ich hätte nicht nötig, das Manuskript auswendig zu lernen; wenn ich mir nur den Gedankengang merkte, so hoffte ich, der noch niemals in irgendeiner Gesellschaft um ein Wort verlegen war, mich leicht aus dem Stegreif weiterzubringen, wenn mich das Gedächtnis einmal verlassen sollte. Dieser Leichtsinn schlug mir zum Übel aus. Man holte mich von einem Essen in die Kirche; mit vollem Magen, erhitztem Kopfe bestieg ich die Kanzel. Zu Anfang ging alles gut, dann aber versagten mir die Gedanken vollkommen, ich stotterte dies und jenes, und die Unruhe der Gemeinde, aus der einige Male ein Gelächter an mein Ohr klang, verwirrte mich vollends. Kam nun wirklich eine Ohnmacht über mich oder rettete ich mich absichtlich hinein; ich weiß es nicht mehr, ich ließ mich umsinken und wurde so von den Kirchendienern in die Sakristei gebracht. Ohne etwas zu sagen, nahm ich Mantel und Hut, eilte nach Hause, packte mein Köfferchen und reiste nach Padua, um dort mein drittes Examen abzulegen. Nach Ostern kehrte ich als Doktor nach Venedig zurück. Es dachte niemand mehr an mein Mißgeschick, und vom Predigerberuf war keine Rede mehr.

Den ganzen Sommer schwärmte ich Angela an, deren außerordentliche Zurückhaltung mich aufregte, so daß meine Liebe schon zur Qual wurde. Mein glühendes Naturell verlangte nach einer Geliebten von Bettinas Art, sie sollte meine Liebe befriedigen, aber nicht löschen. Ich war selbst noch rein, in gewissem Sinne, daher schenkte ich dem Mädchen die größte Verehrung. Höchst abweisend behandelte sie mich, so daß mich die Leidenschaft fast verzehrte. Dagegen wirkten meine glühenden Reden auf zwei Schwestern, ihre Freundinnen, welche mit ihr dieselbe Sticklehrerin besuchten, und hätten meine Blicke nicht ausschließlich an der Grausamen gehangen, ich hätte ohne Zweifel gemerkt, daß die beiden schöner und gefühlvoller waren. Aber ich war geblendet. Auf alle meine Bitten antwortete Angela höchstens, sie wolle meine Frau werden, und wenn sie einmal gestand, sie leide genau so sehr wie ich, so schien es ihr die höchste Gnade. In diesem Gemütszustand nahm ich eine Einladung der Gräfin Monte Reale nach Paseano an, wo ich bei ihr die glänzendste Gesellschaft treffen sollte, zu deren Vergnügen ich auch einen guten Teil beisteuerte. Dort vergaß ich für einige Zeit meine hartherzige Angela. In dem Schlosse war mir im Erdgeschoß ein hübsches Zimmer angewiesen worden, welches nach dem Garten hinausging. Als ich am Morgen nach meiner Ankunft aufwachte, wurden meine Augen entzückt durch den Anblick des reizenden Wesens, welches mir den Kaffee brachte. Es war ein ganz junges Mädchen, aber entwickelt wie eine Siebzehnjährige; sie war erst vierzehn Jahre alt. Ihre Haut wie Alabaster, ihre Haare wie Ebenholz, ihre schwarzen, feurigen und unschuldigen Augen, die hübsche Art, ihr Haar zu tragen, die Kleidung, die nur in einem Hemde und einem kurzen Unterrocke bestand und schöngeformte Beine und die niedlichsten Füße sehen ließ: alles dies ließ sie in meinen Augen als eine einzigartige und vollkommene Schönheit erscheinen. Ich betrachtete sie mit dem größten Interesse und ihr Auge ruhte auf mir, als ob wir alte Bekannte wären.»Sind Sie mit Ihrem Bette zufrieden?« fragte sie mich.»Sehr zufrieden; ich bin sicher, Sie haben es gemacht. Wer sind Sie?«»Ich bin Lucia, Tochter des Hausmeisters. Ich freue mich, daß sie keinen Bedienten haben; ich werde Sie bedienen und bin überzeugt, Sie werden mit mir zufrieden sein.« Entzückt über diesen Anfang richte ich mich im Bette auf und sie hilft mir beim Anziehen des Schlafrockes, wobei sie allerlei Sachen spricht, die ich nicht verstehe. Ich fange nun an, meinen Kaffee zu trinken, ebenso verlegen, wie sie sicher ist, und geblendet von einer Schönheit, gegen die man unmöglich gleichgültig bleiben konnte. Sie hatte sich am Fuße des Bettes gesetzt und rechtfertigte die Freiheit, welche sie sich nahm, nur durch ein Lächeln, das alles sagte. Ich trank noch meinen Kaffee, als Lucias Vater und Mutter eintraten. Sie verließ ihren Platz nicht und ihre Blicke schienen einen gewissen Stolz zu verkünden. Diese guten Leute machten ihr sanfte Vorwürfe, baten mich ihretwegen um Verzeihung, worauf sich Lucia entfernte, um ihren Geschäften nachzugehen. Als sie weggegangen, sagten ihr Vater und ihre Mutter mir tausend Artigkeiten und lobten ihre Tochter.»Sie ist,«sagten sie, »unser einziges Kind, ein liebes Mädchen, die Hoffnung unseres Alters. Sie liebt uns, gehorcht uns und fürchtet Gott: sie ist gesund wie ein Fisch und hat unsers Wissens nur einen einzigen Fehler.«»Worin besteht dieser?«»Sie ist zu jung.«»Ein reizender Fehler, der sich mit der Zeit bessern wird.« Ich konnte mich bald überzeugen, daß die Redlichkeit, die Wahrheit, die häuslichen Tugenden und das wahre Glück bei diesen Leuten zu Hause waren. Während mich diese Vorstellung auf eine angenehme Weise beschäftigte, kam Lucia wieder, lustig wie ein Vogel, gewaschen, angezogen, frisiert nach ihrer Weise und mit guten Schuhen, und nachdem sie mir eine Verbeugung gemacht, wie sie auf dem Lande üblich, küßte sie ihren Vater und ihre Mutter und setze sich dann auf die Knie des braven Mannes. Ich sagte zu ihr, sie möchte sich auf mein Bett setzen; aber sie erwiderte, diese Ehre stehe ihr nicht zu, wenn sie angekleidet sei. Die Einfachheit und Unschuld, welche sich in der Antwort aussprachen, entzückten mich und ließen mich lächeln. Ich untersuchte, ob sie in ihrer kleinen Toilette niedlicher aussehe als in ihrem Negligé, und ich entschied mich für das letzte. Mit einem Wort, ich gab Lucia den Vorzug nicht nur vor Angela, sondern auch vor Bettina. Als der Friseur kam, verließ mich die ehrbare und einfache Familie, und nachdem ich meine Toilette beendet, begab ich mich zur Gräfin und ihrer liebenswürdigen Tochter. Der Tag wurde sehr heiter verlebt, wie gewöhnlich auf dem Lande, wenn man sich in gewählter Gesellschaft befindet. Am folgenden Morgen, als ich aufgewacht, klingle ich, und siehe da, Lucia erscheint einfach und natürlich wie am vorigen Tage, und setzt mich durch ihre Reden und durch ihr Benehmen wieder in Erstaunen. Der Reiz der Unbefangenheit und Unschuld schmückte ihr ganzes Wesen. Ich konnte nicht begreifen, wie sie als tugendhaftes, ehrbares und keineswegs dummes Mädchen so vertraulich und ohne die Furcht, mich zu entzünden, zu mir kommen konnte. Sie muß, sagte ich mir, auf kleine Schäkereien keinen Wert legen und deshalb nicht ängstlich sein; ich beschloß deshalb, ihr den Beweis zu geben, daß ich ihr Gerechtigkeit widerfahren lasse. Gegen ihre Eltern, welche ich für ebenso sorglos hielt, glaubte ich mir keine Vorwürfe machen zu müssen; ich fürchtete ebensowenig, daß ich zuerst einen Angriff auf die schöne Unschuld machen und das dunkle Licht des Bösen in ihrer Seele entzünden würde: da ich mich also weder von meinem Gefühle täuschen lassen, noch ihm zuwiderhandeln wollte, so beschloß ich mich aufzuklären. Ich strecke verwegen die Hand nach ihr aus, und unwillkürlich bebt sie zurück und wird rot; ihre Heiterkeit verschwindet, und den Kopf umdrehend, als ob sie etwas suche, wartet sie, bis ihre Verwirrung vorüber ist. Alles dies war das Werk einer Minute. Sie näherte sich mir von neuem; sie schien sich zu schämen, daß sie ungefällig gegen mich gewesen war, und zu fürchten, daß sie eine Handlung, die unschuldig oder feine Sitte sein konnte, schlecht gedeutet. Ihr natürliches Lachen kehrte bald zurück, und da ich in einem Augenblick alles was ich eben geschildert, in ihrer Seele gelesen, so beeilte ich mich, sie zu beruhigen; und da ich einsah, daß ich mit der Tat zu weit gegangen war, beschloß ich, am folgenden Morgen nur mit ihr zu plaudern. Am folgenden Morgen griff ich, meinem Plane gemäß, eine Äußerung von ihr auf und sagte zu ihr, es sei kalt und sie werde die Kälte nicht fühlen, wenn sie neben mir liege. »Aber werde ich Sie nicht inkommodieren?«»Nein; aber deine Mutter könnte böse werden, wenn sie dazu käme.«»Sie wird nichts Böses denken.«»Komm also. Aber weißt du auch, welcher Gefahr du dich aussetzest.«»Gewiß; aber Sie sind artig und was mehr sagen will, Abbé.«»Komm also; aber vorher schließe die Tür.«»Nein, nein, denn man könnte wer weiß was denken.« Endlich legte sie sich an meine Seite, schwatzte fortwährend, ohne daß ich verstand, was sie sagte; denn da das sonderbare Mädchen meine Wünsche nicht erhören wollte, so hatte ich das Ansehen des unbehilflichsten Menschen. Die Sorglosigkeit dieses Mädchens, welche sicherlich nicht erkünstelt war, imponierte mir so sehr, daß ich mich geschämt haben würde, ihr Vertrauen zu täuschen. Sie sagte endlich, es hätte zehn Uhr geschlagen, und wenn der alte Graf Antonio käme und uns in der Lage fände, würde er Späße machen, die ihr unangenehm wären.»Wenn ich diesen Mann nur sehe,« sagte sie,»so laufe ich davon.« Hierauf verließ sie ihren Platz und entfernte sich. Ich blieb lange unbeweglich auf derselben Stelle liegen in stumpfsinniger Betäubung und dem Sturme meiner aufgeregten Sinne und meiner Gedanken preisgegeben. Da ich am folgenden Tage meine Ruhe behalten wollte, so ließ ich sie auf meinem Bette sitzen, und die Reden, zu welchen ich sie veranlaßte, überzeugten mich endlich, daß sie mit Recht der Abgott ihrer Eltern sei und daß die Freiheit ihres Geistes und ihr unbefangenes Benehmen nur aus ihrer Unschuld und Seelenreinheit entspringe. Ihre Naivität, ihre Lebendigkeit, ihre Neugierde und die Schamröte, welche ihr schönes Gesicht überzog, wenn die komischen Sachen, die sie sagte und bei denen sie sich nichts Böses dachte, mich zum Lachen brachten: alles dies zeigte mir, daß sie ein Engel, der unfehlbar die Beute des ersten besten Lüstlings, der sie verführen wolle, werden würde. Ich fühlte mich stark genug, um mir keine Vorwürfe gegen sie machen zu dürfen. Schon der bloße Gedanke daran ließ mich schaudern, und meine Eigenliebe verbürgte Lucias Ehre ihren guten Eltern, deren gute Meinung von meiner Sittlichkeit sie mir anvertraute. Es kam mir vor, als ob ich mich in meinen eigenen Augen verächtlich machen müßte, wenn ich das in mich gesetzte Vertrauen täuschen wollte. Ich beschloß also, mich zu beherrschen, und da ich sicher war, immer den Sieg zu behaupten, begann ich den Kampf gegen mich selbst und betrachtete ihre bloße Gegenwart als den Lohn meiner Anstrengungen. Ich kannte noch nicht den Satz, daß, solange der Kampf dauere, der Sieg ungewiß sei. Der Instinkt gab mir ein, zu sagen, sie würde mir einen Gefallen tun, wenn sie am folgenden Tage früher kommen und mich sogar wecken wollte, wenn ich noch schlafen sollte, und um meiner Bitte mehr Nachdruck zu geben, fügte ich hinzu: je weniger ich schlafe, desto besser ich mich befände; ich fand hierin das Mittel, unsre Unterhaltungen statt zwei Stunden drei dauern zu lassen, obwohl dieser Kunstgriff nicht hindern konnte, daß die Zeit wie ein Blitz entfloh. Ihre Mutter kam zuweilen dazu, während wir schwatzten, und wenn diese gute Frau sie auf meinem Bette sitzen sah, so glaubte sie ihr nichts mehr sagen zu dürfen, sondern begnügte sich, meine Güte zu bewundern. Lucia gab ihr hundert Küsse, und die gute Frau bat mich, sie in allem Guten zu unterweisen und an der Bildung ihres Geistes zu arbeiten; wenn sie sich entfernt hatte, betrachtete Lucia sich nicht als freier und behielt ohne alle Veränderung den alten Ton bei.

Die Gesellschaft dieses Engels verursachte mir die grausamsten Qualen, während sie mir zugleich das größte Entzücken bereitete. Oft, wenn ihre Wangen nur zwei Finger breit von meinem Munde entfernt waren, bemächtigte sich meiner der Wunsch, sie mit Küssen zu bedecken, und mein Blut entflammte sich, wenn ich sie sagen hörte, sie hätte meine Schwester sein mögen. Aber ich besaß Zurückhaltung genug, um die geringste Berührung zu vermeiden, denn ich fühlte, daß ein einziger Kuß der Funke gewesen sein würde, der das ganze Gebäude in die Luft gesprengt hätte. Wenn sie weggegangen staunte ich, daß ich den Sieg hatte davontragen können, aber nach neuen Lorbeeren verlangend, sah ich seufzend dem folgenden Tage entgegen, um diesen süßen und gefährlichen Kampf zu erneuern. Die kleinen Wünsche sind es besonders, welche einen jungen Mann kühn machen; die großen zehren seine Kraft auf und halten ihn in Schranken. Da ich mich nach zehn oder zwölf Tagen in die Notwendigkeit versetzt sah, entweder mit der Sache ein Ende zu machen oder Verbrecher zu werden, so entschloß ich mich um so eher für das erste, als ich des Erfolgs im andern Falle keineswegs sicher war; denn Lucia wäre, wenn ich sie genötigt hätte, sich zu verteidigen, eine Heldin geworden, und da die Zimmertür offen war, so hätte ich Schande und nutzlose Reue zu fürchten gehabt, und diese Idee erschreckte mich. Aber ich konnte nicht länger einer Schönheit widerstehen, welche mit Tagesanbruch und kaum bekleidet fröhlichen Mutes an mein Bett kam, mich fragte, ob ich gut geschlafen, sich vertraulich meinem Gesichte näherte und gewissermaßen ihre Worte auf meine Lippen legte. In einem so gefährlichen Augenblicke wendete ich den Kopf ab, und sie warf mir mit ihrem unschuldigen Tone vor, daß ich Furcht habe, während sie sich durchaus sicher fühle, und wenn ich ihr lächerlicherweise antwortete, sie habe unrecht, zu glauben, daß ich ein Kind fürchten könne, so entgegnete sie, der Unterschied von zwei Jahren habe nichts zu bedeuten. Da ich dies nicht mehr aushalten konnte, und da das Feuer, welches mich verzehrte, sich immer heftiger entflammte, so beschloß ich, sie zu bitten, mich nicht mehr zu besuchen, und dieser Entschluß schien mir großartig und von unfehlbarer Wirkung; da ich aber die Ausführung auf den folgenden Tag verschob, so verbrachte ich eine schwer zu beschreibende Nacht; bestürmt vom Bilde Lucias wie von der Idee, daß ich sie am nächsten Tage zum letzten Male sehen würde. Ich bildete mir ein, daß Lucia nicht nur auf meinen Plan eingehen, sondern auch für ihre ganze übrige Lebenszeit die höchste Achtung gegen mich fassen würde. Kaum war am nächsten Tage der Morgen angebrochen, als Lucia mit strahlendem Gesicht, mit dem Lächeln des Glücks auf ihrem schönen Munde und mit ihrem schönen in der reizendsten Unordnung niederwallenden Haar auf mein Bett zueilt; aber plötzlich bleibt sie stehen, ihre Züge nehmen den Ausdruck der Traurigkeit und Besorgnis an, und da sie mich bleich, eingefallen und betrübt sieht, so fragt sie teilnahmsvoll:»Was fehlt Ihnen?«»Ich habe die Nacht nicht schlafen können.«»Und warum nicht?«»Weil ich gesonnen bin, Ihnen einen Plan mitzuteilen, der für mich sehr betrübend ist, von dem ich aber hoffe, daß er mir Ihre Achtung verschaffen wird.«»Wenn er Ihnen meine Achtung verschaffen soll, so muß er Sie vielmehr heiter stimmen. Aber sagen Sie mir, Herr Abbé, warum Sie mich heute wie eine Dame behandeln, während Sie mich noch gestern geduzt haben. Was habe ich Ihnen getan? Ich werde Ihnen Ihren Kaffee holen; und wenn Sie ihn getrunken, sollen Sie mir alles sagen.« Sie entfernt sich und kommt wieder; ich trinke meinen Kaffee, und da sie mich immer noch ernst sieht, sucht sie mich zu erheitern, bringt mich zum Lachen und freut sich darüber. Nachdem sie alles wieder an seinen Platz gesetzt, schloß sie die Tür, weil es windig war, und da sie kein Wort von dem, was ich ihr sagen würde, verlieren wollte, bat sie mich sehr naiv, ihr ein Plätzchen an meiner Seite einzuräumen. Ich tat, was sie wollte, denn ich fühlte fast kein Leben mehr in mir. Nachdem ich ihr einen getreuen Bericht meines Zustandes gegeben, in welchen mich ihre Reize versetzt, und ihr alle Schmerzen geschildert, welche mir der Widerstand gegen den lebhaften Wunsch, ihr Beweise meiner Liebe zu geben, verursacht, stellte ich ihr vor, daß ich meine Qualen nicht mehr ertragen könne und mich zu der Bitte an sie genötigt sehe, sich nicht mehr vor meinen Augen zu zeigen. Der Wert, welchen ich auf diese Sache legte, die Wahrheit meiner Leidenschaft, der Wunsch, daß das von mir gewählte Mittel ihr als die großartige Anstrengung einer vollkommenen Liebe erscheinen möge, alles dies verlieh mir eine besondere Beredsamkeit. Ich suchte ihr besonders begreiflich zu machen, welche schrecklichen Folgen ein anderes als das von mir vorgeschlagene Betragen haben könnte und wie unglücklich wir beide dann sein würden. Als ich meine lange Rede beendet und Lucia meine Augen von Tränen benetzt sah, entblößte sie sich, um mir diese zu trocknen, ohne zu bedenken, daß sie dadurch zwei Halbkugeln ans Licht brachte, deren Schönheit imstande war, auch den erfahrensten Piloten Schiffbruch leiden zu lassen. Nach einigen Augenblicken einer stummen Szene sagte das reizende Mädchen mit traurigem Tone, meine Tränen betrübten sie und sie hätte nie geglaubt, daß ich ihretwegen welche vergießen würde.»Alles, was Sie mir sagen, fügte sie hinzu, beweist mir, daß Sie mich sehr lieben; aber ich weiß nicht, weshalb Sie dies so trüb stimmt, während Ihre Liebe mir ein unendliches Vergnügen macht. Sie wollten mich aus Ihrer Gegenwart verbannen, weil Sie Ihre Liebe fürchten. Was würden Sie dann aber tun, wenn Sie mich haßten? Trifft mich eine Schuld, weil ich Ihnen gefalle? Und wenn die Liebe, die ich Ihnen eingeflößt, ein Verbrechen ist, so versichere ich Ihnen, daß ich nicht die Absicht gehabt, eins zu begehen, und daher können Sie mich mit gutem Gewissen auch nicht strafen. Ich kann Ihnen auch nicht verschweigen, daß ich mich sehr darüber freue, daß Sie mich lieben. Können wir den Gefahren, die ich wohl kenne, nicht trotzen? Ich wundere mich, daß dies mir unwissenden Person nicht schwer erscheint, während Sie, der, wie alle sagen, so gelehrt ist, sich so sehr davor fürchten. Ich wundere mich, daß die Liebe, die doch keine Krankheit ist, Sie krank machen kann und auf mich aber eine ganz entgegengesetzte Wirkung hervorbringt. Oder sollte ich mich täuschen und das, was ich für Sie fühle, etwas andres als Liebe sein? Als ich heute morgen zu Ihnen kam, war ich so heiter, wie Sie mich noch nie gesehen, weil ich die ganze Nacht von Ihnen geträumt; das hat mich jedoch nicht gehindert zu schlafen; nur bin ich fünf- oder sechsmal aufgewacht, um mich zu überzeugen, ob mein Traum wahr sei, denn ich träumte, daß ich bei Ihnen wäre; wenn ich sah, daß dies nicht der Fall, schlief ich rasch wieder ein, um wieder zu meinem Traume zu gelangen, und dies gelang mir auch. Hatte ich also heute morgen nicht Grund, heiter zu sein? Wenn, mein lieber Abbé, für Sie die Liebe eine Qual ist, so tut es mir leid; oder sollten Sie vielleicht bestimmt sein, nicht zu lieben? Ich werde alles tun, was Sie befehlen, nur werde ich, sollte auch Ihre Heilung davon abhängen, nicht aufhören, Sie zu lieben, weil dies nicht möglich ist. Wenn Sie aber, um gesund zu werden, mich nicht mehr lieben dürfen, so tun Sie, was in Ihrer Macht steht, denn ich will lieber, daß Sie leben und nicht lieben, als daß Sie vor zu großer Liebe sterben. Aber sehen Sie erst zu, ob Sie nicht ein andres Mittel finden, denn das, welches Sie mir vorgeschlagen haben, betrübt mich. Bedenken Sie sich, vielleicht gelingt es Ihnen, ein weniger schmerzliches zu finden. Geben Sie mir ein ausführbares an die Hand und vertrauen Sie auf Lucia.« Diese wahre, naive und natürliche Rede überzeugte mich, wie sehr die Beredsamkeit der Natur der der philosophischen Bildung überlegen ist. Ich drückte das himmlische Mädchen zum ersten Male in meine Arme und sagte:»Ja, teure Lucia, du kannst dem Leiden, welches mich verzehrt, die süßeste Erleichterung bringen; gib deinen göttlichen Mund, welcher mir versichert, daß du mich liebst, meinen glühenden Küssen hin.« So verbrachten wir eine Stunde in einem köstlichen Schweigen, welches nur durch die von Lucia von Zeit zu Zeit wiederholten Worte:»O mein Gott, ist es wahr, daß ich nicht träume?« unterbrochen wurde. Ich hörte nicht auf, ihre Unschuld zu achten, und vielleicht gerade deshalb, weil sie sich ganz und ohne den geringsten Widerstand hingab. Endlich aber, sich sanft aus meinen Armen losmachend, sagte sie mit dem Ausdruck der Unruhe:»Mein Herz fängt an zu sprechen, ich muß gehen«, und stand augenblicklich auf. Als sie sich etwas in Ordnung gebracht, setzte sie sich, und einige Augenblicke später kam ihre Mutter, welche mir über mein gutes Aussehen und meine frische Farbe Komplimente machte und sodann zu ihrer Tochter sagte, sie möchte sich zur Messe ankleiden. Nach einer Stunde kam Lucia wieder und sagte, das Wunder, welches sie bewerkstelligt, mache sie ganz glücklich und sie sei stolz darauf; denn mein jetziger Zustand der Gesundheit überzeuge sie mehr von meiner Liebe als der erbarmenswerte, in welchem sie mich heute morgen gefunden.»Wenn dein vollkommenes Glück«, fügte sie hinzu,»nur von mir abhängt, so genieße, ich habe dir nichts abzuschlagen.« Als sie mich zwischen Trunkenheit und Furcht schwankend verlassen hatte, bedachte ich, daß ich am Rande eines Abgrundes stände und daß ich einer übernatürlichen Kraft bedürfte, um nicht in ihn hineinzufallen. Ich blieb während des ganzen Septembers in Pasean, und die elf oder zwölf letzten Nächte meines dortigen Aufenthalts brachte ich im ruhigen und freien Besitze Lucias zu, die, nachdem sie sich überzeugt, daß ihre Mutter schlafe, zu mir kam und in meinen Armen die köstlichsten Stunden verbrachte. Meine Glut, weit entfernt, abzunehmen, vermehrte sich durch meine Enthaltsamkeit, die zu bekämpfen sie alles mögliche tat. Sie konnte, so schien es mir, die Süßigkeit der verbotenen seltenen Frucht nur dann recht kosten, wenn sie diese nicht völlig pflücken ließ, und die Wirkung einer beständigen

Berührung war zu stark, als daß ein junges Mädchen zu widerstehen vermocht hätte. Auch tat Lucia alles mögliche, um mich auf falsche Fährte zu führen, indem sie mir sagte, ich hätte schon die äußersten Gunstbezeigungen genossen, und ich erreichte das Ende meines dortigen Aufenthalts, ohne so süßen Versuchungen gänzlich zu unterliegen. Bei meiner Abreise von Pasean versprach ich ihr, im nächsten Frühjahr wiederzukommen. Als ich aber später wiederkam, hörte ich zu meinem Schrecken, daß Lucia mit dem Läufer des Grafen entflohen, nachdem durch ihre Körperbeschaffenheit ihre Verführung offenbar. Ich war nicht mehr stolz auf meine Selbstbeherrschung, sondern schämte mich ihrer. Untröstlich machte mich der Gedanke, daß ich das Mädchen vielleicht ins Elend gejagt. Erst nach einundzwanzig Jahren sollte ich sehen, was ich angerichtet: Als ich mich in Amsterdam aufhielt, besuchte ich eines Tages eine Musikhalle. Mein Begleiter nannte einmal laut meinen Namen, da stellte sich eines jener unseligen Geschöpfe vor mich hin, rief mich mit trauriger Stimme an, und trotz des schlechten Lichtes erkannte ich Lucia: sie war zur gemeinen Matrosendirne geworden, verdorben durch Laster und Krankheit, ein Gegenstand des Ekels.

Annita und Marietta

Wenige Tage nach meiner Rückkehr nach Venedig schwärmte ich wieder um Angela, mit welcher ich so weit zu kommen hoffte, wie mit Lucia. Ihre beiden Freundinnen, mit denen zusammen sie die Sticklehrerin besuchte, waren in all ihre Geheimnisse eingeweiht, und da sie die Strenge Angelas tadelten, klagte ich ihnen mein Leid und offenbarte ihnen das verzehrende Feuer meiner Liebe, was ich in Angelas Gegenwart nicht zu tun wagte. Wahre Liebe flößt immer Zurückhaltung ein; man fürchtet, übertrieben zu erscheinen, wenn man alles sagt, der bescheidene Liebhaber sagt aus Furcht, zu viel zu sagen, oft zu wenig. Die Sticklehrerin, eine alte Frömmlerin, machte den Onkel Angelas auf meine Besuche aufmerksam, so daß mir der eines Tages bedeutete, diese könnten dem Rufe seiner Nichte schaden. Das traf mich wie ein Donnerschlag. Aber die Freundinnen wußten meiner Liebe Rat. Sie waren Waisen und lebten im Hause ihrer Tante,

Madame Orio, welche zwar aus gutem Hause stammte, aber nicht besonders reich war. Diese Dame wünschte nun in die Liste der adligen Damen eingetragen zu werden, welche sich um die Gnadenbewilligungen der Brüderschaft des heiligen Sakramentes bewarben. Da Angela, welche jeden Sonntag bei Madame Orio zu Besuch weilte, nun der Dame mitteilte, ich unterhielte die besten Beziehungen mit dem Präsidenten, Herrn von Malpiero, glaubte Madame Orio nichts gefährliches darin zu sehen, wenn sie mich in ihr Haus einlud, trotz meiner Liebe zu einer ihrer Nichten, was Angela ihr eingeredet hatte. Ich wurde also mit Madame Orio und ihrem alten Freunde, dem Prokurator Rosa, bekannt. Mit Hilfe der Therese Imer erlangte ich von meinem Gönner Genehmigung des Gesuchs der Madame Orio, und als ich damit ins Haus trete, übergibt mir Annita ein Billett mit der Bitte, ich möchte es noch lesen, bevor ich das Haus verließe. Nachdem mir Madame ihren Dank durch Gewährung zweier Küsse abgestattet – sie erlaubte sich dies, da man nichts einwenden könnte: sei sie doch dreißig Jahre älter als ich, sie hätte ruhig fünfundvierzig sagen können – suchte ich einen geheimen Ort auf, um das Briefchen zu lesen. Da hieß es: ›Meine Tante wird Sie zum Essen einladen; nehmen Sie die Einladung nicht an. Entfernen Sie sich, wenn wir uns zu Tische setzen, und Marietta wird Ihnen bis zur Straßentür leuchten; aber gehen Sie nicht aus dem Hause. Wenn die Türe wieder geschlossen ist und man Sie weggegangen glaubt, so schleichen Sie sich leise bis zum dritten Stockwerk hinauf, wo Sie uns erwarten. Wir kommen, sobald Herr Rosa weggegangen und unsre Tante sich zu Bette gelegt hat. Es wird nun von Angela abhängen, Ihnen während der Nacht ein Tete-a-tete zu bewilligen, zu welchem ich Ihnen Glück wünsche.‹ Welche Freude! Als ich in den Salon zurückgekehrt war, sagte Madame Orio, nachdem sie mir nochmals gedankt, ich würde mich in Zukunft aller Rechte eines Hausfreundes zu erfreuen haben. Als die Zeit des Abendessens gekommen war, wußte ich so gute Entschuldigungen vorzubringen, daß Madame Orio sie gelten lassen mußte. Marietta nahm nun das Licht, um zu leuchten; da aber die Tante Annita für die von mir Begünstigte hielt, so gab sie dieser so gebieterisch den Befehl, daß sie gehorchen mußte. Diese steigt rasch die Treppe hinunter, öffnet die Tür, welche sie mit Geräusch wieder zuschlägt, löscht das Licht aus und geht wieder hinauf, mich in der Dunkelheit zurücklassend.

Ich steige leise hinauf bis ins dritte Stockwerk, trete in das Zimmer der Damen, setze mich auf ein Sofa und erwarte die glückliche Schäferstunde. Ich saß hier ungefähr eine Stunde, versunken in die süßesten Träumereien; endlich höre ich die Straßentüre öffnen und wieder schließen, und einige Minuten nachher sehe ich die beiden Schwestern und Angela eintreten. Ich ziehe sie an mich und nur sie sehend, spreche ich zwei volle Stunden mit ihr. Es schlägt Mitternacht: man bedauert mich, daß ich nicht zu Abend gegessen, aber ihr Mitleid verletzt mich und ich antworte, daß ich mich im Schoße des Glücks durch kein Bedürfnis beunruhigt fühlen könne. Man antwortet mir, ich sei Gefangener, da der Schlüssel zur Haustür sich unter dem Kopfkissen der Tante befinde, welche nicht eher öffne, als bis sie zur ersten Messe gehe. Ich bezeigte ihnen mein Erstaunen darüber, daß sie glauben könnten, ich hielte diese Nachricht für eine schlechte; ich freue mich vielmehr, daß ich fünf Stunden vor mir habe, die ich mit meiner Angebeteten zubringen dürfe. Eine Stunde später fing Annita an zu lachen; Angela wollte den Grund wissen, und nachdem ihr diese ihn ins Ohr gesagt, fing auch Marietta an zu lachen. Gereizt darüber wollte ich nun auch die Veranlassung ihrer Heiterkeit erfahren, und Annita, welche eine betrübte Miene annahm, machte die Mitteilung, daß sie weiter kein Licht hätten und daß wir in einigen Augenblicken im Dunkel sitzen würden. Diese Nachricht erfüllte mich mit Freude; aber ich ließ sie nicht merken und sagte, es täte mir um ihretwillen leid. Ich machte ihnen nun den Vorschlag, sich zu Bette zu legen und ruhig zu schlafen, da sie auf meine Bescheidenheit rechnen dürften. Dieser Vorschlag brachte sie zum Lachen.»Was werden wir im Dunkeln anfangen?«»Wir werden plaudern.« Wir waren unserer vier; schon drei Stunden lang sprachen wir und ich war der Held des Stücks; die Liebe ist ein großer Dichter; ihr Stoff ist unerschöpflich, aber wenn das Ziel, nach welchem sie strebt, nie erreicht wird, so ermüdet und verstummt sie. Meine Angela hörte zu; da sie aber nicht sehr gesprächig war, so antwortete sie nur selten und zeigte viel mehr gesunden Menschenverstand als Geist. Um meine Gründe zu bekämpfen, tat sie oft weiter nichts, als mir ein Sprichwort, gewissermaßen wie mit einem Katapult, zuzuschleudern. Entweder wich sie zurück, oder stieß mit der unangenehmsten Sanftmut meine armen Hände zurück, wenn der Liebesgott sie mir zu Hilfe rief. Nichtsdestoweniger fuhr ich fort zu sprechen und zu gestikulieren, ohne den Mut zu verlieren; aber ich geriet in Verzweiflung, wenn ich sah, daß meine so fein gesponnenen Gründe sie betäubten, anstatt sie zu überzeugen und anstatt ihr Herz zu rühren, es nur erschütterten. Andrerseits war ich höchst erstaunt, auf dem Gesicht der beiden Schwestern die Wirkung der Pfeile, welche ich gegen Angela abschleuderte, wahrzunehmen. Meine Lage war der Art, daß ich trotz der Jahreszeit dicke Tropfen schwitzte. Da endlich das Licht zu verlöschen drohte, so stand Annita auf und trug es fort. Sobald es dunkel geworden, streckte ich natürlich meine Arme aus, um den Gegenstand, der für meine damalige Stimmung ein Bedürfnis war, zu erfassen, da ich aber nichts fand, so fing ich an darüber zu lachen, daß Angela noch die Gelegenheit benutzt hatte, um sich in Sicherheit zu bringen. Eine ganze Stunde lang sagte ich ihr das Heiterste und Zärtlichste, was die Liebe nur eingeben konnte, um sie zur Rückkehr an ihren früheren Platz zu bewegen. Ich konnte ihr Benehmen unmöglich für etwas anderes als einen Scherz halten. Endlich fing ich denn doch an ungeduldig zu werden. »Dieser Spaß«, sagte ich, »dauert zu lange, er ist unnatürlich, da ich Ihnen nicht nachlaufen kann, und ich wundere mich, daß Sie lachen, denn bei einem so seltsamen Benehmen kann ich nur annehmen, daß Sie sich über mich lustig machen. Setzen Sie sich also, und da ich mit Ihnen sprechen muß, ohne Sie zu sehen, so sollen mich meine Hände wenigstens überzeugen, daß ich nicht in die Luft spreche.« »Beruhigen Sie sich nur: ich höre jedes Wort, was Sie sagen, aber Sie müssen doch einsehen, daß ich in dieser Dunkelheit anständigerweise nicht neben Ihnen sitzen kann.« »Sie wollen also, daß ich bis Tagesanbruch hier sitzen bleiben soll?« »Legen Sie sich aufs Bett und schlafen Sie.« »Ich bewundere Sie, daß Sie dies für möglich und für vereinbar mit meinem Feuer halten: doch wohlan, ich will mir einbilden, daß wir Blindekuh spielen.« Und nun aufstehend, tappte ich auf und ab, aber vergeblich. Wenn ich jemand faßte, so war es immer Annita oder Marietta, die sich aus Eigenliebe augenblicklich nannten und ich törichter Don Quixote ließ sie augenblicklich los. Die Liebe und das Vorurteil hinderten mich einzusehen, wie lächerlich diese Schonung war. Ich hatte die Anekdoten Ludwigs des Achten, Königs von Frankreich, noch nicht gelesen; aber ich hatte Boccaccio gelesen. Ich fuhr fort, ihr nachzujagen, machte ihr Vorwürfe und stellte ihr vor, daß sie sich am Ende doch werde finden lassen müssen; worauf sie erwiderte, daß es ihr ebenso schwer werde, mich zu finden. Das Zimmer war nicht groß, und ich war wütend, daß ich sie nicht ertappen konnte. Weniger ermüdet als gelangweilt setzte ich mich und plauderte eine Stunde mit Annita. Dann hatte ich immer noch eine Stunde vor mir, und wir durften nicht bis zum Tage warten, da Madame Orio lieber gestorben sein würde, ehe sie die Messe versäumt hätte. Ich brachte also diese letzte Stunde im Zwiegespräch mit Angela zu, um sie zu überreden und sodann sie zu überzeugen, daß sie sich neben mich setzen solle. Meine Seele geriet förmlich in Glühhitze. Nachdem ich die überzeugendsten Gründe erschöpft, ging ich zu Bitten und endlich zu Tränen über; da ich aber sah, daß alles vergeblich, so gab ich mich jenem edlen Unwillen hin, welcher den Zorn adelt. Ich hätte mich entschließen können, das stolze Ungeheuer zu schlagen, welches mich fünf Stunden lang die grausamsten Qualen hatte ausstehen lassen, wenn ich mich nicht in der Dunkelheit befunden hätte. Ich sagte ihr alle Schmähungen, welche verschmähte Liebe einem erbitterten Sinne eingeben kann. Ich überhäufte sie mit wütenden Verwünschungen, ich schwur ihr, daß alle meine Liebe sich in Haß verwandelt, und sagte ihr endlich, sie möge sich vor mir hüten, denn ich würde sie töten, sobald sie sich meinen Augen zeige. Meine Schmähungen hörten mit der Dunkelheit auf. Beim Schimmer der ersten Lichtstrahlen und beim Geräusche des großen Schlüssels und des Riegels, als Madame Orio die Tür öffnete, um ihrer Seele die Ruhe, deren sie täglich bedurfte, zu verschaffen, rüstete ich mich zur Abreise und nahm meinen Mantel und Hut. Wie soll ich die Bestürzung schildern, welche sich meiner Seele bemächtigte, als ich meinen Blick auf die drei jungen Personen fallen ließ und sie in Tränen zerfließen sah! In meiner Scham und Verzweiflung fühlte ich einen Augenblick Lust, mich zu vernichten, und mich von neuem setzend, dachte ich über meine Roheit nach und warf mir vor, daß ich diese drei reizenden Personen zu Tränen gebracht. Es war mir unmöglich ein Wort hervorzubringen, mein Gefühl erstickte mich; die Tränen kamen mir zu Hilfe, und ich überließ mich ihnen mit Wollust. Da Annita mir gesagt hatte, daß ihre Tante bald zurückkehren werde, trocknete ich meine Augen, und ohne sie anzusehen, ohne etwas zu sagen, machte ich mich davon und legte mich ins Bett, jedoch ohne schlafen zu können. Ich ging eine Zeitlang nicht mehr zu Madame Orio, bis mich ein Billett von ihr wieder einlud. Um Angela nicht dort zu treffen, ging ich noch am selben Abend hin, und die beiden liebenswürdigen Schwestern verscheuchten durch ihre Heiterkeit die Scham, welche ich darüber empfand, daß ich erst nach zwei Monaten vor ihnen erschien. Als ich mich entfernte, steckte mir Annita einen Brief zu, in welchem folgendes Billett von Angela enthalten war: ›Wenn Sie den Mut haben, noch eine Nacht bei mir zuzubringen, so sollen Sie sich nicht mehr beklagen, denn ich liebe Sie und ich wünsche, aus Ihrem Munde zu hören, ob Sie noch ferner mich geliebt haben würden, wenn ich darein gewilligt hätte, mich verächtlich zu machen.‹ Annitas Brief aber hatte allein Geist, er lautete: ›Angela ist über Ihren Verlust in Verzweiflung. Die Nacht welche Sie bei uns zugebracht, war grausam, ich gebe es zu; aber, wie es mir scheint, dürfen Sie deshalb nicht den Beschluß fassen, auch Madame Orio nicht mehr zu besuchen. Ich rate Ihnen, wenn Sie Angela lieben, noch einmal eine Nacht die Probe zu machen. Sie wird sich rechtfertigen und Sie werden zufrieden weggehen. Kommen Sie also. Leben Sie wohl.‹ Diese beiden Briefe machten mir Vergnügen, denn ich sah das Glück, mich an Angela durch die kälteste Verachtung zu rächen. Ich begab mich also am ersten Festtage mit zwei Flaschen Cyperwein und einer geräucherten Zunge zu den Damen; aber ich war sehr erstaunt, meine Grausame nicht zu finden. Annita, welche das Gespräch auf sie brachte, meldete, Angela habe ihr in der Kirche gesagt, daß sie erst zur Zeit des Abendessens kommen könne. Hierauf rechnete ich, und ehe sie sich zu Tische setzten, entfernte ich mich wie das erstemal und begab mich nach dem verabredeten Orte. Ich sehnte mich danach, die Rolle zu spielen, welche ich mir ausgesonnen, denn ich war überzeugt, wenn Angela sich auch zu einer Änderung des Systems entschlossen hätte, sie würde mir doch nur leichte Gunstbezeigungen bewilligen, und diese wollte ich nicht mehr; mich beherrschte nur noch ein heftiger Rachedurst. Dreiviertel Stunden später hörte ich die Haustür schließen, und bald sah ich Annita und Marietta vor mir erscheinen. »Wo ist denn Angela?« fragte ich. »Sie konnte wohl weder kommen, noch es uns sagen lassen.« »Sie glaubt mich gefangen zu haben, und in der Tat erwartete ich dies nicht. Übrigens kennen Sie sie jetzt. Sie macht sich über mich lustig; sie triumphiert. Sie hat Sie benutzt, um mich in die Schlinge zu locken, und sie mag sich dessen freuen; denn wenn sie gekommen wäre, würde ich mich über sie lustig gemacht haben.« »Oh, was das betrifft, so erlauben sie mir zu zweifeln.«

»Zweifeln Sie nicht, schöne Annita, und die angenehme Nacht, welche wir ohne sie zubringen werden, wird Ihnen den Beweis geben.«»Als Mann von Geist wollen Sie sich in die Umstände schicken; aber Sie werden hier schlafen und wir auf dem Kanapee im andern Zimmer.« In einem reizenden Zwiegespräche wußte ich sie zu bestimmen, daß sie mein Abendbrot, das ich mitgebracht, teilten. Sie brachten drei Kuverts, holten Brot, Parmesan-Käse und Wasser, lachten dazu und wir machten uns sodann ans Werk. Der Cyperwein, an welchen sie nicht gewöhnt waren, stieg ihnen zu Kopfe, und ihre Heiterkeit wurde köstlich. Als ich sie so sah, wunderte ich mich, daß ich ihre Vorzüge nicht früher erkannt. Nach unserm kleinen Abendessen, welches ganz köstlich war, setzte ich mich zwischen beide, und, ihre Hände ergreifend, welche ich an meine Lippen führte, fragte ich sie, ob sie meine wahren Freundinnen wären und ob sie die unwürdige Weise, wie Angela mich behandelt, billigten. Sie antworteten beide, daß ich sie bis zu Tränen gerührt.»Erlauben Sie also,« fuhr ich fort,»daß ich die Zärtlichkeit eines Bruders für Sie habe, und erwidern Sie diese, als ob Sie meine Schwestern wären: geben wir uns in der Unschuld unserer Herzen ein Unterpfand und schwören wir uns ewige Treue.« Der erste Kuß, den ich ihnen gab, ging weder aus einer verliebten Empfindung, noch aus dem Wunsche, sie zu verführen, hervor, und auch sie versicherten mir einige Tage später, daß sie ihn nur erwidert hätten, um mich zu überzeugen, daß sie meine ehrbaren brüderlichen Gefühle teilten. Aber diese unschuldigen Küsse wurden bald zur Flamme und entzündeten in uns einen Brand, der uns sehr in Erstaunen setzte, denn wir hielten einige Augenblicke inne und betrachteten uns mit erstaunter und ernster Miene. Beide standen hierauf ohne Affektation auf, und ich blieb mit meinen Gedanken allein. Es war nicht zu verwundern, daß ich mich in diese beiden liebenswürdigen Mädchen sterblich verliebte. Sie waren hübscher als Angela und waren ihr bei weitem überlegen, Annita durch ihren Geist, wie Marietta durch ihren sanften und naiven Charakter. Ich war nicht eitel genug, um zu glauben, sie liebten mich; aber ich konnte annehmen, daß meine Küsse auf sie denselben Eindruck gemacht hatten, wie die ihrigen auf mich, und ich war überzeugt, daß, wenn ich List und feine Künste, deren Wirkung ihnen noch unbekannt sein mußte, anwenden wollte, ich sie zu Gefälligkeiten bewegen würde, die für sie sehr entscheidende Folgen haben konnten. Dieser Gedanke flößte mir Abscheu ein und ich legte mir das strenge

Gesetz auf, sie zu schonen, ohne im mindesten daran zu zweifeln, daß ich auch die dazu nötige Kraft haben würde. Als sie wiederkamen, sah ich auf ihren Zügen den Charakter der Sorglosigkeit und der Zufriedenheit ausgeprägt, und ich gab mir rasch dasselbe Aussehen, fest entschlossen, mich nicht mehr der Glut ihrer Küsse auszusetzen. Wir verbrachten eine Stunde, indem wir von Angela sprachen, und ich sagte zu ihnen, ich wäre entschlossen, sie nicht mehr zu sehen. »Sie liebt Sie«, sagte die naive Marietta, »und ich bin davon überzeugt.« Ich fragte, wie sie das wissen könne. »Ich bin dessen ganz sicher«, sagte Marietta, »und bei der brüderlichen Freundschaft, die wir uns versprochen haben, kann ich Ihnen auch wohl sagen weshalb. Wenn Angela bei uns schläft, umarmt sie mich zärtlich und nennt mich ihren lieben Abbé.« Bei diesen Worten fing Annita an zu lachen und legte ihrer Schwester die Hand auf den Mund; aber diese Naivität regte mich so sehr auf, daß es mir äußerst schwer wurde, an mich zu halten. Ich bewahrte meinen Ernst, lobte ihre Aufrichtigkeit und sagte ihnen allerlei hübsche Dinge von ihrer Schönheit und Liebenswürdigkeit und tat allmählich so, als ob ich Lust zum Schlafen bekommen hätte. Annita, welche dies zuerst gewahr wurde, sagte zu mir: »Machen Sie keine Umstände, legen Sie sich ins Bett; wir werden uns ins andere Zimmer auf ein Kanapee legen.« »Ich würde«, antwortete ich, »mich für den gemeinsten Menschen halten, wenn ich dies tun könnte: unterhalten wir uns; die Lust zum Schlafen wird schon wieder vergehen. Legen Sie sich schlafen, und ich, meine teuren Freundinnen, werde ins andere Zimmer gehen. Wenn Sie Furcht vor mir haben, schließen Sie sich ein; aber Sie würden Unrecht tun, denn ich liebe Sie nur mit dem Herzen eines Bruders.« »Das werden wir unter keiner Bedingung tun, sagte Annita; aber lassen Sie sich überreden; schlafen Sie hier.« »Angekleidet kann ich nicht schlafen.« »Entkleiden Sie sich; wir wollen nicht hinsehen.« »Davor habe ich keine Furcht; aber ich könnte nie einschlafen, wenn ich mit ansehen sollte, wie Sie meinetwegen wachen müßten.« »Aber wir«, sagte Marietta, »werden uns auch zu Bette legen, nur angekleidet.« »Dies ist ein Mißtrauen, welches meine Redlichkeit beleidigt. Sagen Sie mir Annita, ob Sie mich für einen ehrlichen Mann halten?« »Ja, sicherlich.« »Sehr wohl; aber Sie müssen mir den Beweis liefern, und deshalb legen Sie sich ganz entkleidet an meine Seite und rechnen Sie auf mein Ehrenwort, Sie nicht zu berühren. Übrigens sind Sie zwei gegen einen.

Mit einem Worte, wenn Sie mir dieses Zeichen des Vertrauens nicht wenigstens sobald ich eingeschlafen sein werde geben wollen, so lege ich mich nicht zu Bett.« Damit hörte ich auf zu sprechen und tat so, als ob ich einschliefe. Nachdem sie sich einen Augenblick leise miteinander unterhalten, sagte Marietta zu mir, ich sollte mich zu Bett legen und sie würden mir folgen, so bald sie mich eingeschlafen sähen. Als Annita dies Versprechen bestätigt hatte, drehte ich ihnen den Rücken zu, entkleidete mich und legte mich ins Bett, nachdem ich ihnen eine gute Nacht gewünscht. Sobald ich im Bette, tat ich so, als ob ich schliefe; aber bald schlief ich wirklich ein und erwachte erst wieder, als sie sich ins Bett legten. Ich drehte mich wie zum Wiedereinschlafen um, blieb ruhig liegen, bis ich sie für eingeschlafen halten konnte, und wenn sie es auch nicht waren, so stand es ja doch in ihrer Macht, so zu tun. Sie hatten mir den Rücken zugedreht und das Licht war erloschen; ich überließ mich also dem Zufalle und spendete meine Huldigungen der zur Rechten liegenden, ohne zu wissen, ob es Annita oder Marietta war. Ich fand sie zusammengekauert und eingehüllt in das einzige Kleidungsstück, welches sie bewahrt hatte. Ich übereilte nichts und um ihre Scham zu schonen, brachte ich sie allmählich in die Lage, sich besiegt zu erklären, und sie schien überzeugt, daß sie nichts besseres tun könne, als auch ferner sich schlafend zu stellen. Ebenso tat die zweite Schöne, als ich mich ihr zuwandte. An ihren glühenden Küssen glaubte ich Annita zu erkennen und sagte es ihr.»Ja, ich bin es«, sagte sie »und erkläre mich und meine Schwester für glücklich, wenn Sie redlich und treu sind.«»Bis zum Tode, meine Engel, und da alles, was wir getan, ein Werk der Liebe gewesen, so möge von Angela nie mehr die Rede sein.« Ich bat sie dann aufzustehen und Licht anzuzünden; aber die gefällige Marietta stand sogleich auf und ließ uns allein. Als ich Annita, belebt vom Feuer der Liebe, in meinen Armen liegen und Marietta, welche uns durch ihre Blicke der Undankbarkeit anzuklagen schien, daß wir mit ihr nicht sprächen, während sie sich doch zuerst meinen Liebkosungen ergeben und dadurch ihre Schwester zur Nachahmung ermuntert, mit dem Lichte vor mir stehen sah, da fühlte ich mein ganzes Glück.»Stehen wir auf, meine Freundinnen, sagte ich zu ihnen, und schwören wir uns ewige Freundschaft.« Sobald wir aufgestanden waren, verspeisten wir im Kostüme des goldenen Zeitalters, was von unserm Abendbrote übriggeblieben war. Nachdem wir uns in der Trunkenheit unserer

Sinne hunderterlei Sachen gesagt, deren Deutung nur der Liebe zusteht, verging die köstlichste Nacht uns unter gegenseitigen Bezeigungen unserer Glut. Am nächstnächsten Tage stattete ich Madame Orio einen Besuch ab, und da Angela nicht da war, blieb ich zum Abendessen und entfernte mich zu gleicher Zeit mit Herrn Rosa. Während meines Besuches fand Annita Gelegenheit, mir einen Brief und ein kleines Paket zu übergeben. Das Paket enthielt ein Stück Wachs, auf welchem ein Schlüssel abgedrückt war, und der Brief forderte mich auf, den Schlüssel machen zu lassen und alle Nächte, wann ich Lust hätte, bei ihnen zuzubringen. Es wurde mir ferner darin mitgeteilt, daß Angela am folgenden Tage die Nacht bei ihnen geblieben und daß diese bei dem Verhältnisse, worin sie zueinander standen, alles was vorgegangen, erraten, daß sie dies zugestanden und ihr die Schuld beigemessen. Angela habe ihnen hierauf die gröbsten Schmähungen gesagt und ihnen verheißen, nie wieder einen Fuß in ihr Haus zu setzen; ihnen wäre dies aber sehr gleichgültig. Es war gut so, ich verbrachte nun jede Woche eine Nacht bei den reizenden Schwestern und auch später, so oft ich von meinen Reisen nach Venedig zurückkehrte, galt mein Besuch zuerst ihnen.

Lukrezia

Diese Liebe, meine erste, gab mir fast gar keine Belehrung für die Welt, denn sie war vollkommen glücklich und wurde durch keine Störung unterbrochen, durch kein Interesse befleckt. Aber mein Glück sollte bald einen großen Umschwung erleiden. Nach einiger Zeit starb meine Großmutter. Daraufhin erhielt ich einen Brief meiner Mutter aus Warschau, wo sie gerade am Theater auftrat. Sie teilte mir mit, daß sie das Haus in Venedig aufgeben müsse, unser Vormund werde für mich und meine Geschwister eine gute Pension besorgen. Was mich beträfe, so habe sie hier einen Kalabreser Mönch kennen gelernt, der durch ihre Bitten bei der Königin von Polen, welche eine Schwester der Königin von Neapel, Bischof geworden sei von Martorano in Kalabrien. In einem halbe Jahre etwa käme der Bischof nach Venedig, von wo er mich mitnähme, um mich auf die geistliche Bahn zu führen. Beigeschlossen war diesem ein salbungsvoller Brief des Bischofs.

Also: leb wohl, Venedig! Die Zeit der Eitelkeit ist vorüber, und nur das Große und Gediegene soll mein künftig Lebensziel sein. Da die Wohnung aufgegeben werden sollte, so begann ich einzelne Möbelstücke zu verkaufen, um mir Geld zu verschaffen. Das brachte mir bald in böse Konflikte mit dem Vormund, dem Herrn Grimani, welche damit endeten, daß ich in ein Priesterseminar gesteckt, und da man mich dort wegen eines Streiches auf dem Schlafsaal, der unter jungen Leuten allgemein ist, nicht behalten wollte, die Zeit bis zur Ankunft des Bischofs auf dem Sankt Andreasfort interniert wurde. Dort erfuhr ich zum erstenmal, daß unter den Rosen auch die Schlangen verborgen liegen. Eine Griechin war's, die Frau eines Fähnrichs. Sie behauptete, ihr Mann werde deshalb nicht Leutnant, weil sie sich dem Kapitän nicht hingebe. Mich bat sie, eine Beschwerdeschrift aufzusetzen, und fügte zu meinem Erstaunen gleich hinzu, da sie arm, so wolle sie mich mit ihrem Herzen belohnen. Ich nahm dies an, aber ich hatte nachher eine sechswöchige Kur durchzumachen. Als ich wieder frei wurde und der Bischof endlich ankam, gab es eine neue Enttäuschung. Der Bischof konnte mich nicht sofort mitnehmen, ich sollte erst einige Zeit später über Ankona, Rom, Neapel ihm nachgereist kommen, für welche Reise ich in Ankona das Geld vorfinden würde. Diese Reise wurde zu einer rechten Abenteurerfahrt, die ich zuletzt in Begleitung eines Bettelmönches machte, der stets die Kutte mit den delikatesten Sachen vollgepfropft hatte, die er sich allenthalben zusammenbettelte, so daß er auf die bequemste und faulste Art leben konnte. Der Schluß dieser Reise gelang mir überhaupt nur durch ein Taschenspielerstück, das ich mir mit einem Weinhändler leistete, indem ich ihm ein Geheimnis verkaufte, seinen Muskat zu vermehren. Der Betrug ist ein Laster, aber die anständige List kann als Klugheit gelten. So kam ich zu meinem Bischof, um ihn in einem ganz armseligen Zustand zu finden. Weder Gesellschaft noch eine Bibliothek war in Martorano. Was sollte ich hier tun? Am nächsten Tag bat ich schon den Bischof um seinen Segen, forderte ihn auf, mit mir zu gehn, denn überall könnten wir unser Glück machen. Er lachte wohl darüber, aber er ließ mich allein reisen und adressierte mich an einen Bürger in Neapel, der mir sechzig Dukaten di rigno auszahlen sollte. In Neapel kam ich in die beste Gesellschaft und genoß dort das Leben, nicht zum wenigsten auf Kosten eines Herrn, den ich in der Gesellschaft kennen lernte und der sich als ein

Abkömmling eines anderen Zweigs der Casanova entpuppte und sich außerordentlich freute, in mir einen Verwandten begrüßen zu können. Mit schwerem Herzen trennte ich mich von Neapel, um nach Rom zu reisen. Ich war so beschäftigt, meine Tränen zu trocknen, daß ich erst, als wir die Stadt verließen, meine Reisegefährten im Postwagen musterte. Zunächst sah ich an meiner Seite einen Mann von vierzig bis fünfzig Jahren, von angenehmem Äußern und geweckter Miene; aber mir gegenüber fesselten zwei reizende Gestalten meine Blicke, zwei junge und hübsche Damen, sehr gut gekleidet und von offenem und anständigem Aussehen. Diese Entdeckung war mir sehr angenehm; aber mein Herz war schwer und Schweigen notwendig für mich. Wir langten in Aversa an, ohne daß von irgendeiner Seite ein Wort gesprochen worden wäre, und da uns der Fuhrmann sagte, er wolle nur seine Maultiere füttern, so stiegen wir nicht aus. Von Aversa bis Capua plauderten meine Gefährten fast ununterbrochen, und unglaublich genug, ich öffnete fast nicht ein einziges Mal den Mund. Ich freute mich über die neapolitanische Mundart meines Reisegefährten und die hübsche Sprache der beiden Damen, welche Römerinnen waren. Von meiner Seite war es eine wahre Kraftanstrengung, zwei reizenden Frauen fünf Stunden lang gegenüber zu sitzen, ohne ein einziges Mal das Wort oder das geringste Kompliment an sie zu richten. In Capua angelangt, stiegen wir in einem Gasthause ab, wo man uns ein Zimmer mit zwei Betten gab, in Italien etwas sehr Gewöhnliches. Hier redete mich der Neapolitaner an:»Ich werde also die Ehre haben, bei dem Herrn Abbé zu schlafen.« Ich antwortete mit sehr ernster Miene, das es ihm freistehe zu wählen und auch andre Anordnungen zu treffen. Diese Antwort brachte die eine Dame zum Lachen, gerade die, welche mir am besten gefiel, und ich hielt dies für eine gute Vorbedeutung. In den gleichgültigen Gesprächen, welche beim Abendessen geführt wurden, fand ich Anstand, Geist und feine Sitte. Das machte mich neugierig. Nach dem Abendessen begab ich mich hinunter und fragte unsern Fuhrmann, wer die Reisenden wären. Der Herr, sagte er, ist Advokat, und die eine der beiden Damen ist seine Gemahlin, aber ich weiß nicht welche. Als ich wieder zurückgekehrt war, hatte ich die Höflichkeit, mich zuerst zu Bett zu legen, um den Damen die Freiheit zu lassen, sich bequem auskleiden zu können, und am Morgen stand ich zuerst auf, ging weg und kam erst wieder, als ich zum Frühstück gerufen wurde.

Wir hatten ausgezeichneten Kaffee, welchen ich sehr rühmte, und die hübscheste versprach mir ebensolchen für die ganze Reise. Nach dem Frühstück kam ein Barbier, und der Advokat ließ sich rasieren; der Schalk bot auch mir seine Dienste an, ich aber sagte ihm, daß ich seiner nicht bedürfe, worauf er sich mit der Bemerkung entfernte, daß der Bart eine Unreinlichkeit sei. Als wir im Wagen saßen, äußerte der Advokat, fast alle Barbiere wären frech. »Es fragt sich,« sagte die Schöne, »ob der Bart eine Unreinlichkeit sei oder nicht.« »Ja,« sagte der Advokat, »denn er ist ein Exkrement.« »Das ist möglich,« versetzte ich, »aber man betrachtet ihn nicht als solches. Nennt man die Haare welche man so sehr pflegt und welche derselben Art sind, wohl ein Exkrement? Im Gegenteil, man bewundert ihre Schönheit und Länge.« »Also«, sagte die Zwischenrednerin, »ist der Barbier ein einfältiger Mensch.« »Aber«, fragte ich, »habe ich denn einen Bart?« »Ich glaubte es,« erwiderte sie. »In diesem Falle werde ich mich in Rom rasieren lassen, denn es ist das erstemal, daß mir dieser Vorwurf gemacht wird.« »Nein, liebe Frau,« sagte der Advokat, »du hättest schweigen sollen, denn es ist möglich, daß der Herr nach Rom geht, um Kapuziner zu werden.« Dieser Einfall brachte mich zum Lachen; da ich ihm aber nicht die Antwort schuldig bleiben wollte, so sagte ich, er habe recht, aber die Lust sei mir vergangen, seitdem ich Madame gesehen. »Sie haben unrecht,« entgegnete der muntere Neapolitaner, »denn meine Frau liebt sehr die Kapuziner, und wenn Sie ihr gefallen wollen, brauchen Sie Ihren Beruf nicht zu ändern.« Da diese spaßhaften Plaudereien zu vielen andern Anlaß gaben, so verging uns der Tag auf eine angenehme Weise, und am Abend entschädigte uns eine mannigfaltige und geistreiche Unterhaltung für das schlechte Abendessen, welches man uns in Garillano vorsetzte. Meine entstehende Neigung wuchs durch die zuvorkommenden Manieren derer, die sie hervorgerufen hatten. Am folgenden Tage fragte mich die liebenswürdige Dame, sobald wir den Wagen bestiegen hatten, ob ich mich vor der Rückkehr einige Zeit in Rom aufzuhalten gedächte. Ich antwortete ihr, daß ich mich zu langweilen fürchtete, da ich niemand kenne. »Man liebt in Rom die Fremden, und ich bin sicher, daß Sie sich daselbst gefallen werden.« »Ich darf also hoffen, Madame, daß Sie mir erlauben werden, Ihnen die Cour zu machen.« »Sie würden uns eine Ehre erweisen,« sagte der Advokat. Meine Augen waren auf seine reizende Frau gerichtet, und ich sah sie erröten, tat aber so, als ob ich es nicht merkte. Unter fortwährendem Geplauder verging uns dieser Tag auf eine ebenso angenehme Weise wie der vorige. Wir übernachteten in Terracina, wo man uns ein Zimmer mit drei Betten gab, zwei engen und einem breiteren in der Mitte. Es war natürlich, daß die beiden Schwestern zusammenschliefen und sich in das große Bett legten, während der Advokat und ich ihnen den Rücken zudrehten und weiter plauderten. Sobald die Damen sich zu Bette gelegt hatten, begab sich auch der Advokat in sein Bett, auf welchem er seine Nachtmütze liegen sah, und ich mich in das andere, welches nur einen Fuß breit von dem großen Bette entfernt war. Ich sah, daß der Gegenstand, der mich schon fesselte, auf meiner Seite lag, und ich glaubte mir ohne Eitelkeit einbilden zu können, daß der Zufall allein dies nicht so gefügt hätte. Ich löschte das Licht aus und legte mich nieder, in meinem Kopfe einen Plan herumwälzend, welchen ich weder zu befolgen noch zu verwerfen wagte. Vergeblich rief ich den Schlaf herbei. Ein sehr schwacher Lichtschimmer, welcher mir das Bett, in welchem das reizende Weib lag, zu sehen erlaubte, zwang mich, die Augen offen zu halten. Wer weiß, wozu ich mich entschlossen haben würde, denn ich kämpfte seit einer Stunde, als ich sie aufrichten, sachte aus ihrem Bette schlüpfen, um dieses herumgehen, und sich in das Bett ihres Mannes legen sah, der ohne Zweifel ruhig weiterschlief, denn ich hörte keinen Lärm mehr. Von Ärger und Ekel erfüllt, rief ich den Schlaf mit allen Kräften herbei und wachte erst am Morgen auf. Da ich die schöne Nachtwandlerin in ihrem Bette sah, stand ich auf, und nachdem ich mich schnell angekleidet, ging ich hinaus, während die andern alle noch in tiefem Schlafe lagen. Erst im Augenblicke der Abreise und als der Advokat und die Damen schon im Wagen saßen, kehrte ich ins Gasthaus zurück. Meine schöne Dame beklagte sich mit sanfter und zuvorkommender Miene, daß ich ihren Kaffee nicht getrunken, ich entschuldigte mich damit, daß ich das Bedürfnis, spazieren zu gehen, gefühlt, und hütete mich, sie mit einem einzigen Blicke zu beehren; und unter dem Scheine, Zahnschmerzen zu haben, überließ ich mich meiner üblen Laune und dem Schweigen. Als wir in Piperno ankamen, fand sie Gelegenheit, mir zu sagen, daß meine Zahnschmerzen bestellt wären, und dieser Vorwurf war mir angenehm, denn er ließ mich eine Erklärung ahnen, die zu wünschen ich mich trotz meiner Verstimmung nicht enthalten konnte. Am Nachmittage war ich wie am Morgen düster und schweigend bis Sermoneta, wo wir schlafen sollten. Wir kamen frühzeitig an, und da der Tag schön war, so sagte Madame, sie würde gern noch eine Promenade machen, und bat mich um meinen Arm. Ich gab ihr den Arm um so eher, als die Höflichkeit mir nicht gestattete, ihn zu verweigern. Ich war in übler Stimmung, nur eine Erklärung konnte den früheren Zustand wieder herbeiführen, aber ich wußte nicht, wie ich dazu gelangen sollte. Ihr Mann folgte uns mit ihrer Schwester, aber in ziemlicher Entfernung. Sobald wir von diesen ziemlich entfernt waren, faßte ich mir den Mut, sie zu fragen, weshalb sie meine Zahnschmerzen für bestellt gehalten hätte. »Ich bin offen,« sagte sie, »wegen des zu deutlichen Unterschiedes im Benehmen, und weil Sie sich ersichtliche Mühe gegeben, mich im Laufe des Tages nicht einmal anzusehen. Da die Zahnschmerzen Sie nicht hindern konnten, höflich zu sein, habe ich Sie für affektiert halten müssen. Übrigens weiß ich nicht, wer von uns Ihnen Ursache gegeben, so plötzlich Ihre Laune zu ändern.« »Dennoch muß eine Veranlassung dazu vorhanden sein, und Sie, Madame, sind nur halb aufrichtig.« »Sie täuschen sich, mein Herr, ich bin es ganz, und wenn ich Ihnen einen Grund gegeben, so kenne ich ihn nicht oder darf ihn nicht kennen. Haben Sie die Güte, mir zu sagen, worin ich mich gegen Sie vergangen habe?« »In nichts, denn ich habe kein Recht, Ansprüche zu machen.« »Allerdings haben Sie Rechte, dieselben wie ich, mit einem Worte diejenigen, welche die gute Gesellschaft allen ihren Mitgliedern zugesteht. Sprechen Sie und seien Sie offen.« »Sie dürfen den Grund nicht kennen oder müssen vielmehr so tun, als ob sie ihn nicht kennen, das ist richtig, aber Sie werden auch zugeben, daß meine Pflicht mir verbietet, Ihnen den rechten zu nennen.« »Nun wohl. Jetzt ist alles gesagt; wenn aber Ihre Pflicht Sie nötigt, mir den Grund Ihrer veränderten Laune nicht zu sagen, so fordert sie ebenso gebieterisch, daß Sie nichts davon sehen lassen. Das Zartgefühl verpflichtet zuweilen den höflichen Mann, gewisse Gefühle, welche kompromittieren können, zu verbergen. Es ist ein Zwang, den sich der Geist auferlegen muß, aber er hat seinen Wert, da er dazu beiträgt, denjenigen, welcher sich ihn auferlegt, liebenswürdiger zu machen.« Ein mit solcher Stärke vorgebrachtes Räsonnement ließ mich vor Scham erröten, und ich drückte meine Lippen auf ihre schöne Hand, indem ich mein Anrecht eingestand. »Sie würden mich«, sagte ich, »es zu Ihren Füßen abbüßen sehen, wenn ich es könnte, ohne Sie bloßzustellen.« »Sprechen wir also nicht mehr davon,« sagte sie; und gerührt von meiner raschen Reue betrachtete sie mich mit einer Miene, in welcher die Verzeihung so deutlich zu lesen war, daß ich meine Schuld nicht zu vergrößern glaubte, als ich meine Lippen von ihrer Hand wegnahm, um sie aus ihren halbgeöffneten und lachenden Mund zu drücken. Trunken von Glück ging ich von Traurigkeit zur Freude über, und dieser Übergang war so schnell, daß der Advokat während des Abendessens hundert Späße über meine Zahnschmerzen und den Spaziergang, der mich geheilt, machte. Am folgenden Tage speisten wir in Velletri und schliefen in Marino, wo wir zwei kleine Zimmer und ein sehr gutes Abendessen fanden. Ich war mit meiner liebenswürdigen Römerin so gut daran, wie ich nur wünschen konnte, obwohl ich nur ein flüchtiges, aber so wahres, so zärtliches Unterpfand empfangen. Im Wagen sagten sich unsere Augen nicht viel; da wir uns aber gegenübersaßen, so wurde die Unterhaltung der Füße mit großer Beredsamkeit zwischen uns geführt. Der Advokat hatte mir gesagt, daß er sich wegen einer geistlichen Sache nach Rom begäbe und daß er bei seiner Schwiegermutter wohnen würde, welche seine Frau zu sehen wünschte, da sie diese seit den zwei Jahren, wo sie verheiratet wären, nie gesehen hätte, und daß ihre Schwester dort zu bleiben hoffte, da sie einen Beamten an der Bank des heiligen Geistes heirate. Da ich ihre Adresse hatte und zum Besuche bei ihnen eingeladen wurde, so versprach ich, ihnen die Zeit, welche mir meine Geschäfte übrig lassen würden, zu widmen. Wir waren beim Dessert, als meine Schöne, welche meine Dose bewunderte, zu ihrem Manne sagte, daß sie wohl eine ähnliche wünschte.»Ich werde sie dir kaufen, meine Teure.«»Kaufen Sie diese, sagte ich, ich gebe sie Ihnen für zwanzig Unzen und Sie werden sie an den Überbringer einer Anweisung, die Sie mir ausstellen, zahlen. Ich bin,« fügte ich hinzu,»diese Summe einem Engländer schuldig, und es würde mir lieb sein, wenn ich gegen ihn quitt werden könnte.«»Ihre Dose, Herr Abbé, ist zwanzig Unzen wert; aber ich werde sie Ihnen nur unter der Bedingung abkaufen, daß ich sie Ihnen auf der Stelle ausbezahlen darf; es würde mir lieb sein, sie in den Händen meiner Frau zu sehen, welche dadurch an Sie erinnert werden würde.« Da seine Frau sah, daß ich diesen Vorschlag nicht annahm, sagte sie, ihr würde es nicht dar auf ankommen, mir die gewünschte Anweisung zu geben.»Aber«, fiel der Advokat ein,»siehst Du denn nicht, daß der Engländer nur in der Phantasie existiert. Er würde nie zum Vorschein kommen, und wir würden die Dose umsonst erhalten.

Mißtraue, meine Teure, diesem Abbé, er ist ein großer Betrüger.«»Ich glaubte nicht,« sagte seine Frau, mich ansehend,»daß Betrüger so aussehen,« und ich nahm eine traurige Miene an und sagte, ich wünschte wohl, reich genug zu sein, um oft solche Betrügereien zu begehen. Wenn man verliebt ist, so genügt ein Nichts, um in Verzweiflung oder in das größte Entzücken zu versetzen. In dem Zimmer, in welchem wir zu Abend speisten, stand das eine Bett und ein zweites in einem anliegenden Alkoven ohne Tür. Die Damen wählten natürlicherweise das Kabinett, und der Advokat legte sich vor mir in das Bett, in welchem wir gemeinschaftlich schlafen sollten. Ich wünschte den Damen, sobald sie sich schlafen gelegt, eine gute Nacht; ich sah meinen Abgott und legte mich mit der Absicht nieder, die ganze Nacht zu schlafen. Aber man denke sich meinen Zorn, als ich beim Schlafengehen ein Knarren der Bretter hörte, welches einen Toten hätte erwecken können. Ich rühre mich nicht, bis mein Bettgefährte fest eingeschlafen, und sobald ein gewisses Geräusch mir anzeigt, daß er ganz unter dem Einflüsse des Morpheus steht, suche ich aus dem Bette zu entschlüpfen; aber der Lärm, welchen die geringste Bewegung macht, weckt meinen Gefährten, welcher seine Hand nach mir ausstreckt. Da er fühlt, daß ich da, schläft er wieder ein. Nach einer halben Stunde mache ich denselben Versuch, stoße aber auf dasselbe Hindernis und gebe nun den Plan ganz auf. Der Liebesgott ist der schelmischste Gott; die Widerwärtigkeiten scheinen das Element zu sein, in welchem er sich bewegt. Da aber seine Existenz von der Befriedigung derjenigen Wesen abhängt, welche ihm einen eifrigen Kultus widmen, so läßt der kleine klarsehende Blinde alles in dem Augenblicke gelingen, wo jede Hoffnung verschwunden scheint. Ich fing schon an einzuschlafen, weil ich jede Hoffnung aufgegeben hatte, als plötzlich ein gräßlicher Lärm ertönte. In der Straße fielen Flintenschüsse, durchdringendes Geschrei, man lief die Treppen herauf und hinunter, und endlich klopfte man mit heftigen Schlägen an unsre Tür. Der Advokat fragt mich erschrocken, was das sein möchte; ich spiele den Gleichgültigen und sage, da ich es nicht wissen könnte, möchte er mich schlafen lassen. Aber die erschreckten Damen baten uns, Licht zu verschaffen. Ich tue gerade nicht sehr eilig; der Advokat steht auf, um Licht zu holen; ich stehe nach ihm auf, und indem ich die Tür wieder zumachen will, schlage ich sie ein wenig zu stark zu, so daß der Drücker einspringt und ich sie nicht mehr öffnen kann, ohne den Schlüssel zu haben. Ich nähere mich den Damen, um sie zu beruhigen; ich sage, daß der Advokat bald wiederkommen würde und daß wir dann die Ursache dieses Tumults erfahren würden; aber zugleich verliere ich nicht die kostbare Zeit, sondern mache um so mehr alle nur möglichen Einleitungen, als ich durch die Schwäche des Widerstandes aufgemuntert werde. Trotz meiner Vorsicht bricht das Bett zusammen, und nun liegen wir alle drei durcheinander. Der Advokat kommt zurück und klopft; die Schwester steht auf; auf Bitten meiner liebenswürdigen Freundin tappe ich zur Tür und sage dem Advokaten, daß wir ihn ohne Schlüssel nicht einlassen könnten. Die beiden Schwestern standen hinter mir; ich strecke die Hand aus; da ich aber heftig zurückgestoßen werde, so schließe ich daraus, daß es die Schwester ist, und ich wende mich mit mehr Erfolg an die andre Seite. Als hierauf der Mann zurückgekehrt war und das Geräusch eines Schlüssels uns benachrichtigt hatte, daß die Tür sich sogleich öffnen würde eilten wir in unsere Betten. Sobald die Tür geöffnet, eilt der Advokat an das Bett der beiden erschreckten Frauen, um sie zu beruhigen, aber er bricht in lautes Lachen aus, als er sie in dem zusammengestürzten Bette begraben sieht. Er ruft mich, um sie mir zu zeigen, aber ich bin zu bescheiden, um darauf einzugehn. Hierauf erzählte er mir, daß der Lärm davon herrühre, daß eine deutsche Abteilung die spanischen Truppen überfallen, welche tiraillierend abzögen. Eine Viertelstunde später hörte man nichts mehr, und die vollkommenste Ruhe trat wieder ein. Nachdem er mir über meine unverwüstliche Ruhe ein Kompliment gemacht, legte er sich wieder nieder und schlief bald ein. Ich aber schloß kein Auge mehr, und als ich den Tag anbrechen sah, stand ich auf. Zum Frühstück kehrte ich zurück, und während wir den köstlichen Kaffee tranken, er schien mir besser zu sein als gewöhnlich, bemerkte ich, daß ihre Schwester mir schmollte. Was wollte aber der Eindruck ihrer üblen Laune gegen das Entzücken besagen, welches die fröhliche Miene und die zufriedenen Augen meiner Lucrezia durch alle meine Sinne rollen ließen! In Rom langten wir sehr früh an. In la Torre waren wir zum Frühstuck geblieben, und da der Advokat gut gelaunt war, so versetzte ich mich in dieselbe Stimmung, und unter vielen verbindlichen Reden prophezeite ich ihm die Geburt eines Sohnes, indem ich durch eine komische Wendung seine Frau dazu brachte, ihm einen solchen zu versprechen.

Ich vergaß die Schwester meiner angebeteten Lucrezia nicht, und um sie gegen mich umzustimmen, sagte ich ihr so viele Artigkeiten und zeigte ihr ein so freundschaftliches Interesse, daß sie sich gezwungen sah, mir den Zusammensturz des Bettes zu verzeihen. Als wir uns verließen, versprach ich ihnen einen Besuch für den folgenden Tag bei Donna Cäcilia, der Mutter meiner Schönen. Kaum hatte ich mich in Rom umgesehen, als ich mich ganz römisch kleidete, ließ mich rasieren und überraschte so die Damen und den Advokaten. Ich suchte einen möglichst günstigen Eindruck auf Donna Cäcilia zu machen, und erreichte es auch, daß mir beim Weggehen der Advokat mitteilte, seine Schwiegermutter wünsche, daß ich Hausfreund bei ihnen würde. In Rom gewann ich mir bald die besten Beziehungen im hohen Klerus, und besonders leutselig nahm sich der Kardinal Acquariva meiner an. In dem Pater Georgi fand ich einen ausgezeichneten Mentor, der mir die sichersten Wege wies, mich durch die Intrigen und Gefahren des römischen Hofes durchzufinden. Überrascht war ich, als er von meinem Besuche bei Donna Cäcilia ganz genau unterrichtet war und mich belehrte, daß ich dies Haus nicht zu häufig besuchen dürfe. Da ich seufzte setzte er hinzu:»Bedenken Sie, daß die Vernunft keinen größeren Feind hat als das Herz.« Ich war fast zu Tode getroffen, denn ich liebte Lucrezia. An einem der nächsten Tage ging ich abends zu ihr. Man wußte alles und wünsche mir Glück. Sie sagte mir, ich schiene traurig, und ich antwortete ihr, ich feierte das Begräbnis meiner Zeit, deren Herr ich nicht mehr wäre. Ihr immer spaßhafter Mann sagte, ich wäre verliebt in sie, und seine Schwiegermutter riet ihm, nicht so sehr den Unerschrockenen zu spielen. Nachdem ich eine einzige Stunde im Kreise dieser liebenswürdigen Familie zugebracht, entfernte ich mich, die Luft mit der mich verzehrenden Glut entflammend. Als ich nach Hause gekommen war, beschäftigte ich mich mit Schreiben, und in der Nacht dichtete ich eine Ode, welche ich am folgenden Morgen an den Advokaten schickte, da ich sicher sein konnte, daß er sie seiner Frau geben würde, weil diese die Poesie sehr liebte und nicht wußte, daß dies meine Leidenschaft. Am Morgen sah ich den ehrlichen Advokaten in mein Zimmer treten, welcher mir sagte, ich würde mich täuschen, wenn ich ihm durch das Einstellen meiner Besuche zu beweisen glaubte, ich wäre nicht in seine Frau verliebt, und er lud mich für den folgenden Tag zum Frühstück mit der ganzen Familie in Testaccio ein. »Meine Frau«, fügte er hinzu, »weiß Ihre Ode auswendig; sie hat sie dem Bräutigam Angelicas hergesagt, welcher vor Sehnsucht stirbt, Sie kennen zu lernen.« Ich versprach ihm, am bezeichneten Tage mit einem zweisitzigen Wagen zu kommen. Wohl kam ich beim Heimweg von diesem Ausflug mit meiner angebeteten Lucrezia allein in einem Wagen zu sitzen, aber da wir nur eine halbe Stunde zu fahren hatten, so konnte sich unsere Zärtlichkeit kaum ergehen, als wir schon zu Hause waren. Um nun dieses Glück ganz auskosten zu können, lud ich die Gesellschaft zu einem Ausflug ein, den ich bestreiten wollte, und zwar nach Fraskati. Wir verabredeten einen nahen Tag, und um sieben Uhr fand ich mich bei Donna Cäcilia ein. Mein Phaeton und mein zweisitziger Wagen, ein so weicher und in so guten Federn hängender Visavis, daß Donna Cäcilia ihn lobte, standen vor der Tür. »An mich«, sagte Donna Lucretia, »kommt die Reihe bei der Rückfahrt nach Rom.« Ich machte ihr eine Verbeugung, wie um sie beim Worte zu halten. So forderte sie den Argwohn heraus, um ihn zu zerstreuen. Da ich sicher war, glücklich zu werden, überließ ich mich meiner ganzen natürlichen Heiterkeit. Nachdem ich ein gewähltes Mittagessen bestellt, begaben wir uns nach der Villa Ludovisi, und da es möglich war, daß wir uns verirren konnten, gaben wir uns ein Stelldichein um ein Uhr im Gasthofe. Die rücksichtsvolle Witwe nahm den Arm ihres Schwiegersohns, Angelica den ihres Zukünftigen, und Lucrezia wurde mein köstlicher Anteil. Ursula, die kleine Schwester und ihr Bruder jagten sich, und in weniger als einer Viertelstunde war ich allein mit meiner Schönen. »Hast Du gehört,« sagte sie, »mit welcher Unbefangenheit ich mir zwei Stunden eines süßen vis-à-vis mit dir gesichert habe?« »Ja, meine angebetete Freundin, die Liebe hat unsere Geister zu einem einzigen verschmolzen. Ich bete dich an und ich lebe so viele lange Tage, ohne dich zu sehen, nur um mich des Genusses eines einzigen desto besser zu versichern.« »Ich hielt es nicht für möglich: du, mein Freund, hast alles gemacht; du bist so klug für dein Alter!« »Vor einem Monat, meine Freundin, war ich nur ein unwissender Mensch, und du bist die erste Frau, welche mich in die wahren Geheimnisse der Liebe eingeweiht hat. Deine Abreise, Lucrezia, wird mich unglücklich machen, denn Italien kann nicht noch eine Frau besitzen, welche dir gleicht.« »Wie! Ich bin deine erste Liebe! Ach, Unglücklicher, dann wirst du nie davon geheilt werden. Warum gehöre ich nicht dir an! Auch du bist die erste Liebe meines Herzens und wirst gewiß die letzte sein. Glücklich die, welche du nach mir lieben wirst! Ich werde nicht eifersüchtig auf sie sein, aber es wird mich schmerzen, wenn ich erfahre, daß sie nicht ein Herz hat wie ich.« Als Lucrezia meine Augen feucht von Tränen sah, ließ sie auch den ihrigen freien Lauf; und nachdem wir uns auf den Rasen gesetzt, saugten unsere Lippen den Nektar der süßesten Küsse. Wie süß sind die Tränen der Liebe, welche unter den Ergüssen gegenseitiger Zärtlichkeit fließen! Ich habe die ganze Süße dieser köstlichen Tränen gekostet. Als ich in einem Augenblick der Ruhe ihre reizende Unordnung betrachtete, sagte ich, wir könnten überrascht werden. »Fürchte das nicht, uns beschützen unsere Genien,« antwortete sie, und nach einer Weile, während der wir still beieinander ruhten: »Sieh, mein Herz, habe ich es dir nicht gesagt? Ja, unsere Genien behüten uns! Ach, wie er uns betrachtet! Sein Blick sucht uns zu beruhigen. Sieh diesen kleinen Dämon. Nichts geheimnisvolleres lebt in der Natur. Bewundere ihn. Gewiß ist dein Genius oder der meinige.« Ich hielt sie für wahnsinnig. »Was sagst du, mein Herz? Ich begreife dich nicht, was soll ich bewundern?« »Du siehst nicht die schöne Schlange mit gestreifter Haut, welche uns mit erhobenem Haupt anzublicken scheint?« Ich folge ihrem Finger und sehe eine Schlange mit wechselnden Farben wohl eine Elle lang, und wirklich: sie betrachtet uns. Dieser Anblick machte mir kein Vergnügen, aber ich wollte mich nicht weniger unerschrocken als sie zeigen. »Wie kann«, sagte ich, »die Schlange dich nicht erschrecken?« »Ihr Anblick entzückt mich, und ich bin überzeugt, daß sie eine Gottheit ist, welche nur die Form oder vielmehr nur den Schein einer Schlange hat.« »Und wenn sie auf dem Rasen hingleitend und zischend auf dich loskäme?« »Ich würde dich fester an meinen Busen pressen und sie herausfordern, mir etwas zuleide zu tun. Lucrezia ist in deinen Armen für keine Furcht empfänglich. Siehe, sie entfernt sich. Schnell, schnell! durch ihre Flucht verkündet sie uns die Ankunft eines Ungeweihten und sagt uns, daß wir einen andern Zufluchtsort suchen sollen, um unsre Freuden zu erneuern.« Kaum sind wir aufgestanden und schreiten langsam vorwärts, als wir aus einer nahen Allee Donna Cäcilia mit dem Advokaten kommen sehen. Wir weichen ihnen nicht aus und beeilen uns auch nicht, als ob es sehr natürlich wäre, daß wir ihnen begegneten, und ich frage Donna Cäcilia, ob ihre Tochter die Schlangen fürchte.« »Trotz ihres Geistes«, antwortet diese, »fürchtet sie den Donner so sehr, daß sie ohnmächtig wird, und beim Anblick der kleinsten

Schlange schreit sie laut aus. Es gibt deren hier, aber sie sind nicht giftig.« Vor Verwunderung sträubten sich mir die Haare auf dem Kopfe, denn ich war Zeuge eines wahren Wunders der Liebe gewesen. In diesem Augenblicke kamen auch die Kinder, und ohne Umstände trennten wir uns wieder von ihnen.»Sage mir, erstaunliches Wesen, entzückendes Weib, was würdest du gemacht haben, wenn statt der Schlange dein Mann und deine Mutter erschienen wären?«»Nichts. Weißt du nicht, daß in solchen feierlichen Augenblicken Liebende nur der Liebe angehören? Solltest du bezweifeln, daß du mich ganz besessen?« Indem Lucrezia so sprach, dichtete sie nicht eine Ode: keine Dichtung, die Wahrheit lag sowohl in ihrem Blicke, wie im Tone ihrer Stimme!»Glaubst du,« sagte ich,»daß niemand uns in Verdacht hat?«»Mein Mann hält uns entweder nicht für verliebt oder legt keinen Wert auf gewisse Kleinigkeiten, welche die Jugend sich gewöhnlich gestattet. Meine Mutter hat Geist und denkt sich vielleicht die Wahrheit; aber sie weiß, daß diese Sachen sie nichts mehr angehen. Meine Schwester muß alles wissen, denn wie hätte sie wohl das zusammengebrochene Bett vergessen können; aber sie ist klug und hat sich überdies darauf gelegt, mich zu beklagen. Sie hat keine Idee von der Natur meiner Empfindungen für dich. Ohne dich, mein Freund, wurde ich wahrscheinlich das Leben durchwandert haben, ohne von diesem Gefühle eine genaue Vorstellung zu erhalten, denn was ich für meinen Mann empfinde ... ich habe für ihn die Gefälligkeit, welche mein Stand mir auferlegt.«»Er ist dennoch sehr glücklich, und ich beneide sein Glück! Er kann wenn er es wünscht, dein ganzes Wesen in seine Arme drücken; kein lästiger Schleier legt sich zwischen euch, um ihm einen Teil deiner Reize zu entziehen.«»Wo bist du, teure Schlange? Komm und schütze mich vor ungeweihten Blicken, und ich werde augenblicklich die Wünsche meines Angebeteten erfüllen.« Während des ganzen Morgens hörten wir nicht auf, uns zu sagen, daß wir uns liebten und uns wiederholte Beweise davon zu geben. Wir hatten ein feines Mittagessen, und während des ganzen Mittags überhäufte ich die liebenswürdige Cäcilia mit Aufmerksamkeiten. Meine niedliche Schildpattdose mit vortrefflichem Tabak gefüllt, wanderte oft um den Tisch herum. In einem Augenblicke, wo sie sich in den Händen Lucrezias befand, welche zu meiner Linken saß, sagte ihr Mann zu ihr, sie könnte meine Tabaksdose gegen ihren Ring eintauschen. Da ich glauben konnte, der Ring sei weniger wert als die

Dose, so beeilte ich mich, ihr zu sagen, daß ich sie beim Worte fasse; der Ring war indes mehr wert. Donna Lucrezia wollte nicht Vernunft annehmen, sondern steckte die Dose in die Tasche, und ich mußte den Ring nehmen. Wir tranken den Kaffee, ich bezahlte den Wirt und wir verloren uns sodann in den Labyrinthen der Villa Aldobrandini. Wie viele süße Erinnerungen haben mir diese Orte hinterlassen! Mir schien es, als ob ich meine Lucrezia zum ersten Male sähe. Unsre Blicke waren flammend, unsre Herzen schlugen mit einem Schlage der zärtlichsten Sehnsucht und unser Instinkt leitete uns zu dem einsamsten Asyle, welches die Hand der Liebe geschaffen zu haben schien, um die Mysterien ihres Geheimkultes zu feiern. Hier erhob sich inmitten einer langen Allee und unter einem grünen Laubdache eine geräumige Rasenbank, welche an dichtes Gehölz gelehnt war; vor uns schweiften unsere Augen über eine unermeßliche Ebene und unsere Blicke übersahen die Allee zur Rechten und zur Linken in einer Ausdehnung, welche uns vor jeder Überraschung sicherte. Wir hatten nicht nötig miteinander zu sprechen; unsre Herzen verstanden sich. Ohne zu sprechen und einer vor dem andern stehend, entfernten wir mit geschickten Händen bald alle Hindernisse und gaben der Natur alle Reize zurück, welche die lästigen Hüllen ihr entziehen. Nach zwei Stunden wanderten wir langsamen Schrittes zu unserm Wagen zurück und erheiterten uns auf dem Wege durch die zärtlichsten Mitteilungen. Meine Lucrezia sagte mir, der Bräutigam ihrer Schwester sei reich und besitze ein schönes Haus in Tivoli; wahrscheinlich würde er uns daher einladen, eine Partie dahin zu machen und die Nacht daselbst zuzubringen. »Ich beschwöre die Liebe,« fügte sie hinzu, »mir ein Mittel an die Hand zu geben, daß wir diese Nacht ebenso ungestört wie den heutigen glücklichen Tag verleben können.« Hierauf einen traurigen Ton annehmend, sagte sie: »Die geistliche Angelegenheit, welche meinen Mann hierher geführt, ordnet sich leider sehr glücklich und ich fürchte, daß er die Sentenz sehr bald erhalten wird.« Wir brauchten zur Rückfahrt in unserm Visavis zwei Stunden, und wir belästigten gewissermaßen die Natur, indem wir von ihr mehr forderten, als sie geben konnte. Bei unserer Ankunft waren wir genötigt, ehe noch das Drama, welches wir zur großen Befriedigung der Schauspieler gespielt, beendet war, den Vorhang fallen zu lassen. – Wir hatten noch einige Male Gelegenheit unsere Liebe zu kosten, aber nicht lange und ihr Gemahl erhielt das Urteil. Er kündigte mir unter vielen Freundschaftsbezeugungen seine Abreise auf den nächstnächsten Tag an. Ich brachte die beiden Abende bei Lucrezia und in der Familie zu, und am Tage der Abreise eilte ich ihnen voraus, um ihnen eine angenehme Überraschung zu verschaffen, und begab mich an den Ort, wo sie die Nacht zubringen mußten. Da aber der Advokat, durch verschiedene unvermutete Hindernisse zurückgehalten, erst vier Stunden später als er beabsichtigt, aufbrechen konnte, so kamen sie erst am folgenden Tage zum Mittagessen an. Nach dieser Mahlzeit sagten wir uns ein schmerzliches Lebewohl; sie setzten ihren Weg fort, und ich kehrte nach Rom zurück.

Bellino

Ich war im glücklichsten Schwunge meines Lebens: beliebt bei Seiner Eminenz, beliebt bei den Damen und Herren der hohen römischen Gesellschaft; es konnte mir jedermann die sicherste Laufbahn zu allen Würden voraussagen. Aber leider ist das Geschick unerbittlich. Die Tochter meines Lehrers, bei dem ich Französisch lernte, hatte mich gebeten, einige Nachrichten an ihren Geliebten zu übermitteln, von dem sie durch ihren überaus strengen Vater ferngehalten wurde. Ich tat's einige Male, wenn auch ungern, und dieser kleine Liebesdienst ließ das Mädchen in mir einen wohlwollenden Freund sehen. Das wurde verhängnisvoll für mich. Die beiden Liebenden hatten sich zur Flucht verabredet. In der Nacht aber, als sie zur Ausführung schritten, lauerten Sbirren dem Pärchen auf; sie faßten aber nur die alte Magd, während das Mädchen, in der Kleidung eines Abbés, sich in den spanischen Palast, in mein Zimmer rettete. Sie blieb die Nacht bei mir, und obwohl wir zusammen in einem Bett schliefen, erfuhr ich hier: das Mitleid vermag auch die ungestümste Begierde zum Schweigen zu bringen, trotz des Anblicks aller Reize, welche sie zum höchsten Grade der Erregung steigern können. Es gelang mir. das Mädchen am andern Morgen, auf die listigste Weise, ohne daß jemand etwas merkte, unter den Schutz des Kardinals zu bringen, der sich ihrer aufs freundlichste annahm und sie in ein Kloster bringen ließ. Aber es war bekannt geworden, daß ich mit ihr und dem Entführer, einem jungen Doktor, in Verbindung stand, und so vermutete jeder, ich habe an der Intrige teilgenommen. Es war eine Verleumdung, und so sichere Beweise ich dagegen brachte: man will nicht das wissen, was die Verleumdung zerstört, sondern das vielmehr, was sie befestigt, denn man liebt sie in der heiligen Stadt. Kurz, dadurch wurde mein weiterer Aufenthalt in Rom unmöglich, bei allem Wohlwollen mußte mir der Kardinal eröffnen, daß ich ihn und Rom verlassen müsse, als Zeichen seiner Achtung aber verspreche er mir, zu jedermann zu sagen, ich sei in einem wichtigen Auftrage verreist; ich konnte mir das Land aussuchen, wohin ich wollte, überallhin könne er mir die besten Empfehlungen mitgeben. Ich war so verärgert, daß ich Seiner Eminenz am andern Tag Konstantinopel angab, wohin ich geschickt sein wollte. Der Kardinal lächelte fein und ließ mir bei meiner Abreise einen Paß nach Venedig übergeben und einen versiegelten Brief an Osman Bonneval, Pascha von Karamanien, in Konstantinopel. Wenn ich auch allen die Adresse zeigte, es glaubte mir niemand, daß ich nach Konstantinopel ginge. Außerdem erhielt ich noch siebenhundert Zechinen, so daß ich mit etwa tausend im ganzen aufbrach, um meiner Vaterstadt zuzueilen. Als ich in Ankona anlangte, müde in einem Gasthause abstieg, wurde ich durch einen Disput mit dem Wirte mit einem Kastilianer Sancio Pico bekannt. Im Laufe des Gesprächs sagte er mir, wenn ich gute Musik hören wolle, möchte ich ihm ins benachbarte Zimmer folgen, wo die erste Sängerin wohne. Das Wort Sängerin interessiert mich, und ich folge ihm. Ich sehe an einem Tische eine Frau von einem gewissen Alter mit zwei jungen Mädchen und zwei Knaben sitzen, aber ich suche vergeblich die Sängerin, welche Don Sancio Pico mir vorstellt, indem er mir einen der beiden Knaben zeigt, der von entzückender Schönheit war und höchstens siebzehn Jahre alt sein konnte. Ich glaubte, es wäre ein Kastrat, der, wie in Rom, alle Funktionen einer ersten Sängerin versähe. Die Mutter stellte mir ihren anderen, ebenfalls sehr niedlichen Sohn vor, der männlicher war als der Kastrat, obwohl er jünger war, er hieß Petron. Dieser stellte in weiterer Fortsetzung der Umwandlung die erste Tänzerin vor. Das älteste der beiden Mädchen, welche mir die Mutter ebenfalls vorstellte, hieß Cäcilie und lernte die Musik, sie war noch sehr jung; ihre jüngere Schwester, namens Marina, war aber kräftiger als sie, und war wie ihr Bruder dem Dienste Terpsichorens geweiht; beide waren sehr hübsch. Diese Familie war aus Bologna und lebte von den Früchten ihrer Talente; die Gefälligkeit und die Heiterkeit ersetzten ihnen den Reichtum. Bellino, so hieß der

Kastrat, gab den dringenden Bitten Don Sancios nach, stand vom Tische auf, setzte sich an sein Klavier und sang mit einer Engelsstimme und mit bezaubernder Grazie. Der Kastilianer hörte mit geschlossenen Augen und in einer Art Exstase zu; aber ich war weit entfernt, die Augen zu schließen, sondern bewunderte vielmehr die Bellinos, welche schwarz und feurig Funken zu schleudern schienen, von denen ich mich entzündet fühlte. Ich entdeckte an ihm mehrere Züge Lucrezias und alles an ihm ließ mich auf ein schönes Weib schließen, denn sein Mannesanzug verbarg sehr schlecht die schöne Brust; trotz der mir gemachten Mitteilung setzte ich mir daher auch in den Kopf, daß der angebliche Bellino eine verkleidete Schönheit wäre und da meine Phantasie den höchsten Schwung nahm, wurde ich ganz in ihn verliebt. Nachdem ich zwei köstliche Stunden verlebt, entfernte ich mich mit dem Kastilianer, welcher mich in mein Zimmer begleitete und mir beim Abschied sagte, er reise in der Früh, komme aber übermorgen zum Abendessen wieder zurück. Ich wünschte ihm eine glückliche Reise und sagte, wir würden uns wohl unterwegs begegnen, denn ich würde wohl übermorgen abreisen, sobald ich meinem Bankier einen Besuch abgestattet. Ich legte mich nieder, erfüllt von dem Eindrucke, den Billino auf mich gemacht; ich bedauerte, abreisen zu müssen, ohne ihm den Beweis liefern zu können, daß ich mich nicht durch eine Erdichtung habe täuschen lassen. Bei dieser Stimmung mußte ich mich sehr angenehm überrascht finden, als ich ihn am Morgen, sobald ich meine Tür geöffnet, bei mir eintreten sah. Er bot mir seinen jungen Bruder zur Bedienung während meines Aufenthaltes an. Ich willigte gern ein und schickte den Knaben sogleich Kaffee für die ganze Familie holen. Ich lasse Bellino sich auf mein Bett setzen, um ihm Schmeicheleien zu sagen und ihn als Mädchen zu behandeln, aber da kommen die beiden Schwestern und stürzen auf mich zu: das störte meine Pläne. Indes bildete das Trio vor meinen Augen ein Tableau, welches mir nicht mißfallen konnte; es war die Schönheit ohne Schminke und die naive natürliche Fröhlichkeit in drei verschiedenen Formen; sanfte Vertraulichkeit, theatralischer Charakter, hübsche Scherze und die kleinen Bologneser Grimassen, welche ich noch nicht kannte. Dies war alles reizend und geeignet, in gute Laune zu versetzen, wenn das für mich nötig gewesen wäre. Cäcilie und Marina waren zwei niedliche Rosenknöspchen, welche, um sich zu öffnen, nur den Hauch, nicht des Zephirs, sondern Amors erwarteten, und gewiß würde ich ihnen den Vorzug vor Bellino gegeben haben, wenn ich in diesem nur einen elenden Auswurf der Menschheit oder vielmehr nur ein beklagenswertes Opfer priesterlicher Grausamkeit gesehen hätte; denn trotz ihrer Jugend trugen diese beiden liebenswürdigen Mädchen auf ihrem entstehenden hübschen Busen das Bild früher Reife. Bald kam auch Petron zurück, ich gab ihm eine Zechine, um den Kaffee zu bezahlen, den Rest schenkte ich ihm, wofür er mir mit einem Kuß dankte, woran ich sofort den Buhlknaben erkannte. Ich enttäuschte ihn aber in seiner Erwartung, ohne daß er gedemütigt schien. Sobald ich imstande war, mich zu zeigen, glaubte ich der gefälligen Mutter einen guten Morgen wünschen zu müssen. Ich ging in ihr Zimmer und machte ihr Komplimente über ihre Kinder. Sie dankte mir für das Geschenk, welches ich ihrem Sohne gemacht, und begann mir ihre Not zu klagen. »Der Theaterunternehmer«, sagte sie, »ist ein Barbar, welcher mir für den ganzen Karneval nur fünfzig römische Taler hat geben wollen. Wir haben sie für unseren Lebensunterhalt aufgebraucht und können nun zu Fuße und bettelnd nach Bologna zurückkehren.« Diese Mitteilung rührte mich; ich zog aus meiner Börse einen goldenen Quadrupel und gab ihn ihr, worüber sie Tränen der Dankbarkeit weinte. »Ich verspreche Ihnen einen andern, Madame, für eine Mitteilung,« sagte ich; »gestehen Sie, daß Bellino ein verkleidetes hübsches Weib ist.« »Seien Sie überzeugt, daß er es nicht ist, aber er sieht so aus.« »Er hat das Aussehen und den Ton, Madame, denn ich verstehe mich darauf.« »Er ist so wahr ein Knabe, daß er sich hat untersuchen lassen müssen, um auf dem Theater spielen zu dürfen.« »Und durch wen?« »Durch Seine Ehrwürden den Beichtvater Monsignores des Erzbischofs.« »Durch einen Beichtvater?« »Und Sie können sich davon überzeugen, wenn Sie ihn fragen wollen.« »Ich werde mich nur für überzeugt halten, wenn ich ihn selbst untersucht habe.« »Tun Sie das, wenn er einwilligt; aber mein Gewissen gestattet mir nicht, mich dareinzumischen, denn ich kenne Ihre Absichten nicht.« »Es sind ganz natürliche.« Ich gehe auf mein Zimmer und lasse durch Petron eine Flasche Cyperwein holen. Er richtete den Auftrag aus und brachte mir von einer Dublone, welche ich ihm gegeben, sieben Zechinen zurück. Ich verteilte diese unter Bellino, Cäcilie und Marina, und bat die beiden jungen Mädchen, mich mit ihrem Bruder allein zu lassen. »Bellino, ich bin sicher, daß Ihre Körperbildung von der meinigen verschieden ist;

meine Teure, Sie sind ein Mädchen.«»Ich bin ein Mann, aber ein Kastrat; man hat mich untersucht.«»Erlauben Sie mir, Sie zu untersuchen, und ich schenke Ihnen eine Dublone.«»Ich darf es nicht, denn es ist klar, daß Sie mich lieben, und die Religion verbietet mir es.«»Mit dem Beichtvater des Bischofs haben Sie solche Umstände nicht gemacht.«»Dieser war ein alter Priester, und er hat auch nur im Vorbeigehen einen Blick darauf geworfen.« Mit Gewalt wollte ich mich überzeugen, aber er stößt mich zurück und steht auf. Diese Hartnäckigkeit ärgert mich, denn ich hatte schon fünfzehn oder sechzehn Zechinen ausgegeben, um meine Neugier zu befriedigen. Ich setzte mich mit verdrießlicher Miene zu Tisch; aber der vortreffliche Appetit meiner jungen Gäste gab mir meine gute Laune wieder, und ich war der Ansicht, daß, genau besehen, Fröhlichkeit besser wäre als Schmollen, und in dieser Stimmung beschloß ich, mich an den beiden reizenden jüngern Schwestern schadlos zu halten, welche Spaß zu verstehen schienen. Wir saßen, Maronen essend, welche wir mit Cyperwein befeuchteten, vor einem gutem Feuer, und ich fing an, einige unschuldige Küsse zur Rechten und zur Linken zu verteilen und trieb mein Spiel, woran Cäcilie und Marina Gefallen fanden. Da Bellino lächelt, so umarme ich ihn ebenfalls, und da sein halbgeöffnetes Jabot meine Hand herauszufordern scheint, so gehe ich drauf los und dringe ohne Widerstand ein.»Nie hat der Meißel des Praxiteles einen so schönen Busen geschaffen! Dieses Zeichen, sage ich nun, läßt mich nicht zweifeln, daß Sie ein vollendetes Weib sind.« »Diesen Mangel«, sagte sie,»haben alle meinesgleichen.« »Nein, es ist die Vollkommenheit aller Ihresgleichen. Bellino, glaube mir, ich bin hinlänglich unterrichtet, um den unförmlichen Busen eines Kastraten von dem eines schönen Weibes unterscheiden zu können; und dieser Alabasterbusen gehört einer jungen siebzehnjährigen Schönheit.« Wer wüßte nicht, daß die Liebe, entflammt durch alles, was sie reizen kann, nicht eher innehält, als bis sie befriedigt ist, und daß eine errungene Gunst nur reizt, nach einer größern Gunst zu streben? Ich war auf gutem Wege, ich wollte weiter gehen und was meine Hand verzehrte, mit glühenden Küssen bedecken; aber der falsche Bellino steht auf und entflieht, als wäre er erst in diesem Augenblick das unerlaubte Vergnügen, welches ich genoß, gewahr geworden. Der Zorn verbindet sich mit der Liebe, und da ich ihn unmöglich verachten konnte, sonst hätte ich zuerst mich selbst verachten müssen, da ich das Bedürfnis fühlte, mich zu beruhigen, indem ich meine Glut befriedigte oder sie verdampfen ließ, bat ich Cäcilie, welche seine Schülerin war, mir einige neapolitanische Arien vorzusingen. Ich ging hierauf zum Bankier, wo ich meinen Wechsel auf ihn mit einem Wechsel auf Bologna vertauschte. Nach meiner Rückkehr nahm ich mit diesen beiden jungen Mädchen ein leichtes Abendessen ein und schickte mich hierauf an, zu Bett zu gehen, nachdem ich Petron befohlen, mir mit Tagesanbruch einen Wagen zu besorgen. Als ich die Tür schließen wollte, erschien Cäcilie halb entkleidet und sagte mir, Bellino lasse mich fragen, ob ich ihn nach Rimini mitnehmen wolle, wo er für die nach Ostern aufzuführende Oper engagiert sei. »Sage ihm, mein kleiner Engel, daß ich ihm sehr gern diese Gefälligkeit erweisen werde, wenn er in deiner Gegenwart tun will, was ich wünsche; ich will bestimmt wissen, ob er ein Mädchen oder ein Knabe ist.« Sie entfernt sich und kehrt einen Augenblick darauf zurück, um mir zu sagen, daß er im Bett liege, daß, wenn ich aber meine Abreise um einen einzigen Tag aufschieben wolle, er verspreche, meine Neugier am folgenden Tage zu befriedigen. »Sage mir die Wahrheit, Cäcilie, und ich schenke dir sechs Zechinen.« »Ich kann sie nicht verdienen, denn ich habe ihn nie ganz nackt gesehen und kann nicht beschwören, ob er ein Mädchen ist. Aber er muß wohl ein Knabe sein, sonst hätte er hier nicht auf dem Theater auftreten können.« »Wohl, ich werde erst übermorgen abreisen, wenn du mir diese Nacht Gesellschaft leisten willst.« »Sie lieben mich also sehr?« »Sehr, wenn du mir gut sein willst.« »Sehr gut, denn ich liebe Sie sehr. Ich will es meiner Mutter sagen.« »Du hast gewiß einen Liebhaber?« »Ich habe nie einen gehabt.« Sie ging weg und kehrte einen Augenblick darauf sehr fröhlich zurück, indem sie sagte, ihre Mutter halte mich für einen ehrenwerten Mann. Ohne Zweifel hielt sie mich nur für großmütig. Cäcilie schloß die Tür und warf sich in meine Arme, indem sie mich umarmte. Sie war niedlich, reizend; aber ich war nicht in sie verliebt und konnte nicht zu ihr wie zu Lucrezia sagen: du hast mich glücklich gemacht; aber sie sagte es zu mir, ohne daß ich mich dadurch sehr geschmeichelt fühlte, obwohl ich so tat, als ob ich es glaube. Als ich erwachte, wünschte ich ihr einen zärtlichen guten Morgen, und nachdem ich ihr drei Dublonen geschenkt, welche die Mutter ohne Zweifel erfreuten, schickte ich sie weg. Nachdem ich gefrühstückt, ließ ich den Wirt kommen und bestellte ein sehr gutes Abendessen für fünf Personen, da ich überzeugt war, daß Don Sancio, der am Abend zurückkommen wollte, mir die Ehre, mit mir zu speisen, nicht abschlagen würde. Nachdem ich Bellino hatte rufen lassen, forderte ich ihn auf, sein Versprechen zu erfüllen, aber er antwortete mir lachend, der Tag wäre noch nicht vorüber, und er wäre sicher, mit mir zu reisen. »Ich sage Ihnen, daß das nicht der Fall sein wird, wenn Sie mich nicht vollständig befriedigen.« »Ich werde es tun.« »Wollen Sie, daß wir zusammen einen Spaziergang machen?« »Recht gern; ich werde mich ankleiden.« Während ich auf ihn wartete, kam Marina und fragte mich mit kummervoller Miene, wodurch sie meine Verachtung verdiene. »Cäcilie hat bei Ihnen die Nacht geschlafen, morgen reisen Sie mit Bellino; ich bin am allerunglücklichsten.« »Willst du Geld haben?« »Nein, denn ich liebe Sie.« »Aber, Marina, du bist zu jung.« »Ich bin stärker als meine Schwester.« »Aber es ist auch möglich, daß du einen Liebhaber hast.« »Oh, durchaus nicht.« »Sehr wohl, wir wollen heute abend sehen.« Ich spazierte mit Bellino nach dem Hafen, wo ich auf einem türkischen Schiff eine griechische Sklavin wiedersah, mit der ich aus meiner Reise von Venedig nach Martorano ein reizendes Liebesspiel von Balkon zu Balkon hatte, ohne daß wir zum höchsten Genuß gekommen wären. Sie erkennt mich sofort, weiß durch eine List ihren Herrn auf einen Augenblick zu entfernen, den wir benutzen, um alle Wonnen der Liebe auszutauschen, in Gegenwart Bellinos, der starr vor Staunen dastand und wie Espenlaub zitterte. Ich kaufte eine Kleinigkeit, als der Türke zurückkam, und begab mich mit Bellino wieder ans Land. Dieser sprach mit mir über das Geschehene, welches meinen Charakter in einem eigentümlichen Lichte zeige. Die Griechin verstehe er nun vollends gar nicht, er nannte sie sehr unglücklich. »Glauben Sie denn, fragte ich, daß die Koketten glücklicher sind?« »Nein, aber ich will, daß eine Frau, wenn sie sich aufrichtig der Liebe hingibt, sich erst nach einem Kampfe mit sich selbst hingibt; und ich will nicht, daß sie der ersten Regung einer schlüpfrigen Begierde weicht, sich dem ersten besten Gegenstand, der ihr gefällt, preisgibt, wie ein Tier, welches nur der Macht der Sinne gehorcht. Gestehen Sie, diese Griechin gab Ihnen ein sicheres Zeichen, daß Sie ihr gefallen; aber sie hat Ihnen ein ebenso sicheres Zeichen ihrer Roheit und einer Schamlosigkeit gegeben, welches sie der Schande, zurückgewiesen zu werden, aussetzte, denn sie konnte nicht wissen, ob Sie zu ihr ebenso galant sein würden, wie sie zu Ihnen.

Mich hat die Sache in eine Verwirrung gestürzt, von welcher ich mich noch nicht erholt habe.« Ich hätte die Zweifel Bellinos aufklären und ihr falsches Räsonnement berichtigen können; aber eine derartige Mitteilung würde nicht zum Vorteile meiner Eigenliebe ausgefallen sein, und ich schwieg deshalb. Wir kehrten nach Hause zurück, und als ich abends den Wagen Don Sancios in den Hof fahren hörte, ging ich ihm entgegen: ich hätte darauf gerechnet, daß er mir die Ehre erweisen würde, mit mir und Bellino zu speisen. Der Spanier hob mit Würde und Höflichkeit das Vergnügen hervor, das ihm zu bereiten ich die Aufmerksamkeit gehabt, und nahm meine Einladung an. Die ausgesuchtesten Gerichte, die besten spanischen Weine und mehr als das alles, die Fröhlichkeit und die entzückenden Stimmen Bellinos und Cäciliens, bereiteten dem Kastilianer fünf köstliche Stunden. Er verließ mich um Mitternacht mit der Erklärung, daß er sie erst dann wahrhaft zufrieden erklären könne, wenn ich ihm verspräche, mit derselben Gesellschaft am folgenden Abend auf seinem Zimmer zu speisen. Ich mußte also meine Abreise noch um einen Tag verschieben; ich nahm die Einladung an. Sobald Sancio weggegangen war, forderte ich Bellino auf, sein Versprechen zu erfüllen; er aber sagte mir, Marina warte auf mich, und da ich noch den folgenden Tag bliebe, würde er Gelegenheit finden, mich zu befriedigen. Damit wünschte er mir eine gute Nacht und entfernte sich. Marinette kam, und obschon ein Jahr jünger als Cäcilie, fand ich sie doch ausgebildeter, und sie bewies mir, daß sie keine Novize mehr in dem Mysterium. Am andern Morgen ging ich aus, um Geld bei meinem Bankier zu holen, da ich nicht wissen konnte, was mir unterwegs begegnen würde; denn ich hatte genossen, aber zu viel ausgegeben, auch blieb mir noch Bellino, gegen den ich nicht weniger großmütig sein konnte als gegen seine Schwestern, wenn er ein Mädchen war. Das mußte sich im Laufe des Tages entscheiden, und ich glaubte des Resultates sicher sein zu können. Zur Zeit des Abendessens begab ich mich zu Don Sancio, welcher eine prächtige Wohnung hatte. Seine Tafel war mit massivem Tafelgeschirr gedeckt, und seine Bedienten waren in großer Livree. Er war allein; aber bald nach ihm kamen Cäcilie, Marina und Bellino, welcher aus Lust oder Laune weibliche Kleidung angezogen hatte. Die beiden Schwestern, welche gut angezogen waren, waren reizend; aber Bellino stach sie in seiner Frauenkleidung so sehr aus, daß mir nicht mehr der geringste Zweifel blieb.»Sind Sie«, sagte sie zu Don Sancio,»überzeugt, daß

Bellino kein Mädchen ist?«»Mag er Knabe oder Mädchen sein, mir ist nichts daran gelegen. Ich halte ihn für einen hübschen Kastraten und ich habe schon ebenso hübsche gesehn.«»Sind Sie aber Ihrer Sache sicher?«»Valgame Dios!« erwiderte der ernste Kastilianer,»ich habe keine Lust, mir Sicherheit zu verschaffen.« Wie verschieden dachten wir! Da ich aber in ihm die Weisheit achtete, welche mir fehlte, so gestattete ich mir keine indiskrete Frage mehr. Aber bei Tische konnten sich meine Augen nicht von diesem entzückenden Wesen losmachen, meine lasterhafte Natur fand eine süße Wollust darin, ihm ein Geschlecht beizulegen, dessen es für mich bedurfte. Nach einem lukullischen Mahle sang Bellino mit einer Stimme, welche geeignet war, uns um das bißchen Vernunft zu bringen, welches die vortrefflichen Weine uns noch gelassen hatten. Ihre Gesten, der Ausdruck ihres Blickes, ihre Manieren, ihr Auftreten, ihre Haltung, ihre Physiognomie, ihre Stimme und besonders mein Instinkt, der mir für einen Kastraten nicht das Gefühl eingeben konnte, welches ich für sie empfand, alles dies bestätigte meine Hoffnung; aber ich wollte mich doch mit meinen Augen vergewissern. Nach tausend Komplimenten und tausend Danksagungen verließen wir den prachtliebenden Spanier und begaben uns auf mein Zimmer, wo das Mysterium endlich enthüllt werden sollte. Ich forderte Bellino auf, sein Wort zu halten, oder ich würde am nächsten Tage allein abreisen. Ich nehme Bellino bei der Hand und wir setzen uns zusammen am Kamine nieder. Ich schicke Cäcilie und Marina weg und sage:»Bellino, alles hat ein Ende; Sie haben mir Ihr Versprechen gegeben: die Sache wird bald abgemacht sein. Sind Sie das, was Sie sagen, so werde ich Sie bitten, auf Ihr Zimmer zu gehen; sind Sie das, was ich glaube, und wollen Sie bei mir bleiben, so gebe ich Ihnen morgen hundert Zechinen und wir reisen zusammen.«»Sie werden allein reisen und meiner Schwäche verzeihen, wenn ich Ihnen nicht Wort halten kann. Ich bin, was ich Ihnen gesagt, und kann mich nicht entschließen, Sie zum Zeugen meiner Schande zu machen, noch mich den schrecklichen Folgen aussetzen, welche diese Aufklärung haben könnte.«»Sie kann durchaus keine haben, denn sobald ich mich überzeugt, daß Sie das Unglück haben, das zu sein, was ich von Ihnen glaube, ist alles abgemacht, es wird keine Rede mehr davon sein, wir reisen morgen zusammen, und ich setze Sie in Rimini ab.«»Nein, ich bin fest entschlossen; ich kann Ihre Neugierde nicht befriedigen.«

Als ich diese Antwort vernahm, wollte ich wieder Gewalt anwenden; im entscheidenden Augenblick stößt er mich weg, aber doch glaubte ich einen Mann erkannt zu haben. Voller Ekel und Bestürzung und beinahe über mich selbst errötend, schicke ich ihn weg. Seine Schwestern kommen zu mir, ich schicke sie weg mit dem Auftrage, ihrem Bruder zu sagen, daß er mit mir reisen könne und daß er meine Zudringlichkeit nicht mehr zu fürchten habe. Trotz der Überzeugung, welche ich erlangt zu haben glaubte, beschäftigte Bellino, wie ich ihn mir gedacht, noch immer meine Gedanken; ich wußte nicht, was ich denken sollte. Am folgenden Morgen reiste ich mit ihm ab, betrübt durch die Tränen der beiden reizenden Schwestern, und überschüttet mit den Segnungen der Mutter, welche mit dem Rosenkranze in der Hand das Paternoster betete. So war ich also unterwegs mit Bellino, der mich für enttäuscht hielt und nicht glauben konnte, daß ich noch neugierig auf ihn wäre; aber es dauerte nicht eine Viertelstunde, bis er sich überzeugte, daß er sich getäuscht; denn ich konnte meine Blicke nicht auf seinen schönen Augen ruhen lassen, ohne mich von einer Glut entzündet zu fühlen, welche der Anblick eines Mannes bei mir nicht hätte hervorbringen können.»Bellino,« sagte ich,»der Eindruck, den Sie auf mich machen, eine Art Magnetismus, der Venusbusen, welchen Sie meiner gierigen Hand preisgegeben haben, bekräftigen mich in der Überzeugung, daß Sie von anderem Geschlechte sind als ich. Erlauben Sie mir, mich davon zu überzeugen, und wenn ich mich nicht täusche, so rechnen Sie auf meine Liebe; wenn ich dagegen des Irrtums überführt werde, so rechnen Sie auf meine Freundschaft. Wenn Sie sich noch länger sträuben, so muß ich glauben, daß Sie ein grausames Studium daraus machen, mich zu quälen, und daß Sie ein ausgezeichneter Naturforscher sind und in den vermaledeitesten alten Schulen gelernt haben, daß das wahre Mittel, einem jungen Manne die Heilung von einer verliebten Leidenschaft unmöglich zu machen, darin besteht, ihn unaufhörlich zu reizen; Sie werden aber zugeben, daß Sie diese Tyrannei nur dann ausüben können, wenn Sie die Person, auf welche diese wirkt, hassen: und da die Sache sich so verhält, so müßte ich meine Vernunft zusammennehmen, um Sie ebenfalls zu hassen.« Ich sprach lang in diesem Tone weiter, ohne daß er ein Wort erwiderte, aber er sah sehr bewegt aus. Als ich ihm zuletzt sagte, daß ich in dem Zustande, in welchen mich sein Widerstreben gesetzt, genötigt sein würde, ihn ohne Schonung zu behandeln, um mir eine Gewißheit zu verschaffen, welche ich nur durch Gewalt erlangen könnte, erwiderte er mit Nachdruck:»Bedenken Sie, daß Sie nicht mein Herr sind, daß ich auf Treu und Glauben in Ihren Händen bin, und daß Sie sich eines Meuchelmordes schuldig machen würden, wenn Sie mir Gewalt antun wollten. Sagen Sie dem Postillon, daß er anhalte; ich werde absteigen und mich gegen niemand beklagen.« Auf diese kurze Rede folgte ein Strom von Tränen, und diesem Mittel habe ich nie zu widerstehen vermocht. Ich fühlte mich bis auf den Grund der Seele erschüttert und war beinahe davon überzeugt, daß ich im Unrecht. Ich sage beinahe, denn wäre ich überzeugt gewesen, so würde ich mich ihm zu Füßen geworfen haben, um ihn um Verzeihung zu bitten, so aber verschanzte ich mich hinter einem finstern Schweigen und war ausdauernd genug, bis eine halbe Station vor Sinigaglia, wo ich essen und schlafen wollte, kein Wort zu sprechen. Nachdem ich lange mit mir gekämpft, sagte ich endlich:»Hätten Sie für mich einige Freundschaft gehabt, so hätten wir in Rimini als gute Freunde ausruhen können, denn mit einiger Freundschaft hätten Sie mich von meiner Leidenschaft geheilt.«»Sie würden nicht geheilt worden sein,« antwortete Bellino mutig, aber mit einem Tone der Milde, welcher mich überraschte;»nein, Sie würden nicht geheilt worden sein, mag ich nun Mädchen oder Knabe sein, denn Sie sind in mich, unabhängig von meinem Geschlechte, verliebt, und die Gewißheit, die Sie erlangten, würde Sie wütend machen. Wenn Sie mich in diesem Zustande unbarmherzig gefunden hätten, so hätten Sie gewiß Ausschweifungen begangen, über welche Sie später vergeblich Tränen vergossen haben würden.«»Sie hoffen mich durch diese schöne Auseinandersetzung zu dem Geständnisse zu bringen, daß Ihre Hartnäckigkeit vernünftig ist; aber Sie sind in völligem Irrtum, denn ich fühle, daß ich durchaus ruhig bleiben, und daß Ihre Gefälligkeit Ihnen meine Freundschaft erwerben würde.«»Sie wurden wütend werden, sage ich Ihnen.«»Bellino, was mich wütend gemacht hat, das ist die Zurschaustellung Ihrer zu wirklichen oder zu trügerischen Reize, deren Wirkung Ihnen gewiß nicht unbekannt sein kann. Damals haben Sie meine verliebte Wut nicht gefürchtet; wie soll ich also glauben, daß Sie sie jetzt fürchten, da ich Sie nur bitte, mich eine Sache berühren zu lassen, die geeignet, mir Ekel einzuflößen.«»Ach, Ihnen Ekel einzuflößen! Ich bin vom Gegenteil überzeugt. Hören Sie mich. Wäre ich ein Mädchen, so würde es nicht in meiner Macht stehen, Sie nicht zu lieben, das fühle ich, da ich aber ein Knabe bin, so ist es meine

Pflicht, nicht die Gefälligkeit zu haben, welche Sie wünschen.« Als wir bei finstrer Nacht in Sinigaglia ankamen, stieg ich im besten Gasthofe ab. Nachdem ich mir ein gutes Zimmer gemietet, bestellte ich ein Abendessen. Da in dem Zimmer nur ein Bett war, so fragte ich Bellino mit der ruhigsten Miene, ob er sich in einem andern Zimmer heizen lassen wolle; aber man denke sich mein Erstaunen, als er mir sehr milde antwortete, er trage kein Bedenken, in demselben Bett zu schlafen. Ich bedurfte dieser Antwort, auf welche ich nichts weniger als gefaßt war, um die trübe Laune, welche mich störte, zu zerstreuen. Ich sah, daß ich der Lösung des Knotens entgegenging, aber in der Ungewißheit, ob sie eine günstige oder ungünstige sein würde, hütete ich mich wohl, mir schon Glück zu wünschen; ich empfand aber doch ein wirkliches Vergnügen über meinen Sieg, da ich sicher war, einen vollständigen über mich davonzutragen, wenn meine Sinne und mein Instinkt mich getäuscht haben sollten, das heißt ihn zu achten, wenn er Mann wäre. Im entgegengesetzten Falle glaubte ich die süßesten Gunstbewilligungen erwarten zu dürfen. Wir setzten uns einander gegenüber bei Tische, und während des Essens ließen mich seine Reden, seine Mienen, der Ausdruck seiner schönen Augen, ein süßes und wollüstiges Lächeln ahnen, daß er müde sei, eine Rolle zu spielen, welche ihm ebenso lästig hatte werden müssen, wie mir selbst. Ich fühlte mich von einer großen Last erleichtert und kürzte das Essen soviel wie möglich ab. Sobald wir vom Tisch ausgestanden, ließ mein liebenswürdiger Gefährte eine Nachtlampe bringen, und nachdem er sich entkleidet, legte er sich ins Bett. Ich folgte ihm sogleich, und ein Weib war es, welches sich mir näherte, als ich mich niedergelegt hatte. Wir sprachen nicht, aber unsere Küsse verschmolzen, und ich gelangte auf den Gipfel des Genusses, ehe ich noch Zeit gehabt, ihn zu suchen. Was hätte es auch wohl, nachdem ich den vollständigen Sieg errungen, meinen Augen und meinen Fingern genutzt, Untersuchungen anzustellen, welche mir doch keine größere Gewißheit mehr verschaffen konnten, als ich schon hatte. Ich ließ meine Blicke auf diesem schönen Gesichte schweifen, welches die zärtlichste Liebe mit dem lebhaftesten und natürlichsten Feuer beseelte. Nach einem Augenblicke der Ekstase entzündete ein neues Feuer eine neue Feuersbrunst unsrer Sinne und wir löschten auch diese in einem Meere neuer Entzückungen. Als unsre Sinne der Ruhe bedurften, wir still nebeneinander lagen und ich das reizende Wesen bat, mir doch zu sagen, wodurch sie denn veranlaßt worden, jene schreckliche Mißbildung zu tragen, die ich doch bei ihr gemerkt, vernahm ich eine seltsame Geschichte von Therese, denn dies war ihr richtiger Name. Der berühmte Musiker, der Kastrat Salimberi, hatte sie zu sich genommen, um ihre Stimme, von der er das höchste hoffte, auszubilden. Hatte dieser Mann auch durch seine Verstümmelung lange nicht die Überlegenheit andrer Männer, so entfesselte doch seine Schönheit, sein Geist und sein Benehmen ihre Liebe, daß sie ihm ganz zu Willen war. Nach einiger Zeit starb ihr Vater, und da Salimberi nach Rom mußte, brachte er Therese nach Rimini in dieselbe Pension, in welcher von ihm auch ein Knabe unterhalten wurde, den sein Vater, ein armer Musiklehrer, als er sich dem Tode nahefühlte, zum Kastraten bestimmte, damit er so seine zahlreichen Geschwister ernähren könne. Als Salimberi in diese Pension kam, war der Knabe, Bellino geheißen, gerade gestorben. Da er den Schmerz bedachte, welcher die arme Witwe befallen mußte, kam er auf den Gedanken, sie, Therese, sollte sich als den jungen Kastraten ausgeben, als solchen wolle er sie bei dessen Mutter in Pension bringen, die für das Geld, das sie sich dadurch erwürbe, sicher Schweigen bewahren würde. Wäre sie dann vollends ausgebildet, so würde er sie an das Hoftheater nach Dresden bringen, wo auch er weilte, und dort könnten sie dann ohne Hindernis zusammen leben. Ihr Busen würde ihr, wenn er sich entwickelte, nichts schaden, denn auch Kastraten zeigten öfters einen solchen. Da aber Untersuchungen zu erwarten waren, so hatte er ihr ein Instrument gegeben, welches sie an ihrem Körper befestigen mußte, um äußerlich einen männlichen Eindruck hervorzurufen. Leider starb Salimberi vor einem Jahre, und nun mußte sie ihr Talent nutzbar machen. Ihre sogenannte Mutter riet ihr, sich auch weiterhin als Kastraten auszugeben. Sie tat es wohl, aber sie litt darunter und nicht zum wenigsten durch die Nachstellungen, denen sie ausgesetzt; und in die bittenden Worte brach sie aus:»Nach Salimberi bist du der einzige Mann, den ich gekannt. Aus Mitleiden, mein Engel, sei großmütig, wenn du mich liebst, entziehe mich diesem Zustande der Schmach und Verworfenheit. Nimm mich mit dir. Ich mache keinen Anspruch darauf, deine Frau zu werden, das möchte zu viel Glück sein; laß mich nur deine Freundin sein, wie ich die Salimberis gewesen sein würde: mein Herz ist rein, ich fühle, daß ich gemacht bin, um mein Leben durch Treue gegen meinen Liebhaber zu ehren. Verlaß mich nicht. Die

Zärtlichkeit, die du mir eingeflößt, ist eine wahrhafte; die, die ich für Salimberi hegte, war unschuldig und entsprang aus meiner Jugend und Dankbarkeit, und ich halte mich erst für ein Weib, seitdem ich es durch dich geworden bin.« Ihre rührenden Worte, die mit Überzeugung von ihren Lippen strömten, waren wie ein Zauber und ließen mich Tränen zärtlicher Teilnahme vergießen. Ich vermischte sie mit denen, die ihren schönen Augen entflossen, und, lebhaft ergriffen, versprach ich ihr aufrichtig, sie nicht zu verlassen. Nachdem ich midi überzeugt, daß ich wirklich in Ankona ihre wahrhafte Neigung wachgerufen, daß sie qualvoll gelitten unter den Beleidigungen, die ich ihrem Herzen durch mein Verhältnis zu ihren Schwestern zufügen mußte, faßte ich den Entschluß, sie mit meinem Schicksale zu verknüpfen, wie dieses sich auch gestalten mochte, oder mich mit dem ihrigen, denn unsere Lage war so ziemlich dieselbe, dieser Verbindung aber auch die Weihe der Gesetze und der Religion zu geben, sie förmlich zu heiraten; denn nach meinen damaligen Ideen konnte eine Heirat unsere Zärtlichkeit nur inniger machen, unsere gegenseitige Achtung nur vermehren. Da ich mir aber sagte, daß es bei meinen damaligen Verhältnissen dahin kommen könnte, daß ihr Talent mich ernähren müsse, und sie mir dann die größten Demütigungen zufügen könnte, beschloß ich, sie zu prüfen. Ich gestand ihr, nachdem ich sie gehörig auf meine Wahrhaftigkeit vorbereitet, ein, daß ich nicht reich, daß ich, wenn meine Börse geleert, nichts mehr mein eigen nennen könne, daß ich nicht von Adel, sondern von gleicher Geburt wie sie; daß kein einträgliches Talent und keine Stellung mir sichere Existenz gäbe, kurz, daß meine ganze Habe bestehe aus: Jugend, Gesundheit, Mut, etwas Geist, Ehr- und Rechtlichkeitsgefühl, und in einiger Kenntnis der guten Literatur. Außerdem sei ich der Verschwendung sehr zugeneigt. Sie antwortete darauf, daß sie mir buchstäblich glauben müsse, denn eine Ahnung habe ihr das schon vorhergesagt. Aber sie freue sich, denn nun könne sie gewiß sein, daß ich ihr Geschenk annehmen würde.»Dies Geschenk besteht in mir, wie ich bin und mit allen meinen Fähigkeiten. Ich gebe mich dir ohne jede Bedingung hin; ich gehöre dir und werde für dich sorgen. Denke in Zukunft nur daran, mich zu lieben, aber liebe mich allein. Von diesem Augenblicke bin ich nicht mehr Bellino. Gehen wir nach Venedig, wo mein Talent uns beide ernähren wird, oder wohin du willst.«»Ich muß nach Konstantinopel reisen.«»Gehen wir dorthin. Wenn du mich durch Unbeständigkeit zu verlieren fürchtest, so heirate mich, und deine Anrechte an mich werden durch die Gesetze befestigt. Ich werde dich darum nicht zärtlicher lieben; aber der Name deiner Gattin wird mir angenehm sein.«»Ich habe diese Absicht und freue mich, daß du meine Ansicht teilst. Übermorgen, und keinen Tag später, sollst du mein Gelübde in Bologna am Fuße des Altars empfangen, wie ich es hier in den Armen der Liebe ablege. Ich will, daß du mein seiest und daß wir beide durch alle nur erdenkbaren Bande vereinigt werden.« Wir waren auf dem Gipfel des Glücks. Am folgenden Tage machten wir uns auf den Weg, und blieben zum Frühstück in Pesaro. Als wir im Begriff sind, in den Wagen zu steigen, erscheint ein Unteroffizier mit zwei Füsilieren und fragt uns nach unsern Namen und unsern Pässen. Bellino gibt den seinigen, aber ich suche vergeblich den meinigen, ich finde ihn nicht. Der Korporal befiehlt dem Postillon zu warten und stattet seinen Bericht ab. Eine Stunde darauf kehrt er mit dem Passe Bellinos und der Meldung zurück, er könne Weiterreisen, während ich zum Kommandanten geführt wurde, wo ich mich auswies, soweit ich konnte, aber zugestehen mußte, daß mein Paß verloren gegangen sei. Ich wurde nun festgehalten, bis ein Paß aus Rom wieder für mich ankäme. Ich war untröstlich, besonders Theresens wegen, welche weiterreisen mußte, und es blieb uns nur die Hoffnung, daß wir uns in zehn Tagen wiedersehn würden, um uns nicht mehr zu verlassen. Das Schicksal hat es anders gewollt. Ich war auf Sankt Maria untergebracht, wo ich bald bekannt war und frei herumspazieren konnte. Da begegnete mir eines Tags der sonderbarste Zufall meines Lebens. Es war sechs Uhr morgens. Ich ging etwa hundert Schritt von der Schildwache spazieren, als ein Offizier in meiner Nähe vom Pferde stieg, ihm den Zügel über den Hals warf und sich entfernte, um ein Bedürfnis zu verrichten. Ich bewundere die Gelehrigkeit des Pferdes, welches wie ein getreuer Diener, dem sein Herr zu warten befohlen, dastand, nähere mich ihm, ergreife ohne alle Absicht die Zügel, setze den Fuß in den Bügel und sitze nun im Sattel. Zum erstenmal in meinem Leben hatte ich ein Pferd bestiegen. Ich weiß nicht, ob ich es mit meinem Stocke oder meinem Absatze berührte, plötzlich geht das Tier mit mir durch; ich drücke es mit meinen Absätzen, und nachdem mein rechter Fuß den Steigbügel verloren und da das Pferd sich fortwährend gedrückt fühlt, so läuft es immer schneller und schneller. Der letzte vorgeschobene Posten ruft mir Halt zu; ich kann dem Befehle nicht willfahren, da das Pferd immer schneller läuft: ich höre Kugeln um mich herum pfeifen, welche meinem unfreiwilligen Gehorsam nachgeschickt werden. Endlich beim ersten vorgeschobenen Posten der Österreicher hält man mein Pferd an, und ich danke Gott, daß ich absteigen darf. Ein Husarenoffizier fragt mich, wo ich so schnell hin will, und mein Wort, welches meinen Gedanken voranläuft, antwortet ohne mein Wissen, daß ich es nur dem Fürsten Lobkowitz sagen könne, welcher die Armee befehligte und dessen Hauptquartier in Rimini war. Nachdem ich dies gesagt, befiehlt der Offizier zwei Husaren, zu Pferde zu steigen, und nachdem man mich auf ein drittes gesetzt, führt man mich im Galopp nach Rimini, wo der wachthabende Offizier mich sogleich zum Fürsten bringen läßt. Ich fand Seine Hoheit allein und erzählte ihm einfach, was mir begegnet. Meine Erzählung brachte ihn zum Lachen, doch äußerte er, daß sie nicht glaublich wäre. Aber er gab den Auftrag, mich vor das Tor nach Cesena zu bringen, von wo ich mich überall hin wenden könnte, nur dürfte ich mich nicht wieder ohne Paß unter seiner Armee zeigen. Ein Offizier begleitete mich; auf dem Wege begegnete uns Petron, dem ich befahl, so zu tun, als kenne er mich nicht. Vor dem Tor verließ mich der Offizier. Da es regnete, stellte ich mich unter einen Torweg, und um nicht als Abbé erkannt zu werden, kehrte ich meinen Überrock um. Während ich so warte, kommt eine Maultierherde vorbei, mechanisch lege ich die Hand auf den Hals eines der Tiere und folge dem langsamen Schritte der Herde, und so kehre ich nach Rimini zurück, ohne daß der Treiber noch sonst jemand etwas von mir merkte. Ich gelangte bis zur Wohnung Theresens, wo ich die ganze Familie versammelt fand. Als Therese von meinem Abenteuer hörte, riet sie mir dringend, nach Bologna zurückzukehren, um mir einen Paß zu beschaffen. Von einem Offizier, dem Baron Vais, der zufällig derselbe war, welcher mich vor das Tor gebracht hatte und der schon von ihr mein Mißgeschick kannte, hatte sie gehört, wie gefährlich mein Aufenthalt ohne diesen sein würde. Sie selbst hatte sich dem Direktor des Theaters als Mädchen vorgestellt, und da in Rimini Frauen auftreten dürfen, stand nichts ihrem Engagement entgegen. Ihr Gastspiel daure nur bis Mai, dann wolle sie mich aufsuchen, wo ich es bestimme. Den ganzen Tag blieb ich in der Gesellschaft meiner Geliebten und entdeckte immer neue Reize in ihr. Gegen Abend kam der Baron Vais; sie ließ mich allein im Dunkeln, aber so, daß ich alles sehen konnte. Mit vollendeter Grazie empfing sie jenen, hörte seinen Bericht über mich an, blieb auch ruhig, als er erwähnte, daß er mir geraten, mir meinen Paß in Bologna zu verschaffen. Er blieb eine Stunde bei ihr, und Theresens Benehmen gab mir nicht den geringsten Grund zur Eifersucht. Durch Petron erfuhr ich die Gelegenheit, daß ich am andern Morgen als Maultiertreiber mit einer Herde aus der Stadt gelangen könnte. In der Frühe nahm ich herzlichen Abschied und gelangte auf die angegebene Weise aus der Stadt. Sobald es möglich, nahm ich Post nach Bologna. Als ich dort ankam und bedachte, daß ich mir wohl neue Kleider machen lassen müßte, entschloß ich mich nach einer reiflichen Überlegung, deren Ende war, daß der geistliche Beruf nichts für mich, das Kleid eines Abbés auszuziehen und das eines Offiziers anzulegen. Ich ließ mir also eine Fantasieuniform machen und gab mich als Offizier aus, der augenblicklich ohne Dienst. Ein Zufall wollte es, daß in derselben Zeit die Zeitung von Pesaro meldete: Herr Casanova, Offizier im Regiment der Königin, sei desertiert, nachdem er seinen Hauptmann im Duell getötet. Fragern gegenüber schwieg ich und nährte somit die Idee, daß ich dieser Offizier sei. Da ich hoffte, daraufhin in Venedig mit Ehren empfangen zu werden, außerdem auch dort meine Therese bequemer erwarten könne, wollte ich mich nach meiner Vaterstadt begeben. Vor meiner Abreise erhielt ich einen dicken Brief von Therese, welche mir in den zärtlichsten Ausdrücken mitteilte, sie habe ein Anerbieten nach Neapel mit tausend Unzen jährlicher Bezahlung und Erstattung der Reisekosten. Sie legte einen Vertragsentwurf bei, den sie nur unterschreibe, wenn ich damit einverstanden; außerdem sandte sie mir noch eine förmliche Verpflichtung, ihr ganzes Leben lang in meinen Diensten zu bleiben. Wenn ich mit nach dieser Stadt wollte; würde sie mich überall abholen; hegte ich aber Abneigung gegen Neapel, so werde sie sich ganz meinen Wünschen fügen. Es war das erstemal, daß ich nachdenken mußte, ernstlich: Eigenliebe und Liebe zu Therese hielten sich die Wagschale. Wie sollte ich jetzt als der Mann einer Sängerin in Neapel auftreten, in einer Gesellschaft, von der ich mich erst vor einigen Monaten mit allen Ehrenbezeigungen getrennt hatte? Und dann sollte ich auf das glänzende Los verzichten, für das ich mich geboren glaubte? Wäre Theresens Brief eine Woche früher gekommen: sie wäre nicht nach Neapel gegangen, jetzt aber mußte mein Verstand über das Herz siegen: auch in der Liebe ist die Zeit eine mächtige Herrin. Ich schrieb also Therese, sie möchte annehmen; wenn ich von

Konstantinopel zurückkäme, würde ich sie sofort aufsuchen. Es war eine Ausflucht. Nach einigen Tagen schrieb sie mir: sie habe eine Kammerfrau genommen und werde im Mai nach Neapel reisen, um dort so lange auf mich zu warten, bis ich ihr anzeige, daß ich sie nicht mehr liebe. Erst nach Jahren sollte ich dies liebe Wesen wiedersehn.

In Konstantinopel und auf Corfu

Als ich in der Uniform vor Herrn Grimani, meinem Vormund, erschien, schrie er vor Verwunderung auf, nicht weniger erstaunten meine andern Bekannten, unter denen ich besonders Madame Orio begrüßte, welche die Freundlichkeit hatte, mir ein Zimmer für die Zeit meines Aufenthalts zu vermieten; da dies neben dem ihrer Nichten lag, so kann man sich denken, welch köstliche Nächte das Trio verbrachte. Alle Zweifel, die sich an meine Existenz als Offizier doch wohl anhängen konnten, schlug ich mit eins nieder: durch ein forsches Betragen einem Herrn gegenüber, welcher meine Auskunft unwahr nannte, daß ich, ohne Quarantäne zu halten, über die Grenze gekommen sei. Ein Freund bestimmte mich, Dienste bei dem Heer der Republick zu nehmen, und so trat ich denn als Fähnrich ein ins Regiment Bala auf Corfu, wohin ich am fünften Mai eingeschifft wurde. Außerdem hatte ich mich bemüht, mit dem Bailo bei der ottomanischen Pforte, welcher in spätestens zwei Monaten abgehen sollte, die Fahrt nach Konstantinopel machen zu dürfen, was mir auch zugestanden wurde. Auf der Fahrt nach Corfu machten wir in Orsera Station, wo ich auch bei meiner Fahrt nach Ankona an Land gegangen war. Ich spazierte auch diesmal am Lande, als mich ein Mensch von gutem Aussehen ansprach: es konnte kein Gläubiger sein, so ließ ich mich in ein Gespräch mit ihm ein. Da er mich aber fragte, ob ich nicht vor einiger Zeit in geistlichem Gewand hier gewesen, wurde ich ungehalten, worauf er um Verzeihung bat, aber er sei mir zum größten Dank verpflichtet. Verwundert fragte ich, wieso? Und mußte nun erfahren, er sei Chirurgus, und hätte er früher mit Schröpfen und Schrammenverbinden gerade seinen Lebensunterhalt erworben, so sei er jetzt so weit, daß er sein Geld anlegen könne und nur dadurch sei er zur Wohlhabenheit gelangt, daß ich der Haushälterin des Don

Hieronymus bei meinem Aufenthalt ein verliebtes Andenken hinterlassen, welches diese einem Freunde mitteilte, der es schleunigst seiner Frau übertrug. Diese, um nicht zurückzubleiben, gab es einem Wüstling, welcher so damit hauste, daß der Chirurgus in einem Monat fünfzig Kunden mehr zählen konnte. »Ich habe noch einige Kunden, aber in einem Monate werde ich keinen mehr haben, denn die Krankheit ist nicht mehr vorhanden. Sie können sich jetzt denken, welche Freude ich gehabt, als ich Ihnen begegnet. Diese Begegnung ist mir als eine gute Vorbedeutung erschienen. Darf ich mir schmeicheln, daß Sie wenige Tage hierbleiben werden, um die Quelle meines Glückes wieder aufzufrischen?« Ich lachte, aber ihn betrübte ich, als ich ihm sagte, ich befände mich äußerst wohl. Er gab mir zum Abschied noch einige gute Mahnungen, denn das Land, wohin ich ginge, sei voll verdorbener Ware. – Nach einer stürmischen Fahrt kamen wir nach Corfu, wo ich während der Zeit, in welcher ich den Bailo erwartete, mich nur im Kaffeehaus herumtrieb; dort saß ich so oft an der Pharaobank, daß ich all mein Geld verlor und die Ankunft des Bailo freudig begrüßte. Ich wurde als Adjutant des Bailo, eines Ritters Venier, mit einem halbjährigen Urlaub versehen und dem glänzenden Gefolge eingereiht. Gleich nach unsrer Ankunft in Konstantinopel meldete ich mich beim Pascha von Karamanien, der früher Graf Bonnival hieß, eines Abenteurers, der am Türkischen Hofe sein Glück gemacht hatte. Mit aller Zuvorkommenheit wurde ich von ihm aufgenommen. Das Bedeutungsvollste meines Aufenthaltes war aber die Bekanntschaft mit Jussuf-Ali, einem Manne von sechzig Jahren, den ich bald regelmäßig in seinem Hause besuchte, wobei wir die tiefsten philosophischen Gespräche führten, welche meist von Religion handelten, bis wir eines Tages auf die Liebe kamen. Gegen Ende dieses Gesprächs machte mir Jussuf folgenden Vorschlag: »Ich habe«, sagte er, »eine Tochter, welche nach meinem Tode alles, was ich besitze, erhalten wird, und ich bin auch imstande, das Glück desjenigen, der sie heiratet, bei meinen Lebzeiten zu begründen. Vor fünf Jahren habe ich ein junges Weib genommen, aber sie hat mir keine Nachkommenschaft gegeben, und ich bin sicher, daß sie mir keine geben wird. Zelmi, meine Tochter, ist fünfzehn Jahre alt; sie ist schön, hat schwarze und glänzende Augen, die schönsten schwarzen Haare, eine Alabasterhaut, ist groß, schön gewachsen und von sanftem Charakter; ich habe ihr eine Erziehung gegeben, welche sie würdig machen würde, das Herz unsers Herrn zu besitzen. Sie spricht geläufig Griechisch und Italienisch; sie singt entzückend und begleitet sich mit der Harfe; sie zeichnet, stickt und lebt immer in heiterster Laune. Es gibt keinen Menschen, der sich rühmen könnte, je ihre Figur gesehen zu haben, und sie liebt mich so sehr, daß sie keinen andern Willen als den meinigen hat. Dieses Mädchen ist ein Schatz, und ich biete sie dir an, wenn du ein Jahr bei einem meiner Verwandten wohnen willst, um unsre Sprache, Religion und Sitten zu lernen. Nach Verlauf eines Jahres kommst du wieder, und sobald du dich als Muselmann erklärt, wird meine Tochter deine Frau. Du wirst ein eingerichtetes Haus und Sklaven, deren Herr du sein wirst, sowie eine Rente, vermittels welcher du im Überflusse leben kannst, erhalten. So ist die Sache. Du brauchst mir nicht heute oder morgen oder an einem bestimmten Tage zu antworten. Du sollst mir antworten, wenn dein Geist dich dazu treibt, und deine Antwort wird die Annahme meines Anerbietens sein; denn wenn du es nicht annimmst, brauchen wir nicht weiter davon zu sprechen. Denk auch nicht daran, denn von dem Augenblicke an, wo ich den Samen in deine Seele gestreut, wird es nicht mehr in deiner Macht stehen, die Erfüllung zu wollen oder dich ihr zu widersetzen. Ohne dich zu übereilen, ohne zu zögern, ohne dich zu beunruhigen, wirst du nur den Willen Gottes tun, nur dem unwiderruflichen Beschlusse seiner Vorsehung folgen. Wie ich dich kenne, brauchst du nur die Gesellschaft Zelmis, um glücklich zu werden, und ich sehe voraus, daß du eine Säule des Türkischen Reiches werden wirst.« Als Jussuf geendet, drückte er mich gegen sein Herz, und um mir nicht Zeit zur Antwort zu lassen, ging er weg. Als ich mich entfernte, war mein Geist von allem, was ich gehört, so sehr eingenommen, daß ich nach Hause kam, ohne es gewahr zu werden. Die Bailis fanden mich nachdenkend und fragten mich um den Grund; aber man kann sich wohl denken, daß ich ihre Neugier nicht befriedigte. Ich fand, was Jussuf mir gesagt, nur zu wahr; die Sache war von so großer Wichtigkeit, daß ich sie nicht nur niemand mitteilen, sondern auch selbst nicht daran denken durfte, bis ich ruhig genug geworden, um sicher zu sein, daß kein fremder Einfluß sich in die Wagschale legte, in welcher mein Entschluß abgewogen werden sollte. Alle meine Leidenschaften mußten schweigen; die Befangenheiten, Vorurteile, die Liebe und selbst das persönliche Interesse mußte in der Ruhe der vollständigsten Untätigkeit bleiben. Am folgenden Tage, nachdem ich erwacht und oberflächlich an die Sache gedacht, sah ich wohl, daß nichts meinem Entschlusse mehr hinderlich werden könne als das Denken daran, und daß der Entschluß in dieser Sache mir wie durch Eingebung und ohne Nachdenken kommen müsse. Ich war in der Lage, das sequere Deum der Stoiker auf mich anzuwenden. Ich brachte vier Tage hin, ohne Jussuf zu besuchen, und als ich am fünften zu ihm kam, plauderten wir heiter, ohne von der Sache zu sprechen, obschon wir unmöglich nicht daran denken konnten. So lebten wir vierzehn Tage, ohne über das, was uns am meisten beschäftigte, eine Silbe verlauten zu lassen; aber da unser Schweigen nicht aus Verstellung oder einem der Achtung und Freundschaft entgegengesetzten Gefühle entsprang, sagte er eines Tages zu mir, er glaube, daß ich einem Weisen seinen Vorschlag mitgeteilt, um mich mit einem guten Rate auszurüsten. Ich versicherte ihm das Gegenteil, indem ich zu ihm sagte, ich glaube in einer so zarten Sache dem Rate keines Fremden folgen zu dürfen.»Ich habe mich Gott übergeben, mein teurer Jussuf, und da ich zu diesem volles Vertrauen habe, so bin ich sicher, einen guten Entschluß zu fassen, sei es, daß ich mich entschließe, dein Sohn zu werden, oder daß ich bleibe, was ich bin.« Unterdes beschäftigt der Gedanke an diese Sache meine Seele morgens und abends, in den Augenblicken, wo ich mir gegenüber ruhig bin und sie still und gesammelt ist.»Wenn ich mich entschlossen, werde ich dir, dir allein die Nachricht bringen, und von diesem Augenblicke an wirst du über mich die Gewalt eines Vaters haben.« Bei diesen Worten legte der tugendhafte Jussuf, dem die Tränen in den Augen standen, seine linke Hand auf mein Haupt und die beiden ersten Finger der rechten Hand auf meine Stirn und sprach: »Fahre so fort, mein teurer Sohn, und sei überzeugt, daß du dich nicht täuschen wirst.«»Aber«, sagte ich,»könnte es nicht der Fall sein, daß Zelmi mich nicht nach ihrem Sinn fände?«»Beruhige dich darüber. Meine Tochter liebt dich, sie hat dich gesehen; sie, sowie meine Frau und ihre Gouvernante sehen dich, so oft wir zusammen sprechen, und sie hört dir mit Vergnügen zu.«»Aber sie weiß nicht, daß du sie mir zur Frau geben willst?«»Sie weiß, daß ich wünsche, du möchtest ein Gläubiger werden, damit du dein Geschick mit dem ihrigen vereinigst.«»Ich freue mich, daß du sie mir nicht zeigen darfst, denn sie könnte mich blenden, und dann würde die Leidenschaft den Ausschlag geben; ich dürfte mir nicht mehr schmeicheln, mich aus reiner Seele entschieden zu haben.«

Jussufs Freude, als er mich so reden hörte, war außerordentlich, und ich war wirklich aufrichtig. Die bloße Idee, Zelmi zu sehen, erfüllte mich mit Schauer. Ich fühlte, daß wenn ich mich in sie verliebte, ich Muselmann werden würde, um sie zu besitzen, und ich würde das gewiß bereut haben. Ich gab etwas auf die Achtung der angesehenen Personen, welchen ich bekannt war, und ich wollte mich ihrer nicht unwürdig machen. Übrigens war ich auch von dem Wunsche beseelt, mich unter den gebildeten Nationen berühmt zu machen, entweder in den schönen Künsten oder in der Literatur, oder in jeder andern ehrenvollen Laufbahn, und ich konnte mich nicht entschließen, andern die Triumphe zu überlassen, welche mir vorbehalten sein konnten. Was mich vorzüglich zurückschreckte, war die Idee, ein Jahr in Adrianopel leben zu müssen, um eine barbarische Sprache zu lernen, gegen welche ich eine Abneigung fühlte, und welche ich also schlecht gelernt haben würde. Wie sollte ich in meinem Alter auf das der Eigenliebe so schmeichelhafte Vorrecht, ein guter Redner zu sein, verzichten! Und überall, wo man mich kannte, hatte ich diesen Ruf. Wenige Tage nachher frühstückte ich mit Bonneval bei Ismail, zu dem ich nicht mehr allein ging, da er mir einmal allzu zärtliche Beweise seiner Freundschaft geben wollte, welche dem Türken nicht schändlich, mir aber wider den Geschmack gehen. Wir sahen eine Pantomime von neapolitanischen Sklaven aufgeführt, wodurch das Gespräch auf die Forlana, einen venetianischen Tanz, kam, den Ismail brennend gern sehen wollte. Ich spielte auf einer Violine die Melodie, aber ich konnte nicht zugleich tanzen. Ismail stand plötzlich auf, sprach mit einem Eunuchen, welcher hinausging, zu mir aber sagte er, eine Tänzerin sei gefunden, worauf ich erwiderte, man könne einen Violinspieler sicher aus dem venetianischen Palast erhalten. Es wurde hingeschickt, und bald darauf kam ein tüchtiger Violinspieler. Kaum hatte der mit dem Tanz begonnen, öffnet sich eine Tür und eine schöne Frau, deren Gesicht mit einer schwarzen Maske, in Venedig moretta geheißen, bedeckt war, erscheint. Die ganzen Gesellschaft war entzückt, denn es war unmöglich, sich vollkommenere Formen vorzustellen, sowohl an Schönheit dessen, was man von ihrer Figur sehen konnte, wie an Eleganz der Formen, an Liebreiz ihres Wuchses, an wollüstiger Weichheit der Umrisse und an ausgezeichnetem Geschmack des Anzugs. Die Nymphe stellt sich auf, ich folge ihr, und wir tanzen sechs Tänze hintereinander. Ich war ganz Feuer und völlig außer Atem, denn es gibt keinen ungestümeren Nationaltanz; aber die Schöne hielt stand, sie kein Zeichen der Ermüdung sehen und schien mich herauszufordern. Bei der Balletronde, welche das Schwierigste ist, schien sie zu schweben. Ich war außer mir vor Erstaunen, denn ich erinnerte mich nicht, diesen Tanz selbst in Venedig so gut tanzen gesehen zu haben. Nach einigen Minuten der Ruhe trat ich einigermaßen beschämt über meine Ermattung an sie heran und sagte: Ancora sei, e poi basta, se non volete vedermi a morir. (Noch sechs und dann genug, wenn Sie mich nicht sterben sehen wollen.) Sie würde geantwortet haben, aber sie trug eine jener grausamen Masken, mit welcher man kein einziges Wort sprechen kann. In Ermangelung des Worts ließ mich ein Händedruck, den niemand gewahr werden konnte, alles erraten. Sobald die sechs Forlanen zu Ende waren, öffnete ein Eunuche die Tür, und meine schöne Partnerin verschwand. Ismail erschöpfte sich in Danksagungen, und doch war ich ihm Dank schuldig, denn dies war das einzige wahre Vergnügen, welches ich in Konstantinopel hatte. Ich fragte ihn, ob die Dame Venetianerin wäre, er aber antwortete mir mit einem bedeutungsvollen Lächeln. Wir trennten uns gegen Abend. »Dieser brave Mann«, sagte Bonneval als wir uns entfernten, »ist das Opfer seiner Prachtliebe geworden, und ich bin sicher, daß er das, was er getan, schon bereut: seine schöne Sklavin mit Ihnen tanzen zu lassen. Nach dem Vorurteile des Landes schadet er dadurch seinem Rufe; denn es ist unmöglich, daß Sie dies arme Mädchen nicht entflammt haben sollten. Ich rate Ihnen, mißtrauisch und auf Ihrer Hut zu sein; denn sie wird eine Intrige mit Ihnen anzuknüpfen suchen, und infolge der Sitten dieses Landes sind diese Intrigen immer gefährlich.« Ich versprach ihm, keinen unbesonnenen Schritt zu tun, aber ich hielt nicht Wort; denn drei oder vier Tage später bot mir eine alte Sklavin einen mit Gold gestickten Tabaksbeutel für einen Piaster zum Kaufe an, und als sie ihn in meine Hände legte, ließ sie mich fühlen, daß er einen Brief enthielt. Ich bemerkte, daß sie sich den Augen des mir folgenden Janitscharen zu entziehen suchte. Ich gab ihr einen Piaster, sie entfernte sich und ich setzte meinen Weg nach Jussufs Hause fort. Ich fand den guten Türken nicht zu Hause und ging in seinem Garten spazieren, um den Brief in Muße lesen zu können. Er war zugesiegelt und ohne Adresse; die Sklavin konnte sich getäuscht haben; das vermehrte meine Neugierde; ich breche das Siegel auf und lese in ziemlich korrektem Italienisch: ›Wenn Sie neugierig sind, die

Person zu sehen, welche die Forlana mit Ihnen getanzt hat, so gehen Sie gegen Abend im Garten jenseits des Bassins spazieren und machen Sie sich mit der Magd des Gärtners bekannt, indem Sie von ihr eine Limonade erbitten. Vielleicht werden Sie mich sehen können, ohne sich einer Gefahr auszusetzen. Ich bin Venetianerin. Sie dürfen diese Einladung niemand mitteilen.‹ »Meine schöne Landsmännin,« rief ich aus, als ob sie zugegen gewesen wäre, »ich bin nicht so einfältig!« stecke den Brief nichtsdestoweniger in die Tasche, und siehe da, es kommt eine schöne alte Frau hinter einem Gebüsche hervor, nennt meinen Namen, fragt, was ich wolle und wie ich sie gesehen. Ich antworte ihr lächelnd, ich hätte in die Luft gesprochen und nicht geglaubt, daß mich jemand höre; ohne weiteres sagt sie nun, sie freue sich, mich zu sehen, sie sei Römerin, habe Zelmi erzogen und sie singen und Harfe spielen gelehrt. Darauf fängt sie an, die Schönheit und guten Eigenschaften ihrer Schülerin zu loben, sagt, ich würde mich gewiß in sie verlieben, wenn ich sie sähe, und wie sehr sie bedaure, daß dies nicht gestattet sei. »Hinter dieser grünen Jalousie steht sie und sieht uns, und wir lieben Sie, seitdem Jussuf uns gesagt, daß Sie der Gemahl Zelmis werden könnten.« »Darf ich Jussuf von unserer Unterhaltung erzählen?« fragte ich. Ihr »Nein« belehrte mich, daß sie mir ihren reizenden Zögling gezeigt haben würde, wenn ich mir die geringste Mühe gegeben, und daß sie vielleicht in dieser Hoffnung mit mir zu sprechen gesucht; aber die Furcht, einen Schritt zu tun, welcher meinem teuren Freunde mißfallen könnte, hielt mich zurück. Ohne dies und sicher mehr noch als dies fürchtete ich ein Labyrinth zu betreten, in welchem der Anblick eines Türken mich mit Schaudern erfüllt haben würde. Jussuf kam hinzu und war keineswegs ärgerlich, mich in Gesellschaft dieser Frau zu finden, sondern wünschte mir Glück zu dem Vergnügen, welches ich in dem Gespräche mit einer Römerin finden müßte. Er gratulierte mir hierauf zu meinem Tanze mit einer der Haremschönheiten des wollüstigen Ismail. »Das ist also etwas sehr Seltenes, da man davon spricht?« »Etwas sehr Seltenes, da wir das Vorurteil haben, die Schönen nicht den Blicken der Neidischen auszusetzen; aber jeder kann in seinem Hause tun, was ihm beliebt. Übrigens ist Ismail ein galanter Mann und ein Mann von Geist.« Wir verlebten einen heiteren Tag, und als ich ihn verlassen, begab ich mich zu Ismail. Als der Eunuch mich bemerkte, sagte er, sein Herr wäre ausgegangen, aber er würde mit Vergnügen hören, daß ich einen

Spaziergang gemacht. Ich sagte, ich würde gern ein Glas Limonade trinken, und er führte mich zum Kiosk, wo wir die alte Botin fanden. Wir gingen hierauf jenseits des Bassins spazieren, aber der Eunuch bemerkte plötzlich, wir müßten umkehren, weil er drei Damen kommen sähe, denen wir nach dem Anstand aus dem Wege gehen müßten. Bald darauf entfernte ich mich, nicht unzufrieden mit meinem Spaziergange und voller Hoffnung, ein andermal glücklich zu sein. Morgens bekam ich ein Billett von Ismail, in welchem er mich bat, am nächsten Tage mit ihm auf die Fischerei zu gehen; wir würden, bemerkte er, im Mondscheine fischen bis tief in die Nacht hinein. Zur festgesetzten Stunde stellte ich mich ein und Ismail empfing mich mit den Zeichen der herzlichsten Freundschaft; aber als ich in das Boot stieg, sah ich mich zu meiner Verwunderung allein mit ihm. Er hatte zwei Ruderer und einen Steuermann, und wir fingen einige Fische, welche wir, nachdem sie in Öl gebraten worden waren, in einem Kiosk verspeisten. Es war Mondschein und eine jener köstlichen Nächte, von welchen man sich keine Vorstellung machen kann, wenn man sie nicht gesehen. Da ich allein mit Ismail war und seine unnatürlichen Gelüste kannte, fühlte ich mich nicht sehr behaglich, aber plötzlich sagte er: »Gehen wir leise weg, ich höre ein Geräusch, das mich etwas sehr Unterhaltendes ahnen läßt.« Er schickt seine Leute fort, nimmt mich bei der Hand und führt mich leise in ein Kabinett, welches ein nach dem Bassin hinausgehendes Fenster hatte. Er versprach mir ein hübsches Schauspiel, da sicher einige seiner Damen soeben badeten. Der Mond warf seinen vollen Schein auf den Wasserspiegel, und so erblickten wir drei Nymphen, welche bald schwimmend, bald auf den Marmorstufen stehend oder sitzend, sich uns unter allen erdenkbaren Gesichtspunkten und Stellungen der Grazie und der Wollust zeigten. Leser, ich muß dir die Einzelheiten dieses Gemäldes vorenthalten, wenn dir aber die Natur ein glühendes Herz und empfängliche Sinne gegeben, so wirst du dir denken können, welchen fürchterlichen Eindruck dies einzige und hinreißende Schauspiel auf meinen armen Körper machte. Als ich nach einigen Tagen früh morgens zu Jussuf ging und ein gelinder Regen mich abhielt, spazieren zu gehen, trat ich in den Saal, wo wir sonst zu Mittag speisten und wo ich früher nie jemand gefunden hatte. Sobald ich eintrete, steht eine reizende Frauengestalt auf und bedeckt das Gesicht mit einem bis zur Erde niederwallenden Schleier.

Am Fenster saß eine Sklavin, welche stickte. Ich entschuldige mich und mache Miene, hinauszugehen; aber sie hält mich zurück und sagt mit einem bezaubernden Tone, Jussuf, welcher ausgegangen, habe ihr befohlen, mich zu unterhalten. Sie fordert mich auf, mich zu setzen, indem sie mir ein reiches auf zwei andern größeren liegendes Kissen zeigt, und ich gehorche, während sie, ihre Beine kreuzend, sich auf ein anderes setzt. Ich glaubte Zelmi vor mir zu haben und dachte, Jussuf habe mir zeigen wollen, daß er nicht weniger tapfer sei als Ismail. Sollte er aber, entgegen seinen Grundsätzen, meine Entscheidung trüben wollen, so hätte er mir das Gesicht zeigen müssen. »Du weißt wohl nicht, wer ich bin?« sagte die schöne Verschleierte. »Ich kann es in der Tat nicht raten.« »Ich bin seit fünf Jahren die Gattin deines Freundes und auf der Insel Scio geboren. Ich war dreizehn Jahre alt, als ich seine Frau wurde.« Sehr verwundert, daß mein philosophischer Muselmann sich so sehr emanzipiert, um mir eine Unterhaltung mit seiner Frau zu gestatten, fühlte ich mich weit freier und dachte das Abenteuer weiterzuführen; dazu mußte ich aber ihr Gesicht sehen, denn ein schöner bekleideter Körper kann nur leicht zu befriedigende Begierden erregen. Das Feuer der Begierden gleicht dem Strohfeuer; sobald es brennt, hat es auch den höchsten Punkt erreicht. Ich sah ein herrliches Bild, aber ich sah nicht die Seele, denn die dichte Gaze entzog sie meinen Blicken. Ich sah alabasterne, von den Grazien gerundete Arme und Hände, und meine tätige Phantasie dichtete alles übrige in Übereinstimmung mit diesen schönen Proben hinzu; denn die anmutigen Musselinfalten, welche den Umrissen ihre ganze Vollkommenheit ließen, verbargen mir den lebenden Atlas der Haut. Alles an ihr mußte schön sein; aber ich mußte in ihren Augen lesen, daß alles, was meine Phantasie sah, voller Leben und Empfindung war. Jussufs Frau war nicht wie eine Sultanin gekleidet; sie trug das Kostüm von Scio mit einem Unterrocke, welcher nicht hinderte, die Vollkommenheit ihres Beines, die Rundung ihrer Lenden oder die wollüstige und kräftige Abdachung ihrer Hüften zu sehen, auf welchen sich ein schlanker und wohlgewachsener Körper erhob, den ein prachtvoller, silbern gestickter und mit Arabesken bedeckter Gürtel umgab. Weiter hinauf erblickte ich zwei Halbkugeln, welche Apelles für seine schöne Venus zum Muster genommen haben würde, und ihre starke aber ungleiche Bewegung belehrte mich, daß dieser Zauberhügel belebt war. Die geringe Entfernung zwischen den beiden

Halbkugeln, welche ich mit meinen Blicken verschlang, schien mir ein Nektarstrom, aus welchem meine brennenden Lippen lieber als aus der Schale der Götter Erfrischung getrunken hätten. Entzückt und außer mir strecke ich mit einer von meinem Willen fast unabhängigen Bewegung den Arm aus, und meine kühne Hand schickt sich an, ihr den Schleier aufzuheben; aber sie verhindert es, indem sie sich leicht auf der Spitze ihrer hübschen Füße erhebt und mir mit einer Stimme, die mir ebenso imponierend wie ihre Stellung meine treulose Kühnheit vorwirft. »Verdienst du«, sagt sie, »die Freundschaft Jussufs, da du die Gastfreundschaft verletzest, indem du seine Frau beleidigst?« »Madame, Sie müssen mir verzeihen, da ich nicht die Absicht gehabt, Sie zu beleidigen, denn nach unsern Sitten kann der gewöhnlichste Mensch seine Blicke auf das Antlitz einer Königin richten.« »Aber auch ihr den Schleier entreißen, wenn sie mit einem solchen bedeckt ist? Jussuf wird mich rächen.« Diese Drohung und der Ton, mit welchem sie vorgebracht wurde, erschreckte mich. Ich warf mich ihr zu Füßen und brachte es dahin, daß sie sich beruhigte. »Setze dich,« sagte sie, und sie setzte sich selbst, die Beine übereinander kreuzend, aber so unordentlich, daß ich einen flüchtigen Blick auf ihre Reize werfen konnte, welche mich um meinen Verstand gebracht haben würden, wenn der Anblick nur einen Augenblick länger gedauert hätte. Ich sah nun, daß ich unklug gehandelt, und bedauerte es, aber zu spät. »Du bist entflammt?« sagte sie. »Wie sollte ich es nicht sein, wenn du mich mit dem glühendsten Feuer verbrennst?« Klüger geworden, fasse ich ihre Hand und lasse ihr Gesicht sein. »Da kommt mein Gemahl,« sagt sie, und Jussuf tritt ein. Wir stehen auf, Jussuf umarmt mich; ich bekomplimentiere ihn, die stickende Sklavin entfernt sich. Er dankt seiner Frau, daß sie mir Gesellschaft geleistet, und reicht ihr den Arm, um sie nach ihrem Zimmer zu geleiten. Sie geht; aber an der Tür hebt sie ihren Schleier auf, umarmt ihren Gemahl und läßt mich so ihr schönes Profil sehen, wobei sie tut, als ob sie es nicht merke. Ich folgte ihr mit den Augen bis in das letzte Zimmer, wo Jussuf sie verließ. Als er wieder zu mir zurückgekehrt war, sagte er lachend, seine Frau habe sich erboten, mit uns zu Mittag zu speisen. »Ich glaube, deine Gattin ist schön; ist sie es mehr als Zelmi?« »Meine Tochter ist eine freundliche und sanfte Schönheit, während Sophie eine stolze Schönheit ist. Sie wird nach meinem Tode glücklich sein. Wer sie heiratet, bekommt eine Jungfrau.«

Ich erzählte das Abenteuer Herrn von Bonneval, indem ich die Gefahr, der ich mich dadurch ausgesetzt, daß ich den Schleier der schönen Sciotin aufgehoben, übertrieb. »Diese Griechin«, antwortete er, »hat sich über Sie lustig machen wollen, und Sie sind in keiner Gefahr gewesen. Glauben Sie mir, sie war erzürnt, daß sie es mit einem Neuling zu tun gehabt. Sie haben mit ihr eine Posse nach französischer Art aufgeführt, anstatt gerade auf das Ziel loszugehen. Was brauchten Sie ihre Nase zu sehen? Sie hätten sich ans Wesentliche halten sollen. Sie haben dieser Schönen einen sehr traurigen Beweis von der italienischen Tapferkeit gegeben. Auch die züchtigste türkische Frau hat die Scham nur auf dem Gesicht, und wenn sie in ihren Schleier eingehüllt ist, ist sie sicher nicht zu erröten.«»Sie ist Jungfrau,« sagte ich. »Das ist schwer zu glauben, denn ich kenne die Sciotinnen, aber diese haben das Talent, sich für Jungfrauen auszugeben.« Jussuf kam nicht mehr auf die Idee, mir eine solche Höflichkeit zu erweisen, und er tat recht daran. Als ich einige Tage später bei einem armenischen Kaufmann verschiedene schöne Waren besichtigte, kam Jussuf dazu und lobte meinen Geschmack wegen all der Sachen, die ich schön gefunden, die ich aber nicht kaufte, weil sie zu teuer waren. Jussuf sagte dagegen, die Waren wären nicht teuer, kaufte sie und wir trennten uns. Am folgenden Morgen fand ich alle bei mir; es war eine Artigkeit Jussufs, und um mir keine Gelegenheit zu geben, das Geschenk abzulehnen, fügte er einen hübschen Brief bei, in welchem er sagte, ich würde bei meiner Ankunft in Corfu erfahren, an wen ich die Sachen abzugeben hätte. Es waren mit Silber und Gold durchwirkte Damaste, Börsen, Portefeuilles, Gürtel, Schärpen, Taschentücher und Pfeifen, im Werte von vierhundert bis fünfhundert Piaster. Als ich ihm danken wollte, zwang ich ihn zu gestehen, daß er mir ein Freundschaftsgeschenk habe machen wollen. Am Tage vor meiner Abreise, als ich Abschied von ihm nahm, zerfloß dieser brave Mann in Tränen; aber die meinigen flossen ebenso aufrichtig und ebenso reichlich. Er sagte zu mir, dadurch, daß ich sein Anerbieten nicht angenommen, habe ich seine Achtung in so hohem Grade gewonnen, daß er sich nicht denken könne, daß er mich mehr geschätzt haben würde, wenn ich sein Sohn geworden wäre. Als ich auf das Schiff kam, auf welchem ich mit dem Bailo Dona abfuhr, fand ich einen Kasten, welchen er mir ebenfalls zum Geschenk gemacht und welcher zwei Zentner Mokkakaffee bester

Qualität, hundert Pfund feinen Tabaks in Blättern und zwei große Flaschen, die eine mit Zapandi-, die andre mit Camussatabak gefüllt, und außerdem noch ein herrliches Pfeifenrohr von Jasminholz enthielt, das ich in Corfu für hundert Zechinen verkaufte. Als ich, in Corfu angekommen, dem Galeassen-Gouverneur meinen Besuch abstattete, fragte mich dieser, ob ich sein Adjutant werden wolle. Ich antwortete ohne Zögern, sein Antrag ehre mich. Ohne weitere Zeremonien ließ er mich in das für mich bestimmte Zimmer führen, und schon am folgenden Tage war ich bei ihm installiert. Ich erhielt von meinem Kapitän einen französischen Soldaten zu meiner Bedienung, der als Friseur mein schönes Haar pflegen konnte, und da er ein Schwätzer, konnte ich mich im Französischen üben; sonst war er ein Taugenichts, ein Trunkenbold und Wüstling, ein aus der Pikardie gebürtiger Bauer, welcher kaum ein paar Buchstaben kritzeln konnte. Es war ein komischer Narr; er wußte eine Menge Vaudevilles und schmutziger Geschichten, welche er auf eine Art erzählte, daß man sich zu Tode lachen mußte. Corfu war ein rechtes Soldatennest ohne eine bessere Unterhaltungsstätte. Die Hazardspiele waren überall erlaubt, und diese Leidenschaft mußte den Herzensempfindungen viel Eintrag tun. Die Dame welche sich am meisten durch ihre Schönheit und Galanterie auszeichnete, war Madame F. Ihr Mann, der Gouverneur einer Galeere, war mit ihr im vorigen Jahre nach Corfu gekommen, und Madame hatte die Bewunderung aller Meeranführer erregt. Da sie glaubte, es stände ihr frei, zu wählen, so hatte sie Herrn D. R. mit Ausschluß aller Galane, welche sich ihr anboten, den Vorzug gegeben. Am Tage meiner Installation sah ich sie zum erstenmal bei Tisch, und ich wurde geblendet. Ich glaubte etwas so Übernatürliches und über alle Frauen, welche ich bis dahin kennen gelernt, Erhabenes zu sehen, daß ich nicht fürchtete, mich in sie zu verlieben. Sie schien mir von andrer Natur als ich und mir so sehr überlegen zu sein, daß es mir unmöglich schien mich bis zu ihr zu erheben. Ich überredete mich sogar, daß zwischen ihr und Herrn D. R. nur eine platonische Freundschaft bestände, und fand, daß Herr F. recht hätte, nicht eifersüchtig zu sein. Übrigens war dieser F. ein vollkommener Dummkopf und für eine solche Frau gewiß nicht gemacht. Dieser Eindruck war zu einfältig, um lange anhalten zu können; er änderte sich daher bald, aber auf eine mir völlig neue Weise. Meine Stellung als Adjutant verschaffte mir die Ehre, an demselben Tische zu speisen, aber das war auch alles; der andre Adjutant, ein

Fähnrich wie ich, und dumm zum Erbarmen, teilte diese Ehre mit mir; aber wir wurden nicht als Gäste betrachtet, denn niemand richtete das Wort an uns, nicht einmal mit einem Blick wurden wir beehrt. Ich ertrug das nicht. Ich wußte wohl, daß nicht überlegte Verachtung der Grund war, aber mochte der Grund sein, welcher er wollte, ich fand die Sache zu hart. Als nach acht oder zehn Tagen Madame F. meine Person noch mit keinem Blicke beehrt hatte, fing sie an, mir zu mißfallen. Ich war voller Ärger, Verdruß und Ungeduld, und um so mehr, als ich nicht im entferntesten daran dachte, daß dies ein überlegter Plan sein könnte, denn in diesem Falle würde es mir nicht unangenehm gewesen sein. Ich überredete mich, daß ich in ihren Augen nichts wäre, und da ich wußte, daß ich etwas war, so wollte ich, daß sie es erführe. Als sie mich nach vierzehn Tagen, da sie einmal meinen Namen nennen mußte, fragte, wie ich hieße, stieg mein Ärger aufs höchste. Mein Glück hatte mich in Corfu schon so bekannt gemacht, daß sie mich kennen mußte. Derselbe Bankhalter Maroli, der mir vorher mein ganzes Geld abgenommen hatte, weihte mich, als er merkte, daß ich mich nicht mehr übers Ohr hauen lassen wollte, in die Geheimnisse des Spiels ein; ich ging mit ihm zur Hälfte, und so hatte ich im Spiele günstiges Glück. Mit meinen Kameraden stand ich sehr gut, und alles wäre nach Wunsch gewesen, wenn mich jene Dame nur nicht so schmählich behandelt hätte; sie brauchte mich ja nicht zu lieben, aber sie machte mich nun gar zur Zielscheibe ihres Spottes, was mich allen Qualen preisgab. Alle Pläne wälzte ich, mich zu rächen. Aber da ich ein verzogenes Kind des Glücks, änderte der Zufall plötzlich meine ganze Lage. Eines Morgens meldete mir der Kammerdiener, Madame F. wünsche mich zu sprechen. Ich fliege zu ihr, sehr neugierig, was sie von mir wollen könne. Sie ließ mich nicht warten, und ich war sehr erstaunt, sie, in ihrem Bette sitzend, mit belegtem Teint und mit offenbar von Tränen geröteten Augen zu finden. Mein Herz schlug heftig, und ich konnte mir den Grund davon nicht erklären.»Nehmen Sie einen Sessel,«sagte sie,»denn ich habe mit Ihnen zu sprechen.«»Madame,«sagte ich,»ich halte mich dieser Begünstigung, die ich noch durch nichts verdient habe, nicht für würdig: ich werde die Ehre haben, Sie stehend anzuhören.«Da sie sich wohl erinnern mochte, nie so höflich gegen mich gewesen zu sein, so wagte sie nicht weiter in mich zu dringen. »Mein Mann«, sagte sie, nachdem sie sich etwas gesammelt,»hat gestern zweihundert Zechinen auf Ehrenwort an Ihrer Bank verloren;

er glaubte diese in meinen Händen, und daher muß ich sie anschaffen, denn er muß sie heute bezahlen. Unglücklicherweise habe ich schon darüber verfügt und bin in großer Verlegenheit. Es wäre mir sehr lieb, mein Herr, wenn Sie Maroli sagen könnten, Sie hätten das verlorene Geld von mir empfangen. Hier ist ein kostbarer Ring, behalten Sie den und stellen Sie ihn mir am Neujahrstage zurück, dann werde ich Ihnen die zweihundert Dukaten, über welche ich Ihnen einen Schein ausstellen will, zurückbezahlen.«»Den Schein lasse ich mir gefallen, aber des Ringes will ich Sie, Madame, nicht berauben. Ich muß Ihnen überdies bemerken, daß Herr F. die Summe bei der Bank einzahlen oder jemand an seiner Stelle dorthin schicken muß; in zehn Minuten sollen Sie die Summe, deren Sie bedürfen, hier haben.« Ich entfernte mich, ohne ihre Antwort abzuwarten, und kehre darauf mit zwei Rollen von hundert Dukaten zurück; ich übergebe sie ihr, und nachdem ich den Schein, welchen sie mir ausgestellt, in meine Tasche gesteckt, schicke ich mich zum Weggehen an. Da richtet sie die folgenden köstlichen Worte an mich:»Wenn ich gewußt hätte, mein Herr, daß Sie so geneigt wären, mir zu dienen, so würde ich, glaube ich, nicht den Mut gehabt haben, Sie um dieses Vergnügen zu bitten.«»Wohlan, Madame, glauben Sie in Zukunft, daß kein Mann auf der Welt fähig sein wird, Ihnen einen so unbedeutenden Dienst zu verweigern, sobald Sie sich herablassen, ihn in Person darum zu bitten.«»Was Sie mir da sagen, ist sehr schmeichelhaft; aber ich hoffe, ich werde nicht mehr in die traurige Lage kommen, eine solche Erfahrung zu machen.« Als ich mich entfernt, dachte ich über die Feinheit dieser Antwort nach. Ich bemerkte an allem, daß sie auf Ehre hielt; das durchschauerte mich freudig, und ich fand sie anbetungswürdig. Ich sah deutlich, daß sie D. R. nicht lieben konnte und daß sie von ihm auch nicht geliebt wurde, und diese Entdeckung war Balsam für mein Herz. Von diesem Augenblicke an fühlte ich mich daher auch für sie entflammt und ich hielt es für möglich, sie für meine Liebe empfänglich zu machen. Das erste, was ich tat, als ich nach Hause kam, war, daß ich mit Ausnahme ihres Namens alle Worte des Scheins mit Tinte auslöschte; hierauf kuvertierte ich ihn und deponierte ihn bei einem Notar, indem ich auf der Quittung bemerken ließ, daß der Schein nur Madame F. zu eignen Händen übergeben werden dürfe, sobald sie ihn verlange. Seit diesem Tage änderte sie den Ton gegen mich; sie saß mir am Tische nicht mehr gegenüber, ohne häufig das Wort an mich zu richten, was mich oft in die Notwendigkeit versetzte oder mir doch Gelegenheit gab, hervorzutreten. Bald danach leistete sich mein Bedienter, der auf den Tod im Krankenhause lag, den Streich, daß er sich mit Taufschein und Wappen als Sohn Franz des Fünften, Karl Philipp Louis Foucaud, Prinz von La Rochefoucauld ausgab.

Er fädelte die Sache so geschickt ein, übergab die angeblichen Aktenstücke seinem Beichtvater mit der Bestimmung, sie erst nach seinem Tode der Behörde auszuliefern, daß jedermann, als der Priester sie im Glauben, der Soldat sei tot, gleich an Seine Exzellenz den Proveditor übergab, fest von der Wahrheit überzeugt war. Nur ich kannte meinen Gauner und hielt nicht zurück, auch Seiner Exzellenz meine Meinung zu sagen. Alle Fuchsschwänzer und Kriecher bestärkten den Proveditor in seiner Meinung, während ich durch meine offene Schilderung des Possenreißers in Ungnade fiel. An diesem Abend behielt mich Madame F. und Herr D. R., welche mir versicherten, daß sie ganz meiner Meinung, in ihrer Gesellschaft; wir hatten zu dritt eine angenehme Unterhaltung. Madame F. sagte, sie hätte nie so viel gelacht und hätte nicht geglaubt, daß so einfache Äußerungen eine so große Heiterkeit erregen. Ich für meinen Teil entdeckte in ihr so viel Geist und so viel Grazie, daß ich mich vollends in sie verliebte, und ich legte mich mit der Überzeugung schlafen, daß es mir fortan unmöglich sein würde, ihr gegenüber eine gleichgültige Rolle zu spielen. Am andern Morgen war die Komödie in vollem Gange. Der Kerl war nicht gestorben, sondern lebte noch; der Gouverneur ließ ihn sofort in eine passende Wohnung bringen, und es entwickelte sich eine wahre Wut, den Prinzen zu sehen, den man sofort mit Hoheit titulierte. Nach acht Tagen konnte der Schlingel wieder ausgehen und erhielt nun von allen Seiten Einladungen zu Mahlzeiten, bei denen er sich auf das wüsteste aufführte. Weil er so ruhig die Antwort aus Venedig abwartete, glaubte ihm jeder. Ich ließ mich nicht beirren, und da ich ihn eines Tages bei Madame Segredo, welche sich von ihm sofort den Hof machen ließ, bloßstellte, gab er mir eine Ohrfeige. Ich lauerte ihm danach vor dem Hause auf und versetzte ihm mit meinem Stock eine tüchtige Tracht Prügel, und ich hätte ihn getötet, wenn der Kerl nicht zu feig gewesen wäre, seinen Degen zu ziehen. Für mich hatte das zur Folge, daß ich beauftragt wurde, mich auf der Strafgaleere zu melden, wo alle Arrestanten eine Kette an den Füßen tragen müssen. Das war zu stark. Ich entfloh auf einem kleinen

Boote und kam nach der Insel Casopo, wo ich mir die Einwohner durch meine Freigebigkeit so ergeben machte, daß sie eine Leibgarde um mich bildeten und Tod und Hölle schworen, mich zu verteidigen. Ich hauste, ein wahrer Operettenkönig, auf diesem Eiland, wobei ich noch die Annehmlichkeit hatte, als Sultan die schönsten Mädchen genießen zu dürfen. Nach einigen Tagen kam ein Adjutant von Corfu nach meinem Sitze, der sich über mein Königtum amüsierte, nicht zum wenigsten, als Hunderte von Bauern anrückten, um mich zu verteidigen. Ich hörte nun, daß der Gauner endlich nach Ankunft der Depeschen aus Venedig entlarvt und sofort nach Corfu entfernt wurde. Darum war zu erwarten, daß bei dieser Lage der Dinge meine Insubordination, welche nun einmal strafbar, nicht allzu streng würde geahndet werden. Ich überließ meinen Leuten alle Vorräte und reiste mitternachts nach Corfu, wo wir am Morgen ankamen. Wohl mußte ich auf die Strafgaleere, aber als mir gerade die Fessel angelegt werden sollte, kam der Befehl, mir den Degen zurückzugeben: ich war frei. Bei D. R. wurde ich mit Jubel aufgenommen, und er schickte mich sofort zu Madame F. Trotz meiner unordentlichen Toilette eilte ich zu ihr: es war noch nicht Tag bei der Göttin; aber ihre Kammerfrau ließ mich eintreten, da sie mir versicherte, daß ihre Gebieterin bald klingeln würde und daß diese sehr bedauern würde, mich nicht zu sehen. Sobald Madame ihre Kammerfrau gesprochen, läßt sie mich eintreten. Man öffnet die Vorhänge, und ich glaube, Aurora geschmückt mit Rosen und Morgentau zu sehen. Ich sage, daß ich ohne den Befehl des Herrn D. R. nie gewagt haben würde, mich ihr in diesem Zustande vorzustellen, und sie antwortet mit der süßesten Stimme, daß Herr D. R., welcher den Anteil kenne, den sie an mir nehme, sehr wohl daran getan, mich zu ihr zu schicken, und versicherte mir zugleich, D. R. schätze mich ebenso hoch wie sie. Wir plauderten eine Weile, ich erzählte ihr meine Erlebnisse, ohne jedoch der Liebesabenteuer Erwähnung zu tun. Sie fragte mich, ob ich dies auch bei dem Generalproveditor zu erzählen wagte, und als ich ›Gewiß!‹ antwortete, sagte sie, sie wolle mich beim Wort nehmen, denn dieser brave Mann müsse mein Beschützer werden. Entzückt verlasse ich sie, um meine andern Besuche zu erledigen. Als ich aber wieder nach Hause kam, fand ich Madame F. allein. Sie forderte mich auf mich neben sie zu setzen und ihr zu erzählen, was mir in Konstantinopel begegnet. Mein Zusammentreffen mit Jussufs Frau gefiel ihr sehr, aber das Bad der drei Nymphen Ismails brachte sie ganz ins Feuer. Ich verschleierte soviel ich konnte; wenn sie mich aber dunkel fand, nötigte sie mich, deutlicher zu werden, und sobald ich mich verständlicher machte und meinen Schilderungen einen Firnis der Wollust gab, welchen ich mehr aus ihren Blicken als aus meinen Erinnerungen schöpfte, schalt sie mich und forderte mich auf, weniger klar zu sein. Ich sah wohl, daß der Weg, auf welchen sie mich geführt, sie günstig für mich stimmen mußte, und ich war überzeugt, daß derjenige, welcher Begierden entflammt, leicht berufen werden kann, den Brand zu löschen; nach diesem Lohne strebte ich, ich wagte ihn zu hoffen, obwohl mir erst die Aussicht vorschwebte. Aber Madame spielte noch eine Weile mit mir, was meinen Sieg nur reizender machen konnte. Ich fühlte, daß ich langsam vorwärts gehen müsse. Da sie jung war, konnte ich mir denken, daß sie nie eine unangemessene Verbindung eingegangen war, und was ich beabsichtigte, mußte ihr als eine höchst unangemessene Verbindung erscheinen. Das Glück, welches mich beständig in den verzweifeltsten Lagen begünstigt hatte, behandelte mich auch diesmal nicht als Stiefmutter, sondern verschaffte mir bald eine Gunst ganz besonderer Art. Meine schöne Dame, welche sich in den Finger gestochen hatte, stieß einen lauten Schrei aus und reichte mir den Finger hin, um ihr das Blut auszusaugen. Man kann sich leicht denken, ob ich mich beeilte, eine so schöne Hand zu ergreifen. Was ist ein Kuß? Ist es nicht der glühende Wunsch, einen Teil des Wesens, welches man liebt, einzuatmen? Und das Blut, das ich aus der reizenden Wunde schlürfte, was war es anders als ein Teil des Wesens, welches ich anbetete? Als ich geendet, dankte sie mir freundlichst und forderte mich auf, das Blut, welches ich getrunken, auszuspeien.»Hier ist es,« sagte ich, meine Hand aufs Herz legend,»und Gott weiß, welches Vergnügen es mir gemacht hat.«»Sie haben mein Blut mit Vergnügen getrunken? Sind Sie denn Menschenfresser?«»Ich glaube nicht, Madame, aber ich würde Sie zu entweihen gefürchtet haben, wenn ich einen Tropfen hätte verloren gehen lassen.« Während des nun folgenden Karnevals hatte ich es übernommen, eine Schauspielertruppe zu engagieren, welcher Spaß mich neunhundert Zechinen kostete. Dadurch war ich so beschäftigt, daß ich gar nicht an Liebe denken konnte. Eines Morgens ließ mich Madame F. rufen, und als ich kam, bat sie mich um ihren Schuldschein, da sie mir die zweihundert Zechinen bezahlen wolle. Ich sagte ihr, der Schein sei beim Notar deponiert und würde nur ihr allein ausgeliefert. Sie ließ den Notar rufen, welcher ihr das Depositum bringt. Nachdem sie den Umschlag aufgerissen, findet sie alles ausradiert, nur ihren Namen nicht, den ich verschont hatte. »Das«, sagte sie, »zeugt von Ihrem Edelmut und Zartgefühl; aber gestehen Sie; ich kann nicht sicher sein, daß dieses Stück Papier wirklich mein Schein ist, obwohl mein Name darauf steht.« »Das ist wahr, Madame, und wenn Sie dessen nicht sicher sind, habe ich das größte Unrecht.« »Ich bin dessen sicher, weil ich es weiß; aber Sie werden zugeben, daß ich keinen Eid darauf ablegen könnte.« Ich gebe es zu. In der folgenden Zeit war sie wie umgewandelt. Wenn ich etwas erzählte, stellte sie sich, als verstehe sie nichts; wenn andere lachten, fragte sie, was denn so lächerlich. Das ärgerte mich so sehr, daß ich schrecklich abmagerte. Ich ließ sie meine furchtbare Stimmung einmal merken, als ich D. R. auf eine Frage, ob ich stets glücklich verliebt gewesen, antwortete: »Immer unglücklich, besonders das dritte- und letztemal, weil das Mitleiden, welches ich der Dame, die mich entflammt, einflößte, sie auf den Gedanken brachte, mich von meiner Leidenschaft zu heilen, anstatt mich glücklich zu machen.« »Und welches Heilmittel hat sie dazu angewendet?« »Sie hat aufgehört, liebenswürdig zu sein.« »Ich verstehe; sie hat Sie mißhandelt; und das nennen Sie Mitleiden? Sie irren sich.« »Gewiß,« sagte Madame. »hat man Mitleiden mit jemand, den man liebt, und man will ihn nicht heilen, indem man ihn unglücklich macht. Diese Frau hat Sie nie geliebt.« »Ich mag das nicht glauben, Madame.« »Aber sind Sie denn geheilt?« »Vollkommen, denn wenn ich noch an sie denke, so finde ich mich kalt und gleichgültig; aber meine Genesung hat lange gedauert.« »Sie hat wohl so lange gedauert, bis Sie sich in eine andere verliebt haben?« »In eine andere, Madame? Ich glaubte Ihnen gesagt zu haben, daß das drittemal das letztemal gewesen.« Wenige Tage darauf sagte mir D. R., Madame F. wäre unwohl, und er könne ihr nicht Gesellschaft leisten, deshalb sollte ich zu ihr gehen und könne sicher sein, ihr angenehm zu sein. Ich gehe zu ihr und richte Wort für Wort das Kompliment D. R.s aus. Madame F. lag auf ihrem Sofa; sie antwortete mir, ohne mich anzusehen, sie glaube das Fieber zu haben und fordere mich nicht auf, zu bleiben, da ich mich langweilen würde. Ich gab eine konventionelle Antwort, und sie forderte mich sehr trocken auf, zu bleiben. Dies verletzte mich, aber ich liebte sie und hatte sie nie so schön gefunden, da ihr Unwohlsein ihren Teint auf eine Weise belebte, welche ihn blendend machte. Ich blieb eine Viertelstunde lang stumm und unbeweglich wie eine Statue stehen. Endlich fragte sie mich, was aus meiner Heiterkeit geworden wäre. »Wenn meine Heiterkeit verschwunden ist, so kann dies nur nach Ihrem Befehl, Madame, geschehen sein. Ein Wort von Ihnen, und Sie werden sie in Ihrer Gegenwart wieder in ihrer ganzen Stärke erscheinen sehen.« »Was soll ich tun?« »Sich gegen mich benehmen wie nach meiner Rückkehr von Cusopo« Sie wollte von nichts wissen, sie nehme doch Anteil an meinen Abenteuern, und zwar mit Vergnügen, und zum Beweise bäte sie mich, ihr meine drei Liebschaften zu erzählen. Ich erfinde sogleich drei Geschichten zu diesem Zwecke, in welchen viel Empfindung und vollkommene Liebe vorkam, ohne je den Genuß zu berühren, und am allerwenigsten, wenn ich sah, daß sie dies erwartete. Bald trat das Zartgefühl, bald die Achtung, zuweilen die Pflicht in den Weg. Ich sah leicht, daß ihre Einbildung über meine Erzählung hinausging, und ich bemerkte auch, daß meine Zurückhaltung ihr gefiel. Ich glaubte sie hinlänglich zu kennen, um dies für den besten Weg zu halten, sie zum gewünschten Ziele zu führen. Sie äußerte einen Gedanken, der mich tief rührte, wovon ich jedoch nichts sehen ließ. Es handelte sich um diejenigen der drei Frauen, welche mich aus Mitleid hatte heilen wollen. »Wenn diese Sie wirklich geliebt hat,« sagte sie, »so hat sie vielleicht nicht Sie, sondern sich selbst heilen wollen.« In den nächsten Tagen teilte mir D. R. mit, Herr F. wünsche mich als Adjutanten. Das war mir peinlich, denn ich wollte keinen der Herren verletzen, und durch geschickte Antworten hielt ich die Entscheidung von mir fern, so daß ich bei Herrn D. R. blieb. Als ich bei einer Prozession die Ehre hatte, Madame F. zu führen, erwartete ich, sie spräche von meiner Weigerung, aber sie blieb stumm, so daß ich glauben mußte, sie sei beleidigt. Dies durchbohrte mir das Herz; ich wurde krank und mußte mich fiebernd zu Bett legen. Nach einiger Zeit kam ein Diener der Madame F., welcher mich zu ihr beschied. Ich verbiete ihm zu sagen, daß er mich im Bett gefunden. Bleich und abgezehrt trete ich bei ihr ein. Sie macht, als besinne sie sich, weshalb sie mich habe rufen lassen. Endlich begann sie, ihr Mann wünsche mich als Adjutanten; dabei deutete sie auf ein Zimmer neben dem ihrigen, das ich bei ihnen erhalten solle. Zögernd sagte ich, wenn ich überzeugt wäre, D. R. nicht zu verletzen, dann ... »Ich bin vom Gegenteil überzeugt,« sagte sie. »So veranlassen Sie ihn, es mir zu sagen.«»Und dann werden Sie kommen?«»O mein Gott, augenblicklich.« Bei diesem Ausrufe, der vielleicht zuviel sagte, wendete ich die Augen ab, um sie nicht in Verlegenheit zu setzen. Währenddessen ließ sie sich ihre Mantille bringen, um in die Messe zu gehen, und wir gingen aus. Als wir die Treppe hinabstiegen, legte sie ihre nackte Hand auf die meinige. Es war das erstemal, daß ich eine solche Gunst erhielt; man wird sich leicht denken können, daß ich sie als ein gutes Vorzeichen betrachtete. Als sie meine Hand losließ, fragte sie, ob ich das Fieber habe,»denn«, sagte sie,»Ihre Hand brennt«. Was ist denn die Liebe? Ich habe viel Geschwätz der Alten darüber gelesen, und habe auch gelesen, was die Neueren darüber sagen; aber alles, was man darüber gesagt hat, und was ich selbst gesagt habe, als ich jung war, so gut wie jetzt, wo ich es nicht mehr bin, wird mich nicht zu dem Geständnisse bringen, daß die Liebe eine Eitelkeit oder eine Kinderei sei. Sie ist allerdings eine Art Wahnsinn, aber die Philosophie hat keine Macht über ihn; sie ist eine Krankheit, welche der Mensch in jedem Alter unterworfen ist, und welche unheilbar, wenn sie ihn im Greisenalter überfällt. Liebe, Wesen, unerklärliche Empfindung! Gott der Natur! Süße Bitterkeit, grausame Bitterkeit! Liebe! Liebenswürdiges Ungeheuer, welches man nicht erklären kann, und welches unter tausend Leiden, die es über das Leben ausschüttet, so viele Freuden aussät, daß ohne dich das Wesen und das Nichts eins und ununter-scheidbar sein würden. Zwei Tage danach war ich Adjutant des Herrn F. Ich war also wie ein Salamander in dem Feuer, in welchem ich zu sein wünschte. Den ganzen Tag war ich nun um sie, ohne daß dadurch eine Änderung eingetreten wäre, aber ich war fest entschlossen, die Gelegenheit beim Schopfe zu fassen. Einzig mißfiel mir, daß sie mich öffentlich mit Auszeichnungen überhäufte, während sie im geheimen damit geizte. In den Augen der Welt schien ich daher glücklich, aber ich hätte es weniger scheinen und mehr sein mögen. Als eines Tages ihre Kammerfrau in meiner Gegenwart die Spitzen ihrer langen schönen Haare beschnitt, hob ich all diese kleinen Schnitzel auf und legte sie auf ihre Toilette, mit Ausnahme eines kleinen Bündels, welches ich in die Tasche steckte, unbemerkt von ihr, wie ich glaubte; sobald wir aber allein waren, sagte sie mit sanftem, aber zu ernstem Tone, ich möchte die Haare, welche ich in die Tasche gesteckt, hervorholen. Da ich dies zu stark fand und eine solche Härte mir ebenso grausam wie unangemessen schien, so gehorchte ich, warf aber die Haare mit der geringschätzigsten Miene auf die Toilette. »Mein Herr, Sie vergessen sich.«»Nein, Madame, denn Sie hätten so tun können, als ob sie den unschuldigen Diebstahl nicht bemerkt hätten.«»Man legt sich Zwang an, wenn man so tut.«»Wie konnte Ihnen ein so unschuldiger Diebstahl Veranlassung geben, verbrecherische Empfindungen bei mir vorauszusetzen?«»Keine verbrecherischen Empfindungen, aber Empfindungen, die für mich zu hegen Ihnen nicht gestattet ist.«»Empfindungen, welche Sie, Madame, nicht zu erwidern brauchen, die mir aber nur durch den Haß oder Stolz verboten werden können. Hätten Sie ein Herz, so würden Sie weder diesem noch jenem zum Opfer fallen; aber Sie haben nur Geist, und dieser muß boshaft sein, da er sich so viele Mühe gibt, mich zu demütigen. Sie haben mein Geheimnis entdeckt; mögen Sie nun welchen Gebrauch Sie wollen davon machen; dafür habe ich aber auch Sie kennen gelernt. Diese Erkenntnis wird mir mehr nützen, als Ihnen Ihre Entdeckung, denn ich werde vielleicht vernünftig werden.« Nach dieser heftigen Rede gehe ich hinaus, und da ich mich nicht zurückrufen höre, schließe ich mich in meinem Zimmer ein, und in der Hoffnung, mich durch den Schlaf zu beruhigen, entkleide ich mich und lege mich zu Bett. In solchen Augenblicken findet ein Liebhaber den Gegenstand, welchen er liebt, abscheulich; seine Liebe verwandelt sich in Ekel und erzeugt nur noch Haß und Verachtung. Es war mir unmöglich, einzuschlafen, und als man mich zum Abendessen rufen ließ, sagte ich, ich wäre krank. Die Nacht verfloß, ohne daß ich die Augen schloß, und da ich mich angegriffen fühlte, so beschloß ich zu sehen, was daraus werden würde und ging nicht zum Mittagessen, weil ich immer noch krank wäre. Am Abend hüpfte mein Herz vor Freude, als ich meine schöne Dame in mein Zimmer treten sah. Ich entledigte mich bald ihres Besuches, indem ich mit gleichgültiger Miene zu ihr sagte, ich hätte nur heftige Kopfschmerzen, von denen Diät und Ruhe mich bald befreien würden. Gegen elf Uhr kommt wiederum Madame und ihr Freund D. R. zu mir. Sie nähert sich freundlich meinem Bette und sagt:»Was fehlt Ihnen, armer Casanova? Ich habe Bouillon und zwei frische Eier für Sie bestellt.«»Madame, nur die Diät kann mich heilen.«»Er hat recht,« sagte D. R.,»ich kenne diese Krankheit.« Ich schüttelte mit dem Kopfe. Während D. R. einen Kupferstich betrachtete, faßte sie meine Hand und sagte, sie würde sich freuen, wenn ich eine Tasse Bouillon tränke: und als sie die Hand zurückzog, fühlte ich, daß sie ein kleines Paket in meiner zurückließ; sie ging hierauf zu D. R. und betrachtete den Kupferstich. Ich öffne das Paket und fühle Haare, ich verberge sie unter der Decke, fühle aber zugleich, wie mir das Blut auf eine schreckliche Weise zu Kopf steigt. Ich fordere Wasser; sie und D. R. treten zu mir und sind erschrocken, mich plötzlich so rot zu sehen, während ich soeben noch so bleich und abgezehrt gewesen. Sie reichte mir ein Glas Wasser, in welches sie Karmeliterwasser mischte, was augenblicklich ein heftiges Erbrechen bewirkte. Einen Augenblick darauf fühle ich mich besser und fordere zu essen. Sie lächelt. Die Kammerfrau kommt mit Bouillon und Eiern, und während ich diese Erfrischung nehme, erzähle ich ihnen die Geschichte Pandolfins. D. R. glaubte ein Wunder zu sehen, und auf dem Gesichte dieses liebenswürdigen Weibes las ich Liebe, Freundschaft und Reue. Wäre D. R. nicht zugegen gewesen, dies wäre der Augenblick meines Glücks gewesen; aber ich war nun sicher, daß er nur verschoben. Am folgenden Morgen machte ich ihr einen Besuch, sie ließ mich eintreten. Nicht nur in den Augen eines Liebhabers ist eine schöne Frau, welche aus den Armen des Schlafes hervorgeht, unendlich reizender, als wenn sie Toilette gemacht hat, sondern auch in den Augen jedes Mannes, welcher sie in diesem Zustande sieht. Madame F. erschien mir in diesem Augenblicke strahlender als die aufgehende Sonne. Nichtsdestoweniger hängt die schönste Frau ebenso an der Toilette, wie die, die sie nicht entbehren kann, denn je mehr man hat, desto mehr will man haben. Im Besitz ihrer Haare, fragte ich meine Liebe, was ich damit zu tun hätte, denn um den sentimentalen Geiz wieder gutzumachen, welchen sie bewiesen, indem sie mich genötigt, ihr die Abschnitzel wieder zu geben, hatte sie mir ein Bündel gegeben, welches hinreichend zu einem Geflechte war. Die Haare waren nur eine halbe Elle lang. Ich ging zu einem jüdischen Konfitürenhändler, dessen Tochter eine gute Stickerin war, und ließ sie in meiner Gegenwart auf einem Armbande von weißem Atlas die vier Anfangsbuchstaben ihrer Namen sticken; von den übrigen Haaren machte sie mir eine sehr dünne Schnur. An einem der Enden ließ ich ein Band anheften, welches eine Schleife bildete, so daß ich mich sehr gut damit hätte aufhängen können, wenn die Liebe mich zur Verzweiflung gebracht hätte. Ich machte mir daraus ein Halsband. Da ich von einem so kostbaren Geschenke nichts verlieren wollte, so zerschnitt ich mit einer Schere, was mir von Haaren übrig blieb, machte daraus ein sehr feines Pulver und ließ dies in meiner Gegenwart in einen Teig von Ambra, Zucker, Vanille, Angelika, Kersmeslatwerge und Storax mischen, und ging nicht eher weg, als bis das daraus gemachte Zuckerwerk fertig war. Ich ließ es dann noch einmal aus diesen Ingredienzien, mit Ausnahme jedoch der Haare, machen, und steckte das erste in eine schöne Bonbonniere von Bergkristall und das andere in eine Schildpattdose. Seitdem sie mich durch das Geschenk ihrer Haare in das Geheimnis ihres Herzens eingeweiht hatte, hielt ich mich nicht mehr damit auf, ihr Geschichten zu erzählen, sondern sprach nur noch von meiner Leidenschaft und meinen Wünschen; ich sagte zu ihr, sie solle mich entweder aus ihrer Gegenwart verbannen oder mich glücklich machen, aber die Grausame gab dies nicht zu. Sie sagte, wir könnten nur glücklich sein, wenn wir unsere Pflichten nicht verletzen. Wenn ich mich ihr zu Füßen warf, um zum voraus ihre Verzeihung für die Gewalt, die ich ihr antun wollte, zu erflehen, so stieß sie mich mit einer Kraft zurück, welche der eines weiblichen Alciden überlegen war, denn sie sagte dann mit einer liebe- und gefühlvollen Stimme: »Mein Freund, ich bitte Sie nicht, meine Schwäche zu schonen, aber schonen Sie mich mit Rücksicht auf die Liebe, welche ich für Sie habe.« »Lassen Sie mich einen Augenblick meine Lippen auf die Ihrigen pressen.« »Nein, mein Freund, nein, das würde Ihre Begierden entflammen, meine Entschlüsse erschüttern, und wir würden noch unglücklicher werden.« So brachte sie mich jeden Tag zur Verzweiflung und beklagte sich dann, daß ich in Gesellschaft nicht mehr den Geist, die Liebenswürdigkeit zeige, welche ihr bei meiner Rückkehr aus Konstantinopel so sehr gefallen hatten, und D. R., der oft zum Spaße Krieg gegen mich führte, sagte, ich magerte sichtlich ab. Mein Zuckerwerk fing an Aufsehen zu machen. D. R., Madame F. und ich waren die einzigen, deren Bonbonniere damit gefüllt war. Ich geizte damit, und niemand wagte es, mich darum zu bitten, weil ich gesagt, es wäre teuer, und es gäbe in Korfu weder einen Konditor, der es nachmachen, noch einen Physiker, der es analysieren könne. Namentlich aus meiner Kristalldose gab ich niemand, und Madame F. hatte dies bemerkt. Ein verliebter Aberglaube machte es mir teuer, und ich erfreute mich an dem Gedanken, mich mit einigen Parzellen des angebeteten Wesens identifizieren zu können. Einmal fragte mich Madame F., warum ich nur aus der Schildpattdose austeilte, selbst aber aus der Kristalldose nähme. Ohne nachzudenken, antwortete ich, in dem Zuckerwerk, das ich äße, wäre etwas enthalten, was zur Liebe zwinge. »Sagen Sie mir, was für ein Ingrediens das ist.« »Das ist ein Geheimnis, welches ich Ihnen nicht offenbaren kann.« »Und ich werde Ihr Zuckerwerk nicht mehr essen.« Damit steht sie auf, schüttet ihre Bonbonniere aus und füllt sie mit Schokoladeplätzchen; sodann schmollt sie. Ich aber öffnete die Kristallbonbonniere und schüttete den ganzen Inhalt in meinen Mund. »Noch zweimal und ich sterbe an wahnsinniger Liebe für Sie. Dann werden Sie wegen meiner Zurückhaltung gerächt sein. Leben Sie wohl, Madame.« Sie ruft mich zurück, läßt mich neben sich sitzen und sagt, ich möchte keine Torheiten begehen, die ihr Kummer machten, denn ich wüßte ja, daß sie mich liebte, und ich müßte überzeugt sein, daß sie dies nicht der Kraft eines Geheimmittels zuschriebe. »Um Ihnen die Überzeugung zu geben, daß Sie eines solchen nicht bedürfen, um von mir geliebt zu werden, nehmen Sie dies Unterpfand meiner Zärtlichkeit.« Sie nähert ihren schönen Mund und ich presse den meinigen darauf, bis ich genötigt bin, Atem zu holen. Ich werfe mich ihr nun zu Füßen, die Augen benetzt mit Tränen der Zärtlichkeit aus Dankbarkeit und sage, ich wolle ihr mein Verbrechen entdecken, wenn sie mir Verzeihung verhieße. »Ein Verbrechen? Sie erschrecken mich. Ich verzeihe Ihnen, sagen Sie schnell alles.« »Alles. Mein Zuckerwerk enthält Ihre in Zucker verwandelten Haare. Hier an meinem Arme trage ich ein Armband, auf welches Ihr Name mit Ihren Haaren gestickt ist, und an meinem Halse trage ich ein Band, mit welchem ich meinem Leben ein Ende machen werde, wenn Sie mich nicht mehr lieben. Das sind meine Verbrechen, und ich würde keines davon begangen haben, wenn ich Sie nicht anbetete.« Sie lacht, hebt mich auf und sagt, ich wäre wirklich ein großer Verbrecher. Sie trocknete meine Tränen, indem sie mir die Versicherung gab, daß ich mich nie würde töten müssen. Nach dieser Unterhaltung, die mich den Nektar des ersten Kusses meiner Göttin kosten ließ, war ich stark genug, um mein Benehmen gegen sie gänzlich zu ändern. Sie sah, wie ich glühte, brannte, und dennoch hatte ich die Kraft, mich jeden Angriffs zu enthalten. »Woher«, fragte sie eines Tages, »haben Sie die Kraft, sich zu beherrschen, genommen?« »Nach dem zärtlichen Kusse, welchen Sie mir freiwillig gegeben, fühlte ich, daß ich nicht mehr fordern dürfe, als mir Ihr Herz ebenso bewilligen würde, als Produkt der Liebe.« »Ja, mein Freund, der Liebe, deren Schätze unerschöpflich sind.« Sie hatte noch nicht geendet, als unsere Lippen sich schon verbanden. Sie drückte mich so stark gegen ihren Busen, daß ich meine Hände nicht in Bewegung setzen konnte, um mir andere Genüsse zu verschaffen, aber ich fühlte mich glücklich. Am Ende dieses schönen Wettkampfes fragte ich sie, ob sie glaube, daß wir immer dabei stehen bleiben würden.

»Immer, mein Freund, und nie mehr. Erhalten wir uns unser jetziges Glück und verstehen wir, zufrieden zu sein, ohne mehr zu begehren.« Ihren Gesetzen unterworfen, aber jeden Tag verliebter, hoffte ich, daß die Natur, welche auf die Dauer mächtiger ist als die Vorurteile, eine glückliche Krise herbeiführen werde. Aber außer der Natur half mir auch das Glück. Ich wurde dafür einem Unglück verpflichtet. Als sie eines Tages auf D. R.s Arm gelehnt im Garten spazieren ging, blieb sie an einem Strauche wilder Rosen hangen und verwundete sich am untern Teile des Beines. D. R. verband ihr sogleich mit seinem Taschentuche das Bein, um das strömende Blut aufzuhalten, und man mußte sie auf einem Palankin ins Haus tragen. Wunden an den Beinen sind auf Corfu gefährlich. Da sie das Bett hüten mußte, so legte mir meine glückliche Stellung die Pflicht auf, immer zu ihrem Befehl zu sein. Ich sah sie jeden Augenblick, aber in den drei ersten Tagen folgten ohne Unterbrechung so viel Besuche aufeinander, daß ich nie mit ihr allein war. Vor diesem unglücklichen Zufalle war ich weit besser daran und sagte es ihr mir halb heiterem, halb traurigem Tone; am folgenden Tage verschaffte sie mir einen glücklichen Augenblick, um mich zu entschädigen. Mit Tagesanbruch kam ein alter Äskulap, um sie zu verbinden, und es war niemand zugegen. An diesem Tage ließ mich das Mädchen in dem Augenblicke eintreten, wo der Chirurgus sie verband. Da der Chirurgus gerade am Fenster ein Pflaster schmierte und das Mädchen hinausgegangen war, fragte ich sie, ob sie an der Wade eine Verhärtung fühle, und ob die Röte weiter hinaufgehe; und es war natürlich, daß ich dieser Frage mit meinen Händen und Augen nachhalf. Ich sah weder Röte noch Verhärtung, sondern – – –, und die zärtliche Kranke beeilte sich, mit lachender Miene den Vorhang fallen zu lassen, wobei sie sich jedoch einen zärtlichen Kuß rauben ließ, dessen Süße ich seit vier Tagen nicht mehr gekostet hatte. Liebeswut, reizender Wahnsinn! Von ihren Lippen stieg ich zu ihrem Beine hernieder, und überzeugt, daß meine Küsse das beste Heilmittel sein müßten, würde ich fortgefahren haben, wenn nicht das Geräusch, welches die zurückkehrende Kammerfrau machte, mich aufzuhören gezwungen hätte. Allein mit ihr und vor Begierde brennend beschwor ich sie, wenigstens meine Augen zu beglücken. »Ich fühle mich gedemütigt,« sagte ich, »wenn ich denke, daß das Glück, welches ich genossen, nur ein Diebstahl gewesen.« »Wenn du dich aber täuschest?« Sobald der Chirurgus sich entfernt hatte, bat sie mich, ihr Kissen in Ordnung zu bringen, was ich augenblicklich tat. Gleichsam wie um mir dieses angenehme Geschäft zu erleichtern und um sich zu stützen, hob sie die Decke auf und erleichterte mir dadurch den Anblick einer Menge von Schönheiten, in welchen meine Augen trunken schwelgten, und ich verlängerte diese Beschäftigung, ohne daß sie sich über meine Langsamkeit beklagte. Als ich geendet, war ich außer mir und warf mich in einen Lehnstuhl ihr gegenüber, aufgehend in einer Art stillen Genusses. Ich betrachtete dieses entzückende Wesen, welches scheinbar ohne Kunst mir nie ein Vergnügen verschaffte, ohne mir zugleich ein größeres zu bewilligen, und mich doch nie zum Ziele gelangen ließ. »Woran denken Sie?« fragte sie. »An das höchste Glück, welches ich genossen.« »Sie sind ein grausamer Mensch.« »Nein, ich bin nicht grausam. Wenn das nur ein Zufall war, so müßte ich annehmen, ein jeder anderer an meiner Stelle hätte dasselbe Glück gehabt, dies könnte mich unglücklich machen. Können Sie meinen Augen zürnen?« »Ja.« »Es sind Ihre; reißen Sie sie mir aus.« Am folgenden Tage, als der Arzt sich entfernt hatte, schickte sie ihr Kammermädchen weg, um einige Einkäufe zu machen. »Ah,« sagte sie nach einigen Augenblicken, »sie hat vergessen, mir ein Hemd anzuziehen.« »Erlaube, daß ich sie ersetze.« »Aber bedenke, daß ich nur deinen Augen erlaube, bei der Sache zu sein. »Ich bin damit zufrieden.« Sie schnürt sich auf, zieht ihre Schnürbrust und ihr Hemde aus und sagt, ich möchte ihr rasch das reine anziehen, aber ich war zu beschäftigt mit allem, was ich sah, um rasch vorwärts zu kommen. »Gib mir doch mein Hemde, sagte sie, es liegt auf dem kleinen Tisch.« »Wo?« »Dort am Fuße des Bettes. Ich werde es selbst holen.« Sie beugt sich gegen den Tisch, wobei sie fast alles enthüllt, was ich zu sehen wünschte, und sich langsam aufrichtend, gibt sie mir das Hemd, welches ich nicht festhalten konnte, so sehr schauerte ich vor Wonne. Sie hat Mitleid mit mir; meine Hände teilen das Glück meiner Augen; ich sinke in ihre Arme, unsere Lippen verschmelzen sich, und in einem wollüstigen Drucke empfinden wir beide eine verliebte Ohnmacht, welche zwar unzureichend für unsere Wünsche, aber doch süß genug ist, um sie einen Augenblick zu täuschen. Sie beherrschte sich mehr, als es sonst unter diesen Umständen der Fall ist. – Da der Galeerengeneral eine allgemeine Musterung im Guyn angeordnet, begab sich F. dahin und hinterließ mir den Befehl, am folgenden Tage mit der Felucke zu ihm zu stoßen.

Ich speiste allein zu Abend mit Madame F. und als ich mich beklagte, daß ich sie am folgenden Tage nicht sehen würde, sagte sie:»Halten wir uns für diese Entbehrung schadlos, verplaudern wir doch die Nacht zusammen. Hier sind die Schlüssel.« Fünf Stunden sind uns geschenkt. Es war Juni und eine glühende Hitze. Sie lag im Bette: ich drücke sie in meine Arme, sie preßt mich gegen ihren Busen; aber da sie gegen sich selbst die grausamste Tyrannei ausübt, so glaubt sie, daß ich mich nicht beklagen darf, wenn ich denselben Entbehrungen, die sie sich auferlegt, unterworfen werde. Meine Vorstellungen, meine Bitten, mein Flehen helfen nichts.»Man muß«, sagt sie,»die Liebe kurz halten und über sie lachen, da es uns trotz des harten Gesetzes, welches wir ihr auferlegen, gelingt, unsere Wünsche zu befriedigen.« Nach der Ekstase öffnen wir beide Augen und den Mund zu gleicher Zeit und betrachten in einiger Entfernung von einander die gegenseitige Zufriedenheit, welche auf unsern Zügen glänzt. Unsere Begierden erwachen von neuem. Plötzlich erwacht ein Zorn in ihr, und alles, was die Hitze unerträglicher und den Genuß unvollkommener machte, wirft sie von sich und stürzt auf mich zu. Ich glaubte mehr als verliebte Wut zu sehen; es war wie Erbitterung. Ich teilte ihre Wut; ich drücke sie heftig an mich, ich genieße ein Glück, welches mich zu vernichten droht – – aber als ich vollenden will, entzieht sie sich mir, flieht und kommt zurück, wirft sich in meine Arme, und während ich ihr mein Leid um ihrer Grausamkeit willen klage, haucht sie in den zärtlichsten Ausdrücken ihre Seele aus. Ja,« sie war grausam. All meine Beteurungen konnten sie mir nicht ganz gewinnen.»Ich will dir glauben,« sagte sie einmal,»aber warten wir noch. Genießen wir alle Kleinigkeiten, alle Präliminarien, welche in unserer Macht stehen. Verzehre deine Geliebte, aber lasse mich Herrin deines ganzen Wesens sein. Wenn uns diese Nacht zu kurz vorkommt, so wollen wir uns morgen trösten, indem wir uns eine andere zu verschaffen suchen.« Aber Trost empfand ich, als sie mir ihr Herz öffnete in reizendem Geplauder:»Ich sehnte mich nach der Heirat. Es war das unbestimmte Bedürfnis des Herzens, welches ein junges Mädchen, das seinem fünfzehnten Frühlinge entgegengeht, ausschließlich beschäftigt. Du kannst dir daher meine Überraschung denken, als mein Mann, indem er mich zur Frau machte, mir nur den Schmerz schenkte, ohne mich das Vergnügen empfinden zu lassen! Meine Klosterphantasie leistete mehr als die Wirklichkeit! Die natürliche Folge davon war: wir wurden sehr gute Freunde, aber sehr kühle Gatten, und keiner verlangt nach dem andern. Sobald ich bemerkte, du liebtest mich, wurde ich froh, und ich bot dir alle Gelegenheit, mit jedem Tage verliebter zu werden, ich war überzeugt, daß ich dich nicht lieben würde; aber als ich fühlte, daß auch ich verliebt war, mißhandelte ich dich, um dich zu strafen, weil du mein Gefühl erregt. Deine Geduld, deine Ausdauer haben mich in Erstaunen gesetzt und mich ins Unrecht gebracht; aber nach dem ersten Kusse war ich nicht mehr Herrin meiner selbst, Die ungeheure Wirkung eines einfachen Kusses warf meine Entschlüsse über den Haufen, und ich fühlte, daß ich nur glücklich sein könne, wenn ich dich glücklich mache. Das hat mir geschmeichelt, mich entzückt, und besonders in dieser Nacht habe ich erkannt, daß ich nur glücklich sein kann, wenn du es bist.« Die Nacht verging unter zärtlichem Klagen und wollüstigem Entzücken, und nicht ohne Schmerz entriß ich mich beim ersten Schimmer der Morgenröte ihren Armen, um mich nach Guyn zu begeben. Sie weinte vor Freuden, als ich sie als Eroberer verließ, da sie dies nicht für möglich gehalten hatte. Nach dieser so genußreichen Nacht vergingen etwa zwölf Tage, ohne daß wir einen Funken des Feuers, welches uns verzehrte, löschen konnten, und gerade damals begegnete mir ein schreckliches Unglück. Als eines Abends nach dem Essen D. R. sich entfernt hatte, nahm F. keinen Anstand, seiner Frau in meiner Gegenwart zu sagen, er beabsichtige, ihr einen Besuch abzustatten, sobald er zwei kleine Briefe geschrieben haben werde. Kaum hatte er sich entfernt, als wir uns ansahen und wie mit einer Bewegung uns in die Arme stürzten: ein Strom der Wonne glühte ohne Zwang und Zurückhaltung durch unsere Adern; sobald aber das erste Feuer gedämpft, stößt sie mich weg, und wirft sich mit zerstörtem Gesicht auf einen neben ihrem Bette stehenden Lehnstuhl, ohne mir Zeit zu lassen zur Besinnung zu kommen und mich des Zaubers meines schönstes Sieges zu erfreuen. Unbeweglich, erstaunt, beinahe verwirrt, betrachte ich sie zitternd, um womöglich die Ursache dieser sonderbaren Bewegung zu erraten. Auch sie sieht mich an und sagt mit liebeglühenden Augen: »Mein zärtlich geliebter Freund, wir waren im

Begriffe, uns unglücklich zu machen.«»Wie? uns unglücklich zu machen! Ah, grausame Freundin, du hast mich getötet! Ich fühle, daß ich sterbe, und vielleicht siehst du mich nie wieder.«Ich verlasse sie in einer Art Wahnsinn und schreite nach der Esplanade, um frische Lust zu schöpfen, denn ich fühle mich dem Ersticken nahe. In der schrecklichen Stimmung, in welcher ich mich befand, höre ich mich aus einem Fenster rufen, und ich habe die traurige Gefälligkeit, zu antworten. Ich trete heran und sehe die berühmte Melulla auf ihrem Balkon, welche seit vier Monaten alle Wüstlinge auf Corfu entzückte und närrisch machte. Alle, welche sie gesehen, feierten ihre Reize; es war nur von ihr die Rede. Ich hatte sie nie gesehen, aber obgleich sie schön war, so schien sie mir doch nicht mit Madame F. zu vergleichen. Maschinenartig gehe ich die Treppe hinaus, sie führt mich in ein wollüstiges Boudoir, und nachdem sie mir vorgeworfen, daß ich allein ihr noch keinen Besuch abgestattet, beging ich die Schändlichkeit, alles mit mir machen zu lassen; – ich wurde der verbrecherischste Mensch. Weder die Begierde noch die Phantasie führten meinen Fall herbei, sondern die Trägheit, die Schwäche, die Aufregung, in welcher ich mich noch befand, endlich eine Art Verdruß über das Wesen, welches ich anbetete und welches mich durch eine Laune reizte, die, wenn ich ihrer nicht unwürdig gewesen wäre, mich nur noch verliebter hätte machen dürfen. Kaum war ich wieder zu mir selbst gekommen, als mich das Gefühl des Abscheus über mich befiel. Verzehrt von Gewissensbissen kehre ich nach Hause zurück, und während dieser ganzen grausamen Nacht ließ sich der Schlummer nicht einen Augenblick auf meinen entzündeten Augenlidern nieder. Am Morgen stehe ich, gebeugt von Schlaflosigkeit und Schmerz, auf und gehe zu Madame F. Da ich sie an ihrer Toilette finde, wünsche ich ihr über den Spiegel hinweg einen guten Morgen und erfreue mich der Heiterkeit und der Ruhe des Glücks, welche auf ihrem schönen Gesichte glänzen; aber als ihre schönen Augen den meinigen begegnen, sehe ich, wie ihre schönen Züge verstört werden und der Ausdruck der Traurigkeit den der Zufriedenheit verdrängt. Wie versunken in Betrachtungen neigt sie ihr Auge, hebt es einen Augenblick darauf wieder in die Höhe, wie um in meiner Seele zu lesen und bricht das peinliche Schweigen erst, nachdem sich ihre Kammerjungfer entfernt. »Mein Freund,« sagte sie mit dem zärtlichsten Tone, »keine Täuschung von deiner Seite oder meiner. – Traurigkeit drückte mich gestern abend nieder, als ich dich weggehen sah, da mich das Nachdenken belehrte, welche üblen Folgen mein Benehmen gegen dich haben könnte; daher bin ich entschlossen, nichts mehr halb zu tun. Ich dachte, du würdest frische Lust schöpfen, und das war mir lieb, weil ich hoffte, daß diese dir gut bekommen würde. Um mich davon zu überzeugen, bin ich ans Fenster getreten und dort wohl länger als eine Stunde stehengeblieben, ohne Licht in deinem Zimmer zu erblicken. Da mein Mann kam, habe ich mich mit der traurigen Gewißheit, daß du nicht zu Hause wärst, zu Bett legen müssen. Vor Leid und Liebe habe ich fast kein Auge geschlossen. Ich mußte nun heute den Unteroffizier melden hören, daß du noch schläfst, weil du spät nach Hause gekommen seist. Mein Herz ist traurig. Ich bin nicht eifersüchtig, mein Freund, denn ich weiß, daß du nur mich lieben kannst; aber ich fürchte ein Unglück. Als ich dich endlich diesen Morgen in mein Zimmer treten hörte, schlug mir das Herz vor Freuden: als ich dich aber anblickte, glaubte ich einen andern Mann zu sehen. Ich prüfe dich noch, und wider meinen Willen liest meine Seele auf deinem Gesichte, daß du mich beschimpft hast. Sag es mir ohne Furcht, teurer Freund, ob ich mich täusche, ob du mich verraten hast. Da ich mich als die Ursache deines Fehltritts betrachte, so werde ich ihn mir nie verzeihen; aber deine Entschuldigung ist in meinem Herzen wie in meinem Wesen.« Im Laufe meines Lebens bin ich oft in der harten Notwendigkeit gewesen, Frauen, welche ich liebte, etwas vorzulügen; aber wie konnte ich wohl in diesem Falle nach einer so wahren und so rührenden Rede lügen? In diesem Augenblicke fühlte ich mein Herz so sehr von Reue und Gewissensbissen geschwellt, daß ich kein einziges Wort hervorbringen konnte, ehe ich meinen Tränen freien Lauf gelassen. Ich gestand ihr meinen Fehltritt, der sie aufs tiefste erschütterte; sie verzieh mir, da sie mich so weit getrieben. Den Rest des Tages verbrachten wir anscheinend in Ruhe, da wir unsere Traurigkeit in unsre Herzen zurückscheuchten. Wir waren entschlossen, den ersten günstigen Augenblick zu ergreifen, um uns neue Beweise unsrer gegenseitigen glühenden Zärtlichkeit zu geben, sie, um meine Verzeihung zu besiegeln, ich, um meinen Schimpf wieder gutzumachen; aber der gerechte Himmel ordnete es anders, und ich wurde für meine abscheuliche Ausschweifung grausam bestraft. Am dritten Tage, als ich aufstand, verkündete mir ein furchtbares Prickeln den schrecklichen Zustand, in welchen mich die unselige Melulla versetzt. Ich war niedergeschmettert! Und wenn ich bedachte, welches Unglück ich hätte anrichten können, wenn mir meine göttliche Freundin in den letzten Tagen eine Gunstbezeigung bewilligt hätte, so war ich nahe daran, den Verstand zu verlieren. Ich hätte mich getötet. Zur Verzweiflung brachte mich die Erkenntnis, daß mich die Dirne mit allen Giften infiziert, aber ein alter erfahrener Arzt versprach mir, mich in zwei Monaten wiederherzustellen. Ich habe oft die Bemerkung gemacht, daß ich den größten Teil meines Lebens angewendet habe, um mich krank zu machen, und wenn ich dieses Ziel erreicht hatte, mich wiederherzustellen. Mir ist sowohl das eine wie das andere sehr gut gelungen, und jetzt, im Alter von zweiundsiebzig Jahren, da ich dies schreibe, wo ich mich in dieser Beziehung einer ausgezeichneten Gesundheit erfreue, schmerzt es mich, daß ich mich nicht mehr krank machen kann. Das erste, wozu ich mich entschloß, nachdem ich meinen grausamen Zustand erkannt, war, daß ich Madame F. damit bekannt machte. Ich wollte nicht bis zu dem Augenblicke warten, wo eine abgezwungene Erklärung sie genötigt hätte, über eine Schwäche zu erröten, noch wollte ich sie den Betrachtungen über die schrecklichen Folgen, welche sie sich durch ihre Leidenschaft hätte zuziehen können, aussetzen. Da ich ihren Geist, die Reinheit ihres Gemüts und ihre Großmut kannte, welche sie mich nur beklagenswert hatte finden lassen, so glaubte ich, ihr durch meine Aufrichtigkeit beweisen zu müssen, daß ich ihre Achtung verdiente. Ich erzählte ihr ganz naiv meinen Zustand und schilderte ihr gleichzeitig denjenigen, in welchen mich der Gedanke an die schrecklichen Folgen, die für sie daraus hätten hervorgehen können, stürzte. Ich sah, wie sie bei diesem Gedanken schauderte und zusammenfuhr, und sie erbleichte, als ich sagte, daß ich sie durch einen Selbstmord gerächt haben würde. Meine Krankheit war nicht der einzige Kummer, welcher mich verzehrte. Ich wurde nicht befördert, und so beschloß ich, den Militärstand aufzugeben. Acht Tage vor dem Aufbruche der Armee nahm mich D. R. wieder in seine Dienste. Bei dieser Gelegenheit sagte Madame F., daß wir uns in Venedig aus mehreren Gründen nicht würden sehen können. Ich bat sie, mir diese nicht zu nennen, da ich vermutete, sie könnten nur demütigend für mich sein. Ich wurde gewahr, daß diese vermeintliche Gottheit nur eine arme Sterbliche wie alle andern Frauen war, und ich fing an, dem Gedanken Raum zu geben, daß ich sehr unrecht tun würde, ihretwegen dem Leben zu entsagen. Der Grund ihrer Seele wurde mir klar, denn, ich weiß nicht mehr bei welcher

Gelegenheit, sagte sie zu mir, ich flöße ihr Mitleid ein. Ich sah klar, daß sie mich nicht mehr liebte, denn das Mitleid, dieses erniedrigende Gefühl, findet keinen Raum in einem liebenden Herzen, da die Verachtung diesem traurigen Gefühl zu sehr verwandt ist. Von diesem Augenblicke an bin ich nicht mehr allein mit ihr gewesen. Ich liebte sie noch, es würde mir leicht gewesen sein, sie zum Erröten zu bringen; ich tat es nicht. Sobald wir in Venedig angelangt waren, hängte sie sich an D. R. und liebte ihn, bis er starb. Zwanzig Jahre später erblindete sie. Die beiden letzten Monate meines Aufenthalts in Corfu gehörten zu den lehrreichsten meines Lebens, ich habe mich sehr oft daran erinnert, um nützlichen Rat daraus zu schöpfen. Vor meinem nächtlichen Abenteuer mit der elenden Melulla war ich gesund, reich, glücklich im Spiele, geliebt von allen, angebetet von der schönsten Frau der Stadt. Wenn ich sprach, liehen mir alle ein aufmerksames Ohr, rühmten meinen Geist. Nach jenem verhängnisvollen Abenteuer verlor ich schnell Gesundheit, Geld, Kredit; gute Laune, Achtung, Geist, alles, bis auf die Fähigkeit, mich auszudrücken, verflog mit dem Glücke. Ich sprach; aber man wußte, daß ich unglücklich war, und ich überzeugte nicht mehr. Ich reiste ohne Geld ab, nachdem ich alle Sachen von Wert verkauft oder verpfändet. Zweimal war ich reich hierher gekommen und zweimal reiste ich arm ab; aber diesmal hatte ich Schulden gemacht, welche ich nie bezahlt habe, nicht aus Böswilligkeit, sondern aus Leichtsinn. Als ich reich und wohl war, feierten mich alle; als ich arm und mager war, gab mir niemand mehr ein Zeichen der Achtung. Als ich eine volle Börse und einen zuversichtlichen Ton hatte, fand man mich geistreich, unterhaltend; als meine Börse leicht und mein Ton bescheiden wurde, erschien alles, was ich sagte, platt und geistlos. O Menschen! O Glück! Man mied mich, als ob das Unglück, welches mich verfolgte, ansteckend gewesen wäre.

Christine

In Venedig hatte sich alles geändert: Madame Orio hatte der Prokurator Rosa geheiratet, Ännchen hieß nun Gräfin R., über Märtchen war die Gnade gekommen: sie war in ein Kloster eingetreten. In den ersten

Tagen erhielt ich meinen Abschied aus der Armee und war wieder mein eigener Herr. Da ich nun daran denken mußte, eine Beschäftigung für meinen Lebensunterhalt zu suchen, so wählte ich die eines Spielers von Profession; aber Dame Fortuna war entgegengesetzter Ansicht: sie verließ mich schon bei den ersten Schritten; acht Tage später hatte ich keinen Pfennig mehr. Was sollte aus mir werden? Leben mußte ich, und ich wurde Violinspieler. Bei Doktor Gozzi hatte ich genug gelernt, um im Orchester eines Theaters fiedeln zu können. Herr Grimani brachte mich beim Sankt-Samuel-Theater unter, wo ich einen Taler täglich verdiente und also durchkommen konnte, bis sich mir etwas besseres bot. Da ich mir selbst Gerechtigkeit widerfahren ließ, so setzte ich keinen Fuß in die Häuser von gutem Tone, welche ich früher besucht hatte. Ich wußte, daß man mich als einen Liederjan betrachten müßte; aber ich fragte nichts danach. Man mußte mich verachten, ich tröstete mich darüber durch das Bewußtsein, daß ich nicht verachtungswert wäre. Aber allmählich nahm ich die Gewohnheiten meiner Kameraden an. Ich lief mit ihnen in Schenken und schlechten Häusern herum, trieb allerlei Allotria und Prellereien bei Männern und Weibern, und wäre wohl tief gesunken, hätte mich nicht das Glück bei einer Hochzeit, wo ich zum Tanz aufspielte, den Senator, Herrn von Bragadino, finden lassen. Bei einem Schlaganfall, den er, als der Zufall mich in seine Nähe führte, erlitten, leistete ich ihm die vorzüglichsten Dienste, so daß er eine große Zuneigung zu mir faßte, und mich in sein Haus aufnahm. Nicht zum wenigsten war er dazu veranlaßt, weil ich ihm und seinen beiden Freunden, die sich sehr mit Geheimwissenschaften beschäftigten, eingeredet hatte, ich sei im Besitze einer Zahlenberechnung, welche mir in Zahlen aufgelöste Fragen durch Zahlen wieder beantworte, so daß ich alles wissen konnte, selbst das, wovon mich niemand unterrichten könnte. Herr von Bragadino nannte diese Geschicklichkeit den Schlüssel des Salamonis, Kabbala genannt. Auf geschickte Weise, indem ich mit Dunkelheit und Zweideutigkeit wie die alten Orakel operierte, dabei auch stets mit unerschrockenem Vertrauen aufs Geradewohl hinaussprach, beantwortete ich ihnen alle möglichen Fragen, worüber sie in Erstaunen und Entzücken gerieten. Da sah ich nun, wie leicht es jedem Betrüger wird, selbst bei den gebildetsten Männern. Diese meine Fähigkeit habe ich später zu Gutem und Bösem weidlich ausgenutzt. Durch die Freundschaft der drei Männer sicherte ich mir in meinem Vaterlande Ansehen und Einfluß; und ich warf mich ihm zu Füßen, als mir der Herr Bragadino eines Tages sagte:»Wenn du mein Sohn sein willst, so brauchst du mich nur als Vater anzuerkennen, und ich werde dich bis zu meinem Tode in meinem Hause als solchen behandeln. Deine Wohnung ist bereit, laß deine Sachen dahin bringen; du sollst einen Bedienten, eine kostenfreie Gondel, einen Platz an meinem Tische und zehn Zechinen monatlich erhalten. In deinem Alter erhielt ich von meinem Vater nicht mehr Taschengeld. Du brauchst dich nicht mit der Zukunft zu beschäftigen: denke an dein Vergnügen und mache mich in allem, was dir begegnet oder was du unternimmst, zu deinem Ratgeber, und sei überzeugt, daß ich immer dein Freund bleiben werde.« Mein glühender Charakter ließ mich leider nicht die Mäßigung anerkennen, welche mir meine neue Stellung auferlegte, ich verfiel ins Maßlose wie stets. Da ich ziemlich reich von der Natur mit einem angenehmen und imponierenden Äußern begabt, ein entschlossener Spieler, ein wahres durchlöchertes Sieb war, viel und immer absprechend redete, unerschrocken war, den hübschen Frauen nachlief, Nebenbuhler verdrängte und als gute Gesellschaft nur diejenigen anerkannte, welche mich belustigten, so mußte ich natürlich gehaßt sein; da ich aber immer bereit war, meine Person einzusetzen, so hielt ich alles für mich gestattet, denn dem Mißbrauche, welcher mich hinderte, glaubte ich schroff entgegentreten zu müssen. Meinen drei seltsamen Gönnern konnte dies Leben nun keineswegs gefallen, und es war rührend, wie besonders Herr Bragadino sich väterlich bemühte, mich von allen übermäßigen Ausschweifungen fernzuhalten, und stets, wenn ich in Verlegenheit kam, seine Hilfe mit einer versteckten Lehre begleitete. Ich lebte von Müßiggang und Spiel und hatte so natürlich Gelegenheit genug, galanten Abenteuern nachzugehen. Unter diesen war das reizendste wohl, daß ich eine junge Dame, welche ihrem Geliebten und Verführer, der sie trotz des schriftlichen Eheversprechens verlassen hatte, nachgereist kam, in meinen Schutz aufnahm, sie in anständigster Weise unterbrachte, und dann mit Hilfe meines angesehenen Vaters und meiner Kabbala in den Schoß ihrer Familie zurückbrachte, nicht ohne vorher ihre ganze Zärtlichkeit als Dank genossen zu haben. Daneben gingen Renkontres mit Kurtisanen und Spielern, die oft zu blutigen Austragungen führten. Eine heitere Episode aber war folgende. Es war Siebzehnhundertachtundvierzig, Ende Januar. Ich mußte mir notwendig zweihundert Zechinen verschaffen. Eine mir sehr befreundete ältere Dame veranlasse eine ihrer Freundinnen, mir einen Brillant zu leihen, der fünfhundert Zechinen wert war. Diesen beschloß ich in Treviso, fünfzehn Meilen von Venedig, im Mont-de-pitié zu versetzen, welcher gegen fünf Prozent leiht.

Diese schöne und nützliche Anstalt fehlte Venedig, wo die Juden immer Gelegenheit gefunden haben, ihre Einführung zu verhindern. Ich stehe früh auf und gehe zu Fuß bis zum Ende des Canal regio, um eine Gondel nach Mestre zu nehmen. Von dort wollte ich dann mit der Post nach Treviso, und ich hätte den Abend wieder in Venedig sein können. Als ich über den Sankt Hiobskai ging, sah ich in einer zweirudrigen Gondel eine Bäuerin mit einer sehr reichen Kopfbedeckung. Da ich stehen blieb, um sie zu beobachten, so dachte der Gondelführer, ich wolle die Gelegenheit benutzen, um billiger nach Mestre zu kommen und legte an. Ich bedachte mich keinen Augenblick, als ich das hübsche Gesichtchen der Bäuerin sah; ich stieg ein und bezahlte dem Schiffer den doppelten Preis, damit er niemand mehr einnehme. Ein alter Priester hatte den nächsten Platz neben der jungen Person inne: er stand auf, um ihn mir abzutreten, aber ich nötigte ihn höflich, sich wieder zu setzen. »Diese Schiffer«, sagte der Pfarrer, wie um die Unterhaltung anzuknüpfen, »haben wirklich viel Glück. Sie haben uns in Rialto für dreißig Sols eingenommen, unter der Bedingung, daß sie auch andere Passagiere einnehmen könnten; gewiß werden sie auch noch andere finden.« »Wenn ich, mein ehrwürdiger Vater, in einer Gondel bin, so ist für niemand mehr Platz übrig.« Mit diesen Worten gebe ich den Schiffern noch vierzig Sols, die, damit sehr zufrieden, mir den Titel Exzellenz geben. Der gute Abbé, welcher dies für bare Münze nahm, bat mich um Entschuldigung, weil er mir diesen Titel nicht gegeben. »Da ich nicht venetianischer Edelmann bin, so geziemt mir dieser Titel nicht.« »Ah,« sagte das junge Mädchen, »das freut mich sehr.« »Und weshalb?« »Weil ich mich immer fürchte, wenn ich einen Adligen neben mir sehe. Aber Sie sind wohl ein Illustrissimo?« »Ebensowenig, Fräulein, ich bin ganz einfach ein Advokatenschreiber.« »Das freut mich wiederum, denn ich bin gern in Gesellschaft von Personen, die sich nicht für mehr als ich halten. Mein Vater war Pächter, der Bruder meines Onkels, welchen Sie hier sehen und welcher Pfarrer in Pr. ist, wo ich geboren und erzogen bin. Da ich einzige Tochter bin, so erbe ich alles

Vermögen meines Vaters, welcher tot ist, und meiner Mutter, welche seit langer Zeit krank ist und welche nicht mehr lange leben kann, was mir großen Kummer macht; aber der Arzt selbst hat es uns gesagt. Um also auf meine Rede zurückzukommen, so glaube ich, daß der Unterschied zwischen dem Schreiber eines Prokurators und der Tochter eines reichen Pächters nicht sehr groß ist. Ich sage das nur so, denn ich weiß wohl, daß man auf Reisen mit allerlei Leuten zusammentrifft; nicht wahr, Onkel?«»Ja, teure Christine, und du siehst ja auch, daß der Herr sich zu uns gesetzt hat, ohne zu wissen, wer wir sind.«»Aber glauben Sie wohl, Herr Pfarrer, daß ich ohne die Anziehung Ihrer jungen, hübschen Nichte zu Ihnen eingestiegen sein würde?« Bei diesen Worten fingen die guten Leute laut zu lachen an. Da ich das, was ich gesagt, nicht sehr komisch fand, so hielt ich meine Reisegefährten für etwas dumm, und diese Entdeckung war mir keineswegs unangenehm.»Weshalb lachen Sie so sehr, mein schönes Fräulein? Etwa um mich Ihre schönen Zähne sehen zu lassen? Ich gebe zu, daß ich in Venedig nie so schöne gesehen.«»Oh, durchaus nicht, mein Herr, obwohl mir dies Kompliment in Venedig von allen Seiten gemacht worden ist. Ich versichere Ihnen, daß in Pr. alle Mädchen ebenso schöne Zähne wie ich haben. Nicht wahr, mein teurer Onkel?« »Ja, Nichte.«»Ich lachte über etwas, was ich Ihnen, mein Herr, nie sagen werde.«»Ach, sagen Sie es mir doch.«»Oh, nein, gewiß nicht.« »Ich werde es Ihnen sagen,« sagte der Pfarrer.»Ich will aber nicht,« sagte sie, ihre schönen Augenbrauen runzelnd, »oder ich gehe weg.« »Tue das, Liebe. Wissen Sie, was sie sagte, als sie Sie auf dem Kai bemerkte? Das ist ein hübscher Junge, welcher mich ansieht und welcher gern bei uns sein möchte; und als sie gesehen, daß Sie die Gondel anhalten ließen, freute sie sich sehr.« Während der Pfarrer erzählte, gab ihm die ärgerliche Christine Püffe gegen die Schultern. »Warum, schöne Christine, werden Sie ärgerlich, wenn ich erfahre, daß ich Ihnen gefalle, während ich entzückt bin, wenn Sie erfahren, daß ich Sie reizend finde?«»Sie sind entzückt für einen Augenblick. Oh, jetzt kenne ich die Venetianer gründlich. Sie sagten alle, ich entzückte, und keiner von denen, von welchen ich es gewünscht hätte, hat sich erklärt.«»Was für eine Erklärung wollten Sie?« »Die Erklärung, welche ich verlange, ist die einer ordentlichen Heirat in der Kirche in Gegenwart von Zeugen. Wir sind aber vierzehn Tage in Venedig geblieben; nicht wahr, mein lieber Onkel?«»Das Mädchen, wie Sie sie da sehen,« sagte hierauf der Onkel,»ist eine gute Partie, denn sie hat dreitausend Taler. Sie hat immer gesagt, sie wolle nur einen Venetianer heiraten, und ich habe sie nach Venedig geführt, um sie bekannt zu machen. Eine anständige Frau hat uns vierzehn Tage lang beherbergt und sie in mehrere Häuser geführt, wo heiratsfähige junge Leute sie gesehen haben; aber die, welche ihr gefallen, haben nichts vom Heiraten wissen wollen, und die, welche um sie warben, waren nicht nach ihrem Geschmack.«»Glauben Sie denn aber,« sagte ich zu ihm, »daß eine Heirat wie ein Eierkuchen fertiggemacht wird? Vierzehn Tage in Venedig wollen gar nichts sagen; man muß wenigstens ein halbes Jahr dort bleiben. Ich zum Beispiel finde Ihre Nichte hübsch wie einen Engel und ich würde mich glücklich schätzen, wenn die Frau, welche mir Gott bestimmt hat, ihr gliche; wenn sie mir aber auch augenblicklich fünfzigtausend Taler gäbe, um sie auf der Stelle zu heiraten, so möchte ich sie doch nicht haben. Ein vernünftiger junger Mann nimmt nicht eher eine Frau, als bis er ihren Charakter kennen gelernt hat, denn nicht das Geld und die Schönheit begründen das Glück einer Ehe.«»Was wollen Sie mit Charakter sagen?« fragte mich Christine.»Meinen Sie eine schöne Handschrift?«»Nein, mein Engel; ich muß über Sie lachen. Es handelt sich um die Eigenschaften des Herzens und des Geistes. Ich muß mich einmal verheiraten, und ich suche den Gegenstand seit drei Jahren, aber noch immer vergeblich. Ich habe mehrere, fast ebenso hübsche Mädchen wie Sie gekannt, welche alle eine gute Mitgift hatten; aber nachdem ich zwei oder drei Monate mit ihnen umgegangen, habe ich gesehen, daß sie mich nicht glücklich machen würden.«»Was fehlte ihnen?«»Ich will es Ihnen sagen. Die eine von ihnen, welche ich gewiß geheiratet haben würde, denn ich liebte sie sehr, war außerordentlich eitel. Ich brauchte nicht zwei Monate, um das gewahr zu werden. Sie würde mich durch Kleider, Moden, Luxus zugrunde gerichtet haben. Denken Sie sich, daß sie dem Friseur monatlich eine Zechine gab, und eine andere ging für Pomade und wohlriechendes Wasser darauf.«»Das war eine Närrin. Ich gebe jährlich nur zehn Sols für Wachs aus, welches ich mit Ziegenfett vermische, was eine vortreffliche Pomade gibt.«»Eine andere, welche ich vor zwei Jahren geheirat haben würde, litt an einem Übel, welches mich unglücklich gemacht haben würde, und sobald ich dies gewahr wurde, stellte ich meine Besuche ein.«»Was war das für ein Übel?«»Sie konnte nicht Mutter werden, und das ist schrecklich, denn wenn ich mich verheirate, will ich auch Kinder haben.«»Das steht freilich bei Gott; aber ich kann von mir sagen, daß ich mich wohl befinde. Nicht wahr, Onkel?«»Eine andere war zu fromm, und eine solche mag ich nicht. Sie war so gewissenhaft, daß sie alle drei oder vier Tage zur Beichte ging, und ihre Beichte dauerte wenigstens eine Stunde. Meine Frau soll eine gute Christin aber keine Frömmlerin sein.«»Sie war vielleicht eine große Sünderin oder eine große Närrin. Ich gehe nur alle Monate zur Beichte und mache sie in zwei Minuten ab. Nicht wahr, Onkel? Und wenn Sie Fragen an mich stellten, wüßte ich nicht, was ich sagen sollte.«»Eine andere, welche ich sehr schnell verließ, fürchtete sich, allein mit mir zu sein, und wenn ich ihr einen Kuß gab, sagte sie es sogleich ihrer Mutter.«»Die war sehr dumm. Ich habe noch keinen Liebhaber gehabt, denn in Pr. gibt es nur ungebildete Bauern; aber ich weiß wohl, daß es gewisse Sachen gibt, welche ich meiner Mutter nicht sagen würde.«»Eine andere roch aus dem Munde. Eine andere schminkte sich, und fast alle Mädchen haben diese häßliche Eigenschaft. Daher fürchte ich auch, daß ich mich nie verheiraten werde, denn ich verlange zum Beispiel, daß das Mädchen, welches ich heiraten soll, schwarze Augen habe, und jetzt haben fast alle Mädchen das Geheimnis gelernt, sich die Augen zu färben; aber ich lasse mich nicht fangen, denn ich verstehe mich darauf.«»Sind meine Augen schwarz?«»Ha! Ha!«»Sie lachen?«»Ich lache, weil sie schwarz aussehen, aber es nicht sind. Nichtsdestoweniger sind Sie sehr liebenswürdig. «»Das ist komisch. Sie glauben, meine Augen seien schwarz, und Sie sagen, Sie verständen sich darauf. Meine Augen, mein Herr, mögen sie nun schön oder häßlich sein, sind so, wie Gott sie mir gegeben. Nicht wahr, Onkel? Und Sie glauben es nicht?«sagte sie mit großer Lebhaftigkeit zu mir.»Nein, sie sind zu schön, als daß ich sie für natürlich halten sollte.«»Bei Gott! das ist zu stark.« »Entschuldigen Sie, mein schönes Fräulein, ich sehe, daß ich zu aufrichtig gewesen bin.« Nach diesem Streite trat Schweigen ein. Der Pfarrer lächelte von Zeit zu Zeit; aber dem Mädchen wurde es schwer, seinen Kummer zu verzehren. Ich schielte verstohlen nach ihr hin und sah, daß sie im Begriffe war zu weinen; das betrübte mich, denn sie war reizend. Sie hatte den Kopfputz einer reichen Bäuerin und war mit gutem Stoff bekleidet. Sie trug auf ihrem Kopfe für mehr als hundert Zechinen an Nadeln und goldenen Pfeilen, mit welchen die Flechten ihres langen und ebenholzschwarzen Haares befestigt waren. Lange massive Ohrbommeln und eine goldene Kette, welche zwanzigmal um ihren Alabasterhals herumgeschlungen war, gaben ihrer Lilien- und Rosengestalt einen zauberischen Glanz. Es war die erste ländliche Schönheit, welche ich in einem solchen Aufzuge traf. Christine sagte kein Wort mehr, aber sie mußte in Verzweiflung sein, denn gerade ihre Augen waren von blendender Schönheit, und ich war Barbar genug, um diese ihnen zu rauben. Sie mußte mich verabscheuen, und wenn sie nicht weinte, so wurde sie offenbar nur durch die Wut daran gehindert. Aber ich hütete mich wohl, sie ihrer Täuschung zu entreißen, denn ich wollte, daß sie die Lösung des Knotens durch einen Knalleffekt herbeiführen sollte. Sobald die Gondel in den Kanal von Marghera hineingefahren war, fragte ich den Pfarrer, ob er einen Wagen nach Treviso habe, da er, um nach Pr. zu gelangen, diese Stadt berühren mußte. »Ich werde zu Fuße gehen,« sagte der brave Mann, »denn ich habe eine arme Pfarre, und für Christine werde ich leicht einen Platz auf einem Wagen finden.« »Sie werden mir ein großes Vergnügen erweisen, wenn Sie beide einen Platz in meinem Wagen annehmen; er ist viersitzig und Sie werden sehr bequem darin sitzen.« »Ein solches Glück hofften wir nicht.« »Ganz und gar nicht, Onkel, ich will nicht mit diesem Herrn fahren.« »Warum nicht, liebe Nichte?« »Weil ich nicht will.« »So«, sagte ich, ohne sie anzusehen, »wird gewöhnlich die Aufrichtigkeit belohnt.« »Es ist nicht Aufrichtigkeit,« versetzte sie hastig, »sondern reine Bosheit. Sie werden in der ganzen Welt keine schwarzen Augen mehr finden, und das ist mir lieb, weil Sie diese gern haben.« »Sie täuschen sich, schöne Christine, denn ich habe ein Mittel, die Wahrheit zu erforschen.« »Und worin besteht dieses Mittel?« »Es besteht darin, sie mit etwas lauwarmem Rosenwasser zu waschen; auch verschwindet jede künstliche Farbe, wenn die junge Dame weint.« Bei diesen Worten änderte sich die Szene wie durch einen Zauber. Das Antlitz des jungen Mädchens, welches nur Unwillen, Verdruß und Geringschätzung ausdrückte, nahm ein heiteres und befriedigtes Aussehen an, welches sie wahrhaft verführerisch machte. Sie lächelte dem Pfarrer zu, welcher über diese Veränderung hocherfreut war, denn der unentgeltliche Wagen lag ihm sehr am Herzen. »Weine doch, Nichte, damit der Herr deinen Augen Gerechtigkeit widerfahren lasse.« Christine weinte in der Tat, aber vor lauter Lachen. Diese Art natürlicher Originalität machte mir außerordentliche Freude, und während wir die Treppe zum Ufer hinaufstiegen, gab ich ihr eine

Ehrenerklärung, so daß sie das Anerbieten meines Wagens annahm. Ich ließ ein Frühstück auftragen und befahl einem Fuhrmann, während unseres Frühstücks einen schönen Wagen anzuspannen; aber Pfarrer sagte, er wolle vorher seine Messe lesen. »Wohlan,« sagte ich, »wir wollen sie hören, und beten Sie, daß mir mein Plan gelinge.« Bei diesen Worten steckte ich ihm einen Dukaten in die Hand. Meine Großmut machte einen solchen Eindruck auf ihn, daß er mir die Hand küssen wollte. Er machte sich auf den Weg nach der Kirche, und ich bot der Nichte meinen Arm, welche nicht wußte, ob sie ihn annehmen oder ablehnen sollte, und zu mir sagte: »Glauben Sie denn, daß ich nicht allein gehen kann?« »Das nicht, aber wenn ich Ihnen den Arm nicht gebe, wird man sagen, ich sei unhöflich.« »Und was wird man sagen, wenn ich Ihnen den Arm gebe?« »Vielleicht wird man sagen, daß wir uns lieben, und vielleicht auch, daß wir sehr gut zu einander passen.« »Und wenn man Ihrer Geliebten erzählen wird, daß wir uns lieben, oder auch nur, daß Sie einem andern Mädchen den Arm geben?« »Ich habe keine Geliebte und will auch keine mehr haben; denn ich würde in Venedig kein so schönes Mädchen wie Sie finden.« »Das tut mir Ihretwegen leid, denn wir kommen nicht wieder nach Venedig, und wenn wir auch wieder hinkämen, wie sollten wir es anfangen, um dort ein halbes Jahr zu bleiben? Diese Zeit ist ja, wie Sie sagen, notwendig, um ein Mädchen kennen zu lernen.« »Ich werde gern die Kosten tragen.« »So? Sagen Sie es meinem Onkel, und er wird sich die Sache überlegen, denn ich kann nicht allein nach Venedig kommen.« »In einem halben Jahr würden Sie auch mich kennen lernen.« »Oh, was mich betrifft, so kenne ich Sie schon.« »Sie würden also mit meiner Person zufrieden sein?« »Warum nicht?« »Und Sie würden mich lieben?« »O sehr, wenn Sie mein Mann wären.« Ich betrachtete dieses Mädchen mit Verwunderung. Sie schien mir eine als Bäuerin verkleidete Prinzessin zu sein. Ihr goldgesticktes Kleid von Gros de Tours war äußerst luxuriös und mußte doppelt so viel wie ein städtisches Kleid kosten. Ihre Armbänder, welche ihrer Halskette entsprachen, vervollständigten den reichsten Putz. Sie hatte den Wuchs einer Nymphe, und da die Mode der kleinen Mäntel noch nicht in das Dorf gedrungen war, so sah ich den schönsten Busen, welcher sich denken läßt, obwohl ihr Kleid bis zum Halse zugeknöpft war. Ihr reich besetzter Unterrock reichte nur bis zum Knöchel, so daß ich den niedlichen Fuß und den untersten Teil des feinsten Beines sehen konnte. Ihre gerade, ungezwungene Haltung, ihre freien, natürlichen und anmutigen Bewegungen, endlich ein reizender Blick, welcher zu sagen schien: ›Es freut mich sehr, daß Sie mich hübsch finden‹, entzündeten die Sehnsucht des Glückes in meinem Blut. Ich konnte nicht begreifen, wie ein so reizendes Mädchen vierzehn Tage in Venedig hatte verweilen können, ohne jemand zu finden, der sie heiratete oder betrog. Was sehr zu meinem Entzücken beitrug, das war ihre Mundart und ihre Naivität, welche die Gewohnheit der Städte mich als Dummheit taxieren ließ. Als wir gefrühstückt, wurde es mir schwer, dem Pfarrer begreiflich zu machen, daß ich den letzten Platz im Wagen einnehmen müsse; aber es wurde mir bei unserer Ankunft in Treviso weniger schwer, ihn zu überreden, sein Mittagbrot und Abendbrot in einem wenig besuchten Gasthofe einzunehmen, wofür ich die Kosten übernahm. Er nahm meinen Vorschlag an, sobald ich ihm gesagt, daß nach dem Abendessen ein Wagen bereitstehen würde, um ihn im schönsten Mondschein in einer Stunde nach Pr. zu fahren. Nur die unbedingte Notwendigkeit, am folgenden Tage die Messe in seiner Kirche zu lesen, drängte ihn. Als wir im Gasthofe abgestiegen und ich für ein gutes Feuer und ein gutes Mittagessen gesorgt, bedachte ich, daß der Pfarrer selbst den Diamant verpfänden könnte, wodurch ich einige Augenblicke des Alleinseins mit seiner Nichte erhalten würde. Ich machte ihm den Vorschlag, er nahm ihn mit großer Bereitwilligkeit an und freute sich, daß er mir einen Dienst erweisen konnte. Er geht aus, und ich bin nun allein mit der reizenden Christine. Ich war eine Stunde bei ihr, ohne daß ich mich bemühte, ihr einen Kuß zu geben, obwohl ich die größte Lust dazu hatte; aber durch Reden, welche die Phantasie eines jungen Mädchens so leicht erhitzen, stimmte ich ihr Herz für die Begierden, von welchen ich entflammt war. Der Pfarrer kam wieder mit dem Ringe und sagte, wegen der Feier des Festes der heiligen Jungfrau könne ich ihn erst übermorgen verpfänden; er habe schon mit dem Kassierer des Leihhauses gesprochen, und dieser habe gesagt, wenn ich wollte, könnte ich das Doppelte erhalten.»Herr Pfarrer,« sagte ich zu ihm,»Sie würden mir einen Gefallen tun, wenn Sie von Pr. wieder hierher zurückkämen, um den Ring selbst zu verpfänden; denn wenn er, nachdem er schon von Ihnen angeboten worden, von einem andern angeboten würde, so könnte das Verdacht erwecken. Ich werde den Wagen für Sie bezahlen.«»Ich verspreche Ihnen, zurückzukommen.« Ich hoffte, daß er seine Nichte mitbringen würde. Da ich während des Mittagessens Christinen gegenübersaß, so entdeckte ich in jedem Augenblick einen neuen Reiz an ihr, da ich aber ihr Zutrauen zu verlieren fürchtete, wenn ich mir im Laufe des Tages eine unbedeutende Gunst zu verschaffen suchte, so beschloß ich, nicht zu übereilen und darauf hinzuarbeiten, daß der Pfarrer noch einmal mit ihr nach Venedig käme. Hier allein konnte ich meiner Ansicht nach Liebe erwecken.»Herr Pfarrer,« sagte ich,»ich rate Ihnen, Ihre Nichte wieder nach Venedig zu bringen. Ich übernehme alle Kosten und werde Ihnen eine tugendhafte Person nachweisen, bei welcher Fräulein Christine ebenso sicher wie bei ihrer Mutter aufgehoben sein wird. Ich muß sie kennen lernen, um sie heiraten zu können; aber die Sache wird unfehlbar zustande kommen.«»Mein Herr, ich selbst werde meine Nichte nach Venedig bringen, sobald Sie mir melden werden, daß Sie ein Haus gefunden haben, wo ich Christine sicher unterbringen kann.« Während wir so sprachen, schielte ich nach Christinen hinüber und sah, daß sie vor Freuden lächelte.»Meine teure Christine,« sagte ich zu ihr,»in spätestens acht Tagen wird alles geordnet sein. Währenddessen werde ich Ihnen schreiben, und ich hoffe, daß Sie mir antworten werden.«»Mein Onkel wird Ihnen statt meiner antworten, denn ich habe nie schreiben lernen wollen.«»Aber, liebes Kind, wie wollen Sie die Frau eines Venetianers werden, wenn Sie nicht schreiben können?«»Muß ich denn durchaus schreiben können, um Frau zu werden? Ich kann sehr gut lesen.«»Das reicht nicht hin, und obwohl eine Frau Mutter sein kann, ohne einen A-Strich machen zu können, so wird doch das Schreiben von den jungen Mädchen allgemein gefordert; und ich wundere mich, daß Sie es nicht können.«»Aber ist denn das ein Wunder? Bei uns kann kein junges Mädchen schreiben. Nicht wahr, Onkel?«»Das ist wahr; aber es denkt auch keine daran, sich in Venedig zu verheiraten, und da du dies willst, so mußt du auch schreiben lernen.«»Gewiß,« sagte ich,»und ehe Sie nach Venedig kommen, denn man würde sich dort über Sie lustig machen, wenn Sie es nicht könnten. Das betrübt Sie, meine Teure; das tut mir leid.«»Das mißfällt mir, weil man nicht in acht Tagen schreiben lernen kann.«»Ich mache mich anheischig,« sagte ihr Onkel,»es dich in acht Tagen zu lehren, wenn du dich ordentlich anstrengen willst. Du sollst dann genug wissen, um dich weiter zu vervollkommnen.«»Das ist eine große Aufgabe; aber ich will mich ihr unterziehen, und ich verspreche Ihnen, Tag und Nacht zu studieren und morgen anzufangen.« Als wir zu Mittag gespeist, sagte ich zum Pfarrer, er würde wohl daran tun, wenn er, anstatt nach dem Abendessen abzureisen, während der Nacht ausruhte und erst mit Tagesanbruch abreiste, da er noch zeitig genug zur Messe und viel frischer ankommen würde.

Am Abend erneuerte ich meinen Vorschlag, und da er sah, daß seine Nichte schläfrig war, ließ er sich überreden. Ich rief die Wirtin, um einen Wagen zu bestellen, und als ich zu dieser sagte, sie solle im benachbarten Zimmer Feuer anmachen und mir ein Lager einrichten lassen, erwiderte der heilige Pfarrer, das wäre nicht nötig, da in dem Zimmer, in welchem wir uns befanden, zwei große Betten ständen und ich mich in das eine, seine Nichte und er sich in das andere legen könnten.»Wir werden uns nicht entkleiden,« sagte er,»aber Sie können sich ungehindert ausziehen, denn da Sie nicht mit uns reisen, so können Sie schlafen, so lange Sie wollen.«»Oh,« sagte Christine, »ich muß mich entkleiden, denn sonst könnte ich nicht schlafen; aber ich werde Sie nicht warten lassen, denn ich brauche nur eine Viertelstunde, um mich instand zu setzen.« Ich sagte nichts, aber ich konnte mich von meinem Erstaunen nicht erholen. Christine, die so Reizende, welche geschaffen war, um einen Xenokrates zu verführen, schlief nackt bei ihrem Onkel, der allerdings alt, sehr fromm und fern von allem war, was eine solche Anordnung zu einem Wagnisse hätte machen können, der mit einem Worte alles war, was man will, der aber doch Mann war, es wie jeder andere wissen mußte, welcher Gefahr er sich aussetzte. Meine ganze fleischliche Vernunft fand das unerhört. Nichtsdestoweniger war die Sache unschuldig und so unschuldig, daß er nicht nur kein Geheimnis daraus machte, sondern nicht einmal die Möglichkeit ahnte, daß sie nicht unschuldig gefunden werden könnte. Ich sah dies alles ein; aber ich war nicht daran gewöhnt und konnte mich daher nicht darein finden. Als ich älter an Jahren und Erfahrung wurde, fand ich diese Sitte in manchen Ländern bei guten Leuten, deren Sitten dadurch keineswegs verderbt wurden; aber ich wiederhole es, bei guten Leuten, und ich mache keinen Anspruch darauf, zu diesen zu gehören. Wir hatten zu Mittag Fastenspeisen gegessen, und mein feiner Gaumen war nicht befriedigt worden. Ich gehe in die Küche und sage zur Wirtin, sie solle mir das Feinste, was der Markt von Treviso bieten könne und namentlich guten Wein auftragen.»Wenn Sie nicht auf die Kosten sehen, mein Herr, so lassen Sie mich nur machen: Sie sollen zufrieden sein. Sie werden Gattawein erhalten.« Ich gehe wieder hinauf und finde Christinen ihrem fünfundsiebzigjährigen Onkel die Wangen streichelnd. Der gute Mann lachte. »Wissen Sie,« sagte er, »um was es sich handelt? Meine Nichte schmeichelt mir, damit ich sie bis zu meiner Rückkehr hier lasse. Sie sagt, die Stunde über, welche ich Sie mit ihr allein gelassen, wären Sie gegen sie wie ein Bruder gegen eine Schwester gewesen, und ich glaube es; aber sie denkt nicht daran, daß sie Ihnen zur Last fallen kann.« »Nein, im Gegenteil, seien Sie überzeugt, daß sie mir Vergnügen machen wird, denn ich finde sie außerordentlich liebenswürdig. Und was ihre und meine Pflicht betrifft, so glaube ich, daß Sie sich auf uns verlassen können.« »Ich zweifle nicht daran. Ich lasse sie Ihnen also bis übermorgen. Ich werde früh zurückkommen, um Ihr Geschäft zu besorgen.« Diese so überraschende und unerwartete Wendung trieb mir das Blut zum Kopf und ich bekam Nasenbluten, welches länger als eine Viertelstunde dauerte. Ich für meinen Teil fürchtete nichts, denn ich war an solche Anfälle schon gewöhnt, aber der gute Pfarrer war in der äußersten Angst, denn er fürchtete einen Blutsturz. Sobald er beruhigt war, verließ er uns wegen eines Geschäfts und sagte uns, daß er mit Dunkelwerden zurückkommen würde. Ich sah mich allein mit der liebenswürdigen und naiven Christine und beeilte mich, ihr für ihr Zutrauen zu danken. »Ich versichere Ihnen,« sagte sie, »daß ich mich sehr danach sehne, daß Sie mich ganz kennen lernen, Sie werden sehen, daß ich die Fehler, welche Ihnen an den Fräuleins, die Sie in Venedig kennen gelernt, so sehr mißfallen haben, nicht besitze, auch verspreche ich Ihnen, sogleich schreiben zu lernen.« »Sie sind anbetungswürdig und voll Aufrichtigkeit; aber in Pr. müssen Sie verschwiegen sein und niemand sagen, daß Sie mit mir eine Verabredung getroffen haben. Sie müssen es so machen, wie Ihr Onkel Ihnen sagen wird, denn an diesen werde ich schreiben.« »Sie können auf meine Verschwiegenheit rechnen, und selbst meine Mutter soll nichts erfahren, wenn Sie mir nicht erlauben, mit ihr davon zu sprechen.« So verbrachte ich den Tag, ich versagte mir auch die geringste Freiheit, aber ich verliebte mich immer mehr in dieses reizende Mädchen. Ich erzählte ihr kleine galante Geschichten, welche ich dermaßen verschleierte, daß sie ihre Teilnahme erregten, ohne sie scheu zu machen; und ich sah, daß sie zwar nicht immer verstand, daß sie aber so tat, als ob sie verstände, da sie in meinen Augen nicht unwissend erscheinen wollte. Als ihr Onkel zurückkam, entwarf ich in meinem Kopf den Plan zu den Anordnungen, welche ich zu nehmen hätte, um sie zu heiraten, und ich nahm mir vor, sie bei der guten Witwe unterzubringen, wo ich meine schöne Gräfin eingemietet hatte. Wir setzten uns zu Tisch, und unser Abendessen war sehr fein. Ich mußte Christinen lehren, Austern und Trüffeln zu essen, welche sie zum ersten Male sah. Der Gattawein ist wie Champagner; er erheitert und berauscht nicht, aber er hält sich nur von einer Ernte zur andern. Wir legten uns um Mitternacht zu Bett und ich erwachte erst am frühen Morgen. Der Pfarrer hatte sich so leise entfernt, daß ich ihn nicht gehört hatte. Ich wende mich nach der andern Seite des Bettes und erblicke darin nur Christine. Ich wünsche ihr einen guten Morgen, sie erwacht, kommt zu sich, und gestützt auf ihren Ellenbogen lächelt sie. »Mein Onkel ist abgereist; ich habe ihn nicht gehört.« »Meine teure Freundin, du bist schön wie ein Engel; ich sterbe vor Lust, dir einen Kuß zu geben.« »Wenn du dazu Lust hast, so komm, teurer Freund, und gib ihn mir.« Ich springe aus dem Bette, und der Anstand läßt sie zurückweichen; es war kalt, ich war verliebt, und mit einer jener unwillkürlichen Bewegungen, welche das Gefühl allein eingibt, fliege ich in ihre Arme, und wir gehören einer dem andern an, ehe wir noch daran gedacht, uns einander hinzugeben, und sie ist glücklich und etwas beschämt, ich freudestrahlend und dennoch einigermaßen erstaunt über einen Sieg, welchen ich ohne Kampf errungen. Nach einer Stunde zärtlicher Vergessenheit blickten wir uns mit Zärtlichkeit an, ohne jedoch zu sprechen. Christine brach zuerst das Schweigen. »Was haben wir gemacht!« sagte sie in dem zärtlichsten und sanftesten Tone. »Wir haben uns verheiratet.« »Was wird morgen mein Onkel sagen?« »Er wird es nicht eher erfahren, als bis er uns den ehelichen Segen in der Kirche erteilt.« »Und wann wird er uns den Segen erteilen?« »Wenn wir die nötigen Vorbereitungen für eine öffentliche Verheiratung getroffen.« »Wieviel Zeit gehört dazu?« »Ungefähr ein Monat.« »In der Fastenzeit kann man sich nicht verheiraten.« »Ich werde die Erlaubnis dazu bekommen.« »Du täuschst mich nicht?« »Nein, denn ich bete dich an.« »Du brauchst mich also nicht weiter kennen zu lernen?« »Nein, denn ich kenne dich gänzlich und bin sicher, daß du mich glücklich machen wirst.« »Und du mich auch.« »Ich hoffe.« »Stehen wir auf und gehen wir in die Messe. Wer hätte wohl geglaubt, daß ich, um einen Mann zu bekommen, nicht nach

Venedig gehen, sondern es verlassen und nach Hause zurückkehren müßte.« Wir standen auf und, nachdem wir gefrühstückt, begaben wir uns in die Messe. Der Rest des Tages bis zum Mittagessen verging ohne ein bemerkenswertes Ereignis. Da ich Christine gegen den andern Tag verändert fand, so fragte ich sie um die Ursache. »Es muß«, sagte sie, »dieselbe sein, welche Sie nachdenklich macht.« »Mein nachdenkliches Aussehen, meine Teure, ist das eines glücklichen Liebhabers, wenn er mit der Ehre zu Rate geht. Die Sache ist sehr ernst geworden, und die Liebe sieht sich zum Nachdenken genötigt. Es handelt sich darum, uns in der Kirche zu heiraten, und wir können es nicht vor den Fasten, da wir den letzten Tagen des Karneval entgegengehen; aber wir können nicht bis Ostern warten, die Zeit würde uns zu lang werden. Wir bedürfen eines geistlichen Dispenses, um unsre Hochzeit feiern zu können. Habe ich nicht Veranlassung zum Nachdenken?« Anstatt aller Antwort steht sie auf und umarmt mich zärtlich. Was ich ihr gesagt, war wahr, aber ich konnte ihr nicht alles sagen, was mich nachdenklich stimmte. Ich sah mich in ein Verhältnis verwickelt, welches mir nicht mißfiel; aber ich wünschte, daß es sich nicht so rasch gestalten möchte. Ich konnte mir daher anfangs die Reue nicht verhehlen, welche in meiner verliebten und wohlgesinnten Seele keimte, und das betrübte mich. Die Gewißheit hatte ich jedoch, daß dieses vortreffliche Geschöpf mir nie sein Unglück vorzuwerfen haben würde. Wir hatten den ganzen Abend vor uns, und da sie mir mitgeteilt, daß sie nie eine Komödie gesehen, so beschloß ich, ihr dies Vergnügen an dem Abende zu machen. Ich ließ einen Juden kommen, welcher mir alles, was nötig war, um sie zu maskieren, lieferte, und wir gingen aus. Ein wirklich verliebter Mensch kennt kein andres Glück als das, welches er dem geliebten Gegenstande verschafft. Nach der Komödie führte ich sie ins Kasino, und durch die Verwunderung, welche sie bezeigte, als sie zum erstenmale eine Pharaobank sah, brachte sie mich zum Lachen. Ich hatte nicht Geld genug, um selbst zu spielen, aber ich hatte mehr als nötig war, um sie durch ein kleines Spiel zu amüsieren. Ich gab ihr zehn Zechinen und sagte ihr, was sie zu tun habe. Sie kannte die Karten noch nicht, aber nachdem sie sich gesetzt, hatte sie in Zeit von noch nicht einer Stunde hundert Zechinen vor sich. Ich ließ sie das Spiel verlassen, und wir entfernten uns. Als wir in unserm Zimmer waren, ließ ich sie das Geld, welches sie gewonnen, aufzählen, und als sie hörte, daß all dies Geld ihr gehörte, glaubte sie, es wäre ein Traum.

»Ach, was wird mein Onkel sagen!« rief sie aus. Wir nahmen ein leichtes Mahl ein, worauf wir eine köstliche Nacht verbrachten, jedoch uns vor Tagesanbruch trennten, damit der gute Pfarrer uns nicht beieinander fände. Er kam früh an und fand jeden in seinem Bette schlafend. Er weckte mich, und ich gab ihm den Ring, welchen er verpfänden sollte. Zwei Stunden darauf kehrte er zurück und fand uns angekleidet am Kamine plaudernd. Sobald Christine ihn erblickte, umarmte sie ihn; hierauf zeigte sie ihm all das Geld, welches sie besaß. Welche angenehme Überraschung für den guten alten Priester! Er dankte Gott für das vermeintliche Wunder und sprach die Ansicht aus, daß wir geboren wären, um einander glücklich zu machen. Als die Rede auf unsere Trennung kam, versprach ich ihm, sie im Anfange der Fasten zu besuchen, aber unter der Bedingung, daß niemand von meinem Namen und unserer Angelegenheit in Kenntnis gesetzt würde. Er gab mir den Taufschein seiner Nichte und ein Verzeichnis ihrer Mitgift, und sobald ich sie hatte abreisen sehen, schlug ich den Weg nach Venedig ein, verliebt und entschlossen, dem liebenswürdigen Mädchen mein Wort nicht zu brechen. Doch schon am folgenden Tage faßte ich den Beschluß, Christine glücklich zu machen, ohne sie mit mir zu verbinden. Als ich sie mehr als mich selbst liebte, hatte ich die Idee gehabt, sie zu heiraten; aber nach dem Genusse hatte sich die Schale so sehr auf meine Seite geneigt, daß meine Eigenliebe stärker als meine Liebe wurde. Ich konnte mich nicht entschließen, die Vorteile, die Hoffnungen, welche ich mit meinem unabhängigen Zustande verknüpft glaubte, aufzugeben. Trotz dessen war ich Sklave des Gefühls. Dieses naive unschuldige Mädchen aufzugeben schien mir eine so schwarze Handlung, daß sie, wie ich fühlte, über meine Kräfte ging. Ich bedachte, daß sie möglicherweise in ihrem Schoße ein Pfand unserer beiderseitigen Liebe tragen könnte, und ich schauderte bei dem Gedanken an die Möglichkeit, daß ihr Vertrauen zu mir mit Schmach und mit dem Unglück ihres ganzen Lebens belohnt werden könnte. Ich dachte daran, ihr einen Mann zu suchen, welcher mir in jeder Beziehung vorzuziehen wäre; einen Mann, der nicht nur geeignet wäre, mir Verzeihung für die ihr zugefügte Schmach zu erwirken, sondern der so beschaffen wäre, daß sie meinen Betrug liebgewinnen und mich um seinetwillen mehr lieben könnte. Dieser Fund war nicht schwierig, denn abgesehen davon, daß sie ein Muster von Schönheit war und in ihrem Dorfe den reinsten Ruf hatte, so hatte sie auch eine

Mitgift von viertausend venetianischen Dukaten kurant. Mit Hilfe meiner Kabbala interessierte ich meine väterlichen Freunde für Christine, so daß einmal Herr Bragadino den Dispens erwirkte, dann aber, daß Herr Dandolo, der eine Freund, einen jungen Menschen, der Ragonatoschreiber und Pate des Grafen Algarotti war, ausfindig machte, der als Gatte des Mädchens in Frage kommen konnte. Ich besuchte den jungen Mann und fand einen ganz prächtigen talentvollen Menschen, der in jeder Weise für Christine paßte. Mit dieser traf ich noch einmal zusammen, als ihr Onkel mir in Treviso den Ring auslöste. Eine Stunde war ich allein mit ihr, die noch im Bette lag. Da ich sie als mir nicht gehörig betrachtete und zugunsten eines andern über ihr Herz verfügen wollte, so umarmte ich sie zärtlich, war aber artig. Ich verbrachte eine Stunde bei ihr und kämpfte während dieser Zeit wie der heilige Antonius gegen die Macht des Fleisches. Ich sah das junge Mädchen verliebt und erstaunt, und bewunderte in der natürlichen Bescheidenheit, welche ihr nicht gestattete, mir entgegenzukommen, ihre Tugend. Sie stand auf, kleidete sich an und zeigte keine Verstimmung. Rührend war, als sie mir ihre Schriftproben zeigte, ich erkannte, daß die Liebe sie in acht Tagen schreiben lehrte. Beim Abschied versprach ich ihr, in vierzehn Tagen nach Pr. zu kommen, um alles in Ordnung zu bringen. An dem bestimmten Tage reiste ich mit Karl, der das Mädchen kennen lernen wollte, nach Pr., wo wir bei dem Onkel, dem Pfarrer, abstiegen. Bald danach kam auch Christine, und ich merkte, daß sich Karl an ihrer Schönheit entzückte. Wir gingen dann zusammen zu der Mutter des Mädchens, welche einer Krankheit wegen immer das Bett hüten mußte. In dem Arzte, der gerade bei der Kranken war, erkannte Karl einen Freund, mit dem er sich nach den Höflichkeitskomplimenten zu einer kleinen Aussprache zurückzog. Ich benutzte diese Gelegenheit, lobte Karl seines guten Benehmens und seiner Geschicklichkeit wegen und rühmte das Glück der Frau, welche seine Gattin würde. Beide Frauen bestätigten mein Lob und sagten, alles Gute, das ich von ihm gerühmt, wäre auf seinem Gesichte zu lesen. Da ich keine Zeit zu verlieren hatte, so sagte ich zu Christine, sie möchte bei Tische auf ihrer Hut sein, da es möglich wäre, daß dies der Mann wäre, welchen der Himmel für sie bestimmt hätte. »Für mich?« »Ja, für Sie. Das ist ein einziger Junge; Sie werden mit ihm glücklicher leben, als dies mit mir der Fall gewesen sein würde; und da der Arzt ihn kennt, so werden Sie von ihm alles erfahren, was ich jetzt nicht Zeit habe, Ihnen mitzuteilen.«»Man denke sich, wie schwer mir diese Erklärung ex abrupto werden, und wie sehr ich erstaunen mußte, als ich sah, daß das junge Mädchen ruhig blieb und nicht aus der Fassung kam! Diese Erscheinung drängte die Tränen zurück, welche ich vergießen wollte. Nach einem kurzen Schweigen fragte sie mich, ob ich auch sicher wäre, daß dieser hübsche Junge sie haben wolle. Diese Frage, welche mich Christinens Herzenszustand erkennen ließ, beruhigte mich und zerstreute meinen Kummer, denn ich sah, daß ich sie nicht gekannt. Ich sagte zu ihr, so wie sie wäre, könnte sie niemand mißfallen.»Bei Tisch, teure Christine, wird mein Freund dich studieren, und es wird von dir abhängen, alle schönen Eigenschaften, welche Gott dir gegeben, glänzen zu lassen. Gib dir besonders Mühe, daß er von unsrer innigen Freundschaft nichts merkt.«»Und wann wird er mich heiraten, wenn ich ihm gefalle?«»In acht oder zehn Tagen. Ich werde für alles sorgen. Im Laufe der Woche werden Sie mich hier wiedersehen.« Da Karl mit dem Arzte zurückgekommen war, so stand Christine vom Bette ihrer Mutter auf und nahm uns gegenüber Platz. Sie hielt den Reden, welche Karl an sie richtete, sehr gut stand und erregte durch ihre Naivität, nie aber durch Dummheiten, zuweilen Gelächter. Reizende Naivität, Kind des Geistes und der Unwissenheit! Deine Anmut ist bezaubernd und du allein hast die Macht, alles zu sagen, ohne je zu beleidigen. Aber wie bist du häßlich, wenn du nicht natürlich bist! und du bist das Meisterwerk der Kunst, wenn du zur vollkommenen Nachahmung gelangst. Wir speisten etwas spät, und ich ließ es mir angelegen sein, nicht zu sprechen und Christine nicht anzusehen, um sie nicht zu zerstreuen. Karl beschäftigte sie unausgesetzt, und ich sah mit großer Befriedigung, daß sie voll Ungezwungenheit und Teilnahme mit ihm sprach. Nach Tisch und als es zum Aufbruche ging, sagten sie zueinander diese Worte, welche mich erschütterten:»Sie sind gemacht,« sagte Karl zu ihr,»um einen Prinzen zu beglücken.«»Ich würde mich glücklich schätzen,« antwortete sie,»wenn Sie mich für würdig hielten, Sie zu beglücken.« Diese Worte setzten Karl ins Feuer; er umarmte mich und wir brachen auf. Dieses junge Mädchen, fast ein Naturkind, war einfach in seinem Benehmen, aber anmutig durch jene tausend Kleinigkeiten, welche sich nicht beschreiben lassen; sie war aufrichtig, denn sie wußte nicht, daß Verheimlichung irgendeines Eindrucks ein Gebot der Schicklichkeit war, und da ihre Absichten rein, so war sie frei von jener falschen Scham, welche die affektierte Unschuld nötigen, über ein Wort oder eine Bewegung, welche nicht aus böser Absicht hervorgeht, zu erröten. Karl war verliebt und lachte, als ich ihm sagte, ich hätte ihnen den Dispens erwirkt. In den nächsten Tagen schon sollte der Pfarrer und Christine zur Unterzeichnung des Kontrakts nach Venedig kommen. Ich übernahm es, sie abzuholen. In Pr. angekommen, hielt ich Christine sentimentale und väterliche Reden, die bezweckten, ihr den Weg des Glückes für den neuen Stand, in welchen sie treten wolle, vorzuschreiben. Das Ende meiner Rede war pathetisch und etwas erniedrigend für mich, denn da ich ihr Treue anempfahl, so war es natürlich, daß ich sie wegen ihrer Verführung um Verzeihung bat. »Hatten Sie, als Sie mir das erstemal, wo wir die Schwäche hatten, uns einander hinzugeben, versprachen, mich zu heiraten, die Absicht, mich zu täuschen?«»Nein, gewiß nicht.«»Sie haben mich also nicht getäuscht. Ich muß Ihnen sogar dankbar sein daß Sie bedacht, daß, wenn unsre Verbindung unglücklich werden könnte, es besser wäre, daß Sie mir einen andern Mann suchten, und ich danke Gott dafür, daß Ihnen dies so gut gelungen.« Sie fragte mich noch um Rat, was sie sagen sollte, wenn Karl in der Hochzeitsnacht ihren Zustand merkte. Ich sagte ihr:»Wenn ein Mann von Geist eine gute Erziehung erhalten hat, so erlaubt er sich nie eine solche Frage, weil er dadurch nicht nur mißfallen muß, sondern auch nie die Wahrheit erfahren kann; denn wenn diese Wahrheit der guten Meinung, welche jede Frau ihrem Manne von sich wünscht, schaden muß, so wird nur eine dumme sich entschließen können, ihm die Wahrheit zu sagen.«»Ich verstehe vollkommen, was du sagst, teurer Freund; umarmen wir uns also zum letzten Male.«»Nein; denn wir sind allein und meine Tugend ist schwach; ich bete dich immer noch an.«»Weine nicht, teurer Freund, ich frage in Wahrheit nichts danach.« Dieser naive und burleske Grund änderte plötzlich meine Stimmung, und anstatt zu weinen fing ich an zu lachen. Sie machte große Toilette, und nachdem wir gefrühstückt, brachen wir auf. Wir langten in vier Stunden in Venedig an, wo dann bald die Angelegenheiten des Brautpaares geordnet waren. Als Karl nachher zu mir kam und von dem Eindruck erzählte, den seine Braut überall gemacht, freute ich mich seines Enthusiasmus und seines Glücks und wünschte mir Glück dazu, daß dies mein Werk war; aber ich empfand doch eine Art Eifersucht, welche mich ein Los, das ich für mich hätte aufsparen können, beneiden ließ.

Da Karl die Herren Dandolo und Barbaro eingeladen, so begab ich mich mit ihnen nach Pr. Ich fand beim Pfarrer eine von den Bedienten des Grafen Algarotti aufgeschlagene Tafel, denn diesen hatte Karl zu seinem Brautvater erwählt, und da dieser auch alle Kosten der Hochzeit trug, so hatte er seinen Koch und seinen Haushofmeister nach Pr. geschickt. Als ich Christine erblickte, kamen mir die Tränen in die Augen, ich wurde genötigt, hinauszugehen. Sie war als Bäuerin gekleidet, aber schön wie ein Himmelsbild. Ihr Gemahl, ihr Onkel, der Graf Algarotti hatten sie vergeblich zu überreden gesucht, das venetianische Kostüm anzulegen, aber sie hatte vernünftigerweise allen ihren Bestürmungen wider-standen mit der reizenden Begründung, sie wolle es vermeiden, daß sich die Mädchen, mit denen sie erzogen worden, über sie lustig machten. Zu der Hochzeit hatte sich eine Menge Adliger als Zuschauer eingefunden, denn der Dispens einer einfachen Bäuerin war unerhört, und bei der allgemeinen Liebe und Achtung, welche die Braut genoß, verlief die Feier aufs beste. Als ich am andern Morgen Karl betrachtete, war ich doch etwas besorgt, aber er begrüßte mich mit einer herzlichen Umarmung. Christine aber beantwortete des Grafen Algarotti Frage, wie sie geschlafen, dadurch, daß sie auf ihren Mann zueilte und ihn herzlich umarmte. Nach einiger Zeit besuchte ich das junge Paar, ich traf Christine allein, sie gestand mir, daß sie glücklich sei und mit jedem Tage englische Eigenschaften an ihrem Gatten entdecke. Er hatte ihr ohne das mindeste Zeichen des Argwohns oder Mißfallens gesagt, er wisse wohl, daß wir zwei Tage zusammengelebt, und der wohlmeinenden Person, welche ihm diese Nachricht zugetragen, habe er ins Gesicht gelacht. Ich habe nie sein Haus besucht, und er wußte mein Zartgefühl zu würdigen. Er ist einige Monate vor meiner letzten Abreise von Venedig gestorben und hat seine Witwe in sehr guten Umständen hinterlassen.

Fräulein Vesian

Verschiedene lose Streiche brachten mich in üblen Leumund und veranlaßten sogar das Gericht, sich mit mir zu beschäftigen, worunter eine Sache, die nur lächerlich, aber dadurch, daß die Geistlichkeit sich ihrer angenommen, zu einem religiösen Verbrechen wurde. Ich hatte nämlich in einer Gesellschaft, wo man sich gegenseitig allerhand Possen spielte, mich für einen Sturz in eine Schlammgrube dadurch gerächt, daß ich dem, der mir mitgespielt hatte, nachts die Decke mehrere Male abzog. Als er einmal meine Hand greifen wollte, hielt ich ihm den Arm einer Leiche hin, den ich ausgegraben hatte. Er faßte ihn und wurde vor Schreck krank, und die Sache kam in Umlauf. Es häufte sich noch anderes dazu, und obwohl ich in den Prozessen straflos ausging, mußte ich mich doch auf einige Zeit entfernen. Ich benutzte die Gelegenheit, um Paris kennen zu lernen. Auf der Reise sowohl als in Paris hatte ich die wunderlichsten Abenteuer. Besonders die Kurtisanen der Weltstadt spielten mir manchmal übel mit. Doch werde ich mich eines glücklichen Zusammenseins stets in Liebe erinnern. Es war Fräulein Vesian, die mit ihrem Bruder nach Paris gekommen war. Sie war ganz jung, gut erzogen, unerfahren, und sehr schön und liebenswürdig. Ihr Vater, früher Offizier in französischen Diensten, war in Parma, seiner Vaterstadt, gestorben. Als Waise und ohne Existenzmittel zurückgeblieben, folgte sie dem ihr gegebenen Rate, alles, was ihr Vater an Möbeln und Effekten hinterlassen, zu verkaufen und sich nach Versailles zu begeben, um hier von der Gerechtigkeit und Güte des Monarchen eine kleine Pension zu erlangen. Als sie aus dem Postwagen stieg, nahm sie einen Fiaker und ließ sich nach dem dem Théatre Italien nächstgelegenen Hotel fahren. Der Zufall wollte, daß sie im Hotel de Bourgogne abstieg, wo ich wohnte. Am folgenden Tage wurde mir gesagt, daß sich in dem Zimmer, welches an das meinige stieß, zwei junge, eben angekommene Italiener befänden, Bruder und Schwester, beide hübsch, aber mit wenig Sachen versehen. Da sie Italiener, jung, arm und neu angekommen waren, so waren Gründe genug vorhandene meine Neugier zu erregen. Ich gehe an ihre Türe, klopfe an und sehe einen jungen Menschen im Hemd mir aufmachen. »Mein Herr,« sagte er, »entschuldigen Sie, daß ich Ihnen in diesem Zustande öffne.« »Ich muß mich entschuldigen. Ich komme als Nachbar und Landsmann, Ihnen meine Dienste anzubieten.« Eine auf der Erde liegende Matratze belehrte mich, daß dies das Bett wäre, in welchem der junge Mann geschlafen; ein Bett im Alkoven mit einem Vorhang ließ mich erraten, daß hier die Schwester schlief. »Ich bitte Sie, mich zu entschuldigen, daß ich Sie gestört, ohne mich zu erkundigen, ob Sie aufgestanden wären.« Sie antwortete, ohne mich zu sehen, daß sie ermüdet von der

Reise wäre und deshalb etwas länger als gewöhnlich geschlafen, daß sie aber aufstehen würde, wenn ich ihr Zeit dazu lassen wollte.»Ich gehe in mein Zimmer, Fräulein, und werde die Ehre haben, wiederzukommen, wenn Sie mich rufen lassen werden. Ich wohne in jenem Zimmer.« Eine Viertelstunde darauf tritt, anstatt mich rufen zu lassen, eine junge und schöne Person in mein Zimmer, welche mir mit Grazie eine Verbeugung macht und sagt, sie wolle meinen Besuch erwidern und ihr Bruder werde auch sogleich kommen. Ich danke ihr, fordere sie zum Sitzen auf und bezeige ihr die ganze Teilnahme, welche sie mir einflößt. Ihre Dankbarkeit zeigte sich noch mehr im Ausdruck ihrer Stimme als in den Worten; und da ich schon ihr Vertrauen gewonnen hatte, so erzählte sie mir auf eine sehr naive Weise, aber nicht ohne eine gewisse Würde, ihre kurze Geschichte, oder vielmehr ihren jetzigen Zustand, und endete mit den Worten:»Ich muß mir im Laufe des Tages eine weniger teure Wohnung verschaffen, denn ich habe nur noch sechs Franken.« Ich fragte sie, ob sie ein Empfehlungsschreiben habe, und sie zieht aus ihrer Tasche ein Paket Papiere, sieben bis acht Bescheinigungen ihrer Sittlichkeit und Armut und einen Paß.»Das ist also alles, was Sie haben, teure Landsmännin?« »Ja; ich werde mich mit meinem Bruder dem Kriegsminister vorstellen, und ich hoffe, daß er Mitleid mit mir haben wird.«»Sie kennen niemand?«»Niemand, mein Herr; Sie sind der erste Mann in Frankreich, welchem ich meine Geschichte erzähle.«»Ich bin Ihr Landsmann, und Sie werden mir ebenso sehr durch Ihre Lage, wie durch Ihr Alter empfohlen. Ich will Ihr Ratgeber werden, wenn Sie es wollen.«»Ach, mein Herr, wie soll ich Ihnen danken?«»Gar nicht. Geben Sie mir Ihre Papiere, und ich werde sehen, was ich tun kann. Erzählen Sie niemand Ihre Geschichte. Niemand darf Ihren Zustand erfahren. Sie verlassen dies Hotel nicht. Hier sind zwei Louis, welche ich Ihnen leihe, bis Sie imstande sind, sie wieder zu bezahlen.« Sie nahm sie dankerfüllt an. Fräulein Vesian war eine Brünette von sechzehn Jahren, interessant in der ganzen Bedeutung des Wortes, sprach gut Italienisch und Französisch, hatte Formen, anmutiges Benehmen und einen adligen Ton, welcher ihr viel Würde verlieh. Sie erzählte mir ihre Geschichte, ohne sich zu erniedrigen und ohne jenen Anstrich von Furchtsamkeit, welcher aus Furcht hervorgeht, daß der Hörer die Not des Erzählenden mißbrauchen könne. Sie hatte weder ein demütiges noch ein kühnes Ansehen, sie hatte Hoffnung und rühmte ihren Mut nicht. Ihre Haltung zeigte nichts, woraus man hätte schließen können, daß sie mit ihrer Tugend paradieren wolle, obwohl sie ein gewisses schamhaftes Aussehen hatte, das jedem, der ihr zu nahe treten wollte, imponieren mußte. Ich verspürte die Wirkung an mir selbst; denn trotz ihrer schönen Augen, ihres schönen Wuchses, ihrer frischen Farbe, ihrer schönen Haut, ihres Negligés, überhaupt alles dessen, was einen Menschen in Versuchung bringen kann und was sonst die glühendsten Begierden bei mir entflammte, fühlte ich keine Anwandlung: sie hatte mir ein Gefühl der Achtung eingeflößt, welches mich zum Herrn über mich selbst machte, und ich legte mir selbst das Versprechen ab, nichts gegen sie zu unternehmen und um keinen Preis der erste zu sein, welcher sie auf einen schlechten Weg brächte. Ich glaubte sogar den Versuch, sie auszuholen, um dadurch vielleicht zu einem andern System zu kommen, auf eine andre Zeit verschieben zu müssen. »Sie sind«, sagte ich zu ihr, »in eine Stadt gekommen, wo Ihr Schicksal sich entwickeln muß und wo alle schönen Eigenschaften, mit denen die Natur Sie geschmückt und welche geeignet scheinen, Ihnen den Weg zum Glück zu bahnen, die Veranlassung zu Ihrem Verderben werden können; denn hier, teure Landsmännin, verachten die Reichen alle ausschweifenden Mädchen, ausgenommen diejenigen, welche ihnen ihre Tugend geopfert haben. Wenn Sie Tugend haben und sie bewahren wollen, so bereiten Sie sich darauf vor, großes Elend zu erdulden, falls Ihnen nicht ein außerordentlicher Zufall zu Hilfe kommt; und wenn Sie sich über das, was man Vorurteil nennt, völlig erhaben fühlen, wenn Sie endlich geneigt sind, alles einzugehen, um sich eine behagliche Stellung zu verschaffen, so sehen Sie sich wohl vor, daß Sie nicht betrogen werden. Seien Sie mißtrauisch gegen die Worte, welche ein feuriger Mann Ihnen sagt, um Ihre Gunst zu erlangen; denn nach dem Genusse erlischt das Feuer, und Sie würden betrogen sein. Hüten Sie sich auch wohl, uneigennützige Empfindungen bei denen vorauszusetzen, welche Sie beim Anblicke Ihrer Reize in Erstaunen geraten sehen; diese werden Ihnen falsche Münze in Fülle geben. Was mich betrifft, so bin ich überzeugt, daß ich Ihnen nichts übles zufügen werde und hoffe Ihnen einiges Gute erweisen zu können. Um Sie wegen meiner zu beruhigen, werde ich Sie behandeln, als ob Sie meine Schwester wären, denn um Ihr Vater zu sein, bin ich zu jung, und ich würde nicht so mit Ihnen sprechen, wenn ich Sie nicht reizend fände.« Unterdes kam auch ihr

Bruder. Es war ein hübscher, gutgewachsener Junge von achtzehn Jahren, aber ohne Ausdruck; er sprach wenig und seine Physiognomie ließ nicht viel von ihm erwarten. Wir frühstückten zusammen, und als ich ihn fragte, wozu er die meiste Neigung fühle, antwortete er, er wäre bereit, alles zu tun, womit er auf eine anständige Weise seinen Lebensunterhalt verdienen könne. »Haben Sie irgendein Talent?« »Ich schreibe ziemlich gut.« »Das ist etwas. Wenn Sie ausgehen, nehmen Sie sich sehr in acht; betreten Sie kein Kaffeehaus und sprechen Sie auf den öffentlichen Promenaden mit niemand. Essen Sie zu Hause mit Ihrer Schwester und lassen Sie sich ein kleines besonderes Kabinett geben. Schreiben Sie heute etwas in französischer Sprache, das geben Sie mir morgen, und wir wollen dann sehen. Was Sie betrifft, Fräulein, so sind hier Bücher für Sie. Ich habe Ihre Papiere; morgen werde ich Ihnen etwas sagen können; denn wir werden uns heute nicht mehr sehen; ich komme gewöhnlich spät nach Hause.« Sie nahm einige Bücher, grüßte mich auf eine bescheidene Weise und sagte mit einem bezaubernden Tone zu mir, daß sie unbedingtes Vertrauen zu mir habe. Da ich sehr geneigt war, ihr nützlich zu werden, so sprach ich an diesem Tage überall von ihr und ihren Angelegenheiten; und überall sagten Männer wie Frauen, daß es ihr nicht fehlen könnte, wenn sie hübsch wäre, daß sie aber wohl daran tun würde, Schritte zu tun. Was den Bruder betraf, so versicherte man mir, daß er in irgendeinem Bureau würde untergebracht werden können. Ich war bemüht, eine Frau comme il faut zu finden, welche sie Herrn d'Argenson vorstellen könnte. Das war der richtige Weg, und ich fühlte mich stark genug, um sie einstweilen zu schützen. Ich bat die Mutter meines Freundes Baletti, die berühmte Schauspielerin Sylvia, bei der ich sehr viel verkehrte, mit Frau von Montconseil, welche viel Einfluß auf den Kriegsminister hatte, davon zu sprechen. Sie versprach es, wollte aber vorher die junge Dame kennen lernen. Ich kam um elf Uhr nach Hause, und da ich im Zimmer der jungen Person noch Licht sah, so klopfte ich an. Sie öffnete mir mit dem Bemerken, daß sie sich nicht zu Bette gelegt, weil sie gehofft, mich noch zu sehen, und ich berichtete ihr, was ich getan: ich fand sie bereit zu allem und durchdrungen von Dankbarkeit. Sie sprach von ihrer Lage mit dem Anstriche edler Gleichgültigkeit, welchen sie annahm, um nicht zu weinen. Sie bezwang ihr Weinen aber ihre feuchten Augen zeigten, welche Anstrengung es ihr kostete, die Tränen zurückzuhalten. Wir plauderten zwei Stunden lang, und ich erfuhr, daß sie noch nie geliebt, daß sie also eines Liebhabers würdig wäre, der sie für das Opfer ihrer Tugend angemessen belohnen könnte. Es war lächerlich, zu glauben, daß diese Belohnung eine Heirat sein müßte. Die junge Vesian hatte den Fehltritt noch nicht getan, aber sie war weit entfernt von der Ziererei der Mädchen, welche sagen, sie würden ihn um alles Geld in der Welt nicht tun, und welche sich beim ersten Sturme ergeben: sie wollte sich nur auf eine angemessene und vorteilhafte Weise hingeben. Ich seufzte, als ich ihre Reden hörte, welche in Betracht der Lage, in welche ein hartes Schicksal sie gebracht hatte, im Grunde sehr verständig waren. Ihre Aufrichtigkeit entzückte mich: ich brannte. Lucia von Pasean kam mir wieder ins Gedächtnis; ich erinnerte mich meiner Reue, daß ich eine zarte Blume vernachlässigt, welche ein anderer, weniger Würdiger, sich zu pflücken beeilt: ich fühlte, daß mir ein Lamm übergeben war, welches die Beute eines reißenden Wolfs werden konnte, sie, die nicht für ein verworfenes Leben erzogen war, die edle Empfindungen, eine gute Erziehung und eine Kindlichkeit hatte, welche der erste unreine Hauch unwiederbringlich zerstören konnte. Ich bedauerte es, daß ich sie nicht auf dem Wege der Ehre und Tugend zum Glücke führen konnte. Ich sah wohl ein, daß ich sie mir weder auf eine unrechtmäßige Weise aneignen noch sie beschirmen konnte; denn wenn ich mich zu ihrem Beschützer aufwarf, so schadete ich ihr mehr als ich ihr nützte; mit einem Worte, daß ich, anstatt ihr zum Herauskommen aus der unangenehmen Lage, in welcher sie sich befand, behilflich zu sein, vielmehr dazu beitragen würde, sie völlig zugrunde zu richten. Unterdessen saß sie neben mir und ich sprach mit ihr auf eine gefühlvolle Weise, aber nicht von Liebe; ich küßte ihr zu oft die Hand und den Arm, ohne zu einem Entschluß oder zu einem Anfange zu kommen, der sehr bald zu seinem Ende gelangt sein und mich genötigt haben würde, sie für mich zu behalten; dann war für sie kein Glück mehr zu hoffen, und ich hatte kein Mittel mehr, mich von ihr zu befreien. Ich habe die Frauen bis zum Wahnsinn geliebt, aber ich habe ihnen immer die Freiheit vorgezogen; und wenn ich in Gefahr war, diese zu verlieren, wurde ich immer nur durch einen Zufall gerettet. Ich war vier Stunden bei Fräulein Vesian geblieben, verzehrt von allen Flammen der Begierde; aber ich hatte Kraft genug, mich zu besiegen. Sie, welche meine Mäßigung nicht der Tugend zuschreiben konnte und welche nicht wußte, was mich hinderte, weiter zu gehen, mußte mich für unvermögend oder krank halten. Ich verließ sie, indem ich sie für den folgenden Tag zum Essen einlud. Wir speisten sehr heiter, und da ihr Bruder nach dem Essen spazieren ging, legten wir uns in das Fenster und betrachteten die Wagen, welche nach dem italienischen Theater fuhren. Ich fragte sie, ob es ihr Vergnügen machen würde, das Theater zu besuchen; sie lächelte vor Freuden, und wir gingen hin. Ich brachte sie ins Amphitheater, wo ich sie ließ, nachdem ich ihr gesagt, wir würden uns um elf Uhr zu Hause wiedersehen. Ich wollte nicht bei ihr bleiben, um die Fragen, welche man ihretwegen an mich hätte richten können, zu vermeiden. Je einfacher ihr Anzug war, desto interessanter war sie. Als ich aus dem Theater kam, speiste ich bei Sylvia und ging sodann nach Hause. Ich wurde durch den Anblick einer sehr eleganten Equipage überrascht. Ich fragte, wem sie gehöre; man antwortete mir, sie gehöre einem jungen Herrn, welcher mit Fräulein Vesian gespeist. So war sie also auf gutem Wege. Als ich am folgenden Morgen aufstehe und ans Fenster trete, sehe ich einen elegant gekleideten jungen Mann im Morgenkostüm aussteigen und höre ihn einen Augenblick darauf bei meiner Nachbarin eintreten. Mut! Mein Entschluß ist gefaßt. Ich affektierte Gleichgültigkeit, um mich selbst zu täuschen. Ich kleide mich an, und während ich meine Toilette mache, kommt Vesian zu mir und sagt, er wage nicht zu seiner Schwester zu gehen, weil der Herr, welcher mit ihr zu Abend gespeist, bei ihr sei. »Das ist in der Ordnung,« sagte ich. »Er ist reich und sehr hübsch. Er selbst will uns nach Versailles führen und mir eine Stelle verschaffen.« »Ich wünsche Ihnen Glück dazu. Wer ist es?« »Ich weiß es nicht.« Ich lege die Papiere in einen Umschlag und gebe sie ihm, um sie seiner Schwester zu überbringen, sodann gehe ich aus. Als ich um drei Uhr nach Hause komme, übergibt mir die Wirtin ein Billett von Fräulein Vesian, welche ausgezogen war. Ich gehe hinauf, öffne das Billett und lese folgendes: »Ich gebe Ihnen das Geld wieder, welches Sie mir gegeben, und danke Ihnen. Der Graf von Narbonne interessiert sich für mich und hat gewiß nur Gutes gegen mich und meinen Bruder im Sinn. Ich werde Sie von allem benachrichtigen, von dem Hause, wo ich wohnen soll, und wo, seiner Versicherung nach, es mir an nichts fehlen wird. Ich lege den größten Wert auf Ihre Freundschaft, und bitte Sie, mir sie zu bewahren. Mein Bruder bleibt hier, und das Zimmer gehört mir für einen ganzen Monat, denn ich habe alles bezahlt.« Das ist also, sage ich zu mir, eine zweite Lucia von Pasean, und ich bin zum zweiten Male das Opfer meines albernen Zartgefühls, denn ich sehe voraus, daß der Graf sie nicht glücklich machen wird. Ich wasche meine Hände in Unschuld. Ich kleide mich an, um ins Théatre Francais zu gehen, und erkundige mich nach Narbonne. Er ist, sagte der erste, den ich fragte, der Sohn eines reichen Mannes, ein großer Wüstling und hat ungeheure Schulden. Das sind schöne Nachrichten! Acht Tage lang besuchte ich alle Theater und öffentlichen Orte, um den Grafen von Narbonne kennen zu lernen; da mir dies aber nicht gelang, so fing ich an, das Abenteuer zu vergessen, als gegen acht Uhr morgens Vesian in mein Zimmer kommt und mir sagt, daß seine Schwester in seinem Zimmer wäre und mich zu sprechen wünsche. Ich eile zu ihr und finde sie traurig und mit roten Augen. Sie sagte zu ihrem Bruder, er möchte spazieren gehen, und nun hörte ich ihr Abenteuer. Der Graf von Narbonne hatte sich im Theater neben sie gesetzt, wo ich sie verlassen, knüpfte ein Gespräch mit ihr an, in dessen Verlauf sie ihm ihre Lage schilderte, worauf er sich bereit erklärte, für sie zu sorgen. »Ich glaubte ihm und wurde durch mein Vertrauen getäuscht; er hat mich getäuscht; betrogen, er ist ein Schurke.« Da die Tränen sie erstickten, so ging ich ans Fenster, um sie ungestört weinen zu lassen: einige Minuten darauf kam ich zurück und setzte mich neben sie. »Sagen Sie mir alles, teure Vesian, erleichtern Sie sich und halten Sie sich mir gegenüber nicht für schuldig; denn im Grunde ist mein Unrecht größer als das Ihrige; Sie würden nicht den Kummer empfinden, welcher Ihnen jetzt die Seele zerreißt, wenn ich nicht die Unbesonnenheit begangen hätte, Sie in die Komödie zu führen.« »Ach, mein Herr, sagen Sie das nicht; soll ich Ihnen zürnen, weil Sie mich für vernünftig gehalten? Kurz, der Schändliche versprach mir seine ganze Teilnahme unter der Bedingung, daß ich ihm einen unzweideutigen Beweis meiner Zärtlichkeit und meines Vertrauens gäbe; nämlich ohne meinen Bruder bei einer anständigen Frau in einem von ihm gemieteten Hause zu wohnen. Er bestand darauf, daß mein Bruder nicht mit mir käme, weil ihn die Bosheit für meinen Liebhaber hätte ausgeben können. Ich ließ mich überreden, ich Unglückliche! Wie habe ich mich entschließen können, ohne Sie um Rat zu fragen? Er sagte, die achtungswerte Frau sollte mich nach Versailles führen, wo sich auch mein Bruder einstellen würde, um uns zusammen dem Minister vorzustellen. Nach dem Abendessen entfernte er sich mit dem Bemerken, er würde mich am nächsten Morgen in einem Fiaker abholen.

Er gab mir zwei Louisdors und eine goldene Uhr, und ich glaubte, dies von einem jungen Herrn, der mir so viel Teilnahme zeigte, annehmen zu können. Die Frau, welcher er mich vorstellte, schien mir nicht so achtungswert, wie er gesagt. Acht Tage brachte ich bei ihm zu, ohne daß er sich zu etwas entschloß. Er ging nach Belieben ein und aus, vertröstete mich immer auf morgen und war morgen immer verhindert. Endlich zeigte mir heute morgen die Frau an, der Herr müßte aufs Land gehen, ein Fiaker würde mich in meine Wohnung zurückbringen, wo er mich besuchen wolle. Hierauf affektierte sie eine traurige Miene und sagte, ich müßte ihr die Uhr zurückgeben, weil der Graf vergessen, sie dem Uhrmacher zu bezahlen. Ich gab sie ihr augenblicklich, ohne ein Wort zu sagen, und das Wenige, was mir gehört, in mein Schnupftuch packend, bin ich vor einer halben Stunde hierher zurückgekehrt.«

»Hoffen Sie ihn nach seiner Rückkehr vom Lande wiederzusehen?«

»Ich, ihn wiedersehen! O mein Gott! Warum habe ich ihn je gesehen!«

Sie vergoß heiße Tränen und ich gestehe, daß mich nie ein junges Mädchen so sehr durch den Ausdruck ihres Schmerzes gerührt hat. Das Mitleid verdrängte in mir die Zärtlichkeit, welche sie mir vor acht Tagen eingeflößt hatte. Das niederträchtige Benehmen Narbonnes empörte mich so sehr, daß, wenn ich gewußt hätte, wo er zu finden, ich ihn zur Rechenschaft gezogen haben würde. Ich hütete mich wohl, das arme junge Mädchen um die ausführliche Geschichte ihres Aufenthalts bei dem Herrn von Narbonne zu bitten; ich erriet mehr, als ich wissen mochte, und ich würde Fräulein Vesian gedemütigt haben, hätte ich eine Erzählung von ihr gefordert. Übrigens war mir die Gemeinheit des Grafen schon dadurch erwiesen, daß er eine Uhr wieder verlangt, welche er ihr geschenkt und welche die arme Person nur zu wohl verdient hatte. Ich tat mein möglichstes, um ihren Tränen Einhalt zu tun, und sie bat mich, für sie die Gesinnung eines Vaters zu haben und versicherte mir, daß sie nichts mehr tun würde, was sie meiner Freundschaft unwert machen könnte, da sie sich nur von meinem Rate leiten lassen wollte. »Wohlan! Meine Teure, Sie müssen jetzt nicht nur den unwürdigen Grafen und sein schändliches Benehmen gegen Sie, sondern auch Ihren Fehltritt vergessen. Was geschehen, ist geschehen und gegen das Vergangene gibt es kein Mittel; aber beruhigen Sie sich und nehmen Sie wieder das schöne Aussehen an, welches vor acht Tagen auf Ihren Zügen glänzte. Damals las jeder auf ihm die Ehrbarkeit, die Aufrichtigkeit und die edle Sicherheit, welche das

Gefühl derjenigen erregt, die deren Reiz kennen. Das muß wieder auf Ihrem Gesichte zu lesen sein; denn nur dies erweckt die Teilnahme ehrenwerter Leute und Sie bedürfen deren jetzt mehr denn je. Was meine Freundschaft betrifft, so ist diese von geringem Wert; aber Sie können jetzt um so mehr darauf rechnen, als Sie einen Rechtsanspruch auf sie haben, den Sie vor acht Tagen nicht hatten. Ich bitte Sie überzeugt zu sein, daß ich Sie nicht verlassen werde, ehe Sie nicht eine passende Stellung gefunden. Für den Augenblick kann ich Ihnen nicht mehr sagen; aber verlassen Sie sich darauf, daß ich an Sie denken werde.«»Ach, mein Freund, wenn Sie mir versprechen, an mich zu denken, so bin ich zufrieden. Ich Unglückliche, es gibt sonst niemand auf der Welt, welcher daran denkt.« Sie war so gerührt, daß sie ohnmächtig wurde. Ich eilte ihr zu Hilfe, ohne jemand zu rufen, und sobald sie wieder zur Besinnung gekommen, erzählte ich ihr tausend wahre oder erlogene Geschichten von den Spitzbübereien, welche in Paris die Leute begehen, die keine andere Absicht haben als Mädchen zu betrügen. Ich erzählte ihr lustige, um sie zu erheitern und sagte endlich, sie möchte dem Himmel für ihr Zusammentreffen mit dem Grafen von Narbonne danken, denn dies Unglück würde sie in Zukunft vorsichtiger machen. Während dieses langen Zwiegesprächs wurde es mir nicht schwer, mich aller Zärtlichkeitsäußerungen zu enthalten; ich faßte nicht einmal ihre Hand, denn das Gefühl, welches ich für sie empfand, war das des zärtlichen Mitleidens, und ich empfand ein wahres Vergnügen, als ich sie nach zwei Stunden ruhig und entschlossen sah, ihr Unglück wie eine Heldin zu tragen. Sie steht plötzlich auf, sieht mich mit einer Miene bescheidenen Vertrauens an und sagt:»Haben Sie nichts dringendes zu tun, was Ihre Gegenwart heute erfordert?«»Nein, meine Teure.«»Wohlan! so haben Sie die Güte mich irgendwohin außerhalb Paris zu führen, wo ich frische Luft atmen kann: ich werde dort das Aussehen wiederbekommen, welches Sie für nötig halten, um Teilnahme zu erregen, und wenn ich dann die Nacht ruhig schlafen kann, so werde ich wieder glücklich werden.« »Ich danke Ihnen für dies Vertrauen: ich werde mich ankleiden und wir wollen ausgehen. Unterdes wird Ihr Bruder zurückkommen.«»Was brauchen wir meinen Bruder?«»Wir brauchen ihn sehr nötig. Bedenken Sie, meine Teure, daß Sie Narbonne wegen seines Benehmens schamrot machen müssen. Bedenken Sie, daß er triumphieren würde, wenn er erführe, daß Sie an demselben Tage, wo er Sie weggeschickt hat, allein mit mir aufs Land gegangen sind, und daß er nicht unterlassen würde zu sagen, er habe Sie nur so behandelt, wie Sie es verdienten. Gehen Sie aber mit Ihrem Bruder und mir, Ihrem Landsmann, so werden Sie der bösen Nachrede und Verleumdung keinen Vorwand geben.«»Ich schäme mich, daß ich diese weise Betrachtung nicht gemacht habe. Wir wollen also warten, bis der Bruder zurückkommt.« Er kam bald zurück, und nachdem ich einen Fiaker hatte holen lassen, wollten wir gerade abfahren, als Baletti kam. Ich stellte ihn der jungen Person vor, und lade ihn ein mitzukommen. Er nimmt es an. Da ich keinen andern Zweck hatte als die junge Person zu erheitern, so nannte ich dem Kutscher Gros-Taillou, wo wir ein ausgezeichnetes improvisiertes Mittagsessen einnahmen und wo die Heiterkeit uns für die schlechte Bedienung entschädigte. Da Vesian seinen Kopf schwer werden fühlte, so machte er nach Tisch einen Spaziergang und ich blieb allein mit Fräulein Vesian und meinem Freund Baletti. Ich bemerkte mit Vergnügen, daß Baletti die junge Person liebenswürdig fand, und kam auf den Gedanken, ihm den Vorschlag zu machen, er möchte ihr im Tanzen Unterricht geben. Ich setzte ihm die Lage des Mädchens auseinander, erzählte die Veranlassung, welche sie nach Paris geführt, die geringe Hoffnung, die sie habe, eine Pension vom Könige zu erlangen, und die Notwendigkeit, in welcher sie sei, eine Beschäftigung zu finden, durch welche sie ihren Lebensunterhalt verdienen könne. Baletti erklärte sich zu allem bereit, und nachdem er die Anlagen und den Wuchs des jungen Mädchens geprüft, sagte er:»Ich werde schon Mittel finden, sie bei Lani als Figurantin in den Balletts der Oper anzubringen.«»Sie müssen also«, sagte ich, »morgen anfangen, ihr Unterricht zu geben. Das Fräulein ist meine Nachbarin.« Die junge Vesian, welcher dieser Plan sehr behagte, fing aus vollem Herzen zu lachen an und sagte: »Improvisiert man denn eine Operntänzerin wie einen ersten Minister? Ich kann eine Menuett tanzen und habe Gehör genug, um einen Contretanz tanzen zu können; sonst aber kann ich keinen Pas machen.« »Die meisten Figurantinnen wissen nicht mehr als Sie.« »Und was soll ich von Herrn Lani fordern? Denn, wie es mir scheint, kann ich keine großen Ansprüche machen.« »Nichts. Denn die Opernfigurantinnen werden nicht bezahlt.« »Dann bin ich ja so weit wie jetzt,« sagte sie seufzend, »und wovon soll ich leben?« »Kümmern Sie sich darum nicht. So wie Sie sind, werden Sie bald zehn reiche Herrn finden, welche sich um die Ehre streiten werden, dem Mangel des Honorars abzuhelfen. Ihre Sache wird es sein, eine gute Wahl zu treffen, und ich bin überzeugt, daß wir Sie bald strotzend von Diamanten sehen werden.«»Jetzt verstehe ich, Sie glauben, daß mich ein vornehmer Herr unterhalten wird?«»Richtig; und das will mehr sagen, als vierhundert Franks Gehalt, welche Sie auch nur durch dieselben Opfer erlangen können.« Verwundert schaut sie mich an, um sich zu überzeugen, ob dies Ernst und nicht ein schlechter Spaß wäre. Nachdem sich Baletti entfernt, sagte ich zu ihr, dies wäre das Beste, was sie tun könnte, wenn sie es nicht vorzöge, Kammerfrau einer vornehmen Dame zu werden.»Ich möchte nicht einmal Kammerfrau der Königin sein.«»Und Opernfigurantin?«»Eher.«»Sie lachen?« »Ja, weil es zum totlachen ist. Maitresse eines vornehmen Herrn, welcher mich mit Diamanten bedecken wird! Ich will den ältesten wählen.«»Vortrefflich meine Teure; aber geben Sie ihm keinen Anlaß zur Eifersucht.«»Ich verspreche ihm treu zu sein. Wird er aber meinem Bruder eine Anstellung verschaffen?«»Zweifeln Sie nicht daran.« »Wer wird mir aber zu leben geben, bis ich bei der Oper angenommen werde, und mein alter Liebhaber sich einstellt?«»Ich, meine Teure, mein Freund Baletti und alle meine Freunde, ohne anderes Interesse als das, Ihnen zu dienen und in der Hoffnung, daß Sie tugendhaft leben und wir Ihrem Glücke förderlich sind. Sind Sie davon überzeugt?« »Vollkommen überzeugt: ich habe mir vorgenommen, mich nur von Ihren Ratschlägen leiten zu lassen, und bitte Sie, immer mein bester Freund zu bleiben.« Wir kamen in der Nacht nach Paris zurück. Ich ließ die junge Vesian zu Hause und folgte Baletti zu seiner Mutter. Während des Abendessens fordert mein Freund Sylvia auf, mit Herrn Lani zugunsten unseres Schützlings zu sprechen. Silvia sagte, dies wäre besser, als eine elende Pension nachzusuchen, welche man vielleicht nicht einmal erhalten würde. Hierauf kam das Gespräch auf einen Gegenstand, welcher damals auf dem Tapet war und in dem Plane bestand, alle Figuranten- und Choristinnenstellen an der Oper zu verkaufen. Man gedachte sogar, sie zu einem hohen Preise loszuschlagen; denn man meinte, je teurer die Stellen würden, desto mehr würden die Mädchen, welche sie kauften, in Achtung stehen. Dieser Plan hatte mit Rücksicht auf die anstößigen Sitten der Zeit einen Anstrich von Vernunft, denn er würde eine Kaste veredelt haben, welche mit wenigen Ausnahmen auf ihre Verächtlichkeit stolz ist.

Zu dieser Zeit waren bei der Oper mehrere Sängerinnen und Tänzerinnen, welche eher häßlich als niedlich zu nennen waren, welche kein Talent hatten und dennoch behaglich lebten; denn es steht fest, daß ein Mädchen, welches hier angestellt ist, auf alle Sittsamkeit verzichten muß, wenn sie nicht Hungers sterben will. Wenn aber eine Neueintretende geschickt genug ist, nur einen Monat sittsam zu bleiben, so ist ohne allen Zweifel ihr Glück gemacht; denn dann werfen nur die im Rufe der Sittsamkeit stehenden Herren ihre Netze nach dieser Sittsamkeit aus. Diese Art Leute sind entzückt, daß ihr Name genannt wird, wenn die Schönheit auftritt; sie verzeihen ihr sogar einige leichtsinnige Streiche, wenn sie sich nur das, was sie ihr geben, zur Ehre anrechnen und der Bruch der Treue nicht zu viel Aufsehen macht: es gehört übrigens zum guten Tone, nie bei einer Schönen zu speisen, ohne es ihr vorher anzeigen zu lassen, und man sieht wohl ein, wie vernünftig dieser Gebrauch ist. Gegen elf Uhr kam ich nach Hause, und da ich das Zimmer von Fräulein Vesian offen fand, so trat ich ein. »Ich werde aufstehen,« sagte sie, »denn ich will mit Ihnen sprechen.« »Lassen Sie sich nicht stören; wir können dennoch sprechen, und dann finde ich Sie auch so schön.« »Das freut mich.« »Was haben Sie mir denn zu sagen?« »Nichts, außer daß ich mit Ihnen von meinem künftigen Gewerbe sprechen will. Ich soll tugendhaft sein, um jemand zu finden, der die Tugend nur sucht, um sie zu zerstören.« »Das ist wahr; aber so verhält es sich mit fast allen Sachen im Leben. Der Mensch bezieht mehr oder weniger alles auf sich und jeder ist Tyrann nach seiner Weise. Es freut mich, daß Sie im Zuge sind, Philosoph zu werden.« »Wie fängt man es an, um es zu werden?« »Man denkt.« »Muß man lange denken?« »Das ganze Leben.« »Man wird also nie fertig?« »Nie; aber man kommt so weit man kann und verschafft sich die ganze Summe des Glücks, deren man fähig ist.« »Und wie macht sich dieses Glück fühlbar?« »Es macht sich fühlbar in allen Vergnügungen, welche der Philosoph sich verschafft, wenn er das Bewußtsein hat, sie sich durch seine Mühe verschafft zu haben, namentlich, wenn er sich der Menge von Vorurteilen entledigt, welche aus den meisten Menschen einen Haufen großer Kinder machen.« »Was ist das Vergnügen? und was versteht man unter Vorurteil?« »Das Vergnügen ist der wirkliche Genuß der Sinne; es ist die gänzliche Befriedigung, welche man ihnen in allem, was sie begehren, bewilligt; und wenn die erschöpften Sinne Ruhe fordern, entweder um Atem zu schöpfen oder um sich zu erholen, so wird das Vergnügen zur Phantasie; diese findet einen Genuß daran, über das Vergnügen nachzudenken, welches die Ruhe der Sinne ihr verschafft. Philosoph ist aber derjenige, welcher sich kein Vergnügen versagt, was nicht größere Unannehmlichkeiten zur Folge hat und welcher es aufzusuchen versteht.«»Und Sie behaupten, dies geschehe, indem man sich der Vorurteile entledigt. Sagen Sie mir also, was Vorurteile sind und wie man sich ihrer entledigt.«»Sie richten da eine Frage an mich, welche nicht leicht zu beantworten ist, denn die Moralphilosophie kennt keine größere, das heißt schwerer zu beantwortende Frage; auch dauert die Belehrung das ganze Leben. Ich werde Ihnen kurz sagen, daß man Vorurteil jede sogenannte Pflicht nennt, welche nicht in der Natur begründet ist.«»Das Hauptstudium der Philosophie muß also die Natur sein?«»Das ist ihre ganze Aufgabe, und der Gelehrteste ist derjenige, welcher sich am wenigsten täuscht.«»Welcher Philosoph hat sich Ihrer Ansicht nach am wenigsten getäuscht?«»Sokrates.« »Aber er hat sich getäuscht?«»Ja, in der Metaphysik.«»Darauf kommt es mir nicht an, denn ich glaube, daß er dies Studium unterlassen konnte.«»Sie irren sich, denn die Moral ist nur die Metaphysik der Physik; denn alles ist Natur, und ich erlaube Ihnen, jeden als Narren zu behandeln, der eine neue Entdeckung in der Metaphysik gemacht zu haben behauptet. Wenn ich aber fortführe, meine Teure, so könnte ich Ihnen dunkel erscheinen. Wir wollen nur langsam vorwärtsgehen. Denken Sie, haben Sie Grundsätze, welche vor einem richtigen Denken die Probe bestehen, und haben Sie immer Ihr Glück vor Augen, und Sie werden endlich glücklich werden.«»Ich ziehe die Lektion, welche Sie mir heute geben, der, welche Herr Baletti mir morgen geben wird, bei weitem vor; denn ich sehe voraus, daß ich mich in dieser langweilen werde, und ich langweile mich nicht bei Ihnen.«»Woran bemerken Sie, daß Sie sich nicht langweilen?«»Daran, daß ich wünsche, Sie möchten mich nicht verlassen.«»In Wahrheit, teure Vesian, nie hat ein Philosoph besser als Sie die Langeweile erklärt. Welches Vergnügen! woher kommt es, daß ich Lust habe, Ihnen dasselbe durch eine Umarmung zu erkennen zu geben?«»Ohne Zweifel; weil unsere Seele nur insoweit glücklich sein kann, als sie mit unsern Sinnen in Übereinstimmung bleibt.«»Wie, göttliche Vesian? Ihr Geist bezaubert mich.«»Sie sind es, teurer Freund, der ihn zur Blüte gebracht hat, und ich bin Ihnen so dankbar dafür, daß ich Ihren

Wunsch teile.«»Wer hindert uns, einen so natürlichen Wunsch zu befriedigen? Umarmen wir uns also!« Welche philosophische Lektion! Wir fanden sie so angenehm, unser Glück war so vollkommen, daß wir uns noch bei Tagesanbruch umarmten, und erst als wir uns trennten, bemerkten wir, daß die Tür die ganze Nacht offengestanden hatte.

Balletti gab ihr einige Lektionen, und sie wurde bei der Oper angenommen; aber sie figurierte hier nur zwei oder drei Monate und richtete sich sorgfältig nach den Vorschriften, die ich ihr beigebracht und die ihr überlegener Geist als die einzig guten erkannt hatte. Sie nahm keinen Narbonne mehr an und bekam endlich einen von allen andern sehr verschiedenen vornehmen Herrn, da dieser sie sogleich vom Theater wegnahm, was kein andrer getan haben würde, denn es gehörte nicht zum guten Tone der damaligen Zeit. Sie führte sich sehr gut auf und blieb bis zu seinem Tode bei ihm. Seitdem sie das Hotel de Bourgogne verließ, habe ich sie nicht wieder gesprochen. Wenn ich sie, mit Diamanten bedeckt, traf, so begrüßten unsre Seelen sich freudig; aber ich liebte ihr Glück zu sehr, als daß ich es hätte stören sollen. Ihr Bruder bekam eine Stelle, aber ich verlor ihn aus den Augen. Meine weiteren Abenteuer in der Stadt der Galanterie führten mich nur mit Kurtisanen zusammen. Allein ich hatte auch das Vergnügen, in einem dreizehnjährigen Mädchen, obwohl sie vor Schmutz starrte, eine vollendete Schönheit zu entdecken und sie in die richtigen Hände zu bringen, so daß sie in den berühmten Hirschpark Ludwigs des Fünfzehnten kam. Kurz danach begab ich mich auf Reisen, um Deutschland zu sehen.

C. C. und M. M.

Ich sah meine Heimat mit jenem köstlichen Gefühle wieder, welches alle rechtschaffenen Herzen empfinden, wenn sie an den Ort zurückkommen, wo sie die ersten dauernden Eindrücke empfangen. Ich hatte einige Erfahrung gesammelt; ich kannte die Gesetze der Ehre und die Höflichkeit, ich fühlte mich endlich über fast alle meinesgleichen erhaben und sehnte mich nach meinem alten Leben, aber ich nahm mir vor, nicht mit mehr Methode und Mäßigung aufzuführen. Herr von Bragadino wollte der Vermählungsfeier des

Dogen mit dem Meere nicht beiwohnen; ich begleitete ihn deshalb nach Padua. Nachdem ich mit ihm zu Mittag gespeist und ihm die Hand geküßt, stieg ich in eine Postchaise, um nach Venedig zurückzukehren. Wäre ich zwei oder drei Minuten früher oder später von Padua abgereist, so würde sich, was mir seitdem begegnet, auf eine verschiedene Weise gestaltet haben, und mein Schicksal würde, wenn es wahr ist, daß es von Kombinationen abhängt, ein ganz andres geworden sein. Der Leser möge darüber urteilen. In einem solchen verhängnisvollen Augenblick von Padua abgereist, begegnete ich in Oriago einem Kabriolett, welches, mit zwei Postpferden bespannt, in starkem Trabe dahinfuhr. Eine sehr hübsche Frau und ein Mann in deutscher Uniform saßen darin. Einige Schritte vor mir wirft das Kabriolett nach dem Flusse zu um, und die Frau, welche auf den Kavalier fällt, ist in der größten Gefahr, in die Brenta zu stürzen. Ich springe aus dem Wagen, ohne zu warten, bis er angehalten, eile der Dame zu Hilfe und beseitige mit keuscher Hand die Unordnung, welche der Fall in ihrer Toilette angerichtet. Ihr Gefährte, welcher unverletzt aufgestanden war, eilt herbei, und die Schöne sieht sich auf ihrem Sitze ausgestreckt, ganz verdutzt und beschämt, weniger über den Fall, als über die Indiskretion ihrer Unterröcke, welche das, was eine anständige Frau nie einem Unbekannten zeigt, entblößt hatten. Während sie mir dankte, was so lange dauerte, als ihr und mein Postillon brauchten, um den Wagen wieder aufzurichten, nannte sie mich wiederholt ihren Retter und ihren Schutzengel. Als der Schaden wieder ausgebessert war, setzten sie ihre Reise nach Padua fort und ich nach Venedig. In dem Maskentrubel des Vermählungsfestes traf ich beide wieder. Sie luden mich zum Essen ein, und als ich nachher von dem Herrn eine Weile mit der Dame allein gelassen wurde, verliebte ich mich in sie, ohne aber Erhörung zu finden. Ihr zuliebe mietete ich für den Abend eine Loge in der Oper, und nachher gab ich ihnen ein Abendessen. Von diesem fuhr ich sie nach Hause in meiner Gondel, wo ich unter Begünstigung der Nacht von meiner Schönen alle Gunstbezeigungen erhielt, welche man in der Nähe eines Dritten, auf den man Rücksicht zu nehmen hat, bewilligen kann. Als wir uns trennten, sagte der Offizier zu mir:»Morgen sollen Sie mehr von uns erfahren.« Und wirklich wurde er mir am Morgen gemeldet. Ich empfing ihn, und nachdem er sich mir als Sohn eines an der Börse geachteten Mannes vorgestellt, von der Dame aber berichtete, es sei die Gattin des Wechselmaklers O., mit dem sie sich seinetwegen entzweit, weihte er mich in seine Geschäfte ein: er hatte für den venetianischen Staat die Ochsenverproviantierung zu besorgen. Mit vielen Worten machte er mir den Vorschlag, mich an dem Geschäfte zu beteiligen. An der ganzen Art merkte ich so viele Verlegenheiten und Schlingen, daß ich die Unsicherheit einsah und ihm seine Bitte rundweg abschlug. Unter Entschuldigungen entfernte er sich, ließ mir aber seine Adresse zurück, was heißen sollte, ich möchte seinen Besuch erwidern. Ich wollte zwar nichts mit dem sauberen Paare zu tun haben, da ich seine Pläne auf meine Börse zu durchschauen glaubte. Aber am folgenden Tage ließ ich mich durch meinen bösen Genius verführen, ich redete mir vor, ein Höflichkeitsbesuch habe nichts zu bedeuten, und so besuchte ich ihn. Ein Bedienter führte mich in sein Zimmer, wo er mich mit großer Zuvorkommenheit aufnahm. Sodann begann er wiederum von seinem Geschäfte zu sprechen und zeigte mir einen Stoß Papiere, was mir sehr langweilig war. Statt aller Antwort bat ich ihn, nicht mehr davon zu sprechen. Ich schickte mich an, Abschied zu nehmen, als er sagte, er wolle mich seiner Mutter und Schwester vorstellen. Er geht hinaus und zwei Minuten darauf kehrt er mit den Damen zurück. Die Mutter war eine Frau von unbefangenem und achtungswertem Aussehen, aber die Tochter war ein Muster von Schönheit. Ich war geblendet von ihr. Eine Viertelstunde darauf bat mich die zu vertrauensvolle Mutter um die Erlaubnis, sich entfernen zu dürfen, und die Tochter blieb zurück. Sie brauchte nicht eine halbe Stunde, um mich zu fesseln. Ich war bezaubert von allen ihren Vollkommenheiten, und ihr lebhafter, naiver und für mich neuer Geist, ihre Unschuld und Unbefangenheit, die Natürlichkeit und Erhabenheit ihrer Gefühle, ihre muntere und unschuldige Lebendigkeit, dieses Ensemble endlich, welches durch die Schönheit, den Geist und die Unschuld gebildet wird, was auf mich immer eine unbedingte Herrschaft ausübte, alles dies machte mich zum Sklaven des vollkommensten Weibes, welches sich denken läßt. Fräulein C. C. ging immer nur mit ihrer Mutter aus, welche fromm und dennoch nachsichtig war. Zum Lesen hatte sie nur die Bücher ihres Vaters, eines vernünftigen Mannes, welcher keine Romane hatte, und sie brannte vor Begierde, solche zu lesen. Sie hatte auch große Lust, Venedig kennen zu lernen, und da niemand das Haus besuchte, so hatte man ihr noch nicht gesagt, daß sie ein wahres Wunder war. Ihr Bruder schrieb, und ich unterhielt mich mit ihr oder vielmehr ich beantwortete die zahllosen Fragen, welche sie an mich richtete und welchen ich nur genügen konnte, wenn ich die Ideen erweiterte, welche sie schon hatte und welche sie zu ihrer großen Verwunderung bei sich entdeckte, denn ihre Seele schlummerte noch im Chaos. Ich sagte ihr aber nicht, daß sie schön wäre und daß sie im höchsten Grade mein Interesse erregte; denn da ich in dieser Beziehung so viele andere Mädchen belogen hatte, so fürchtete ich, ihr verdächtig zu werden. Traurig und träumerisch, und nur zu sehr durchdrungen von den seltenen Vorzügen dieser bezaubernden Person, verließ ich das Haus und versprach mir zunächst, sie nicht wiederzusehen, denn ich glaubte zu fühlen, daß ich nicht der Mann wäre, ihr gänzlich meine Freiheit zu opfern und um ihre Hand anzuhalten, obwohl ich der Ansicht war, daß dieses Wesen eigens für mein Glück geschaffen war. Zwei Tage waren verflossen, seitdem ich P. C. besucht, als er mir auf der Straße begegnete. Er sagte, seine Schwester spräche nur von mir, sie habe eine Menge Sachen behalten, welche ich ihr gesagt, und ihre Mutter wäre erfreut, meine Bekanntschaft gemacht zu haben. »Sie wäre eine gute Partie für Sie, denn sie bekommt zehntausend Dukaten Kurant Mitgift. Wenn Sie mich morgen besuchen wollen, so wollen wir mit meiner Mutter und Schwester Kaffee trinken.« Ich hatte mir das Versprechen gegeben, keinen Fuß mehr in sein Haus zu setzen; ich hielt nicht Wort. Übrigens wird in einem ähnlichen Falle jeder sich leicht bewegen lassen, sein Wort nicht zu halten. Ich verplauderte drei Stunden mit dieser liebenswürdigen Person und verließ sie im höchsten Grade verliebt. Ehe ich wegging, sagte ich, ich beneidete das Los desjenigen, den sie heiraten würde, und das Kompliment, das erste derartige, welches sie gehört, bedeckte ihre Wangen mit brennendem Rot. Als ich sie verlassen hatte, fing ich an, den Charakter des Gefühls, welches ich für sie hegte, zu prüfen, und ich erschrak, denn ich konnte gegen C. C. weder als ehrlicher Mann noch als Wüstling handeln. Ich konnte mir nicht schmeicheln, ihre Hand zu erhalten, und es kam mir so vor, als ob ich jeden erdolcht haben würde, der mir geraten hätte, sie zu verführen. Ich bedurfte der Zerstreuung; ich spielte. Das Spiel ist zuweilen ein ausgezeichnetes Beruhigungsmittel für die Liebe. Ich spielte glücklich, und gehe mit gefüllter Börse nach Hause. Am folgenden Tage besuchte mich P. C. und sagte sehr erfreut, seine Mutter habe seiner Schwester erlaubt, mit ihm in die Oper zu gehen;

die Kleine wäre entzückt darüber, und wenn es mir Vergnügen machte, könnte ich sie irgendwo erwarten.»Weiß denn aber Ihre Schwester, daß Sie mich zu der Partie zuziehen wollen?«»Sie ist sehr erfreut darüber.«»Und weiß es Ihre Frau Mutter?«»Nein; aber wenn sie es erfährt, wird sie nicht böse sein, denn Sie haben ihr Achtung eingeflößt.«»Ich will versuchen, eine Loge zu bekommen.«»Sehr schön, und Sie erwarten uns.« Der Schelm sprach nicht mehr von Wechseln, und da er sah, daß ich seiner Dame nicht mehr nachlief, sondern in seine Schwester verliebt war, so hatte er den schönen Plan entworfen, mich in diese verliebt zu machen. Ich beklagte die Mutter und die Tochter, welche sich einem solchen Subjekte anvertrauten, aber ich war nicht tugendhaft genug, um die Partie auszuschlagen. Ich überredete mich sogar, daß ich, weil ich sie liebte, die Einladung annehmen müßte, um sie vor andern Schlingen zu bewahren; denn hätte ich abgelehnt, so hätte er einen weniger Gewissenhaften finden können, und dieser Gedanke war mir unerträglich. Wie es mir schien, hatte sie von mir nichts zu fürchten. Ich mietete eine Loge im Sankt Samuelstheater und erwartete sie am verabredeten Orte lange vor der verabredeten Zeit. Sie kamen, und ich war beim Anblick meiner jungen Freundin nicht wenig überrascht. Sie war elegant maskiert und ihr Bruder in Uniform. Um die reizende Person nicht der Gefahr auszusetzen, wegen ihres Bruders erkannt zu werden, ließ ich sie in meine Gondel steigen. Er bat mich, ihn bei der Wohnung seiner Mätresse aussteigen zu lassen, die, wie er sagte; krank war, und ersuchte uns uns in die Loge zu begeben, wo er wieder mit uns zusammentreffen wollte. Ich war erstaunt, daß C. C. kein Erstaunen und keine Abneigung, mit mir allein in der Gondel zu bleiben, zeigte; das Verschwinden ihres Bruders verwunderte mich gar nicht, denn es war augenscheinlich, daß er aus unsrem Alleinsein Nutzen ziehen wollte. Ich schlug C. C. vor, bis zur Theaterzeit herumzufahren, und da es sehr heiß war, bat ich sie, sich zu demaskieren, was sie augenblicklich tat. Die Verpflichtung, welche ich mir auferlegt, sie zu achten, die edle Sicherheit, welche in ihren schönen Zügen, wie das Vertrauen, welches in ihren heißen Blicken glänzte, die unschuldige Freude, welche sie zu erkennen gab, alles dies erhöhte noch meine Liebe. Da ich nicht wußte, was ich ihr sagen sollte, denn natürlicherweise konnte ich nur von Liebe mit ihr sprechen, und das war ein zarter Punkt, so begnügte ich mich, ihre reizende Figur zu betrachten, wagte aber nicht, aus Furcht, ihre Schamhaftigkeit aufzuscheuchen, meine Blicke auf zwei entstehende, vom Liebesgotte geformte Halbkugeln zu richten. »Sprechen Sie doch etwas,« sagte sie, »Sie sehen mich nur an und sagen nicht das geringste. Sie haben sich heute geopfert, denn mein Bruder würde Sie zu seiner Dame geführt haben, die, wie man sagt, schön wie ein Engel ist.«»Ich habe diese Dame gesehen.«»Sie soll viel Geist haben.«»Das ist möglich; aber ich habe ihn nie gewahr werden können, denn ich bin nie bei ihr gewesen, habe auch nicht die Absicht, zu ihr zu gehen; glauben Sie also nicht, schöne C., daß ich das geringste Opfer bringe.«»Ich glaubte es, denn da Sie nicht sprachen, meinte ich, Sie wären traurig.«»Wenn ich nicht spreche, so ist der Grund der, daß das Glück, welches ich über Ihr englisches Vertrauen empfinde, mich zu sehr bewegt.«»Das freut mich; wie könnte ich aber wohl kein Vertrauen zu Ihnen haben? Ich fühle mich freier und sicherer, als wenn mein Bruder bei mir wäre. Selbst meine Mutter sagt, daß man sich in Ihnen nicht täuschen kann und daß Sie ein ehrenwerter Mann sind. Übrigens sind Sie nicht verheiratet: danach habe ich meinen Bruder zuerst gefragt. Erinnern Sie sich noch, daß Sie zu mir gesagt, sie beneideten denjenigen, welcher mich heiraten würde? Ich gestand mir in demselben Augenblicke, daß diejenige, welche Sie zum Manne bekommt, die glücklichste Frau in Venedig werden wird.« Diese Worte, welche mit der unbefangensten Naivität und mit dem Tone der Aufrichtigkeit, welcher zum Herzen geht, gesprochen wurden, machten auf mich einen schwer zu beschreibenden Eindruck; es schmerzte mich, daß ich auf die rosenroten Lippen, welche so gesprochen hatten, keinen Kuß drücken durfte; aber zugleich empfand ich einen köstlichen Genuß bei dem Gedanken, von diesem Engel geliebt zu sein. »Bei dieser Übereinstimmung der Empfindungen«, sagte ich, »könnten wir also, liebenswürdige C., das vollkommene Glück erlangen, wenn wir uns auf unzertrennliche Weise verbinden könnten? Aber ich könnte Ihr Vater sein.«»Sie mein Vater? Welches Märchen! Wissen Sie, daß ich vierzehn Jahre alt bin?«»Wissen Sie, daß ich achtundzwanzig Jahre alt bin?«»Gut! Welcher Mann von Ihrem Alter könnte wohl eine Tochter von meinem haben? Ich muß lachen bei dem Gedanken: gliche mein Vater Ihnen, so hätte ich keine Furcht vor ihm, und ich könnte mir keine Zurückhaltung auflegen.« Da die Theaterzeit gekommen war, so stiegen wir ans Land, und das Schauspiel beschäftigte sie gänzlich. Ihr Bruder kam erst gegen das Ende, das gehörte zu seiner Berechnung. Ich lud sie nachher zu einem Abendessen ein, währenddessen ich fast gar nicht sprach: ich war liebeskrank und in einem Zustande der Aufregung, der unmöglich lange dauern konnte. Um mein Schweigen zu entschuldigen, schützte ich Zahnweh vor; man beklagte mich und ließ mich schweigen. Nach dem Abendessen sagte P. zu seiner Schwester, ich wäre in sie verliebt, und ich würde mich erleichtert fühlen, wenn sie mir gestattete, sie zu umarmen. Statt aller Antwort wendete sie sich mit lachenden, zum Küssen herausfordernden Lippen zu mir. Ich glühte, aber ich achtete dieses unschuldige und naive Wesen so sehr, daß ich sie nur auf die Backe, und auf eine anscheinend sehr kalte Weise küßte. »Welcher Kuß!« rief P. aus. »So geht es nicht! Einen ordentlichen Liebeskuß!« Ich rührte mich nicht: der schamlose Anstifter langweilte mich: aber seine Schwester wendete den Kopf ab und sagte mit betrübtem Tone: »Dränge ihn nicht, denn ich habe nicht das Glück, ihm zu gefallen.« Diese Äußerung reizte meine Liebe: ich war nicht mehr Herr meiner selbst. »Wie!« rief ich feurig, »schöne C., Sie schreiben meine Zurückhaltung nicht dem Gefühl zu, welches Sie mir einflößen? Sie glauben nicht, daß Sie mir gefallen? Wenn nur ein Kuß nötig ist, um Sie davon zu überzeugen, so empfangen Sie ihn mit dem Gefühl, welches ich empfinde.« Sie nun in meine Arme drückend und sie verliebt gegen meinen Busen pressend, gab ich ihr einen langen und glühenden Kuß, den ihr zu geben ich vor Lust verging! aber sie als furchtsame Taube fühlte wohl, daß sie in die Klauen eines Geiers gefallen war. Sie machte sich aus meinen Armen los, ganz erstaunt über die Entdeckung, daß ich auf diese Weise in sie verliebt sei. Ihr Bruder klatschte mir Beifall zu, während sie, um ihre Verwirrung zu verbergen, ihre Maske wieder vornahm. Ich fragte sie, ob sie noch der Meinung wäre, daß sie mir nicht gefiele. »Sie haben mich überzeugt,« sagte sie, »aber Sie dürfen mich nicht dafür strafen, daß Sie mich enttäuscht haben.« Diese Antwort fand ich sehr zart, denn sie war durch das Gefühl eingegeben; aber ihr Bruder, welchem sie nicht genügte, nannte sie dumm. Als wir unsere Maske wieder angelegt, brachen wir auf, und nachdem ich sie nach Hause geleitet, entfernte ich mich sehr verliebt, im Grunde zufrieden und dennoch sehr traurig. Am folgenden Tage kam P. C. mit triumphierender Miene zu mir und berichtete, seine Schwester habe zu seiner Mutter gesagt, wir liebten uns, und wenn sie heiraten solle, so könne sie nur mit mir glücklich werden. »Ich bete Ihre Schwester an,« sagte ich; »glauben Sie aber, daß Ihr Vater sie mir geben wird?« »Ich glaubte es nicht, aber er ist alt. Einstweilen lieben Sie. Meine Mutter erlaubt ihr, heute abend mit Ihnen in die Oper zu gehen.« Da ich meine Freude lebhaft zeige, benutzt er die Gelegenheit und bittet mich, einen Wechsel zu unterschreiben, was ich in meiner Liebesseligkeit mit Vergnügen tat. Nachdem ich mich angekleidet, ging ich aus und kaufte ein Dutzend Paar Handschuhe, ebensoviel Paar seidene Strümpfe und ein Paar gestickter Strumpfbänder mit goldenen Spangen, und weidete mich an dem Gedanken, meiner neuen Freundin damit das erste Geschenk zu machen. Ich brauche nicht erst zu sagen, daß ich mich pünktlich zum Stelldichein einfand; als ich aber kam, sah ich sie mich schon suchen. Hätte ich nicht P. C.s Absichten gemutmaßt, so würde es mir schmeichelhaft gewesen sein, daß sie mir auf diese Weise zuvorgekommen waren. Sobald ich zu ihnen gestoßen, sagte P. C., da er Geschäfte habe, lasse er mich allein mit seiner Schwester und werde uns im Theater aufsuchen. Als er sich entfernt hatte, sagte ich zu C. C., wir könnten bis zur Opernzeit eine Gondelfahrt machen. »Nein,« antwortete sie, »besuchen wir lieber einen Garten der Zuecca.« »Sehr gern.« Ich nehme eine Überfahrtsgondel und wir begeben uns nach Sankt Blasius in einen Garten, welchen ich kannte und welchen ich vermittels einer Zechine für den ganzen Tag mietete, so daß niemand hineinkommen durfte. Es fand sich, daß wir beide noch nicht zu Mittag gespeist, und nachdem ich eine gute Mahlzeit bestellt, gingen wir in ein Zimmer, wo wir unsere Masken ablegten, und begaben uns sodann wieder in den Garten. Die liebenswürdige C. C. trug nur ein Mieder von Taffet und einen kurzen Rock von demselben Stoffe; aber in dieser leichten Bekleidung war sie entzückend. Mein verliebtes Auge drang durch diese Hüllen hindurch, und mein Geist sah sie ganz nackt; ich seufzte vor Begierde, Zurückhaltung und Wollust. Sobald wir in der langen Allee waren und meine junge Gefährtin, welche nie ein solches Vergnügen genossen hatte, sich völlig frei sah, fing sie an, mit der Schnellfüßigkeit einer leichten Hirschkuh links und rechts auf dem Rasen herumzuspringen, und die Heiterkeit, welche sie empfand, unverhüllt zu zeigen. Da sie bald anhalten mußte, weil ihr der Atem ausgegangen war, lachte sie, als sie sah, wie ich sie schweigend und in einer Art Ekstase betrachtete.

Bald forderte sie mich zum Wettlauf heraus; das Spiel gefällt mir, und ich gehe darauf ein; aber ich will ihr Interesse durch eine Wette erregen. »Wer verliert,« sage ich, »muß tun, was der Sieger haben will.« »Ich bin damit einverstanden.« Wir bestimmen das Ziel und rennen ab. Ich war sicher, zu gewinnen, aber ich wollte verlieren, um zu sehen, wozu sie mich verurteilen würde. Sie läuft sogleich aus allen Kräften los, während ich die meinigen schone, so daß sie vor mir an das Ziel gelangt. Während sie wieder Atem schöpft, sinnt sie nach, welche Buße sie mir auferlegen soll; sodann verbirgt sie sich hinter einem Baume und verurteilt mich dazu, ihren Ring zu suchen. Sie hatte ihn an ihrem Leibe verborgen und setzte mich dadurch in den Besitz ihrer ganzen Person. Ich fand die Sache reizend, denn der Mutwille und die Absichtlichkeit waren mir klar; doch sah ich ein, daß ich meinen Vorteil nicht mißbrauchen dürfe, da ihr naives Vertrauen der Aufmunterung bedurfte. Wir setzten uns ins Gras; ich durchsuchte ihre Taschen, die Falten ihres Mieders, ihres Rockes, sodann ihre Schuhe, endlich ihre Strumpfbänder, welche sie unterhalb des Knies zugebunden hatte. Da ich ihn hier nicht gefunden, so setzte ich die Untersuchungen fort, und da sie den Ring an sich hatte, so mußte ich ihn wohl finden. Der Leser ahnt wohl, daß ich den reizenden Versteck, in welchem meine Schöne ihn verborgen hatte, mutmaßte; aber ehe ich dahin kam, wußte ich mir eine Menge Genüsse zu verschaffen, welche mich entzückten. Der Ring wurde endlich zwischen den beiden schönsten Wächtern, welche die Natur je geschaffen, entdeckt; aber als ich ihn herausnahm, war ich so bewegt, daß meine Hand zitterte. »Weshalb zittern Sie?« fragte sie mich. »Ich zittere vor Vergnügen, den Ring gefunden zu haben, denn Sie hatten ihn so gut verborgen? Aber Sie sind mir eine Revanche schuldig, und diesmal sollen Sie mich nicht besiegen.« »Wir wollen sehen.« Wir rennen ab, und da ich sie nicht schnell laufen sehe, so glaube ich, ich werde ihr zuvorkommen, wenn ich wolle. Ich täuschte mich. Sie hatte ihre Kräfte gespart, und als wir zwei Dritteile des Laufes zurückgelegt haben, nimmt sie plötzlich einen neuen Anlauf, überholt mich, und ich sehe, daß ich verloren bin. Ich sinne nun eine List aus, welche eine unfehlbare Wirkung hat; ich tue so, als ob ich der Länge nach hinstürze, und stoße einen Schmerzensschrei aus. Das arme Mädchen hält an, kehrt ganz erschreckt zu mir zurück und ist mir beim Aufstehen behilflich. Als ich wieder stehe, fange ich an zu lachen, nehme einen Anlauf und erreiche lange vor ihr das Ziel. Die reizende Läuferin, welche ganz verdutzt war, sagte: »Sie haben sich also nicht verletzt?« »Nein, denn ich bin absichtlich gefallen.« »Absichtlich? Um mich zu täuschen! Ich hätte Ihnen das nicht zugetraut. Auf eine betrügerische Weise darf man nicht gewinnen, und ich habe nicht verloren.« »Allerdings haben Sie verloren, denn ich habe das Ziel vor Ihnen erreicht, und List gegen List müssen Sie doch gestehen, daß Sie mich zu täuschen gesucht haben, als Sie den Anlauf nahmen.« »Aber das ist erlaubt, und Ihre List, mein Freund, ist ganz anderer Art.« »Aber sie hat mir den Sieg verschafft und: mag man nun durch Glück oder List siegen, das Siegen ist immer eine löbliche Sache.« »Das habe ich oft meinen Bruder, nie aber meinen Vater sagen hören. Trotzdem gebe ich zu, ich habe verloren. Befehlen Sie, verurteilen Sie mich: ich werde gehorchen.« »Warten Sie. Setzen wir uns, denn ich muß darüber nachdenken. Ich verurteile Sie, die Strumpfbänder mit mir zu tauschen.« »Die Strumpfbänder? Sie haben sie gesehen. Sie sind häßlich und haben keinen Wert.« »Das ist gleichgültig. Ich werde zweimal täglich an den Gegenstand denken, den ich liebe, und zu derselben Zeit, wo Sie genötigt sein werden, an mich zu denken.« »Die Idee ist sehr hübsch und schmeichelt mir. Ich verzeihe Ihnen jetzt, daß Sie mich betrogen. Hier sind meine häßlichen Strumpfbänder.« »Hier sind die meinigen.« »Ach, mein lieber Betrüger, wie schön sie sind! Das hübsche Geschenk! Wie werden sie meiner Mutter gefallen! Sie sind sicherlich ein Geschenk, welches man Ihnen gemacht hat, denn sie sind ganz neu.« »Nein, sie sind kein Geschenk. Ich habe sie für Sie gekauft, und mir den Kopf zerbrochen, um ein Mittel zu finden, Sie zur Annahme zu bewegen; die Liebe selbst hat mir die Idee eingegeben, diese zum Preise eines Wettlaufs zu machen. Jetzt können Sie sich wohl denken, wie sehr es mich schmerzte, als ich sah, daß Sie nahe daran waren, zu gewinnen. Der Verdruß darüber hat mir eine Betrügerei eingegeben, welche als Grund ein Gefühl hat, das Ihnen Ehre macht; denn gestehen Sie nur, daß Sie ein zu schlechtes Herz gezeigt hätten, wenn Sie mir nicht zu Hilfe gekommen wären.« »Auch bin ich überzeugt, daß Sie dieses Mittel nicht würden angewendet haben, wenn Sie hätten ahnen können, wie wehe Sie mir dadurch getan haben.« »Sie nehmen also lebendigen Anteil an mir?« »Ich würde alles mögliche tun, um Sie davon zu überzeugen. Meine schönen Strumpfbänder sind mir außerordentlich lieb: ich werde keine andern tragen und stehe dafür, daß mein Bruder sie mir nicht stehlen soll.«»Wäre er dessen fähig?«»Oh, sehr fähig, namentlich wenn die Spangen von Gold sind.«»Sie sind von Gold; aber sagen Sie ihm, sie wären von vergoldetem Kupfer.«»Ganz gewiß.« Wir gingen zu Tisch. Nach dem Essen, welchem wir, wie ich mich erinnere, beide gleiche Ehre zuteil werden ließen, wurde sie heiterer und ich verliebter und deshalb mit Rücksicht auf das harte Gesetz, welches ich mir auferlegt, nur noch mehr zu beklagen. Da sie ihre Strumpfbänder je eher je lieber anzulegen wünschte, so bat sie mich in der aufrichtigsten Weise, ohne Böses dabei zu denken und ohne Koketterie, ihr dabei behilflich zu sein. Ein junges unschuldiges Mädchen, welches trotz seiner fünfzehn Frühlinge noch nicht geliebt und weder mit anderen jungen Mädchen umgegangen, noch in Gesellschaften gekommen ist, kennt weder die Heftigkeit der Begierden, noch die Veranlassungen, welche sie hervorrufen. Sie hat sicherlich keine Idee von den Gefahren eines Gesprächs unter vier Augen. Wenn der Instinkt sie zum erstenmale verliebt macht, so hält sie den Gegenstand ihrer Liebe ihres ganzen Vertrauens wert, und sie glaubt seine Liebe nicht anders erlangen zu können, als wenn sie ihm unbegrenztes Vertrauen zeigt. Da sie fand, daß ihre Strümpfe zu kurz waren, um das Strumpfband oberhalb des Knies zu befestigen, so sagte sie, sie würde längere Strümpfe dazu anziehen, und augenblicklich zog ich die, welche ich gekauft, auf eine geschickte Weise aus der Tasche und gab sie ihr. Froh und dankerfüllt setzt sie sich mir auf den Schoß, und in ihrer überströmenden Freude küßt sie mich, wie sie ihren Vater geküßt haben würde, wenn er ihr ein Geschenk gemacht hätte. Ich gab ihr ihre Küsse wieder, wobei ich jedoch nicht aufhörte, das Ungestüm meiner Begierden zu bändigen: ich begnügte mich, ihr zu sagen, daß ein einziger ihrer Küsse mehr als ein Königreich wert wäre. Meine reizende C. C. zog die Schuhe aus und zog ein Paar Strümpfe an, welche bis zur Hälfte der Lenden hinaufgingen. Je mehr ich mich von ihrer Unschuld überzeugte, desto weniger wagte ich es, mich der köstlichen Beute zu bemächtigen. Wir begaben uns maskiert in die Oper, wo wir auch P. C. mit seiner Dame maskiert trafen. Das war mir unangenehm, denn ich war sicher, daß er seine Schwester mit dieser Frau zu Abend speisen lassen wollte. Aber ich konnte die Sache nicht hintertreiben. Es kam aber, wie ich erwartet: unser schlecht zusammenpassendes Vierblatt war während des Essens verstimmt. Nach dem Dessert, als P. C. und seine Freundin vom Weine erhitzt waren, warfen sich beide auf das Kanapee und gaben sich rücksichtslos ihren Begierden hin. Ich hatte sofort C. C. in eine Fensternische gezogen, konnte aber nicht verhindern, daß sie die schamlose Szene durch einen Spiegel bemerkte, worüber ihr Gesicht Feuer und Flamme wurde. Aber wir blieben bei dem anständigsten Gespräche. Nachher umarmt P. C. mich und seine schamlose Mätresse C. C. mit dem Bemerken, sie sei sicher, daß diese nichts gesehen habe. C. C. antwortete bescheiden, sie wisse nicht, was sie hätte sehen können; aber ein Blick, welchen sie mir zuwarf, ließ mich ahnen, was sie empfand. Was ich ausstand, das mag sich der Leser denken, wenn er das menschliche Herz kennt. Wie sollte ich diese Szene in Gegenwart einer Unschuldigen, welche ich anbetete, ertragen, da ich meine eigenen Begierden zu bekämpfen hatte! Ich stand wie auf glühenden Kohlen. Zorn und Unwillen, welche mit dem Zwange kämpften, den ich mir antun mußte, um mir den geliebten Gegenstand zu bewahren, versetzten mich in ein krampfhaftes Zittern. Ich weiß nicht, wie ich den Mut haben konnte, ihn nicht zu erwürgen. Am folgenden Tage überhäufte ich ihn mit Vorwürfen; er suchte sich zu entschuldigen, er würde es nicht getan haben, wenn er nicht überzeugt gewesen wäre, daß ich seine Schwester unter vier Augen schon so behandelt hätte. Meine Liebe für C. C. erlangte mit jedem Tage einen neuen Grad der Stärke, und ich war entschlossen, alles zu tun, um sie gegen die Ausbeutung durch ihren Bruder zu schützen, der sie einem weniger gewissenhaften Menschen als ich war hätte überliefern können. Die Sache schien mir dringend. Welche Abscheulichkeit! Welche unerhörte Verführung! Ich hatte von seinem zuchtlosen Leben mancherlei erfahren, daß er nur von der Prostitution seiner Mätresse lebe. Fest nahm ich mir vor, ihm von jetzt ab jede Bürgschaft abzuschlagen, denn ich konnte den Gedanken nicht ertragen, daß C. C. die unschuldige Ursache meines Ruins würde und ihrem Bruder als Werkzeug zur Fortsetzung seiner Ausschweifungen dienen sollte. Getrieben durch ein unwiderstehliches Gefühl, durch das, was man reine Liebe nennt, besuchte ich P. C. am folgenden Tage, und nachdem ich ihm erklärt, daß ich seine Schwester mit der reinsten Absicht anbete, machte ich ihm bemerklich, wie unangenehm er mich dadurch berührt, daß er alle Rücksichten und die Scham beiseite gesetzt, welche der ausgemachteste Wüstling nicht verletzen darf, wenn er Anspruch darauf macht, der guten Gesellschaft anzugehören.»Müßte ich auch«, sagte ich,»auf das Vergnügen verzichten, Ihre englische Schwester zu sehen, so bin ich doch fest entschlossen, nie mehr mit Ihnen zusammenzukommen; und ich zeige Ihnen zugleich an, daß ich zu verhindern wissen werde, daß sie mit Ihnen ausgeht, um in Ihren Händen der Preis eines niederträchtigen Handelns zu werden.« Er entschuldigte sich mit seiner Trunkenheit sowie damit, daß er nicht geglaubt, daß ich für seine Schwester eine Liebe fühle, welche den Genuß ausschließe. Er bat mich um Verzeihung, umarmte mich weinend, und ich hätte mich vielleicht rühren lassen, wenn nicht seine Mutter und Schwester dazugekommen wären, welche mir mit überströmendem Herzen für das hübsche Geschenk dankten, das ich der letzten gemacht. Ich antwortete der Mutter, ich liebte ihre Tochter nur in der Hoffnung, daß sie mir dieselbe zur Gattin geben würde.»In dieser Hoffnung, Madame,« fuhr ich fort,»werde ich mit Ihrem Herrn Gemahl sprechen, sobald ich mir eine Stellung verschafft, welche mich in den Stand setzt, sie auf eine passende Weise und so, daß sie sich glücklich fühlen kann, zu ernähren.« Ich küßte ihr die Hand auf eine so gerührte Weise, daß mir die Tränen die Wangen herunterflossen. Diese Tränen waren sympathetisch und lockten die der guten Mutter hervor. Nachdem sie mir freundlichst gedankt, ließ sie mich mit ihrer Tochter und ihrem Sohn allein, welcher vor Staunen in eine Statue umgewandelt schien. Es gibt in der Welt eine große Anzahl Mütter dieser Art, und oft sind es diejenigen, welche immer tugendhaft gewesen; sie argwohnen keinen Betrug, weil sie selbst nur durch tugendhafte Motive geleitet werden; aber sie werden gewöhnlich das Opfer ihrer Aufrichtigkeit und des Vertrauens, welches sie in diejenigen setzen, die ihnen ehrlich zu sein scheinen. Es war das Osterfest, und da an diesem Tage keine Theatervorstellung stattfand, so sagte er zu mir, wenn ich mich am folgenden Tage an demselben Orte wie die frühern Tage einfände, so wolle er mir seine Schwester überbringen, und da ihm die Ehre nicht gestatte, Madame C. zu verlassen, so würden wir völlige Freiheit haben.»Ich werde Ihnen meine Schlüssel geben,« sagte er,»und Sie werden sie nach Hause geleiten, nachdem Sie mit ihr zu Abend gespeist, wo es Ihnen belieben wird.« Nachdem er dies gesagt, gab er mir den Schlüssel, den abzulehnen ich nicht die Kraft hatte. Ich ging einen Augenblick darauf weg, nachdem ich meiner Freundin gesagt, daß wir am folgenden Tage den Garten der Zuecca besuchen wollten.»Was mein Bruder

beschlossen,« sagte sie,»ist offenbar das Beste, was er tun konnte.«
Ich stellte am andern Tag mich pünktlich ein und ahnte in meiner
Liebesglut, was kommen würde. Ich hatte eine Loge in der Oper
gemietet; aber wir warteten in unserm Garten den Abend ab. Es war
ein Festtag, und so saßen verschiedene kleine Gesellschaften an
besonderen Tischen, und da wir mit niemand zusammen sein wollten,
ließen wir uns ein Zimmer geben und nahmen uns vor, erst gegen das
Ende in die Oper zu gehen; demgemäß bestellte ich ein gutes
Abendessen. Wir hatten sieben Stunden vor uns, und meine
liebenswürdige Freundin sagte, wir würden uns nicht langweilen. Sie
entledigte sich ihres Maskenanzuges und setzte sich auf meinen Schoß,
indem sie mir versicherte, daß ich sie durch die schonende Weise, mit
welcher ich sie nach jenem schrecklichen Abendessen behandelt,
vollends gewonnen habe; aber alle ihre Auseinandersetzungen waren
von Küssen begleitet, welche allmählich flammend wurden.»Hast du
gesehen,« sagte sie,»was mein Bruder mit seiner Dame machte, als sie
sich rittlings auf ihn setzte? Ich habe alles nur im Spiegel gesehen, aber
ich konnte mir die Sache wohl vorstellen.«»Hast du nicht gefürchtet,
daß ich dich ebenso behandeln würde?«»Nein, das versichere ich dir.
Wie hätte ich das fürchten können, da ich wußte, wie sehr du mich
liebst? Du würdest mich so sehr gedemütigt haben, daß ich dich nicht
hätte lieben können. Wir sparen uns für unsere Verheiratung auf, nicht
wahr, mein Freund? Wir werden uns immer lieben. Aber gut, daß ich
daran denke, erkläre mir doch die Verse, welche auf meine
Strumpfbänder gestickt sind.« Auf meinem Schoße sitzend, bindet sie
ein Strumpfband ab, während ich das andere ablöse. Folgendes sind
die beiden Verse, welche ich hätte lesen sollen, ehe ich ihr das
Geschenk machte:

> *En voyant chaque jour le bijou de ma belle,*
> *Vous lui direz qu'Amour veut qu'il lui soit fidèle.*

(Da du jeden Tag das Kleinod meiner Schönen siehst,
sollst du ihr sagen: der Liebesgott will, daß es ihm treu bleibe.)

Diese allerdings sehr freien Verse schienen mir gut, komisch und
geistvoll. Ich lachte laut auf, und mußte noch lauter lachen, als ich ihr
den Sinn erklären mußte. Da dies eine für sie neue Idee war, so mußte
ich auf Einzelheiten eingehen, welche uns ganz in Feuer setzten.»Ich
wage nicht mehr,« sagte sie,»meine Strumpfbänder jemand zu zeigen,

und das tut mir leid.« Da ich eine nachdenkliche Miene angenommen hatte, sagte sie:»Sage mir, was du denkst.«»Ich denke daran, daß diese glücklichen Strumpfbänder ein Vorrecht besitzen, welches ich vielleicht nie erlangen werde. Wie gerne möchte ich an ihrer Stelle sein! Ich werde vielleicht an dieser Begierde sterben, und werde unglücklich sterben.«»Nein, mein Freund; ich bin ganz in deinem Fall und bin sicher, daß ich leben werde. Übrigens können wir unsere Heirat beschleunigen. Wenn du willst, bin ich bereit, dir meine Treue morgen zu verpfänden. Wir sind frei, und mein Vater muß seine Einwilligung geben.«»Du hast recht, denn die Ehre würde ihn dazu zwingen. Aber ich will ihm ein Zeichen der Achtung geben, indem ich um dich anhalte, und unser Hausstand soll dann bald eingerichtet sein. Das soll in acht bis zehn Tagen geschehen.«»So früh? Du wirst sehen: er wird antworten, ich wäre zu jung.«»Und er wird vielleicht recht haben.« »Nein, denn ich bin zwar jung, aber nicht zu jung, und ich bin sicher, daß ich deine Frau werden kann.« Ich saß wie auf einem glühenden Ofen, und jeder Widerstand gegen das Feuer, welches mich verzehrte, fing an, unmöglich zu werden.»Du, die du mir so teuer bist, bist du sicher, daß ich dich liebe? Hältst du mich für fähig, dich zu täuschen? Bist du sicher, nie zu bereuen, daß du meine Gattin geworden?«»Ich bin dessen mehr als sicher, mein Herz; denn du kannst nicht mein Unglück wollen.«»Gut, so vermählen wir uns schon jetzt. Gott allein wird Zeuge unserer Schwüre sein, und wir können keinen besseren haben, denn er kennt die Reinheit unserer Absichten. Geben wir uns gegenseitig unser Wort, vereinigen wir unsere Geschicke und seien wir glücklich. Sobald es möglich sein wird, werden wir unser zärtliches Band durch die Einwilligung deines Vaters und die Zeremonien der Religion befestigen. Einstweilen sei mein, ganz mein.«»Verfüge über mich, mein Freund. Ich verspreche Gott und dir, von diesem Augenblicke an und für das ganze Leben deine treue Gattin zu sein; dies werde ich meinem Vater, dem Priester, welcher unsere Verbindung segnen wird, der ganzen Welt erklären.«»Ich leiste dir denselben Schwur, meine zärtliche Freundin, und ich versichere, daß wir vollkommen verheiratet sind. Komm in meine Arme; vollende das Glück!« Nachdem ich sie zärtlich umarmt, sagte ich der Wirtin des Kasinos, sie möchte uns nicht eher das Essen schicken, als bis wir sie rufen würden, und uns nicht unterbrechen. Währenddessen hatte sich meine reizende C. C. völlig angekleidet auf das Bett geworfen, aber ich sagte ihr, die lästigen Hüllen verscheuchten die Liebe, und in weniger als einer Minute verwandelte ich sie in eine neue Eva, schön und nackt, als ob sie eben erst aus den Händen des höchsten Künstlers hervorgegangen wäre. Ihre Haut, glatt wie Atlas, war von blendender Weiße, welche durch ihr herrliches Ebenholzhaar, das ich über ihre Alabasterschultern ausgebreitet hatte, noch gehoben wurde. Ihr schlanker Wuchs, ihre hervorspringenden Hüften, ihr vollkommen ausgebildeter Busen, ihre Rosenlippen, ihr belebter Teint, ihre großen Augen, welche Sanftmut und zugleich Funken der Begierde sprühten, alles an ihr war von vollendeter Schönheit und zeigte meinen gierigen Blicken die Vollkommenheit der Mutter des Liebesgottes, verschönert durch den Zauber, welchen die Scham den Reizen eines schönen Weibes verleiht. Ich war außer mir und fing an zu fürchten, daß mein Glück nicht vollkommen wäre oder daß es nicht durch einen vollkommenen Genuß vervollständigt werden möchte, als es dem schalkhaften Liebesgott einkam, mir in einem so ernsten Augenblicke Stoff zum Lachen zu geben. Endlich, wie betäubt, drückt sie mich an sich und ruft aus:»Oh, mein Freund, wie verschieden bist du doch von meinem Kopfkissen.«»Von deinem Kopfkissen, mein Herz? Aber du lachst: erkläre mir doch.«»Es ist eine Kinderei, aber du bist doch nicht ärgerlich darüber?«»Ärgerlich? Könnte ich es im süßesten Augenblicke meines Lebens gegen dich sein?«»Wohlan! Seit mehreren Tagen konnte ich nicht mehr einschlafen, ohne mein Kopfkissen in die Arme zu nehmen; ich liebkoste es, ich nannte es meinen teuren Mann; ich stellte mir vor, daß du es wärst, und wenn ein süßes Gefühl mich unbeweglich machte, schlief ich ein und fand morgens mein großes Kopfkissen in meinen Armen.« Meine teure C. C. wurde auf eine heldenmütige Weise meine Frau; denn ihre übergroße Liebe machte ihr selbst den Schmerz süß. Nach drei Stunden des schönsten Zeitvertreibs stand ich auf und rief, uns das Essen zu bringen. Das Mahl war frugal, aber köstlich. Wir blickten uns an, ohne zu sprechen, denn wie hätten wir uns sagen können, was wir fühlten? Wir fanden unser Glück über alle Begriffe groß und erfreuten uns seiner in der Überzeugung, daß wir es nach Belieben erneuern könnten. Die Wirtin kam herauf, um uns zu fragen, ob wir etwas wünschten, und fragte uns auch, ob wir in die Oper gingen, wo es so schön sein solle. »Sind Sie niemals da gewesen?«»Nie, denn für Leute wie wir ist das zu teuer. Meine Tochter ist so neugierig, daß sie sich, Gott verzeih mir, hingeben würde, um das Vergnügen zu genießen, einmal hinzugehen.« »Das würde ein zu hoher Preis sein,« sagte meine kleine Frau lachend. »Mein Freund, wir könnten sie glücklich machen, ohne daß sie einen so teuren Preis zu bezahlen brauchte.« »Ich dachte schon daran, meine Freundin. Da, hier ist der Schlüssel der Loge; du kannst ihnen ein Geschenk damit machen.« Ich gab der Frau außerdem noch zwei Zechinen. Ganz verdutzt über die Großmut ihrer Gäste lief sie zu ihrer Tochter, während wir uns Glück wünschten, daß wir nun so lange beieinander bleiben mußten, und legten uns wieder zu Bett. Als ich an diesem Abend meine Freundin nach Hause gebracht hatte, zufrieden und überzeugt, daß wir uns ordentlich verheiratet hatten, legte ich mich mit dem Entschluß zu Bett, Herrn von Bragadino durch das Orakel zu veranlassen, mir auf rechtmäßigem Wege die Hand meiner angebeteten C. C. zu verschaffen. Ich blieb bis Mittag im Bett, und während des übrigen Teils des Tages spielte ich unglücklich, gleichsam als ob das Glück mir habe andeuten wollen, daß es nicht mit meiner Liebe im Bunde stehe. Ich beschäftigte mich mit ihr am nächsten Morgen, als ihr Bruder mit freudestrahlendem Gesichte bei mir eintrat und sagte: »Ich bin sicher, daß Sie bei meiner Schwester geschlafen haben, und bin im höchsten Grade erfreut darüber. Sie gesteht es nicht ein, aber ihr Geständnis ist überflüssig. Ich werde sie Ihnen heute zuführen.« »Sie werden mir ein Vergnügen erweisen, denn ich bete sie an und bin im Begriffe, bei Ihrem Herrn Vater auf eine Weise um sie anhalten zu lassen, daß er sie mir nicht verweigern kann.« »Ich wünsche es, zweifle aber daran. Einstweilen bin ich genötigt, Sie um einen neuen Dienst zu ersuchen.« Er bat mich um eine Bürgschaft. Wie konnte ich ihm seine Bitte abschlagen? Ich sah wohl, daß ich geprellt werden würde, aber ich liebte seine Schwester so sehr. Am nächsten Tage weilte ich wieder mit meiner lieben Frau in dem Garten, und wir gaben uns ganz den Freuden der Liebe hin; wir schwelgten mit mehr Zartgefühl und brachten sie uns zum Bewußtsein. Da bat sie mich, sie doch zur Mutter zu machen, damit ihr Vater sie mir nicht verweigern könne. Es war, daß uns die Morgenröte zu früh überraschte. Und so freuten wir uns noch manchen Tag unseres Liebesglucks bis zum letzten Maskentag. Da die Maskenzeit zu Ende, mußten wir darauf sinnen, andere Gelegenheiten zu schaffen, uns zu sehen. Ich war über alle Begriffe verliebt, und so glaubte ich den letzten Schritt zu meinem Glück nicht mehr verzögern zu dürfen. Herr von Bragadino war durch meine Kabbala bald bestimmt, alles zu meiner Hochzeit zu tun. Sofort eilte ich zu meiner C. C., welche mich mit ihrer Mutter empfing, traurig, denn ihr Bruder war gerade ins Gefängnis geworfen worden, Schulden halber. Ich gab der Mutter fünfundzwanzig Zechinen zu seiner Unterstützung, sonst aber konnte ich nicht helfen. Nach dieser nicht eben erfreulichen Szene berichtete ich über den Schritt, welchen ich getan, um die Hand meiner Freundin zu erlangen. Madame dankte mir, fand diesen Schritt ehrenwert und gut ausgesonnen, sagte aber, ich dürfte nichts hoffen, denn ihr Mann, welcher einmal auf seinem Kopfe bestände, habe versprochen, C. C. erst im Alter von achtzehn Jahren und nur an einen Kaufmann zu verheiraten. Er sollte noch an diesem Tage von einer Reise zurückkommen. Als ich wegging, steckte meine Freundin mir ein Billett in die Hand, in welchem sie mir anzeigte, daß ich ohne alle Furcht vermittels des Schlüssels zur kleinen Tür, den ich hatte, um Mitternacht zu ihr gelangen könnte und sie im Zimmer ihres Bruders finden würde. Das erfüllte mich mit Freude, denn trotz der Zweifel ihrer Mutter hoffte ich den glücklichsten Ausgang. Ich ließ um Mitternacht nicht auf mich warten, und wir brachten zwei Stunden zu, weniger in Liebe als mit unserm Kummer beschäftigt, denn C. C. fürchtete alles von selten ihres Vaters, und in einem nur zu richtigen Vorgefühl schauderte sie zusammen. In den nächsten Tagen hatte ihr Vater mit Herrn von Bragadino eine Unterredung, deren Ende war, daß jener erklärte, er werde seine Tochter bis zu ihrem achtzehnten Jahre noch in einem Kloster unterbringen. Würde ich in diesen vier Jahren eine solide Stellung erlangen, so sei er einer Verbindung nicht abgeneigt. Ich fand diese Antwort zum Verzweifeln, und in der gedrückten Stimmung, in welche sie mich versetzte, fand ich es nicht auffallend, daß die kleine Tür von innen verschlossen war. Ich kehrte mehr tot als lebend nach Hause zurück und brachte vierundzwanzig Stunden in jener grausamen Unschlüssigkeit zu, in welche man gerät, wenn man einen Entschluß fassen soll und nicht weiß, welchen. Ich dachte an eine Entführung, aber ich entdeckte tausend Schwierigkeiten, welche die Sache vereiteln konnten, und da der Bruder im Gefängnisse war, so schien es mir sehr schwierig, eine Korrespondenz mit meiner Frau anzuknüpfen; denn ich betrachtete als solche C. C. weit mehr, als wenn wir nur die Weihe eines Priesters und den Kontrakt eines Notars gehabt hätten.

Gepeinigt durch tausend düstere oder verzweiflungsvolle Gedanken, beschloß ich, Madame C. am nächsten Tage einen Besuch abzustatten. Eine Magd öffnete mir und sagte, Madame wäre aufs Land gegangen, und man wüßte nicht, wann sie zurückkommen würde. Diese Nachricht war ein Donnerschlag für mich; ich stand leblos wie eine Statue da; denn da mir auch diese Hilfe entrissen war, so sah ich kein Mittel mehr, mir irgendeine Nachricht zu verschaffen. Ich schraubte meinen Geist auf die Folter, um ein Mittel ausfindig zu machen, wie ich den Zustand meiner Freundin kennen lernen könnte, welchen ich mir als einen schrecklichen dachte, und da ich sie für unglücklich hielt, so machte ich mir die heftigsten Vorwürfe. Ich kam so weit, daß ich Appetit und Schlaf verlor. In diesen Tagen verreiste mein väterlicher Freund nach Padua, und ich war allein im Palast. Da ich Zerstreuung suchte, hatte ich gespielt, und da ich zerstreut spielte, so hatte ich fortwährend verloren, ich hatte alle wertvollen Sachen verkauft und war überall schuldig. Ich hatte nur von meinen drei wohltätigen Freunden Unterstützung zu hoffen, und die Furcht hinderte mich, sie mit meinem Zustande bekannt zu machen. Ich war in einer Lage, die sich sehr zum Selbstmord eignete, und während ich mich vor meinem Spiegel rasierte, dachte ich daran, als mein Bedienter eine Frau in mein Zimmer führte, welche mir einen Brief brachte. Ich erblickte den Abdruck eines Siegels, welches ich C. C. geschenkt; ich glaubte tot niederzusinken. Um mich zu beruhigen sagte ich der Frau, sie möchte warten, und glaubte mich weiter rasieren zu können, aber meine Hand verweigerte mir den Dienst. Ich legte das Rasiermesser weg, und der Überbringerin den Rücken zuwendend, lese ich folgendes: ›Ehe ich auf Einzelheiten eingehe, muß ich dieser Frau sicher sein. Ich bin in Pension in dieses Kloster gebracht, werde sehr gut behandelt und erfreue mich, trotz der Unruhe meines Geistes, vollkommener Gesundheit. Die Superiorin hat Befehl, mich niemand sehen zu lassen und mir mit niemand das Korrespondieren zu gestatten. Doch bin ich schon sicher, Dir trotz des Verbots schreiben zu können. Ich zweifle nicht an Deiner Treue, mein teurer Gatte, und bin sicher, daß Du nie an einem Herzen zweifeln wirst, in welchem Du ganz und gar herrschen wirst. Rechne auf meine Bereitwilligkeit, alles zu tun, was Du mir befehlen wirst, denn ich gehöre Dir allein an. Antworte mir wenige Worte, bis wir unsrer Botin sicher sind. Aus Murano, den zwölften Juni.‹ Diese junge Person war in weniger als drei Wochen eine Gelehrte in der Moral geworden; aber sie hatte die Liebe zur Lehrmeisterin gehabt, und die Liebe allein tut Wunder. Der Augenblick, wo dem zum Tode verurteilten Verbrecher seine Gnade verkündet wird, wo der Mensch, der vom Tode zum Leben übergeht, in eine Krisis gerät, welche oft seine Kräfte übersteigt, war dem Zustande zu vergleichen, in welchen ich geriet, als ich den Brief meiner Freundin gelesen hatte. Ich brauchte mehrere Minuten Ruhe, um meine Besinnung wiederzuerlangen und wieder in meine natürliche Lage zu kommen. Ich fragte die Frau nach ihren Geschäften; sie komme im Dienste der Nonnen von Murano jeden Mittwoch nach Venedig, wobei sie dann die Briefe der Damen befördere. Sie versicherte mich ihrer Diskretion und machte mich gleich mit allen ihren Verhältnissen und ihrer Familie bekannt. Ich begann sogleich meiner teuren Eingesperrten zu antworten und hatte die Absicht, ihr nur einige Zeilen zu schreiben, wie sie mir empfohlen; aber ich hatte nicht Zeit genug, um ihr so kurz zu schreiben. Mein Brief war ein vier Seiten langes Geschwätz und sagte vielleicht weniger als der ihrige auf einer Seite. Ich sagte ihr, daß ihr Brief mir das Leben gerettet und fragte sie, ob ich hoffen dürfe, sie zu sehen. Nachdem ich den Brief so zugesiegelt, daß niemand eine unter dem Siegellack verborgene Zechine vermuten konnte, belohnte ich die Frau und gab ihr die Versicherung, daß ich sie jedesmal, wenn sie mir einen Brief von meiner Freundin brächte, belohnen würde. Als die Frau eine Zechine in ihrer Hand erblickte, fing sie an vor Freuden zu weinen und sagte, da für sie das Kloster nie geschlossen wäre, so würde sie dem Fräulein den Brief geben, sobald sie meine C. C. allein fände. Die Liebe ist nur unbesonnen, wenn sie die Hoffnung hat, zu genießen; wenn es sich aber darum handelt, die Rückkehr eines durch einen unglücklichen Zufall gestörten Glücks zu erlangen, so sieht die Liebe alles voraus, was nur der größte Scharfsinn entdecken kann. Der Brief meines reizenden Weibes erfüllte mich mit Freude, und ich ging in einem Augenblick vom tiefsten Schmerze zum größten Vergnügen über. Ich war überzeugt, sie zu entführen, selbst wenn die Mauern des Klosters mit Artillerie besetzt wären; und mein erster Gedanke, nachdem die Botin sich entfernt, war der, wie ich die sieben Tage, welche ich auf den zweiten Brief warten mußte, gut zubringen könnte. Nur das Spiel konnte mich zerstreuen, und ich verspielte am Pharaotische alles. Mit einem noch jungen Mailänder verband ich mich bald darauf, Antonio Troce, einem seltenen Meister in der Kunst, das Glück zu korrigieren;

und mit dessen Hilfe gewann ich denn einige tausend Zechinen. Am nächsten Mittwoch bekam ich statt des Briefs eine Art Tagebuch meiner lieben C. C., aus dem ich alles erfuhr, was bei ihrer Einlieferung ins Kloster vorgefallen. Interessant war eine Stelle, wo sie mir auf eine sehr belustigende Weise erzählte, daß die schönste aller Nonnen im Kloster sie bis zum Wahnsinn liebe, ihr zweimal täglich französischen Unterricht gebe und ihr freundschaftlichst verboten habe, mit den Pensionärinnen Bekanntschaft anzuknüpfen. Diese Nonne war erst zweiundzwanzig Jahr alt; sie war schön, reich und großmütig: alle andern bezeugten ihr große Rücksichten. ›Wenn wir allein sind,‹ sagte meine Freundin, ›gibt sie mir so zärtliche Küsse, daß Du eifersüchtig werden würdest, wenn sie nicht Weib wäre.‹ Sie empfahl mir Treue als Bürgschaft der Beständigkeit und bat mich zuletzt um mein Bild in einem Ringe, aber so angebracht, daß es niemand entdecken könne. Ich könnte ihr dies Kleinod durch ihre Mutter zukommen lassen, welche sich wohl befände und welche täglich zur ersten Messe ihrer Parochie ginge. Sie versicherte mir, daß ihre gute Mutter erfreut sein würde, mich zu sehen und zu tun, worum ich sie bitten würde. ›Übrigens‹, schloß sie, ›hoffe ich in einigen Monaten in einem Zustande zu sein, welcher das ganze Kloster in Empörung versetzen wird, wenn man mich durchaus in ihm sollte zurückhalten wollen.‹ Fortwährend mit meiner schönen C. C. beschäftigt, ließ ich mich am folgenden Tage von einem geschickten Piemontesen, welcher auf der Messe von Padua war und welcher später in Venedig viel Geld verdiente, in Miniatur malen. Sobald mein Porträt beendet war, malte er mir eine hübsche heilige Katharina von derselben Größe, und ein geschickter venetianischer Juwelier machte einen außerordentlich schönen Ring dazu. In dem Ringkasten war nur die Heilige zu sehen, aber ein blauer, fast unsichtbarer Punkt auf dem weißen Email stand mit der Sprungfeder in Verbindung, welche mein Porträt hervorkommen ließ, und das bewirkte man dadurch, daß man den blauen Punkt mit der Spitze einer Stecknadel berührte. Wie mir C. C. geraten, paßte ich ihre Mutter ab, und als diese mir traurig sagte, sie dürfe mir den Aufenthaltsort ihrer Tochter nicht nennen, gab ich ihr den Ring mit der Bitte, ihr diesen doch als Pfand meiner Treue zu überreichen. Sehr erbaut von meiner frommen Empfindung versprach dies die gute Mutter. Der Brief, den ich am nächsten Mittwoch empfing, war der Ausdruck des zärtlichsten Gefühls; und so war vier Wochen lang in ihren Briefen nur von der heiligen Katharina die Rede, welche sie mit Zittern erfüllte, so oft sie genötigt war, diese der geheimnisvollen Neugierde einer alte Nonne anzuvertrauen, die, um besser sehen zu können, sie ganz nahe an die Augen führte, und den Email unaufhörlich rieb. ›Ich zittere vor Furcht, daß sie zufällig den kaum wahrzunehmenden Knopf drücken könnte, und was sollte ich anfangen, wenn die aufspringende Heilige ihr eine Figur zeigte, welche zwar ein göttliche ist, aber keineswegs wie eine Heilige aussieht? Sage mir, was ich tun soll.‹ Aber eines Montags, gegen Ende des Juli, weckte mich mein Kammerdiener mit Tagesanbruch und meldete mir, Laura, die Botin, wünsche mich zu sprechen. Mir ahnte Unglück, und ich ließ sie hereinkommen. Sie übergab mir einen Brief, der mir meldete: sie habe einen schrecklichen Blutfluß, und sie bitte mich, dem allein sie sich anvertrauen könne, ihr so viel Wäsche als möglich zu schicken. ›Wenn ich sterbe, mein teurer Mann, so wird das ganze Kloster wissen, woran ich gestorben bin; aber ich denke an Dich und zittre. Was wirst Du in Deinem Schmerze tun? Oh, mein Herz, wie schade!‹ Ich kleide mich eiligst an, während ich Laura befrage. Sie sagt mit klaren Worten, es sei eine zu frühe Niederkunft, und das größte Geheimnis müsse beobachtet werden, um den Ruf meiner Freundin zu schonen; übrigens brauche sie nur viel Wäsche, und es werde alles gut werden: die gewöhnliche Sprache, welche die Angst, die ich empfand, nicht dämpfen konnte. Ich gehe mit Laura aus und begebe mich zu einem Juden, wo ich eine Menge Bettücher und zweihundert Servietten kaufe, und nachdem ich alles in einen großen Sack gesteckt, mache ich mich mit ihr nach Murano auf. Unterwegs schrieb ich für meine Freundin mit Bleistift auf, sie möchte zu Laura volles Vertrauen haben, und versicherte ihr, ich würde Murano nicht eher verlassen, bis sie aus aller Gefahr wäre. Ehe wir ans Land stiegen, sagte Laura, ich würde, um nicht bemerkt zu werden, gut daran tun, mich bei ihr zu verbergen. Zu jeder andern Zeit würde das nicht anders geheißen haben, als den Wolf in einem Schafstalle einschließen, denn sie hatte zwei hübsche Töchter. Sie ließ mich in einem armseligen Zimmer zu ebener Erde. Nachdem sie sich sodann mit Wäsche beladen, wo sie diese nur irgend verbergen konnte, begab sie sich eiligst zur Kranken, welche sie seit dem vorigen Abend nicht gesehen hatte. Ich hoffe, daß sie C. C. außer Gefahr finden würde, und ich sehnte mich danach, sie mit dieser Nachricht zurückkommen zu sehen.

Laura blieb eine Stunde weg und kehrte mit trauriger Miene zurück; sie meldete, daß meine arme Freundin viel Blut in der Nacht verloren und im Bette liege und sich sehr schwach fühle; man müsse sie daher Gott empfehlen, denn wenn der Blutfluß nicht bald aufhöre, so sei es unmöglich, daß sie es noch vierundzwanzig Stunden aushalte. Als ich die Wäsche sah, welche sie unter ihren Kleidern hervorzog, fühlte ich schaudern und glaubte sterben zu müssen: sie starrte von Blut. Laura glaubte mich damit zu trösten, daß sie sagte, ich könnte überzeugt sein, das Geheimnis würde nicht verraten werden. Aber was lag mir daran: »Möge sie leben«, sagte ich, »und die ganze Welt wissen, daß sie meine Frau ist!« Ich ging traurigen Mutes in mein elendes Gemach, und eine Viertelstunde darauf überbrachte mir die Botin mit weinenden Augen folgendes Billett, welches fast unleserlich war: ›Ich habe nicht die Kraft, Dir zu schreiben, mein guter Freund, denn ich werde immer schwächer; ich verliere all mein Blut und fange an zu glauben, daß es keine Hilfe gegen mein Übel gibt. Ich überlasse mich dem Willen Gottes und danke ihm, daß meine Ehre gerettet ist. Betrübe Dich nicht zu sehr. Mein einziger Trost ist, Dich mir so nahe zu wissen. Oh, wenn ich Dich einen Augenblick sehen könnte, würde ich ruhig sterben.‹ Ich war in Verzweiflung und machte mir die heftigsten Vorwürfe, daß ich den Tod dieser unschuldigen Person veranlaßt. Ich warf mich auf ein Bett und blieb hier sechs Stunden lang, wie betrübt, liegen, bis Laura mit etwa zwanzig ganz in Blut getränkten Servietten zurückkehrte. Die Nacht gestattete ihr nicht, noch einmal hinzugehen. Ich brachte eine schreckliche Nacht zu; ich aß nichts, schlief nicht, betrachtete mich selbst mit Abscheu, und wies die Pflege zurück, welche Lauras Töchter mir angedeihen lassen wollten. Kaum war es Tag geworden, als Laura ankam und mit kläglicher Miene berichtete, daß meine arme Freundin nicht mehr blute. Ich glaubte, sie wäre tot, und ich rief laut aus: »Sie lebt nicht mehr?«»Sie lebt; aber es ist zu fürchten, daß sie diesen Tag nicht übersteht, denn sie ist erschöpft; sie hat kaum die Kraft, die Augen aufzumachen, und ihr Puls ist kaum noch zu bemerken.« Ich atmete freier; ich fühlte, daß mein Engel gerettet war. Laura sagte, der Arzt sei nun bei ihr; sie aber habe der Kranken ins Ohr gesagt, nichts von den verordneten Medikamenten zu nehmen. Da ich der Hoffnung bedurfte und mich vor Hunger ohnmächtig werden fühlte, so ließ ich mich etwas zu essen machen und fing an, meiner Freundin für den Augenblick, wo sie würde lesen können, zu schreiben.

Die Augenblicke der Reue sind wirklich traurig, und ich war in der Tat zu beklagen. Ich fühlte das größte Bedürfnis, Laura wiederzusehen, um zu hören, was der Arzt gesagt. Die jungen Töchter Lauras warteten mir bei Tische auf, aber es war mir unmöglich, etwas hinunterzubringen; doch fand ich ein Vergnügen daran, zu sehen, wie die drei Schwestern auf die erste Einladung hin mein Mittagessen verschlangen. Die älteste Schwester, ein großes derbes Frauenzimmer, blickte mich nicht einmal an. Die beiden jüngeren schienen mir liebenswürdig sein zu können, aber ich beschäftigte mich mit ihnen nur, um meiner grausamen Reue neue Nahrung zu geben. Laura, welche ich mit brennender Ungeduld erwartete, kehrte endlich zurück und meldete mir, daß die teure Kranke sich noch immer in demselben Zustande der Mattigkeit befände, daß ihre Schwäche den Arzt sehr in Erstaunen gesetzt habe. »Er hat ihr zugleich eine Nachtwärterin verordnet, und sie hat die Hand nach mir ausgestreckt, um mich zu bezeichnen. Jetzt verspreche ich Ihnen, sie sowohl nachts wie am Tage nur noch zu verlassen, um Ihnen Nachricht zu bringen.« Ich dankte und versprach ihr eine großmütige Belohnung. Ich vernahm mit vielem Vergnügen, daß ihre Mutter sie besucht, dabei aber nichts bemerkt und sie aufs Zärtlichste geliebkost habe. Da ich mich ruhiger fühlte, so gab ich Laura zehn Zechinen und jeder ihrer Töchter eine und aß etwas zu Abend; sodann legte ich mich in eins der elenden Betten, welche sich in demselben Zimmer befanden. Sobald ich mich ins Bett gelegt hatte, entkleideten sich die beiden jungen Schwestern und legten sich ohne Umstände in das Bett, welches neben dem meinigen stand. Dieses unschuldige Vertrauen gefiel mir. Die Älteste, welche mehr Erfahrung hatte, legte sich in einem benachbarten Zimmer schlafen, denn sie hatte einen Liebhaber, der sie bald heiraten sollte. Diesmal war ich nicht vom Teufel der Fleischlust besessen und ließ die Unschuld ruhig schlafen, ohne sie auf die geringste Probe zu setzen. Am folgenden Morgen sehr frühe brachte mir Laura Balsam. Sie meldete mir mit heiterer Miene, die teure Kranke schlafe ruhig und sie werde ihr sogleich eine Suppe bereiten. Ich war wie trunken, als ich dies hörte, und hielt das Orakel des Äskulap für tausendmal sicherer als das des Apollo. Es war jedoch noch nicht die Zeit gekommen, Viktoria zu rufen, denn meine Freundin mußte erst wieder zu Kräften kommen, und das Blut, welches sie verloren, wiederersetzen, was nur das Werk der Zeit und guter sorgfältiger Pflege sein konnte. Ich blieb noch acht Tage bei Laura und ging nicht eher fort, als bis meine

Freundin es mir in einem vier Seiten langen Briefe gewissermaßen befohlen. Als ich Laura verließ, weinte sie vor Freuden, als sie sich mit der schönen Wäsche, welche ich für meine C. C. gekauft, beschenkt sah; und ihre Töchter weinten ebenfalls, vermutlich, weil sie in den zehn Tagen, welche ich bei ihnen gewohnt, mich nicht hatten bewegen können, ihnen einen einzigen Kuß zu geben. Als ich wieder in Venedig war, nahm ich meine alte Lebensweise wieder auf; wie hätte ich aber wohl bei meiner ganzen Anlage und Neigung ohne eine positive Liebe zufrieden sein können? Ich hatte kein anderes Vergnügen als das, alle Mittwoche einen Brief von meiner teuren Nonne zu empfangen, welche mich aufforderte, auf sie zu warten, anstatt mich aufzufordern, sie zu entführen. Laura versicherte mir, C. C. wäre schöner geworden, und ich verging vor Lust, sie zu sehen. Die Gelegenheit fand sich bald und ich ließ sie nicht entschlüpfen. Es sollte eine Einkleidung stattfinden, welche Zeremonie immer viel Publikum herbeizieht. Da die Nonnen dann viele Besuche empfangen, so war es wahrscheinlich, daß die Pensionärinnen dann ebenfalls ins Sprechzimmer kommen würden. Ich lief keine Gefahr, an diesem Tage mehr als jeder andere bemerkt zu werden, denn ich verlor mich in der Menge. Ich ging also hin, ohne Laura etwas davon zu sagen und ohne meine teure Frau zu benachrichtigen, und ich glaubte umsinken zu müssen, als ich sie in einer Entfernung von vier Schritten mich unverwandt und mit einer Art Ekstase betrachten sah. Sie war größer und ausgebildeter geworden und schien mir schöner als früher. Ich hatte nur für sie Augen, wie sie nur für mich, und ich war der letzte, der diesen Ort verließ, welcher mir an diesem Tage der Tempel des Glücks schien. Drei Tage darauf erhielt ich einen Brief von ihr; sie schilderte mir in ihm mit solcher Glut das Vergnügen, welches ich ihr durch meine Gegenwart verschafft, daß ich ihr dieses so oft wie möglich zu bereiten beschloß. Ich antwortete ihr sogleich, sie würde mich nun an allen Festtagen in ihrer Kirche sehen. Das kostete mir nichts. Ich sah sie nicht, aber ich wußte, daß sie mich sah, und ihr Glück machte das meinige zu einem vollkommenen. Ich hatte nichts zu fürchten, denn es war nicht gut möglich, daß ich erkannt würde, da die Kirche nur von Bürgern und Bürgerinnen aus Murano besucht wurde. Ich urteilte so, weil ich fürchtete, nicht mehr in Korrespondenz mit meiner Freundin bleiben zu können; aber ich kannte noch nicht den Charakter und die Feinheit der dem Herrn verlobten Jungfrauen. Ich glaubte ebensowenig, daß meine Person etwas Auffallendes hätte, wenigstens nicht für ein Kloster; aber ich war in bezug auf die Neugier der Frauen, besonders die unbeschäftigter Herzen, noch unerfahren, erhielt aber bald Gelegenheit, mich zu belehren. Darüber gingen wohl fünf Wochen hin, als meine teure C. C. mir in sehr komischer Weise schrieb, daß ich für das ganze Kloster, sowohl für die Pensionärinnen wie für die Nonnen, selbst die ältesten nicht ausgenommen, ein Rätsel wäre. Der ganze Chor erwartete mich auf die Minute; man teilte es sich mit, wenn man mich eintreten und mit Weihwasser besprengen sah. Man bemerkte, daß ich nie das Gitter ansah, hinter welchem sich sämtliche Nonnen befinden mußten, noch irgendeine Frau, welche in die Kirche kam oder sie verließ. Die alten meinten, ich müßte einen großen Kummer haben, von welchem ich mich durch den Schutz der heiligen Jungfrau zu befreien hoffte, und die jungen meinten, ich müßte melancholisch oder misanthropisch sein. Mein teures Weib amüsierte sich sehr darüber und amüsierte mich, indem sie mir alles erzählte. Ich glaubte nicht mehr zu Laura gehen zu dürfen, denn es wäre möglich gewesen, daß die Frömmlerinnen dies erfahren und dadurch mehr entdeckt hätten, als für sie nötig war. Aber diese Lebensweise, welche mich aufzehrte, konnte nicht lange dauern. Überdies war ich geboren, um eine Mätresse zu haben und glücklich mit ihr zu leben. Da ich nicht wußte, was ich anfangen sollte, so spielte ich und gewann fast immer; nichtsdestoweniger magerte ich vor Langerweile ersichtlich ab. Am Allerheiligentage Siebzehnhundertdreiundfünfzig, als ich, nachdem ich die Messe gehört, in eine Gondel steigen wollte, um nach Venedig zurückzukehren, sah ich eine Frau von Lauras Art mich im Vorbeigehen anblicken und einen Brief fallen lassen. Ich hebe ihn auf und sehe, wie die Frau ruhig ihren Weg fortsetzt, nachdem sie sich überzeugt hat, daß das Schreiben in meine Hände gelangt. Der Brief war ohne Adresse und das Siegel zeigte eine Schleife. Ich trete eiligst in die Gondel, und sobald ich vom Ufer entfernt bin, breche ich das Siegel auf und lese folgendes: ›Eine Nonne, welche Sie seit zwei und einem halben Monate an allen Festtagen in ihrer Kirche sieht, wünscht Ihre Bekanntschaft zu machen. Eine Broschüre, welche Sie verloren und welche der Zufall in ihre Hände geführt hat, läßt sie glauben, daß Sie Französisch sprechen; aber wenn Sie es vorziehen, können Sie ihr Italienisch antworten, denn es ist ihr vor allen Dingen um Klarheit und

Bestimmtheit zu tun. Sie fordert Sie nicht auf, sie ins Sprechzimmer rufen zu lassen, weil sie will, daß Sie sie sehen, ehe Sie in die Notwendigkeit kommen, mit ihr zu sprechen, und sie wird Ihnen deshalb eine Dame angeben, welche Sie ins Sprechzimmer geleiten können. Diese Dame wird Sie nicht kennen und wird also nicht verpflichtet sein, Sie vorzustellen, wenn Sie vielleicht nicht gekannt sein wollen. Wenn Sie diese Art, Bekanntschaft zu machen, nicht für passend halten, so wird die Nonne Ihnen ein Kasino in Murano angeben, wo Sie diese in der ersten Stunde der Nacht an jedem von Ihnen zu bestimmenden Tage allein finden werden. Sollten Sie es vorziehen, ihr in Venedig ein Abendessen zu geben? Bestimmen Sie den Tag, die nächtliche Stunde und den Ort, wohin sie sich begeben soll, und Sie werden sie maskiert aus einer Gondel steigen sehen; seien Sie nur allein am Ufer, maskiert und eine Laterne in der Hand. Ich bin überzeugt, daß Sie mir antworten und die Ungeduld erraten werden, mit welcher ich Ihre Antwort erwarte; ich bitte Sie also, diese morgen derselben Frau zu übergeben, durch welche Sie diesen Brief erhalten haben. Sie werden sie eine Stunde vor Mittag in der Sankt-Cancias-Kirche am ersten Altar rechts finden. Bedenken Sie, daß, wenn ich Ihnen nicht ein edles Herz und einen großartigen Geist zutraute, ich mich nie zu einem Schritte entschlossen haben würde, der Sie zu einem nachteiligen Urteile über meine Person veranlassen könnte.‹ Der Ton dieses Briefes, welchen ich hier wörtlich kopiere, überraschte mich mehr als die Sache selbst. Ich hatte Geschäfte; aber ich ließ alles liegen und schloß mich ein, um die Antwort zu schreiben. Der Schritt verkündete eine Tolle, aber ich fand eine Art Würde und Ungewöhnlichkeit darin, durch welche ich gewonnen wurde. Ich kam auf den Gedanken, daß es dieselbe Nonne sein könnte, welche meiner Freundin Unterricht gäbe. C. C. hatte mir diese als schön, reich, galant und hochherzig geschildert: mein teures Weib konnte geplaudert haben; tausend Gedanken gingen mir durch den Kopf; aber ich wies alle zurück, welche einem Plane, der mir zusagte, nicht günstig waren. Die Möglichkeiten machten mich etwas verlegen, aber ich glaubte, ohne mich bloßzustellen, antworten zu können; ich tat dies in einem höflichen galanten Ton, gab ihr alle Ehre, ließ doch durchscheinen, daß ich auf der Hut sein müßte, um nicht einer Mystifikation anheimzufallen, weshalb sie mir auch erlauben möchte, meinen Namen zu verschweigen. Von den Mitteln, sie zu sehen, hielte ich das erste für das beste, und ich hoffte, sie allein am Gitter zu treffen. In der Antwort, welche ich darauf erhielt, gab sie mir an, mich mit dem beigeschlossenen Billett zur Gräfin S. zu begeben, und zwar in Maske, diese würde mir die Stunde sagen, zu welcher sie nach dem Kloster ginge. Die Gräfin würde keine Frage an mich richten, am Gitter würde ich auch nicht vorgestellt werden, aber da ich ihren Namen erführe, könnte ich sie zu jeder Zeit im Auftrage der Gräfin rufen lassen. In ihrem letzten Briefe tat meine Nonne so, als ob sie gegen die nächtlichen Zusammenkünfte gleichgültig wäre; aber sie schien sicher zu sein, daß ich sie ins Sprechzimmer rufen lassen würde, sobald ich sie gesehen. Ich wußte schon, woran ich mich zu halten hatte; denn wozu anders als zu verliebten Zusammenkünften sollte wohl die Intrige führen? Indes vermehrte ihre Sicherheit oder vielmehr Zuversicht meine Neugier. Es hätte bei mir gestanden, einige Tage zu warten und mich bei C. C. zu erkundigen, wer diese Nonne war; aber abgesehen davon, daß dies eine Schlechtigkeit gewesen wäre, fürchtete ich, das Abenteuer zu verderben, was ich sehr bereut haben würde. Sie sagte, ich möchte nach meiner Bequemlichkeit zur Gräfin gehen; aber sie tat dies, weil ihre Würde erforderte, daß sie sich nicht zu eilig zeigte, und sie konnte wohl vermuten, daß ich ungeduldig sein würde. Sie schien mir zu erfahren in der Galanterie, als daß sie mich für eine Novize und für unerfahren hätte halten können, und ich fürchtete meine Zeit zu verlieren; aber meinen Entschluß fassend, gelobte ich mir, auf meine eigenen Kosten zu lachen, wenn ich es mit einer verblühten Schönheit zu tun bekäme. Es ist sicher, daß ich ohne die Neugier nicht den geringsten Schritt getan haben würde; aber ich wollte sehen, wie sich eine Nonne benehmen würde, welche mir angeboten, in Venedig zu mir zum Abendessen zu kommen. Um drei Uhr begab ich mich zur Gräfin, und nachdem ich das Billett an sie hatte gelangen lassen, kam sie und sagte, ich würde ihr ein Vergnügen machen, wenn ich am nächsten Tage um dieselbe Stunde bei ihr vorsprechen wollte. Wir machten uns gegenseitig eine schöne Verbeugung und trennten uns dann. Am Morgen des folgenden Tages, welcher ein Sonntag war, ermangelte ich nicht, elegant frisiert und angekleidet in die Messe zu gehen; in der Phantasie war ich meiner teuren C. C. schon ungetreu, denn es war mir mehr darum zu tun, von der Nonne, mochte sie nun jung oder alt sein, gesehen zu werden, als mich den Blicken meiner reizenden Frau darzubieten.

Am Nachmittage nahm ich wieder die Maske vor und begab mich zur angesetzten Stunde zur Gräfin, welche auf mich wartete. Wir gehen hinunter, und eine zweirudrige Gondel bringt uns nach dem Kloster, ohne daß wir von etwas anderem als dem schönen Wetter gesprochen hätten. Als wir am Gitter angekommen sind, läßt sie M. M. rufen. Dieser Name setzt mich in Erstaunen, denn diejenige, welche ihn trug, war berühmt. Man läßt uns in ein kleines Sprechzimmer treten und einige Minuten darauf sehe ich eine Nonne kommen, welche gerade auf das Gitter losgeht, auf einen Knopf drückt und vier Fächer aufspringen läßt, welche eine weite Öffnung machen, durch die hindurch die beiden Freundinnen sich bequem umarmen können; gleich darauf wurde das sinnreich erfundene Fenster wieder sorgfältig geschlossen. Die Gräfin setzte sich der Nonne gegenüber und ich mich etwas seitwärts, aber so, daß ich mit der größten Bequemlichkeit eine der schönsten Frauen beobachten konnte. Ich zweifelte nicht, daß es diejenige wäre, von welcher meine teure C. C. gesprochen und welche ihr Unterricht im Französischen gab. Die Bewunderung versetzte mich in eine Art Bezauberung, und ich hörte nicht ein Wort von allem, was sie sagte; aber meine schöne Nonne, weit entfernt, das Wort an mich zu richten, beehrte mich nicht einmal mit einem einzigen Blicke. Sie mochte zweiundzwanzig bis dreiundzwanzig Jahre alt sein, und der Schnitt ihres Gesichts hatte die schönste Form. Ihr Wuchs ging weit über das mittlere Maß hinaus; ihr sehr weißer Teint hatte einen Anflug von Bleiche; ihr Ausdruck war edel und entschlossen, aber zugleich bescheiden und zurückhaltend; ihre gut geschlitzten Augen hatten eine schöne himmelblaue Farbe, ihre Physiognomie war sanft und lachend, die Lippen schön und feucht von süßer Wollust; ihre Zähne waren zwei Reihen glänzender Perlen. Ihre Kopfbedeckung ließ ihre Haare nicht sehen; wenn sie aber Haare hatte, so mußten sie, nach ihren Augenbrauen zu urteilen, eine schöne helle Kastanienfarbe haben. Was mich am meisten entzückte, war die Hand und der Vorderarm, welchen ich bis zum Ellbogen sehen konnte. Der Meißel des Praxiteles hat nie etwas Abgerundeteres, Weicheres, Graziöseres geformt. Trotz allem, was ich sah und ahnte, bereute ich nicht, daß ich die beiden von der Schönen mir angebotenen Stelldicheins ausgeschlagen, denn ich war sicher, binnen wenigen Tagen in ihren Besitz zu gelangen; und ich freute mich, daß ich ihr meine Begierden als Huldigung darbieten konnte. Ich sehnte mich danach, allein mit ihr am Gitter zu sein, und ich würde sie zu beleidigen geglaubt haben, wenn ich ihr nicht schon am folgenden Tage die Versicherung gebracht hätte, daß ich, ihr die verdiente Gerechtigkeit widerfahren ließe. Sie beharrte dabei, mich nicht einen einzigen Augenblick anzusehen; aber am Ende gefiel mir diese Art Zurückhaltung. Plötzlich fingen die beiden Freundinnen an, leise zu sprechen, und das Zartgefühl nötigte mich, beiseite zu gehen. Ihre geheime Unterhaltung dauerte eine Viertelstunde, worauf sie sich wie anfangs umarmten, und nachdem die Nonne das bewegliche Gitter geschlossen, drehte sie sich um und entfernte sich, ohne mich auch nur ein einziges Mal anzublicken. Als wir nach Venedig zurückgekehrt waren, entließ mich die Gräfin vor ihrer Tür mit einer Verbeugung. Meine schöne Nonne hatte nicht mit mir gesprochen, und ich war sehr zufrieden damit; denn ich war so verdutzt, so von Bewunderung ergriffen, daß die zusammenhanglosen Antworten, welche ich wahrscheinlich auf ihre Fragen erteilt haben würde, ihr leicht eine schlechte Idee von meinem Geiste hätten beibringen können. Ich sah, sie mußte fest überzeugt sein, daß sie die Erniedrigung einer Zurückweisung nicht zu fürchten habe; aber ich bewunderte in ihrer Lage den Mut, sich einer solchen Gefahr auszusetzen. Es wurde mir schwer, mir ihre Kühnheit zu erklären, und ich begriff nicht, wie sie sich die Freiheit, welche sie genoß, hatte verschaffen können. Ein Kasino in Murano! die Freiheit, allein mit einem jungen Mann in Venedig zu Abend zu speisen! Alles dies störte meine Ideen und ich kam endlich zu dem Resultat, daß sie einen hochgestellten Liebhaber haben müßte, welcher sich ein Vergnügen daraus mache, alle ihre Launen zu befriedigen. Diese Idee verletzte allerdings meinen Stolz etwas; aber das Abenteuer war zu pikant, der Gegenstand zu reizend, als daß ich nicht darüber hätte hinweggehen sollen. Ich sah mich auf gutem Wege, meiner teuren C. C. untreu zu werden, oder vielmehr ich war es schon in Gedanken; aber ich muß gestehen, daß ich trotz meiner Liebe für dieses reizende Mädchen keine Gewissensbisse fühlte. Es schien mir, als ob eine Untreue dieser Art, selbst wenn sie zu ihrer Kenntnis kommen sollte, ihr nicht mißfallen könnte; denn diese kleine Abschweifung war nur geeignet, mich in Atem zu halten und mich auch ihr zu erhalten, da ich dadurch der Langeweile entrissen wurde, welche mich verzehrte. Von einer andren Gräfin, welche im Kloster Justine als Nonne lebte, bei sich aber doch die beste Gesellschaft zur Unterhaltung ein Stelldichein gab, erfuhr ich durch geschicktes

Fragen einiges über M. M. Unter anderem sagte die Gräfin:»Was mir unbegreiflich bleibt, ist, daß sie den Schleier genommen hat, obwohl sie schön, reich, frei, geistvoll, gebildet und, wie ich weiß auch freigeistig ist. Sie nahm den Schleier ohne irgendeinen physischen oder moralischen Grund, es war wirklich eine Laune.« Da die geheimnisvolle Miene der Gräfin mich überzeugte, daß M. M. einen Liebhaber haben müsse, so beschloß ich, mich nicht darum zu bekümmern, und nachdem ich meine Maske vorgelegt, begab ich mich am Nachmittage nach Murano. Beim Kloster angekommen, klingle ich, und mit klopfendem Herzen frage ich im Namen der Gräfin von S. nach M. M. Ich trete ein, nehme meine Maske ab und setze mich, um die Göttin zu erwarten. Mein Herz schlug gewaltig. Ich wartete mit Ungeduld, und dennoch gefiel mir das Warten, denn ich fürchtete den Augenblick des Zusammentreffens. Eine Stunde verging ziemlich rasch, aber nun fing die Zeit des Wartens an mir lang zu werden, und da ich dachte, daß die Pförtnerin mich nicht verstanden haben könnte, so klingle ich noch einmal und frage, ob man die Schwester M. M. benachrichtigt hat. Eine Stimme antwortet mir mit ›Ja‹. Ich gehe wieder auf meinen Platz und einige Minuten später sehe ich ein altes zahnloses Weib eintreten, welches mir meldet:»Die Mutter M. M. ist für den ganzen Tag beschäftigt,« und ohne mir Zeit zu lassen, ein einziges Wort zu sagen, geht sie hinaus. Das war einer von den schrecklichen Momenten, welche Leute, die auf Liebesabenteuer ausgehen, zuweilen zu ertragen haben. Sie sind das Grausamste, was sich denken läßt. Sie demütigen, sie betrüben, sie töten. Ich fühlte mich düpiert, erniedrigt, und meine Verzweiflung darüber steigerte sich zur Wut: ich wollte mich rächen. Aber um ihr keinen Triumph zu gönnen, beschloß ich, keine Gereiztheit zu zeigen. Ihre Briefe mußte ich doch zurückschicken, das wollte ich aber mit einem Billett, das ihr kein Lächeln des Vergnügens entlocken sollte. Ich schrieb ein solches, ließ es aber noch einen Tag liegen. Das war vorsichtig, denn andren Tags schien es mir unwürdig, und ich zerriß es. Ebenso ging es mit einem andern. Es schien mir, als hätte ich die Fähigkeit zu schreiben verloren. Zehn Tage danach bemerkte ich, wie sehr verliebt ich war, die Gestalt von M. M. hatte einen zu starken Eindruck bei mir hinterlassen, als das dieser durch eine andere Macht als die Zeit, das mächtigste der abstrakten Wesen, hätte verwischt werden können. Endlich brachte ich einen Brief zustande, worin ich ihr in aller Höflichkeit ihre Briefe zurückgab, nicht ohne Hinweis, sie möchte später vorsichtiger sein, denn sie könnte an einen weniger zartfühlenden Mann geraten. Daß ich nicht mehr zur Kirche käme, begründete ich damit, ich wolle ihr keine Gelegenheit zum Lachen geben, würde ich doch vermuten, daß sie mit anderen über den Streich, den sie mir gespielt, gesprochen hätte Diesen Brief übergab ich einem Forlanen, wie eine Art Vertrauenskommissionäre in Venedig heißen, mit der Weisung, den Brief am Kloster abzugeben, sich aber auf keinen Fall bestimmen zu lassen, zu warten. Nach einigen Tagen erschien mir die Sache vergessen, doch da sah ich plötzlich den Forlanen wieder. Als ich fragte, ob er den Brief in Murano abgegeben, äußerte er seine Freude, mich wieder zu sehen; er habe mir wichtige Sachen mitzuteilen. Am Tage, nachdem er den Brief abgegeben, habe ihn einer seiner Kameraden, der gerade auch an der Pforte des Klosters war, geweckt: er solle sofort zu der Pförtnerin kommen. Er eilte dahin: eine Nonne wollte ihn sprechen; sie fragte ihn nach mir aus, da er mich aber nicht kannte, ich war ja maskiert, habe sie ihm einen Brief gegeben mit dem Bemerken, wenn er diesen an mich abliefern könnte und Antwort brächte, sollte er zwei Zechinen erhalten. Bis dahin aber müßte er täglich den Brief vorzeigen, wofür er stets vierzig Sous erhielt. Der Forlane hatte nun seit zehn Tagen alle Masken von meinem Wüchse genau betrachtet. Er bat mich nun, einen Augenblick zu warten, eilte nach Hause, brachte den Brief, welcher von M. M. war: sie klärte mich auf, daß durch den falschen Auftrag der Schwester, welche mir sagte, sie sei beschäftigt, dies Mißverständnis aufgekommen sei. Mit beredten Worten schilderte sie mir ihre Verzweiflung, als sie dessen gewahr wurde. Dann aber machte sie mir Vorwürfe, daß ich gleich von ihr das Schlimmste denken, sie einer unehrenwerten Handlung fähig halten konnte. Ich müßte in ihrem Gesicht den Ausdruck eines schamlosen, leichtfertigen Weibes gelesen haben; das sei sie nicht. Wenn ich nicht eilte, ihr persönlich all das Gesagte zu widerrufen, so könnte sie dies für ihr ganzes Leben unglücklich machen. Sofort antwortete ich ihr, schilderte in den gefühlvollsten Worten, was ich gelitten, und daß ich in diese Lage nur kommen konnte, weil ich von ihrer Schönheit so geblendet, daß ich mich ihrer für unwert gehalten. Diesen Brief erhielt sie beim Erwachen schon. Pünktlich stellte ich mich im Sprechzimmer ein. Sie ließ mich diesmal nicht warten.

Als sie am Gitter erschien, kniete ich vor ihr nieder; aber sie bat mich aufzustehen, weil man mich sehen könnte. Ihr Gesicht stand in Flammen, und ihr Blick schien mir himmlisch. Sie setzte sich, und ich nahm einen Sessel ihr gegenüber. So betrachteten wir uns mehrere Minuten lang, ohne ein Wort zu sprechen; aber ich brach das Schweigen, indem ich sie mit zärtlicher und zitternder Stimme fragte, ob ich Verzeihung hoffen dürfte. Sie reichte mir ihre schöne Hand durch das Gitter, und ich bedeckte sie mit Tränen und Küssen.»Unsere Bekanntschaft«. sagte sie,»hat mit einem heftigen Sturme begonnen; hoffen wir, daß sie in vollkommener und dauernder Ruhe verlaufen wird. Dies ist das erstemal, daß wir miteinander sprechen; was aber zwischen uns vorgefallen, muß genügen, um uns vollkommen kennen zu lernen. Ich hoffe, daß unsre Verbindung so zärtlich wie aufrichtig sein wird und daß wir es verstehen werden, gegenseitig gegen unsre Fehler Nachsicht zu üben.«»Wann könnte ich wohl die Ehre haben, Sie ungestört und in der ganzen Freude meines Herzens von meinen Gefühlen zu überzeugen?«»Wir können in meinem Kasino, wann Sie wollen, zu Abend speisen, wenn ich es nur zwei Tage vorher weiß; oder ich kann auch mit Ihnen in Venedig speisen, wenn es Sie nicht belästigt.«»Das würde mein Glück nur erhöhen. Ich glaube, Ihnen sagen zu müssen, daß ich in sehr guten Verhältnissen lebe, daß ich, weit entfernt, das Geldausgeben zu fürchten, es vielmehr liebe; übrigens gehört alles, was ich habe, dem Gegenstande meiner Liebe.«»Diese Mitteilung, teurer Freund, ist mir sehr angenehm, und zwar um so mehr, als ich Ihnen sagen kann, daß ich reich bin und meinem Liebhaber nichts abschlagen kann.«»Aber Sie müssen wohl einen haben?«»Es wird gleich Mittag läuten, mein teurer Freund, es ist Zeit, daß wir uns trennen. Kommen Sie übermorgen zur selben Stunde und ich werde Ihnen die nötigen Instruktionen geben, damit Sie bei mir zu Abend speisen können.«»Allein?«»Das versteht sich.«»Dürfte ich Sie um ein Unterpfand bitten? denn das Glück, welches Sie mir verheißen, ist so groß!«»Welches Unterpfand wollen Sie?«»Daß Sie an das kleine Fenster treten und mir erlauben, an der Stelle der Gräfin S. zu sein.« Sie stand auf und drückte mit dem anmutigsten Lächeln die Feder, und nachdem ich einen so ausdrucksvollen Kuß erhalten, verließ ich sie. Sie geleitete mich mit den Augen bis zur Türe, und ihr verliebter Blick würde mich festgebannt haben, wenn sie nicht hinausgegangen wäre. Ich verlebte zwei Tage der Erwartung in einer

Freude und einer Ungeduld, welche mich hinderten, zu essen und zu schlafen. Denn es schien mir, daß ich nie so glücklich in der Liebe gewesen, oder vielmehr schien es mir, als ob ich zum ersten Male verliebt wäre. Außer der Herkunft, der Schönheit und dem Geiste meiner neuen Eroberung mischte sich auch das Vorurteil ein, um mir mein Glück unbegreiflich erscheinen zu lassen, denn es handelte sich um eine Vestalin; sie war eine verbotene Frucht, und wer wüßte nicht, daß diese seit Eva bis auf unsre Zeiten immer am besten schmeckte! Ich war auf dem Punkte, in die Rechte eines allmächtigen Gemahls einen Eingriff zu machen; M. M. war in meinen Augen über alle Königinnen erhaben. Wäre nicht in dieser Zeit meine Vernunft von der Leidenschaft geknechtet gewesen, so würde ich bald eingesehen haben, daß diese Nonne nicht anders geartet sein konnte als alle schönen Frauen, die ich in den dreizehn Jahren, seit welchen ich das Feld der Liebe bebaute, geliebt hatte; aber welcher Verliebte verweilt wohl bei einem solchen Gedanken? Wenn er sich zudringlicherweise bei ihm einstellt, so weist er ihn mit Verachtung zurück! M. M. mußte durchaus mehr sein als die schönste Frau der Welt. Überzeugt, daß M. M. ihr Wort halten würde, begab ich mich gegen zehn Uhr morgens ins Sprechzimmer, und sobald ich angemeldet war, sah ich sie erscheinen. »Mein Gott, mein Freund, sind Sie krank?« »Nein, meine geliebte Freundin, aber ich kann es scheinen, denn die ungeduldige Erwartung des Glücks greift mich an. Ich habe den Appetit und den Schlaf verloren; wenn die Erfüllung verschoben würde, könnte ich nicht für mein Leben stehen.« »Sie soll nicht verschoben werden, teurer Freund; aber welche Ungeduld! Setzen wir uns. Hier ist der Schlüssel des Kasinos, in welches Sie kommen sollen. Es sind Leute da, denn wir müssen wohl bedient werden; aber niemand wird mit Ihnen sprechen und Sie brauchen mit niemand zu sprechen. Sie werden maskiert sein und erst abends bei Dunkelheit und nicht früher hingehen. Steigen Sie die Treppe hinauf, welche der Eingangstür gegenüber liegt, und auf dem Treppenflur werden Sie beim Schimmer einer Laterne eine grüne Tür erblicken, welche Sie öffnen müssen, um in das Zimmer zu treten, welches erleuchtet sein wird. Sie werden mich im zweiten Zimmer finden, und wenn ich noch nicht dort sein sollte, so warten Sie nur einige Minuten auf mich; Sie dürfen auf meine Pünktlichkeit rechnen. Sie können sich demaskieren und es sich bequem machen. Bücher und ein gutes Feuer werden Sie auch finden.«

Da die Beschreibung durchaus klar war, so küßte ich die Hand, welche mir den Schlüssel dieses geheimnisvollen Tempels überreichte, und fragte das reizende Weib, ob ich sie als Nonne sehen würde. »Ich gehe als Nonne aus,« sagte sie, »aber ich habe eine vollständige Garderobe, um mich in eine Weltdame zu verwandeln, und sogar, um mich zu maskieren.« »Ich hoffe, daß Sie mir das Vergnügen machen werden, Nonne zu bleiben.« »Weshalb, wenn es Ihnen beliebt?« »Ich sehe Sie in dieser Tracht so gern!« »Ha! Ha! Ich verstehe. Sie denken sich meinen Kopf geschoren, und ich flöße Ihnen Furcht ein. Aber beruhigen Sie sich, mein Freund, ich habe eine Perücke, welche der Natur den Sieg streitig machen kann.« »Gott! Was sagen Sie? Der bloße Name Perücke tötet mich. Aber nein, zweifeln Sie nicht daran, ich werde Sie in jeder Gestalt reizend finden. Tun Sie mir nur den Gefallen, diese grausame Perücke nicht in meiner Gegenwart aufzusetzen. Ich beleidige Sie: entschuldigen Sie; denn ich bin in Verzweiflung daß ich mit Ihnen davon gesprochen habe. Sind Sie überzeugt, daß Sie niemand das Kloster verlassen sieht?« »Sie können sich selbst davon überzeugen, wenn Sie die Insel umfahren und die kleine Tür, welche nach dem kleinen Ufer hinausgeht, beobachten. Ich habe den Schlüssel zu einem Zimmer, welches nach dem kleinen Ufer hinaus liegt, und kann auf die Laienschwester rechnen, welche mich bedient.« »Und die Gondel?« »Mein Liebhaber bürgt mir für die Treue der Gondelführer.« »Welch ein Mann ist Ihr Liebhaber! Ich denke mir, daß er alt ist.« »Sie irren sich, und ich würde mich schämen, wenn dies der Fall wäre. Er ist noch nicht vierzig Jahre alt und besitzt alles, was erforderlich ist, um geliebt zu werden, Schönheit, Geist, sanften Charakter, edles Benehmen.« »Und er verzeiht Ihnen solche Launen?« »Was nennen Sie Launen? Es ist ein Jahr, seitdem er sich meiner bemächtigt hat, und vor ihm habe ich keinen anderen Mann gekannt, wie Sie der erste sind, welcher meine Phantasie erregt hat. Als ich ihm dies mitteilte, war er etwas erstaunt; dann fing er an zu lachen und machte mir eine kurze Vorstellung über die Gefahr, die ich liefe, mich einem Schwätzer preiszugeben. Er wünschte, daß ich wenigstens erführe, wer Sie wären, ehe ich die Sache weitertriebe; aber es war zu spät. Ich verbürgte mich für Sie und brachte ihn natürlich zum Lachen, weil ich für jemand, den ich gar nicht kannte, so bestimmt einstand.« »Wann haben Sie ihm alles anvertraut?« »Vorgestern, und ich habe ihm nichts verborgen. Ich habe ihm meine und Ihre Briefe gezeigt, und er hält Sie für einen Franzosen, obwohl Sie sich für einen Venetianer ausgeben. Er möchte sehr gern wissen, wer Sie sind, aber fürchten Sie nichts; ich verspreche Ihnen, daß er nie den geringsten Schritt tun soll, um es zu erfahren.«»Auch ich werde nichts tun, um zu erfahren, wer dieser so seltene Mann ist. Ich bin in Verzweiflung, wenn ich an den Schmerz denke, welchen ich Ihnen bereitet habe.«»Sprechen wir nicht mehr davon; denn wenn ich daran denke, so sehe ich ein, daß nur ein Geck anders hätte handeln können.« Am Abend begab ich mich zur verabredeten Stunde zum Stelldichein, und ihren Instruktionen genau folgend, gelangte ich in einen Saal, wo ich meine neue Eroberung im elegantesten Anzuge einer Weltdame fand. Der Saal war durch Kronleuchter erhellt, deren Licht in den Spiegeln widerstrahlte, und durch vier herrliche Armleuchter, welche auf einem Tische mit Büchern standen. Sie schien mir jetzt eine ganz andere Schönheit, als damals, wo ich sie als Nonne gesehen. Sie hatte eine Haarfrisur mit einem herrlichen Chignon; ich ging darüber weg, so unangenehm war mir die Idee einer Perücke, und ich würde mich wohl gehütet haben, ihr ein Kompliment darüber zu machen. Ich warf mich ihr zu Füßen, um ihr meine tiefe Dankbarkeit auszudrücken, und küßte entzückt ihre schönen Hände in Erwartung des Liebeskampfes, der sich daraus entspinnen mußte; aber M. M. glaubte mir Widerstand entgegenstellen zu müssen. Wie reizend ist die Weigerung einer Liebenden, welche den Augenblick des Glücks nur verzögert, um seine Wonne besser zu kosten! Als zärtlicher, achtungsvoller, aber auch kühner und unternehmender Liebhaber, der seines Sieges gewiß war, vereinigte ich auf eine zarte Weise milde Rücksichtnahme mit dem Feuer, welches mich durchglühte, ich entriß dem schönsten Munde brennende Küsse und war nahe daran, mein Leben zu verhauchen. Dieser vorbereitende Kampf beschäftigte uns zwei Stunden lang, und als er zu Ende war, wünschten wir uns beide Glück, sie, daß sie mir widerstanden, und ich, daß ich meine Ungeduld gemäßigt. Ich bedurfte einen Augenblick Ruhe, und da wir uns instinktmäßig verstanden, so sagte sie:»Mein Freund, ich habe einen Appetit, welcher mir verheißt, daß ich dem Abendessen Ehre machen werde; versprichst du mir standzuhalten?« Da ich wußte, daß ich der Mann dazu war, so sagte ich:»Ja, ich verspreche es, und du wirst sodann beurteilen können, ob ich mich gegen Amor ebensogut wie gegen Comus benehme.« Sie klingelte nun, und eine Frau von mittlerem Alter, welche gut angezogen war und ein anständiges Äußere hatte, deckte den Tisch für zwei Personen, und nachdem sie auf einen andern, in derselben Stube befindlichen, alles gestellt, was nötig war, um die Bedienung entbehren zu können, trug sie nacheinander acht Gerichte in Schüsseln von Porzellan von Sèvres auf, welche auf silbernen Rösten standen, welche die Speisen warm hielten. An den ersten Schüsseln, welche wir kosteten, erkannte ich die französische Küche, und sie bestritt dies nicht. Wir tranken nur Burgunder und Champagner. Sie bereitete den Salat auf eine feine und geschickte Weise, und an allem, was sie tat, hatte ich ihre Anmut und Leichtigkeit zu bewundern Es war augenscheinlich, daß sie zum Lehrmeister einen Liebhaber gehabt haben mußte, welcher Kenner war. Ich wünschte sehr, ihn kennen zu lernen, und während wir Punsch tranken, sagte ich, ich wäre bereit, ihr meinen Namen zu nennen, falls sie meine Neugierde befriedigen wolle.»Überlassen wir«, sagte sie, »der Zeit die Sorge, unsere beiderseitige Neugierde zu befriedigen.« M. M. hatte an ihrem Uhrgehänge ein kleines Fläschchen von Bergkristall, welches dem, das ich an meiner Kette trug, durchaus ähnlich war. Ich machte ihr dies bemerklich, und da in dem meinigen in Rosenessenz getränkte Baumwolle war, so ließ ich sie daran riechen. »Ich habe ganz gleiche,« sagte sie und ließ mich daran riechen.»Das ist ein sehr seltenes und sehr teures Wasser,« sagte ich.»Auch verkauft man es nicht.«»Das ist wahr. Der Fabrikant dieser Essenz ist ein gekröntes Haupt; es ist der König von Frankreich, welcher davon ein Pfund angefertigt hat, das dreißigtausend Livres kostet.«»Es ist ein Geschenk, welches man meinem Liebhaber gemacht hat, der es mir gegeben.«»Frau von Pompadour hat davon ein kleines Fläschchen an Herrn von Moncenigo, den venetianischen Gesandten, durch Vermittlung Herrn von Bernis, jetzigem Gesandten hierselbst, geschickt.«»Kennen Sie ihn?«»Ich habe die Ehre gehabt, in seiner Gesellschaft gerade an dem Tage zu Mittag zu speisen, wo er von dem Gesandten, bei welchem ich eingeladen war, Abschied nahm. Herr von Bernis ist ein Mann, welchen das Glück begünstigt hat, welcher aber verstanden hat, es auch durch sein Verdienst zu fesseln; er ist nicht weniger ausgezeichnet durch seinen Geist wie durch seine Geburt; er ist, wenn ich nicht irre, Graf von Lyon. Ich erinnere mich, daß er wegen seiner hübschen Figur den Spitznamen Belle-Babet erhalten hatte. Wir besitzen von ihm eine kleine Sammlung Gedichte, welche ihm Ehre macht.« Es war fast Mitternacht: wir hatten ausgezeichnet gegessen und saßen an einem guten Feuer. Da ich außerdem in ein herrliches Weib verliebt war und bedachte, daß die Zeit kostbar wäre, so wurde ich dringend. Sie widersteht auch jetzt. »Grausame Freundin, hatten Sie mir die Glückseligkeit nur versprochen, um mich Tantalusqualen erdulden zu lassen? Wenn Sie nicht der Liebe nachgeben wollen, so geben Sie wenigstens der Natur nach: legen Sie sich zu Bett, nachdem wir so köstlich gespeist.« »Sind Sie denn schläfrig?« »Nein, gewiß nicht; aber zur jetzigen Zeit legt man sich zu Bett. Erlauben Sie, daß ich Sie hineintrage: ich werde mich an ihr Kopfkissen setzen, oder wenn Sie es wünschen, ziehe ich mich zurück.« »Wenn Sie mich verließen, würden Sie mir einen großen Schmerz bereiten.« »Der meinige würde nicht geringer sein. Wenn ich aber bleibe, was werden wir dann machen?« »Wir können uns völlig angekleidet auf dieses Sofa legen.« »Völlig angekleidet? Meinethalben. Ich kann Sie dann schlafen lassen, wenn Sie zu schlafen wünschen; aber Sie werden verzeihen, wenn ich nicht schlafe; denn bei Ihnen zu schlafen, heißt das Unmögliche verlangen.« Sie steht auf, klappt mit Leichtigkeit das Sofa über, holt Kissen, Bettücher, eine Decke hervor, und in einem Augenblick ist ein prächtiges, breites und bequemes Bett hergestellt. Sie nimmt ein großes Tuch, womit sie meinen Kopf umwindet, und gibt mir sodann ein anderes mit der Bitte, ihr denselben Dienst zu leisten. Ich mache mich an die Arbeit, meinen Abscheu gegen die Perücke verhehlend, als eine kostbare Entdeckung mich auf die angenehmste Weise überraschte, denn anstatt der Perücke finde ich das schönste Haar. Ich stieß einen Schrei der Freude und der Bewunderung aus, über welchen sie sehr lachte, sodann sagte sie, eine Nonne sei nur verpflichtet, ihre Haare dem profanen Haufen zu verbergen; nachdem sie dies gesagt, gab sie mir geschickt einen Stoß, so daß ich der ganzen Länge nach auf das Kanapee hinfiel. Ich richte mich auf, und in einer Minute meine Kleider abwerfend, stürze ich mich mehr auf als neben sie. Sie war stark, und mich mit ihren Armen umschlingend, glaubt sie, ich müsse ihr alle Leiden verzeihen, welche sie mir verursacht. Ich hatte nichts Wesentliches erhalten; ich brannte; aber ich drängte meine Ungeduld zurück; ich hielt mich noch nicht für berechtigt, Forderungen zu erheben. Ich fing an, fünf bis sechs Bandschleifen aufzubinden, und in der Freude, daß sie mich gewähren ließ, klopfte nur das Herz vor Behagen, und ich gelangte in den Besitz eines der schönsten Busen, welchen ich mit meinen Küssen bedeckte.

Aber hierauf beschränkten sich alle ihre Gunstbewilligungen; und da mein Feuer in dem Maße zunahm, wie ich sie vollkommen fand, so verdoppelte ich meine Anstrengungen, aber vergeblich! Vor Ermüdung mußte ich endlich ablassen und schlief, in ihren Armen und an ihrem Busen ruhend, ein. Ein lautes Geläute weckte uns. »Was ist das?« rief ich auffahrend aus. »Stehen wir auf, mein Freund, es ist Zeit, daß ich nach dem Kloster zurückkehre.« »Kleiden Sie sich an und gestatten Sie mir, Sie im Kleide einer Heiligen zu betrachten, da Sie als Jungfrau hinweggehen.« »Sei für diesmal zufrieden, mein süßer Freund, und lerne von mir Enthaltsamkeit ertragen; ein andermal werden wir glücklicher sein. Wenn ich weg bin, kannst du, falls du nichts versäumst, dich hier ausruhen.« Sie klingelte, und dieselbe Frau, welche am Abend gekommen war und welche ohne Zweifel ihre geheime Dienerin und die Vertraute ihrer Liebesmysterien war, erschien. Nachdem sie sich die Haare hatte machen lassen, zog sie ihr Kleid aus, legte ihre Kleinodien in einen Sekretär, zog ein Nonnenkorsett an, unter welchem sich die beiden Halbkugeln verbargen, welche in dieser Nacht die vorzüglichste Ursache meines Glücks gewesen waren; sodann zog sie ihr Nonnengewand an. Da die Vertraute hinausgegangen war, um den Gondelführer zu benachrichtigen, so umarmte sie mich mit Zärtlichkeit und Feuer und sagte: ich erwarte dich übermorgen, damit du mir die Nacht anzeigest, welche ich mit dir in Venedig verleben soll, und dann, teurer Freund, wirst du und ich glücklich sein. Lebewohl.« Zufrieden, aber nicht befriedigt, legte ich mich zu Bett und schlief ruhig bis Mittag. Ich ging weg, ohne jemand zu erblicken, und ging maskiert zu Laura, welche mir einen Brief meiner teuren C. C. überbrachte, der mir zu meiner Überraschung mitteilte, daß C. C. mich bei meinem Besuche im Sprechzimmer mit M. M. gesehen hätte, zufällig durch eine Spalte. Und weiterhin, daß M. M. eben die angebetete Freundin meiner lieben Frau sei, von der sie mir schon so oft geschrieben. M. M. habe erkannt, aus welchem Grunde sie damals krank gewesen und somit auch, daß sie einen Liebhaber hätte, doch hätten beide darüber Schweigen beobachtet. ›Die Mutter M. M. ist eine einzige Frau,‹ fuhr sie fort. ›Ich bin sicher, mein teurer Freund, daß ihr euch liebt; das kann nicht anders sein, da ihr euch kennt; aber da ich nicht eifersüchtig bin, so verdiene ich, daß Du mir alles sagst. Aber ich beklage euch beide, denn alles, was ihr tun mögt, kann wohl nur dazu beitragen, eure Leidenschaft zu stacheln. Das ganze Kloster hält Dich für krank, und ich sterbe vor Sehnsucht, Dich zu sehen. Komme doch wenigstens einmal. Lebewohl.‹ Trotz der Achtung, welche dieser Brief mir einflößte, war ich nicht ohne Unruhe, denn obwohl ich meiner teuren C. C. vollkommen sicher war, so konnte doch die Spalte uns auch anderen Blicken aussetzen. Ich sah mich außerdem genötigt, dieser liebenswürdigen und vertrauensvollen Freundin etwas aufzubinden, denn die Ehre und das Zartgefühl gestatteten mir nicht, ihr die Wahrheit zu sagen. Ich antwortete sogleich, ihre Freundschaft für M. M. erfordere, diese davon in Kenntnis zu setzen, daß sie sie mit einer Maske im Sprechzimmer habe sprechen sehen. Ich hätte M. M. auf das Gerücht von ihren Verdiensten, um sie kennen zu lernen, unter einem angenommenen Namen ins Sprechzimmer rufen lassen, und sie möchte daher nicht sagen, wer ich wäre, sondern nur, daß sie mich als den Mann erkannt, der die Messe in ihrer Kirche höre. Ich versicherte ihr auf die unverschämteste Weise, daß zwischen uns keine Liebe bestände, verhehlte ihr jedoch nicht, ich hielte M. M. für ein vollendetes Weib. Am heiligen Katharinentage, dem Feste meiner teuren C. C., glaubte ich der liebenswürdigen Eingesperrten, welche nur meinetwegen litt, das Vergnügen, mich zu sehen, verschaffen zu müssen. Beim Ausgehen, als ich in eine Gondel steigen wollte, bemerkte ich ein Individuum, welches mir folgte. Ich faßte Argwohn und beschloß, der Sache auf die Spur zu kommen. Das Individuum nahm ebenfalls eine Gondel und folgte mir. Das konnte bloße Wirkung des Zufalls sein, aber da ich gegen Überraschungen auf meiner Hut war, so landete ich in Venedig im Garten des Palastes Morosini; der Mann steigt ebenfalls ans Land: also kein Zweifel mehr. Ich verlasse den Palast, und die Richtung nach dem flandrischen Tore zu nehmend, bleibe ich in einer engen Straße stehen; hier erwarte ich mit dem Messer in der Hand den Spion, hinter einer Straßenecke, und als er umbiegt, dränge ich ihn gegen die Mauer, setze ihm das Messer auf die Brust und forderte ihn auf, zu sagen, was er wolle. Er zitterte und schickte sich an, alles zu beichten, als unglücklicherweise jemand in die Straße kam. Der Spion entfloh mir, und ich erfuhr nichts. Ich entnahm hieraus, daß es einem hartnäckigen Neugierigen leicht werden würde, zu erfahren, wer ich wäre, und ich beschloß, nur noch maskiert oder nachts nach Murano zu gehen. Da ich am folgenden Tage meine schöne Nonne besuchen sollte, um zu erfahren, wann sie bei mir in Venedig zu speisen wünsche, so begab ich mich frühzeitig ins Sprechzimmer. Sie ließ nicht auf sich warten, und auf ihren Zügen war Freude zu lesen. Sie bekomplimentierte mich wegen meines neuen Erscheinens in ihrer Kirche. Alle Nonnen waren erfreut gewesen, mich nach einer dreiwöchentlichen Abwesenheit wiederzusehen. »Die Äbtissin«, fuhr sie fort, »äußerte, als sie ihre Freude, dich wiederzusehen, ausdrückte, sie wäre sicher, zu erfahren, wer du wärst.« Nun erzählte ich ihr die Geschichte vom Spione, und wir stellten mit ziemlicher Wahrscheinlichkeit die Vermutung auf, daß dies der Mittelsmann der heiligen Frau wäre. Dadurch kamen wir überein, daß ich die Messe nicht mehr besuchte. Nun erzählte sie mir die Geschichte von der verräterischen Spalte. »Aber sie ist«, fügte sie hinzu, »schon verstopft, und wir haben von dieser Seite her weiter nichts zu fürchten. Eine junge Pensionärin, welche ich sehr liebe und welche mir sehr ergeben ist, hat mir alles mitgeteilt.« Ich bin nicht neugierig, ihren Namen zu erfahren, und sie sagt ihn mir nicht. »Aber sage mir, Geliebter, wo willst du mich morgen zwei Stunden nach Sonnenuntergang erwarten?« »Könnte ich dich nicht hier in deinem Kasino erwarten?« »Nein, denn mein Geliebter selbst wird mich nach Venedig führen.« »Er selbst?« »Ja, er selbst.« »Und dennoch ist es wahr?« Wir verabredeten uns an der Statue des heiligen Bartholomäus. Ich hatte keine Zeit zu verlieren, denn ich hatte kein Kasino. Ich nahm einen zweiten Ruderer, um in weniger als einer Viertelstunde den Sankt-Marcus-Platz zu erreichen, und ich setzte mich sogleich in Bewegung, um alles, was ich brauchte, anzuschaffen. Wenn ein Sterblicher das Glück hat, beim Gotte Plutus in Gunst zu stehen, und sich des Vorteils erfreut, nicht geradezu auf den Kopf gefallen zu sein, so kann er so ziemlich sicher sein, alles zu erreichen; ich brauchte daher auch nicht lange zu suchen, um ein Kasino nach Wunsch zu finden. Es war das schönste, das sich in der Umgegend Venedigs finden ließ, aber natürlich auch das teuerste. Es hatte dem englischen Gesandten gehört, welcher es bei seiner Abreise von Venedig seinem Koch für einen billigen Preis überlassen hatte. Der neue Besitzer vermietete es nun für hundert Zechinen, welche ich ihm vorausbezahlte, bis Ostern, unter der Bedingung, daß er die Mittags- und Abendessen, welche ich bestellen würde, selbst bereite. Ich hatte fünf im besten Geschmacke möblierte Räume und alles schien für die Liebe, den Genuß und die Tafelfreuden berechnet zu sein. Die

Bedienung geschah durch ein blindes, in der Mauer befindliches Fenster, in welchem ein drehbarer Tisch angebracht war, der die Öffnung genau ausfüllte, so daß die Herren und die Bedienten sich nicht sehen konnten. Der Saal war mit herrlichen Spiegeln, mit Kronleuchtern von Bergkristall, mit Armleuchtern von vergoldeter Bronze und einem Trumeau, welcher über einem Kamin von weißem Marmor hing, verziert und tapeziert mit Platten von chinesischem Porzellan, welche nackte Liebespaare in allen Stellungen darstellten, die geeignet waren, die Phantasie zu entflammen, elegante Sofas und Kommoden standen rechts und links. Zur Seite befand sich ein achteckiges Zimmer, dessen Wände, Fußboden und Decke aus herrlichen venetianischen Spiegeln bestanden, die so angebracht waren, daß sie das Liebespaar, welches dies Zimmer wählte, in allen Stellungen vervielfältigten. Dicht daneben war ein Alkoven mit zwei geheimen Ausgängen; rechts befand sich ein elegantes Toilettenkabinett, links ein Boudoir, welches von der Mutter des Liebesgottes eingerichtet zu sein schien, und eine Badewanne von karrarischem Marmor. Das Getäfel war von ziseliertem Gold und mit Blumen und Arabesken bemalt. Nachdem ich befohlen, alle Leuchter zu bestecken und das schönste Leinenzeug überall, wo es notwendig war, aufzulegen, bestellte ich ein üppiges und feines Abendessen, ohne Rücksicht auf die Kosten, und besonders die allerfeinsten Weine. Hierauf den Schlüssel zur Eingangstür nehmend, sagte ich dem Besitzer, daß ich weder beim Kommen noch beim Gehen von jemand gesehen zu werden wünschte. Nachdem alles meinen Wünschen entsprechend hergestellt war, kaufte ich als sorgsamer und feinfühlender Liebhaber ein paar der schönsten Pantoffeln, welche ich auftreiben konnte, und eine Nachtmütze von Alenconschen Spitzen. Der Leser wird hoffentlich nicht finden, daß ich bei dieser Gelegenheit zu kleinlich verfuhr: er möge bedenken, daß ich der vollkommensten Sultanin des Herrn der Erde zu essen zu geben hatte, und daß ich dieser vierten Grazie gesagt, ich hätte ein Kasino. Sollte ich ihr gleich anfangs eine schlechte Idee von meiner Wahrhaftigkeit geben? Den andern Tag spielte ich, um die Zeit zu verkürzen, und ich sah: das Glück behandelte mich nicht weniger gut als die Liebe, was ich natürlich auf Rechnung des Schutzgeistes meiner Geliebten setzte. Ich fand mich eine Stunde vor der angesetzten Zeit zum Stelldichein ein, und obwohl die Nacht kalt war, fühlte ich doch keine Kälte.

Zur angegebenen Stunde sah ich eine zweirudrige Barke kommen und eine Maske aussteigen und die Richtung nach der Statue hin nehmen. Je näher sie kam, desto lauter schlug mein Herz. Da ich bemerkte, daß es ein Mann, wich ich aus und machte mir Vorwürfe, daß ich meine Pistolen nicht mitgenommen. Ader die Maske geht um die Statue herum und redet mich an, indem sie mir zugleich die Hand reicht; ich erkenne meinen Engel. Sie lacht über meine Verwunderung, hängt sich an meinen Arm, und ohne miteinander zu sprechen, schlagen wir die Richtung nach dem Sankt-Marcus-Platze ein; wir begeben uns nach meinem Kasino. Ich fand alles nach Wunsch angeordnet; wir gehen die Treppe hinauf, und schnell entledige ich mich meines Maskenanzuges. Aber M. M. belustigt sich damit, hin und her zu gehen und alle Winkel des köstlichen Orts, in welchen sie sich aufgenommen sieht, zu durchsuchen. Sie war erstaunt über den Zauber, welcher ihr ihre reizende Person tausendfach zeigte. Ihre vielfachen Porträts, welche die Spiegel vermittelst der zu diesem Zwecke aufgestellten Kerzen widerstrahlten, waren für sie ein ganz neues Schauspiel, von welchem sie ihre Blicke nicht losmachen konnte. Auf einem Taburett sitzend, beobachtete ich mit Entzücken die ganze Eleganz ihrer Person. Sie trug einen Rock von rosa Samt, welcher mit silbernen Flittern verziert war, eine Weste à l'avenant, gestickt und außerordentlich reich, Hosen von schwarzem Atlas, Schuhschnallen von Brillanten, am kleinen Finger einen sehr wertvollen Solitair und an der andern Hand einen Ring, der auswendig nur weißen Atlas mit Kristall bedeckt zeigte. Damit ich sie besser sehen könne, stellte sie sich aufrecht vor mich hin. Ich durchsuchte ihre Taschen und fand eine goldene Dose, eine mit Perlen verzierte Bonbonniere, ein goldenes Etui, eine prachtvolle Lorgnette, sehr feine Batisttaschentücher, welche mit den kostbarsten Essenzen mehr getränkt als parfümiert waren. Ich betrachtete aufmerksam den Reichtum und die Arbeit ihrer beiden Uhren, ihrer Ketten, ihrer mit kleinen Diamanten besetzten Berlocken. Endlich finde ich eine Pistole, es war eine englische von schönstem Stahl und von herrlicher Arbeit. »Alles, was ich sehe, teure Freundin, ist deiner wert; aber ich kann mich nicht enthalten, meine Bewunderung für das außerordentliche, ich möchte fast sagen, anbetungswürdige Wesen auszusprechen, welches dich überzeugen will, daß du wirklich seine Gebieterin bist. Es ist ein erstaunlicher Mann, ich wiederhole es, und nach einem Muster zugeschnitten, welches nur für ihn benutzt worden ist. Ein

Liebhaber von diesem Schlage ist einzig, und ich sehe wohl, daß ich ihm nicht gleichkommen kann, wie ich auch fürchte, ein so blendendes Glück nicht zu verdienen.«»Erlaube mir, mich allein zu demaskieren.« »Du bist Herrin deines Willens.« Eine Viertelstunde darauf kehrte meine Geliebte zurück. Sie war als Mann frisiert: ihre Scheitel mit langen Locken hingen ihr bis auf die Wangen herunter; ihr Haupthaar, welches mit einer Schleife schwarzen Bandes befestigt war, fiel bis über die Kniekehle herab, und ihre Formen gaben ein Bild des Antinous. Ich unterlag einem Zauber, und mein Glück schien mir völlig unbegreiflich. Sie fror; wir setzten uns an das Feuer, und da ich es vor Ungeduld nicht mehr aushalten konnte, so machte ich eine Brillanten-Agraffe los, welche ihr Jabot zusammenhielt. Leser, es gibt so lebhafte und süße Empfindungen, daß die Jahre kaum die Erinnerung daran schwächen und die Zeit sie nie zerstören kann! Mein Mund hatte schon diesen bezaubernden Busen mit Küssen bedeckt, aber das lästige Korsett hatte mir nicht gestattet, seine ganze Vollkommenheit zu bewundern. Jetzt fühlte ich ihn frei von jedem Zwange und jeder unnützen Unterstützung: ich habe nie etwas schöneres gesehen und gefühlt, und die beiden bewunderungswerten Halbkugeln der Mediceischen Venus, wären sie auch durch den Prometheusfunken belebt worden, würden vor denen meiner göttlichen Nonne erblaßt sein. Ich brannte vor Begierde und schickte mich an, diese zu befriedigen, als das bezaubernde Weib mich mit einem einzigen Worte beruhigte:»Warten wir bis nach dem Abendessen.« Ich klingle; sie fährt zusammen. »Beruhige dich, Freundin.« Ich zeige ihr nun das Geheimnis.»Du kannst deinem Freunde sagen, daß dich niemand gesehen hat.« »Er wird deine Aufmerksamkeit bewundern und erraten, daß du in der Kunst zu gefallen nicht Neuling bist. Aber es ist offenbar, daß ich nicht allein die Herrlichkeiten dieses reizenden Ortes mit dir genieße.«»Du hast unrecht; glaube mir aufs Wort: du bist die erste Frau, die ich hier gesehen. Du bist nicht meine erste Leidenschaft, angebetetes Weib, aber du wirst meine letzte sein.« »Ich werde glücklich sein, wenn du beständig bist. Mein Liebhaber ist es: er ist sanft, gut, liebenswürdig; aber mein Herz ist bei ihm immer leer geblieben.«»Das seinige muß es ebenfalls sein; denn wenn seine Liebe von der Art der meinigen wäre, würde ich nie durch dich glücklich geworden sein.«»Er liebt mich wie ich dich liebe, und glaubst du nicht, daß ich dich wahrhaft liebe?«»Ich glaube es gern, aber du würdest mir nicht gestatten – –«»Sei still, denn ich fühle daß ich dir alles würde verzeihen können, vorausgesetzt, daß du mir nichts verbirgst. Die Freude, welche ich in diesem Augenblicke empfinde, entspringt mehr aus der Hoffnung, daß dir nichts mehr zu wünschen übrig bleiben wird, als aus der Idee, eine köstliche Nacht mit dir zuzubringen. Es wird die erste meines Lebens sein.«»Wie! Du hast noch keine mit deinem Liebhaber zugebracht?«»Mehrere; aber die Freundschaft, die Gefälligkeit und vielleicht die Dankbarkeit bestritten alle Kosten: das Wesentliche, die Liebe fehlte. Nichtsdestoweniger gleicht dir mein Liebhaber; er hat einen geweckten Geist nach Art des deinigen, und hinsichtlich der Figur ist er auch gut bestellt; aber er ist nicht du. Ich halte ihn auch für reicher, obwohl dieses Kasino mich das Gegenteil glauben lassen könnte; aber was hat der Reichtum mit der Liebe zu schaffen! Und glaube nur nicht, daß ich dich weniger hoch stelle als ihn, weil du dich des Heroismus, mir eine Abschweifung zu gestatten, für unfähig erklärst; im Gegenteil weiß ich, daß du mich nicht so lieben würdest, wie du mich zu meiner Freude liebst, wenn du mir sagen wolltest, daß du für meine Phantasie dieselbe Nachsicht wie er hättest.« »Sollte er die einzelnen Umstände dieser Nacht kennen zu lernen wünschen?«»Er wird mir ein Vergnügen zu erweisen glauben, wenn er mich um Auskunft darüber bittet, und ich werde ihm alles sagen, ausgenommen die Umstände, welche ihn demütigen könnten.« Nach dem Abendessen, welches sie köstlich fand, machte sie Punsch, und sie verstand sich darauf; aber da ich fühlte, wie meine Ungeduld zunahm, so sagte ich:»Bedenke, daß wir nur sieben Stunden vor uns haben, und daß wir um sie betrogen werden würden, wenn wir sie so zubringen wollten.«»Du sprichst besser als Sokrates«, sagte sie,»und deine Beredsamkeit überzeugt mich, komme.« Sie führte mich in das reizende Toilettenkabinett, wo ich ihr die schöne Nachtmütze schenkte und die Bitte hinzufügte, sich als Frau zu coiffieren. Sie empfing sie mit Freuden und bat mich, mich im Salon zu entkleiden; sobald sie sich niedergelegt haben würde, versprach sie mich zu rufen. Ich wartete nicht lange; denn wenn das Vergnügen im Spiele ist, so macht die Sache sich rasch. Trunken vor Liebe und Glück sank ich in die Arme, und sieben Stunden hindurch gab ich ihr Beweise meiner Glut. Endlich ertönte das verhängnisvolle Geklingel; wir mußten unsern Entzückungen Einhalt tun; aber ehe sie sich meinen Armen entwand, erhob sie die Augen zum Firmament, wie um dem göttlichen Meister zu danken, daß sie gewagt, mir ihre Leidenschaft zu erklären. Wir kleideten uns an, und als sie sah, daß ich die schöne Spitzennachtmütze in ihre Tasche steckte, versicherte sie mir, er würde diese ihr Leben lang als Zeugin des Glücks, mit welchem sie überschüttet worden, behalten. Nachdem wir eine Tasse Kaffee getrunken, machten wir uns auf, und ich verließ sie mit dem Versprechen, sie am zweitfolgenden Tage zu besuchen; und nachdem ich sie in ihre Gondel hatte steigen sehen, legte ich mich schlafen, und zehn Stunden eines ununterbrochenen Schlafes brachten mich wieder in meine gewöhnliche Verfassung. Wie ich ihr versprochen, besuchte ich sie am zweitfolgenden Tage; aber als sie im Sprechzimmer erschien, sagte sie, ihr Liebhaber habe sich anmelden lassen, sie erwarte ihn jeden Augenblick und hoffe, mich am folgenden Tage wiederzusehen. Ich verabschiede mich. Bei der Brücke sehe ich eine schlecht maskierte Maske aus einer Gondel steigen. Ich betrachte den Gondelführer und sehe, daß er im Dienste des französischen Gesandten steht. Er ist es, sage ich zu mir, und ohne ihn merken zu lassen, daß ich ihn beobachte, sehe ich ihn ins Kloster gehen: kein Zweifel mehr, und ich begebe mich nach Venedig, erfreut über diese Entdeckung; aber ich beschließe, meiner Geliebten nichts davon zu sagen. Ich sah sie am folgenden Tage; sie teilte mir mit, daß ihr Liebhaber bis Weihnachten Abschied genommen habe, da er nach Padua müsse. In dieser Zeit könnten wir uns in seinem Kasino treffen, was sicherer sei als in Venedig Ich fragte, ob sie ihm alles mitgeteilt.»Alles,« sagte sie. Wir plauderten dann noch einige Zeit, und ich erkannte in meiner M. M. einen Freigeist sondergleichen, und ihre bewundernswerten Aussprüche veranlaßten mich, zu fragen, wie sie zu solchen Anschauungen im Kloster habe kommen können. Sie hatte von ihrem Freunde die besten Bücher erhalten, welche ihr die Finsternis der priesterlichen Faseleien zerstreute. Bei ihrem Beichtvater hatte sie es durchgesetzt, daß er sie, trotz ihrer verbotenen Lektüre, besonders der Schriften Mylord Bolingbrokes absolvierte. Ich scherzte:»Hinsichtlich des übrigen absolvierst du dich selbst?«»Ich beichte Gott, welcher allein das Innerste meiner Seele kennt und beurteilen kann, ob meine Handlungen gut oder schlecht sind.« Wir trafen uns noch einmal im Kasino, dann erst wieder am ersten Tage des neuntägigen Gebets. Zu ihrer Freude blieb ich während der zehn Tage, bis zur Rückkehr ihres Freundes, in dem Kasino wohnen; wir sahen uns währenddessen viermal, und ich überzeugte sie jedesmal, daß ich nur für sie lebe. Es war natürlich, daß meine Zärtlichkeit für C. C. ruhiger geworden war. Was in ihren Briefen mich am meisten anzog, war das, was sie von ihrer Freundin erzählte. Sie tadelte mich, daß ich die Bekanntschaft mit M. M. nicht fortgesetzt, und ich antwortete, ich hätte es nicht getan, weil ich nicht erkannt sein wollte, und forderte sie auf, unverbrüchliches Geheimnis zu bewahren. Ich glaube nicht, daß es möglich ist, zwei Gegenstände in gleichem Maße zu lieben oder die Liebe kräftig zu erhalten, wenn man ihr entweder zu viel oder gar keine Nahrung gibt. Was meine Liebe zu M. M. in solcher Stärke erhielt, war der Umstand, daß ich sie immer nur mit Gefahr, sie zu verlieren, besitzen konnte. »Es ist unmöglich,« sagte ich zu ihr, »daß nicht das eine oder andere Mal, wo du abwesend bist, eine Nonne mit dir sprechen sollte.« »Nein,« sagte sie, »dieser Fall kann nicht eintreten, denn in den Klöstern wird nichts höher geachtet, als die Freiheit jeder Nonne, sich selbst für die Äbtissin unzugänglich zu machen. Nur eine Feuersbrunst wäre zu fürchten, denn in diesem Falle würde eine schreckliche Verwirrung eintreten, und es würde nicht natürlich erscheinen, daß bei einer so großen Gefahr eine Nonne ruhig in ihrer Zelle bliebe: dann würde allerdings die Entweichung bekannt werden. Ich habe die Laienschwester und den Gärtner sowie eine andre Nonne gewonnen, und es ist die Geschicklichkeit sowie das Gold meines Liebhabers, welche das Wunder bewirkt haben. Er steht mir auch für die Treue des Kochs und seiner Frau, welcher die Aufsicht über das Kasino übergeben ist. Er ist auch der Treue der beiden Gondelführer sicher, obwohl der eine unfehlbar ein Spion der Staatsinquisitoren ist.« Am Weihnachtsheiligabend mußte ich ausziehen, da der Liebhaber sich angemeldet hatte. M. M. gab mir einen Brief mit, den ich aber erst zu Hause lesen sollte. Er enthielt ein Geständnis, das mich aufs höchste überraschte. Ihr Liebhaber hatte das Verlangen geäußert, mich kennen zu lernen, als meine teure M. M. ihm ihre wachsende Neigung für mich mitteilte und er in großmütiger Weise ihr kein Hindernis in den Weg legte, dieser zu folgen. Er hatte nun die erste Nacht von einem geheimen Kabinett aus unser ganzes Spiel beobachtet, und wie mir M. M. versicherte, war er von meinen Reden und meinem Benehmen entzückt. Und nun fragte sie mich, ob ich mich ebenso natürlich und liebenswürdig im Genusse der Liebe betragen könnte, wenn ich wüßte, daß ihr Liebhaber uns beim nächsten

Zusammensein belausche, was er vorhabe. Sie bat mich, ihr schnell zu antworten, mit Ja oder Nein, und versicherte mir, sie könne kein Auge zutun, bis sie meine Antwort erhalten habe. Ich lachte über diese Sonderbarkeit, die mir ja die bessere Rolle zu spielen gab, und schrieb sofort der Geliebten, da ich den Charakter ihres Liebhabers nun zur Genüge kenne, so daß ich ihn überaus schätzte, so sei ich bereit, ihm ein Schauspiel aufzuführen, das würdig Paphos und Amathunts; an nichts aber sollte er merken, daß ich von seinem Geheimnis etwas wüßte. Die sechs Tage bis zu dem neuen Stelldichein verbrachte ich auf Redouten, spielte und verlor vier- bis fünftausend Zechinen, was aber meine Liebe nicht erkaltete. In der festgesetzten Nacht kam ich in das Kasino meiner Geliebten, die ich mit ausgesuchter Eleganz gekleidet fand, ohne daß dadurch ihre Einfachheit und Ungezwungenheit Abbruch erlitten hätte. Ich fand es nur ungewöhnlich, daß sie Schminke gebraucht hatte, aber das gefiel mir, weil sie diese nach Art der Damen in Versailles aufgelegt hatte. Der Reiz dieser Bemalung besteht in der Nachlässigkeit, mit welcher sie gemacht wird. Das Rot soll nicht natürlich scheinen; man legt es auf, um den Augen ein Vergnügen zu machen, welche die Zeichen einer Trunkenheit sehen, die ihnen bezaubernde Ausschweifungen und Wutausbrüche verheißt. Sie sagte, sie habe es aufgelegt, um dem Neugierigen, welcher es sehr liebe, ein Vergnügen zu bereiten. »Dieser Geschmack«, versetzte ich, »sagt mir, daß er Franzose ist.« Sie bedeutete mir, ihr Liebhaber sei noch nicht auf dem Posten, und zeigte mir ein kleines Guckloch in der Verzierung des Kanapees, wodurch er, wie ich mich überzeugen konnte, das ganze Zimmer zu überblicken vermochte. Als sie mir nach einiger Zeit das Zeichen gab, daß es nun besetzt, konnte die Komödie beginnen. Wir aßen gut, scherzten und gaben uns dann auf dem Sofa unsrer Liebe hin, und in solchem Maße, daß ich am Morgen plötzlich ihre Brust mit Blut bespritzte. Sie erbleichte, ich aber verscheuchte ihre Furcht durch Torheiten, über welche sie aus vollem Herzen lachte. Als sie sich dann wieder als Nonne angekleidet hatte, verließ sie mich mit der Bitte, noch liegen zu bleiben und ihr gleich zu schreiben, wie ich mich befände, was ich auch gewissenhaft tat. Meine M. M. hatte einmal den Wunsch geäußert, mein Porträt zu besitzen, aber als Medaillon, das durch eine verborgene Feder zu öffnen sei. Ich ließ sofort ein solches herstellen, und zwar stellte das verdeckende Bild die Verkündigung Mariä dar, wobei die

Jungfrau blond, der Erzengel brünett gemalt war, gemäß unserer Haarfarben. Als ich ihr dies anzeigte, schrieb mir M. M. einen überschwenglichen Brief, worin sie mich bat, auch von ihr ein Geschenk anzunehmen. Sie legte einen kleinen Schlüssel bei, mit dem ich einen kleinen Schrank im Boudoir ihres Kasinos öffnen sollte. Ich tat dies und fand dort einen Brief und ein Maroquinetui. Der Brief lautete: ›Was Dir dieses Geschenk wert machen wird, wie ich hoffe, ist das Porträt einer Frau, welche Dich anbetet. Unser Freund hatte deren zwei; aber die Freundschaft, welche er für Dich hegt, hat ihm die glückliche Idee eingegeben, sich des einen zu Deinen Gunsten zu entäußern. Die Dose enthält mein Porträt zweimal in zwei verborgenen Fächern: wenn Du den Boden der Dose der Länge nach aufmachst, wirst Du mich als Nonne erblicken; wenn Du sodann an der Seite drückst, wird sich ein Scharnierdeckel öffnen, und ich werde im Naturzustande vor Dir erscheinen. Es ist unmöglich, mein süßer Freund, daß Dich je eine Frau so geliebt hat, wie ich Dich liebe. Unser Freund schürt meine Leidenschaft durch die schmeichelhafte Art, wie er sich über Dich ausdrückt. Ich kann nicht entscheiden, ob ich mehr Glück mit meinem Freunde oder meinem Liebhaber habe; denn ich kann mir nicht denken, daß der eine oder der andere übertroffen werden könnte.‹ Das Etui enthielt eine goldene Tabatière, und einige Stäubchen Spaniol bewiesen, daß sie gebraucht worden war. Ich folgte den Andeutungen des Briefes und sah meine Freundin zunächst als Nonne, stehend im Halbprofil. Der zweite Boden zeigte sie mir ganz nackt, auf einer schwarzen Atlasmatratze, in der Stellung von Correggios Magdalena ausgestreckt. Sie betrachtete einen Liebesgott, dem der Köcher zu Füßen lag und der graziös auf den Kleidern der Nonne saß. Es war ein so schönes Geschenk, daß ich mich seiner nicht für wert hielt. Ich schrieb ihr einen Brief, in welchem die lebhafteste Dankbarkeit sich mit dem Ausdruck der glühendsten Liebe verband. Der Schrank enthielt in den Schubfächern ihre Diamanten und eine Börse voll Zechinen. Ich bewunderte ihr Vertrauen und ihr edles Benehmen: ich verschloß den Schrank wieder, ließ gewissenhaft alles an seinem Platze und kehrte nach Venedig zurück. Hätte ich mich der Herrschaft des Glücks entziehen können, indem ich aufgehört hätte zu spielen, so wäre ich in allen Beziehungen glücklich gewesen. M. M. hatte mir auch geschrieben, sie möchte mit mir am Dreikönigstage die Oper besuchen, gleichzeitig berichtete sie mir von dem Entzücken ihres Freundes über unsere Liebeskämpfe, trotz der Furcht für mein Leben. ›Er behauptet,‹ fuhr sie fort, ›daß du den Tod herausforderst, und fand auch, daß ich die unserm Geschlecht durch das Zartgefühl gezogene Linie überschritten habe. Das ist möglich, mein lieber Schwarzer, aber es freut mich doch, daß ich mich selbst übertroffen und eine so süße Erfahrung meiner Kraft gemacht habe. Ohne dich, mein Herz, würde ich mich nicht kennen gelernt haben, und ich frage, ob die Natur wohl eine Frau hervorgebracht hat, welche in deinen Armen unempfindlich bleiben oder vielmehr an deinem Busen nicht zu neuem Leben erwachen kann? Ich liebe dich nicht nur, ich bete dich abgöttisch an, und mein Mund, welcher dem deinigen wieder zu begegnen hofft, schleudert tausend Küsse, welche sich in der Luft verlieren. Ich brenne vor Sehnsucht nach deinem teuren Porträt, um durch einen süßen Irrtum das Feuer zu löschen, welches meine verliebten Lippen verbrennt.‹ Am heiligen Dreikönigsabend steckte ich mein Medaillon in die Tasche und legte mich an der Statue des Colleoni auf die Lauer. Sie kam, wir besuchen die Oper und gehen nachher in den Spielsaal. Auf ihre Frage, ob ich spielen wolle, mußte ich Nein antworten, und ich sagte ihr auch weshalb, worauf sie mir anbietet, zur Hälfte mitzugehen, und in wenigen Abzügen sprengen wir eine Bank. Ich hatte für meinen Teil tausend Zechinen gewonnen. Mit diesem Gelde fand ich während des Karnevals fast täglich das Glück mir günstig. Drei Tage danach brachte ich ihren Anteil in das Kasino von Murano. Ich erhielt von C. C. und M. M. an diesem Tage Briefe. M. M. bat mich in ihrem, ich möchte mich doch bei meinem Goldschmied erkundigen, ob er nicht einen Ring mit der heiligen Katharina gefaßt habe, unter welcher ohne Zweifel ein Porträt verborgen sei: sie wünsche zu erfahren, wie der Ring zu öffnen. Eine junge und schöne Pensionärin besitze ihn, ihre Freundin. Diese aber wüßte selbst nicht, wo die Feder verborgen. Diesem Brief gegenüber war der meiner C. C. recht komisch; sie schrieb: ›Ach, wie zufrieden bin ich, mein kleiner Mann! Du liebst die Mutter M. M., meine teure Freundin. Sie trägt ein Medaillon von der Größe eines Ringes, kann dieses aber nur von Dir bekommen haben; ich bin sicher, daß sich unter der Verkündigung Mariä Dein teures Bild befindet. Ich habe den Pinsel des Malers erkannt; denn es ist offenbar derselbe, welcher meine Patronin gemalt hat, und derselbe Goldschmied, welcher meinen Ring gefaßt, hat auch das Medaillon gemacht.

Ich bin fest überzeugt, daß die Mutter M. M. dies Geschenk von Dir erhalten hat.‹ Sie habe die Freundin nicht betrüben wollen durch neugierige Fragen, M. M. aber habe gesagt: sicher sei in dem Ring ein Porträt verborgen, und da sie geantwortet, das wüßte sie nicht, habe jene versucht, den Ring zu öffnen, was aber nicht gelang. Und meine kleine Frau schloß: ›Sie wird mich in diesem Punkte nie gefällig finden; denn wenn sie Dich sähe, würde ich ihr sagen müssen, wer Du bist. Ich bedaure, zu dieser Zurückhaltung gegen sie genötigt zu sein, aber ich bedaure durchaus nicht, daß ihr beide euch liebt. Ich beklage euch aber von ganzem Herzen, daß ihr gezwungen seid, euch durch ein schreckliches Gitter zu lieben; wie gern, mein Freund, möchte ich Dir meinen Platz abtreten! Ich würde in diesem Falle zwei Glückliche machen. Lebe wohl!‹ Ich antwortete ihr, sie habe richtig geraten; aber sie solle das Geheimnis bewahren und überzeugt sein, daß meine Freundschaft für M. M. dem Gefühle, welches mich an sie knüpfe, keinen Eintrag tue. Ich verhehlte mir nicht, daß mein Benehmen nicht offen war; aber ich suchte mich selbst zu täuschen. Ich hatte die Schwäche, eine Intrige fortführen zu wollen, welche durch die Vertraulichkeit, die sich zwischen den beiden befreundeten Nebenbuhlerinnen entsponnen hatte, ihrem unvermeidlichen Ende entgegenging. Laura hatte mir angezeigt, daß an einem bestimmten Tage ein Ball im Sprechzimmer des Klosters stattfinden solle, und nachdem ich beschlossen, so verkleidet, daß meine beiden Freundinnen mich nicht erkennen könnten, dorthin zu gehen, maskierte ich mich als Pierrot, welche Verkleidung die Formen und den Gang am besten verbirgt. Ich war sicher, daß meine beiden Freundinnen am Gitter sein würden und daß ich das Vergnügen haben würde sie zu sehen und in der Nähe miteinander zu vergleichen. In Venedig gestattet man während des Karnevals dieses unschuldige Vergnügen den Nonnen in den Klöstern. Das Publikum tanzt im Sprechzimmer und die Schwestern schauen hinter den Gittern dem Feste zu. Mit dem Ende des Tages endet der Ball, alle gehen weg, und die armen Nonnen schwelgen noch lange in dem Vergnügen, welches ihre Augen gehabt haben. Dieser Ball sollte an demselben Tage stattfinden, wo ich mit M. M. im Kasino von Murano zu Abend speisen wollte; aber das hinderte mich nicht, auf den Ball zu gehen; es war mir ein Bedürfnis, C. C. zu sehen. Das Pierrotkostüm hat den Vorteil, durch eine große Mütze die Haare zu verbergen, und die weiße Gaze, welche das Gesicht bedeckt, hindert die Farbe der Augen und Augenbrauer zu erkennen; aber wenn der Anzug die Bewegungen der Maske nicht hindern soll, so darf man nichts darunter tragen, und in der Winterzeit hat ein bloßer Leinwandüberzug viel Unangenehmes. Ich nahm keine Rücksicht darauf, und nachdem ich eine Suppe gegessen, steige ich in eine Gondel und begebe mich nach Murano. Ich hatte keinen Mantel und in meinen Taschen nur mein Taschentuch, meine Börse und den Schlüssel des Kasino. Ich trete ein: das Sprechzimmer war voll; aber meinem Anzuge verdankte ich es, daß jeder sich beeilte, mir Platz zu machen, denn in Venedig sieht man äußerst selten einen Pierrot. Dem durch das Kostüm geforderten Charakter gemäß schreite ich wie ein Einfaltspinsel näher und trete in den Kreis der Tanzenden. Nachdem ich die Polichinells, die Pantalons, die Arlechins und die Skaramuze betrachtet, trat ich an das Gitter und sah alle Nonnen und Pensionärinnen, die einen sitzend, die andern stehend, und ohne bei einer zu verweilen, sehe ich meine beiden Freundinnen nebeneinander dem Feste sehr aufmerksam zuschauen. Ich ging sodann im Saale umher, jeden, der mir in den Weg kam, vom Kopf bis zu den Füßen ansehend, und wurde von allen sehr aufmerksam betrachtet. Ich folgte einer niedlichen Arlechine und ergriff sie auf täppische Art, um mit ihr ein Menuett zu tanzen. Alle fingen an zu lachen und machten uns Platz. Meine Tänzerin tanzte ausgezeichnet, gemäß der Maske, die sie trug, und ich gemäß der meinigen; ich brachte die ganze Gesellschaft zum Lachen. Nach dem Menuett tanzte ich zwölf Forlanen mit der größten Kraftanstrengung. Außer Atem ließ ich mich auf einen Stuhl hinsinken und tat so, als ob ich schlief, und als ich anfing zu schnarchen, unterfing sich keiner, den Schlaf Pierrots zu stören. Man tanzte einen Kontertanz, welcher eine Stunde dauerte, und an welchem ich keinen Teil nahm; als dieser aber beendet war, fiel ein Arlechin mit der seinem Kostüme gestatteten Freiheit über mich her und schlug mich mit seiner Pritsche, der Waffe Arlechins, auf den Hintern. Da ich als Pierrot keine Waffe hatte, so faßte ich ihn am Gürtel und trug ihn im Laufe um das ganze Sprechzimmer herum, während er mich fortwährend mit seiner Pritsche schlug. Ich setzte ihn sodann wieder auf die Erde, und nachdem ich ihm seine Pritsche entrissen, schwinge ich seine Arlechine auf meine Schultern und jage ihn unter fortwährenden Schlägen vor mir her, während die Zuschauer lachten, und Arlechine, welche fürchtet, daß ich fallen und dabei der Versammlung ihren

Taufschein zeigen könnte, lautes Geschrei erhebt. Sie hatte recht, denn ein dummer Polichinell stellte mir von hinten ein Bein, und ich mußte fallen. Er wurde allgemein ausgezischt. Ich stehe auf, und im höchsten Grade gereizt begann ich mit diesem Unverschämten einen regelmäßigen Kampf. Er war von meiner Größe, aber ungeschickt und wußte seine Kraft nicht zu gebrauchen; ich warf ihn zu Boden, und indem ich ihn heftig hin und her schüttelte, verlor er seinen Buckel und seinen falschen Bauch. Während die Nonnen, die nie ein solches Schauspiel gesehen, laut lachten und mit den Händen klatschten, drängte ich mich durch die Menge und machte mich aus dem Staube. Ich war in Schweiß gebadet und es war kaltes Wetter; ich stürze in eine Gondel, und um mich nicht zu erkälten, lasse ich mich nach der Redoute fahren. Ich hatte noch zwei Stunden vor mir, ehe ich mich nach dem Kasino von Murano zu begeben hatte, und ich sehnte mich danach, mich an dem Erstaunen meiner schönen Nonne zu werden, wenn sie Pierrot vor sich sehen würde. Während dieser Zeit spielte ich an allen kleinen Banken, gewann, verlor und trieb ungestört tausend Tollheiten, da ich sicher war, von niemand erkannt zu werden; ich genoß die Gegenwart, trotzte der Zukunft und spottete aller derjenigen, welche ihre ganze Vernunft anwenden, um das gefürchtete Unglück zu verhüten, und, um dies zu tun, das gegenwärtige Vergnügen, welches sie genießen könnten, zerstören. Endlich schlägt die Uhr zwei und zeigt mir an, daß Amor und Comus mich zu neuen Genüssen rufen. Die Taschen voll Gold und Silber breche ich auf, fliege nach Murano, trete in das Heiligtum und erblicke meine Göttin, welche sich an den Kamin lehnt. Sie war im Nonnenanzuge; ich nähere mich ihr unbemerkt, um mich an ihrem Erstaunen zu werden; ich sehe sie an und bleibe versteinert stehen. Es ist C. C., als Nonne gekleidet, und noch mehr erstaunt als ich, läßt sie keinen Seufzer vernehmen, spricht keine Silbe, macht keine Bewegung. Ich werfe mich in einen Lehnstuhl, um Zeit zu gewinnen, mich von meinem Erstaunen zu erholen. Der Anblick von C. C. hatte mich vernichtet, und meine Seele war erstarrt wie mein Körper; ich fühlte, daß ich in ein Labyrinth geraten war, welches keinen Ausgang hatte. M. M. ist es, sagte ich zu mir, welche mir diesen Streich gespielt hat; wie hat sie aber erfahren, daß ich der Liebhaber ihrer Freundin bin? Hat C. C. mein Geheimnis verraten? Wenn sie aber es verraten hat, wie kann sie dann wohl die Stirne haben, mir vor Augen zu treten? Wenn M. M. mich liebt, wie hat sie sich dann wohl das Vergnügen versagen können, mich zu sehen, und wie hat sie sich dann durch ihre Nebenbuhlerin vertreten lassen können? Ich sehe darin nur einen Beweis der Verachtung, eine zwecklose Beleidigung. Meine Eigenliebe gab sich alle Mühe, Gründe aufzufinden, welche die Möglichkeit einer solchen Verachtung hätten widerlegen können; aber vergeblich. Düster in meiner Unzufriedenheit vertieft, blieb ich eine halbe Stunde finster und schweigend, die Augen auf C. C. gerichtet, welche kein Wort zu sagen wagte und verlegen und bestürzt dastand, da sie nicht wußte, mit wem sie zusammen war; denn sie konnte in mir höchstens den Pierrot erkennen, welchen sie auf dem Balle gesehen. Da ich in M. M. verliebt und nur ihretwegen gekommen war, so war ich durchaus nicht geneigt, mich auf eine andere Fährte fahren zu lassen, obwohl ich weit entfernt war, C. C. zu verachten. Ich liebte sie zärtlich, ich betete sie an; aber in diesem Augenblicke wollte ich sie nicht, weil ihre Anwesenheit mir von vornherein als eine Mystifikation erschienen war. Ich glaubte, C. C. nicht zärtlich begegnen zu können, ohne mich selbst zu entwürdigen. Überdies war ich, ohne mir selbst Rechenschaft davon zu geben, froh, M. M. eine der Liebe fremde Gleichgültigkeit vorwerfen zu können, und ich wollte so handeln, daß sie nie sollte glauben, mir ein Vergnügen verschafft zu haben. Hierzu kam noch, daß ich glaubte, M. M. wäre in dem geheimen Kabinett und vielleicht auch der Freund. Ich mußte einen Entschluß fassen, denn ich konnte nicht die ganze Nacht im Pierrotkostüme und unter fortwährendem Schweigen zubringen. Ich beabsichtigte zuerst wegzugehen, und zwar um so mehr, als weder C. C. noch ihre Freundin wissen konnten, daß Pierrot ich gewesen; aber bald verwarf ich diese Idee mit Abscheu, denn ich dachte an den tödlichen Schmerz, welchen C. C. empfinden würde, wenn sie es erführe. Endlich kam ich auf den Gedanken, daß sie dies schon vermute, und ich teilte den Schmerz, den sie dann empfinden mußte. Ich hatte sie verführt; ich hatte ihr das Recht gegeben, mich ihren Mann zu nennen. Diese Betrachtungen zerrissen mir das Herz. Wenn M. M. im Kabinett ist, sagte ich zu mir, so wird sie sich zeigen, wenn es Zeit ist. In dieser Voraussetzung nehme ich das Tuch ab, welches die Gaze befestigte, und zeige mein Gesicht. Meine reizende C. C. stößt einen Seufzer aus und sagt: »Ich atme freier! Nur du konntest es sein; mein Herz sagte es mir. Du schienst erstaunt, mein Freund, als du mich sahst; wußtest du denn nicht, daß ich dich erwartete?« »Nein, ich wußte nichts davon.«

»Wenn es dir unangenehm ist, so bin ich in Verzweiflung; aber ich bin unschuldig.«»Angebetete Freundin, komm in meine Arme und glaube nicht, daß ich dir zürnen könnte. Ich bin erfreut, dich zu sehen; du bist immer meine teuerste Hälfte; aber ich bitte dich, mich einer grausamen Ungewißheit zu entreißen, denn du kannst nicht hier sein, ohne ein Geheimnis verraten zu haben.« Und da sie abschwur, auch nur das geringste verraten zu haben, bat ich sie, alles zu erzählen.»Das ist mir lieb und ich werde dir alles erzählen. Du weißt, wie sehr M. M. und ich uns lieben. Als wir heute, kurz nachdem wir über dich als Pierrot gelacht, allein waren, sagte sie, ich solle ihr einen Dienst leisten, von welchem ihr ganzes Glück abhinge. Du kannst dir wohl denken, daß ich ihr antwortete, sie brauche bloß zu sagen, worin dieser bestände. Nun öffnete sie zu meiner großen Verwunderung ihren Schrank und kleidete mich so an, wie du mich hier siehst. Sie lachte und ich lachte ebenfalls, ohne zu wissen, wozu dieser Spaß führen sollte. Als sie mich vollständig als Nonne angekleidet sagte sie, sie wolle mir ein großes Geheimnis anvertrauen: sie habe die Nacht über das Kloster verlassen wollen, nun aber beschlossen, mich dafür ausgehen zu lassen. Dann gab sie mir die Anweisung, der Laienschwester zu folgen, die mich zu einer Gondel bringen würde; dem Gondelführer solle ich nur sagen: zum Kasino. In fünf Minuten würde ich dort sein, ein kleines Gemach finden, wo ich allein sei und warten sollte. Ich fragte: ›Auf wen?‹ ›Auf niemand,‹ sagte sie; ich würde von niemand belästigt werden. Dann bat sie mich, nichts mehr zu fragen. Dies, teurer Freund, ist die reine Wahrheit. Sage mir nun, was ich tun konnte, nachdem ich ihr versprochen, alles zu tun, was sie verlangen würde. Kein gemeines Mißtrauen, denn aus meinem Munde kommt nur die Wahrheit. Ich tat, wie sie geheißen, und hier bin ich nun. Sei überzeugt, daß in dem Augenblicke, wo ich dich erscheinen sah, mein Herz mir sagte, daß du es wärst: aber als ich dich zurückweichen sah, war ich wie vom Blitze getroffen, denn ich sah wohl, daß du mich nicht erwartet hattest. Dein düsteres Schweigen erschreckte mich, und ich hatte nicht gewagt, es zuerst zu brechen, um so weniger, als ich trotz der Stimme meines Herzens mich täuschen konnte; aber sicherlich hätte ich jeden andern als dich an diesem Orte nur mit Abscheu betrachten können. Bedenke, daß seit acht Monaten die Gewalt mich des Vergnügens, dich zu umarmen, beraubt; und jetzt, wo du von meiner Unschuld überzeugt sein mußt, wirst zu erlauben, daß ich dir zu deiner Kenntnis dieses

Kasinos Glück wünsche. Du bist glücklich, und ich bezeige dir meine Freude darüber. M. M. ist nach mir das einzige Weib, welches deine Zärtlichkeit verdient, die einzige, mit welcher ich diese teilen möchte. Ich beklage dich nicht mehr, und dein Glück macht mich glücklich. Umarme mich.« Ich würde zu undankbar, ich würde ein Barbar gewesen sein, wenn ich nicht diesen Engel von Güte und Schönheit, welcher nur durch die Bemühungen einer seltenen Freundschaft vor mir stand, mit dem Ausdrucke der wahrhaftesten Zärtlichkeit umarmt hätte. Nachdem ich ihr versichert, daß ich über ihre Unschuld keinen Zweifel mehr habe, sagte ich ihr, daß ich den Schritt ihrer Freundin sehr zweideutig und sehr wenig geeignet zu einer günstigen Auslegung fände. Ich sagte, daß das Vergnügen, sie zu sehen, abgerechnet, ihre Freundin mir einen sehr unangenehmen Streich gespielt, der mir mißfallen müßte, da ich die darin enthaltene Beleidigung fühlte. C. C. bat mich, zu glauben, daß M. M. sicher von unserer Liebe erfahren habe und uns Gelegenheit geben wollte, uns zu sehen. Ich aber antwortete:»Du hast recht, aber meine Lage ist eine ganz andre als die deinige. Du hast keinen andern Liebhaber und kannst keinen andern haben; aber ich, der ich frei bin und dich nicht sehen konnte, ich konnte den Reizen der M. M. nicht widerstehen. Ich bin sterblich in sie verliebt. Wenn sie mich liebte, wie ich sie liebe, so hätte sie nie die traurige Höflichkeit haben können, dich an ihrer Stelle hierher zu schicken.« Meine liebe Frau verteidigte ihre Freundin weiter:»Ohne Zweifel hat sie dir begreiflich machen wollen, daß sie dich deiner selbst wegen liebt, daß deine Vergnügungen die ihrigen sind, und daß sie nichts dagegen hat, wenn ihre beste Freundin ihre Nebenbuhlerin ist.« Und so brachte sie noch einige Argumente geschickt vor.»Du verteidigst die Sache deiner Freundin wie ein Engel!«sagte ich:»aber du faßt die Sache nicht unter ihrem wahren Gesichtspunkte auf. Du hast Geist und ein reines Herz; aber nicht meine Erfahrung. M. M. hat mich nur aus Laune geliebt, und sie weiß, daß ich nicht einfältig genug bin, um mich betrügen zu lassen, ich fühle mich unglücklich, und das ist ihr Werk.« Dem antwortete sie:»Dann könnte ich ja auch M. M. böse sein, und sie auf mich, da wir beide uns einander sehr lieben. Aber wir sind nicht böse darüber, daß du uns beide liebst. Habe ich dir nicht geschrieben, daß ich dir gern meinen Platz abtreten würde? Du mußt also glauben, daß auch ich dich verachte.«»Meine teure Freundin, dein Wunsch, mir deinen Platz abzutreten, als du noch nicht wußtest, daß ich glücklich war, entsprang mehr aus deiner Freundschaft als aus deiner Liebe, aber ich habe allen Grund böse zu sein, daß auch M. M. so denkt. Ich liebe sie ohne sie heiraten zu können: verstehst du mich nun, mein Engel? Bei dir bin ich sicher, daß du meine Frau wirst, und ich kann daher unserer Liebe vertrauen, welche der eheliche Umgang wieder auffrischen wird. Nicht so ist es mit der Liebe von M. M., für welche keine Wiedergeburt möglich ist. Ist es nicht demütigend für mich, daß ich ihr nur eine vorübergehende Empfindung habe einflößen können? Was dich betrifft, so mußt du sie anbeten. Sie hat dich in alle ihre Geheimnisse eingeweiht, und du schuldest ihr ewige Dankbarkeit und Freundschaft.« Es war Mitternacht, und wir verloren unnützerweise unsere Zeit mit derartigen Reden, als die vorsichtige Hausverwalterin uns aus eigenem Antriebe ein vortreffliches Abendessen brachte. Ich rührte nichts an: das Herz war mir zu schwer; aber mein teures Weibchen speiste mit gutem Appetit. Ich konnte mich des Lachens nicht enthalten, als ich einen Salat von Eiweiß erblickte, und C. C. fand es komisch, daß man das Gelbe herausgenommen. In ihrer Unschuld erriet sie nicht die Absicht derjenigen, welche diese Anordnung getroffen hatte. Während sie aß, konnte ich bemerken, daß sie schöner und ausgebildeter geworden war. C. C. war eine vollkommene Schönheit, aber ich blieb kalt. Ich habe immer geglaubt, daß es kein Verdienst wäre, dem wahrhaft geliebten Gegenstande treu zu bleiben. Zwei Stunden vor Tagesanbruch setzten wir uns wieder ans Feuer, und da C. C. mich traurig sah, so nahm sie die zarteste Rücksicht auf meine Lage. Keine Koketterie, keine Stellung, welche nicht den Charakter des Anstandes gehabt hätte, und ihre zärtlichen und mit einem gewissen Gehenlassen verbundenen Gespräche enthielten nie die Schatten eines Vorwurfs, welchen ich durch meine Kälte wohl verdient hatte. Gegen das Ende unserer langen Unterhaltung fragte sie mich, was sie bei ihrer Rückkehr ins Kloster ihrer Freundin sagen solle, die sie doch fröhlich erwarte. Ich sagte, sie möchte die ganze Wahrheit sagen, worauf sie antwortete, sie werde alles tun, diese Mißstimmung zu zerstreuen. »Du wirst sehen,« sagte ich, »daß M. M. keine Erklärung wünscht. Sie wird dir in allem glauben, außer in einem Punkte.« »Ich kann ihn mir wohl denken; es ist unsere Ausdauer, eine Nacht so unschuldig wie Bruder und Schwester miteinander zuzubringen. Wenn sie dich so gut wie ich kennt, wird sie das für unmöglich halten.« »In diesem Falle sage ihr, wenn du willst, das Gegenteil.« »Rechne nicht darauf. Ich lüge nicht gern, und werde es in diesem Falle gewiß nicht tun; das wäre zu unpassend. Ich liebe dich darum nicht weniger, mein Freund, obwohl du in dieser Nacht nicht die Gewogenheit gehabt hast, mir eine einzige Probe deiner Liebe zu geben.«»Glaube, süße Freundin, daß ich krank vor Traurigkeit bin. Ich liebe dich von ganzem Herzen: aber ich bin in einer Lage–«»Du weinst, mein Freund, du? Oh, ich bitte dich, schone mein Herz. Ich bin in Verzweiflung, daß ich das gesagt habe; aber sei überzeugt, ich hatte nicht die Absicht, dir wehe zu tun. Ich bin sicher, daß in einer Viertelstunde M. M. ebenfalls weinen wird.« Da sich das Schlagen der Uhr hören ließ und ich nicht mehr hoffen konnte, daß M. M. erscheinen würde, um sich zu rechtfertigen, so umarmte ich C. C., und nachdem ich ihr den Schlüssel zum Kasino gegeben, um ihn in meinem Namen M. M. zurückzustellen, maskierte ich mich und ging weg, da meine Freundin ins Kloster zurückkehren mußte. – Es war ein schreckliches Wetter. Der Wind wehte ungestüm, und die Kälte war durchdringend. Ich gelange an den Strand und suche eine Gondel und rufe nach den Schiffern; aber den Polizeigesetzen zuwider war weder Barke noch Schiffer vorhanden. Was sollte ich tun? Da ich mit einem leinenen Anzug bekleidet war, so war ich nicht in der Verfassung, bei diesem Wetter eine Stunde lang auf dem Kai auf und ab zu spazieren. Wahrscheinlich würde ich ins Kasino zurückgekehrt sein, wenn ich den Schlüssel gehabt hätte; aber ich mußte nun dafür büßen, daß ich ihn aus Ärger weggegeben hatte. Der Wind trieb mich fort, und ich konnte in kein Haus treten, um Schutz zu suchen. In meiner Tasche hatte ich dreihundert Philippen, welche ich am vorigen Abend gewonnen, und eine Börse voll Gold. In diesem Zustande hatte ich die Diebe von Murano zu fürchten, sehr gefährliche Halsabschneider, entschlossene Meuchelmörder. Endlich entdecke ich doch in einem Hause Licht, ich klopfe, und als mir ein Mann öffnet, bestimme ich ihn, mich in einer Gondel überzufahren, wobei ich in dem Sturme, der uns ins Meer hinauszutreiben drohte, oft in Gefahr war, das Leben zu verlieren. Und es gelang uns überhaupt nur dadurch, glücklich nach Venedig zu kommen, daß ich eine Handvoll Gold ins Schiff warf und die Schiffer aufforderte, dafür den Teppich ins Meer zu werfen, in welchem sich der entgegenwehende Wind immer fing. Kaum lag ich im Bett, als mich ein starkes Fieber überfiel, das sich mehrere Tage in verstärktem Maße wiederholte.

Am Mittwoch früh morgens kam Laura, die treue Botin, an mein Bett. Ich sagte ihr, ich könnte weder lesen noch schreiben, und bat sie, am folgenden Tage wiederzukommen. Auf einen Leuchterstuhl neben meinem Bette legte sie, was sie mir zu überbringen hatte, und entfernte sich, hinlänglich unterrichtet, um C. C. über meinen Zustand Auskunft geben zu können. Da ich mich gegen Abend etwas besser fühlte, so befahl ich meinem Bedienten, die Tür zu schließen, und öffnete nun den Brief von C. C. Was ich zuerst erblickte und was mir großes Vergnügen machte, das war der Schlüssel zum Kasino, welchen sie mir zuschickte. Er wirkte wie Balsam, der mein Blut kühlte. Der zweite, mir ebenso werte Gegenstand war der Brief von M. M., den ich eiligst erbrach. Sie schrieb: ›Die Einzelheiten, welche Sie im Briefe meiner Freundin gelesen haben oder lesen werden, werden Sie hoffentlich den Fehler, den ich unschuldigerweise begangen, vergessen lassen, denn ich hoffte im Gegenteil, Ihnen ein großes Vergnügen zu bereiten. Ich habe alles gesehen, alles gehört, und Sie würden nicht den Schlüssel abgegeben haben, wenn ich nicht unglücklicherweise eine Stunde vor meinem Aufbruche eingeschlafen wäre. Nehmen Sie den Schlüssel wieder und kommen Sie, da der Himmel Sie aus dem Sturme gerettet hat, morgen abend ins Kasino. Ihre Liebe gibt Ihnen vielleicht ein Recht, sich zu beklagen, nicht aber eine Frau zu mißhandeln, welche Ihnen sicherlich keinen Beweis von Verachtung gegeben hat.‹ Hierauf las ich den Brief meiner teuren C. C., welcher mir alles bestätigte: daß M. M. in dem geheimen Kabinett uns belauscht hatte und nur durch ein unseliges Einschlafen daran verhindert wurde, uns zu versöhnen. Erst als ich weggegangen, wachte sie auf und eilte mit C. C. nach dem Kloster. Als sie sich zu Bett gelegt hatten, gestand ihr M. M. ein, daß es ihr gelungen war, den Ring meiner Frau zu öffnen, um mit Erstaunen zu erfahren, daß sie beide denselben Mann liebten. Nach dem ersten Schmerz, daß sie sich in die Rechte einer andern gedrängt hatte, fand sie Vergnügen an dieser Entdeckung, und sofort entwarf sie den Plan, C. C. und mich glücklich zu machen. Aber welche Furcht und Verwirrung überfiel sie, als sie statt der gehofften Freude eine grausame Enttäuschung bei mir erkennen mußte: sie wollte drei Glückliche machen und mußte das Gegenteil erfahren. Und C. C. berichtete mir die Worte, mit welchen M. M. ihr Geständnis schloß, nachdem sie heilig gebeten, sie möchte mir doch die ganze Wahrheit schreiben. ›Ich bete ihn an, hatte sie gesagt, ich habe seine Tränen gesehen, ich habe gesehen, wie seine Seele zu lieben versteht: ich kenne ihn jetzt. Ich wußte nicht, daß es Männer gäbe, welche so lieben. Ich habe eine schreckliche Nacht verbracht. Glaube nicht, teure Freundin, ich sei böse darüber, daß Du ihm anvertraut, daß wir uns wie zwei Liebende lieben; das mißfällt mir nicht, und es ist gegen ihn keine Plauderhaftigkeit, denn sein Geist ist ebenso frei wie sein Herz gut ist.‹ Und sie schilderte mir dann den Schrecken, als morgens im Kloster erzählt wurde, eine Gondel sei untergegangen, und zu einer Zeit, gerade als ich Murano verließ. M. M. fiel, als sie kaum allein auf dem Zimmer, in Ohnmacht. Erst die Tante meiner C. C. berichtete ihnen, der Pierrot, der sie so belustigt, sei fast umgekommen, und sie hatte wirklich alle Einzelheiten genau erzählt, vor allem, daß ich den Schiffern eine Handvoll Gold in die Gondel streute, um sie zu veranlassen, den Teppich herauszuwerfen. Auch hatte die Tante meinen Namen genannt und so erfuhr M. M., wer ich bin. Komisch fanden beide, daß überall erzählt wurde, ich hätte die Nacht auf dem Ball in Briati zugebracht. Und zum Schluß hieß es, M. M. habe den Brief drei-, viermal gelesen und ihre Freundin mit Küssen bedeckt. Es bedurfte dessen nicht, um mich wieder zur Vernunft zu bringen. Als ich den Brief gelesen, war ich Bewunderer von C. C. und inbrünstiger Anbeter von M. M. Aber leider war ich gelähmt, obwohl ohne Fieber. Ich schrieb aber trotzdem ein wenig und beruhigte meine C. C. vollkommen, auch möchte sie überzeugt sein, daß ich mein Unrecht einsehe, und M. M. die überzeugendsten Beweise davon geben werde, sobald ich wieder imstande sein würde, ins Kasino zu kommen. An M. M. aber schrieb ich einen Brief voll zärtlicher Reue und Zerknirschung, in dem ich mich ihrer unwert nannte. Nach sechs Tagen aber konnte ich erst wieder das Kasino in Murano besuchen. Ich fand dort einen Brief von M. M. Sie sagte, sie sterbe vor Ungeduld, zu erfahren, ob ich wiederhergestellt und im Besitze ihres Kasinos und aller damit verbundenen Rechte, die mir für immer verbleiben sollten, wäre. ›Melde es mir, ich bitte dich,‹ sagte sie, ›wenn du glaubst, daß wir uns in Murano oder Venedig, ganz nach deinem Belieben, wiedersehen können. Rechne darauf,‹ fügte sie hinzu, ›daß wir an beiden Orten ohne Zeugen sein werden.‹ Ich antwortete sogleich, daß wir uns übermorgen an dem Orte, wo ich mich befände, wiedersehen würden; denn an demselben Orte, wo ich sie beleidigt, müßte ich hier Liebesabsolution empfangen.

Ich brannte vor Begier, sie wiederzusehen, denn ich schämte mich, daß ich ungerecht gegen sie hatte sein können, und ich sehnte mich, mein Unrecht wieder gutzumachen. Da ich ihren Charakter kannte, so fand ich es bei ruhigem Nachdenken augenscheinlich, daß das, was sie getan, kein Zeichen der Verachtung, sondern die fein berechnete Tat einer Liebe war, welche nur mich selbst zum Gegenstande hatte. Konnte sie wohl, seitdem sie entdeckt, daß ich der Liebhaber ihrer jungen Freundin war, denken, daß ich sie allein liebte! Wie die Liebe, welche sie für mich hatte, sie nicht hinderte, gegen den Gesandten gefällig zu sein, so setzte sie auch voraus, daß ich es gegen C. C. sein könnte. Sie dachte nicht an die verschiedene Beschaffenheit der beiden Geschlechter und an das Vorrecht, dessen sich die Frauen erfreuen. Jetzt, wo die Jahre mein Haar weiß gefärbt und das Feuer meiner Sinne gedämpft haben, läßt mich meine ruhigere Phantasie anders denken; und ich sehe wohl ein, daß meine schöne Nonne gegen die Scham und die Bescheidenheit, die beiden schönsten Erbstücke der schöneren Hälfte des Menschengeschlechts, fehlte; aber wenn dieses wahrhaft einzige oder doch seltene Weib diese schiefe Ansicht hatte, welche ich damals für eine Tugend hielt, so war sie wenigstens frei von dem schrecklichen Gifte, welches man Eifersucht nennt: eine unselige Leidenschaft, welche das unglückliche Wesen, das von ihr befallen wird, aufzehrt, und den Gegenstand, der sie erzeugt und an dem sie sich ausläßt, austrocknet. Zwei Tage darauf, am vierten Februar Siebzehnhundertvierundfünfzig, hatte ich das Glück, mit meinem Engel wieder zusammenzukommen. Sie war als Nonne gekleidet. Da wir uns gegenseitig für schuldig hielten, so fielen wir, sobald wir uns erblickten, unwillkürlich einander zu Füßen. Wir beide hatten den Liebesgott schlecht behandelt, sie, indem sie wie ein Kind mit ihm umgegangen, ich, indem ich ihn wie ein Jansenist angebetet. Welche Sprache könnte aber wohl die Entschuldigungen, die wir einander zu machen hatten, die Vergebungen, die wir zu erlangen hatten, ausdrücken? Der Kuß, diese stumme und ausdrucksvolle Sprache, diese feine und wollüstige Berührung, welche das Gefühl durch alle Adern rollen läßt, welche ausdrückt, was das Herz empfindet und was der Geist sinnt, diese Sprache war die einzige, welche wir brauchten, und wie bald, o Leser, waren wir eins, ohne eine Silbe gesprochen zu haben. In der höchsten Rühmung standen wir, da wir uns sehnten, uns Beweise von der Aufrichtigkeit unserer Versöhnung, von dem uns verzehrenden Feuer zu geben, ohne uns loszulassen, auf und sanken auf das nahe Sofa, wo wir blieben, bis ein langer Seufzer sich uns entwandt, den wir nicht hätten zurückhalten mögen, und wenn es auch der letzte gewesen wäre. So kam die glückliche Versöhnung zustande, und da die Ruhe, welche eine beglückende Überzeugung in der Seele zurückläßt, unser Glück verdoppelt hatte, so brachen wir in ein gemeinsames Gelächter aus, als wir bemerkten, daß ich noch Mantel und Maske anhatte. Nachdem wir herzlich gelacht, demaskierte ich mich und fragte, ob unsere Versöhnung auch wirklich keinen Zeugen gehabt. Statt aller Antwort ergriff sie ein Licht und nahm mich bei der Hand. »Komm,« sagte sie. Sie führte mich in das Zimmer, wo ein großer Schrank stand von welchem ich mir schon früher gedacht, daß er das große Geheimnis berge. Sie öffnete ihn, und nachdem sie ein Schiebbrett zurückgeschoben, sah ich eine Tür, durch welche wir in ein kleines Kabinett traten, welches alles enthielt, was jemand, der mehrere Stunden hier verweilen wollte, bedürfen konnte. Neben dem Sofa war ein bewegliches Brett. M. M. zog es weg und durch zwanzig in einiger Entfernung voneinander angebrachte Löcher sah ich alle Teile des Zimmers, wo der neugierige Freund meiner Schönen die sechs Akte des Stückes hatte aufführen sehen, welches die Natur und die Liebe in Szene gesetzt hatten, und ich denke wohl, daß er mit den Schauspielern nicht unzufrieden gewesen war. »Jetzt«, sagte M. M., »will ich die Neugier befriedigen, welche du vorsichtigerweise nicht dem Papiere anvertraut hast.« »Aber du kannst nicht wissen – –« »Schweige, mein Herz; die Liebe wäre nicht göttlich, wenn sie nicht prophetisch wäre; sie weiß alles, und zum Beweise frage ich dich, ob du nicht zu wissen wünschest, ob der Freund in jener verhängnisvollen Nacht, die mir soviel Tränen gekostet hat, nicht bei mir war?« »Eben das.« »Wohlan, ja! Er war da, und du brauchst es nicht zu bedauern, denn du hast ihn vollends bezaubert. Er hat deinen Charakter, deine Liebe, dein Gefühl und deine Redlichkeit bewundert: er konnte sein Erstaunen über die Richtigkeit meines Instinkts nicht zurückhalten, und die Leidenschaft, welche du mir eingeflößt, nicht genug billigen. Er tröstete mich, indem er mir versicherte, es wäre unmöglich, daß du nicht zu mir zurückkämst, sobald ich dich mit meinen Gefühlen, der Reinheit meiner Absicht und meiner Aufrichtigkeit bekannt gemacht hätte.« »Aber ihr müßt oft eingeschlafen sein, denn ohne ein lebhaftes Interesse ist es nicht möglich, acht Stunden in der Dunkelheit und im

Schwingen zuzubringen.«»Wir waren vom lebhaftesten Interesse bewegt; übrigens waren wir doch nicht im Dunkeln, wenn diese Löcher geöffnet waren. Während wir zu Abend speisten, war das Brett weggezogen, und wir hörten schweigend alles, was ihr spracht. Das Interesse, welches meinen Freund wachhielt, übertraf unmöglich noch das, welches du mir einflößtest. Er sagte, er sei nie mehr als bei dieser Gelegenheit in der Lage gewesen, das menschliche Herz zu studieren, und du hättest wohl noch nie eine so schmerzliche Nacht zugebracht. Du flößtest ihm Mitleid ein. C. C. entzückte uns, denn es ist unbegreiflich, wie ein junges fünfzehnjähriges Mädchen ohne andere Mittel als die Natur und die Wahrheit, mich so hat rechtfertigen können, wenn sie nicht die Seele eines Engels hat. Wenn du sie heiratest, bekommst du ein himmlisches Weib. Ich werde unglücklich werden, wenn ich sie verliere, aber dein Glück wird mich entschädigen. Weißt du wohl, mein Freund, daß ich nicht begreife, wie du dich hast in mich verlieben können, nachdem du sie kanntest, und daß ich ebensowenig begreife, wie sie mich nicht verabscheut, nachdem sie erfahren, daß ich ihr dein Herz entrissen? Meine teure C. C. hat in ihren Empfindungen wirklich etwas Großartiges. Und weißt du, weshalb sie dir ihre unfruchtbare Liebschaft mit mir anvertraut hat? Um ihr Gewissen wegen der Art Untreue, die sie gegen dich begangen hat, zu entlasten.« Währenddessen hatte die vorsorgliche Hausverwalterin das Abendessen aufgetragen und wir setzten uns zu Tische; M. M. machte die Bemerkung, daß ich magerer geworden.»Die physischen Leiden«, erwiderte ich,»machen nicht fett, und die moralischen Leiden zehren ab. Aber wir haben beide genug gelitten, und wir werden vernünftig genug sein, keine schmerzlichen Erinnerungen wieder aufzufrischen.« »Ja, mein Freund, ich denke wie du: die Augenblicke, welche der Mensch dem Unglück oder dem Leiden abtreten muß, sind für das Leben verloren; aber man verdoppelt die Existenz, wenn man das Talent hat, das Vergnügen zu vervielfältigen, welcher Art es auch sein mag.« An diesem Abend erfuhr ich auch von ihr selbst, daß ihr Liebhaber der französische Gesandte, Herr von Bernis, ist, und daß dieser brennend gern wünsche, mich kennen zu lernen. Dazu wußte mich meine teure M. M. zu bestimmen, ihm in meinem Kasino ein Abendessen zu geben, was unter Wahrung der Schicklichkeitsmaske geschehen sollte, wie M. M. und ich uns verabredeten. Wir brachten dann Amor unsre Huldigungen, schliefen gegen Mitternacht ein, Mund gegen Mund gedrückt, und am Morgen, als die Zeit der Trennung gekommen, fanden wir uns in derselben Lage. Die Partie, welche ich mit meiner teuren M. M. angeordnet, erfüllte mich mit Freuden, und ich mußte allem Anscheine nach glücklich sein. Ich war es nicht; woraus entstand aber die Unruhe, welche mich quälte? Aus meiner traurigen Gewohnheit, zu spielen. Diese Leidenschaft war eingewurzelt bei mir: Leben und Spielen waren für mich zwei identische Sachen; da ich nun nicht Bank halten konnte, so pointierte ich in der Redoute und verspielte hier morgens und abends, was mich unglücklich machte. Man wird mich ohne Zweifel fragen, warum spieltest du, da dir nichts fehlte und da du so viel Geld, wie Du nur wünschen konntest, zur Befriedigung deiner Launen hattest? Diese Frage würde mich in Verlegenheit setzen, wenn ich es mir nicht zum Gesetz gemacht hätte, nur die Wahrheit zu sagen. Wohlan! meine Herren Neugierigen, wenn ich, während ich doch fast gewiß war, zu verlieren, spielte, obwohl vielleicht niemand mehr als ich für Verluste im Spiel empfindlich war, so ist der Grund der, daß ich den Dämon des Geizes in mir hatte, daß ich das Geldausgeben, sogar die Verschwendung liebte, und doch das Herz mir blutete, wenn ich anderes Geld, als was ich im Spiele gewonnen, ausgeben mußte. Es war dies ein häßlicher Fehler, teurer Leser, und ich will mich deswegen nicht entschuldigen. Wie dem aber auch sein mag, in den vier Tagen, welche bis zu unserm verabredeten Zusammentreffen verflossen, verlor ich alles Geld, was M. M. mich hatte gewinnen lassen. An dem glühend herbeigewünschten Tage begab ich mich in mein Kasino, wo ich zur verabredeten Zeit M. M. und ihren Freund fand, welchen sie mir in aller Form vorstellte, sobald er seine Maske abgenommen. Mein Abendessen war fein, reichlich und mannigfaltig, und mein Benehmen gegen das schöne Paar war das eines Privatmannes, welcher an seiner Tafel seinen Herrscher und dessen Geliebte bewirtet. Ich bemerkte, daß M. M. über mein ehrfurchtsvolles Betragen gegen sie, sowie über die Reden, durch welche ich den Gesandten zu bewegen wußte, mir aufmerksam zuzuhören, außerordentlich erfreut war. Der Ernst einer ersten Zusammenkunft verhinderte nicht den feinen Scherz, denn in dieser Beziehung war Herr von Bernis Franzose in der ganzen Bedeutung des Worts. Die ganze Unterhaltung während des Abendessens war mit witzigen Einfällen gewürzt, und die liebenswürdige M. M. wußte die Unterhaltung geschickt auf die romantische Kombination zu lenken, durch welche sie meine Bekanntschaft gemacht. Dadurch kam das Gespräch ganz natürlich auf meine Leidenschaft für C. C., und sie entwarf von dieser reizenden Person eine so interessante Schilderung, daß der Gesandte ihr so aufmerksam zuhörte, als ob er sie nie gesehen. Er mußte diese Rolle spielen, denn er konnte nicht wissen, daß mir seine Anwesenheit in dem Verstecke während meiner törichten Zusammenkunft mit ihr bekannt war. Er sagte, sie würde ihm das größte Vergnügen bereitet haben, wenn sie ihre Freundin zum Abendessen mitgebracht hätte.»Ich hätte«, antwortete die feine Nonne,»mich zu vielen Gefahren aussetzen müssen; aber«, fügte sie hinzu, indem sie sich mit ebenso edler wie gefälliger Miene zu mir wendete,»wenn es Ihnen Vergnügen macht, so könnten Sie bei mir mit ihr zu Abend speisen, denn wir schlafen in demselben Zimmer.« Dieses Anerbieten setzte mich in großes Erstaunen; aber es war nicht der Augenblick, meine Verwunderung zu zeigen.»Das Vergnügen, mit Ihnen, Madame, zusammen zu sein,« versetzte ich,»ist keiner Steigerung fähig; jedoch gestehe ich, daß eine solche Gunst mir nicht gleichgültig sein würde.« Darauf bat der Gesandte höflich, wenn er mit von der Gesellschaft sein sollte, doch C. C. davon in Kenntnis zu setzen. Nach mancherlei Gesprächen nahmen meine Gäste Abschied. Als ich andern Tags in das Kasino von Murano kam, fand ich dort einen Brief, worin mich M. M. aufs zärtlichste bat, ihr mitzuteilen, ob ich die Partie zu vieren nicht nur aus Höflichkeit gebilligt. In diesem Falle werde sie die Sache in blauen Dunst aufgehen lassen. Ihre Furcht war natürlich, aber falsche Scham hinderte mich, mein Wort zurückzunehmen. M. M. kannte mich sehr gut, und als geschickte Taktikerin griff sie mich an meiner schwachen Stelle an. Ich schrieb ihr sofort, bat sie, meine Empfindlichkeit, die ich gezeigt, zu vergessen und führte als Grund des Abendessens an: dadurch könnte C. C. ein vornehmes Auftreten in der Gesellschaft lernen, wozu sie nirgends besser Gelegenheit fände, als in ihrer Schule. So war es mir also unmöglich zurückzutreten; aber es muß mir gestattet sein, alle Betrachtungen anzustellen, zu denen meine Kenntnis des menschlichen Herzens mich in den Stand setzte. Es war mir aufs unzweifelhafteste klar, daß sich der Gesandte in C. C. verliebt und daß er sich gegen M. M. erklärt hatte. Diese war nicht in der Lage, seiner Liebe entgegenzutreten, und hatte sich ohne Zweifel zu allem bequemen müssen, was seiner Leidenschaft förderlich sein konnte.

Offenbar konnte sie nichts ohne meine Zustimmung tun, und die Sache war ihr zu zart erschienen, als daß sie gewagt hätte, mir die Partie ohne weiteres vorzuschlagen. Sie hatten also die Verabredung getroffen, das Gespräch auf diesen Gegenstand zu bringen, so daß ich aus Höflichkeit, vielleicht sogar fortgerissen durch mein Gefühl, meine Zustimmung geben und in die Schlinge gehen mußte. Der Gesandte, der die Kunst besaß, eine Intrige gut zu leiten, hatte seinen Zweck erreicht, und ich hatte ganz nach Wunsch angebissen. Es blieb mir nur übrig; gute Miene zum bösen Spiel zu machen, sowohl um nicht eine sehr einfältige Figur zu spielen, als auch, um mich nicht undankbar gegen einen Mann zu bezeigen, welcher mir unerhörte Vorrechte eingeräumt hatte. Aber die Folge dieser Intrige konnte von meiner Seite eine Erkältung gegen die eine oder die andere meiner Geliebten sein. M. M. hatte dies sehr wohl gefühlt, als sie nach Hause gekommen war, und da sie allem aufs beste vorbeugen wollte, so hatte sie sich beeilt, mir zu schreiben, daß sie, ohne mich bloßzustellen, den Plan zum Scheitern bringen werde, falls ich ihr Anerbieten nicht annähme. Die Eigenliebe ist eine stärkere Leidenschaft als die Eifersucht. Sie gestattet einem Manne, welcher auf Geist Anspruch macht, nicht, sich eifersüchtig zu zeigen, namentlich einem andern gegenüber, welcher sich frei von dieser gemeinen Leidenschaft gezeigt. An dem verabredeten Tage traf ich den Gesandten schon im Kasino; während wir plauderten, kamen unsere Freundinnen. C. C. machte eine Bewegung des Erstaunens, als sie mich in Gesellschaft eines andern Mannes erblickte; aber ich ermutigte sie, als ich sie aufs zärtlichste empfing, und sie sammelte sich bald wieder, als sie sah, daß der Fremde entzückt war, sie ein an sie gerichtetes Kompliment in gutem Französisch beantworten zu hören. C. C. war entzückend. Ihr zugleich lebhafter und bescheidener Blick schien zu sagen: du mußt mir gehören. Hierzu kam mein Wunsch, sie glänzen zu sehen, und diese doppelte Empfindung war mir behilflich, die gemeine Eifersucht zu verscheuchen, welche mich wider meinen Willen beschlichen hatte. Ich bemühte mich, sie über Sachen sprechen zu lassen, von denen ich wußte, daß sie ihr bekannt, so konnte sie ihren natürlichen Verstand aufs beste entfalten. Da sie mit Beifall aufgenommen, da ihr geschmeichelt wurde, und sie durch die Zufriedenheit, welche sie in meinen Blicken las, angefeuert wurde, so schien meine C. C. dem Herrn von Bernis fast ein Wunder, und sonderbarer Widerspruch des menschlichen Herzens: ich freute mich darüber und zitterte dennoch, daß er sich in sie verlieben könnte. Welches Rätsel! Ich arbeitete selbst an einem Werke, welches mich hätte bewegen können, jeden andern, der es unternommen haben würde, zu ermorden.

Während des Abendessens, welches eines Königs würdig war, hatte der Gesandte für C. C. alle nur möglichen Aufmerksamkeiten. Der Geist, die Heiterkeit, der Anstand und der gute Ton führten den Vorsitz bei unsrer hübschen Partie und schlossen die belustigenden Reden nicht aus, welche der französische Geist in jede Unterhaltung zu mischen versteht. Wir hatten fünf köstliche Stunden verbracht; aber am meisten schien der Gesandte befriedigt zu sein. M. M. hatte das Aussehen eines Menschen, der mit ihrem Werke zufrieden war, und ich spielte den Beistimmenden. C. C. schien sehr erfreut, uns allen gefallen zu haben, und man konnte glauben, daß sie etwas eitel sei, weil der Gesandte sich ganz besonders mit ihr beschäftigte. Sie betrachtete mich lächelnd, und ich verstand sehr gut die Sprache ihrer Seele; sie wollte sagen, sie fühle wohl den Unterschied zwischen dieser Gesellschaft und derjenigen, in welcher ihr Bruder uns einen so ekelhaften Beweis seiner Roheit gegeben. Nach Mitternacht wurde der Vorschlag gemacht, uns zu trennen, und Herr von Bernis mußte die Kosten der Komplimente bestreiten. Als ich am nächsten Tage über dieses exemplarische Abendessen nachdachte, wurde es mir nicht schwer, einzusehen, wo die Sache hinaus sollte. Der Gesandte verdankte sein Glück allein dem schönen Geschlechte, weil er im höchsten Grade die Kunst besaß, die Liebe zu überzuckern; und da er von Natur sehr wollüstig war, so fand er seine Rechnung dabei; denn er verstand die Begierde rege zu machen und verschaffte sich dadurch Genüsse, die seines feinen Gefühls würdig waren. Ich sah, daß er in C. C. sterblich verliebt war, und ich war weit entfernt, ihn für einen Menschen zu halten, der sich begnügen würde, ihre schönen Augen anzusehen. Gewiß hat er seinen Plan, und M. M. leitet, trotz ihrer Rechtschaffenheit, dessen Ausführung; sie wird dabei so geschickt und fein zu Werke gehen, daß ich nichts bemerken werde. Obgleich ich mich nicht geneigt fühlte, meine Gefälligkeit über das richtige Maß hinaus auszudehnen, so sah ich doch, daß ich betrogen worden und meine arme C. C. das Opfer eines Taschenspielerstreichs werden würde. Ich konnte mich weder entschließen, mit guter Manier einzuwilligen, noch die Sache zu hindern, und da ich meine kleine Frau keiner Verirrung für fähig hielt, so wiegte ich mich im Vertrauen auf die Schwierigkeit, sie zu verführen, in den Schlaf. Törichte Berechnung! Die Eigenliebe und eine falsche Scham hinderten mich, von meinem gesunden Menschenverstande Gebrauch zu machen. Diese Intrige versetzte mich in einen fieberhaften Zustand, denn ich fürchtete ihre Folgen; und dennoch stachelte mich die Neugier so sehr, daß ich den Zeitpunkt beschleunigte. Ich wußte wohl, daß dieses Seitenstück zum ersten Abendessen nicht bedingte, daß dasselbe Stück von neuem aufgeführt würde, und ich sah sehr bedeutenden Varianten entgegen. Endlich glaubte ich auch, meine Ehre sei dabei beteiligt, daß ich mein Benehmen nicht ändere, da ich aber den Ton angeben konnte, so gelobte ich mir, fein genug zu sein, um ihre Berechnung zuschanden zu machen. Trotz aller dieser Betrachtungen, welche mir die Zuversicht eines Feigen gaben, welcher den Entschluß gefaßt hat, tapfer zu sein, ließ mich die Unerfahrenheit von C. C., welche trotz aller erlangten Kenntnisse unerfahren war, das schlimmste fürchten. Man konnte ihr Bestreben, höflich zu sein, mißbrauchen; indes wurde diese Furcht wieder durch das Vertrauen, welches mir M. M.s Zartgefühl einflößte, gehoben, da sie wußte, daß ich die Absicht hatte, sie zu heiraten, so konnte ich sie eines gemeinen Verrats nicht für fähig halten. Alle diese Betrachtungen eines schwachen und verschämten Eifersüchtigen bewiesen nichts; ich mußte mich meinem Schicksale überlassen und sehen, was herauskommen würde. Zur bestimmten Zeit begab ich mich ins Kasino und fand meine schönen Freundinnen am Feuer.»Guten Abend, meine Göttinnen: wo ist unser liebenswürdiger Franzose?«»Er ist noch nicht gekommen,« sagte M. M.,»aber er wird ohne Zweifel kommen.«Ich demaskiere mich und setze mich zwischen sie und gebe ihnen tausend Küsse, sorgfältig darauf bedacht, keiner einen Vorzug zu zeigen; und obwohl mir bekannt war, daß sie wußten, daß ich auf die eine wie auf die andere ein unbestreitbares Recht hatte, blieb ich dennoch in den Grenzen anständiger Zurückhaltung; ich machte ihnen Komplimente über ihre gegenseitige Zuneigung und sah: sie waren erfreut, daß sie darüber nicht zu erröten brauchten. Mehr als eine Stunde verging uns unter galanten und freundschaftlichen Reden, ohne daß ich mir, trotz meiner Glut, irgendeine Befriedigung zu verschaffen erlaubte; denn M. M. zog mich mehr an als C. C., aber um alles in der Welt hätte ich dieses reizende Mädchen nicht beleidigen mögen.

Plötzlich meldet uns ein Billett des Gesandten, daß es ihm unmöglich zu kommen, daß er aber hoffe, sich am Freitag in der gleichen Gesellschaft zu finden. M. M. fragte mich, ob ich dann kommen wolle. »Ja, und mit Vergnügen,« antwortete ich. »Aber was fehlt dir denn, teure C. C.? Du siehst so traurig aus.« »Wenn ich traurig bin, so bin ich es nur meiner Freundin wegen, denn ich habe nie einen so höflichen und verbindlichen Mann gesehen.« »Sehr gut, meine Teure, ich bin entzückt, daß er dich empfänglich gestimmt hat.« »Empfänglich! Kann man denn für sein Verdienst unempfänglich sein?« »Noch besser! Aber ich bin ganz deiner Ansicht. Sage mir nur, ob du ihn liebst.« »Wenn ich ihn liebte, so würde ich es ihm doch nicht sagen. Auch bin ich überzeugt, daß er meine Freundin liebt.« Nach diesen Worten stand sie auf und setzte sich M. M. auf den Schoß, welche sie ihre Frau nennt, und nun beginnen die beiden Schönen sich zu liebkosen, daß man vor Lachen sterben möchte. Weit entfernt, sie in ihrem Spiele zu stören, feure ich sie an, um ein Schauspiel zu genießen, welches mir längst bekannt war. M. M. nahm ein Kupferstichheft, in welchem die wollüstigsten Stellungen abgebildet waren, und mir einen bedeutungsvollen Wink gebend sagte sie: »Willst du, daß ich in dem Zimmer und dem Alkoven Feuer machen lasse?« Auf ihren Gedanken eingehend, antwortete ich: »Du wirst mir einen Gefallen tun, denn zu dritt wird das Glück, welches wir ersehnen, unermeßlich sein.« Ich erriet, daß sie fürchtete, ich könnte argwöhnen, ihr Freund wolle den Anblick unsres Trios genießen, und durch ihren Vorschlag wollte sie diesen Verdacht entfernen, ohne sich darüber auszusprechen. Es war natürlich, daß wir uns bald umarmten. Zuerst war ich nur Zuschauer des unfruchtbaren Kampfes, welchen sich meine beiden Schönen lieferten, und ich erfreute mich des Gegensatzes der Farben, denn die eine war blond, die andere braun; bald aber fühlte ich mich selbst von allem Feuer der Wollust durchglühe, stürze mich auf sie und ließ bald die eine, bald die andre vor Liebe und Glück vergehen. Wir verließen uns mit Tagesanbruch erschöpft und gedemütigt, daß wir unsre Erschöpfung eingestehen mußten, aber gegenseitig beglückt und vom Wunsche erfüllt, die Freuden bald zu erneuern. Als ich am nächsten Tage über diese zu lebhafte Nacht nachdachte, in welcher die Liebe nach ihrer Gewohnheit die Vernunft über den Haufen geworfen hatte, fühlte ich Gewissensbisse. M. M. wollte mich überzeugen, daß sie mich liebe und deshalb vereinigte sie mit ihrer Liebe alle Tugenden, welch mit der meinigen verbunden waren, Ehre, Zartgefühl und Redlichkeit; aber ihr Temperament, welchem ihr Geist unterworfen war, riß sie zu Ausschweifungen hin, und sie traf alle Vorbereitungen, sich ihnen zu überlassen, und wartete nur den Augenblick ab, wo sie mich zu ihrem Mitschuldigen gemacht haben würde. Sie schmeichelte der Liebe, um sie schmiegsam zu machen und um sie sich zu unterwerfen, weil ihr Herz, welches von ihren Sinnen beherrscht wurde, ihr keinen Vorwurf machte. Sie suchte sich zu täuschen, indem sie bemüht war zu ignorieren, daß ich mich über eine Überraschung beklagen könne. Sie wußte, daß ich, um dahin zu kommen, mich für schwächer oder weniger tapfer als sie bekennen mußte, und sie rechnete auf meine Scham. Ich bezweifelte keinen Augenblick, daß die Abwesenheit des Gesandten eine freiwillige und verabredete gewesen. Ich sah noch weiter denn es schien mir erwiesen, daß die Verschwörerin vorausgesehen, daß ich ihre Feinheit erraten, und so bei der Ehre gefaßt, mich nicht weniger großmütig zeigen würde, als sie, wie leid es mir auch tun möchte. Da mir der Gesandte eine köstliche Nacht verschaffte, so konnte ich wohl nicht umhin, ihm in gleicher Weise zu dienen. Meine Freunde hatten richtig gefolgert, denn trotz der geistigen Kämpfe, welche ich zu bestehen hatte, war es mir doch klar, daß ich mich ihrem Siege nicht widersetzen dürfe. C. C. konnte sie nicht in Verlegenheit setzen, denn sie waren sicher, diese zu besiegen, wenn meine Anwesenheit sie nicht hemmte. Das war M. M.s Sache, denn sie hatte C. C.s Geist unterjocht. Arme junge Person! Ich sah sie auf dem Wege zum Laster, und das war mein Werk! Ich seufzte vor Schmerz, wenn ich bedachte, daß ich sie während unserer letzten Orgie nicht geschont; und was sollte aus mir werden, wenn beide zu gleicher Zeit in die Lage kamen, aus dem Kloster zu fliehen? Dann lagen sie mir beide auf dem Halse, und die Aussicht auf eine solche Fruchtbarkeit war nicht sehr verlockend. Es war ein sehr unangenehmer embarras de richesse. In dem unglückseligen Kampfe zwischen Vernunft und Vorurteil, Natur und Gefühl konnte ich mich weder dazu entschließen, zum Abendessen zu gehen, noch dazu, nicht hinzugehen. Gehe ich hin, so wird die Nacht sehr anständig verfließen; aber ich mache mich lächerlich, zeige mich eifersüchtig, undankbar und sogar unhöflich; gehe ich nicht hin, so ist C. C. verloren, wenigstens für mich, denn ich fühle, daß ich sie dann nicht mehr lieben werde, und ich muß dann der Idee, sie zu heiraten, Lebewohl sagen.

In der ängstlichen Verlegenheit, in welcher ich mich befand, erkannte ich wohl, daß ich mich auf etwas mehr als bloße Wahrscheinlichkeiten stützen müsse. Ich maskiere mich und gehe nach dem Palaste des französischen Gesandten. Ich wende mich an den Schweizer, welchem ich sage, ich habe einen Brief nach Versailles, und er werde mir einen Gefallen tun, wenn er ihn dem Kurier übergeben wolle, der mit den Depeschen Seiner Exzellenz dorthin zurückkehren werde.»Aber, mein Herr,« sagte der Schweizer,»wir haben seit zwei Monaten keinen außerordentlichen Kurier bekommen.«»Aber der Herr Gesandte hat doch die ganze Nacht gearbeitet.«»Das ist möglich, mein Herr, aber nicht hier, denn Seine Exzellenz hat bei dem spanischen Gesandten zu Abend gespeist und ist erst sehr spät nach Hause gekommen.« Ich hatte richtig geraten: kein Zweifel mehr. Der Schritt ist getan: ich kann nur noch auf eine schmachvolle Weise zurücktreten; es ist C. C.s Sache, zurückzutreten, wenn die Partie nicht nach ihrem Geschmacke ist: Gewalt wird man ihr nicht antun. Die Würfel sind geworfen. Gegen Abend gehe ich ausdrücklich ins Kasino nach Murano und schreibe an C. C. ein Billett, worin ich sie bitte, mich zu entschuldigen, wenn ich durch eine wichtige Angelegenheit, welche Herrn von Bragadino zugestoßen wäre, verhindert würde, die Nacht mit ihr und meinen beiden Freunden zuzubringen, und bat sie, diese von mir zu grüßen und mich bei ihnen zu entschuldigen. Nach dieser herrlichen Tat kehre ich in sehr übler Laune nach Venedig zurück, und um mich zu zerstreuen, spielte ich und verlor während der ganzen Nacht. Am zweitfolgenden Tage ging ich nach Murano, da ich sicher war, einen Brief von M. M. zu finden, und wirklich übergab mir der Hausverwalter ein Paket, welches einen Brief von meiner Nonne und einen von C. C. enthielt, denn zwischen beiden war jetzt alles gemeinsam. Der Brief der letzten lautete folgendermaßen: ›Es war uns sehr unangenehm, teurer Freund, zu erfahren, daß wir nicht das Glück haben würden. Dich zu sehen. Der Freund meiner teuren M. M. kam eine Viertelstunde hernach und war ebenfalls sehr mißvergnügt darüber. Wir machten uns auf ein sehr trauriges Abendessen gefaßt, aber die hübschen Reden dieses Herrn erheiterten uns, und Du kannst Dir nicht denken, wie ausgelassen lustig wir wurden, als wir Punsch von Champagner getrunken hatten. Unser Freund war ebenso ausgelassen wie wir, und wir haben die Nacht nicht in einem langweiligen Trio, sondern sehr munter verlebt. Ich kann Dir versichern, daß er ein liebenswürdiger Mann und wie gemacht ist, um geliebt zu werden; aber er bleibt in allem weit unter Dir. Sei überzeugt, daß ich Dich immer lieben werde und Du immer der Herr meines Herzens bleiben wirst.‹ Trotz meines Ärgers mußte ich über diesen Brief lachen; aber der von M. M. war noch weit sonderbarer. ›Ich bin überzeugt mein Herz, daß Du aus reiner Höflichkeit gelogen hast; aber Du hast erraten, daß ich dies erwartete. Du hast unserm Freunde ein prachtvolles Geschenk machen wollen in Erwiderung dessen, welches er Dir gemacht hatte, indem er es nicht hinderte, daß seine M. M. Dir sein Herz schenkte. Dies besitzt ganz und gar mein Freund, und es würde in jedem Falle Dein geblieben sein; aber es ist süß, die Freuden der Liebe mit jedem Reize würzen zu können. Was C. C. betrifft, so denkt sie jetzt so frei wie wir, und ich wünsche mir Glück, daß sie mir dafür verpflichtet ist; Du mußt mir Dank dafür wissen, daß ich sie ausgebildet und ganz Deiner würdig gemacht habe. Ich hätte wohl gewünscht, daß Du im Kabinett verborgen gewesen wärst, wo Du, wie ich überzeugt bin, köstliche Stunden verlebt haben würdest. Mittwoch werde ich allein sein, und Dir in Deinem Kasino in Venedig ganz angehören; laß es mich wissen, ob Du Dich zur gewöhnlichen Stunde bei der Statue des Helden Colleoni einfinden willst, und wenn Du nicht kommen kannst, so bestimme mir einen anderen beliebigen Tag.‹ Ich mußte diese beiden Briefe in demselben Tone beantworten, und trotz der Bitterkeit, welche sich durch alle meine Adern schlich, mußten meine Antworten doch in Honig getaucht sein. Ich mußte eine Kraftanstrengung machen; aber ich sagte zu sehr gelegener Zeit zu mir: Georges Dandin, du hast es gewollt. Ich konnte nicht anders, als die Strafe meiner Werke tragen, und ich habe nie erkennen können, ob die Scham, welche ich empfand, sogenannte falsche Scham war. Es ist dies eine Frage, welche ich unbeantwortet lassen will. Beiden Geliebten mußte ich über ihr Tun Komplimente machen; bei der Antwort an M. M. setzte ich jedoch hinzu: ich hätte mir Glück gewünscht, nicht zur Tortur des Zusehens verurteilt gewesen zu sein. Am Mittwoch stellte ich mich pünktlich ein und wartete nicht lange auf M. M., welche in Männerkleidung kam. »Heute gehen wir in kein Theater,« sagte sie, »laß uns lieber die Redoute besuchen und unser Geld verspielen oder es verdoppeln.« Sie hatte sechshundert Zechinen, ich etwa achthundert. Das Glück drehte uns den Rücken, und wir verloren alles. Ich dachte, wir würden nun diese Mördergrube verlassen, aber sie ging einen Augenblick weg und kehrte dann mit einer Börse voll

Dreihundert-Zechinen zurück, welche ihr ihr Freund, von dem sie wußte, wo er zu finden war, gegeben hatte.

Dieses Geld der Liebe oder Freundschaft brachte ihr einen Augenblick Glück; denn sie gewann alles wieder, was wir verloren hatten; aber entweder aus Habgier oder aus Unbesonnenheit fuhren wir fort zu spielen, und bald hatten wir keinen Pfennig mehr. Diese Frau, Nonne, Freidenkerin und Spielerin, war in allem, was sie tat, bewundernswert. Sie hatte soeben zwölftausend Franken verloren, aber ihr Geist blieb ebenso frei, als ob sie eine bedeutende Summe gewonnen hätte. Allerdings war ihr das Geld, welches sie verloren, nicht schwer zu verdienen geworden. Sie glaubte mich aufzuheitern, indem sie mir nun eine umständliche Erzählung der Nacht gab, welche sie mit C. C. und ihrem Freunde verlebt. Ich stand wie auf Dornen und wendete mich hin und her, um diesem Kapitel auszuweichen und das Gespräch auf einen andern Gegenstand zu lenken, denn die wollüstigen Einzelheiten, welche sie mir schilderte, waren mir zuwider, und da der Widerwille Kälte erzeugte, so fürchtete ich in den uns bevorstehenden Kämpfen eine traurige Rolle zu spielen; und wenn ein Liebender an seiner Kraft zweifelt, so kann er fast immer darauf rechnen, daß er nichts leisten wird. Wir verbrachten aber doch zwei köstliche Stunden in meinem Kasino. Ehe wir uns verließen, bat mich M. M., Geld aus ihrem Kasino zu nehmen, und indem ich mit ihr zur Hälfte ginge, zu spielen. Ich tat dies; ich nahm alles Gold, das ich fand; ich spielte Martingale, immer den Einsatz verdoppelnd, und gewann immerfort während des ganzen Karnevals. Ich wünschte mir Glück, daß ich den Schatz meiner teuren Geliebten vermehrt, welche mir schrieb, der Anstand erfordere, daß wir zu vieren am Fastenmontage speisten: ich willigte ein. Dies Abendessen war das letzte, welchem ich in C. C.s Gesellschaft beiwohnte. Sie war sehr heiter; da ich aber meinen Entschluß gefaßt hatte und mich nur mit M. M. beschäftigte, so ahmte sie mir ohne den geringsten Zwang nach und beschäftigte sich nur mit ihrem neuen Liebhaber. Da ich voraussah, daß wir uns später unfehlbar gegenseitig lästig werden würden, so bat ich M. M., dafür zu sorgen, daß wir uns gegenseitig absondern könnten, und sie wußte die Anordnungen so zu treffen. Nach dem Abendessen schlug der Gesandte eine Partie Pharao vor, welches unsere Schönen nicht kannten, denn auf den Redouten wurde nur Basset gespielt; nachdem er Karten hatte kommen lassen und hundert Louisdors auf den Tisch gelegt, zog er ab und stellte es so an, daß C. C. diese ganze Summe gewann. So bezahlte er ihr das Nadelgeld, welches er ihr schuldig zu sein glaubte. Das junge Mädchen, welches geblendet war und nicht wußte, was sie mit so vielem Gelde anfangen solle, bat ihre Freundin, es an sich zu nehmen, bis sie das Kloster verlassen würde, um sich zu verheiraten. Als das Spiel beendet war, sagte M. M., sie habe Kopfweh und werde sich im Alkoven schlafen legen; sie bat mich, sie einzuschläfern. So gaben wir dem neuen Liebespaare die Freiheit, sich zu vergnügen. Als uns sechs Stunden darauf der Wecker ankündigte, daß es Zeit wäre, sich zu trennen, sahen wir sie Arm in Arm liegen. Was mich betraf, so hatte ich eine glückliche und ruhige Nacht verbracht, vollkommen befriedigt von M. M., und ohne nur ein einziges Mal an C. C. zu denken. Obwohl ich C. C. seit ihrer Untreue mit andern Augen als früher betrachtete und für mich keine Rede mehr davon sein konnte, sie zu meiner Gattin zu machen, so konnte ich doch nicht umhin, zu erwägen, daß es nur von mir abgehangen, sie am Rande des Abgrundes aufzuhalten, und ich mußte es daher als meine Pflicht betrachten, ihr ein ergebener Freund zu bleiben. Hätte ich richtig geurteilt, so würde ich offenbar zu ganz andern Entschlüssen über dieses junge Mädchen gekommen sein. Ich würde mir dann gesagt haben: ich habe ihr das Beispiel der Untreue gegeben, nachdem ich sie vorher verführt; ich habe ihr befohlen, blindlings den Ratschlägen ihrer Freundin zu folgen, während ich doch wußte, daß M. M.s Ratschläge und Beispiel zu ihrem Verderben ausschlagen mußten; ich habe ihr in ihrer Gegenwart den stärksten Schimpf angetan, den man einer feinfühlenden Geliebten antun kann; und wie soll ich nach dem allem die Ungerechtigkeit des großen Haufens teilen, der vom schwachen Weibe mehr fordert, als der Mann, der stolz auf seine Stärke ist, leisten kann? Ich hätte mich selbst verurteilen können und würde doch über sie nicht anders gedacht haben; aber ich glaubte alle Vorurteile mit Füßen zu treten, und war doch der Sklave eines, das am tiefsten erniedrigt, desjenigen, welches die Stärke nur gebraucht, um die Schwäche zu unterdrücken. Bald danach meldete mir ein Brief M. M.s, daß C. C. ihre Mutter verloren habe, und C. C. wäre nun nicht mehr mit ihr in einem Zimmer allein, wie in den letzten Tagen. Dadurch würde es unmöglich, daß C. C. unsern Abenden weiterhin beiwohne. Der Leidtragende war hier Herr von Bernis. Auch dieser hatte uns bald eine üble Mitteilung zu machen, daß er nämlich in nächster Zeit abgerufen würde.

213

Sollte das eintreten, so bestimme er schon jetzt, daß wir das Kasino behalten könnten, aber wir müßten dann verzichten, uns von den Gondelführern herbringen zu lassen, da wir nicht mehr auf deren Verschwiegenheit rechnen könnten. Mir empfahl er die beiden Damen, und besonders M. M., machte mich darauf aufmerksam, was ihr geschehen könnte, wenn die Liebe Folgen bei ihr zeigte. Nicht lange danach wurde das Abschiedsessen angesetzt; an dem bestimmten Abend traf ich aber M. M. allein, totenbleich: ihr Freund war schon abgereist. Die ganze Nacht verbrachten wir damit, daß ich ihren Schmerz durch zarte Aufmerksamkeiten zu lindern suchte, ohne daß meine Bemühungen Erfolg zeigten. Die nächsten vierzehn Tage sahen wir uns nur im Sprechzimmer des Klosters. Wir waren aber immer noch so verliebt, daß wir unsern Geist zermarterten, wie wir uns wieder im Kasino treffen könnten. Als sie mir dann eines Tages sagte, sie könnte der Gärtnerin fest vertrauen und mit ihrer Hilfe durch das Pförtchen ans kleine Ufer gelangen, schien uns schon ein Weg offen. Es mußte doch möglich sein, für Bezahlung einen treuen Gondelführer zu finden. Sofort sagte ich: der Gondelführer wollte ich selbst sein. Wir verabredeten einen Tag, ich kaufte ein kleines, einrudriges Boot, mit dem ich sofort um die Insel herumruderte, so daß ich das Pförtchen ausfindig machen konnte. Und so geschah es denn bald, daß ich meine teure geliebte M. M. wieder in unserm Kasino umarmen konnte. Aber gleich am ersten Abend sollten wir die Gefahr kennen lernen, der wir uns aussetzten. Zum größten Unglücke brach nämlich während des Abendessens ein Sturm aus. Unsere Haare sträubten sich! Wir konnten unsere Hoffnung nur auf die Natur dieser Sturme setzen, welche selten länger als eine Stunde dauern. Wir hofften auch, daß dieser keinen starken Wind in seinem Gefolge haben würde, was zuweilen der Fall ist; denn obwohl ich entschlossen und kräftig war, so hatte ich doch bei weitem nicht die Geschicklichkeit und Übung eines Schiffers von Handwerk. In noch nicht einer halben Stunde kam das Ungewitter zum Ausbruch, Blitze folgten schnell auf Blitze, der Donner rollte und der Wind wehte mit ungewöhnlicher Heftigkeit. Nach einem starken Regen klärte sich aber der Himmel in Verlauf von noch nicht einer Stunde wieder auf, aber der Mond trat nicht hervor. Es schlägt fünf Uhr; ich stecke den Kopf aus dem Fenster und fühle einen sehr starken und ungünstigen Wind, den Libecchio, welchen Ariost mit Recht den Tyrannen des Meeres nennt. Ich sagte nichts, aber ich erschrak. Ich sagte meiner Freundin, es wäre durchaus nötig, daß wir unserer Sicherheit eine Stunde des Vergnügens opferten, die Klugheit erforderte dies. »Brechen wir den Augenblick auf, denn wenn der Wind zunimmt, wird es mir unmöglich, um die Insel herumzukommen.« Sie fühlte die Notwendigkeit, meinem Rate zu folgen. In dem Boote legte sie sich der Länge nach hin, um meine Bewegungen nicht zu hemmen. Ich stellte mich ins Hinterteil, voll Mut und Furcht, und in fünf Minuten kam ich glücklich um die Insel herum. Aber hier erwartete mich der Tyrann! Ich wurde bald gewahr, daß die anhaltende Gewalt des Windes meine Kraft erschöpfen müsse. Ich ruderte mit der möglichsten Anstrengung; aber ich erreichte nichts weiter, als daß mein kleines Boot nicht zurückwich. In diesem Zustande der Not war ich seit einer halben Stunde, und ich fühlte meine Kräfte schwinden, ohne daß ich gewagt hätte, ein einziges Wort zu sagen. Ich war außer Atem; aber wie konnte ich wohl daran denken, auszuruhen! Das geringste Anhalten würde mich weit zurückgetrieben haben, und das wäre ein nicht wieder gutzumachendes Unglück gewesen. M. M. blieb unbewegend und schweigend, denn sie sah wohl, daß ich nicht fähig war, ihr zu antworten. Ich fing an, uns verloren zu geben. Da bemerkte ich von weitem eine Barke, welche schnell auf uns zukam. Welches Glück! Ich warte, bis sie bei mir vorübergefahren, denn sonst hätte ich meine Stimme nicht vernehmlich machen können, sobald ich sie aber links in einer Entfernung von zwei Klaftern sehe, schrie ich mit starker Stimme: »Zu Hilfe für zwei Zechinen!« Das Segel wird eingezogen, man rudert mit vier Rudern auf mich zu, entert mein Boot und ich fordere einen Mann, der mich an die entgegengesetzte Seite der Insel bringen könne. In weniger als zehn Minuten war ich am kleinen Ufer des Klosters; aber das Geheimnis war mir zu teuer, um es aufs Spiel zu setzen. Sobald wir an der Spitze angelangt waren, bezahle ich meinen Retter und entlasse ihn. Da mir nun der Wind günstig war, so kehre ich wieder um und gelange leicht an die kleine Pforte, wo M. M. mit den Worten aussteigt: »Schlafe im Kasino.« Ich fand ihren Rat sehr vernünftig und befolgte ihn; der Wind wehte mir im Rücken; ich langte daher ohne Anstrengung an und schlief bis in den hellen Tag hinein. Sobald ich mein Boot sodann nach San Francesco zurückgefahren, maskierte ich mich und ging aus. Nicht absehbare Folgen konnte dies Abenteuer haben, wenn uns die Barke nicht begegnet wäre, aber diese Gedanken hielten uns nicht ab, uns wöchentlich einmal zu treffen, wenn uns auch Herr von Bernis, den wir über alles unterrichteten, ein schlimmes Ende voraussagte. Ein andermal wache ich aus süßem Entzücken auf durch ein Geräusch vom Kanal her. Ich fasse Verdacht, springe ans Fenster und muß sehen, daß Diebe mein Boot entführten.

Die Liebe war nun beiseite gesetzt; ich dachte nur daran, wie ich in zwei Stunden, die mir noch übrig blieben, ein Boot finden konnte. Auch das gelang mir und ich konnte M. M. noch zur Zeit ins Kloster zurückbringen. Während dieser Zeit begünstigte mich das Glück ständig im Spiele. Ich führte also ein fröhliches Leben, aber ich sah voraus, daß, sobald sich Herr von Bernis entschlösse, M. M. die Mitteilung zu machen, er käme nicht mehr nach Venedig zurück, er auch die in seinem Dienste befindlichen Leute abberufen würde, und daß wir dann kein Kasino mehr haben würden. Ich wußte außerdem, daß es mir mit Eintritt der schlechten Jahreszeit unmöglich werden würde, die Fahrten in einem gebrechlichen Boote allein fortzusetzen. Meine Vermutung erfüllte sich, Herr von Bernis teilte uns seine Abberufung von Venedig mit, sein Kasino sollte verkauft werden. Der Erlös daraus aber sollte M. M. zukommen. Nur die Bücher und Kupferstiche sollten ihm nach Paris gesandt werden. Es war ein recht hübsches Gebetbuch für einen Kardinal, wie Herrn von Bernis. Während M. M. sich dem Schmerze überließ, vollführte ich die Befehle ihres Liebhabers, und um die Mitte Januar Siebzehnhundert-fünfundfünfzig hatten wir kein Kasino mehr. Sie behielt zweitausend Zechinen bei sich und ihre Kleinodien, deren Verkauf sie sich vorbehielt, um sich eine lebenslängliche Rente zu sichern; mir ließ sie die Spielkasse, da ich fortfahren sollte, für uns beide zu spielen. Ich hatte damals dreitausend Zechinen und wir konnten uns nur noch am Gitter sehen. Da sie von Kummer verzehrt wurde, erkrankte sie bald ernstlich, und als ich sie am zweiten Februar sah, trug sie schon die Symptome eines baldigen Todes auf ihrem Gesicht. Sie übergab mir ihre Schmuckkästchen mit allen Diamanten und allem Golde, eine kleine Summe ausgenommen, alle ihre anstößigen Bücher und ihre Briefe, mit dem Bemerken, wenn sie nicht stürbe, sollte ich ihr alles wiedergeben, wenn sie aber der ihr bevorstehenden Krankheit erläge, wie sie glaube, sollte ich alles behalten. Sie sagte mir noch, daß C. C. mich von ihrem Zustande benachrichtigen würde, und bat mich, Mitleiden mit ihr zu haben und ihr zu schreiben, da sie nur aus meinen

Briefen, welche sie bis zu ihrem letzten Atemzuge lesen zu können hoffte, einigen Trost schöpfen könne. Ich zerschmolz in Tränen, denn ich liebte sie abgöttisch, und versprach ihr, bis zu ihrer Wiederherstellung meine Wohnung in Murano zu nehmen. Nachdem ich alles in eine Gondel hatte tragen lassen, brachte ich den Schatz in den Palast Bragadinos in Sicherheit; sodann kehrte ich nach Murano zurück, um Laura zu bitten, mir ein möbliertes Zimmer zu suchen, wo ich ungestört wohnen könne. Denn ich wollte in der Nähe meiner kranken Geliebten sein. Laura besorgte mir ein hübsches Kasino, und da ich sie auch um eine Haushälterin gebeten, fand ich, als ich einzog, als solche ihre fünfzehnjährige Tochter Toni. Ich fand zunächst nichts darin, da der Schmerz meine ganze Seele erfüllte. Aber nach zwei Tagen konnte ich nicht umhin, mir zu gestehen, daß das junge Mädchen sehr hübsch sei, und ich fühlte mich traurig und beschämt, als ich mich überzeugte, wie leicht es ihr werden würde, mich zu trösten. Mein Schmerz war mir teuer, und ich beschloß, einen Gegenstand, welcher mich heilen konnte, von mir zu entfernen. Morgen, sagte ich, werde ich mit Laura sprechen, damit sie mir im Laufe des Tages einen weniger verführerischen Gegenstand suche; aber die Nacht bringt Rat, und am folgenden Tage wappnete ich mich mit Sophismen, indem ich mir sagte, das junge Mädchen sei unschuldig an meiner Schwäche und ich dürfe sie nicht dafür bestrafen und ihr ein so empfindliches Mißvergnügen bereiten. Nach einigen Tagen bekam ich die Nachricht, M. M. liege auf den Tod. Der Schmerz brachte mich fast um den Verstand, ich weinte den ganzen Tag und beschloß, die Wohnung nicht mehr zu verlassen. Ich schrieb sofort an C. C., sie möchte unsrer Freundin mitteilen: wenn sie wünsche, daß ich auf mein Leben Bedacht nehme, so müsse sie mir versprechen, sich von mir entführen zu lassen, sobald sie wieder gesund. ›Ich habe‹, sagte ich, ›viertausend Zechinen und ihre Diamanten, welche sechstausend wert, das ist ein ausreichendes Kapital, um uns in ganz Europa eine anständige Subsistenz zu sichern.‹ C. C. schrieb mir am folgenden Tage, meine Geliebte sei, nachdem sie meinen Brief gelesen, in eine Art konvulsivischen Wahnsinn verfallen, sie habe den Verstand verloren und drei Stunden lang in französischer Sprache phantasiert und dabei Reden vorgebracht, welche alle Nonnen in die Flucht gejagt haben würden, wenn sie sie verstanden hätten. Ich war in Verzweiflung, und es fehlte nicht viel daran, daß ich ebenfalls überschnappte.

Das Phantasieren dauerte drei Tage, und sobald sie den Verstand wieder-erlangt hatte, bat sie ihre Freundin, mir zu schreiben, sie wäre sicher, wieder gesund zu werden, wenn ich das Versprechen hielte, sie zu entführen, sobald ihr Gesundheitszustand derart wäre, daß sie die Anstrengungen der Reise ertragen könne. Ich antwortete, sie könne um so sicherer darauf rechnen, als mein Leben von der Ausführung dieses Planes abhinge. So täuschten wir uns auf die ehrlichste Weise, und darüber wurden wir beide gesund. Da fing ich bald an, Vergnügen an Tonis Naivität zu finden, welche sich in dem einen meiner beiden Zimmer nicht eher schlafen legte, als bis ich zu Bette war. Sieben Wochen hatte ich so neben dem Mädchen gelebt, welches in jedem Lande Europas als Schönheit gegolten hätte. Sie bediente mich aufmerksam, trotzdem hatte ich ihren jungen Reizen widerstanden und glaubte bald, sie nicht mehr fürchten zu müssen; besonders da ich fühlte, wie mehr Dankbarkeit mich für dieses Mädchen einnahm, denn ich mußte bekennen, daß dieses reizende junge Mädchen mir die zarteste und emsigste Pflege hatte angedeihen lassen. Sie hatte ganze Nächte auf einem Lehnstuhle an meinem Bette zugebracht und mich wie eine Mutter gepflegt, ohne mir je einen Grund zur Beschwerde zu geben. Ich hatte ihr nie einen Kuß gegeben, ich hatte mir nie erlaubt, mich in ihrer Gegenwart zu entkleiden, und sie war nie anders als in anständiger Kleidung in mein Zimmer gekommen. Nichtsdestoweniger war ich mir bewußt, gekämpft zu haben, und ich war stolz darauf, den Sieg davongetragen zu haben. Eins allein mißfiel mir bei dem allen; ich war nämlich ziemlich sicher, daß weder M. M. noch C. C. die Sache für möglich halten wurden, wenn sie Kenntnis davon bekämen. Da reiste ich eines Tages nach Venedig zu meinem väterlichen Freund. Auf meiner Rückfahrt fiel ein Regen, und da die Gondel schlecht bedeckt, wurde ich bis auf die Haut durchnäßt. Das Unglück war nicht groß, denn ich war in der Nähe meiner Wohnung. Ich steige im Dunkeln die Treppe hinauf und klopfe an das Vorzimmer, wo Toni, welche mich nicht mehr erwartete, sich schon zu Bett gelegt hatte. Da ich sie aus dem Schlafe aufschreckte, so öffnete sie mir im Hemd und ohne Licht. Ich brauchte Licht, deshalb sagte ich ihr, sie möchte das Feuerzeug holen, was sie augenblicklich tat, nachdem sie mir mit bescheidener und sanfter Stimme angezeigt, daß sie nicht angezogen wäre. »Wenn du nur bedeckt bist,« sagte ich, »so hat das nichts zu sagen.« Sie antwortete nicht und hatte bald ein

Licht angezündet; als sie mich aber ganz durchnäßt sah, konnte sie sich des Lachens nicht enthalten.»Ich bedarf deiner nur, liebes Kind,«sagte ich,»um mir die Haare zu trocknen.«Sie holte schnell Puder, und die Puderquaste in der Hand, begann sie ihre Arbeit; aber ihr Hemd war unten zu kurz und oben zu weit. Ich bereute etwas zu spät, daß ich ihr nicht Zeit gelassen, sich anzukleiden. Ich fühlte, daß ich verloren war, um so mehr, als sie mit ihren beiden beschäftigten Händen nicht das Hemde festhalten und zwei entstehende Halbkugeln verbergen konnte, welche verlockender waren, als die Äpfel der Hesperiden. Wie sollte ich es anfangen, um nicht zu sehen? Die Augen zumachen? Pfui! Ich gebe der Natur nach und lasse meine Blicke so gierig umherschweifen, daß die arme Toni rot wird.»So nimm doch dein Hemde in den Mund,«sagte ich,»ich werde dann nichts mehr sehen.«Aber nun war es noch schlimmer als vorher, und ich hatte nur Öl ins Feuer gegossen; denn da der Vorhang sehr kurz war, so sah ich die Basis zweier umgekehrter Säulen und beinahe auch den Fries; ich stieß unwillkürlich einen Schrei des Erstaunens und der Wollust aus. Da Toni nicht wußte, wie sie es anfangen sollte, um alles meinen Blicken zu entziehen, so ließ sie sich aufs Sofa sinken, und ich stand vor Begierde brennend vor ihr, ohne mich zu etwas entschließen zu können.»Ich werde mich ankleiden,«sagte sie,»um Sie dann fertig zu frisieren.«»Nein, setze dich auf meinen Schoß und verbinde mir die Augen.« Sie gehorchte und kam; aber der Funke hatte schon gezündet, und da ich es nicht mehr aushalten konnte, drücke ich sie an mich, und ohne weiter an das Blindekuhspiel zu denken, werfe ich sie auf mein Bett, bedecke sie mit Küssen, und nachdem ich geschworen, sie ewig zu lieben, öffnete sie die Arme auf eine Weise, welche mir zeigte, daß sie diesen Augenblick längst herbeigesehnt. Ich pflückte die Rose, und wie immer fand ich sie schöner als alle Rosen, welche ich gepflückt, seitdem ich die Ernte auf den fruchtbaren Gefilden der Liebe begonnen. Als ich am Morgen aufwachte, war ich in Toni verliebt, wie ich nie in eine Frau verliebt gewesen zu sein glaubte. Sie war aufgestanden, ohne mich zu wecken, und sobald sie mich hörte, kam sie: ich machte ihr zärtliche Vorwürfe, daß sie nicht gewartet, bis ich ihr einen guten Morgen gebracht. Ohne mir zu antworten, gab sie mir den Brief von M. M. Ich nehme ihn dankend entgegen, aber lege ihn beiseite, erfasse sie und lege sie an meine Seite.»Wie! welches Wunder!«rief Toni aus,»wie! Sie haben nicht Eile, diesen Brief zu lesen? Unbeständiger Mann! warum hast du dich nicht schon vor sechs Wochen von mir heilen lassen! Wie glücklich ich bin! Glück bringender Regent Geliebter Mann, ich mache dir keinen Vorwurf; aber liebe mich, wie du die liebst, der du täglich schreibst, und ich werde zufrieden sein.«»Weißt du, wer sie ist?«»Es ist eine Pensionärin, schön wie ein Engel; aber sie ist dort drinnen, und ich bin hier: du bist mein Herr und wirst es bleiben, so lange du willst.« Erfreut, sie im Irrtum lassen zu können, schwor ich ihr, sie ewig zu lieben; da sie aber während unsers Zwiegesprächs aus dem Bett geschlüpft war, bat ich sie, sich wieder zu legen; aber sie sagte, lieber sollte ich aufstehen, um gut zu Mittag essen zu können, denn sie wollte mir ein feines Mahl nach venetianischer Weise auftischen. Dieses interessante Mädchen setzte mich in Erstaunen. Es war nicht mehr mein furchtsames Tonchen vom vorigen Tage; sie hatte die triumphierende Miene, welche das Glück verleiht, und den Ausdruck der Zufriedenheit, welchen die glückliche Liebe den Zügen eines jungen Mädchens aufdrückt. Ich begriff nicht, wie ich nicht schon das erstemal, als ich sie bei ihrer Mutter sah, ihren Reizen hatte huldigen können. Aber damals war ich zu sehr in C. C. verliebt, war zu betrübt, und Toni war noch nicht ausgebildet. Ich fand M. M.s Brief zärtlich, aber weniger interessant als am vorigen Tage. Ich begann ihr zu antworten und war gewissermaßen beschämt, daß diese Arbeit mir zum ersten Male schwer vorkam. Ich verlebte mit dem reizenden Mädchen zweiundzwanzig Tage, welche ich noch zu den glücklichsten meines Lebens rechne, und was mir mein Alter so widerlich macht, ist, daß ich, ein feuriges Herz, aber nicht mehr die Kraft habe, um mir noch einen einzigen so glücklichen Tag zu verschaffen wie die, welche ich dieser reizenden Person verdankte. Als ich gegen Ende des April M. M. mager sehr verändert, aber außer Gefahr am Gitter erblickte, kehrte ich nach Venedig zurück. Bei dieser Zusammenkunft gelang es mir mit Hilfe der Zuneigung und der zärtlichen Teilnahme, welche ich für sie fühlte, mich so zu benehmen, daß sie die Veränderung, welche eine neue Liebe bei mir bewirkt hatte, nicht gewahr werden konnte. Man wird sich hoffentlich denken, daß ich nicht so unklug war, sie argwöhnen zu lassen, daß ich den Plan der Entführung, auf welchen sie mehr als jemals rechnete, aufgegeben habe. Ich fürchtete zu sehr, daß sie wieder krank würde, wenn ich ihr diese Hoffnung raubte. Ich behielt mein Kasino, welches mir wenig kostete, und da M. M. mich zweimal wöchentlich dort besuchte, so schlief ich an diesen Tagen dort und setzte dort meine Liebschaft mit meiner lieben Toni fort. Es konnte nun nicht ausbleiben, daß meine M. M. doch von der Anwesenheit einer solch hübschen Magd erfuhr, und da ich sah, sie wußte zuviel, als daß ich ihr etwas hätte aufbinden können, faßte ich augenblicklich meinen Entschluß und erzählte ihr die Geschichte meiner neuen Liebschaft mit allen Einzelheiten. Die Freude, welche sie zeigte, war zu offen, um nicht aufrichtig zu sein. So blieb alles beim alten. Es gibt in der Existenz des Menschen entgegengesetzte Perioden, welche man die Glückszeit und die Unglückszeit des Lebens nennen könnte: ich habe das oft auf meiner langen Lebensbahn erfahren; und vermöge der Stöße, der Reibung und des Widerstandes, an denen es so reich gewesen ist, bin ich vielleicht so sehr wie irgend jemand in den Stand gesetzt worden, die Wahrheit dieser Bemerkung zu beobachten. Ich hatte eine ziemlich lange Periode des Glücks gehabt: das Glück hatte mich lange im Spiel begünstigt; ich war glücklich in meinen Beziehungen zu den Menschen, und in der Liebe blieb mir nichts zu wünschen übrig; nun fing aber die Kehrseite an, sich zu zeigen. Die Liebe war mir noch günstig, aber das Glück hatte mich völlig verlassen, und bald wirst du sehen, Leser, daß die Menschen mich nicht besser behandelten als diese blinde Gottheit. Das Schicksal hat seine Wechsel wie der Mond, so folgt das Gute auf das Böse wie das Unglück auf das Glück. Ich spielte die Martingale weiter, aber mit so entschiedenem Unglück, daß ich bald keine Zechine mehr hatte. Da ich mit M. M. zur Hälfte ging, so war ich genötigt, ihr vom Zustande meiner Finanzen Rechenschaft zu geben, und auf ihr Ansuchen verkaufte ich allmählich ihre Diamanten und verspielte den Ertrag: sie behielt für sich nur fünfhundert Zechinen. Vom Entfliehen war keine Rede mehr, denn wie hätten wir uns in der Welt durchbringen sollen? Ich spielte noch, aber sehr niedrig; ich zog an den Banken kleiner Spieler ab und wartete in so bescheidenen Verhältnissen die Rückkehr des Glücks ab. Eines Tages hatte mich der englische Minister Murray in seinem Kasino mit der berühmten Fanny Murray zu Abend speisen lassen und lud sich bei dieser Gelegenheit bei mir in meinem Kasino zu Murano ein, welches ich nur noch Tonis wegen behielt. Ich hatte diese Gefälligkeit, ahmte aber seine Großmut nicht nach. Er fand meine Geliebte lachend und höflich, aber sie blieb in den Grenzen des Anstandes, was er mir gern erlassen haben würde. Am nächsten Tage schrieb er mir folgendes Billett: ›Ich bin sterblich in Ihre Toni verliebt.

Wenn Sie sie mir abtreten wollen, so bin ich bereit, folgendes für sie zu tun. Ich werde sie in eine passende Wohnung bringen, welche ich vollständig möblieren lassen werde und werde ihr diese mit allem, was sich darin befindet, schenken, unter der Bedingung, daß sie mir die Rechte eines glücklichen Liebhabers einräumt. Ich werde ihr eine Kammerfrau, eine Köchin und dreißig Zechinen monatlich für einen Tisch von zwei Personen geben, die Weine ungerechnet, welche ich selbst liefern werde. Ich werde ihr außerdem eine lebenslängliche Rente von zweihundert Talern aussetzen, in deren Besitz sie treten soll, nachdem sie ein Jahr mit mir gelebt. Ich bewillige Ihnen acht Tage, mein Freund, um mir zu antworten.‹ Ich antwortete sogleich, ich würde ihm in drei Tage wissen lassen, ob sein Vorschlag angenommen werden könne, denn Toni hatte eine Mutter, welche sie achtete, und vielleicht mochte sie nichts ohne deren Einwilligung tun. ›Übrigens‹, sagte ich, ›kommt es mir so vor, als ob die junge Person schwanger ist.‹ Die Sache war wichtig für Toni: ich liebte sie, aber ich wußte wohl, daß wir nicht beständig zusammen leben konnten, und ich sah ein, daß ich ihr nicht ein Geschick wie das angebotene bereiten konnte. Ich war daher nicht im geringsten ungewiß, sondern ging noch am selben Tage nach Murano und teilte es ihr mit. »Du willst mich also verlassen?« sagte sie weinend. »Ich liebe dich, teure Freundin, und mein Vorschlag muß dich davon überzeugen.« »Nein, denn ich kann nicht zweien angehören.« »Du sollst nur deinem neuen Geliebten angehören. Ich bitte dich, zu bedenken, daß du eine gute Mitgift erhältst, mit welcher du eine gute Heirat machen kannst, und daß ich bei aller Liebe dir nicht ein solches Geschick bereiten kann.« »Laß mich heute weinen und nachdenken und komm morgen zum Abendessen zu mir.« Ich ermangelte nicht, mich einzustellen. »Dein Engländer«, sagte sie, »ist ein sehr hübscher Mann, und wenn er Venetianisch spricht, reizt er mich unwiderstehlich zum Lachen. Wenn meine Mutter einwilligt, kann ich ihn vielleicht lieben. Wenn unsere Gemütsart nicht übereinstimmt, können wir uns nach einem Jahre wieder trennen, und ich bin im Besitze einer Rente von zweihundert Talern.« »Ich bin entzückt über die Richtigkeit deiner Betrachtungen. Sprich mit deiner Mutter davon.« »Ich wage es nicht, mein Freund; diese Sachen sind zu zart, um zwischen Mutter und Tochter besprochen zu werden; sprich du mit ihr.« Laura, welche ich nicht gesehen, seitdem sie mir ihre Tochter gegeben, brauchte keine Zeit zum Nachdenken, sie war sehr zufrieden und sagte, durch dieses Abkommen würde ihre Tochter in den Stand gesetzt, sie in ihrem Alter zu unterstützen, und sie würde Murano verlassen, wo sie nicht mehr Lust zu dienen hatte. Sie zeigte mir hundertunddreißig Zechinen, welche Toni bei mir verdient und ihr gegeben. Barbarina, Tonis jüngste Schwester, küßte mir die Hand. Ich fand sie reizend und gab ihr alles Silbergeld, was ich bei mir hatte. Ich ging sodann weg, nachdem ich Laura gesagt, daß ich sie bei mir erwarte. Sie kam bald nach, und nachdem sie ihre Tochter gesegnet und sie der heiligen Katharina empfohlen, sagte sie, sie verlange nur drei Lire täglich, um mit ihrer Familie in Venedig leben zu können! Toni versprach sie ihr und umarmte sie. Nachdem diese wichtige Angelegenheit zur allgemeinen Zufriedenheit erledigt war, besuchte ich M. M., welche mir den Gefallen tat, mit C. C. ins Sprechzimmer zu kommen. Ich fand sie traurig, aber schön. Sie ging in Trauer, was sie nicht hinderte, zärtlich zu sein. Sie konnte nur eine Viertelstunde im Sprechzimmer bleiben, weil sie beobachtet zu werden fürchtete, denn es war ihr verboten, sich dort zu zeigen. Ich erzählte ihr, daß Toni nach Venedig zu Murray ziehen wolle; sie bedauerte es. »Denn jetzt,« sagte sie, »wo sie dich nicht mehr nach Murano zieht, werde ich dich noch weniger als früher sehen.« Ich versprach ihr, sie immer fleißig zu besuchen; aber o Eitelkeit der Versprechungen! Es nahte die Zeit, wo wir für immer getrennt werden sollten! So war Toni denn bald untergebracht. Mich aber tröstete nicht lange danach an ihrer Stelle ihre Schwester Barbarina, bis ich auch diese verließ. Nach einiger Zeit, als ich schon wieder in die Liebe einer andren Schönen verstrickt war, besuchte ich M. M., welche mir mitteilte, der Vater C. C.s sei gestorben, daher wäre diese aus dem Kloster geholt worden, um sie mit einem Advokaten zu verheiraten. Ehe C. C. sie verließ, hatte sie ihr einen Brief für mich gegeben, in welchem sie mir anzeigte, daß, wenn ich verspräche, sie zu heiraten, sobald es mir angemessen schien, sie auf mich warten und jede andre Heirat ausschlagen würde. Ich antwortete ihr ohne Umschweife, ich wäre ohne Stand und ohne Aussicht; ich ließ ihr völlige Freiheit und riet ihr sogar, jemand, den sie geeignet glaubte, sie glücklich zu machen, nicht auszuschlagen. Trotz dieser Art von Abschied heiratete C. C. Herrn N. erst nach meiner Flucht aus den Bleidächern, als niemand mehr hoffte, mich in Venedig wiederzusehen. Ich habe sie erst neunzehn Jahre später wiedergesehen, hatte aber den Schmerz, sie verwitwet und unglücklich zu finden. Wäre ich jetzt in Venedig, so würde ich sie nicht heiraten, denn in meinem Alter ist das Heiraten eine Schamlosigkeit; aber ich würde das Wenige, was ich habe, mit ihr teilen, und mit ihr wie mit einer zärtlich geliebten Schwester leben.

Wenn gewisse Frauen die Männer, welche sie der Unbeständigkeit beschuldigen, treulos nennen und zugleich versichern, diese Männer wären schon, als sie ihnen das Versprechen ewiger Treue geben, darauf bedacht gewesen, sie zu betrügen, so würde ich ihnen gern recht geben und gern meine Klagen mit den ihrigen vereinigen; aber keine Frau ist dazu berechtigt, weil man im allgemeinen in dem Augenblick, wo man liebt, nur das verspricht, was uns das Herz eingibt, und ihre Klagen erregen daher bei mir nur Lachen. Leider lieben wir, ohne die Vernunft zu Rate zu ziehen, und hören auf zu lieben, ohne daß sie etwas damit zu schaffen hätten. Nicht lange danach zeigte mir ein anonymer Brief an, daß ich in einer großen Gefahr schwebe. Ich war nicht so klug, daraus eine Vorsicht für mich zu gewinnen. Ein Spion der Staatsinquisition suchte sich an mich heranzumachen, er fand bei mir ein Buch über Magie; eine Madame Memmo beklagte sich, ich verführe ihre Söhne zum Atheismus, nun fehlte nur noch ein bezahlter Denunziant, welcher mit zwei Zeugen mich beschuldigte, ich glaube nur an den Teufel, und der Erste Staatsinquisitor, ein persönlicher Feind von mir, hatte die Gelegenheit, mich als Störer der öffentlichen Ordnung in Verhaft zu nehmen. Die drei ehrenwerten Leute versicherten endlich, daß, wenn ich im Spiel verlöre, in welchem Augenblicke doch alle Gläubigen fluchten, ich nie Verwünschungen gegen den Teufel ausstieße. Ich war überdies beschuldigt, nur Fleischspeisen zu essen, nur die eleganten Messen zu besuchen, und man hatte mich in starkem Verdacht, der Freimaurerei ergeben zu sein. Hinzu fugte man noch, daß ich die auswärtigen Minister besuchte, und da ich bei drei Patriziern wohnte, so war es sicher, daß ich alle Staatsgeheimnisse, welche ich ihnen entlockte, für schweres Geld verkaufte. Ich wurde in das furchtbarste Gefängnis der Welt gebracht, in die Bleidächer. Unter unsäglichen Leiden und Qualen wurde ich dort monatelang ohne Verhör festgehalten, und ich weiß nicht, was aus mir geworden wäre, wenn ich nicht die Unerschrockenheit gehabt hätte, diesem Gefängnis zu trotzen. Mühselig, stets von Todesgefahren bedroht, bahnte ich mir einen Weg in die Freiheit. Ich floh meine Heimat, und seit dieser Zeit irrte ich durch die Welt von Land zu Land, von Stadt zu Stadt, oft ging mein

Leben in Glanz und Pracht, ich gab das Geld wie ein Krösus hin, immer mußte ich es mir mit List, oft gar durch Betrug verschaffen.

Henrietta

In Cesena hielt ich mich gerade auf, eines Schatzgräberspukes wegen, den ich angezettelt, um mir ein tüchtiges Stück Geld zu verschaffen. Ich betrog einen alten reichen Narren, der für die unsinnigsten Gegenstände, die er sammelte, das Geld hinauswarf, also brauchte ich mir nicht allzuviel Gewissensbisse zu machen. In dieser Stadt traf ich auch mit einer alten Bekannten von mir zusammen, der berühmten Kurtisane von Venedig, Giulietta, jetzt Madame Querini genannt. Sie war die Geliebte des Generals Spada, und so kam ich durch sie in dessen Haus. Ich gewann seine Freundschaft durch meinen Witz und meine Spaße, so daß er mich einlud, noch länger in Cesena zu bleiben; ich wollte nämlich nach Neapel. Ich wohnte in einem Hotel. Eines Nachts wurde ich durch einen schrecklichen Lärm geweckt, der fast an der Tür meines Zimmers vollführt wurde. Ich stehe auf und öffne die Tür, um zu sehen, was es wäre. Ich sehe eine Bande Sbirren vor einer Zimmertür und im Bett einen Mann von gutem Aussehen, der gegen dieses Gesindel, welches in der Tat die Pest Italiens ist, und gegen den Wirt, der dabei steht und der die Nichtswürdigkeit begangen hatte, die Tür zu öffnen, eine Rede in lateinischer Sprache losläßt. Ich frage den Wirt, worum es sich handle. »Dieser Herr,« antwortet der Wicht, »welcher voraussichtlich nur Lateinisch spricht, schläft mit einem Mädchen zusammen, und die Schergen des Bischofs sind gekommen, um sich zu erkundigen, ob es seine Frau ist; das ist ganz einfach. Ist es seine Frau, so braucht er nur durch irgendeinen Schein den Beweis zu führen, und alles ist abgemacht; ist sie es aber nicht, so wird er wohl mit dem Mädchen ins Gefängnis wandern müssen. So schlimm soll es aber nicht werden, denn mit zwei oder drei Zechinen verpflichte ich mich, die Sache freundschaftlich zu schlichten. Ich werde mit ihrem Anführer sprechen, und die Leute sollen sämtlich abgehen. Wenn Sie Lateinisch sprechen, so gehen Sie hinein und bringen ihn zur Vernunft.« »Wer hat die Tür des Zimmers aufgebrochen?« »Man hat sie nicht aufgebrochen, sondern ich habe sie geöffnet: das ist meine

Schuldigkeit.«»Das ist die Schuldigkeit eines Straßenräubers, aber nicht die eines ehrlichen Wirtes.« Erbittert über eine solche Schändlichkeit, glaubte ich mich in die Sache mischen zu müssen. Ich trete mit der Nachtmütze auf dem Kopfe ins Zimmer und erzähle dem Manne alle Umstände dieser Plackerei.

Er antwortete lachend, daß man erstlich nicht wissen könne, ob die Person, die neben ihm schlafe, eine Frau wäre, denn man habe sie nur in einem Offizieranzuge gesehen, daß er zweitens niemand für berechtigt halte, von ihm Rechenschaft zu fordern, ob das Wesen, das bei ihm schlafe, seine Frau oder seine Geliebte, vorausgesetzt, daß sie überhaupt eine Frau sei. »Übrigens«, fügte er hinzu, »bin ich entschlossen, nicht einen Taler auszugeben, um diese Sache zu beendigen, und nicht eher aus dem Bett aufzustehen, als bis man meine Tür geschlossen hat. Sobald ich angekleidet bin, sollen Sie eine hübsche Entwicklung dieser Komödie sehen. Ich werde alle diese Schurken mit Säbelhieben hinausjagen.« Ich sehe nun in einer Ecke des Zimmers einen Säbel und einen ungarischen Rock, welcher den Anschein einer Uniform hatte. Ich fragte ihn, ob er Offizier wäre. »Ich habe«, antwortete er mir, »meinen Namen und meinen Stand in das Fremdenbuch des Wirtes eingeschrieben.« Erstaunt über das befremdende Benehmen des Wirtes, befrage ich ihn über die Sache, und er gesteht, daß es die Wahrheit sei; aber er fügt hinzu, dies hindere nicht, daß das geistliche Forum jedem Skandal vorzubeugen suche. »Die Schmach, welche Sie diesem Offizier angetan haben, wird Ihnen, Herr Wirt, teuer zu stehen kommen.« Statt aller Antwort lachte er mir ins Gesicht. Aufs höchste gereizt, mich von einem solchen elenden Menschen verhöhnt zu sehen, nehme ich Partei und frage den Offizier, ob er mir das Vertrauen schenke, mir seinen Paß auf einige Augenblicke zu geben. »Ich habe zwei«, sagte er, »und kann Ihnen sehr gut einen anvertrauen.« Er zieht einen aus seiner Brieftasche hervor und gibt ihn mir. Er war vom Kardinal Albani ausgestellt, und der Offizier war Kapitän in einem ungarischen Regiment der Kaiserin. Er kam von Rom und begab sich nach Parma, um Herrn Dutillot, erstem Minister des Infanten, Herzogs von Parma, Depeschen vom Kardinal Albani Alexander zu bringen. In diesem Augenblick tritt lärmend ein Mann in das Zimmer und bittet mich, dem Herrn zu sagen, er möge sich mit den Leuten abfinden, weil er mit dem Aufbruche nicht länger warten könne. »Wer sind Sie?« sagte ich zu ihm.

Er antwortete, er wäre der Fuhrmann, mit welchem der Kapitän reise. Da ich wohl sah, daß dies ein verabredeter Streich war, so bat ich den Kapitän, mir die Sache zu überlassen, und versicherte ihm, daß ich sie mit Ehren beenden würde.»Machen Sie, was Sie wollen.« Ich wende mich nun zum Fuhrmann:»Bringen Sie den Koffer des Kapitäns herauf, und Sie sollen bezahlt werden.« Sobald der Koffer im Zimmer, zog ich acht Zechinen aus meiner Börse und gab sie ihm, nachdem er mir für den Kapitän, welcher nur Deutsch, Ungarisch und Lateinisch sprach, eine Quittung ausgestellt. Darauf entfernten sich die bestürzten Sbirren ebenfalls, zwei ausgenommen, welche im Saale blieben. »Kapitän,« sagte ich zum Ungarn,»bleiben Sie bis zu meiner Rückkehr im Bett. Ich gehe zum Bischof, um ihm von der Sache Bericht zu erstatten und ihm begreiflich zu machen, welche Genugtuung er Ihnen schuldig ist. Übrigens«, fügte ich hinzu,»ist der General Spada in Cesena und –« Er ließ mich nicht ausreden.»Ich kenne ihn,« sagte er, »und wenn ich gewußt hätte, daß er hier wäre, hätte ich dem Wirt, welcher diesem Gesindel die Tür geöffnet, eine Kugel durch den Kopf gejagt.« Ich kleide mich eiligst an, und unfrisiert und im Überrocke begebe ich mich zum Bischof; ich mache großen Skandal und zwinge dadurch das Bedientenvolk, mich in sein Zimmer zu führen. Der Bediente, welcher an der Tür stand, sagte. Seine Herrlichkeit liege noch im Bett.»Das ist gleich, ich habe nicht Zeit zu warten.« Ich stoße ihn zurück und trete ein. Ich erzähle dem Prälaten die ganze Geschichte, male den skandalösen Auftritt aus, beschwere mich über die Ungerechtigkeit eines solchen Verfahrens und greife eine drückende Polizei an, welche auf solche Weise mit dem heiligen Rechte der Menschen und der Nationen spiele. Der Bischof antwortet mir nicht, aber er befiehlt, mich in seine Kanzlei zu führen. Ich finde den Kanzler und wiederhole, was ich dem Bischof gesagt, aber mit sehr wenig angemessenen Worten, welche geeigneter sind zu erzürnen als zu besänftigen und welche keineswegs geeignet sind, die Befreiung des Offiziers zu erwirken. Ich gehe bis zur Drohung und sage, wenn ich der Offizier wäre, würde ich eine glänzende Genugtuung fordern. Der Priester lachte mir ins Gesicht. Das gerade wollte ich, und nachdem er mich gefragt, ob es bei mir im Kopfe nicht richtig sei, befiehlt er mir, mich an den Vorstand der Sbirren zu wenden, und ich, erfreut, die Sache verschlimmert zu haben, verlasse ihn und begebe mich unmittelbar zum General Spada.

Man sagte mir, er wäre erst um acht Uhr zu sprechen, und ich kehre in den Gasthof zurück. Nach dem Feuer, welches in mir glühte, nach dem Eifer, mit welchem ich mich dieser Sache angenommen, müßte man glauben, und ich könnte dies meinen Leser glauben lassen, mein Unwille sei nur aus dem Abscheu entsprungen, welcher in mir dadurch entstanden, daß ich eine sittenlose, unmoralische und drückende Polizei eine scheußliche Verfolgung gegen einen Fremden hatte ausüben sehen; aber warum sollte ich meinen freundlichen Leser, dem ich die versprochene Wahrheit schuldig bin, täuschen? Ich will also lieber sagen, daß ich allerdings Unwillen empfand, daß aber ein persönlicher Grund mich so sehr in Hitze setzte. Ich stellte mir das unter der Bettdecke verborgene Mädchen reizend vor, ich brannte vor Ungeduld, ihre Figur zu sehen, welche sich ohne Zweifel aus Scham nicht zu zeigen gewagt. Sie hatte mich gehört, und meine Eigenliebe gestattete mir nicht zu zweifeln, daß sie mich über ihren Kapitän stellen würde. Da die Tür des Zimmers offen geblieben war, so trat ich ein und erstattete dem Kapitän Bericht von allem, was ich getan, versicherte ihm zugleich, daß er im Laufe des Tages imstande sein würde, auf Kosten des Bischofs abzureisen, denn der General würde nicht ermangeln, ihm vollständige Genugtuung zu geben. Er dankte mir freundlichst, gab mir meine acht Dukaten zurück und sagte, er würde erst am folgenden Tage abreisen. »Aus welchem Lande ist Ihr Reisegefährte?« »Er ist Franzose und spricht nur seine Sprache.« »Sie sprechen also Französisch?« »Kein Wort.« »Das ist lustig! Sie führen also Pantomimen auf?« »Durchaus.« »Ich bedaure Sie, denn das ist eine schwierige Sprache.« »Allerding in Anbetracht der feinen Schattierungen der Begriffe; was aber das Materielle anbetrifft, so verstehen wir uns vollkommen.« »Darf ich mich zum Frühstück bei Ihnen einladen?« »Fragen Sie ihn, ob er es gern sehen wird.« »Liebenswürdiger Kollege des Kapitäns,« sage ich französisch, »darf ich als Gast zu Ihrem Frühstück kommen?« Sogleich sehe ich einen reizenden Kopf mit aufgelöstem Haar, frisch und lachend unter der Bettdecke hervorschlüpfen, und trotz seiner Männermütze erkenne ich das Geschlecht, ohne welches der Mann das unglücklichste Tier auf der Erde sein würde. Erfreut über diese anmutige Erscheinung sage ich zu ihr, ich hätte das Glück, noch ehe ich sie gesehen, Teilnahme für sie empfunden zu haben, und jetzt, wo ich sie gesehen, könne mein Eifer, ihr nützlich zu werden, sich nur verdoppeln. Sie antwortete mit einer

Anmut und Lebhaftigkeit, welche nur dieser liebenswürdigen Nation eigen sind, und sie wandte mein Argument mit einer Feinheit des Ausdruckes zurück, welche mich bezauberte. Meine Bitte wurde genehmigt, und ich ging hinaus, um das Frühstück zu bestellen und ihnen Zeit zu lassen, eine sitzende Stellung einzunehmen, denn sie waren entschlossen, nicht eher aus dem Bette aufzustehen, als bis die Tür geschlossen wäre. Als der Kellner kam, gehe ich wieder hinein und finde meine Französin im blauen Überrock, die Haare nach Männerart aber schlecht geordnet, und auch in diesem Anzuge entzückend. Ich sehne mich danach, sie ganz außerhalb des Bettes zu sehen. Sie frühstückte, ohne je den Offizier zu unterbrechen, welcher mit mir sprach, dem ich aber gar nicht oder schlecht zuhörte, denn ich war in einer Art Bezauberung. Ich begab mich sofort zu dem General Spada, der sich des Offiziers ohne weiteres annahm und ihm jede Genugtuung versprach. Nachdem ich diese Meldung überbracht, verließ ich sie wieder, um mich anzukleiden, da ich mit ihnen beim General speisen sollte. Eine Stunde darauf erschienen sie in guter Uniform. Die der Französin war eine elegante Phantasieuniform, und ich gebe nun augenblicklich Neapel auf, um mit ihnen nach Parma zu gehen. Die Schönheit dieser niedlichen Französin hatte mich schon gefesselt. Der Kapitän war den Sechzigern nahe, und ich fand diese Verbindung natürlich sehr unangemessen. Ich setzte mir in den Kopf, daß die Sache, welche ich wünschte, sich auf eine freundschaftliche Weise gestalten könne. Der Adjutant des Generals kam mit einem Priester des Bistums, welcher dem Kapitän meldete, daß er die verlangte Genugtuung und Entschädigung erhalten solle, er möchte sich aber mit fünfzehn Zechinen begnügen. »Dreißig oder nichts,« antwortete trocken der Ungar. Er erhielt sie, und damit war die Sache abgemacht. Da dieser schöne Sieg die Frucht meiner Bemühungen war, so gewann ich die Freundschaft des Kapitäns und seiner schönen Gefährtin. Um sich sogleich zu überzeugen, daß der Gefährte des Kapitäns kein Mann war, brauchte man nur seine Hüften zu betrachten. Sie war eine zu schöne Frau, um für einen Mann gelten zu können, und sicherlich haben die Frauen, welche sich durch ekle Verkleidung uns ähnlich machen wollen, sehr unrecht, denn sie gestehen dadurch ein, daß ihnen die schönsten Vorzüge fehlen. Etwas vor der Tischzeit begaben wir uns zum General, welcher sich beeilte, die beiden Offiziere allen anwesenden Damen vorzustellen.

Keine ließ sich irreführen, da sie aber schon die Geschichte kannten, so waren sie erfreut, mit dem Helden dieses Stückes zu speisen, und behandelten den jungen Offizier wie einen Mann; dagegen huldigten ihm die Männer auf eine seinem Geschlechte angemessene Weise. Madame Querini allein schmollte, denn da die schöne Französin alle Aufmerksamkeit auf sich zog, so fühlte ihre Eigenliebe sich verletzt. Sie richtete an diese das Wort nur, um mit ihrem Französisch zu paradieren, welches sie in der Tat ziemlich gut sprach. Der arme Kapitän sprach fast gar nicht, denn niemand bemühte sich, Lateinisch mit ihm zu sprechen. Die Unterhaltung war belebt, und der junge weibliche Kapitän beschäftigte alle, selbst Madame Querini, obwohl sie sich keine Mühe gab, den geheimen Verdruß, welchen sie empfand, zu verbergen.»Ich finde es sonderbar,« sagte sie zu jener,»daß Sie zusammenleben können, ohne miteinander zu sprechen.«»Weshalb sonderbar, Madame? Wir verstehen uns sehr gut, denn zu den Beschäftigungen, welche wir miteinander abzumachen haben, ist die Sprache nicht sehr nötig.« Diese mit Anmut und Lebhaftigkeit erteilte Antwort brachte die ganze Gesellschaft zum Lachen, ausgenommen jedoch Madame Querini-Giulietta, welche törichterweise sehr zimperlich tat und die Antwort zu klar fand.»Ich kenne keine Beschäftigung,« sagte sie zum jungen Offizier,»welche man ohne Feder oder Sprache abmachen könnte.«»Sie werden mich entschuldigen, Madame, es gibt solche Beschäftigungen: das Spiel zum Beispiel.«»Tun Sie denn weiter nichts als spielen?«»Nichts weiter. Wir spielen Pharao, und ich halte die Bank.« Da alle die Leerheit dieser ausweichenden Antwort fühlten, so fing das Gelächter von neuem an, und Giulietta stimmte darin ein.»Aber«, fragte der General,»gewinnt die Bank viel?«»Der Gewinn ist allerdings so unbedeutend, daß es sich nicht der Mühe lohnt, davon zu sprechen.« Sicherlich fiel es niemand ein, dem ehrenwerten Kapitän diese Antwort zu übersetzen.« Die ganze übrige Unterhaltung war ebenso pikant, und die Gesellschaft trennte sich, entzückt über die Anmut und den Geist des reizenden Offiziers. Als gegen Abend die Zeit des Aufbruchs gekommen war, nahm ich Abschied vom General.»Leben Sie wohl,« sagte er,»ich wünsche Ihnen auch eine glückliche Reise und viel Vergnügen in Neapel.«»Für den Augenblick«, antwortete ich,»reise ich nicht dorthin; ich habe meinen Plan geändert und gehe nach Parma, wo ich den Infanten zu sehen wünsche. Zu gleicher Zeit beabsichtige ich diesen beiden Offizieren, die sich nicht verstehen und nicht verständlich machen können, als Dolmetscher zu dienen.«»Ich verstehe Sie, und wenn ich an Ihrer Stelle wäre, würde ich ebenso handeln.« Ich nahm auch von Madame Querini Abschied, welche mich bat, ihr von Bologna zu schreiben. Ich versprach es ihr, mit dem Vorbehalt, es nicht zu tun. Diese junge Französin hatte schon, als sie noch unter der Bettdecke lag, meine Teilnahme erregt; sie hatte mir gefallen, sobald ich ihre Gestalt, und noch mehr, als ich sie angekleidet gesehen. Sie fesselte mich vollends, als sie bei Tische eine Art Geist entwickelte, den ich sehr liebte, den man in Italien selten findet und mit dem das schöne Geschlecht in Frankreich gewöhnlich ausgestattet ist. Ihre Eroberung schien mir nicht schwierig, und ich dachte an die Mittel, sie mir zu sichern. Wenn ich auch jede Geckenhaftigkeit beiseite setzte, so mußte ich mich doch mehr für sie geeignet halten als ihren alten Ungarn, der für sein Alter allerdings ein liebenswürdiger Mann war, der aber doch seine sechzig Jahre nicht verbergen konnte, während aus allen meinen Zügen noch die Zwanziger glänzten. Wie es mir schien, hatte ich von seiten des Offiziers kein Hindernis zu erwarten, denn er schien mir zu den Leuten zu gehören, welche die Liebe wie eine Sache der bloßen Laune behandeln, sich deshalb leicht den Umständen fügen und mit gutem Humor jedes ihnen vom Zufall dargebotene Verhältnis annehmen. Das Glück konnte mir zur Betreibung meiner Sache keine günstigere Gelegenheit darbieten, als mich zum Reisegefährten eines so wenig zueinander passenden Paares zu machen. Es schien mir nicht möglich, daß man mein Anerbieten abschlagen könnte; denn es mußte ihnen sehr angenehm sein, daß ich sie begleiten wollte, da sie beide allein sich keinen einzigen Gedanken mitteilen konnten. Da ich glaubte, daß ich meiner Sache sicher wäre, und entschlossen war, das Abenteuer zu bestehen, so fragte ich, als wir im Gasthofe angekommen waren, den Offizier, ob er mit der Post oder auf andere Weise nach Parma zu reisen gedächte.»Da ich keinen Wagen habe, so ziehe ich die Post vor.«»Ich habe einen sehr bequemen und biete Ihnen die beiden Plätze im Hintersitze an, wenn Ihnen meine Gesellschaft angenehm ist.«»Dies ist ein wahres Glück. Erweisen Sie mir das Vergnügen, Henrietten diesen Vorschlag zu machen.«»Wollen Sie, Madame, mir die Ehre gönnen, Sie nach Parma zu begleiten?«»Das soll mich sehr freuen, denn wir werden dann doch wenigstens sprechen können. Aber sehen Sie sich wohl vor, mein Herr, denn Ihre Aufgabe wird nicht leicht sein, da Sie oft allein mit uns beiden zu tun haben werden.«»Ich werde es sehr gerne tun, und bedaure nur, daß die Reise so kurz ist. Beim Abendessen wollen wir davon sprechen; einstweilen erlauben Sie. daß ich Sie verlasse, um einige Geschäfte zu beenden.« Diese Geschäfte bestanden im Ankauf eines Wagens, den ich bloß in der Phantasie besaß.

Ich gehe ins adlige Kaffeehaus, und gleichsam als ob der Zufall mir hätte behilflich sein wollen, erfahre ich, daß ein Wagen zu verkaufen ist, daß ihn aber niemand kaufen will, weil er zu teuer sei. Dieser sollte zweihundert Zechinen kosten und enthielt nur zwei Plätze nebst einem Seitensitzchen. Gerade einen solchen suchte ich. Ich ließ mich in die Remise führen und fand hier einen herrlichen englischen Wagen, welcher zweihundert Guineen gekostet haben mußte. Der Graf, welchem er gehörte, war beim Abendessen; ich lasse ihm sagen, ich ersuche ihn, den Wagen bis zum nächsten Morgen nicht zu verkaufen, und kehre sehr zufrieden in den Gasthof zurück. Während des Abendessen sprach ich mit dem Kapitän nur, um mit ihm zu verabreden, daß wir am folgenden Tage nach Tische abreisen wollten; die ganze übrige Unterhaltung war nur ein Dialog zwischen Henriette und mir. Da ich diese junge Frau immer reizender fand und doch bis jetzt nur eine Abenteurerin in ihr sehen konnte, so war ich sehr erstaunt, edle und zarte Empfindungen, welche nur die Frucht einer guten Erziehung sein können, bei ihr zu finden; da aber eine solche Idee nicht zu den Absichten, welche ich auf sie hatte, stimmte, so verwarf ich sie sogleich wieder. So oft ich versuchte, das Gespräch auf den Offizier zu bringen, so wandte sie es auf einen andern Gegenstand oder wich meinen Zumutungen mit einer Feinheit und einem Takte aus, welche mich in Verwunderung setzten, mir aber wegen der Grazie, mit welcher es geschah, gefielen. Aber der folgenden Frage wich sie nicht aus:»Sagen Sie mir, Madame, ob der Kapitän Ihr Gatte oder Vater ist.« »Er ist«, antwortete sie lächelnd,»keins von beiden.« Das genügte mir, denn im Grunde brauchte ich nicht mehr zu wissen. Der gute Mann war eingeschlafen: als er wieder erwachte, wünschte ich ihm eine gute Nacht und legte mich zu Bett mit einem Herzen voll Liebe und einem Kopfe voll Pläne. Ich sah, daß alles die günstigste Wendung nahm, und ich war überzeugt, daß ich zum Zwecke gelangen würde. Das Abenteuer erschien mir um so köstlicher, als die Lösung des Knotens binnen drei oder vier Tagen erfolgen mußte. Am folgenden Tage ging ich frühzeitig zum Grafen Dandini, dem Besitzer des Wagens; ich kaufte ihm den Wagen unter der Bedingung ab, daß er mir ihn durch einen Sattler in gutem Zustande zuschicke. Sobald ich in den Gasthof zurückgekehrt war, ordnete ich alles für unsere Abreise an, welche ich mit allen meinen Wünschen beschleunigte. Henriette konnte den Mund nicht öffnen, ohne daß ich eine neue Vollkommenheit an ihr entdeckte, denn ihr Geist bezauberte mich noch mehr als ihre Schönheit. Wie es mir schien, sah der alte Kapitän mit Vergnügen, daß ich mich mit ihr beschäftigte, und alles schien mir dafür zu sprechen, daß Henriette die Aufmerksamkeiten, welche ich ihr bezeigte, gern sah; endlich schien es mir völlig ausgemacht, daß sie nicht ungern ihren alten Liebhaber mit mir vertauschen würde. Ich konnte mir um so mehr dessen schmeicheln, als ich in physischer Beziehung alles besaß, was zu einem Liebhaber gehört, und als ich, obwohl ohne Bedienten, das Aussehen eines reichen Mannes hatte. Ich sagte ihr, ich könnte des Vergnügens wegen, ohne Bedienten zu sein, das doppelte ausgeben und hätte, da ich mich selbst bediente, die Befriedigung, immer gut bedient zu werden, auch genösse ich den Vorteil, keinen Spion und privilegierten Dieb fürchten zu müssen. Henriette ging ganz auf meine Ideen ein, und dadurch wurde ich noch verliebter. Noch Tisch reisten wir ab, nachdem wird einen höflichen Streit über die Plätze geführt; der Kapitän wollte, daß ich mich zu Henriette in den Hintersitz setzen sollte, aber der Leser mußte einsehen, daß der Sitz ihr gegenüber mir besser zusagte; ich bestand also, da ich meine Rechnung dabei fand, darauf, einen Platz auf dem Vordersitze einzunehmen, und ich gewann dadurch den doppelten Vorteil, mir dies als ein Verdienst der Höflichkeit anrechnen zu lassen und das reizende Wesen, welches ich anbetete, immer vor meinen Augen zu haben. Mein Glück würde zu groß gewesen sein, wenn ich keine Unannehmlichkeit zu dulden gehabt hätte. Wo sind wohl Rosen ohne Dornen zu finden? Wenn die reizende Französin eine von jenen pikanten Äußerungen tat, welche im Munde der Frauen ihrer Heimat so gewöhnlich sind, und ein witziger Einfall mich zum Lachen reizte, so jammerte mich die traurige Gestalt des Ungarn, und da ich wünschte, er möchte mein Vergnügen teilen, übersetzte ich ihm die schönen Äußerungen der geistreichen Henriette ins Italienische; aber ich hatte kein Glück damit, denn sein Gesicht wurde länger, als ob ihm das, was ich ihm sagte, abgeschmackt erscheine.

Dadurch wurde ich genötigt, mir selbst zu gestehen, ich spräche nicht so gut Lateinisch wie Französisch, und das war wahr. In allen Sprachen ist das, was man am letzten lernt, der Geist; dieser Geist tritt aber nirgends so sehr hervor, wie im Scherze. Erst als ich dreißig Jahr alt war, konnte ich lachen, wenn ich Terenz, Plautus und Martial las. Da an meinem Wagen etwas entzweigegangen war, so hielten wir in Forli an, um es ausbessern zu lassen. Nachdem wir sehr heiter zu Abend gespeist, ging ich in mein Zimmer, um mich zu Bett zu legen, erfüllt von dem Bilde des reizenden Weibes, welches mich immer mehr fesselte. Henriette war mir auf der ganzen Reise so seltsam vorgekommen, daß ich nicht in einem zweiten Bett, welches in demselben Zimmer stand, schlafen wollte. Ich fürchtete, das Mädchen könnte auf den Gedanken kommen, seinen alten Kameraden zu verlassen und sich zu mir zu legen, und ich wußte nicht, wie der brave Kapitän den Spaß ausnehmen würde. Ich wollte allerdings zum Besitz des reizenden Wesens gelangen, aber ich wollte, daß dies auf eine freundschaftliche Weise geschähe, denn ich hatte eine gewisse Achtung vor dem braven Militär. Dies junge Mädchen hatte nichts als die Männerkleidung, welche sie trug, kein einziges weibliches Kleidungsstück, nicht einmal ein Hemd. Sie trug die des Kapitäns. Diese Lage war für mich so neu, daß sie mir rätselhaft vorkam. Als wir in Bologna angekommen waren, wo ein gutes Abendbrot und das Feuer, welches sich immer mehr und mehr in meinem Herzen entzündete, mich aufgeregter stimmten, fragte ich sie, durch welches sonderbare Abenteuer sie die Frau dieses braven Mannes geworden, welcher sich eher zu ihrem Liebhaber zu eignen schien.»Wenn Sie es zu wissen wünschen,« antwortete sie lachend,»so lassen Sie sich die Geschichte von ihm selbst erzählen; aber sagen Sie ihm, er möge nichts auslassen.« Ich ermangelte nicht, es zu tun, und nachdem der gute Kapitän sich durch die Zwischensprache überzeugt, daß dieser Bericht der schönen Französin nicht mißfallen wurde, begann er folgender- maßen:»Da ein mir befreundeter Offizier einen Auftrag nach Rom hatte, so nahm ich einen halbjährigen Urlaub und begleitete ihn dorthin. Ich zweifelte nicht daran, daß in der guten Gesellschaft die lateinische Sprache allgemein gesprochen werden würde, und daß sie wenigstens ebenso verbreitet wie in Ungarn sein würde. Ich habe mich grausam getäuscht, denn niemand spricht sie, nicht einmal die Geistlichen, welche nur Anspruch darauf machen, sie zu schreiben, und viele schreiben sie allerdings mit großer Reinheit. Meine Verlegenheit war groß; das Gesicht ausgenommen blieben meine Sinne so ziemlich unbeschäftigt. Seit einem Monat langweilte ich mich in dieser alten Königin der Welt, als der Kardinal Albani meinem Freunde Depeschen nach Neapel gab. Vor seiner Abreise empfahl er mich an Seine Eminenz und zwar auf eine so wirksame Weise, daß der Kardinal mir binnen wenigen Tagen ein Paket für den Infanten Herzog von Parma, Piacenza und Guastalla versprach und mir zugleich sagte, daß mir meine Reise bezahlt werden solle. Da ich den Hafen zu sehen wünschte, welchen die Alten Centum cellae nannten, jetzt Città Vecchia, so benutzte ich die Zeit und begab mich mit einem Lateinisch sprechenden Cicerone dorthin. Im Hafen sah ich einen alten Offizier und dies Mädchen, gekleidet wie Sie sie jetzt sehen, aus einer Tartane steigen. Sie fiel mir auf, aber ich würde nicht weiter an sie gedacht haben, wenn der Offizier mit dem Mädchen sich nicht bloß in demselben Gasthof wie ich eingemietet hätte, sondern auch in ein Zimmer, in welches ich, ohne im mindesten neugierig zu sein, hineinblicken mußte, sobald ich aus dem Fenster sah. Am Abend sah ich sie beide an demselben Tisch und einander gegenüber sitzend speisen, aber der Offizier richtet nicht ein einziges Mal das Wort an sie. Nach dem Abendessen stand das Mädchen auf, ohne daß ihr Kamerad nur einen Augenblick von dem Briefe, welchen er sehr aufmerksam zu lesen schien, wegblickte. Eine Viertelstunde daraus schloß der Offizier die Fenster, das Licht wurde ausgelöscht, und man legte sich ohne Zweifel schlafen. Als ich am nächsten Tage nach meiner Gewohnheit früh aufstand, sah ich den Offizier aus. gehen und das Mädchen blieb allein im Zimmer. Ich sagte meinem Cicerone, der zugleich mein Bedienter war, er möge dem als Offizier gekleideten Mädchen sagen, ich wolle ihr zehn Zechinen schenken, wenn sie mir ein einstündiges Stelldichein bewillige. Er richtete die Bestellung aus, und meldete mir, sie habe französisch geantwortet, sie werde nach dem Frühstück noch Rom abreisen, und dort werde es mir leicht werden, eine Gelegenheit zu finden, mit ihr zu sprechen. ›Ich werde,‹ sagte der Cicerone, ›vom Fuhrmann ganz sicher erfahren, wo sie wohnen wird, und werde nicht vergessen, mich danach zu erkundigen.‹ In der Tat reiste sie mit dem Offizier ab, und ich kehrte am folgenden Tage nach Rom zurück. Am zweitfolgenden Tage übergab der Kardinal mir Depeschen, welche an Herrn Dutillot, Minister des Herzogs, gerichtet waren, sowie einen Paß und das zur Reise nötige Geld, und er äußerte sehr leutselig, ich brauche mich nicht zu beeilen. Ich dachte nicht mehr an die schöne Abenteuerin, als mein Cicerone mir zwei Tage vor meiner Abreise meldete, er habe ihre Wohnung entdeckt, und sie sei noch immer mit dem Offizier zusammen. Ich sagte zu ihm, er möge versuchen, mit ihr zu sprechen und ihr zu sagen, daß ich übermorgen abreise.

Sie ließ mir sagen, wenn ich sie die Stunde meiner Abreise wissen lassen wolle, so werde sie sich zweihundert Schritt vor der Stadt einfinden, zu mir in den Wagen steigen und mit mir fahren. Da ich diese Anordnung sehr sinnreich fand, ließ ich ihr im Laufe des Tages die Zeit meiner Abreise und die Stunde, wo ich sie vor der Porta del popolo erwarten würde, melden. Sie stellte sich pünktlich ein, und wir haben uns seitdem nicht wieder verlassen. Sobald sie neben mir im Wagen saß, gab sie mir zu verstehen, daß sie mit mir zu Mittag speisen wolle. Sie können sich denken, wie schwer es uns wurde, uns miteinander zu verständigen; aber durch Gesten gelang es uns, zu erraten, was wir wollten, und ich nahm die Partie mit Vergnügen an.

Wir speisten sehr heiter zu Mittag und sprachen zuweilen miteinander, ohne uns zu verstehen; aber nach dem Dessert verständigten wir uns sehr gut. Ich glaubte, die Sache wäre damit zu Ende, aber denken Sie sich mein Erstaunen, als ich ihr zehn Zechinen geben wollte, sie diese aber ganz bestimmt zurückwies und mir begreiflich machte, sie wolle lieber mit mir nach Parma reisen, da sie in der Stadt etwas zu tun habe. Das Abenteuer mißfiel mir nicht, ich willigte ein und bedauerte bloß, ihr nicht begreiflich machen zu können, daß, wenn sie verfolgt würde, um nach Rom zurückgebracht zu werden, ich nicht in der Lage wäre, sie gegen eine solche Gewalttat zu schützen. Ich bedauerte auch, daß ich auf keine Unterhaltung hoffen durfte, da ich von ihrer und sie von meiner Sprache nicht das geringste verstand; ich hätte sie auch gern ihre Abenteuer erzählen hören, welche ich mir interessant dachte. Sie werden erraten, daß ich durchaus nicht weiß, wer sie ist. Ich weiß nur, daß sie sich Henriette nennt, daß sie nur eine Französin sein kann, daß sie sanft wie ein Lamm ist, daß sie eine gute Erziehung erhalten zu haben scheint und daß sie gesund ist. Sie muß Geist und Mut haben, wie ich in Rom und Sie in Cesena an der Tafel des Generals haben bemerken können. Wenn sie Ihnen ihre Geschichte erzählen und Ihnen erlauben will, sie mir ins Lateinische zu übersetzen, so sagen Sie ihr, daß sie mich sehr erfreuen würde, denn ich bin ihr aufrichtiger Freund, und ich kann Ihnen versichern, daß es mich sehr schmerzen wird, wenn wir uns in Parma werden verlassen müssen. Ich bitte, sagen Sie ihr auch, daß ich ihr die dreißig Zechinen, welche ich vom Bischof von Cesena empfangen, schenken will, und daß ich, wenn ich reich wäre, die Beweise meiner Zuneigung und zärtlichen Anhänglichkeit nicht hierauf beschränken würde. Jetzt, mein Herr, bitte ich Sie, ihr dies alles in französischer Sprache zu sagen.« Nachdem ich sie gefragt, ob ihr eine ganz getreue Übersetzung nicht unangenehm sein würde, und ich von ihr die Versicherung empfangen, sie wünsche diese gerade, teilte ich ihr alles, was der Kapitän gesagt, wörtlich mit. Mit der edelsten Freimütigkeit, welche durch einen leichten Anflug von Scham einen neuen Reiz erhielt, bestätigte mir Henriette die Wahrheit der Erzählung ihres Freundes; aber sie bat mich, ihm zu sagen, daß sie ihn hinsichtlich ihrer Lebensabenteuer nicht befriedigen könne. »Sagen Sie ihm, ich bitte Sie, daß dasselbe Prinzip, welches mir nicht zu lügen erlaubt, mir die Wahrheit zu sagen verbietet. Was die dreißig Zechinen betrifft, welche er mir zu geben beabsichtigt, so versichern Sie ihm, daß ich keine einzige annehmen werde und daß er mich betrüben würde, wenn er bei seinem Wunsche beharren sollte. Ich wünsche, daß, wenn wir in Parma ankommen, er mich allein, und wo ich will, wohnen lasse, ohne sich danach zu erkundigen, was aus mir geworden, und wenn er mir zufällig begegnet, so möge er seine Güte noch dadurch erhöhen, daß er so tut, als ob er mich nicht kenne.« Nachdem sie diese kleine Rede beendet, welche sie mit großem Ernst und dem bescheidenen und festen Ton der Entschlossenheit vorgetragen, umarmte sie ihren alten Freund auf eine Weise, in welcher sich Gefühl und Zärtlichkeit aussprachen. Der Offizier, welcher nicht wußte, auf welche Veranlassung hin sie ihn umarmte, wurde sehr betrübt, als ich ihm Henriettens Rede übersetzte. Er bat mich, ihr zu sagen, daß er, wenn er ihr ohne Widerstreben gehorchen solle, wissen müsse, daß es ihr in dieser Stadt nicht am Notwendigen fehlen würde. »Sie können ihm die Versicherung geben,« sagte sie, »daß er über mein Schicksal nicht unruhig zu sein braucht.« Da diese Unterhaltung uns alle traurig gestimmt hatte, so blieben wir mit gesenkten Augen und ohne ein Wort zu sprechen sitzen; da ich aber dieser Situation müde wurde, so stand ich auf, wünschte ihnen eine gute Nacht und sah, daß Henriettens Gesicht glühte.

Sobald ich in meinem Zimmer angekommen war, fing ich an, bestürmt von dem lebhaftesten Gefühl der Liebe, des Erstaunens und der Ungewißheit, laut mit mir selbst zu sprechen, wie ich es immer tue, wenn ich von einem Gedanken tief durchdrungen bin. Der stumme Gedanke genügte mir nicht; ich mußte sprechen, und ich legte in diese Zwiegespräche mit mir selbst so viel Lebhaftigkeit und Handlung, daß ich mein Alleinsein vergaß. Die rückhaltlose Erklärung Henriettens jagte mich in Harnisch. Wer ist denn, so sprach ich zu den Wänden, dies Mädchen, welches die erhabensten Empfindungen mit dem Scheine zynischer Leichtsinnigkeit verbindet? In Parma, sagte sie, will sie unbekannt bleiben und ihre eigne Herrin sein; und ich bin nicht berechtigt, mir zu schmeicheln, daß sie mir nicht dieselbe Verpflichtung auferlegen wird, wie dem Offizier, welchem sie sich schon ergeben hat. Lebt also wohl, Hoffnungen, Vorsätze und Träume! Wer mag sie denn aber wohl sein? In Parma muß sie entweder einen Mann oder einen Liebhaber haben, oder sie muß ehrenwerten Verwandten angehören, oder sie muß aus grenzenloser Zügellosigkeit und im Vertrauen auf ihre Reize das Glück herausfordern wollen, sie in den Abgrund der Verworfenheit zu stürzen und es darauf ankommen lassen, ob sie einen vornehmen Mann findet, der sich an ihren Wagen spannt. Das wäre der Plan einer Tollen oder Verzweifelten, und Henriette scheint dies nicht zu sein. Aber Henriette hat nichts, und dennoch will sie, als ob sie reichlich mit allem versehen wäre, nichts von einem Ehrenmanne annehmen, der ihr Anerbietungen macht die sie, ohne zu erröten, annehmen kann, da sie nicht Anstand genommen hat, für ihn Gefälligkeiten zu haben, zu welchen sie nicht durch die Liebe veranlaßt wurde. Glaubt sie, daß es weniger schmachvoll ist, sich den Begierden eines unbekannten Mannes, der keine zärtlichen Empfindungen einflößen kann, hinzugeben, als von einem Freunde, den man schätzt, ein Geschenk anzunehmen, und noch dazu in einem Augenblick, wo sie von allem entblößt und in einer fremden Stadt, deren Sprache ihr sogar unbekannt ist, sich auf die Straße gesetzt sieht? Will sie dadurch den falschen Schritt, welchen sie sich mit dem Kapitän hat zuschulden kommen lassen, rechtfertigen und ihm zu verstehen geben, daß sie nur, um dem Offizier, welcher sie in Rom besessen, zu entgehen, sich ihm hingegeben hat? Aber sie muß überzeugt sein, daß der Kapitän keine andere Idee haben kann, denn er zeigt sich zu vernünftig, als daß man ihm den Glauben zutrauen konnte, ihr dadurch, daß sie ihn einmal in Cività Vecchia am Fenster gesehen, eine lebhafte Leidenschaft eingeflößt zu haben. Sie konnte also recht haben und sich gegen ihn für gerechtfertigt halten, nicht aber gegen mich; denn bei ihrem Geist mußte sie wissen, daß ich nicht mit ihnen gereist sein würde, wenn sie mir kein Gefühl eingeflößt hätte, und es konnte ihr nicht unbekannt sein, daß es nur ein Mittel für sie gäbe, um meine Verzeihung zu erlangen. Sie kann Tugenden haben, sagte ich zu mir; aber sie hat nicht die, welche mich verhindern könnte, die einzige Belohnung zu beanspruchen, welche jeder Mann von der Frau, in die er verliebt ist, erwartet. Wenn sie gegen mich die Tugendhafte zu spielen und mich zum Narren haben zu können glaubt, so scheint mir meine Ehre zu erfordern, daß ich ihr die Täuschung, in der sie sich befindet, beweise. Nach diesem Monolog, der mich noch mehr aufgeregt hatte, beschloß ich, mich am folgenden Tage vor der Abreise zu erklären. Ich werde, sagte ich zu mir, sie um die Gefälligkeiten bitten, welche ihr Kapitän mit so leichter Mühe von ihr erlangt hat, und wenn sie mir diese verweigert, so werde ich mich dadurch rächen, daß ich ihr, ehe wir in Parma ankommen, kalte und gründliche Verachtung bezeige. Es war mir klar, daß sie mir wahre oder falsche Zeichen der Zärtlichkeit nur dann verweigern könnte, wenn sie eine Tugend, die sie nicht besaß, affektieren wollte. Da aber diese Tugend nur erheuchelt war, so wollte ich nicht deren Spielwerk sein. Was den Offizier betraf, so war ich nach dem, was er zu mir gesagt, überzeugt, er würde eine Erklärung von meiner Seite nicht übelnehmen, denn bei seinem gesunden Menschenverstand konnte er nur neutral bleiben. Befriedigt von meinen Überlegungen und mich in meinem Entschlusse fest fühlend, lege ich mich zu Bett. Henriette beschäftigte mich zu sehr, als daß ihr Bild mir nicht hätte im Traum erscheinen sollen; aber dieser Traum, welcher die ganze Nacht dauerte, trug so sehr das Gepräge der Wahrheit, daß ich sie bei meinem Erwachen an meiner Seite suchte; und die zauberhaften Bilder dieser Nacht hatten einen so starken Eindruck auf meine Phantasie gemacht, daß, wäre meine Tür nicht verriegelt gewesen, ich geglaubt haben würde, sie habe mich während meines Schlafes verlassen, um sich wieder zu dem guten Ungarn zu legen. Bei meinem Erwachen fand ich, daß der ununterbrochene Traum dieser glücklichen Nacht mich bis zum Rasendwerden in diese schöne Person verliebt gemacht hatte, und das konnte nicht anders sein. Denke sich der Leser einen armen Teufel, welcher sich todmüde und halb verhungert zu Bett legt; er erliegt dem Schlafe, diesem gebieterischsten aller Bedürfnisse; aber im Schlafe sieht er sich an einen reichgedeckten Tisch versetzt – was wird die Folge davon sein, das notwendige Resultat? Sein mehr als am vorigen Tage gereizter Magen läßt ihm keine Ruhe; er muß Befriedigung finden oder Hungers sterben. Ich kleide mich an, entschlossen, mich, bevor wir in den Wagen steigen, des Besitzes derjenigen, welche mich entflammt hat, zu vergewissern. Gelingt dies nicht, sagte ich zu mir, so gehe ich nicht weiter.

Um aber den Anstand nicht zu verletzen und mir gegen einen anständigen Menschen keine Vorwürfe machen zu müssen, hielt ich es für meine Pflicht, mich zuvor gegen meinen Reisegefährten zu erklären. Es ist mir so, als ob ich einen jener vernünftigen, ruhigen und kaltblütigen Leser, welche den sogenannten Vorteil einer leidenschaftslosen Jugend genossen haben, oder einen derjenigen, welche das Alter mit Gewalt vernünftig gemacht hat, ausrufen höre: Kann man wohl von einer Kleinigkeit so viel Aufhebens machen! Das Alter hat meine Leidenschaften gemildert, indem es mich unfähig gemacht hat, aber mein Herz hat nicht gealtert und mein Alter hat die ganze Frische der Jugend bewahrt, und weit entfernt, solche Sachen als bloße Kleinigkeiten zu betrachten, fühle ich, lieber Leser, nur den Schmerz, daß ich diese nicht bis zu meinem Tode zur Hauptsache meines Lebens machen kann. Als ich bereit war, begab ich mich in das Zimmer meiner beiden Reisegefährten, und nachdem ich sie wegen ihres guten Aussehens bekomplimentiert, sagte ich zum Offizier, ich wäre in Henrietten heftig verliebt, und ob er es übelnehmen würde, wenn ich sie zu überreden suchte, meine Geliebte zu werden.»Was sie zu der Bitte nötigt,«fügte ich hinzu,»Sie in dieser Stadt zu verlassen und so zu tun, als ob Sie sie nicht kennten, kann nur ein Liebhaber sein, welchen sie hier zu finden hofft: und ich schmeichle mir, wenn Sie mich eine halbe Stunde mit ihr allein lassen, sie zu überreden, daß sie mir diesen Liebhaber opfert. Verweigert sie dies, so bleibe ich hier; Sie reisen mit ihr nach Parma, lassen meinen Wagen auf der Post und schicken mir einen Empfangschein, damit ich ihn nach Belieben abholen lassen kann.«»Sobald wir gefrühstückt haben werden,«sagte der brave Kapitän,»werde ich ausgehen, um das Institut zu besichtigen und Sie allein mit ihr lassen. Suchen Sie es durchzusetzen, denn ich würde mich freuen, wenn sie in Ihre Hände überginge. Wenn sie bei ihrem ausgesprochenen Willen beharrt, so werde ich leicht einen

Fuhrmann hier finden und Sie können Ihren Wagen behalten. Ich danke Ihnen für Ihren Vorschlag und werde Sie sehr ungern verlassen.« Erfreut, den halben Weg gemacht zu haben und mich der Lösung des Knotens näher zu sehen, frage ich meine schöne Französin, ob sie die Merkwürdigkeiten Bolognas zu sehen wünsche.»Ich möchte es wohl,« sagte sie,»wenn ich einen Anzug meines Geschlechts hätte; so wie ich bin, möchte ich mich aber nicht der ganzen Stadt zeigen.«»Sie wollen also nicht ausgehen?«»Nein.«»Ich werde Ihnen Gesellschaft leisten.« »Das soll mich freuen.« Wir frühstückten sehr heiter, worauf der Kapitän ausging. Sobald er weggegangen war, sagte ich zu Henrietten, ihr Freund sei ausgegangen, um mich mit ihr allein zu lassen, weil ich ihm gesagt, daß ich eines Tete-a-tete mit ihr bedürfe.»Der Befehl, welchen Sie ihm gestern erteilt, Sie nicht mehr zu sehen, sich nicht nach Ihnen zu erkundigen, so zu tun, als ob er Sie nicht kenne, wenn er Ihnen zufällig begegnen sollte, sobald wir in Parma angekommen sein würden, bezieht sich dieser Befehl auch auf mich?«»Ich habe ihm keinen Befehl gegeben, dazu habe ich kein Recht und werde mich nie so weit vergessen, sondern ich habe nur eine Bitte an ihn gerichtet, ihn um eine Gefälligkeit gebeten, zu welcher meine Verhältnisse mich genötigt haben, und da er kein Recht hat, mir eine abschlägige Antwort zu erteilen, habe ich keinen Augenblick gezweifelt, daß er mir meine Bitte bewilligen würde. Was Sie betrifft, so würde ich sicherlich dieselbe Bitte an Sie gerichtet haben, wenn ich hätte glauben können, daß Sie irgendwelche Absichten auf mich hätten. Sie haben mir Beweise der Freundschaft gegeben, aber Sie müssen wohl einsehen, daß, wenn die Teilnahme, welche der Kapitän mir erweisen würde, mir nach den vorhandenen Umständen nachteilig werden könnte, die Ihrige mir noch mehr schaden würde. Da Sie Freundschaft für mich haben, so hätten Sie das alles erraten können.«»Da Sie wissen, daß ich Freundschaft für Sie habe, so müssen Sie auch wissen, daß es mir nicht möglich ist, Sie allein ohne Geld, ohne Mittel in einer Stadt zu lassen, wo Sie sich nicht einmal verständlich machen können. Glauben Sie, daß ein Mann, welchem Sie die zärtlichste Freundschaft eingeflößt haben, Sie verlassen kann, nachdem er Sie kennen gelernt und wenn er von Ihnen selbst erfahren, in welcher Lage Sie sich befinden? Wenn Sie dies glauben, so haben Sie keine richtige Vorstellung von der Freundschaft, und wenn Ihnen dieser Mensch das, was Sie fordern, bewilligt, so ist er nicht Ihr Freund.«

»Ich bin überzeugt, daß der Kapitän mein Freund ist, und Sie haben es gehört, er wird mich vergessen.«»Ich weiß nicht, welcher Art die Freundschaft ist, die dieser brave Mann für Sie empfindet, noch welches Vertrauen er zu seiner eigenen Macht haben mag; aber ich weiß, daß seine Freundschaft ganz anderer Art als die meinige ist, wenn er imstande ist, Ihnen den erbetenen Dienst zu erweisen; denn ich glaube mich verpflichtet, Ihnen zu sagen, daß es mir nicht nur nicht so leicht möglich ist, Ihnen das sonderbare Vergnügen zu erweisen, Sie in Ihrem jetzigen Zustande zu verlassen, sondern auch, daß ich das, was Sie fordern, unmöglich ausführen kann, wenn ich nach Parma gehe; denn ich liebe Sie so, daß Sie mir entweder versprechen müssen, mir anzugehören, oder daß ich hier bleibe. Dann können Sie mit dem Kapitän allein nach Parma reisen, denn ich fühle, daß, wenn ich Sie weiter begleite, ich der unglücklichste der Menschen werden würde, gleichviel, ob ich Sie zu Ihrem Liebhaber, Ihrem Manne oder in den Schoß Ihrer Familie zurückkehren sähe; wenn ich, mit einem Worte, Sie nicht sehen und mit Ihnen leben kann. ›Vergessen Sie mich‹ sind drei leicht auszusprechende Worte; aber wissen Sie, schöne Henriette, wenn das Vergessen auch einem Franzosen leicht wird, ein Italiener, wenigsten nach mir zu urteilen, hat diese sonderbare Kraft nicht. Mit einem Worte, Madame, mein Entschluß steht fest; Sie müssen die Güte haben, sich jetzt zu erklären und mir zu sagen, ob ich Sie nach Parma begleiten oder hier bleiben soll. Antworten Sie ja oder nein. Wenn ich hier bleibe, so ist alles gelogen; ich reise sonst nach Neapel und bin sicher, von der Leidenschaft welche Sie mir eingeflößt haben, geheilt zu werden. Wenn Sie mir aber sagen, daß ich Sie nach Parma begleiten darf, so muß ich des Besitzes Ihres Herzens gewiß sein. Ich allein will im Besitze Ihrer Reize sein, jedoch, wenn Sie wollen, mit der Bedingung, daß Sie mich nicht eher vollständig glücklich machen sollen, als wenn Sie glauben, daß ich mich dieses Glückes durch meine Bewerbungen und meine Aufmerksamkeiten würdig gemacht habe. Wählen Sie, ehe dieser zu brave Mann zurückkehrt. Er weiß alles, ich habe ihm alles gesagt.«»Was hat er Ihnen geantwortet?«»Daß er sich freuen würde, Sie in meinen Händen zu sehen. Was bedeutet dies unterdrückte Lächeln?«»Lassen Sie mich, ich bitte Sie, lachen; denn ich habe in meinem ganzen Leben keine Idee von einer wütenden Liebeserklärung gehabt. Wissen Sie auch, was es heißt, einer Frau in einer Liebeserklärung, welche zwar belebt, aber auch zart und sanft sein soll, zu sagen: Madame, eins von beiden, wählen Sie auf der Stelle. Ha! Ha! Ha!«»Ich begreife wohl, das ist weder sanft, noch galant, noch pathetisch, aber es ist leidenschaftlich. Bedenken Sie, daß es eine ernste Sache ist und daß ich noch nie so große Eile gehabt habe. Versetzen Sie sich in die Lage eines Verliebten, welcher auf dem Punkte steht, einen Entschluß zu fassen, welcher über sein Leben entscheiden kann. Beachten Sie auch gütigst, daß ich trotz meines Feuers in keiner Weise die Achtung gegen Sie verletze. Endlich bitte ich Sie zu bemerken, daß wir nicht allzu viel Zeit zu verlieren haben. Das Wort ›wählen Sie‹ darf Ihnen nicht hart erscheinen, sondern vielmehr als das Gegenteil, da es Sie zur Schiedsrichterin meines und Ihres Schicksals macht. Soll ich, um Sie zu überzeugen, daß ich Sie liebe, wie ein Pinsel Ihnen zu Füßen stürzen und Sie weinend bitten, sich meiner zu erbarmen? Nein, Madame, das würde Ihnen gewiß mißfallen und zu nichts führen. Da ich weiß, daß ich imstande bin, Ihr Herz zu verdienen, so fordere ich Liebe und nicht Mitleid von Ihnen. Verlassen Sie mich, wenn ich Ihnen mißfalle, und lassen Sie mich abreisen, denn wenn Sie aus Menschlichkeitsgefühl wünschen, daß ich Sie vergesse, so erlauben Sie, daß ich fern von Ihnen mir diese Bemühung zu erleichtern suche. Wenn ich Ihnen nach Parma folge, kann ich nicht für mich stehen, denn ich würde dann in einer Art von Verzweiflung sein. Denken Sie gegenwärtig nach; ich fordere es als eine Gnade von Ihnen, und Sie werden einsehen, daß Sie ein unverzeihliches Unrecht gegen mich begehen würden, wenn Sie zu mir sagten: ›Kommen Sie nach Parma‹, obwohl ich Sie ersuche, mich nicht zu besuchen. Gestehen Sie ein, daß Sie mir so etwas nicht sagen können, wenn Sie billig sein wollen.«»Ich gestehe es ein, wenn Sie mich wirklich lieben.«»Gott sei gelobt! Ja, seien Sie überzeugt, daß ich Sie sehr aufrichtig liebe. Wählen Sie nun und versprechen Sie.« »Immer in demselben Tone?«»Ja.«»Aber wissen Sie auch, daß Sie sehr zornig aussehen?«»Nein, denn das ist nicht der Fall; ich bin nur in einer Art Paroxysmus, im Gefühle des entscheidenden Augenblicks und in einer schrecklichen Ungewißheit. Ich muß dafür mein seltsames Geschick und die verdammten Sbirren in Cesena verantwortlich machen, denn ohne diese würde ich Sie nie gesehen haben.«»Sie bedauern also, daß Sie mich kennen gelernt haben?«»Und habe ich nicht Grund dazu?«»Durchaus nicht, denn ich habe noch nicht entschieden.«

»Ich fange an, leichter zu atmen, denn ich wette, Sie werden mich auffordern, Ihnen nach Parma zu folgen.«»Ja, kommen Sie nach Parma.«Der Leser errät wohl, daß die Szene sich änderte und daß das magische Wort ›Kommen Sie nach Parma‹ eine glückliche Wendung war, welche mich vom Schrecklichen zum Zärtlichen, vom Strengen zum Milden übergehen ließ. Ich fiel ihr zu Füßen, erfaßte in verliebtem Drange ihre Knie und küßte sie mit Zärtlichkeit und Dankbarkeit. Nun keine Wut mehr, und auch nicht mehr jener heftige Ton, welcher so wenig zu dem süßesten der Gefühle paßt. Ich bin zärtlich, unterwürfig, dankbar, und schwöre ihr, keine Gunstbezeigung, nicht einmal einen Kuß zu fordern, ehe ich nicht ihre Liebe verdient! Dieses göttliche Weib, welches sich angenehm überrascht findet, als sie mich plötzlich vom Tone der Verzweiflung zu dem der lebhaftesten Zärtlichkeit übergehen sieht, sagt zu mir mit noch zärtlicherem Tone als der meinige gewesen war, ich möge aufstehen.»Ich bin überzeugt,« sagt sie,»Sie lieben mich; aber glauben Sie auch, daß ich alles, was von mir abhängt, tun werde, um mich Ihrer Beständigkeit zu versichern.« Hätte sie mir auch gesagt, daß sie mich ebensosehr liebe, wie ich sie liebe, so hätte sie doch nicht mehr gesagt, denn jene Worte drückten alles aus. Meine Lippen waren auf ihre schönen Hände gepreßt, als der Kapitän zurückkehrte. Mit dem aufrichtigsten Ton wünschte er uns Glück, und ich sagte zu ihm mit glückstrahlender Miene, ich würde Pferde bestellen. Ich ließ ihn allein mit ihr, und bald darauf traten wir froh und zufrieden die Reise an. Ehe wir in Reggio ankamen, sagte der ehrliche Kapitän, er halte es für passend, daß wir ihn allein nach Parma reisen ließen; wenn er in unserer Gesellschaft käme, so würde das Redereien geben, man würde Fragen an ihn richten und weit mehr von uns sprechen, als wenn wir allein ankämen. Da Henriette und ich seine Bemerkungen sehr begründet fanden, so entschlossen wir uns augenblicklich, die Nacht in Reggio zu bleiben und ihn allein in einem Postwagen nach Parma reisen zu lassen. Nachdem wir darüber übereingekommen und sein Koffer auf den kleinen Wagen, welcher ihm geliefert wurde, gebracht worden, sagte er uns Lebewohl und versprach, am nächsten Tage bei uns zu Mittag zu speisen. Das Benehmen des ehrlichen Ungarn mußte meiner Freundin ebensosehr wie mir gefallen, da unser Zartgefühl uns zu großem Zwange in seiner Gegenwart nötigte, und wie hätten wir wohl nach unserer neuesten Übereinkunft in Reggio wohnen sollen? Henriette hätte mit Ehren das

Bett des Kapitäns nicht mehr teilen können, und konnte ebensowenig, ohne den bescheidenen Mann zu verletzen, in das meinige kommen. Wir alle drei würden über diesen Zwang, den wir lächerlich gefunden hatten, gelacht, aber uns ihm auch unterworfen haben. Die Liebe ist ein kleines, der Scham feindliches Wesen, obwohl sie oft die Dunkelheit und das Geheimnis sucht; wenn sie aber der Scham Raum gibt, so fühlt sie sich erniedrigt und verliert dann drei Viertel ihrer Würde und einen großen Teil ihres Zaubers. Es ist leicht einzusehen, daß Henriette und ich nur glücklich sein konnten, wenn wir die Erinnerung an jenen braven Mann entfernten. Wir speisten zu Abend allein; ich war trunken von Glück, welches mir zu groß schien und doch traurig; aber Henriette, welche ebenfalls traurig schien, hatte mir nichts vorzuwerfen. Im Grunde war es Verlegenheit, denn wir liebten uns, aber wir hatten noch nicht Zeit gehabt, uns kennen zu lernen. Wir sprachen wenig, und es kam nichts Pikantes, nichts Interessantes vor: unsere Reden schienen mir abgeschmackt, und wir schwelgten in unseren Gedanken. Wir wußten, daß wir die Nacht miteinander zubringen würden; aber wir würden gefürchtet haben, eine Taktlosigkeit zu begehen, wenn wir dessen erwähnt hätten. Welche Nacht! Und welches Weib war diese Henriette, welche ich so sehr geliebt habe und welche mich so glücklich gemacht hat! Erst nach drei oder vier Tagen riskierte ich es, zu fragen, was sie ohne einen Pfennig Geld und ohne Bekannten in Parma gemacht haben würde, wenn ich nicht gewagt hätte, ihr meine Liebe zu erklären, und nach Neapel gereist wäre. Sie antwortete, sie würde sich wirklich in der schauderhaftesten Verlegenheit befunden haben, sie sei aber überzeugt gewesen, daß ich sie liebe, und hätte vorausgesehen, was gekommen. Sie fügte hinzu, die Ungeduld, über meine Ansichten ins Reine zu kommen, hätte sie veranlaßt, mich zu bitten, ihren Entschluß dem Offizier mitzuteilen, da sie gewußt, daß er sich dem nicht widersetzen und auch nicht länger mit ihr leben könne. Auch habe sie in der Bitte, welche sie dem Kapitän vorlegen ließ, mich nicht mit inbegriffen. Es hätte ihr unmöglich geschienen, daß ich sie nicht fragte, ob ich ihr nicht irgendwie nützlich sein könne, und nach den Gefühlen, welche sie bei mir gefunden hätte, hätte sie dann ihren Entschluß gefaßt. Sie sagte endlich, wenn sie sich zugrunde gerichtet hätte, trügen ihr Mann und Schwiegervater, welche sie Ungeheuer nannte, die Schuld. Als ich in Parma ankam, ließ ich mich wie in Cesena unter dem Namen Farusi ins Wachbuch eintragen: es war dies der Familienname meiner Mutter, und Henriette schrieb selbst Anna von Arci, Französin, ein. Während wir dem Torschreiber antworteten, bot ein junger, leichtfüßiger und freundlicher Franzose uns seinen Dienst an und sagte, ich würde besser tun, anstatt auf der Post abzusteigen, zu d'Andremont zu gehen, wo ich Wohnung und Küche nach französischer Weise und die besten französischen Weine finden würde. Da ich sah, der Vorschlag gefiel Henrietten, ließ ich mich dorthin führen, und wir fanden eine sehr gute Wohnung. Ich nahm einen Lohnbedienten an und traf eine sehr genaue Abkunft mit d'Andremont. Sogleich ging ich aus, um für Henriette Frauenkleidung zu kaufen. In einem großen Leinenmagazin kaufte ich die notwendige Wäsche und bestellte mehrere Kleider für sie. Als ich zurückkam, speisten wir sehr fröhlich mit unserm Ungarn, und Henriette war noch immer als Offizier gekleidet, aber ich sehnte mich danach, sie in Frauenkleidung zu sehen. Am folgenden Tage sollte sie ein Kleid erhalten; sie hatte schon Unterröcke und Hemden. Henriette sprühte von Geist und Feinheit, Wer glaubt, eine Frau reiche nicht aus, um einen Mann die ganzen vierundzwanzig Stunden des Tages glücklich zu machen, hat nie eine Henriette gekannt. Das Glück, welches mich erfüllte, ich darf es sagen, war weit vollkommener, wenn ich mich mit ihr unterhielt, als wenn ich sie in meine Arme drückte. Sie hatte viel gelesen und hatte viel Takt und natürlichen Geschmack; sie hatte ein sicheres Urteil, und wenn sie auch nicht gelehrt war, so folgerte sie doch wie ein Mathematiker ließ sich beim Sprechen gehen, war durchaus anspruchslos und mischte überall die natürliche Grazie ein, welche allen Dingen Reiz verleiht. Da sie ihren Geist nicht zu zeigen suchte, so begleitete sie das Bedeutende, was sie sagte, mit einem Lächeln, welches ihm den Anstrich des Leichtsinns gab und es allen zugänglich machte. Dadurch gab sie selbst denen Geist, welche sehr wenig davon hatten, und fesselte alle Herzen. Eine Schönheit ohne Geist kann der Liebe nur den materiellen Genuß ihrer Reize bieten, während eine geistreiche Häßliche durch die Reize ihres Geistes einnimmt, und dem Manne, welchen sie eingenommen hat, zuletzt nichts mehr zu wünschen übrig läßt. Was mußte mir also der Besitz Henriettens sein? Er mußte mich auf eine Weise glücklich machen, daß ich mein Glück gar nicht fassen konnte. Man frage eine Schönheit ohne Geist, ob sie gern einen kleinen Teil ihrer Reize gegen eine hinlängliche Dosis von Geist austauschen würde. Wenn sie nicht heuchelt, so wird sie sagen, ich bin zufrieden mit dem, was ich habe. Aber weshalb ist sie zufrieden? Weil sie ihre Bedürfnisse nicht empfindet. Man frage eine geistreiche Häßliche, ob sie ihren Geist gegen Schönheit eintauschen möchte. Sie wird sich besinnen, Nein zu sagen. Warum? Weil sie ihren Geist kennt und weiß, daß er ihr alles ersetzt. Die geistreiche Frau, welche sich nicht eignet, einen Mann glücklich zu machen, das ist die gelehrte Frau. Die Wissenschaft ist übel angebracht bei einer Frau, denn sie schadet der Sanftmut des Charakters, der Annehmlichkeit, der sanften Furchtsamkeit, welche dem schönen Geschlecht einen so großen Reiz verleiht; und übrigens ist auch eine Frau mit ihrem Wissen nie über gewisse Grenzen hinausgekommen, und das Geschwätz gelehrter Frauen imponiert nur Dummköpfen. Von Frauen ist nie eine große Entdeckung gemacht worden. Dem weiblichen Geschlecht fehlt die Kraft, welche die physische Begabung dem männlichen verleiht; aber hinsichtlich des einfachen Urteils, der Zartheit der Empfindungen, überhaupt hinsichtlich aller Vorzüge, welche mehr vom Herzen als vom Geiste abhängen, sind die Frauen uns weit überlegen. Schleudere einer geistreichen Frau einen Sophismus an den Kopf, so wird sie sich zwar ihn nicht entwickeln können, aber sich auch nicht von ihm täuschen lassen; und wenn sie es dir auch nicht sagt, so wird sie dich doch erraten lassen, daß sie ihn verwirft. Der Mann dagegen, der ihn unlösbar findet, nimmt ihn zuletzt buchstäblich, und in dieser Beziehung ist die gelehrte Frau durchaus Mann. Welche Last muß eine Madame Dacier sein! Gott bewahre jeden ehrlichen Mann davor! Als am Nachmittag die Schneiderin kam, sagte Henriette, ich dürfe ihrer Umwandlung nicht beiwohnen, und forderte mich auf, spazieren zu gehen, bis sie wieder sie selbst geworden sei. Ich gehorchte, denn wenn man liebt, so erhöht sich das Glück dadurch, daß man der geringsten Willensäußerung des geliebten Gegenstandes gehorcht. Da mein Spaziergang kein bestimmtes Ziel hatte, so trat ich bei einem französischen Buchhändler ein und machte hier die Bekanntschaft eines geistreichen Buckligen; und hier muß ich auch erwähnen, daß nichts so selten ist, als ein Buckliger ohne Geist; ich habe diese Erfahrung in allen Ländern gemacht. Es ist nicht der Geist, welcher den Buckel erzeugt, denn, Gott sei Dank, es sind nicht alle geistreichen Menschen bucklig; aber man kann im allgemeinen behaupten, daß der Buckel Geist erzeugt, denn die kleine Anzahl Buckliger, welche keinen oder wenig Geist haben, hebt die Regel nicht auf. Derjenige, von welchem hier die Rede ist, hieß Dubois-Chateleraux. Er war ein gelehrter Kupferstecher und Münzdirektor des Infanten Herzogs von Parma, obwohl dieser kleine Herrscher gar keine Münze hatte. Ich brachte eine Stunde in Gesellschaft dieses geistreichen Buckligen zu, welcher mir mehrere seiner Kupfersticharbeiten zeigte, hierauf kehrte ich in den Gasthof zurück, wo ich unsern Ungarn fand, der auch auf Henriette wartete. Er wußte nicht, daß sie uns in Frauenkleidung begrüßen würde. Die Tür öffnet sich und eine reizende Frau empfängt uns mit einer graziösen Verbeugung, welche ebenso fern von aller Steifheit bleibt, wie von der Freiheit, welche der Militärrock verleiht. Ihr Anblick machte uns verlegen, und es fehlte uns wirklich an Fassung. Sie ladet uns ein, uns neben sie zu setzen, betrachtet den Kapitän mit einem freundschaftlichen Blick und drückt mir die Hand mit ausdrucks- und gefühlvoller Zärtlichkeit, aber ohne jenen Anstrich von Vertraulichkeit, die ein junger Offizier sich gestatten darf, ohne der Liebe zu schaden, die aber für ein wohlerzogenes Weib nicht paßt. Ihre edle und anständige Haltung nötigte mich zu einer ebensolchen, ohne daß sie mir Zwang auferlegte, denn sie spielte nicht eine Rolle, und als sie ihren natürlichen Charakter wieder annahm, wurde es mir nicht schwer, mich ihrem Benehmen anzupassen. Ich betrachtete sie mit einer Art Bewunderung, und getrieben von einem Gefühl, von welchem ich mir keine Rechenschaft zu geben suchte, ergriff ich ihre Hand; ehe ich sie aber an meine Lippen führen konnte, gab sie mir ihren schönen Mund preis, und nie ist mir ein Kuß so köstlich erschienen.»Bin ich denn nicht immer dieselbe?« sagte sie mit gefühlvollem Tone.»Nein, meine göttliche Freundin, und in meinen Augen sind Sie es so sehr nicht mehr, daß ich Sie nicht mehr zu duzen wage. Sie sind nicht mehr der geistreiche, aber freie Offizier, welcher Madame Querini antwortete, daß er Pharao spiele und die Bank halte, daß aber der Gewinn so gering sei, daß es sich nicht verlohne, davon zu sprechen.«»Es ist sicher, daß ich diese Worte in meinem Frauenanzuge nicht zu wiederholen wagte. Aber, mein Freund, bin ich darum nicht weniger deine Henriette, die Henriette, welche in ihrem Leben drei Torheiten begangen hat, von denen ohne dich die letzte mich zugrunde gerichtet haben würde, die ich aber reizend nenne, da sie die Veranlassung geworden, daß ich dich kennen gelernt.« Diese Worte machten einen so tiefen Eindruck auf mich, daß ich im Begriffe stand, mich ihr zu Füßen zu werfen und sie um Verzeihung zu bitten, daß ich sie nicht mehr geachtet; aber Henriette, welche meinen Zustand sah und diesem Pathos ein Ende machen wollte, fing an, den alten Kapitän zu schütteln, welcher das Aussehen einer Statue hatte, so war er versteinert. Er schämte sich, daß er eine Frau dieser Art als Abenteurerin behandelt, denn daß er nicht unter dem Einflusse einer Illusion stände, war ihm wohl klar. Er betrachtete sie mit einer Art Verwirrung und machte ihr gleichsam als Ehrenerklärung sehr ehrfurchtsvolle Verbeugungen. Sie schien ihm aber ohne den geringsten Anstrich von Vorwurf zu sagen: es ist mir sehr lieb, daß Sie der Ansicht sind, daß ich mehr als zehn Zechinen wert bin! Wir setzten uns zu Tisch, und von diesem Augenblick an machte sie die Honneurs mit einer Leichtigkeit, welche die Gewohnheit bewies. Sie behandelte den Kapitän als achtungswerten Freund und mich als geliebten Mann. Der Kapitän bat mich, ihr zu sagen, daß, wenn er sie so in Cività-Vecchia aus der Tartane hätte steigen sehen, es ihm nie eingefallen sein würde, ihr seinen Cicerone zuzuschicken. »Oh, sagen Sie ihm, daß ich vollkommen davon überzeugt bin. Aber es ist doch sehr sonderbar, daß ein Frauenkleid mehr imponiert als eine Uniform.« »Lassen Sie, ich bitte Sie, die Uniform in Ruhe, denn ihr verdanke ich mein ganzes Glück.« »Ja,« sagte sie mit dem liebenswürdigsten Lächeln, »wie ich den Sbirren von Cesena.« Wir blieben lange bei Tische und führten reizende Gespräche welche alle auf unser gegenwärtiges Glück Bezug hatten; und nur der Zwang, welchen sich der Ungar anzulegen schien, machte unsern Scherzen und unserm Mittagsmahl ein Ende. Das Glück, welches ich genoß, war zu vollkommen, um von Dauer zu sein; es sollte mir entrissen werden. Aber greifen wir den Ereignissen nicht vor. Ich sagte zu Henriette, ich würde eine Opernloge mieten, und wir wollten alle Tage die Oper besuchen. Sie hatte mir mehrmals gesagt, die Musik wäre ihre herrschende Leidenschaft, und ich zweifelte nicht, mein Vorschlag würde mit Freuden aufgenommen werden. Sie hatte noch keine italienische Oper gesehen und mußte begierig sein, diese Merkwürdigkeit des Landes kennen zu lernen. Man denke sich daher mein Erstaunen, als sie ausrief: »Wie, mein Freund, du willst, daß wir täglich in die Oper gehen?« »Ich denke, meine Freundin, daß wir Anlaß zu Geklatsch geben werden, wenn wir nicht hineingehen. Wenn du nicht gern hingehst, so weißt du, daß dich nichts dazu nötigt; lege dir keinen Zwang auf, denn ich ziehe deine süßen Gespräche in diesem

Zimmer dem schönsten Konzert der Engel vor.«»Ich bin vernarrt in die Musik, mein zärtlich geliebter Freund, aber ich kann mich nicht enthalten, bei der bloßen Idee des Ausgehens zu zittern.«»Wenn du zitterst, schaudere ich; aber wir müssen die Oper besuchen oder uns von hier entfernen. Reisen wir nach London oder anderswohin.«»Befiehl, ich bin bereit, zu tun, was du willst. Nimm eine Loge, die nicht zu offen liegt.«»Du entzückst mich, und dein Wille soll geschehen.« Ich nahm eine Loge im zweiten Range, da aber das Theater klein war, so konnte eine hübsche Frau im zweiten Range nicht gut unbemerkt bleiben. Ich sagte es ihr.»Ich glaube nicht,« antwortete sie,»daß ich Gefahr laufe, denn in der Fremdenliste, welche du mir zu lesen gegeben, habe ich keinen mir bekannten Namen gefunden.« Henriette ging ohne Schminke in die Oper, und wir hatten eine unerleuchtete Loge. Es war eine Opera buffa, die Musik von Burellano war ausgezeichnet, und auch die Schauspieler spielten allesamt vortrefflich. Meine Freundin benutzte ihre Lorgnette nur, am die Schauspieler zu betrachten, und niemand beachtete uns. Da das Finale des zweiten Aktes ihr sehr gefallen, so versprach ich es ihr und wandte mich an Dubois, um es ihr zu verschaffen. Da ich glaubte, Henriette spiele Klavier, bot ich ihr eins an, sie sagte aber, sie habe dies Instrument nicht gelernt. Als wir am vierten oder fünften Tage die Oper besuchten, kam Herr Dubois in unsere Loge, und da ich ihn nicht meiner Freundin vorstellen wollte, so begnügte ich mich, ihn zu fragen, worin ich ihm nützlich sein könnte. Er reichte mir nun die Musik, um welche ich ihn gebeten; ich bezahlte ihn und dankte ihm für seine Gefälligkeit. Da wir der herzoglichen Loge gegenübersaßen, so fragte ich ihn, um etwas zu sagen, ob er Ihre Hoheiten gestochen. Er antwortete, er habe schon zwei Medaillen gemacht, und ich bat ihn, sie mir in Gold zu bringen. Er versprach es mir und entfernte sich sodann. Henriette hatte ihn gar nicht angesehen, und dies war in der Ordnung, da ich ihn ihr nicht vorgestellt hatte: am folgenden Tage, als wir bei Tische saßen, wurde er uns gemeldet. Es war natürlich, daß Henriette ihn nun bewillkommnete, und sie tat dies auf eine ganz vortreffliche Weise. Nachdem sie ihm für das Spartito gedankt, bat sie ihn, ihr noch einige andere Arien zu verschaffen, und der Künstler nahm diese Bitte als eine Gunst auf, welche ihm großes Vergnügen machte.»Mein Herr,« sagte Dubois zu mir,»ich bin so frei gewesen, zu Ihnen zu kommen, um Ihnen die Medaillen zu zeigen, um welche Sie mich gebeten.« Auf der einen Seite befanden sich der Infant und seine Gemahlin, auf der andern waren nur das Bild Don Philipps. Diese Medaillen waren ausgezeichnet gearbeitet, und wir lobten sie mit Recht.»Die Arbeit ist unbezahlbar, aber es läßt sich das Gold bezahlen.«»Madame,« antwortete bescheiden der Künstler,»sie wiegen sechzehn Zechinen.« Sie bezahlte sie ihm auf der Stelle und lud ihn ein, ein andermal eine Suppe bei uns zu essen. Währenddessen hatte man den Kaffee aufgetragen, und Henriette forderte ihn auf, eine Tasse mit uns zu trinken. Als sie Zucker in seine Tasse werfen wollte, sagte sie ihn, ob er gern süß tränke.»Ihr Geschmack, Madame,« antwortete der galante Bucklige,»wird gewiß auch der meinige sein.« »Sie haben also erraten, daß ich immer ohne Zucker trinke; ich freue mich sehr, daß Sie meinen Geschmack teilen.« Damit reichte sie ihm sehr graziös eine Tasse ohne Zucker, schenkt sodann mir ein und wirft sehr viel Zucker hinein, worauf sie sich ganz wie Dubois einschenkt. Es wurde mir schwer, nicht loszuplatzen, denn meine boshafte Französin, welche den Kaffee nach Pariser Weise trank, das heißt sehr süß, trank ihren bitteren Kaffee mit dem Ausdrucke des höchsten Vergnügens und zwang dadurch den Münzdirektor, gute Miene zum bösen Spiele zu machen. Der feine Bucklige, welcher für sein fades Kompliment auf diese Weise bestraft worden, blieb ebenfalls nicht zurück, rühmte die Güte des Kaffees und behauptete sogar, man müsse den Kaffee so trinken, um das Aroma der köstlichen Bohnen zu schmecken. Als Dubois weggegangen, fingen wir an, über diese Eulenspiegelei zu lachen.»Aber«, sagte ich,»du wirst das erste Opfer deiner Bosheit werden, denn wenn er hier zu Mittag speist, wirst du deine Rolle fortspielen müssen, um dich nicht zu verraten.«»Ich werde«, sagte sie,»leicht ein Mittel finden, meinen Kaffee zu zuckern und ihn noch ferner die bittere Schale leeren zu lassen.« Nach Verlauf eines Monats sprach Henriette das Italienisch mit Leichtigkeit und ich lernte mehr Französisch in der leider gar zu kurzen Zeit, da ich das Glück hatte, mit diesem angebeteten Weibe in vertrautem Umgange zu leben, als früher bei meinem Lehrer. Wir waren zwanzigmal in der Oper gewesen, ohne irgendeine Bekanntschaft zu machen, und wir lebten glücklich in der vollen Bedeutung des Wortes. Ich verließ nur mit Henriette unsre Wohnung, auch fuhren wir nur aus und waren durchaus unzugänglich, so daß ich mit niemand bekannt wurde. Seit der Abreise unseres guten Ungarn war Herr Dubois die einzige Person, welche zuweilen zu uns kam. Dieser Dubois war sehr neugierig, zu erfahren, wer wir wären, aber er war fein und ließ sich nicht erraten; übrigens waren wir zurückhaltend ohne Affektation, und seine Neugierde blieb unbefriedigt. Eines Tages sprach er vom Glanze des Hofes des Herzogs-Infanten seit der Ankunft von Madame de France und von dem Zusammenströmen Fremder beiderlei Geschlechts in Parma. Sich sodann besonders an Henrietten wendend:»Der größte Teil der fremden Damen, welche wir hier gesehen haben, ist uns unbekannt.«»Es ist möglich, daß sich viele von ihnen, wenn sie es nicht wären, sich hier nicht zeigen würden.«»Es ist sehr möglich, Madame; aber ich versichere Ihnen, daß selbst, wenn sie sich durch Schönheit oder Schmuck auszeichnen sollten, die Wünsche unserer Herrscher dennoch für die Freiheit sind. Ich hoffe, Madame, daß wir die Ehre haben werden, auch Sie bei Hofe zu sehen.«»Das wird schwerlich der Fall sein, denn ich finde es höchst lächerlich, wenn eine Frau unvorgestellt an den Hof geht, besonders wenn sie einen Anspruch darauf hat, vorgestellt zu werden.« Diese letzten Worte, welche Henriette etwas stärker betont hatte, schnitten dem kleinen Buckligen das Wort ab, und meine Freundin benutzte diese Unterbrechung, um dem Gespräche eine andere Wendung zu geben. Nachdem er sich entfernt, lachten wir über die Schlappe, welche die Neugier erlitten; aber ich sagte Henrietten, sie möchte aus vollem Herzen allen, die sie neugierig mache, verzeihen, denn ... Sie schnitt mir das Wort ab, indem sie mich mit zärtlichen Küssen bedeckte. Während wir so mit vollen Zügen das Glück genossen und uns in jedem Augenblick selbst genügten, lachten wir über die griesgrämigen Philosophen, welche leugnen, auf der Erde gäbe es vollkommenes Glück.»Was meinen Sie wohl, mein Freund, die Hohlköpfe, welche behaupten, das Glück sei nicht von Dauer, und was verstehen Sie unter diesem Wort? Wenn man ewiges, unsterbliches, nie endendes Glück meint, so hat man recht; da aber der Mensch nicht ewig ist, so ist wohl die natürliche Folge, daß das Glück es auch nicht sein kann. Dagegen ist jedes Glück schon aus dem Grunde, weil es existiert, von Dauer, und um dies zu sein, braucht es nur zu existieren. Wenn man aber unter vollkommenem Glücke eine Aufeinanderfolge mannigfacher und nie unterbrochener Vergnügungen versteht, so hat man unrecht; denn wenn man nach jedem Vergnügen die Ruhe eintreten läßt, welche auf den Genuß folgen muß, verschafft man sich die Zeit, den glücklichen

Zustand in seiner Realität zu erkennen; oder mit andern Worten, diese Augenblicke notwendiger Ruhe sind eine wahre Quelle von Vergnügungen, weil wir während der Wonne die Erinnerung empfinden, welche den Genuß verdoppelt. Der Mensch kann nicht anders glücklich sein, als wenn er sich in seinen Gedanken dafür hält, und er kann nur denken, wenn er ruhig ist; ohne die Ruhe würden wir also in der Tat nie vollkommen glücklich sein. Wenn daher das Vergnügen ein solches sein soll, so muß keine Wirksamkeit aufhören. Was meint man also mit dem Worte dauernd? Wir gelangen alle Tage zu dem Augenblick, wo wir den Schlaf wünschen; und obgleich er ein Bild der Nichtexistenz ist, wird doch niemand leugnen wollen, daß er ein Vergnügen ist. Wenigstens ohne Inkonsequenz scheint man dies nicht zu können, da wir ihn, sobald er sich einstellt, allen möglichen Vergnügungen vorziehen; und wir können ihm nicht eher dankbar sein, als bis er uns verlassen hat. Diejenigen, welche sagen, niemand könne während des ganzen Lebens glücklich sein, sprechen leichtfertig. Die Philosophie lehrt das Geheimnis, dieses Glück zu bereiten, vorausgesetzt jedoch, daß man nicht mit physischen Leiden behaftet ist. Ein Glück, welches das ganze Leben dauerte, könnte mit einem aus tausend Blumen zusammengesetzten Strauße verglichen werden, die so gut gemischt und gewählt wären, daß man sie für eine einzige Blume halten könnte. Wieso sollte es unmöglich sein, daß wir unser ganzes Leben auf dieselbe Weise wie diesen einen Monat verlebten, immer gesund, immer zufrieden mit uns selbst, ohne je eine Leere oder ein Bedürfnis zu empfinden? Um sodann dieses Glück, welches gewiß ein sehr großes wäre, zu kennen, wäre im hohen Alter nichts weiter nötig, als zu sterben, während wir von unsern süßen Erinnerungen sprächen, und gewiß wäre das ein dauerndes Glück gewesen. Wir könnten uns nur insoweit für unglücklich halten, als wir nach dem Tode ein anderes, unglückliches Leben zu fürchten hätten; und diese Idee scheint mir abgeschmackt, denn sie steht im Widerspruch mit der Idee der Allmacht und väterlichen Liebe.« So verlebte ich mit meiner reizenden Henriette herrliche Stunden, indem wir über Gefühle philosophierten. Ihr klares Urteil war dem Ciceros in seinen Tusculanen weit überlegen; aber sie gab zu, das dauernde Glück, dessen Vorstellung uns bezaubert, sei nur zwischen zwei zusammenlebenden Individuen möglich, welche beständig ineinander verliebt wären, körperlich und geistig gesund, gebildet, ziemlich reich wären und so ziemlich dieselben Neigungen, denselben Charakter und dasselbe Temperament hätten. Glücklich sind die Liebenden, deren Geist die Sinne ersetzen kann, wenn sie der Ruhe bedürfen! Der süße Schlaf kommt sodann und dauert bis zur Wiederherstellung der Harmonie. Beim Erwachen stellen sich zuerst die Sinne wieder ein, bereit, ihre Arbeit wieder zu beginnen. Die Bedingungen zwischen dem Menschen und dem Universum sind ganz gleich, und man könnte sagen, daß vollkommene Identität zwischen ihnen stattfindet, da, wenn wir das Universum wegnehmen, es keinen Menschen mehr gibt, und da, wenn wir den Menschen wegnehmen, es kein Universum mehr gibt, denn wenn auch die träge Masse als existierend vorausgesetzt wird, wer könnte dann wohl eine Idee von ihr haben? Aber ohne Idee nihil est, da die Idee das Wesen von allem ist, und dem Menschen allein gehören die Ideen an. Wenn wir übrigens von der Gattung abstrahieren, so können wir uns die Existenz der Materie nicht mehr vorstellen und vice versa. Ich war mit Henriette ebenso glücklich, wie dieses angebetete Weib es mit mir war. Wir liebten uns mit der ganzen Kraft unserer Anlagen; wir genügten vollkommen einander, wir lebten ganz einer dem andern.

Sie wiederholte mir oft die schönen Verse des guten La Fontaine:

Soyez-vous l'un à l'autre un monde toujours beau,
Toujours divers, toujours nouveau,
Tenez-vous lieu de tout: comptez pour rien le reste.

Und wir führten den Rat praktisch aus, denn nie wurde die Glückseligkeit, welche wir genossen, durch einen Augenblick der Langeweile oder Ermüdung, nie durch ein gefaltetes Rosenblatt unterbrochen. Am Tage nach dem Schlusse der Oper speiste Dubois bei mir und sagte, er hätte am nächsten Tage die beiden ersten Mitglieder der Komödie, Mann und Frau, bei sich zu Mittag, und es stehe bei uns, die schönsten Stücke, welche sie auf der Bühne gesungen, zu hören.»Sie werden in einem gewölbten Saale meines Hauses singen, welcher für die Entfaltung der Stimme sehr geeignet ist.« Henriette dankte ihm sehr; aber sie bemerkte, da sie eine zarte Gesundheit habe, so könnte sie sich nicht von einem Tage auf den andern verpflichten, und wandte die Unterhaltung auf einen andern Gegenstand. Als wir allein waren, fragte ich sie, warum sie sich nicht bei Dubois amüsieren wolle.»Ich würde sehr gern hingehen, wenn ich nicht fürchtete, dort jemand zu treffen, dem ich bekannt wäre und der unser Glück zerstören könnte.«»Wenn du einen neuen Grund zur Furcht hast, so hast du recht; wenn es aber nur eine unbestimmte Besorgnis ist, warum willst du dich, mein Engel, dann eines wirklichen und unschuldigen Vergnügens berauben? Wenn du wüßtest, welche Freude ich empfinde, wenn ich sehe, daß du froh bist, namentlich, wenn ich sehe, wie du beim Anhören eines schönen Musikstücks in Ekstase gerätst!«»Nun, mein Herz, du sollst mich nicht für weniger mutig halten als du bist. Wir wollen sogleich nach Tisch zu Dubois gehen. Die Künstler werden nicht eher singen. Überdies ist es wahrscheinlich, daß er nicht auf uns rechnet, und niemand, der mich kennen zu lernen wünscht, eingeladen hat. Wir wollen zu ihm gehen, ohne es ihm zu sagen, ohne daß er auf uns wartet, und wie, um ihm eine freundschaftliche Überraschung zu bereiten. Er hat uns gesagt, daß er in seinem Landhause sein wird, und die Caudagna weiß, wo dies liegt.« Ihr Rat war durch die Klugheit und die Liebe, zwei Sachen, die sich so selten zusammenfinden, eingegeben. Ich antwortete ihr, indem ich sie mit ebenso großer Bewunderung als Zärtlichkeit betrachtete, und am folgenden Tag um vier Uhr nachmittags begaben wir uns zu Dubois. Wir waren überrascht, ihn nebst einem jungen Mädchen, welches er uns als seine Nichte vorstellte, allein zu finden.»Ich bin«, sagte er,»erfreut, Sie zu sehen, da ich aber das Glück, Sie bei mir zu sehen, nicht erwartete, so habe ich das Mittagessen in ein kleines Abendessen umgeändert und hoffe, daß Sie es mit Ihrer Gegenwart beehren werden. Die beiden Virtuosen werden bald kommen.« Wir sehen uns wider Willen genötigt, zum Abendessen zu bleiben.»Haben Sie«, fragte ich,»große Gesellschaft?«»Sie werden«, sagte er mit siegreicher Miene,»in einer Ihrer würdigen Gesellschaft sein. Ich bedaure nur, keine Damen eingeladen zu haben.« Diese galante und zarte Bemerkung, welche an Henriette gerichtet war, beantwortete meine Freundin mit einer Verbeugung, welche sie mit einem Lächeln begleitete. Ich sah mit Vergnügen den Ausdruck der Zufriedenheit auf ihrem Gesicht; aber leider unterdrückte sie das peinliche Gefühl, welches sie empfand. Ihre starke Seele wollte keine Unruhe zeigen, und ich drang nicht in ihr Inneres ein, weil ich nicht glaubte, sie hätte etwas zu fürchten. Ich würde anders gedacht und gehandelt haben, wenn ich ihre ganze Geschichte gekannt hätte; ich würde sie nicht in Parma gelassen, sondern sie nach London geführt haben, und sie würde sehr zufrieden damit gewesen sein.

Die beiden Sänger fanden sich bald ein: es war Laschi und Demoiselle Baglioni, welche damals sehr hübsch war. Allmählich kamen auch die Gäste: es waren Franzosen und Spanier von einem gewissen Alter. Von Vorstellung war keine Rede, und ich bewunderte den Takt des geistreichen Buckligen; aber da alle Gäste sich am Hofe bewegt hatten, so hinderte dieser Mangel an Etikette nicht, daß meiner Freundin alle möglichen Ehrenbezeigungen erwiesen wurden, und sie nahm diese mit jener Leichtigkeit und Weltgewandtheit auf, welche man nur in Frankreich kennt, und auch hier nur in der besten Gesellschaft, jedoch mit Ausnahme einiger Provinzen, wo der Adel, den man mit Unrecht die gute Gesellschaft nennt, zu sehr das hochmütige Wesen, welches ihn charakterisiert, durchblicken läßt. Das Konzert begann mit einer herrlichen Sinfonie. Hierauf sangen die beiden Sänger ein Duett mit viel Geschmack und Talent. Sodann trat ein Schüler des berühmten Vandini auf, welcher auf dem Violoncello Konzerte gab und sehr viel Beifall fand. Der Applaus dauerte noch, als Henriette aufstand, zu dem jungen Künstler trat, sein Violoncello nahm und mit bescheidenem, aber sicherem Ton sagte, daß sie ihm zu noch größerem Glanze verhelfen wolle. Ich fiel aus den Wolken. Sie setzt sich auf den Platz des jungen Mannes, nimmt das Violoncello zwischen die Beine und bittet das Orchester, das Konzert noch einmal anzufangen. Jetzt entsteht das tiefste Schweigen, und ich zittre wie Espenlaub und fürchte, unwohl zu werden. Glücklicherweise waren alle Blicke auf Henriette gerichtet, und mich beachtete niemand. Sie sah mich ebensowenig an, sie wagte es nicht, denn hätte sie ihre schönen Augen auf mich gerichtet, so würde sie den Mut verloren haben. Da ich aber sah, daß sie sich nicht in die Positur zum Spielen setzte, so fing ich an, mir zu schmeicheln, daß sie nur einen liebenswürdigen Scherz habe machen wollen; als sie aber den ersten Bogenstrich führte, fing mir das Herz so stark zu schlagen an, daß ich zu sterben fürchtete. Aber man denke sich meine Lage, als nach dem ersten Stücke wohlverdienter Applaus das Orchester gänzlich übertönte! Dieser schnelle Übergang von einer außerordentlichen Furcht zur höchsten Zufriedenheit versetzte mich in fieberhafte Erregung. Aber auf Henriette schien dieser Applaus Eindruck zu machen, und ohne die Augen von den Noten wegzuwenden, welche sie zum ersten Male sah, spielte sie sechsmal hintereinander mit der seltensten Vollkommenheit. Als sie von ihrem Platze aufstand, dankte sie der Gesellschaft nicht, sondern wandte sich mit freundlicher Miene zu dem jungen Künstler und sagte zu ihm mit liebenswürdigem Lächeln:»Ich bitte Sie, die kleine Eitelkeit zu entschuldigen, welche mich veranlaßt hat, Ihre Geduld eine halbe Stunde lang zu mißbrauchen.« Dieses so imponierende und zugleich so anmutige Kompliment brachte mich vollends außer Fassung, und ich entfernte mich, um im Garten, wo mich niemand sah, zu weinen. Wer ist denn diese Henriette, fragte ich mich mit Tränen der Rührung; wer ist denn dieser Schatz, den ich besitze? Mein Glück erschien mir zu groß, als daß ich mich seiner hätte für würdig halten können. Versunken in diese Betrachtungen, welche die Wollust meiner Tränen verdoppelten, würde ich noch lange im Garten geblieben sein, wenn nicht Dubois mich aufgesucht und trotz der Dunkelheit der Nacht und der Allee, in welcher ich träumte, gefunden hätte. Er war unruhig wegen meines Verschwindens, und ich beruhigte ihn, indem ich sagte, ein Kummer habe mich veranlaßt, ins Freie zu gehen und frische Luft zu schöpfen. Unterwegs hatte ich Zeit, meine Augen zu trocknen, nicht aber ihre Röte zu entfernen. Aber nur Henriette bemerkte diese Erscheinung und sagte:»Ich weiß, mein Engel, was du im Garten gemacht hast.« Sie kannte mich; es war ihr leicht, den Eindruck auf mein Herz zu erraten. Dubois hatte die liebenswürdigsten Herren des Hofes versammelt, und das Abendessen, welches er ohne Verschwendung veranstaltet hatte, war fein und gut gewählt. Ich saß Henrietten gegenüber, welche natürlich allein die allgemeine Aufmerksamkeit erregte; aber sie hätte nur gewinnen können, wenn sie von einem Zirkel von Damen umgeben gewesen wäre, welche sie ohne andern Schmuck als ihre Schönheit, ihren Geist und ihr feines Benehmen sicherlich verdunkelt haben würde. Durch die angeregte Stimmung, welche sie über die ganze Gesellschaft verbreitete, gab sie dem Abendessen besonderen Reiz. Herr Dubois sprach nicht, aber er war stolz, daß er einen so anziehenden Gast gewonnen. Sie war geschickt genug, jedem etwas Angenehmes und Geistreiches zu sagen, und wenn sie etwas Hübsches sagte, mich mit ins Spiel zu ziehen. Ich mochte meinerseits noch so sehr den Schein der Unterwürfigkeit, Ergebenheit und Achtung für diese Göttin annehmen, so wollte sie doch, daß jeder erraten sollte, ich wäre ihr Orakel. Man konnte sie für meine Frau halten, aber nach meinem Benehmen gegen sie zu urteilen, war dies nicht gut anzunehmen. Das Gespräch kam auf die Musik, und bei dieser Gelegenheit fragte ein Spanier Henrietten, ob sie außer dem

Violoncello noch ein anderes Instrument spiele.»Nein,« antwortete sie,»ich habe nur für dieses Neigung gehabt. Ich habe es im Kloster gelernt, um meiner Mutter gefällig zu sein, welche es ziemlich gut spielt; und ohne einen unbedingten Befehl meines Vaters, welcher vom Bischofe unterstützt wurde, würde die Superiorin mir dies nie gestattet haben.«»Und welchen Grund konnte die Äbtissin haben, es Ihnen zu verbieten?«»Diese fromme Braut des Herrn behauptete, ich könnte das Instrument nur in einer unanständigen Stellung spielen.« Bei diesen Worten bissen sich die Spanier in die Lippen, aber die Franzosen lachten laut auf und ließen es nicht an Epigrammen gegen die gewissenhafte Nonne fehlen. Als sie nach einer Pause von einigen Minuten eine leise Bewegung machte, wie um die Erlaubnis aufzustehen zu bitten, standen wir alle auf und gingen sodann nach Hause. Ich sehnte mich danach, mit diesem Abgotte meiner Seele allein zu sein. Ich richtete hundert Fragen an sie, ohne ihr Zeit zum Antworten zu lassen.»Du hattest sehr recht, meine Henriette, nicht dorthin gehen zu wollen, denn du konntest sicher sein, mir Feinde zu machen. Man muß mich fürchterlich hassen; aber ich frage nichts danach: du bist meine Welt. Grausame Freundin, mit deinem Violoncello hättest du mich beinahe getötet; denn da ich keine Ahnung von deiner natürlichen Zurückhaltung hatte, so glaubte ich, du wärest toll geworden, und als ich dich hörte, ging ich hinaus, um meinen Tränen freien Lauf zu lassen. Sie haben mich von dem furchtbaren Drucke, welchen ich empfand, befreit. Sage mir jetzt, ich beschwöre dich, welche Talente du noch hast; verbirg mir nichts, denn du könntest mich töten, wenn du sie bei einer unerwarteten Gelegenheit und in einem unerwarteten Augenblick hervorbrächtest.«»Ich besitze keine weiter, mein Herz; ich habe meinen kleinen Sack mit einem Male geleert; jetzt kennst du deine Henriette ganz. Hättest du mir nicht zufällig vor einem Monat gesagt, du habest keinen Sinn für die Musik, so würde ich dir gesagt haben, ich sei Meisterin auf diesem Instrument; aber hätte ich es dir gesagt, so würdest du dich, wie ich dich kenne, beeilt haben, mir eins anzuschaffen, und deine Freundin will sich kein Vergnügen machen, welches dich langweilt.« Gleich am folgenden Tage erhielt sie ein vortreffliches Instrument, und weit entfernt, mich je zu langweilen, bereitete sie mir vielmehr jeden Tag einen neuen Genuß, und ich glaubte, behaupten zu können, daß jemand, welcher Abneigung gegen die Musik hat, unmöglich dabei verharren kann, wenn ihm die Kunst von solch angebeteter Meisterhand dargereicht wird. Die menschliche Stimme des Violoncello, welche der jeden andern Instruments überlegen ist, drang mir jedesmal ins Herz, wenn meine Freundin spielte. Sie wußte es und bereitete mir jeden Tag dies Vergnügen. Ich war so entzückt durch ihr Talent, daß ich ihr vorschlug, Konzerte zu geben; aber sie war klug genug, sich nicht dazu zu verstehen. Trotz ihrer Klugheit aber konnten wir den Gang des Schicksals nicht aufhalten. Der verhängnisvolle Dubois kam am Tage nach seinem hübschen Abendessen, um uns zu danken und unsere Lobsprüche über sein Konzert, sein Abendessen und die gewählte Gesellschaft in Empfang zu nehmen. »Ich sehe voraus, Madame,« sagte er, »wie schwer es mir werden wird, mich gegen die Bestürmungen, Ihnen vorgestellt zu werden, zu verteidigen.« »Ihre Mühe, mein Herr, wird nicht groß sein; Sie wissen, daß ich niemand empfange.« Dubois wagte nicht mehr von Vorstellen zu sprechen. Seit dem berühmten Abendessen von Dubois war ein Monat verflossen, währenddessen unser Geist und unsere Sinne volle Befriedigung fanden, denn nie hatten wir einen leeren Augenblick, in welchem das traurige Zeichen geistiger Armut, welches man Gähnen nennt, bei uns hätte Platz gewinnen können. Unsere einzige Belustigung außer dem Hause bestand in einer Spazierfahrt außerhalb der Stadt, wenn das Wetter schön war. Da wir nie ausstiegen und keinen öffentlichen Ort besuchten, so konnte niemand suchen, uns kennen zu lernen, oder fand doch wenigstens keine Gelegenheit dazu, trotz der Neugier, welche meine Freundin unter den Personen erregt, mit denen uns der Zufall zusammengeführt, namentlich beim Abendessen von Dubois. Henriette war mutiger und ich sicherer geworden, nachdem wir gesehen, daß sie im Theater und beim Abendessen von niemand erkannt worden war. Sie fürchtete nur den hohen Adel. Als wir eines Tages außerhalb des Tores von Colorno eine Promenade machten, begegneten wir dem Herzoge mit seiner Gemahlin, welche nach der Stadt zurückkehrten. Einen Augenblick darauf kommt ein anderer Wagen, in welchem Dubois und ein Herr saß, den man nicht kannte. Kaum war unser Wagen bei dem ihrigen vorübergefahren, als eins unserer Pferde stürzte. Der Herr, in dessen Gesellschaft Dubois war, läßt den Wagen anhalten, um uns Hilfe zu schicken. Während man das Pferd aufhob, näherte er sich unserm Wagen auf eine adlige Weise und machte Henrietten ein Kompliment, wie es die Umstände mit sich brachten. Dubois, ein feiner Höfling, der sich gern auf Kosten anderer geltend machte, verlor keine Zeit, um ihr zu sagen, daß der Herr der französische Minister Dutillot wäre. Die übliche Verbeugung war die Antwort meiner Freundin. Da das Pferd sich wieder aufgerichtet, so fuhren wir weiter, nachdem wir dem Herrn für seine Artigkeit gedankt. Eine so einfache Begegnung hätte nach dem gewöhnlichen Gang der Dinge keine Folgen haben dürfen; aber wie oft haben die größten Ereignisse die unbedeutendsten Veranlassungen! Am folgenden Tage frühstückte Dubois bei uns. Er begann ohne weitere Umschweife damit, daß Herr Dutillot entzückt über den glücklichen Zufall, welcher ihm das Vergnügen unserer Bekanntschaft verschafft, ihn beauftragt habe, um die Erlaubnis zu bitten, uns besuchen zu dürfen.»Madame oder mich?« fragte ich sogleich.»Beide.«»Das laß ich mir gefallen, aber nur einen auf einmal; denn wie Sie wissen, hat Madame ein eigenes Zimmer und ich ebenfalls.«»Ja, aber sie liegen sehr nahe beieinander.«»Das ist richtig; was jedoch mich betrifft, so muß ich Ihnen sagen, daß ich zu Seiner Exzellenz eilen werde, wenn er mir einen Befehl zu erteilen oder eine Mitteilung zu machen hat; ich bitte Sie, ihm dies zu sagen. Was Madame betrifft, so ist sie zugegen: sprechen Sie mit ihr, denn ich, mein lieber Dubois, bin nur ihr sehr untertäniger Diener.« Henriette antwortete hierauf mit heiterem und höflichem Tone:»Mein Herr, ich bitte Sie, Herrn Dutillot zu danken und ihn zu fragen, ob er mich kennt.«»Ich bin sicher,« sagte der Bucklige,»daß er Sie nicht kennt.«»Sehen Sie, er kennt mich nicht und will mich besuchen. Sie werden zugeben, daß ich ihm eine sonderbare Meinung von mir geben würde, wenn ich ihn annähme. Sagen Sie: wenn mich auch niemand kennt und ich mich mit niemand bekannt zu machen suche, ich sei dennoch keine Abenteurerin und könne demnach nicht die Ehre haben, ihn zu empfangen.« Dubois, welcher sah, daß er einen Fehlgriff begangen, blieb stumm, und wir fragten ihn an den folgenden Tagen nicht, wie der Minister unsere Ablehnung aufgenommen habe. Drei Wochen später, als der Hof sich nach Colorno begab, wurde dort ein prachtvolles Fest veranstaltet, und in den Gärten, welche abends illuminiert werden sollten, konnte jeder frei spazieren gehen. Da Dubois, der verhängnisvolle Bucklige, uns viel von diesem Feste erzählt hatte, so bekamen wir Lust hinzugehen; der Adamsapfel tat seine Wirkung. Dubois begleitete uns. Wir reisten schon den Tag vorher ab und mieteten uns im Gasthofe ein. Gegen

Abend gingen wir im Garten spazieren, und der Zufall fügte es, daß die Fürstin mit ihrem Gefolge ebenfalls dort promenierte. Madame de France machte nach der Versailler Hofsitte meiner Henriette im Vorbeigehen eine Verbeugung. Meine Blicke fielen nun auf einen Kavalier, der Don Louis zur Seite ging und der meine Henriette aufmerksam betrachtete. Als wir wieder umkehrten, begegneten wir wiederum diesem Kavalier, der uns eine tiefe Verbeugung machte und Dubois bat, ihn einige Minuten anzuhören. Sie besprachen sich, hinter uns hergehend, eine Viertelstunde lang, und wir wollten eben den Garten verlassen, als der Herr seine Schritte beschleunigte, und nachdem er mich sehr höflich um Entschuldigung gebeten, Henriette fragte, ob er die Ehre habe, ihr bekannt zu sein?»Ich erinnere mich nicht, daß ich jemals die Ehre gehabt hätte, Sie zu sehen.«»Das genügt, Madame; ich bitte Sie, mir zu verzeihen.« Dubois sagte uns, der Herr wäre der vertraute Freund des Infanten Don Louis, und da er Madame zu kennen geglaubt, hätte er ihn gebeten, ihn vorzustellen. Er hatte ihm gesagt, sie heiße d'Arci, und wenn er sie kenne, bedürfe er seiner nicht, um ihr einen Besuch abzustatten. Herr d'Antoine hatte ihm erwidert, der Name d'Arci sei ihm nicht bekannt, und er möchte sich nicht gern täuschen.»Um aus dieser Ungewißheit herauszukommen,« setzte Dubois hinzu,»hat er sich selbst vorgestellt, aber jetzt muß er die Überzeugung haben, daß er sich getäuscht hat.« Nach dem Abendessen schien mir Henriette unruhig zu sein; ich fragte sie, ob sie nicht bloß so getan, als ob sie Herrn d'Antoine nicht kenne.»Ich habe nicht so getan, mein Freund, ich versichere es dir. Ich kenne seinen Namen, welcher einer berühmten Familie der Provence angehört, aber seine Person ist mir gänzlich unbekannt.«»Kann er dich wohl kennen?«»Es ist möglich, daß er mich schon gesehen hat; aber sicherlich habe ich nie mit ihm gesprochen, denn sonst würde ich ihn wiedererkannt haben.«»Dieses Zusammentreffen beunruhigt mich, und wie es scheint, läßt es auch dich nicht gleichgültig.«»Ich gebe es zu.« »Verlassen wir Parma, wenn du willst, und gehen wir nach Genua. Wenn meine Sache beigelegt sein wird, wollen wir nach Venedig gehen.«»Ja, teurer Freund, wir werden dann ruhiger sein. Aber ich glaube, wir haben nicht nötig, uns zu beeilen.« Wir kehrten am zweitfolgenden Tage nach Parma zurück, und zwei Tage darauf übergab mir mein Bedienter einen Brief mit der Meldung, der Läufer, welcher ihn überbracht, warte im Vorzimmer.

»Dieser Brief«, sagte ich zu Henrietten,»beängstigt mich.« Der Brief lautete folgendermaßen: ›Entweder bei Ihnen oder bei mir oder an jedem anderen Ort, den Sie mir bestimmen werden, bitte ich Sie, mein Herr, mir Gelegenheit zu geben, mich einen Augenblick mit Ihnen über einen Gegenstand zu besprechen, der Sie sehr interessieren muß. Ich habe die Ehre, und so weiter. d'Antoine.‹ Adressiert war der Brief an Herrn von Farusi.»Ich glaube,« sagte ich zu meiner Freundin,»daß ich ihn sprechen muß; aber wo?«»Weder hier, noch bei ihm, sondern im Garten des Hofes. Deine Antwort darf nur die Zeit und den Ort der Zusammenkunft enthalten.« Ich setzte mich an meinen Schreibtisch, meldete ihm, daß ich mich um elfeinhalb Uhr im herzoglichen Garten einfinden würde, und bat ihn, mir eine andre Stunde zu bestimmen, wenn diese ihm nicht zusage. Ich machte meine Toilette, um zur bestimmten Zeit bereit zu sein, und währenddessen bemühten wir uns, meine Freundin und ich, ruhig zu werden; aber wir konnten uns trauriger Ahnungen nicht erwehren. Ich stellte mich pünktlich ein und fand Herrn d'Antoine, der schon früher gekommen war.»Ich bin«, sagte er,»gezwungen gewesen, mir die Ehre, die Sie mir erweisen, zu verschaffen, weil ich kein sicheres Mittel wußte, diesen Brief an Madame gelangen zu lassen, welchen ich Sie bitte, ihr zu übergeben, und ich bitte Sie, es nicht übelzunehmen, daß ich ihn versiegelt gebe. Wenn ich nicht irre, so ist es gar nichts, und der Brief bedarf nicht einmal einer Antwort; wenn ich mich aber nicht täusche, so steht es allein in der Macht von Madame, Ihnen den Brief zu zeigen. Wenn Sie wirklich ihr Freund sind, so geht das, was der Brief enthält, Sie ebensosehr an, wie sie. Darf ich darauf rechnen, daß Sie ihn übergeben werden?«»Ich gebe Ihnen mein Ehrenwort.« Hierauf trennten wir uns, nachdem wir uns gegenseitig eine tiefe Verbeugung gemacht, und ich kehrte eiligst nach Hause zurück. Sobald ich nach Hause gekommen, das Herz schwer von Besorgnissen, meldete ich Henrietten alles, was mir Herr d'Antoine gesagt; sodann übergab ich ihr seinen vier Seiten langen Brief. Sie las ihn aufmerksam und mit sichtlicher Bewegung und sagte dann zu mir:»Mein Freund, sei nicht beleidigt, aber die Ehre zweier Familien erlaubt mir nicht, dich diesen Brief lesen zu lassen. Ich bin gezwungen, Herrn d'Antoine zu empfangen, welcher sich für meinen Verwandten ausgibt.«»So hat«, sagte ich,»also der Anfang des fünften Aktes begonnen! Welch schrecklicher Gedanke! Ich nähere mich dem Ende eines zu vollkommenen Glücks! Ich Unglücklicher!

Was brauchte ich so lange in Parma zu bleiben! Welche Verblendung! Von allen Städten der Welt, Frankreich ausgenommen, war Parma die einzige, welche ich zu fürchten hatte, und hierher habe ich dich geführt, während ich dich überall sonsthin führen konnte, denn du hattest keinen andern Willen als den meinigen! Ich bin um so strafbarer, als du mir nie deine Furcht verborgen hast! Und warum habe ich den verhängnisvollen Dubois bei dir eingeführt? Mußte ich nicht voraussehen, daß seine Neugier uns früher oder später verderblich werden würde? Diese Neugier kann ich aber leider nicht verdammen, weil sie natürlich ist. Ich kann nur die Vollkommenheiten, mit denen die Natur dich begabt hat, dafür verantwortlich machen! Vollkommenheiten, welche mich glücklich gemacht haben und welche mich jetzt in den Abgrund stürzen, denn ich sehe leider die schrecklichste Zukunft voraus.«»Ich bitte dich, zärtlich geliebter Freund, nichts vorauszusehen und dich zu mäßigen. Gebrauchen wir unsere ganze Vernunft, um uns über die Ereignisse zu erheben. Ich werde auf diesen Brief nicht antworten, aber du mußt an ihn schreiben, er möge morgen um drei Uhr mit seiner Equipage hierher kommen, und ihn bitten, sich melden zu lassen.«»Ach! welches schmerzliche Opfer legst du mir auf.«»Du bist mein bester, mein einziger Freund: ich fordere nichts, ich nötige dich zu nichts; aber wirst du mir abschlagen, worum ich dich bitte?«»Nein, nie, niemals das geringste. Verfüge über mich auf Leben und Tod.«»Ich kannte deine Antwort. Du wirst bei mir sein, wenn er kommt, aber wenn wir dem Konventionellen genügt haben, dann begib dich, bitte, unter irgendeinem Vorwand in dein Zimmer und laß uns allein. Herr d'Antoine kennt meine ganze Geschichte; er kennt mein Unrecht, aber auch mein Recht, und er weiß, daß er mich als anständiger Mann, als Verwandter gegen jede Schmach schützen muß. Er wird in allem nur mit meiner Zustimmung handeln, und wenn er gesonnen sein sollte, von den Vorschriften, welche ich ihm machen werde, abzugehen, so werde ich nicht nach Frankreich gehen, sondern dich begleiten, wohin du willst, um dir den Rest meiner Tage zu widmen. Bedenke, teurer Freund, daß verhängnisvolle Umstände uns unsere Trennung als das Beste erscheinen lassen können, und wir müssen uns Kraft genug verschaffen, um einen solchen Entschluß zu fassen, in der Hoffnung, nicht unglücklich zu werden. Vertraue auf mich und sei überzeugt, daß ich Maßregeln zu ergreifen wissen werde, um mir den Anteil Glück zu sichern, den ich genießen kann, wenn ich den einzigen Mann, welcher je meine ganze zärtliche Neigung besessen hat, entbehren muß. Du bist, ich erwarte dies von deiner großen Seele, ebenso besorgt für deine Zukunft, und ich bin sicher, daß es dir gelingen wird. Unterdes entfernen wir alle traurigen Ahnungen, welche die uns noch bleibenden Augenblicke trüben könnten.«»Ach, warum sind wir nach dem traurigen Zusammentreffen mit dem unglücklichen Günstling nicht abgereist?«»Wir würden vielleicht sehr übel daran getan haben, denn Herr d'Antoine würde dann vielleicht meiner Familie dadurch einen Beweis seines Eifers haben geben wollen, daß er Nachforschungen nach uns angestellt hätte, und ich würde Gewalttätigkeiten ausgesetzt worden sein, die du nicht geduldet hättest und die uns beiden verderblich geworden wären.« Ich tat alles, was sie wollte, aber von diesem Augenblick an begann unsere Liebe traurig zu werden, und die Traurigkeit ist eine Krankheit, welche diese endlich tötet. Wir saßen oft eine Stunde lang einander gegenüber, ohne ein einziges Wort zu sprechen, und unsere Seufzer verschmolzen miteinander, trotz unserer Mühe, sie zu unterdrücken. Am folgenden Tage, als Herr d'Antoine kam, befolgte ich getreulich die Instruktionen, welche sie mir gegeben, und schrieb sechs tödliche Stunden lang. Meine Tür war offen, und das Glasfenster meiner Tür setzte uns in den Stand, uns gegenseitig zu sehen. Sie schrieben sechs Stunden lang, sich nur zuweilen unterbrechend, um miteinander zu sprechen; wovon, weiß ich nicht, aber ihre Gespräche mußten entscheidend sein. Der Leser kann sich die Qualen dieser langen Tortur leicht vorstellen, denn ich konnte nur die Zerstörung meines Glücks ahnen. Sobald der schreckliche d'Antoine sich entfernt, kam Henriette zu mir, und als ich ihre geschwollenen Augen sah, stieß ich einen Seufzer aus welchen sie durch ein Lächeln zu erwidern suchte.»Willst du, mein Freund, daß wir morgen abreisen?«»Oh, Himmel! ja ich will es. Wohin soll ich dich führen?« »Wohin du willst, aber in vierzehn Tagen müssen wir wieder hier sein.«»Hier! Traurige Illusion.«»Leider ja! Ich habe mein Wort gegeben, hier zu sein, um die Antwort auf einen Brief, welchen ich geschrieben, zu empfangen. Sei überzeugt, daß wir keine Gewalttätigkeit zu fürchten haben, aber ich kann es hier nicht mehr aushalten.«»Ach! Ich fluche dem Augenblick, wo wir den Fuß hierher gesetzt haben. Willst du, daß wir uns nach Mailand begeben?«»Gut, nach Mailand.«»Mir scheint es, daß du d'Antoine den Ort, wohin du gehst, anzeigen solltest.« »Mir scheint es vielmehr, daß ich ihm keine Rechenschaft davon zu geben habe. Desto schlimmer für ihn, wenn er einen Augenblick zweifeln kann, daß ich mein Wort halten werde.« Nachdem wir am folgenden Tage die nötigen Effekten für eine vierzehntägige Abwesenheit ausgewählt, reisten wir ab. Wir trafen in Mailand ein, traurig, und ohne daß uns unterwegs etwas begegnet wäre, und wir blieben dort vierzehn Tage ganz für uns, ohne andere Fremde zu sehen als den Gastwirt, einen Schneider und eine Näherin. Ich machte meiner Henriette ein Geschenk, welches ihr sehr teuer war: einen sehr schönen Luchspelz. Aus Zartgefühl richtete Henriette nie eine Frage hinsichtlich des Zustandes meiner Börse an mich; ich wußte ihr dafür Dank; aber ich gab mir auch alle Mühe, sie nicht merken zu lassen, daß diese nahe daran war, leer zu werden; als wir nach Parma zurückkehrten, hatte ich noch drei- bis vierhundert Zechinen. Am Tage nach unserer Rückkehr kam Herr d'Antoine ohne Umstände zum Mittagessen zu uns; aber nachdem wir Kaffee getrunken, ließ ich ihn mit seiner Verwandten allein. Ihre Konferenz dauerte fast so lange wie die erste, und es wurde unsere Trennung beschlossen. Sie sagte mir dies, sobald d'Antoine sich entfernt hatte, und unsere Tränen verschmolzen in düsterem Schmerz. »Wann werde ich mich von dir trennen müssen, zu sehr geliebtes Weib?« »Bleibe deiner mächtig, zärtlich geliebter Freund: sobald wir nach Genf gekommen sind, wohin du mich geleiten sollst. Suche mir morgen eine passende Kammerfrau zu verschaffen, und mit dieser will ich mich an meinen Bestimmungsort begeben.« »Wir werden also noch einige Tage beisammen sein?« Ich beauftragte Dubois, der sich durch den Auftrag sehr geehrt fühlte, eine Kammerfrau zu suchen, und drei Tage darauf stellte er Henrietten eine Frau von einem gewissen Alter vor, welche ziemlich gut gekleidet und gut aussah, und welche, da sie arm war, sich sehr glücklich schätzte, eine Gelegenheit zu finden, nach Frankreich zurückzukehren, woher sie gebürtig war. Ihr Mann, ein früherer Offizier, war vor kurzem gestorben und hatte sie in gänzlicher Mittellosigkeit zurückgelassen. Henriette mietete sie und sagte ihr, sie möchte sich bereithalten abzureisen, sobald ihr Dubois die Nachricht bringen würde. Am Tage vor unserer Abreise speiste Herr d'Antoine bei uns, und ehe er Abschied nahm, übergab er Henrietten einen verschlossenen Brief für Genf. Beim Anbruch der Nacht reisten wir von Parma ab und hielten in Turin nur zwei Stunden an, um einen

Bedienten zu mieten, welcher uns in Genf bedienen sollte. Am folgenden Tage bestiegen wir in einer Sänfte den Mont Cenis und bewerkstelligten unsere Hinunterfahrt nach la Novalaise in einem Bergschlitten. Am fünften Tage langten wir in Genf an und stiegen im ›Gasthofe zur Wage‹ ab. Am folgenden Tage gab mir Henriette einen Brief für den Bankier Tronchin, welcher, sobald er von ihm Kenntnis genommen, mir sagte, er würde mir persönlich am folgenden Tage tausend Louisdor überbringen. Ich kehrte nach Hause zurück, und wir setzten uns zu Tisch. Wir waren noch beim Essen, als der Bankier sich melden ließ. Er übergab uns die tausend Louisdor und sagte zu Henriette, er würde ihr zwei Männer überweisen, für welche er einstehen könnte. Sie antwortete, sie würde abreisen, sobald sie den Wagen erhalten hätte, den er ihr nach dem ihm von mir übergebenen Briefe verschaffen sollte. Nachdem er ihr versichert, daß für den folgenden Tag alles bereit sein würde, verließ er uns. Es war ein schrecklicher Augenblick! Wir waren wie versteinert. Wir verharrten unbeweglich in einem düsteren Schweigen, wie es immer eintritt, wenn die tiefste Traurigkeit den Geist beugt. Ich brach das Schweigen, um ihr zu sagen, daß der Wagen, welchen Tronchin ihr liefern würde, unmöglich so bequem und sicher wie der meinige sein könnte, daß ich sie daher bäte, den meinigen zu nehmen, wobei ich ihr zugleich die Versicherung gab, ich würde in dieser Gefälligkeit eine natürliche Folge ihrer Liebe für mich sehen.»Ich werde dafür, teure Freundin, den Wagen nehmen, welchen der Bankier liefern wird.«»Ich willige ein, mein teurer Freund,« sagte sie;»es wird eine Erleichterung für mein Herz sein, wenn ich einen Gegenstand besitze, der dir gehört.« Nach diesen Worten steckte sie fünf Rollen von hundert Louisdors in meine Tasche, eine schwache Entschädigung für mein durch die traurige Trennung gebeugtes Herz. Während dieser letzten vierundzwanzig Stunden stand uns keine andere Unterhaltung zu Gebote als unsere Tränen, unsere Seufzer und jene banalen aber energischen Apostrophen, welche zwei glückliche Liebende an die überstrenge Vernunft richten, die sie inmitten ihres Glückes zwingt, sich für immer zu trennen. Henriette suchte mir nicht mit Hoffnungen zu schmeicheln, um meinen Schmerz zu mildern; im Gegenteil:»Wenn uns einmal die Notwendigkeit zwingt, einander zu verlassen,« sagte sie,»so erkundige dich, teurer Freund, nie nach mir, und wenn dich der Zufall je mit mir zusammenführen sollte, so tue so, als ob du mich nicht kenntest.« Sie gab wir hierauf einen Brief für Herrn d'Antoine, vergaß aber, mich zu fragen, ob ich nach Parma zurückkehren würde; hätte ich aber auch nicht die Absicht gehabt, so würde ich mich doch sogleich dazu entschlossen haben. Sie bat mich, auch nicht eher von Genf abzureisen, als bis ich einen Brief von ihr empfangen, den sie mir vom ersten Orte aus, wo sie anhalten würde, um die Pferde zu wechseln, schreiben wollte. Sie reiste mit Tagesanbruch ab, mit einer Kammerfrau im Wagen, einem Lakaien auf dem Kutschersitze und einem andern, als Kurier vorauseilenden. Ich folgte ihr mit den Augen, so lange ich ihren Wagen sehen konnte, und blieb noch länger auf demselben Platz stehen, als meine Blicke schon nichts mehr sahen; denn alle meine Gedanken waren in dem teuren Gegenstande, welchen ich verlor, konzentriert; die Welt war nichts mehr für mich. Als ich in mein Zimmer zurückgekehrt war, befahl ich dem Kellner, mich nicht eher zu wecken, als bis die Pferde, mit welchen Henriette gefahren war, zurückgekommen wären; und ich legte mich ins Bett, hoffend, daß der Schlaf meiner bedrängten Seele, welche meine Tränen nicht beruhigen konnten, zu Hilfe kommen würde. Aber erst am folgenden Tage kam der Postillon zurück; er war bis Chatillon gefahren. Er überbrachte mir einen Brief, in welchem nur das traurige Wort ›Lebewohl‹ stand. Er erzählte mir, daß sie ohne Unfall in Chatillon angekommen wären, und daß Madame sogleich den Weg nach Lyon eingeschlagen. Da ich erst am folgenden Tage von Genf abreisen konnte, so verbrachte ich in meinem Zimmer den traurigsten Tag meines Lebens. Auf einer der Scheiben fand ich folgende Worte, welche sie mit einem von mir geschenkten Diamanten eingegraben: Du wirst auch Henriette vergessen. Diese Prophezeiung war nicht geeignet, mich zu trösten; aber welche Ausdehnung gab sie dem Wort › vergessen‹? Sie konnte darunter nur verstehen, daß die Zeit die tiefe Wunde, welche sie meinem Herzen geschlagen, heilen würde; und sie hätte diese nicht erweitern sollen, indem sie mir einen solchen Vorwurf machte. Nein, ich habe sie nicht vergessen; denn obwohl mein Haupt mit weißen Haaren bedeckt ist, so ist die Erinnerung an sie doch ein wahrer Balsam für mich. Wenn ich bedenke, daß ich in meinen alten Tagen nur durch meine Erinnerungen glücklich bin, so finde ich, daß mein langes Leben mehr glücklich als unglücklich gewesen, und nachdem ich Gott, der Ursache aller Ursachen, dafür gedankt, wünsche ich mir Glück dazu, daß ich gestehen kann, das Leben sei ein Gut. Am folgenden Tage reiste ich mit einem Bedienten, welchen mir Herr Tronchin empfahl, wieder nach Italien zurück, und trotz der schlechten Jahreszeit schlug ich den Weg über den Sankt Bernhard ein, welchen ich in drei Tagen mit sieben Mauleseln passierte, welche mich, meinen Bedienten, meinen Koffer und den Wagen transportierten, der für die reizende Frau bestimmt gewesen war, welche ich unwiederbringlich verloren hatte. Ein Mann, welcher von einem großen Schmerze gebeugt wird, hat den Vorteil, daß ihm nichts beschwerlich erscheint. Es ist dies eine Art Verzweiflung, welche auch ihre Süßigkeiten hat. Ich fühlte weder Hunger noch Durst, noch die Kälte, welche die Natur in diesem schrecklichen Gebirgslande erstarren ließ, noch die von einer so mühseligen und gefährlichen Reise unzertrennliche Ermüdung. Am folgenden Tage ging ich aus, um Herrn d'Antoine den Brief Henriettes zu geben. Er öffnete ihn in meiner Gegenwart, und da er einen Einschluß an meine Adresse fand, so übergab er ihn mir, ohne ihn zu lesen, obwohl er offen war. Der Brief Henriettes lautete folgendermaßen: ›Ich bin es, einziger Freund, die dich hat verlassen müssen; aber vermehre deinen Schmerz nicht dadurch, daß du an den meinigen denkst. Seien wir vernünftig genug zu denken, daß wir einen angenehmen Traum geträumt haben, und beklagen wir uns nicht über unser Geschick; denn nie hat ein schöner Traum so lange gedauert. Freuen wir uns, daß wir uns drei Monate hintereinander glücklich zu machen verstanden haben: es gibt wenig Sterbliche, welche dies von sich sagen können. Vergessen wir einander nie, und rufen wir uns oft die glücklichen Augenblicke unserer Liebe zurück, um ihre Erinnerung in unseren Seelen aufzufrischen, die in der Trennung sich ebenso lebhaft daran erfreuen werden, als ob unsere Herzen noch aneinander schlügen. Erkundige dich nicht nach mir, und wenn du zufällig erfährst; wer ich bin, so ignoriere es. Ich werde dir ein Vergnügen machen, wenn ich dir melde, daß ich meine Angelegenheiten so wohl geordnet, daß ich für den Rest meiner Tage so glücklich sein werde, wie ich es ohne dich sein kann. Ich weiß nicht, wer du bist; aber ich weiß, daß niemand auf der Welt dich besser kennt als ich. Ich werde in meinem ganzen Leben keinen Liebhaber mehr haben; aber ich wünsche, daß du es dir nicht einfallen läßt, mir nachzuahmen. Ich wünsche, daß du noch liebst und sogar, daß deine gute Fee dich eine zweite Henriette finden lasse. Lebewohl! Lebewohl!‹

Intermezzo

Ich begab mich nach Paris. In dieser Stadt hoffte ich mich mit Hilfe meiner Talente, meiner Rednergabe und Geschicklichkeit emporzuarbeiten. Ich täuschte mich nicht. Es sollten damals Wege gefunden werden, Geld aufzubringen, das die Regierung sehr notwendig hatte. Infolge meiner Empfehlungen kam ich bis zu den Kabinetten der Ministerien, wo ich durch nicht andres als durch geschickte Aneignung des Plans eines andern mich den Finanzmännern empfahl. Es handelte sich um eine Staatslotterie, deren technisch-rechnerische Grundlage ein anderer ausgearbeitet hatte, aber er konnte niemand dafür interessieren. Mir gelang dies, wie gesagt, mit Hilfe meiner Redegabe und meiner Fähigkeit, die Menschen im rechten Augenblick zu fassen. Der Plan wurde ausgeführt; der andre, welcher mir seinen Gedanken übermittelt, erhielt seinen Anteil, den größten sicherte ich allerdings mir. Ich war plötzlich ein Mann geworden, mit dem der Staat rechnete. Meine Einkünfte steigerten sich dermaßen, daß ich das Leben eines großen Herrn führen konnte, und in der höchsten Gesellschaft hatte ich meinen Verkehr. Allen Launen konnte ich genügen, und meine Liebe fand unter den schönsten Frauen und jungen Mädchen ihr Glück. Im Auftrage des Staates führte ich in Holland Finanzgeschäfte zum besten aus, und so hätte sich mir wohl allenthalben Gelegenheit genug geboten, meine Stellung bei der Regierung zu befestigen. Aber meine Neigung zur Muse, meine Liebe zur Freiheit ließen mich nicht Boden fassen. Ich gab meine Geschäfte aus den Händen, zehrte lieber von meinem Kapital, welches sich natürlich bei meiner Lebensweise stark verminderte. Zuletzt wollte ich mir wieder durch eine Tuchfabrik, welche ich ins Leben rief, aufhelfen, aber sie brachte nicht den erhofften Erfolg, gab mir nichts als eine Anzahl Mädchen in die Hand, meine Arbeiterinnen, welche ich nach und nach alle genoß, so daß ich mich als Besitzer eines Harems fühlen konnte. In jener Zeit wurde ich mit der Marquise d'Urfé, einer alten, vornehmen Dame bekannt, welche sich ganz den abstrakten Wissenschaften ergeben hatte, eine Menge mystischer Schriften besaß, in einem großen Laboratorium sich mit chemischen Untersuchungen beschäftigte, die alle darauf hinausliefen, Gold zu machen. Ich wußte mich ihr gegenüber so zu geben, daß sie mich ebenfalls für einen Adepten halten mußte und mir ihre Geheimnisse anvertraute, aus welchen ich die besten Vorteile für mich ziehen wollte. Geschickt wandte ich wieder meine Kabbala an, und sie hatte auch hier, dank meiner Unerschrockenheit, alles zu wagen, alle gewünschten Erfolge. Die große Chimäre der guten Marquise bestand darin, daß sie an die Möglichkeit glaubte, zum Umgang mit Genien, welche die Elementargeister genannt werden, zu gelangen. Sie hätte ihr ganzes Vermögen dafür hingegeben, und es hatten sich Betrüger genug an sie herangemacht, welche ihren Wünschen schmeichelten und sie zuletzt nasführten. Als sie eines Tages ganz aufrichtig mit mir sprach, äußerte sie, ihr Genius habe sie überzeugt, daß ich ihr den Umgang mit Geistern nicht verschaffen könne, weil sie Frau sei: denn die Genien gingen nur mit den Männern um, deren Natur weniger unvollkommen sei: aber ich könnte sie vermittels einer mir bekannten Operation in die Seele eines Knaben übergehen lassen, der durch die philosophische Paarung eines Unsterblichen mit einer Sterblichen oder eines gewöhnlichen Menschen mit einer Frau von göttlicher Natur entstanden sei. Hätte ich geglaubt, Madame d'Urfé enttäuschen und zu einem vernünftigen Gebrauche ihrer Kenntnisse und ihres Verstandes zurückführen zu können, so würde ich es, glaube ich, versucht haben, und das wäre ein verdienstliches Werk gewesen; aber ich war überzeugt, daß ihre Betörung unheilbar war, und glaubte nichts besseres tun zu können, als auf ihre Narrheit einzugehen und diese zu benutzen. Ich ließ sie hoffen, daß sie Mann werden könnte und stellte dafür Bedingungen und Operationen in Aussicht, die sich nie erfüllen konnten. Mir aber gaben sie bis zu ihrem Tode die Gelegenheit, ihre Börse in Anspruch zu nehmen, und das mit Beträgen, so hoch ich sie wollte. Ich habe diese Dame auf jede Art und Weise getäuscht, ihr die undenkbarsten Komödien vorgespielt, um ihr Geld abzulocken, wie ich es brauchte, immer durch Vorspiegelung, sie sterben und dann als Mann erstehen zu lassen. Doch brauche ich mir keinen Vorwurf zu machen. Madame d'Urfé war reich, hatte ein ungeheures Vermögen und war doch geizig; ihre Einnahmen verdoppelten sich jährlich durch Börsengeschäfte. Die Summen, die ich benutzte, um mir Vergnügungen zu verschaffen, waren zu Zwecken bestimmt, welche von Natur unmöglich. Ich würde mich schuldig fühlen, wenn ich mir selbst dadurch ein Vermögen verschafft hätte. Aber ich behielt nichts, ich habe alles verschwendet; dies tröstet und rechtfertigt mich. Es war Geld, das für Torheiten bestimmt war; ich habe es seiner Bestimmung nicht entzogen, wenn ich es für meine Torheiten verwandte. Wie gesagt: als auch meine Tuchfabrik zusammenbrach und ich nun wieder in die Welt hineinreiste, erlangte ich stets von ihr jeden Betrag, und ich kam oft in die Gelegenheit, sie zu mystifizieren, denn die folgenden Jahre hatte ich keine anderen Einnahmen, als die aus dem Spiel und den Börsen meiner Freunde.

Die Frau des Bürgermeisters

Als ich auf meiner Reise von Holland nach Deutschland in Köln ankam, wo die Franzosen gerade in Winterquartier lagen, war der erste Mensch, der mir in meinem Gasthofe begegnete, Graf von Lastic, ein Neffe der Madame d'Urfé, welcher mich äußerst liebenswürdig aufnahm und mich in die Gesellschaft einführte. Nach dem Mittagessen überredete mich der Graf, mit ihm und seinem Freunde, von Flavacour, einem höheren Offizier, ins Theater zu gehen. Da ich überzeugt war, daß man mich einigen Damen vorstellen werde, und da ich eine gute Figur spielen wollte, so verwendete ich mehr als eine Stunde auf meinen Anzug. Ich saß in meiner Loge einer hübschen Frau gegenüber, welche mich mehrmals ansah. Es bedurfte dessen nicht, um mich neugierig zu machen, und ich bat Herrn von Lastic, mich zu ihr zu führen, was er mit dem besten Anstande tat. Er stellte mich zunächst dem Grafen Kettler vor, Generalleutnant in österreichischen Diensten, der sich im französischen Hauptquartiere aufhielt, wie der französische General Montacet im österreichischen. Sodann wurde mein Name der Dame genannt, deren Schönheit mir beim Eintreten in die Loge aufgefallen war. Sie empfing mich mit anmutigem Lächeln, befragte mich über Paris, Brüssel, wo sie erzogen war, und schien meine Antworten nicht im geringsten zu beachten, da meine Spitzen und Kleinodien ihre Aufmerksamkeit fesselten. Indem wir von diesem und jenem sprachen, wie Leute, die sich zum ersten Male sehen, fragte sie mich mit einem plötzlichen, obwohl höflichen Übergang, ob ich die Absicht habe, mich lange in Köln aufzuhalten.»Ich denke morgen in Bonn zu Mittag zu speisen.« Diese Antwort, die ich ebenso gleichgültig gab, wie sie gefragt hatte, schien sie zu reizen. Ich betrachtete das als ein gutes Vorzeichen.

Der General stand bei diesen Worten auf und sagte:»Ich bin sicher, daß Madame Sie bewegen wird, Ihre Abreise zu verschieben, und ich werde mich sehr darüber freuen, wenn ich dadurch das Vergnügen erhalte, Ihre fernere Bekanntschaft zu machen.« Er verbeugte sich, entfernte sich mit Lastic und ließ mich mit der entzückenden Schönheit allein. Es war die Gemahlin des Bürgermeisters, welche der General Kettler fast nie verließ.»Täuscht sich der Graf nicht,« sagte sie mit einladendem Tone,»wenn er mir eine solche Macht zuschreibt?«»Ich glaube es nicht, Madame, aber er könnte sich wohl täuschen, wenn er glaubt, daß Sie diese Macht geltend machen wollen.«»Sehr gut! Sehr gut, wir müssen ihn also anführen, wäre es auch nur, um ihn zu strafen, daß er vorlaut gewesen.« Ich fand diese Sprache so neu, daß ich etwas dumm aussah. Ich mußte mich sammeln. Durfte ich erwarten, in Köln etwas der Art zu finden? Die Bezeichnung ›vorlaut‹ fand ich köstlich, den Gedanken, ihn zu ›strafen‹, sehr richtig und den Ausdruck ihn ›anführen‹ ganz herrlich. Ich dachte mir, daß es Unsinn wäre, die Sache ergründen zu wollen, und eine ergebene und dankbare Miene annehmend, neigte ich mich bis auf ihre Hand, welche ich auf eine achtungsvolle und gefühlvolle Weise küßte, die ihr aber doch zeigte, daß es nicht schwer sein würde, mich menschlich zu stimmen.»Sie werden also bleiben, mein Herr, und das ist sehr liebenswürdig von Ihnen; denn wenn Sie morgen reisen, könnte man glauben, Sie hätten sich hier nur gezeigt, um uns ihre Geringschätzung erkennen zu lassen. Der General gibt morgen einen Ball, und ich hoffe, daß Sie mit uns tanzen werden.«»Wenn ich hoffen darf, Madame, daß Sie sich für den ganzen Ball mit mir engagieren.«»Ich verspreche nur mit Ihnen zu tanzen, bis Sie ermüdet sein werden.«»Sie werden also nur mit mir tanzen.«»Woher haben Sie aber die Pomade, nach welcher die ganze Luft duftet? Ich habe sie gerochen, sobald Sie in den Saal getreten sind.«»Ich habe sie aus Florenz kommen lassen, und wenn Sie Ihnen unangenehm ist, werde ich sie nicht mehr gebrauchen, Madame.«»Tun Sie das ja nicht; das wäre ein wahrer Mord. Ich würde glücklich sein, wenn ich mir ebensolche verschaffen könnte.«»Und ich würde mich außerordentlich glücklich schätzen, wenn Sie mir erlaubten, Ihnen morgen früh einen kleinen Vorrat zu schicken.« Die Tür öffnete sich, als ich diesen Satz vollendet; der General kam zurück, und so war sie verhindert, mir zu antworten. Ich stand auf, um wegzugehen, aber der Graf sagte zu mir:»Ich bin sicher, daß Madame Sie zu bewegen gewußt hat, Ihre Abreise zu verschieben, und bei mir zu Abend zu speisen und zu tanzen.«»Sie hat mich hoffen lassen, daß Sie mir diese Ehre erweisen würden, und daß ich die Ehre haben würde, die Kontertänze mit ihr zu tanzen. Wie ist da zu widerstehen, Herr General?«»Sie haben recht, und ich bin Madame verbunden, daß Sie sie zurückgehalten hat. Ich werde die Ehre haben, Sie zu erwarten.« Ich verließ die Loge verliebt und beinahe glücklich in meiner Hoffnung. Meine glückliche Pomade war ein Geschenk meiner teuren Esther, die ich in Holland geliebt hatte, und ich bediente mich ihrer zum ersten Male. Das Kästchen enthielt vierundzwanzig Töpfe von herrlichem Porzellan. Am nächsten Tage packte ich zwölf davon in ein elegantes Kästchen, welches ich mit Wachsleinwand umwickelte und ihr versiegelt, ohne Billett, zuschickte, als ob es von einem Kommissionär abgesendet worden wäre. Den Morgen durchwanderte ich mit einem Lohnbedienten Köln. Ich besichtigte alle architektonischen Wunder dieser alten Stadt, und ich lachte von ganzem Herzen, als ich das von Ariost so sehr gefeierte Pferd Bayard mit den vier Haimonssöhnen sah. Ich speiste bei Herrn von Castries, und sämtliche Gäste waren sehr erstaunt, daß der General Kettler selbst mich zu seinem Balle eingeladen, da er auf seine Dame sehr eifersüchtig war, welche seine Bewerbungen nur duldete, weil sie ihrer Eigenliebe schmeichelten. Der teure Graf stand schon in einem gewissen Alter, war von wenig angenehmer Figur, und da seine unbedeutenden geistigen Eigenschaften, das, was ihm physisch fehlte, nicht aufwogen, so war er sehr wenig geeignet, Liebe zu erwecken. Trotz seiner Eifersucht mußte er sich's gefallen lassen, daß ich bei Tische neben seiner Schönen saß und die ganze Nacht mit ihr plauderte oder tanzte. Es war eine köstliche Nacht, und ich kehrte so verliebt in meine neue Bekanntschaft nach Hause zurück, daß ich nicht mehr an die Abreise dachte. In einem erregten Augenblick wagte ich, dreist gemacht durch unsere Unterhaltung, ihr zu sagen, wenn sie mir ein Stelldichein verspreche, wolle ich mich verpflichten, den ganzen Karneval in Köln zu bleiben.»Und was würden Sie sagen,« entgegnete sie,»wenn ich Ihnen das Versprechen gäbe und es nicht hielte?«»Ich würde mich nur über mein Schicksal beschweren, aber Sie nicht anklagen, sondern sagen, daß es Ihnen unmöglich gewesen.«»Sie sind sehr gütig; bleiben Sie also bei uns.« Am Tage nach dem Balle stattete ich ihr meinen ersten Besuch ab.

Sie empfing mich sehr gut und stellte mich ihrem Manne vor, einem braven Manne, der weder jung noch schön, aber sehr zuvorkommend war. Als sie eine Stunde darauf den Wagen des Generals kommen hörte, sagte sie schnell zu mir:»Wenn der Graf Sie fragt, ob Sie nach Bonn auf den Ball des Kurfürsten gehen wollen, so antworten Sie ihm ja.« Als der General gekommen war, entfernte ich mich unter den üblichen Höflichkeitsbezeugungen. Ich wußte nicht, ob der Kurfürst oder sonst jemand einen Ball gäbe. Da aber ein Vergnügen in Aussicht stand, so erkundigte ich mich danach und erfuhr, daß der ganze Adel von Köln eingeladen war. Es war ein Maskenball und es hatte daher jeder Zutritt. Es stand also bei mir fest, daß ich hingehen würde, denn meiner Ansicht nach hatte ich den Befehl dazu bekommen, und auf alle Fälle durfte ich, da die liebenswürdige Dame auf dem Balle erscheinen wollte, ein glückliches Zusammentreffen hoffen; da ich aber soviel wie möglich unbekannt bleiben wollte, so versprach ich mir, allen, die mich fragen würden, zu sagen, daß besondere Gründe mich am Erscheinen hinderten. Es traf sich nun, daß der Graf mir die Frage in Gegenwart seiner Dame vorlegte, und ohne Rücksicht auf ihren Befehl, eine bejahende Antwort zu geben, erwiderte ich, meine Gesundheit gestatte nicht, mir dieses Vergnügen zu verschaffen.»Sie sind weise, mein Herr,«sagte der General,»wenn es sich um die Gesundheit handelt, muß man alle Vergnügungen zu opfern verstehen.« Ich denke jetzt wie er; damals dachte ich anders. Am Tage des Balles gegen die Abenddämmerung fuhr ich mit dem Postwagen ab, in einem Anzuge, welchen niemand in Köln kannte und mit einem Kistchen, in welchem zwei Dominos enthalten waren. Ich begab mich eiligst nach Bonn, nahm hier ein Zimmer, wo ich meinen Domino anzog, während ich den andern in der Kiste verschloß, und ließ mich sodann in einer Sänfte an den Hof bringen. Ich trat ohne Schwierigkeit ein, und allen unbekannt, sah ich alle Kölner Damen, welche unmaskiert waren, sowie meine Schöne, welche an einer Pharaobank saß und mit je einem Dukaten pointierte. Ich sah mit Vergnügen, daß der Barbier der Graf Verita war, ein Veroneser, welchen ich in Bayern kennen gelernt. Er stand im Dienste des Kurfürsten. Seine kleine Bank überstieg nicht fünf bis sechshundert Dukaten, und die Zahl der Pointeurs, sowohl Männer wie Frauen, belief sich auf höchstens zwölf. Ich stellte mich neben eine Dame und der Bankier überreichte mir ein Buch und gab mir die Karten zum Abheben.

Ich entschuldigte mich mit einer Handbewegung, und meine Nachbarin hob ungebeten ab. Ich setzte zehn Dukaten auf eine Karte und verliere viermal hintereinander. In der zweiten Taille spielte ich mit demselben Unglück. Da in der dritten niemand abheben will, so bittet man den General, welcher es annimmt, da er nicht spielt. Ich hatte den Gedanken, sein Abheben könnte mir günstig sein, und setzte daher fünfzig Dukaten auf eine Karte; ich gewinne; ich mache Parole und in der zweiten Taille sprenge ich die Bank. Alle sind neugierig, man blickt mich an, man verfolgt mich, aber ich ergreife einen günstigen Augenblick und mache mich aus dem Staube. In meinem Zimmer angelangt, lege ich hier mein Geld ab, wechsle mein Kostüm und kehre zum Ball zurück. Ich finde den Spieltisch von neuen Kämpfern umringt und einen andern Bankier mit vielem Gold; da ich aber nicht mehr spielen wollte, so hatte ich mir wenig Geld mitgenommen. Ich mische mich in alle Gruppen und überall vernehme ich die Neugierde, zu erfahren, wer die Maske gewesen, welche die erste Bank gesprengt. Da mir nichts daran gelegen war, die Neugierigen zu befriedigen, so spüre ich rechts und links umher und entdecke den Gegenstand meiner Nachforschungen, welcher sich mit dem Grafen Verita unterhält; ich nähere mich ihnen und höre, daß sie von mir sprechen. Der Graf sagte zu ihr, der Kurfürst wolle wissen, wer die Maske wäre, die seine Bank gesprengt, und der General Kettler habe geantwortet, es könnte wohl ein Venetianer sein, der seit etwa acht Tagen in Köln angekommen. Meine Dame sagte, sie glaube nicht, daß ich es sei, denn sie habe mich sagen hören, meine Gesundheit erlaube mir nicht, auf den Ball zu kommen. »Ich kenne Casanova,« sagte der Graf, »und wenn er in Bonn ist, wird der Kurfürst es erfahren, und er wird nicht abreisen, ohne daß er ihn gesehen.« Ich sah voraus, daß man mich nach dem Balle leicht würde entdecken können; aber ich forderte den scharfsinnigsten heraus, mich bis dahin ausfindig zu machen. Das würde mir gelungen sein, wenn ich klug gewesen wäre, aber man arrangierte die Kontretänze; und da ich Lust zu tanzen bekomme, so engagierte ich mich, ohne zu bedenken, daß ich genötigt sein würde, die Maske abzunehmen. Dies begegnete mir, als ich nicht mehr zurücktreten konnte. Als meine schöne Dame mich sah, sagte sie zu mir, sie habe sich getäuscht, sie würde gewettet haben, daß ich jene Maske wäre, welche den Grafen Verita gesprengt. Ich erwiderte, ich wäre soeben erst angekommen.

Als der Graf mich am Ende des Kontertanzes bemerkte, kam er auf mich zu und sagte:»Mein teurer Landsmann, ich bin sicher, daß Sie mich gesprengt haben; ich wünsche Ihnen Glück dazu.«»Ich würde mir selbst Glück wünschen, wenn ich es wäre.«»Ich bin meiner Sache sicher.« Ich ließ ihn reden und lachte; nachdem ich sodann einige Erfrischungen am Büfett eingenommen, fuhr ich fort, zu tanzen. Zwei Stunden darauf kam der Graf lachend wieder und sagte:»Sie haben in diesem und diesem Hause, in diesem und diesem Zimmer ihr Kostüm gewechselt. Der Kurfürst weiß alles, und um Sie für diesen Betrug zu strafen, hat er mir befohlen, Ihnen zu sagen, daß Sie erst morgen abreisen dürfen.«»Er wird mich also verhaften lassen?«»Warum nicht, wenn Sie sich weigern, morgen bei ihm zu Mittag zu speisen.« »Sagen Sie Seiner Hoheit, daß ich in solchen Fällen gelehrig bin und seinen Befehlen nachkommen werde.« Er reichte mir die Hand und entfernte sich. Ich versäumte diese Stunde nicht; als mich aber der Graf vorstellte, spielte ich einen Augenblick eine ziemlich traurige Figur, denn der Kurfürst war von fünf bis sechs Höflingen umgeben, und da ich ihn nie gesehen, suchte ich einen Geistlichen, dem meine Augen nirgends begegneten. Er bemerkte meine Verlegenheit und beeilte sich ihr ein Ende zu machen, indem er in schlechtem Venetianisch zu mir sagte:»Ich bin heute im Kostüm des Großmeisters der deutschen Ritter.« Trotz seines Kostüms machte ich vor ihm die übliche Kniebeugung, und als ich ihm die Hand küssen wollte, hinderte er dies, indem er die meinige freundschaftlich drückte.»Ich war in Venedig,« sagte er,»als Sie unter den Bleidächern saßen, und mein Neffe, der Kurfürst von Bayern, hat mir mitgeteilt, daß Sie sich nach Ihrer glücklichen Flucht einige Zeit in München aufgehalten haben; wären Sie nach Köln gekommen, so würde ich Sie festgehalten haben. Ich hoffe, daß Sie uns nach Tische eine Erzählung Ihrer Flucht geben, daß Sie zum Abendessen bleiben und an einer kleinen Maskerade teilnehmen werden, auf der wir uns amüsieren wollen.« Ich verpflichtete mich zum Erzählen, vorausgesetzt, daß er die Geduld hätte, mich bis zum Schlüsse zu hören, und zeige ihm zugleich an, daß die Erzählung zwei Stunden dauern würde.»Man langweilt sich nicht, wenn man sich vergnügt«, hatte er die Güte zu sagen. Während des Essens sprach der Fürst fortwährend in venetianischer Sprache mit mir und sagte mir die angenehmsten Sachen. Er war ein heiterer, jovialer, gutmütiger Mann. Als wir von Tische aufgestanden waren, bat er mich, meine Erzählung zu beginnen. Ich war erregt, und zwei ganze Stunden hindurch hatte ich das Vergnügen, die glänzendste Gesellschaft zu unterhalten. Das Interessante dieser Geschichte liegt in der wahrhaft dramatischen Situation; aber es ist unmöglich, ihr schriftlich das Feuer zu geben, welches sie durch einen guten Vortrag erhält. Der kleine Ball des Kurfürsten war sehr angenehm. Wir waren alle als Bauern kostümiert, und die Kleider wurden uns aus der Privatgarderobe des Kurfürsten geliefert. Es wäre lächerlich gewesen, andere Kostüme anzulegen, da der Kurfürst selbst in einem solchen kam. Die Damen hatten sich in einem anstoßenden Salon angekleidet. Der General Kettler war von der ganzen Gesellschaft am besten verkleidet, denn er war Bauer von Natur. Meine Dame war zum Entzücken. Man tanzte nur Kontertänze und Allemanden. Es waren vier oder fünf vornehme Damen da; die andern, welche mehr oder weniger hübsch waren, gehörten zur Privatbekanntschaft des Fürsten, welcher sein ganzes Leben lang großer Liebhaber des weiblichen Geschlechts war. Zwei dieser Damen konnten die Furlane tanzen, und es machte dem Kurfürsten ein außerordentliches Vergnügen, uns sie tanzen zu sehen. Es gibt keinen leidenschaftlicheren Tanz als diesen venetianischen. Er wird von einem Herrn und einer Dame getanzt, und da die beiden Tänzerinnen sich ablösten, so tanzten sie mich beinahe tot. Es wurde bald darauf ein Tanz getanzt, wo man bei einer gewissen Tour die Tänzerinnen ergreift und umarmt; ich war nicht zurückhaltend und fand jedesmal Gelegenheit, meine Schöne zu umarmen, was ich mit großem Feuer tat, worüber der Kurfürst laut lachte, während der General beinahe vor Ärger platzte. Während einer Pause fand dieses so reizende und originelle Weib Gelegenheit, mir heimlich zu sagen, die Kölner Damen würden am Mittag des nächsten Tages abreisen, und es könnte mir zur großen Ehre gereichen, wenn ich sie zum Frühstück in Brühl einlüde. »Schicken Sie einer jeden ein Billett mit dem Namen ihres Kavaliers und vertrauen Sie sich dem Grafen Verita an, welcher alles aufs beste besorgen wird, wenn Sie ihm sagen, Sie wollten es so machen, wie der Prinz von Zweibrücken es vor zwei Jahren gemacht hat. Verlieren Sie keine Zeit. Rechnen Sie auf etwa zwanzig Personen und bestimmen Sie die Stunde. Sorgen Sie besonders dafür, daß Ihre Einladungsschreiben um neun Uhr morgens verteilt sind.« Alles dies wurde von ihr mit einer erstaunlichen Schnelligkeit vorgebracht, und ich, der von der Herrschaft, welche diese Frau über mich auszuüben glaubte, beinahe bezaubert war, ich dachte nur daran, ihr zu gehorchen, ohne zu fragen, ob ich es solle. Brühl, ein Frühstück, zwanzig Personen, wie der Prinz von Zweibrücken, Billetts für die Damen, der Graf Verita, ich war so gut unterrichtet, als ob sie ihren Plan eine ganze Stunde lang auseinandergesetzt hätte. Ich mache mich in meinem Kostüm als Bauer auf den Weg und bitte einen Pagen, mich in die Gemächer des Grafen Verita zu führen, welcher lachte, als er mich in diesem Anzuge erblickte. Ich trug ihm mein Anliegen mit einer diplomatischen Wichtigkeit vor, welche ihn vollends in gute Laune versetzte.»Ihre Sache ist leicht«, sagte er,»sie kostet mir nur die Mühe, ein Billett an den Haushofmeister zu schreiben, und das werde ich augenblicklich tun; aber sagen Sie mir, wie viel Sie ausgeben wollen.«»So viel wie möglich.«»Sie wollen sagen so wenig.«»Nein, durchaus nicht; so viel, denn ich will die Gesellschaft auf eine prachtvolle Weise bewirten.«»Sie müssen jedoch eine Summe bestimmen, denn ich kenne meinen Mann.«»Nun wohl, zwei-, dreihundert Dukaten; ist das genug?«»Zweihundert. Der Prinz von Zweibrücken hat nicht mehr ausgegeben.« Er begann das Billett zu schreiben und gab mir das Wort, daß alles bereit sein sollte. Ich verlasse ihn, und mich an einen sehr flinken italienischen Pagen wendend, sage ich, ich würde dem Kammerdiener, der mir sogleich die Namen der nach Bonn gekommenen kölnischen Damen und der sie begleitenden Kavaliere liefere, zwei Dukaten geben. Ich wurde in der Zeit von noch nicht einer Stunde zufriedengestellt, und ehe ich den Ball verließ, meldete ich meiner Dame, daß alles nach ihrem Wunsche geschehen werde. Ehe ich mich niederlegte, schrieb ich achtzehn Billetts, und am folgenden Tage brachte sie ein Lohndiener vor neun Uhr an ihre Adressen. Um neun Uhr nahm ich Abschied vom Grafen Verita, der mir im Namen des Kurfürsten eine herrliche goldene Dose, mit seinem Porträt als Großmeister des deutschen Ordens, welches in Diamanten gefaßt war, übergab. Ich war sehr gerührt von diesem Zeichen des Wohlwollens und sprach den Wunsch aus, Seiner Hoheit vor meiner Abreise zu danken; aber der liebenswürdige Landsmann sagte, ich könne warten, bis ich auf der Reise nach Frankfurt durch Bonn käme. Um ein Uhr sollte das Frühstück stattfinden; um zwölf Uhr war ich schon in Brühl, einem Lusthause des Kurfürsten, welches außer dem Ameublement nichts bemerkenswertes darbietet. Es ist eine dürftige Kopie von Trianon. Ich fand in einem schönen Saale einen für vierundzwanzig Personen gedeckten Tisch, vergoldetes Tischgeschirr, Damasttischzeug, herrliches Porzellan und auf dem Büfett viel massives und vergoldetes Silbergeschirr. An einem Ende des Saales standen noch zwei Tische, welche mit Zuckerwerk und den besten europäischen und fremden Weinen besetzt waren. Ich kündigte mich als den Amphitryo des Tages an und der Küchenmeister versicherte mir, daß ich zufrieden sein würde.»Das Ambigu,« sagte er,»wird nur aus vierundzwanzig Schüsseln bestehen, aber Sie werden vierundzwanzig Schüsseln englischer Austern und ein herrliches Dessert haben.« Als ich eine große Menge Bediente sah, sagte ich, diese wären nicht nötig; aber er bemerkte mir, sie würden gebraucht, da die der Gäste nicht zugelassen würden, und er fügt hinzu, ich möge deshalb nicht besorgt sein, da die ganze Bedienung diesen Gebrauch kenne. Ich empfing sämtliche Gäste am Kutschenschlag und bekomplimentierte sie, indem ich sie wegen der Kühnheit, sie eingeladen zu haben, um Verzeihung bat. Punkt ein Uhr wurde aufgetragen und ich konnte mich an dem Erstaunen weiden, welches ich in den Augen meiner Dame las, als sie sah, daß ich so prachtvoll wie ein Reichsfürst bewirtete. Sie wußte, daß niemand bezweifeln konnte, daß sie der unmittelbare Gegenstand dieses Aufwandes war, aber es war ihr lieb, daß ich sie nicht vor den andern auszeichnete. Es waren vierundzwanzig Kuverts gelegt, und obwohl ich nur achtzehn Personen eingeladen, waren doch alle Plätze besetzt. Es hatten sich also drei Paare eingedrängt, aber diese Beeiferung war mir angenehm. Als galanter Kavalier wollte ich mich nicht setzen und bediente die Damen, von einer zur andern gehend, dabei die ausgewählten Stücke essend, welche sie mir um die Wette reichten, und dafür sorgend, daß alle befriedigt wurden. Die Austern gingen erst bei der zwanzigsten Flasche Champagner aus, und als das Frühstück begann, sprachen infolgedessen alle durcheinander. Dieses Frühstück hätte für ein herrliches Mittagessen gelten können, und ich bemerkte mit Vergnügen, daß kein Tropfen Wasser getrunken wurde, denn der Champagner, Tokaier, Rheinwein, Madeira, Malaga, Cyperwein, Alicante und Capwein vertragen solches nicht, und diese wurden allein vorgesetzt. Ehe das Dessert aufgetragen wurde, erschien eine ungeheure Schüssel Trüffelragout. Ich riet, Maraschino dazu zu trinken, und die Damen, welche diesen nach ihrem Geschmack fanden, tranken ihn wie Wasser. Das Dessert war wirklich ausgezeichnet. Man erblickte hier die Porträts aller europäischen Fürsten. Alle überhäuften den Küchenmeister mit Komplimenten, und dieser, der in seiner Eigenliebe geschmeichelt war und den Liebenswürdigen spielen wollte, sagte, die Sachen ließen sich in die Tasche stecken, und es nahm ein jeder nach Belieben. Der General, welcher trotz seiner Eifersucht und der Rolle, welche er mich spielen sah, die Wahrheit nicht erriet, sagte:»Ich wette, daß der Kurfürst uns diesen Streich gespielt hat, um das Fest zu vervollständigen. Seine Hoheit hat das Inkognito bewahren wollen, und Herr Casanova hat seine Rolle vortrefflich gespielt.« Diese Naivität brachte die ganze Gesellschaft zum Lachen.»Herr General,« sagte ich,»wenn der Kurfürst mich mit einem solchen Befehle beehrt hätte, würde ich ohne Zweifel gehorcht haben, aber ich hätte mich gedemütigt gefühlt. Seine Hoheit hat mir eine weit größere Gnade erwiesen. Sehen Sie,« und ich reichte ihm die Dose, welche zwei- oder dreimal um den Tisch wanderte. Als wir geendet hatten, standen alle auf, verwundert, daß sie drei Stunden bei Tische gesessen, obwohl alle das Vergnügen gern noch verlängert hätten; aber endlich mußten wir uns doch trennen, und nach tausend schönen Komplimenten machten wir uns auf den Weg, um noch zur Theaterzeit anzukommen. Ich kam früh genug in Köln an, um das kleine Stück zu sehen, welches die französischen Schauspieler aufführten, und da ich keinen Wagen hatte, ließ ich mich in einer Tragchaise ins Theater tragen. Hier fand ich den Grafen von Lastic allein mit meiner Schönen. Ich betrachtete dies als eine gute Vorbedeutung und begab mich zu ihnen. Als sie mich erblickte, sagte sie mit traurigem Ton, der General sei so krank, daß er sich habe zu Bett legen müssen. Als Herr von Lastic sich einige Augenblicke darauf entfernte, gab sie den angenommenen traurigen Ton auf und machte mir mit unendlicher Grazie tausend Komplimente, welche mein Frühstück hundertmal aufwogen.»Der General«, sagte sie,»hat zu viel getrunken; er ist ein häßlicher und neidischer Mensch und hat die Bemerkung gemacht, daß es Ihnen nicht zustehe, uns wie ein Prinz zu bewirten. Ich habe erwidert, daß Sie uns vielmehr wie Prinzen und als echter Kavalier, die Serviette unter dem Arme, bedient hätten. Er hat mich geschimpft,« weil ich Sie verteidigt.«»Warum geben Sie ihm nicht den Abschied, Madame? Ein Bauer, wie er, ist nicht geeignet, einer so ausgezeichneten Schönheit zu dienen.«»Es ist zu spät, mein Freund. Eine Frau, welche Sie nicht kennen, würde sich seiner bemächtigen. Ich würde mich verstellen müssen, und das würde mir unangenehm sein.«»Ich begreife das vollkommen. Warum bin ich nicht ein großer Fürst? Einstweilen erlauben Sie mir, Ihnen zu sagen, daß ich weit kränker als Kettler bin.«»Sie spaßen hoffentlich.«»Durchaus nicht; ich spreche sehr ernsthaft, denn die Küsse, welche ich so glücklich war, Ihnen auf dem Balle zu rauben, haben mein Blut entflammt, und wenn Sie nicht die Güte haben, mir das einzig mögliche Heilmittel zu bewilligen, so werde ich mein ganzes Leben lang unglücklich sein.«»Schieben Sie Ihre Reise auf. Ich denke an Sie, glauben Sie es mir, und ich will Sie nicht betrügen; aber die Gelegenheit ist schwierig.«»Wenn Sie heute abend nicht Ihren Wagen und wenn ich den meinigen hätte, könnte ich Sie in allen Ehren nach Hause bringen.«»Seien Sie still. Sie haben keinen Wagen, und ich muß Sie nach Hause bringen. Die Idee ist reizend, mein Freund, aber es darf nicht so aussehen, als ob die Sache unter uns verabredet wäre. Sie werden mich zu meinem Wagen führen; ich werde Sie fragen, wo der Ihrige ist, und Sie werden mir antworten. daß Sie keinen haben, ich werde Sie einladen, in den meinigen zu steigen und Sie nach Ihrem Gasthofe bringen. Es sind nur zwei Minuten, aber es ist doch immer etwas, bis sich etwas besseres bietet.«»Ich antwortete nur mit einem Blicke, in welchem sich die Trunkenheit aussprach, in die mich die Hoffnung des Glückes versetzte.« Das sehr kurze Stück schien mir ein Jahrhundert zu dauern. Endlich ließ man den Vorhang nieder, und wir gingen hinaus. An ihrem Kutschenschlage stellte sie die verabredeten Fragen, und als ich erwiderte, daß ich keinen Wagen habe, sagte sie: »Ich fahre nach dem Hause des Generals, um mich nach seinem Befinden zu erkundigen, und wenn es Ihnen nicht zu langweilig ist, könnte ich Sie auf der Rückfahrt nach Hause bringen.« Die Erfindung war köstlich; wir mußten zweimal durch diese lange schlecht gepflasterte Stadt fahren, und diese Fahrt gab uns etwas mehr Zeit. Unglücklicherweise war der Wagen halb offen und bis zur Hinfahrt schien uns der Mond ins Gesicht. Ich konnte diesen damals nicht als das schützende Gestirn der Liebenden betrachten. Wir taten was wir konnten, im Grunde aber fast gar nichts, und dieses Spiel setzte mich in Verzweiflung, obwohl meine köstliche Partnerin ihr möglichstes tat, um die Sache zu vervollständigen. Zum größten Unglück drehte der Kutscher, der neugierig und frech war, zuweilen den Kopf um, wodurch wir genötigt wurden, unsere Bewegungen zu mäßigen.

Die Schildwache sagte dem Kutscher, Seine Exzellenz sei für niemand sichtbar, und freudig schlugen wir den Weg nach unserem Gasthof ein, denn nun hatten wir den Mond im Rücken und die Neugier des Kutschers war uns weniger hinderlich. Es ging etwas besser oder vielmehr etwas weniger schlecht als auf der Hinfahrt, aber es schien mir, als ob die Pferde Flügel hätten; da ich aber das Bedürfnis fühlte, mir den Kutscher für den Fall einer Wiederholung günstig zu stimmen, so gab ich ihm beim Aussteigen einen Dukaten. Abgemattet und unglücklich, obwohl verliebter als je, kam ich nach Hause, denn meine Schöne hatte mich überzeugt, daß sie nicht passiv war und daß sie das Vergnügen mit ebensolchem Feuer genoß, wie sie es gab. In dieser Lage faßte ich den Entschluß, Köln nicht eher zu verlassen, ehe ich nicht mit diesem wahrhaft göttlichen Weibe die Schale der Wollust bis auf den Boden geleert; und dies konnte meiner Ansicht nach noch nicht eher der Fall sein, als bis der General die Stadt verlassen. Am nächsten Tage ging ich ins Hotel des Generals, um mich einschreiben zu lassen; aber er empfing, und man ließ mich eintreten. Meine Dame war zugegen. Ich richtete an den General ein den Umständen angemessenes Kompliment, aber der grobe Österreicher beantwortete es nur mit einem ziemlich kalten Kopfnicken. Viele Offiziere standen im Zimmer, und vier Minuten darauf machte ich eine allgemeine Verbeugung und ging ab. Dieser Bauer hütete drei Tage lang das Zimmer, und da meine Dame nicht ins Theater kam, so war ich des Glückes, sie zu sehen, beraubt. Am letzten Tage des Karnevals lud Kettler eine große Gesellschaft zum Abendessen ein, auf welches ein Ball folgen sollte. Als ich der liebenswürdigen Dame in ihrer Loge den Hof machte und sie einen Augenblick allein fand, sagte sie zu mir: »Sind Sie zum Abendessen des Generals eingeladen?« »Nein,« erwiderte ich. »Wie?« versetzte sie unwillig, »Sie sind nicht eingeladen? Sie müssen nichtsdestoweniger hingehen.« »Haben Sie die Sache auch wohl bedacht, Madame? Ich werde Ihnen in allem, nur nicht hierin gehorchen.« »Ich weiß alles, was Sie mir sagen können; aber Sie müssen kommen. Ich würde mich für entehrt halten, wenn Sie nicht beim Essen erschienen. Wenn Sie mich lieben, werden Sie mir diesen Beweis Ihrer Zärtlichkeit und ich darf sagen Ihrer Achtung geben.« »Sie fordern es; ich werde es tun. Aber wissen Sie auch, angebetetes Weib, daß Ihr Befehl mich in die Lage bringt, das Leben zu verlieren oder ihn zu töten, denn ich bin nicht der Mann, einen

Schimpf ruhig hinzunehmen.«»Ich fühle das alles,« sagte sie. »Ihre Ehre liegt mir ebenso sehr und sogar mehr als die meinige am Herzen; aber es wird nichts kommen, und ich nehme alles auf mich. Sie müssen hingehen, versprechen Sie es mir jetzt, denn mein Entschluß ist gefaßt. Wenn Sie nicht hingehen, gehe ich auch nicht hin, aber dann können wir uns auch nicht wiedersehen.«»Ich werde hingehen, rechnen Sie darauf.« Da Herr von Castries kam, so verließ ich die Loge und ging ins Parterre, wo ich zwei sehr schmerzliche Stunden verbrachte, da ich die Folgen des ungewöhnlichen Schrittes, welchen diese Frau mir zumutete, voraussah. Da ich jedoch entschlossen war, mein Versprechen zu halten, so groß war die Macht, welche diese Schönheit über mein ganzes Wesen hatte, war ich darauf bedacht, mich so gut wie möglich aufzuführen, umsoweit es anging, das Unrecht, dessen man mich beschuldigen würde, zu vermindern. Nach dem Ende der Komödie ging ich zum General; ich fand hier nur fünf oder sechs Personen. Ich näherte mich einer Stiftsdame, welche die italienische Poesie sehr liebte, und verflocht sie ohne Mühe in eine interessante Unterhaltung. Eine halbe Stunde darauf war der Saal gefüllt, und meine Dame kam zuletzt mit dem General. Da ich mit der Stiftsdame beschäftigt war, so rührte ich mich nicht vom Fleck, und Kettler bemerkte mich nicht, da meine Dame, welche sehr aufgeweckt war, ihm nicht Zeit ließ, die Gäste zu prüfen; bald entwickelte sich am andern Ende des Saales ein Gespräch. Eine Viertelstunde darauf wurde gemeldet, es sei serviert. Die Stiftsdame steht auf, nimmt meinen Arm, und wir setzten uns beide nebeneinander, noch immer von Literatur sprechend. Aber nun kommt die entscheidende Wendung. Als alle Plätze besetzt waren, fand sich's, daß ein Herr, der eingeladen war, keinen Platz und kein Kuvert hatte. »Aber das ist ja unmöglich,« sagte der General mit erhobener Stimme, und während man die Stühle zusammenrückte, um ein Kuvert einzuschieben, mustert der General die Gesellschaft. Ich tat so, als ob ich dies alles nicht beachte; als er aber zu mir kam, sagte er laut: »Mein Herr, ich hatte Sie nicht einladen lassen.«»Das ist wahr, Herr General,« entgegnete ich ehrfurchtsvoll; »aber ich habe, und wohl mit Grund, angenommen, daß es nur aus Vergeßlichkeit unterblieben sei, und ich habe geglaubt. Eurer Exzellenz meine Aufwartung machen zu müssen.« Als ich dies gesagt, begann ich wiederum ein Gespräch mit der Stiftsdame, ohne jemand anzusehen.

Das tiefste Schweigen herrschte vier oder fünf Minuten lang, aber die Stiftsdame sprach sehr angenehm, und ich stellte ihre Äußerungen in ein glänzenderes Licht, indem ich sie den andern Gästen zuschickte, so daß bald die ganze Gesellschaft heiter gestimmt wurde, mit Ausnahme des Generals, welcher schmollte. Daran lag mir wenig, aber meiner Eigenliebe lag daran, ihn umzustimmen, und ich lauerte auf den Augenblick, wo ich dieses Wunder würde zustande bringen können. Die Gelegenheit zeigte sich beim zweiten Service. Als Herr von Castries die Dauphine lobte, sprach man von ihren Brüdern, dem Grafen von der Lausitz und dem Herzoge von Kurland; sodann kam man auf den Fürsten von Biron, ehemaligen Herzog, welcher sich in Sibirien befand, und man verbreitete sich über seine persönlichen Eigenschaften. Als einer der Gäste äußerte, sein ganzes Verdienst habe darin bestanden, der Kaiserin Anna gefallen zu haben, bat ich ihn um Verzeihung und fügte hinzu:»Sein größtes Verdienst ist, daß er dem letzten Herzog Kettler treu gedient, der ohne den Mut dieses jetzt so unglücklichen Mannes all sein Gepäck während des Krieges verloren haben würde. Infolge eines heroischen Zuges, der von der Geschichte aufbewahrt zu werden verdient, schickte ihn Kettler an den Petersburger Hof, aber Biron bewarb sich nicht um das Herzogtum. Er wollte sich nur die Grafschaft Wartenberg sichern, denn er erkannte die Rechte des jüngsten Zweiges des Hauses Kettler an, welches ohne die Laune der Zarin, die durchaus einen Herzog aus ihrem Lieblinge machen wollte, jetzt herrschen würde.« Der General, dessen Gesicht sich während meiner Erzählung aufgeklärt hatte, sagte mit dem huldvollsten Tone, der ihm zu Gebote stand, zu mir, er habe nie jemand so unterrichtet gefunden wie mich und fügte mit dem Tone des Bedauerns hinzu:»Ja, ohne diese Laune würde ich jetzt noch herrschen.« Nach dieser bescheidenen Erklärung lachte er laut auf und schickte mir eine Flasche Rheinwein von ausgezeichneter Qualität, und während des ganzen übrigen Teiles des Abendessens richtete er das Wort nur an mich. Ich freute mich innerlich über die Wendung, welche meine Angelegenheiten genommen hatten, aber doch weniger als über die Befriedigung, welche ich in den Augen meiner Dame las. Man tanzte die ganze Nacht, und ich verließ meine Stiftsdame nicht, welche übrigens eine reizende Frau war und zum Entzücken tanzte. Ich erlaube mir mit meiner Dame ein einziges Menuett zu tanzen. Gegen Ende des Balles fragte mich der General, um seiner Grobheit die Krone aufzusetzen, ob ich mich zur Abreise anschicke; ich antwortete, ich würde Köln erst nach der großen Revue verlassen. Ich legte mich zu Bett, erfreut, daß ich der Frau Bürgermeisterin den größten Beweis meiner Liebe gegeben, und dankbar gegen das Glück gestimmt, welches mir so behilflich gewesen, den plumpen General zur Vernunft zu bringen, denn Gott weiß, was ich getan haben würde, wenn er sich so weit vergessen hätte, mich zum Aufstehen vom Tische aufzufordern. Das erstemal, wo ich die Schöne sah, sagte sie, sie habe Todesschauer gefühlt, als sie ihn sagen gehört, er habe mich nicht eingeladen.»Es ist sicher,« fügte sie hinzu,»daß er nicht dabei stehen geblieben sein würde, wenn Sie ihm nicht durch den Adel Ihrer Entschuldigung Einhalt geboten hätten; hätte er noch ein Wort gesagt, so stand mein Entschluß fest.«»Und welcher?«»Ich wäre aufgestanden, hätte Ihnen die Hand geboten, und wir wären zusammen weggegangen. Herr von Castries hat mir gesagt, daß er ebenso gehandelt haben würde, und ich glaube, alle Damen, welche Sie nach Brühl eingeladen, würden unserm Beispiele gefolgt sein.«»Doch würde die Sache nicht dabei stehen geblieben sein, denn ich würde auf der Stelle Genugtuung gefordert haben, und hätte er sie mir verweigert, so hätte ich ihm meinen Degen in den Leib gestoßen.«»Ich sehe das wohl ein, aber ich bitte Sie, zu vergessen, daß ich Sie dieser Gefahr ausgesetzt. Ich meinerseits werde nie vergessen, was ich Ihnen schuldig bin und werde Sie von meiner Dankbarkeit überzeugen.« Als ich zwei Tage darauf erfuhr, daß sie unpäßlich war, ging ich um elf Uhr morgens zu ihr, wo ich sicher war, den General nicht bei ihr zu finden. Sie empfing mich im Zimmer ihres Mannes, der mich mit dem freundschaftlichsten Tone fragte, ob ich ihnen die Ehre erweisen wolle, mit ihnen in Familie zu speisen. Ich beeilte mich, ihm zu danken und die Einladung anzunehmen, und das Mittagsmahl war angenehmer als Kettlers Abendessen. Der Bürgermeister war ein ziemlich guter Mann; er war angenehm, hatte ziemlich viel Geist und Bildung. Er liebte den häuslichen Frieden, und seine Frau, welche er glücklich machte, mußte ihn lieben, denn er gehörte nicht zu den Männern, welche sagen: Mißfalle allen, aber gefalle mir. Als ihr Mann einen Augenblick hinausging, zeigte sie mir ihr ganzes Haus.»Hier ist«, sagte sie,»unser Schlafzimmer, und hier ein Kabinett, wo ich mich auf fünf oder sechs Tage zu Bette lege, wenn der Anstand es erfordert. Hier ist eine öffentliche Kirche, welche wir als unsere Kapelle ansehen können, denn durch diese beiden vergitterten Fenster hören wir die Messe. Sonntags gehen wir auf dieser Treppe hinunter durch eine kleine Tür, deren Schlüssel ich beständig bei mir trage.« Ich war entzückt vom Anblick dieser schönen und jungen Frau, die von den Kindern einer ersten Ehe umgeben war und von ihrer Familie angebetet wurde. Am folgenden Tage hörte ich die Messe in der kleinen Kirche des Bürgermeisters. Ich hatte einen Überrock angezogen, um keine Aufmerksamkeit zu erregen. Es war ein Sonntag, und ich sah die Schöne im Capuchon und gefolgt von ihrer Familie angekommen. Ich beobachtete die kleine Tür, welche so gut in der Mauer verborgen war, daß man ihr Vorhandensein nicht bemerken konnte, wenn man sie nicht kannte; sie öffnete sich von innen nach der Treppe zu. Der Teufel, welcher bekanntlich in der Kirche mächtiger als anderwärts ist, brachte mich auf der Gedanken, den Weg zum Genusse meiner Schönen durch diese Tür zu suchen. Ich teilte ihr am folgenden Tage in der Komödie meinen Plan mit.»Ich habe so gut wie Sie daran gedacht,« sagte sie lachend,»und ich werde Ihnen schriftlich die hierzu nötigen Instruktionen geben; Sie werden sie in der ersten Zeitung, die ich Ihnen geben werde, finden.« Wir konnten unsere köstliche Unterhaltung nicht fortsetzen, denn sie hatte eine Dame aus Aachen bei sich, welche einige Tage bei ihr bleiben wollte und die sie nicht verlassen durfte. Auch war die Loge voll von Besuchern. Ich brauchte nicht lange zu warten, denn am folgenden Tage übergab sie mir öffentlich die Zeitung, indem sie mir sagte, sie habe nichts Interessantes darin gefunden. Ich wußte, daß sie für mich sehr interessant war. Ihr Billett enthielt folgendes: ›Der schöne, von der Liebe ausgesonnene Plan unterliegt keiner Schwierigkeit, wohl aber der Unsicherheit. Die Frau schläft nur, wenn der Mann sie darum bittet, im Kabinett, was nur zu gewissen Epochen zutrifft, und die Trennung dauert nur vier oder fünf Tage. Diese Zeit ist nicht fern, aber eine lange Gewohnheit macht es unmöglich, ihm etwas vorzureden. Wir müssen also warten. Die Liebe wird Ihnen anzeigen, wann die Stunde des Glücks geschlagen hat. Sie müssen sich in der Kirche verbergen und dürfen nicht daran denken, den Mann, der sie öffnet und schließt, zu verführen, denn obwohl er arm ist, ist er doch zu dumm, um bestochen werden zu können, und er würde das Geheimnis verraten. Es bleibt nichts anderes übrig, als seine Wachsamkeit zu täuschen, indem Sie sich verbergen. Alltags schließt er die Kirche mittags, on Festtagen erst gegen Abend, und er öffnet sie unfehlbar mit Tagesanbruch. Wenn die Sache so weit ist, so brauchen Sie nur die Türe leicht aufzustoßen, denn sie wird an diesem Tage nicht verschlossen sein. Da das Kabinett, in welchem der glückliche Kampf stattfinden soll, nur eine sehr dünne Wand hat, so müssen Sie wissen, daß Sie weder ausspeien, noch husten, noch sich schnauben dürfen, denn dann wurde das größte Unglück unvermeidlich sein. Das Weggehen wird keine Schwierigkeiten haben, denn Sie gehen in die Kirche und verlassen diese, sobald sie geöffnet ist. Da der Pedell Sie nicht am Abend gesehen hat, so ist alles zu wetten, daß er Sie auch nicht am Morgen sehen wird.‹ Ich küßte tausendmal dies reizende Schreiben, in welchem sich ein so herrlicher Takt aussprach, und schon am folgenden Tage rekognoszierte ich die Örtlichkeiten; das war die Hauptsache. In der Kirche war eine Kanzel, wo mich niemand hätte sehen können; aber die Treppe führte nach der Sakristei, welche immer verschlossen war. Ich wählte also einen Beichtstuhl, welcher bei der Türe lag. Wenn ich mich da, wo der Beichtvater seine Füße hinsetzt, niederlegte, so konnte ich nicht gesehen werden, aber der Raum war so eng, daß ich anfangs zweifelte, ob ich es würde aushalten können, wenn die Türe geschlossen wäre. Ich wartete bis Mittag, um den Versuch zu machen, und tat es, als die Kirche leer war. Ich mußte mich zusammenkauern und war durch die durchbrochene Tür so wenig gedeckt, daß jemand, der in einer Entfernung von zwei Schritten vorüberging, mich leicht sehen konnte. Ich schwankte jedoch nicht, denn bei allen derartigen Abenteuern kommt man nur dann zum Ziel, wenn man dem Zufall große Zugeständnisse macht. Entschlossen, mich allen Wechselfällen des Schicksals auszusetzen, kehrte ich nach Hause zurück, zufrieden mit meiner Entdeckung. Ich schrieb zunächst alle meine Beobachtungen und meinen Entschluß auf, und nachdem ich mein Schreiben in eine alte Zeitung gepackt, übergab ich es ihr am Abend in der Loge, dem gewöhnlichen Orte unseres Zusammentreffens. Etwa acht Tage darauf fragte sie den General in meiner Gegenwart, ob er ihrem Manne einen Austrag zu geben, der nach Aachen reisen und dort drei Tage bleiben wollte. Ich hatte genug gehört, aber ein Wink von ihr belehrte mich, daß ich die Gelegenheit benutzen solle. Meine Freude war um so größer, als ich damals den Schnupfen hatte, und zum größten Glück war der folgende Tag ein Festtag, ich konnte mich also mit Anbruch der Nacht im Beichtstuhl verbergen, was mir einen mehrstündigen, höchst unangenehmen

Aufenthalt ersparte. Es war vier Uhr, als ich mich im Beichtstuhl niederlegte, und mich so gut wie möglich verbergend, mich allen Heiligen empfahl. Um fünf Uhr entfernte sich der Küster, nachdem er seinen gewöhnlichen Umgang gemacht, und schloß die Tür. Als ich den Schlüssel sich umdrehen hörte, verließ ich mein enges Gefängnis und setzte mich auf eine Bank den Fenstern gegenüber, und als ich einige Augenblicke darauf ihren Schatten durch das Gitter hindurchschimmern sah, war ich sicher, daß sie mich gesehen. Ich blieb etwa eine Viertelstunde auf meiner Bank, sodann stieß ich die Tür auf und trat ein. Nachdem ich sie geschlossen, setzte ich mich auf die untersten Stufen der Treppe, wo ich fünf Stunden sitzen blieb, welche mir in der Erwartung des Glückes nicht lang geworden sein würden, wenn die hin- und herlaufenden Ratten mich nicht auf eine schreckliche Weise gequält hätten. Die Natur hat mir eine unbesiegliche Abneigung gegen dies kleine Tier gegeben, welches nicht eben zu fürchten ist, dessen Gestank mir aber einen sehr unangenehmen Ekel verursacht. Punkt zehn Uhr schlug endlich die Schäferstunde; ich sah den Gegenstand meiner Wünsche mit einer Kerze in der Hand erscheinen und verließ meine unangenehme Stellung. Wenn meine Leser so etwas erlebt haben, so werden sie sich eine Vorstellung von den Freuden dieser köstlichen Nacht machen können; aber die Einzelheiten werden sie nicht erraten können, denn wenn ich hinlängliche Erfahrung hatte, so war meine Partnerin unerschöpflich in Mitteln, den süßen Genuß zu erhöhen. Sie hatte für ein köstliches kaltes Abendessen gesorgt, aber ich rührte es nicht an, denn ich hatte einen andern Appetit, welchen ich nur im ununterbrochenen Genusse aller ihrer Schönheiten befriedigen konnte. Sieben ganze Stunden lang schwelgten wir, und sie schienen mir sehr kurz, obwohl wir uns keine Ruhe gegönnt hatten, außer um die Wollust mit den süßesten Reden zu würzen. Der Bürgermeister war keiner großen Leidenschaft fähig; aber sein kräftiges Temperament setzte ihn in den Stand, jede Nacht seine ehelichen Pflichten zu erfüllen; aber, mochte er es nun aus Gesundheitsrücksichten oder aus Zartgefühl tun, er suspendierte seine Rechte, so oft der Mond die seinigen an seiner Frau geltend machte, und um sich gegen jede Versuchung zu schützen, entfernte er dann seine teure Hälfte. Diesmal war die Dame nicht in diesem etwas unangenehmen Falle der Trennung. Erschöpft, aber nicht gesättigt, verließ ich sie mit Tagesanbruch und gab ihr beim Abschied die Versicherung, daß sie mich das nächstemal ebenso wiederfinden würde; ich legte mich sodann in den Beichtstuhl voll Furcht, daß der anbrechende Tag mich dem Küster verraten könne. Ich kam aber mit der Furcht davon und entfernte mich ungestört. Ich blieb fast den ganzen Tag im Bett und ließ mir ein vortreffliches Mittagessen in meinem Zimmer auftragen. Am Abend begab ich mich ins Theater, um in dem Anblick des reizenden Gegenstandes zu schwelgen, in dessen Besitz mich Liebe und Ausdauer gesetzt hatten. Nach Verlauf von vierzehn Tagen übergab sie mir ein Billett, in welchem sie mich benachrichtigte, daß sie in der folgenden Nacht allein schlafen würde. Es war ein Wochentag, und da die Kirche daher nur bis zwölf Uhr geöffnet war, so begab ich mich um elf Uhr hin, nachdem ich ein reichliches Frühstück eingenommen. Ich legte mich in meinem Verstecke nieder, und der Küster schloß die Kirche, ohne etwas gesehen zu haben. Ich hatte zehn Stunden vor mir, und wenn ich bedachte, daß ich diese teils in einem Winkel der Kirche, teils im Dunkeln auf der Treppe in Gesellschaft einer Menge von Ratten zubringen mußte, ohne auch nur eine Prise Tobak nehmen zu können, weil ich mich nicht schnauben durfte, so konnte ich die Sache gerade nicht sehr interessant finden; die Aussicht aber auf eine Belohnung erleichterte mir die Sache. Gegen ein Uhr hörte ich ein leises Geräusch und sah eine Hand ein Papier durch das Gitter auf die Treppe werfen. Ich hob es mit klopfendem Herzen auf, denn mein erster Gedanke war der, daß ein Hindernis eingetreten sei, und wenn ich um den erhofften Genuß betrogen wurde, so eröffnete sich mir die Aussicht, eine Nacht auf den Bänken der Kirche schlafen zu müssen. Ich machte es auf, und wie groß war meine Freude, als ich folgendes las: ›Die Tür ist offen. Sie werden sich behaglicher auf der Treppe fühlen, wo Sie Licht, ein bescheidenes Mittagessen und Bücher finden werden. Der Sitz ist hart, aber ich habe dem nur durch ein kleines Kissen abhelfen können. Die Zeit wird Ihnen nicht so lang werden wie mir, seien Sie davon überzeugt, aber haben Sie Geduld. Gott bewahre Sie davor, zu husten, besonders in der Nacht, denn dann wären wir verloren!‹ Wie sinnreich macht die Liebe! Ich bedachte mich keinen Augenblick. Ich ging aus die Treppe und fand hierein gutes Kuvert, herrliche Speisen, köstlichen Wein, einen Rost, Weingeist, Kaffee, Zitronen, Zucker und Rum, um Punsch zu machen, wenn ich Lust bekäme. Hiermit und mit interessanten Büchern konnte ich warten; aber ich war erstaunt, daß das reizende Weib dies alles hatte zustande bringen können, ohne von jemand aus der Familie bemerkt zu werden.

Drei Stunden lang las ich, drei andere schlief ich, trank Kaffee und machte Punsch; hierauf schlief ich ein. Um zehn Uhr weckte mich mein Engel. Diese zweite Nacht war süß, aber bei weitem nicht in so hohem Grade wie die erste, denn wir waren des Vergnügens, uns zu sehen, beraubt, und die lästige Nachbarschaft des teuren Gemahls war uns bei unsern Freuden hinderlich. Wir schliefen einen guten Teil der Nacht, und am Morgen früh mußte ich vorsichtig meinen Rückzug antreten. Das war das Ende meiner Liebschaft mit dieser Schönen. Der General reiste nach Westfalen, und sie mußte bald aufs Land gehen. So schickte ich mich an, Köln zu verlassen, versprach ihr jedoch, im folgenden Jahre wiederzukommen, ein Versprechen, das ich, wie man sehen wird, nicht halten konnte. Ich verabschiedete mich bei meinen Bekannten und nahm ihr Bedauern mit.

Meine Tochter

Es war gewiß, daß ich bei dem umherschweifenden Leben, welches ich führte, immer wieder Leuten begegnete, mit denen ich schon an andern Orten in Verbindung gestanden hatte, besonders solchen, die gleich mir dem flüchtigen Glück nachjagten. Ebensowenig konnte es bei meinen vielen Liebesbündnissen ausbleiben, daß mir, als ich einmal in die Jahre kam, da und dort mein eigenes Fleisch und Blut in die Wege lief. In Holland fand ich so eine Tochter von mir, welche meiner Verbindung mit Therese Imer entsprossen war. Entzückt aber war ich, als ich eines Tages in Florenz plötzlich im Theater in der ersten Sängerin meine teure Therese, den falschen Bellino, wiedererkannte. Es war ein erschütterndes Wiedersehen nach siebzehnjähriger Trennung; war sie doch das Weib, das ich mit größerer Wonne, als ich je zuvor bei einer Frau verspürte, zu meinem Weibe gemacht hätte. Sie war verheiratet mit einem jungen hübschen Manne. Aber groß war mein Erstaunen, als sie mir einen Bruder von sich vorstellte, der mir bis aufs Haar glich. Ich erkannte in ihm sofort meinen Sohn; die Umgebung aber glaubte, ich wäre mit Theresens Mutter in intimem Verkehr gewesen. Doch dies wurde durch mein Erlebnis in Neapel, wohin ich bald danach reiste, in Schatten gestellt. Ich hatte in Paris dem Herzog von Matalone versprochen, ihn in Neapel zu besuchen. Da ich mir dachte, daß er mir sobald keine Freiheit ließe, wenn ich einmal bei ihm, besuchte ich, als ich in die mir so teure Stadt kam, zuerst meine alten Bekannten, bei denen sich vieles verändert hatte; am meisten begierig war ich, Lukrezia wiederzusehen, welche ich in Rom so heiß geliebt. Ich erfuhr aber, daß ihr Gemahl, Castelli, schon seit langem tot sei, und seine Witwe zwanzig Meilen von Neapel entfernt wohne, trotzdem gelobte ich mir, nicht abzureisen, ohne sie umarmt zu haben. Ich lasse mich dann bei Matalone melden, welcher mir beim Empfang die Ehre erwies, mich zu duzen und zu umarmen. Sofort stellte er mich seiner Gemahlin vor und der großen Gesellschaft, welche bei ihm speiste. Da ich sagte, ich sei nach Neapel gekommen, um ihm den versprochenen Besuch abzustatten, verlangte er, daß ich bei ihm wohne, und ließ sofort mein Gepäck aus dem Gasthofe holen. Ein schöner Mann unter den Gästen sagte, als er meinen Namen nennen hörte, mit munterem Tone: »Wenn du meinen Namen führst, kannst du nur ein Bastard meines Vaters sein.« »Nicht deines Vaters,« versetzte ich augenblicklich, »sondern deiner Mutter.« Die Gesellschaft lachte laut und klatschte Beifall zu meiner Antwort; und der Zwischenredner, weit entfernt, sich beleidigt zu fühlen, stand auf und umarmte mich. Man erklärte mir die Zweideutigkeit. Anstatt Casanova hatte dieser Herr ›Casalnovo‹ verstanden; er war Herzog und Besitzer des Lehens dieses Namens. »Weißt du schon,« sagte der Herzog von Matalone zu mir, »daß ich einen Sohn habe?« »Man hat es mir gesagt, und ich habe es nicht glauben wollen; aber ich tue Abbitte wegen meiner Ungläubigkeit, denn ich sehe einen Engel, welcher dies Wunder bewirkt hat.« Die Herzogin errötete und belohnte mein Kompliment mit keinem einzigen Blick, aber die Gesellschaft rächte mich, indem sie klatschte; es war bekannt, daß der Herzog vor seiner Verheiratung für impotent galt. Der Herzog ließ seinen Sohn kommen; ich bewundere ihn und sage, er sehe dem Vater außerordentlich ähnlich. Ein Mönch, der guter Laune war und rechts von der Herzogin saß, sagte mit mehr Wahrheit, er gleiche ihm gar nicht. Kaum hatte er dies ausgesprochen, als ihm die Herzogin mit der größten Kaltblütigkeit eine Ohrfeige versetzte, welche der Mönch mit der besten Manier hinnahm. Tausend muntere Reden machten mich in Zeit von einer halben Stunde der ganzen Gesellschaft teuer, mit Ausnahme der Herzogin, welche mir mit großer Beharrlichkeit den Boden unter den Füßen wegzuziehen suchte!

Sie war schön, aber hochmütig, verstand zu gelegener und ungelegener Zeit stumm und taub zu sein und blieb beständig Herrin ihrer Augen. Zwei Tage lang bemühte ich mich vergeblich, einen Dialog mit ihr anzuspinnen; es gelang mir nicht. Da ich kein Auge auf sie geworfen hatte – und wohl mir, daß ich es nicht getan –, so überließ ich sie ihrem Stolze. Als der Herzog mir mein Zimmer zeigte, sagte er:»Du wirst ins Sankt-Carlo-Theater kommen, wo ich dich den schönsten Damen von Neapel vorstellen werde; dann kannst du hingehen, wann du willst, da meine Loge allen meinen Freunden offen steht. Ich werde dich auch meiner Mätresse in ihrer Loge vorstellen, und sie wird dich mit Vergnügen empfangen, so oft du zu ihr gehen willst.«»Wie, teurer Herzog, du hast eine Mätresse?«»Ja, mein Freund, aber nur der Form wegen, denn ich liebe meine Frau. Nichtsdestoweniger hält man mich für verliebt und sogar für eifersüchtig, weil ich ihr nie jemand vorstelle und ihr nicht erlaube, Besuche anzunehmen.«»Und nimmt es die junge und schöne Herzogin nicht übel?«»Meine Frau kann nicht eifersüchtig sein, da ich impotent bei allen Frauen bin – sie ausgenommen.«»Ich verstehe; aber es ist doch lustig und unglaublich; denn kann man wohl eine Mätresse unter, halten, die man nicht liebt?«»Ich habe dir nicht gesagt, daß ich sie nicht liebe; ich liebe sie im Gegenteil sehr, denn sie hat Geist wie ein Engel; sie unterhält mich, aber sie beschäftigt nur meinen Geist.«»Ich verstehe; aber ohne Zweifel ist sie auch häßlich.« »Häßlich! Du wirst sie heute abend sehen und sollst mir dann sagen, wie du sie findest. Sie ist schön, erst siebzehn Jahre alt und sehr gebildet.«»Du machst mir große Lust, sie zu sehen.« In Sankt Carlo stellte er mich mehreren Damen vor, aber keiner einzigen, die mir leidlich schien. Danach führte er mich in seine Privatloge und stellte mich allen seinen Freunden vor; es waren Schöngeister der Hauptstadt. Der Herzog, welcher mich einen Augenblick in so guter Gesellschaft gelassen, kehrte zurück und führte mich in die Loge seiner Mätresse, welche ich in Gesellschaft einer ältlichen Dame von achtungswertem Aussehen fand. Er sagte zu ihr beim Eintreten:»Meine Leonilda, ich stelle dir den Ritter Don Jacob Casanova, einen Venetianer und meinen Freund, vor.« Sie empfing mich mit freundlichem und bescheidenem Wesen und hörte nicht mehr auf die Musik, um mir Gesellschaft zu leisten. Wenn eine Frau hübsch ist, bedarf es nur eines Augenblicks, um sie so zu finden; wenn sie, um günstig beurteilt zu werden, näher betrachtet werden muß, so werden ihre Reize sehr problematisch. Donna Leonilda machte augenblicklich Eindruck. Lächelnd blickte ich den Herzog an, welcher zu mir gesagt, er liebe sie wie ein Vater seine Tochter und halte sie nur des Luxus wegen. Er verstand mich und sagte:»Du kannst mir glauben.«»Es ist glaublich,« entgegnete ich. Leonilda, die ohne Zweifel unsere rätselhafte Sprache verstanden hatte, mischte sich in unser Gespräch und sagte mit feinem Lächeln:»Alles was möglich ist, ist glaublich.«»Ich gebe das zu,« sagte ich, »aber man kann glauben oder nicht glauben, je nachdem die Sache mehr oder weniger schwierig scheint.«»Sehr richtig; aber zu glauben scheint mir leichter. Sie sind gestern in Neapel angekommen; das ist unglaublich, aber dennoch wahr.«»Wie sollte das unmöglich sein?« »Kann man glauben, daß ein Fremder in einem Augenblick nach Neapel kommt, wo alle Einheimischen mit Furcht erfüllt sind?«»In der Tat habe ich bis jetzt Furcht gehabt; aber nun fühle ich mich ganz frei davon, denn da Sie hier sind, muß der heilige Januarius die Stadt beschützen.«»Weshalb?«»Weil ich überzeugt bin, daß er Sie liebt. Sie lachen?«»Ja, und über eine ziemlich komische Idee; denn ich denke mir, wenn ich einen Liebhaber wie den heiligen Januarius hätte, er ziemlich übel daran sein würde.«»Der Heilige ist wohl sehr häßlich?« »Wenn sein Porträt ihm gleicht. Wenn Sie seine Statue sehen, können Sie sich davon überzeugen.« Der Ton der Heiterkeit führte leicht zu dem der Freimütigkeit, und der der Freimütigkeit wieder zu dem der Freundschaft. Die Anmut des Geistes gewinnt leicht die Oberhand über den Zauber der Schönheit. Da Leonildas angenehme Laune mir Vertrauen einflößte, so brachte ich die Unterhaltung auf die Liebe, und sie sprach meisterhaft darüber.»Wenn«, sagte sie,»die Liebe nicht in den Besitz des geliebten Gegenstandes gelangt, so kann sie nur eine Qual sein; wird die Leidenschaft verboten, so darf man nicht lieben.« »Ich gebe es zu, um so mehr, als der Genuß eines schönen Gegenstandes nicht das wahre Vergnügen ist, wenn die Liebe nicht vorausgegangen ist.«»Und wenn sie vorausgegangen ist, begleitet sie ihn vermutlich; aber man kann wohl zweifeln, ob sie nachher noch fortdauert.«»Das ist wahr, da dieser sie oft tötet.«»Es ist ein egoistisches Kind, welches seinen Vater tötet, und wenn nach dem Genusse die Liebe bei einem der beiden zurückbleibt, so ist das schlimmer als ein Mord, denn derjenige, der dann noch liebt, ist unglücklich.«»Nichts ist wahrer, Madame, und nach dieser Durchführung, welche den Regeln der strengsten Dialektik entspricht, muß ich glauben, daß Sie die Sinne zu beständiger Diät verurteilen. Das ist grausam.«»Gott bewahre mich vor diesem Platonismus ohne Liebe; aber ich überlasse es Ihnen, die Konsequenz zu ziehen.« »Wechselweise lieben und genießen, genießen und lieben.«»So ist es.« Als ich diese Folgerung machte, konnte Leonilda sich nicht des Lachens enthalten, und der Herzog küßte ihr die Hand. Ihre Kammerfrau, welche nicht Französisch verstand, beschäftigte sich mit der Oper; aber mit mir war es etwas anderes; ich hatte Feuer gefaßt. Leonilda war erst siebzehn Jahre alt und mehr als hübsch; denn sie war schön wie ein Engel. Ich rezitierte ihr, als wir vom Genusse sprachen, ein etwas freies Epigramm von La Fontaine, welches man nur in der ersten Ausgabe findet und welches folgendermaßen anfängt:

> La jouissance et les désirs
> Sont ce que l'homme a de plus rare
> Mais ce ne sont pas vrais plaisirs,
> Dès le moment qu'on les sépare.

Der gute Ton in Neapel, namentlich in der guten Gesellschaft, fordert als erstes Freundschaftszeichen, daß man einen neuen Ankömmling, den man besonders auszeichnen will, duzt. Dies ist für beide Teile behaglicher; aber dieser vertrauliche Ton schließt in keiner Weise die Rücksichten aus, welche man sich gegenseitig schuldet. Schon hatte mich Leonilda von der Bewunderung zu einem süßeren und lebhafteren Gefühl übergehen lassen; und die Oper, welche fünf Stunden spielte, schien mir nur einen Augenblick gedauert zu haben. Als die beiden Damen sich entfernt hatten, sagte der Herzog zu mir: »Jetzt müssen wir uns trennen, wenn du nicht ein Freund des Hazardspiels bist.« Ich konnte ihm das Gegenteil sagen, und so nahm er mich in eine Gesellschaft zum Spiel mit, wo nur auf Wort gespielt wurde, aber in vierundzwanzig Stunden mußte bezahlt werden. Ich verlor in zwei Stunden meine tausend Marken, jede Marke im Wert eines Dukaten. Als mir der Herzog kondolieren wollte, unterbrach ich ihn, indem ich ihn auf eine angenehme Weise von seiner herrlichen Leonilda unterhielt. Als ich bei Tisch neben die Herzogin zu sitzen kam, hatte sie die Gnade, zu sagen, sie habe noch kein eleganteres Kostüm gesehen als das meine.»Dann, Madame,« entgegnete ich,

»suche ich meine Person einer zu strengen Prüfung zu entziehen.« Sie lächelte; aber hierauf beschränkte sich ihre Artigkeit gegen mich. Gegen Abend sagte der Herzog zu mir:»Wenn du in die Opera buffa gehen willst, wirst du Leonilda erfreuen.« Er gab mir die Nummer seiner Loge und fügte hinzu:»Ich werde dich gegen Ende abholen und wir wollen, wie gestern, zusammen zu Abend speisen.« Ich brauchte nicht zu warten, daß angespannt wurde, da auf dem Hofe ein herrlich bespannter Wagen beständig zu meiner Verfügung stand. Als ich zu den Florentinern kam, hatte die Oper bereits begonnen. Ich stellte mich Leonilda vor, welche mich mit folgenden zuckersüßen Worten empfing:»Caro Don Giacomo, es freut mich, Sie wiederzusehen.« Ohne Zweifel hielt sie es für angemessen, mich nicht zu duzen, aber der verbindliche Ton ihrer Stimme und der Ausdruck ihrer Augen wollten mehr andeuten, als das Du, mit welchem man in Neapel so freigebig ist, ohne Wert darauf zu legen. Die verführerische Physiognomie der reizenden Person war mir nicht fremd; oder ich konnte mich nicht auf die Frau besinnen, welche diesen Eindruck bei mir zurückgelassen. Leonilda war eine Schönheit, und, wie ich gesagt, noch etwas besseres, wenn es in dieser Beziehung etwas besseres gibt. Sie hatte herrliche hellkastanienbraune Haare, und ihre schöngeschlitzten schwarzen Augen von einem Glanze, welcher durch die Länge ihrer Augenlider gemildert wurde, hörten, fragten und sprachen zu gleicher Zeit. Was mich aber am meisten an ihr entzückte, war der Ausdruck, den sie ihren Erzählungen gab, indem sie diese mit den anmutigsten und den Umständen angemessensten Gesten begleitete. Ihre Zunge schien für die Entwicklung ihrer Gedanken nicht hinzureichen, die sich in ihrem natürlichen, durch die glänzendste Erziehung entwickelten Geiste aufeinander drängten. Als die Rede auf das Epigramm La Fontaines kam, von welchem ich nur die ersten zehn Verse rezitiert hatte, weil die übrigen zu frei waren, sagte sie:»Ohne Zweifel ist es eine bloße Dichterlaune, über welche man nur lachen kann.«»Das ist möglich, aber ich habe deine Ohren nicht verletzen wollen.«»Du bist sehr gütig«, sagte sie, das angenehme Du rasch annehmend,»und ich danke dir dafür. Aber ich nehme nicht so leicht einen Eindruck auf, denn ich habe ein Kabinett, welches der Herzog mit chinesischen Tapeten hat ausschlagen lassen, wo die Personen eine Menge verliebter Stellungen vorstellen. Wir besuchen dieses zuweilen, und ich versichere dir, daß sie nicht den geringsten Eindruck auf mich machen.«»Vielleicht aus Mangel an Temperament, denn wenn ich verliebte Bilder sehe, die gut gemacht sind, so gerate ich ganz in Feuer. Ich wundere mich, daß Sie beim Betrachten mit dem Herzoge nicht Lust bekommen, einige davon nachzuahmen.«»Wir haben nur freundschaftliche Gefühle füreinander.«»Das glaube, wer da will.«»Ich könnte allerdings schwören, daß er Mann ist; aber ich könnte nicht versichern, daß er fähig sei, einer Frau Zeichen einer substantiellen Zärtlichkeit zu geben.«»Dennoch hat er einen Sohn.«»Ja, er hat ein Kind, welches ihn Vater nennt, aber er gesteht selbst, daß er nur bei seiner Frau Mann sein kann.«»Das ist eine Fabel, denn Sie sind gemacht, um Begierden einzuflößen, und ein Mann, der mit Ihnen lebte, ohne sich in Ihren Besitz setzen zu können, würde nicht zu leben verdienen.«»Ist das wirklich Ihre Ansicht?«»Teure Leonilda, wenn ich an seiner Stelle wäre, wollte ich Ihnen beweisen, was ein Mann vermag, der Sie liebt.«»Caro Don Giacomo, es freut mich, zu erfahren, daß du mich liebst; da du aber nicht in Neapel bleiben willst so wirst du mich bald vergessen haben.«»Verflucht sei das Spiel; denn ohne dieses würden wir köstliche Abende miteinander verleben.«»Der Herzog hat mir erzählt, du habest gestern auf die anständigste Weise tausend Dukaten verloren. Du bist also unglücklich?«»Nein, nicht immer; wenn ich aber an einem Tage, wo ich mich verliebt habe, spiele, so verliere ich ganz sicher.«»Du wirst heute Abend gewinnen.« »Es ist der Tag der Erklärung, und ich werde daher wieder verlieren.« »Dann spiele nicht.«»Man würde sagen, ich fürchtete zu verlieren oder ich habe kein Geld.«»Ich hoffe, daß du ein andermal wieder zu deinem Schaden kommen wirst und daß du mir die Nachricht in meine Wohnung bringst, besuche mich morgen mit dem Herzoge.« In diesem Augenblick trat der Herzog ein und fragte mich, ob mir die Oper gefallen. Leonilda nahm das Wort und sagte:»Wir wissen nicht, was man gespielt hat, denn wir haben während der ganzen Zeit von Liebe gesprochen.«»Daran haben Sie wohl getan.«»Ich bitte Sie, morgen Herrn Casanova mitzubringen, denn wie ich hoffe, wird er mir die Nachricht bringen, daß er gewonnen hat.«»Diesen Abend, meine Teure, ziehe ich ab; aber ich werde dir meinen Freund mitbringen, mag er verlieren oder gewinnen. Du wirst uns ein Frühstück geben.«»Oh, sehr gern.« Wir küßten dem herrlichen Mädchen die Hand und entfernten uns dann, um uns nach demselben Orte wie am vorigen Tage zu begeben. Die versammelte Gesellschaft erwartete den Herzog.

Es waren zwölf Gesellschaftsmitglieder, und jeder legte Bank, wenn die Reihe an ihn kam; sie behaupteten, dadurch werde das Spiel gleicher; aber ich mußte darüber lachen, denn nichts ist so schwer herzustellen, als Gleichheit unter den Spielern. Der Herzog von Matalone nimmt Platz, zieht seine Börse und seine Brieftasche und legt eine Bank von zweitausend Dukaten, indem er zugleich die Gesellschaft um Verzeihung bittet, daß er die Bank des Fremden wegen verdoppele, denn sonst wurde immer nur eine Bank von tausend Dukaten gelegt.»Ich setze also ebenfalls zweitaufend Dukaten aufs Spiel und nicht mehr,« sagte ich,»denn in Venedig sagt man, ein kluger Spieler dürfe nicht mehr aufs Spiel setzen, als er gewinnen könne. Jede meiner Marken gilt also zwei Dukaten.« Ich zog zehn Scheine von hundert Dukaten aus der Tasche und gab sie dem Bankier, an den ich sie am vorigen Tage verloren. Das Spiel beginnt, ich spiele auf einer einzigen Karte und mit großer Besonnenheit, und in noch nicht drei Stunden war mein Körbchen leer. Ich hörte auf zu spielen, obwohl ich noch fünfundzwanzigtausend Dukaten hatte. Ich bin für Verluste immer sehr empfindlich gewesen; da ich mich aber zu beherrschen verstand, so konnte man meinen Kummer nicht bemerken, weil meine natürliche Heiterkeit, angeregt durch Kunst, sich zu verdoppeln schien, um jede andere Empfindung zu verdecken. Dadurch errang ich mir den Beifall aller Gesellschaften, in die ich kam, und fand leicht neue Mittel. Ich speiste mit gutem Appetit, und in dem Zustand der Aufgeregtheit, in welchem ich mich befand, hatte ich so glückliche Eingebungen, daß die ganze Gesellschaft in die heiterste Stimmung versetzt wurde. Am folgenden Tage begab ich mich früh auf das Zimmer des Herzogs, und nachdem ich ihn umarmt, sagte ich zu ihm, er möge nicht vergessen, daß wir bei seiner schönen Mätresse frühstücken sollten. Er legte wie ich einen geistlichen Anzug an, und wir begaben uns zu Fuße nach dem Medina-Springbrunnen, wo Leonilda in einem hübschen Hause wohnte. Wir fanden sie noch im Bett, in einem anständigen Négligé mit einem Basinleibchen, welches vorn mit rosenrotem Bande befestigt war; sie war schön zum Entzücken, und ihre anmutige Haltung machte sie noch reizender. Sie las das Sopha von Crébillons elegantem Sohne. Der Herzog setzte sich an das Fußende ihres Bettes und ich blieb wie in Verzückung in ihren Anblick versunken stehen und bemühte mich, mir das Original dieser bezaubernden Physiognomie, die ich schon geliebt zu haben glaubte, ins Gedächtnis zurückzurufen. Ich sah sie zum erstenmal nicht in dem blendenden Glanz der Lichter. Sie lachte über meine Zerstreutheit und bat mich mit dem süßesten Tone, mich auf einen Lehnstuhl zu setzen, der am Kopfende ihres Bettes stand. Der Herzog sagte, ich freute mich, zweitaufend Dukaten an seine Bank verloren zu haben, denn dieser Verlust gebe mir die Überzeugung, daß sie mich liebe.»Caro mio Don Giacomo, wie leid tut mir das! Du hättest besser getan, gar nicht zu spielen, denn ich würde dich darum nicht weniger lieben, und du hättest zweitausend Dukaten mehr.«»Und ich sie weniger,« sagte der Herzog lachend.»Tröste dich, reizende Leonilda; ich werde heute abend gewinnen, wenn du mir heute einige Gunstbezeigungen zuteil werden läßt. Sonst verliere ich meine Seele, und du wirst in einigen Tagen meinem Leichenbegängnisse beiwohnen.«»Liebe Leonilda, sei doch etwas gut gegen meinen Freund.«»Das ist unmöglich.« Der Herzog bat sie, sich anzukleiden, damit wir im chinesischen Kabinett frühstücken könnten. Sie begann sogleich damit und war weder zu großmütig in dem, was sie uns sehen lassen wollte, noch zu geizig in dem, was sie uns verbergen zu müssen glaubte; es war die geeignetste richtige Mitte, um jemand zu entflammen, der sich durch ihr Gesicht, ihren Geist und ihr Benehmen schon hatte verführen lassen. Ich konnte auf ihren schönen Busen nur einen Blick werfen, und dieser wirkte wie auf Kohlen gestreutes Harz. Ich gestehe, daß ich mir diesen Genuß nur durch eine Art Diebstahl verschaffen konnte; aber das würde mir nicht gelungen sein, wenn nicht auf ihrer Seite auch etwas Absicht gewesen wäre. Ich tat so, als ob ich nichts gesehen. Sie verteidigte hinsichtlich der Zerstreutheiten, die sich eine Frau beim Anziehen erlauben dürfe, gegen uns mit vielem Geiste die Ansicht, daß eine junge, anständige Person gegen einen Mann, der sie liebe, viel zurückhaltender sein müsse als gegen einen Mann, den sie nicht liebe, aus dem einfachen Grunde, weil sie den ersten zu verlieren fürchten müsse, während ihr an dem zweiten nichts gelegen sein könne.»Bei mir, reizende Leonilda,« sagte ich,»würde der entgegengesetzte Fall eintreten.«»Ich bin sicher, daß du dich täuschst.« Die chinesischen Malereien, mit denen das Kabinett, in welchem wir frühstückten, tapeziert war, waren bewundernswert mehr wegen des Kolorits und der Sicherheit der Zeichnung als wegen der verliebten Szenen, die sie vorstellten.»Auf mich macht das keinen Eindruck,« sagte der Herzog und lieferte uns den Beweis. Leonilda wendete das Gesicht ab, und ich fühlte mich empört über diesen Zynismus, aber ich verbarg mein Gefühl. »Ich,« sagte ich, »bin in demselben Zustande, wie Sie, lasse es mir aber gar nicht einfallen, Ihnen den Beweis führen zu wollen.« Der Herzog glaubte deshalb, ich sei ebenso erbärmlich wie er, darum sagte ich: »Um diese Behauptung zu widerlegen, brauchte ich nur Leonilda in die Augen zu sehen.« »Oh, Leonilda, mein Herz, betrachte doch meinen Freund, damit ich mich von der Richtigkeit der Tatsache überzeuge.« Leonilda betrachtete mich mit zärtlichem Auge, und ihr Blick brachte sogleich die Wirkung hervor, welche ich erwartet, und ich gab dem Herzog einen Beweis meiner Kraft, den er nicht widerlegen konnte. Von dem allen hatte das herrliche Mädchen nichts sehen können, denn ein Guéridon trennte uns, und während meine glühenden Lippen auf ihrer Hand ruhten, waren meine Augen auf die ihrigen geheftet, und unser Atem vermischte sich beinahe. Es war eine herrliche Partie, obwohl wir gewisse Grenzen, die der Anstand uns hätte setzen sollen, überschritten; aber Leonilda blieb so unschuldig dabei, als die Lage es nur erlaubte. Wir beendeten diese Szene durch herzliche Umarmungen, und als ich mich von Leonildas wollüstigen Lippen losmachte, war ich von einer Glut verzehrt, die ich nicht mehr dämpfen konnte. Als wir weggegangen, sagte ich zum Herzoge, ich wolle seine Mätresse nicht mehr sehen, wenn er sie mir nicht abträte. Ich erklärte mich zugleich bereit, sie zu heiraten und ihr ein Witwengehalt von fünftausend Dukaten auszusetzen. »Sprich mit ihr; wenn sie dich will, habe ich nichts dagegen. Du wirst von ihr selbst erfahren, was sie besitzt.« Ich kleidete mich zum Essen an. Ich fand die Herzogin in zahlreicher Gesellschaft, und sie sagte mit gütiger Miene zu mir, mein Unglück daure sie. »Nichts ist unbeständiger als das Glück, Madame, dennoch klage ich nicht über meinen Verlust, denn da Sie einen Anteil daran nehmen, ist er mir angenehm, und ich glaube sogar, daß ich infolgedessen heute abend gewinnen werde.« »Ich wünsche es, aber ich zweifle daran; denn du hast heute abend gegen Monte Leone zu kämpfen, der glücklich spielt.« Als ich im Laufe des Nachmittags über meine Angelegenheiten nachdachte, beschloß ich, nur bar zu spielen, zunächst um mich nicht der Gefahr der Entehrung auszusetzen, wenn ich, fortgerissen durch die Wut des Spiels, mehr verlöre als ich besaß, sodann damit der Bankier nach den beiden Lektionen, die ich bekommen, keine Furcht hege, und endlich auch, ich gestehe es, aus jenem Spielervorurteil, welches durch neue veränderte Art zu spielen das Glück zu ändern hofft. Ich blieb vier Stunden in Sankt Carlo in der Loge meiner Schönen, welche noch munterer, prächtiger und glänzender als an den vorhergehenden Tagen war.»Teure Leonilda,« sagte ich zu ihr,»die Liebe, welche du mir eingeflößt, ist derart, daß sie weder Aufschub noch irgendwelchen Nebenbuhler, nicht einmal den geringsten Anschein einer künftigen Unbeständigkeit verträgt. Ich habe zum Herzog gesagt, ich sei bereit, dich zu heiraten und dir ein Witwengehalt von fünftausend Dukaten auszusetzen.«»Was hat er dir geantwortet?«»Ich solle dir den Vorschlag machen, und er habe nichts dagegen.«»Wir wollen zusammen abreisen?«»Auf der Stelle, mein Herz, und nur der Tod soll uns trennen.«»Wir wollen morgen früh davon sprechen, Don Giacomo; ich werde glücklich sein, wenn ich dich glücklich machen kann.« Als sie diese Worte, die mich mit Freude erfüllten, beendet, trat der Herzog ein.»Mein Freund,« sagte Leonilda, »zwischen Don Giacomo und mir ist nur noch von einer ordentlichen Heirat die Rede.«»An das Heiraten, meine Teure, muß man so lange wie möglich vorher denken, ehe man dazu schreitet.«»Ja, so lange wie möglich vorher, wenn man Zeit dazu hat; aber mein teurer Giacomo kann nicht warten, da er abreisen will, und wir wollen nachher darüber nachdenken.«»Mein Freund,« sagte der Herzog,»da es sich um eine Heirat handelt, kannst du deine Abreise verschieben oder wiederkommen, nachdem du dich mit deiner Leonilda verlobt.«»Ich will weder meine Abreise verschieben noch wiederkommen, teurer Herzog. Wir sind fest entschlossen, und wenn wir uns täuschen, werden wir Zeit genug zur Reue behalten.« Er fing an zu lachen und sagte, wir wollten morgen darüber sprechen. Ich umarmte meine künftige Gattin, welche meinen Kuß mit glücklicher Miene erwiderte, und wir gingen sodann in unsere Gesellschaft, wo der Herzog von Monte-Leone schon abzog. Es wurde mir erlaubt, bar zu spielen, und man hatte viertausend Dukaten gelegt, damit ich wieder zu meinem Schaden kommen könnte. Ich legte sechstausend Dukaten auf den Tisch, gab davon zweitausend dem Herzog von Matalone und pointierte mit hundert Dukaten. Der Herzog ging weg, nachdem er einige Male gesetzt, und ich sprengte nach einem langen Kampfe die Bank. Ich kehrte allein in den Palast zurück, und als ich am folgenden Tage dem Herzoge meinen Sieg meldete, umarmte er mich mit Freudentränen in den Augen und riet mir, nur noch bar zu spielen. Am folgenden Morgen kündigte mir der Herzog an, daß er einige Geschäfte abzumachen habe, ich möchte deshalb allein zu Leonilda gehen, wo er sich ebenfalls einfinden werde. Ich ging zu ihr, da aber der Herzog nicht erschien, so konnten wir über unsere künftige Ehe zu keinem Abschlusse gelangen. Ich blieb mehrere Stunden bei ihr; da ich mich aber ihrem Willen anbequemen mußte, so konnte ich mich nur in Worten verliebt zeigen. Ehe ich sie verließ, wiederholte ich die Versicherung, daß es nur von ihr abhinge, ihr Schicksal durch unauflösliche Bande mit dem meinigen zu verbinden und in sehr kurzer Frist die Reise mit mir anzutreten. Als ich den Herzog traf, empfing er mich mit den Worten:»Nun, Don Giacomo, hast du noch Lust, meine Mätresse zu heiraten?«»Mehr als je; aber wie denken Sie denn darüber?«»Gar nicht, und da die Sache sich so gestaltet, denn ich habe dich absichtlich auf die Probe gestellt, so wollen wir morgen weiter sprechen, und ich hoffe, daß du diese reizende Person glücklich machen wirst, welche durchaus geeignet ist, einen anständigen Mann zu beglücken.« In der folgenden Nacht sprengte ich den Fürsten von Cassaro, einen reichen und liebenswürdigen Edelmann. Er verlor zehntausend Dukaten und hörte nur zu spielen auf, weil er kein Geld mehr hatte. Den folgenden Tag beschlossen wir in einer zweistündigen Unterredung unsere künftige Verbindung.»Leonilda«, sagte der Herzog,»hat eine Mutter, die auf einem nicht entfernten Landsitze von sechshundert Dukaten jährlicher Einkünfte lebt, die ich ihr für ihre Lebenszeit als Entschädigung für ein von ihrem Manne ererbtes Gut ausgesetzt hatte; aber Leonilda hängt nicht von ihr ab. Sie hat sie mir vor sieben Jahren abgetreten, und ich habe ihr eine Leibrente von fünfhundert Dukaten ausgesetzt, welche sie dir nebst ihren Diamanten und einer reichen Ausstattung zubringen wird. Die Mutter hat sie gänzlich meiner Zärtlichkeit und meinem Ehrenworte, ihr eine vorteilhafte Heirat zu verschaffen, überlassen. Ich habe mich ihrer Erziehung angenommen, und in dem Maße wie ihr Geist sich entwickelte, suchte ich sie vor Vorurteilen zu bewahren, mit Ausnahme desjenigen, welches eine Frau verpflichtet, sich für den ihr vom Himmel zum Gatten bestimmten Manne aufzusparen. Du kannst überzeugt sein, daß du der erste Mann bist, welchen Leonilda, die ich wie meine Tochter liebe, an ihr Herz gedrückt hat.« Ich bat den Herzog, den Kontrakt bereitzuhalten und zur Mitgift meiner Frau fünftausend ducati di regno hinzuzufügen, welche ich bei der Unterzeichnung auszahlen würde.

»Ich werde sie«, sagte er, »auf ein Haus, welches den doppelten Wert hat, hypothekarisch eintragen lassen.« Er wandte sich dann zu Leonilda, welche vor Glück weinte, und sagte zu ihr: »Ich werde deine Mutter holen lassen, welche sich freuen wird, deinen Kontrakt zu unterzeichnen und den Mann kennen zu lernen, der dich glücklich machen soll. Deine Mutter lebt eine Tagereise von Neapel in Gemeinschaft mit dem Marquis Galiani. Ich werde ihr morgen einen Wagen schicken und übermorgen wollen wir zusammen zu Abend speisen. Am folgenden Tage wollen wir die Sache mit dem Notar ins Reine bringen und sodann in die kleine Kirche von Portici gehen, wo der Priester euch vermählen wird. Ich übernehme die Kosten. Wir bringen sodann deine Mutter nach Sankt Agatha zurück, speisen bei ihr, und ihr reist dann weiter, geleitet von ihrem Segen.« Dieser Vorschlag verursachte mir einen unwillkürlichen Freudenschauer, und Leonilda sank ohnmächtig in die Arme des Herzogs, der sie seine liebe Tochter nannte, ihr beisprang und sie wieder ins Bewußtsein rief. Am Schlusse der Szene mußten wir alle unsere Augen trocknen, denn wir waren alle gerührt. Da ich mich als verheiratet ansah und mich verpflichtet glaubte, eine andere Lebensweise anzunehmen (denn ich bin überzeugt, daß ich alles geopfert haben würde, um eine Frau, die es verdiente, glücklich zu machen), so hörte ich auf zu spielen. Ich hatte mehr als fünfzehntausend Dukaten gewonnen; diese Summe nebst dem, was ich vorher hatte, und Leonildas Mitgift war ausreichend für eine anständige Existenz und würde mir einen ordentlichen Lebenswandel sehr leicht gemacht haben. Am folgenden Tage speiste ich mit dem Herzoge und Leonilda zu Abend, und meine Verlobte sagte: »Was wird meine Mutter morgen abend sagen, wenn sie dich sieht?« »Sie wird sagen, du habest die Dummheit begangen, einen Fremden zu heiraten, den du erst seit acht Tagen kennst. Hast du ihr meinen Namen, meine Heimat, meinen Stand, mein Alter geschrieben?« »Ich habe ihr folgendes geschrieben: ›Kommen Sie sogleich, liebe Mutter, um meinen Heiratskontrakt mit meinem Manne zu unterzeichnen, welchen ich aus den Händen des Herrn Herzogs empfangen, und mit welchem ich am Montag die Reise nach Rom antrete.‹« »Und ich«, sagte der Herzog, »habe folgendermaßen an sie geschrieben: ›Teure Freundin, komm ohne Zaudern, um den Heiratskontrakt deiner Tochter zu unterzeichnen und ihr deinen Segen zu geben; sie hat vernünftigerweise einen Gatten gewählt, der ihr Vater sein könnte und der mein Freund ist.‹«»Das ist nicht wahr,« rief Leonilda aus, indem sie sich mir in die Arme warf;»sie wird dich für alt halten, und das tut mir leid.«»Ist deine Mutter alt?«»Ihre Mutter«, sagte der Herzog,»ist eine reizende, geistreiche Frau, welche erst achtunddreißig Jahre alt ist.«»Was macht sie mit Galiani?«»Sie ist die vertraute Freundin der Marquise; sie lebt in der Familie, bezahlt aber ihre Pension.« Da ich am folgenden Tage Geschäfte bei meinem Bankier hatte, so bat ich den Herzog, mich erst zur Zeit des Abendessens bei Leonilda zu erwarten. Ich ging um acht Uhr hin und fand sie um das Feuer sitzen.»Das ist er!« rief der Herzog aus. Bei meinem Anblick schreit die Mutter auf und sinkt fast ohnmächtig auf einen Sessel. Ich betrachte sie einen Augenblick:»Donna Lucrezia!« rief ich aus,»wie glücklich bin ich!«»Schöpfen wir einen Augenblick Atem, teurer Freund, und setzen Sie sich neben mich. Sie wollen also meine Tochter heiraten?« Ich nehme einen Stuhl und errate wohl, wie die Sachen stehen. Die Haare sträuben sich mir auf dem Kopfe, und ich versinke in düsteres Schweigen. Es würde schwer sein, Leonildas und des Herzogs Erstaunen zu schildern. Sie sahen wohl, daß wir uns kannten, konnten aber ihre Vermutungen nicht weiter ausdehnen. Ich dagegen versank in schmerzliche Betrachtungen, und indem ich das Alter Leonildas mit der Epoche, wo ich Lucrezia kennen gelernt, verglich, überzeugte ich mich leicht, daß sie meine Tochter sein könne. Da ich die Ungewißheit nicht länger ertragen konnte, stand ich auf, nahm ein Licht, und nachdem ich Leonilda um Verzeihung gebeten, ersuchte ich Lucrezia, sich mit mir in ein benachbartes Zimmer zu begeben. Als Lucrezia sich gesetzt hatte, zog sie mich an sich und sagte:»Oh, mein Freund, muß ich dich, den ich so sehr geliebt habe, betrüben! Leonilda ist deine Tochter, ich bin dessen gewiß. Ich habe sie immer dafür gehalten, und mein Mann wußte es; aber weit entfernt, deshalb in Zorn zu geraten, betete er sie vielmehr an. Ich werde dir ihren Taufschein zeigen, und du kannst dann rechnen. Mein Mann hat mich in Rom nicht ein einziges Mal besucht, und meine Tochter ist vor der Zeit geboren. Du entsinnst dich wohl eines Briefes, den meine Mutter dir gezeigt haben muß, und in welchem ich ihr meldete, daß ich schwanger sei. Das war im Januar Siebzehnhundertvierundvierzig, und in einem halben Jahre wird meine Tochter siebzehn Jahre. Mein seliger Mann gab ihr in der Taufe den Namen Leonilda Giacomina, und wenn er scherzte, nannte er sie nur mit dem letzten Namen.

Diese Ehe, mein Freund, erschreckt mich; aber du siehst wohl ein, daß ich mich ihr nicht widersetzen werde, denn ich kann mich nicht entschließen, den Grund anzugeben. Was meinst du? Hast du noch den Mut, sie zu heiraten? Du schwankst? Solltet ihr euch schon Abschlagszahlungen auf die Zukunft gestattet haben?«»Nein, teure Lucrezia, deine Tochter ist rein wie eine Perle.«»Ich atme auf.«»Aber du zerreißt mir das Herz.«»Das tut mir leid.«»Sie hat keine Ähnlichkeit mit mir.«»Das ist wahr, beweist aber nichts; sie gleicht mir. Du weinst, teurer Freund; du durchbohrst mir das Herz.«»Wer würde nicht an meiner Stelle weinen? Ich will dir den Herzog schicken; meiner Ansicht nach müssen wir ihn mit dem Stande der Sache bekannt machen.« Ich verlasse Lucrezia und bitte meinen Freund, mit ihr zu sprechen. Die zärtliche Leonilda setzt sich erschreckt auf meinen Schoß und bittet mich, ihr das Geheimnis mitzuteilen, welches sie schon so unglücklich mache. Ich konnte nicht antworten, so gepreßt war mir das Herz; sie umarmte mich, und wir fingen an zu weinen. So blieben wir traurig und schweigend sitzen, bis der Herzog mit Donna Lucrezia zurückkehrte, welche allein wieder eine vernünftige Haltung angenommen hatte.»Meine teure Leonilda, du mußt in dies unangenehme Geheimnis eingeweiht werden und du sollst von deiner Mutter alles erfahren. Erinnerst du dich noch, liebe Tochter, wie mein seliger Gemahl dich nannte, wenn er dich liebkoste?«»Er nannte mich: liebe Giacomina.«»Das ist der Name Herrn Casanovas, der Name deines Vaters. Umarme ihn, meine Tochter. Sein Blut fließt in deinen Adern, und wenn er dein Liebhaber gewesen, so bereue dein Verbrechen, das glücklicherweise unfreiwillig gewesen.« Diese Szene war außerordentlich pathetisch und rührte uns tief. Leonilda umfaßte die Knie ihrer Mutter und sagte mit einer von Schluchzen erstickten Stimme:»Mutter, ich habe für meinen Vater nur Empfindungen kindlicher Zärtlichkeit gehabt.« Hier wurde die Szene zu einer stummen, denn das Schweigen wurde nur durch das Schluchzen der beiden interessanten Wesen gestört, welche sich fest umschlungen hielten, während der Herzog und ich unbeweglich wie zwei Grenzsteine mit vorwärtsgebeugtem Haupte und übereinandergekreuzten Armen dastanden, ohne auch nur einen Blick auszutauschen. Man trug das Abendessen auf, und wir bleiben drei Stunden lang bei Tische; die Unterhaltung war traurig; wir aßen nicht und tauschten über diese mehr unglückliche als glückliche theatralische Erkennungsszene unsere Ansichten aus; wir trennten uns gegen Mitternacht, das Herz voll Bitterkeit und sehnsüchtig dem folgenden Morgen entgegensehend, da wir hofften, dann ruhiger und imstande zu sein, das zu tun, was uns allein übrig blieb. Beim Abschied stellte der Herzog laut eine Menge Betrachtungen über alles an, was man in der Moralphilosophie Vorurteile nennen kann. Daß die Verbindung eines Vaters mit seiner Tochter vom natürlichen Standpunkte aus etwas Schreckliches, Ungeheuerliches sei, das wird keiner der Philosophen zu behaupten wagen, denn es ist dies ein rein gesellschaftliches Vorurteil; aber es ist so verbreitet, die Erziehung hat es unsern Gemütern so fest eingeprägt, daß nur ein gänzlich verderbter Sinn es mit Füßen treten könnte. Es ist die Frucht der Achtung vor den Gesetzen; es hängt mit der gesellschaftlichen Ordnung, den bürgerlichen Sitten, den politischen Gewohnheiten, einer guten Erziehung und der Moral der Nationen zusammen; wird es so gefaßt, so hört es auf, Vorurteil zu sein, wird Prinzip, unbedingte Pflicht. Diese Pflicht kann insofern als eine natürliche angesehen werden, als die Natur uns antreibt, denjenigen, die wir lieben, alle Güter zu bewilligen, die wir für uns selbst wünschen. Wie es scheint, entspricht der Gegenseitigkeit der Liebe am meisten eine vollkommene Gleichheit in allem, in bezug auf Alter, Stand und Charakter; und eine solche Gleichheit ist zwischen Vater und Tochter nicht wahrzunehmen. Die Achtung, welche Kinder vor denjenigen haben, denen sie das Leben verdanken, ist schon ein Hindernis für die Zärtlichkeit, welche zwei Liebende für einander empfinden, und wenn ein Vater, vermöge der Gewalt, welche ihm die Natur und Kraft geben, sich in den Besitz seiner Tochter zu setzen wagt, so begeht er einen Akt abscheulicher Tyrannei, welche die Natur und die gesellschaftliche Ordnung in gleicher Weise verdammen müssen. Die natürliche Liebe zur Ordnung bewirkt auch, daß die Vernunft eine solche Verbindung als unnatürlich betrachtet. Die Früchte einer so unpassenden Ehe können nur den Charakter der Liederlichkeit und Unordnung tragen. Obwohl ich selbst ziemlich frei von Vorurteilen bin, so finde ich eine solche Verbindung abscheulich in jeder Beziehung; aber sie hört auf, es zu sein, wenn Vater und Tochter sich lieben, ohne sich zu kennen. Die Blutschande, das häufige Sujet griechischer Tragödien, bringt mich nicht zum Weinen, sondern zum Lachen; aber über Phädra muß ich Tränen vergießen, und die Ursache ist Racine.

Ich legte mich nieder, aber wie immer, wenn ich sehr aufgeregt bin, konnte ich kein Auge schließen. Der schnelle und unerwartete Übergang von der fleischlichen zur väterlichen Liebe versetzte alle meine physischen und moralischen Anlagen in einen solchen Zustand der Gereiztheit, daß ich nur mit Mühe dem heftigen Kampfe widerstand, den sie sich in meinem Innern lieferten. Gegen Morgen, als ich mit meinem Plane, am folgenden Tage abzureisen, ins Reine gekommen war, schlief ich einen Augenblick ein, worauf ich mit einer Abspannung erwachte, wie die zweier Liebenden, welche sich eine lange Winternacht der Liebe und Wollust hingegeben haben. Als ich aufgestanden war, teilte ich meinen Plan dem Herzoge mit, welcher mir bemerklich machte, daß eine solche Übereilung Stoff zu Glossen geben würde, da es allgemein bekannt sei, daß ich erst in einigen Tagen habe abreisen wollen. »Trinken wir zusammen eine Tasse Bouillon«, sagte er, »und betrachten wir deine gescheiterte Hochzeit wie einen der tausend Späße, welche du gemacht hast. Wir wollen diese drei oder vier Tage auf eine heitere Weise verleben und dieser Trennung ihren traurigen Charakter zu nehmen suchen, und vielleicht gelingt es uns endlich, sie nur noch in einem komischen Lichte zu betrachten. Wenn du mir glauben willst, so ist die Mutter nicht schlechter als die Tochter, und die Erinnerung ist oft mehr wert als die Hoffnung; tröste dich also mit Lucrezia. Du kannst sie seit den achtzehn Jahren nicht sehr verändert finden, denn ich kann kaum glauben, daß sie damals besser ausgesehen.« Diese kurze Zurechtweisung brachte mich zur Vernunft. Ich sah wohl, daß es kein besseres Heilmittel für mich gebe, als die Chimäre, mit welcher ich mir vier oder fünf Tage geschmeichelt, zu vergessen, und das mußte mir leicht werden, da meine Eigenliebe nicht verletzt war; aber ich war verliebt, und der Gegenstand meiner Liebe konnte die Leidenschaft, welche er hervorgerufen hatte, nicht stillen. Die Liebe ist nicht wie eine Ware, welche man wünscht und welche man durch eine mehr oder weniger ähnliche ersetzt, wenn man die begehrte nicht erhalten kann. Die Liebe ist ein sympathisches Gefühl oder Laune, und nur der Gegenstand, welcher sie einflößt, kann sie löschen oder heller anschüren. Wir besuchten meine Tochter, der Herzog in seiner gewöhnlichen Haltung, ich aber bleich, niedergeschlagen, abgespannt, und wie ein Schüler, welcher die Rute bekommen soll. Ich war nicht wenig überrascht, als ich die Mutter und Tochter in heiterer Stimmung fand, und diese erleichterte meine vollständige Heilung. Leonilda fiel mir um den Hals, nannte mich ihren teuren Papa und umarmte mich mit der ganzen Hingebung einer Tochter. Donna Lucrezia reichte mir die Hand und nannte mich ihren teuren Freund. Ich blicke sie an und kann nicht umhin, mir zu gestehen, daß die achtzehn verflossenen Jahre ihren Reizen keinen Eintrag getan haben. Es war dieselbe Lebendigkeit der Blicke, dieselbe Frische der Gesichtsfarbe, dieselbe Vollendung der Formen, dieselbe Schönheit der Lippen, überhaupt alles, was mich in meiner Jugend entzückt hatte. Wir führten eine stumme Szene auf, indem wir uns mit Liebkosungen überschütteten. Leonilda gab und empfing die zärtlichsten Küsse, ohne, wie es schien, an die Empfindungen zu denken, die sie einflößen könnten; sie wußte wahrscheinlich, daß die Eigenschaft als Vater mir Kraft zum Widerstand geben würde, und sie hatte recht. Man gewöhnt sich an alles, und die Scham verscheuchte meine Traurigkeit. Wir erinnerten uns der Nacht von Tivoli, und diese Erinnerung rührte uns. Von der Rührung zur Liebe ist der Weg nicht lang, aber wir waren an keinem günstigen Orte, und wir taten so, als ob wir nicht daran dächten. Nach einem augenblicklichen Schweigen, welches nötig war, um die Sinne zu beruhigen, sagte ich zu ihr, wenn sie mit mir nach Rom gehen wolle, um ihre Schwester Angelica zu besuchen, so wolle ich mich verpflichten, sie im Beginne der Fastenzeit nach Neapel zurückzubringen. Sie versprach mir für den folgenden Tag eine Antwort. Da ich während des Mittagessens zwischen ihr und Leonilda saß und an meine Tochter nicht mehr denken durfte, so war es wohl natürlich, daß meine alte Glut für Lucrezia sich wieder entzündete, und mochte nun ihre Heiterkeit, ihre Liebenswürdigkeit und Schönheit oder mein Bedürfnis zu lieben und die vortrefflichsten Weine die Veranlassung sein, genug, ich schlug ihr vor, an die Stelle ihrer Tochter zu treten. »Ich heirate dich,« sagte ich zu ihr,»und am Montag reisen wir alle drei ab, denn da Leonilda meine Tochter ist, will ich sie nicht in Neapel lassen.« Bei diesen Worten blickten sich die drei Gäste an, und keiner sagte ein Wort. Ich wiederholte meinen Vorschlag nicht und sprach von etwas anderem. Da ich mich nach Tisch schläfrig fühlte, so warf ich mich auf ein Bett; ich erwachte erst gegen acht Uhr und erblickte zu meiner Verwunderung nur Lucrezia, welche mit Schreiben beschäftigt war. Als sie sah, daß ich mich bewegte, näherte sie sich mir mit freundlichem Wesen und sagte:»Teurer Freund, du hast fünf Stunden geschlafen, und um dich nicht allein zu lassen, habe ich es abgelehnt, den Herzog und unser liebes Kind in die Oper zu begleiten.« Die Erinnerung an frühere Zärtlichkeit erwacht wieder, wenn man sich bei dem Gegenstande befindet, der sie hervorgerufen, und die Begierden werden unwiderstehlich, wenn die Illusion nicht durch Abwesenheit von Reizen aufgehoben wird. Ist auf beiden Seiten die Erinnerung gleich, so kommt der eine dem andern entgegen. Es kommt uns dann so vor, als setzten wir uns in den Besitz eines Gutes, welches uns gehört und welches uns durch grausame Kombinationen entrissen worden ist. In diesem Falle befanden wir uns, und ohne Einleitungen, ohne leere Redensarten und besonders ohne falsche Angriffe, bei denen der eine notwendigerweise seine Begierde verleugnet, überließen wir uns dem wahren, dem einzigen Urheber der Natur, der Liebe. Im ersten Zwischenakt brach ich zuerst das Schweigen, und wenn der Mensch einen zum Scherzen geneigten Charakter hat, wie sollte er diesen wohl nicht in der köstlichen Pause zeigen, welche auf einen Sieg der Liebe folgt?»Da bin ich also wiederum«, sagte ich,»in dem reizenden Lande, in welches ich zum ersten Male unter dem Gerassel der Trommeln und dem Donner der Flinten eingedrungen bin!« Dieser witzige Einfall brachte sie zum Lachen und frischte ihr Gedächtnis auf. Wir erinnerten uns mit Entzücken unserer Begegnisse in Testaccio, Frascati, Tivoli. Wir stellten diese Musterung nur des Lachens wegen an, aber wenn zwei Liebende allein miteinander sind, was sind dann wohl die Veranlassungen zum Lachen anders als ein Vorwand, das reizende Opfer des Liebesgottes zu erneuern? Am Schlusse des zweiten Aktes sagte ich in dem Enthusiasmus glücklicher Liebe:»Gehören wir einander für das Leben an; wir haben dasselbe Alter; wir lieben uns, unser Vermögen ist ausreichend, wir dürfen hoffen, glücklich zu leben und miteinander zu sterben.«»Das ist der teuerste Wunsch meines Herzens,« antwortete Lucrezia;»aber bleiben wir in Neapel und lassen wir Leonilda dem Herzoge. Wir wollen in Gemeinschaft leben und einen ihrer würdigen Gatten für sie suchen; unser Glück wird dann vollständig sein.«»Ich kann mich nicht in Neapel niederlassen, teure Freundin, und du weißt, daß deine Tochter bereit war, mit mir zu reisen.«»Meine Tochter? Sage doch unsere Tochter. Ich sehe, daß du nicht gern ihr Vater sein mögtest; du liebst sie.«»Leider, ja; Ich bin überzeugt, daß meine Leidenschaft schweigen wird, solange ich mit dir lebe; aber ich kann für nichts einstehen, wenn du nicht da bist. Ich würde mich dann genötigt sehen, zu fliehen, aber die Flucht ist nicht das Glück. Leonilda ist reizend, und ihr Geist ist für mich noch verführerischer als ihre Schönheit. Da ich sicher war, daß sie mich liebte, habe ich sie nicht zu verführen gesucht, um ihr nicht verdächtig zu werden, denn durch Angriffe auf sie hätte ich ihre Zärtlichkeit schwächen können, und da ich sie glücklich zu machen wünschte, wollte ich ihre Achtung erwerben und ihr Schamgefühl schonen. Ich wollte sie besitzen, aber auf rechtmäßige Weise und so, daß unsere Rechte gleich wären. Wir haben einen Engel ins Leben gesetzt, teure Lucrezia, und ich begreife nicht – –«»Der Herzog, mein Freund, ist völlig unfähig. Begreifst du jetzt, wie ich ihm meine Tochter habe anvertrauen können.«»Wie? Unfähig! Ich habe es wie alle andern geglaubt, aber er hat doch einen Sohn.«»Seine Frau könnte dich darüber eines Besseren belehren, aber glaube nur, daß der arme Herzog als Jungfer sterben wird, und er weiß das besser als irgend jemand.«»Sprechen wir nicht mehr davon und erlaube mir, dich wie in Tivoli zu behandeln.«»Nicht jetzt, ich höre einen Wagen.« In demselben Augenblick öffnet sich die Tür und Leonilda bricht in lautes Lachen aus, als sie mich in den Armen ihrer Mutter sieht, und wirft sich auf uns, indem sie uns mit Küssen überschüttet. Der Herzog kam einen Augenblick später, und wir speisten auf eine sehr heitere Weise zu Abend. Er fand, daß er der Glücklichste der Sterblichen sei, als ich ihm sagte, ich würde mit meiner Frau und meiner Tochter die Nacht in allen Ehren verleben; er hatte recht, denn ich war es in diesem Augenblicke wirklich. Nach dem Weggang dieses braven Mannes legten wir uns zu Bett; aber hier muß ich über die wollüstigste Nacht meines Lebens einen Schleier breiten. Wenn ich alles sagen wollte, würde ich Ohren, die sich gern für keusch halten, verletzen, auch hat die Palette nicht Farben, die Poesie nicht Wendungen genug, um würdig die Szene zu schildern, welche während dieser Nacht des Wahnsinns, der Wollust, der Ausgelassenheit und der Zurückhaltung das schwache Licht zweier Kerzen beleuchtete, die auf einem Gueridon brannten, wie die von frommer Hand angezündete Kerze vor einem Heiligenbilde. Wir verließen den Schauplatz, den ich mit meinem Blute befeuchtet hatte, erst lange nachdem ihn die Sonne beleuchtet. Wir waren kaum angekleidet, als der Herzog erschien. Leonilda schilderte ihm unsere nächtlichen Arbeiten, aber bei seiner traurigen Kraftlosigkeit mußte er sich freuen, nicht dabei gewesen zu sein.

Da ich entschlossen war, am folgenden Tage abzureisen, um die letzten acht Tage des Karnevals in Rom zu verleben, so bat ich den Herzog um die Erlaubnis, Leonilda ein Geschenk von fünftausend Dukaten weihen zu dürfen, die ich ihr als Witwengeld ausgesetzt haben würde, wenn ich sie geheiratet hätte.»Da sie deine Tochter ist,« sagte der Herzog,»so kann sie um so eher dieses Geschenk annehmen, wäre es auch nur als Ausstattung.«»Tust du mir den Gefallen, es anzunehmen, teure Leonilda?«»Ja, lieber Papa,« sagte sie zu mir, indem sie mich zärtlich umarmte,»aber unter der Bedingung, daß du wieder nach Neapel zum Besuche kommst, wenn du meine Verheiratung erfährst,« Ich versprach es ihr und hielt Wort.»Da du morgen abreisen willst, teurer Freund,« sagte der Herzog,»will ich dir nebst dem neapolitanischen Adel ein Abendessen veranstalten.« Er ging weg, und ich speiste mit meiner Frau und Tochter in der heitersten Stimmung zu Mittag. Ich blieb fast den ganzen Nachmittag bei meiner teuren Leonilda und hielt mich in den Grenzen väterlicher Zärtlichkeit, vielleicht nicht so sehr aus sittlicher Achtung als infolge meiner nächtlichen Arbeiten. Wir umarmten uns erst, als wir uns trennten, und Mutter und Tochter bewiesen mir, wie schmerzhaft ihnen meine Abreise sei. Nachdem ich eine höchst sorgfältige Toilette gemacht, begab ich mich zum Abendessen, wo ich gegen hundert Personen beiderlei Geschlechts aus den höchsten Ständen fand. Nachdem ich gegen den Hof des Herzogs den Großmütigen gespielt, geleitete dieser vornehme Herr, den das Glück so gut, aber die Natur, die ihn der süßesten Genüsse beraubte, so schlecht behandelt hatte, mich bis an meinen Wagen, und ich reiste ab.

Die Theologin

Meine Wege brachten mich zum dritten Male nach Genf. Ich stieg in der ›Wage‹ ab, wo ich ein gutes Unterkommen fand. Als ich an das Fenster trat, fielen meine Augen auf eine Scheibe, auf welcher ich die mit der Spitze eines Diamants eingegrabenen Worte las: › *Du wirst Henriette vergessen*‹. Da ich mich sogleich des Augenblicks erinnerte, wo Henriette vor vielen Jahren diese Worte geschrieben, fühlte ich, wie sich die Haare mir auf dem Kopfe sträubten. Wir hatten in diesem

Zimmer gewohnt, als sie sich von mir trennte, um nach Frankreich zurückzukehren. Völlig niedergebeugt warf ich mich auf einen Lehnstuhl und überließ mich tausend Betrachtungen. Edle und zärtliche Henriette, die ich so sehr geliebt, wo weilst du jetzt? Ich hatte nie Nachricht von ihr bekommen und mich nie nach ihr erkundigt. Wenn ich mich mit ihr selbst verglich, so mußte ich mir sagen, ich verdiente jetzt weniger als damals sie zu besitzen. Ich verstand noch zu lieben; aber ich fand in mir das Zartgefühl, welches ich damals besessen, noch die Empfindungen, welche die Verirrungen der Sinne rechtfertigten, noch jene Milde der Sitten, noch eine gewisse Redlichkeit, welche sogar Schwächen adelt; was mich aber vorzüglich schreckte, war die Entdeckung, daß ich nicht mehr dieselbe Kraft besaß. Jedoch schien es mir, als ob die bloße Erinnerung an Henriette mir die frühere Kraft wiedergeben müsse. Es war eine große Leere in mir, und so fühlte ich mich von einem so großen Enthusiasmus ergriffen, daß, wenn ich gewußt hätte, wo Henriette zu finden gewesen, ich mich augenblicklich aufgemacht haben würde, um sie aufzusuchen, obwohl ich ihr Verbot nicht vergessen hatte. Am folgenden Tage suchte ich einen Syndikus aus, den ich bei meinem zweiten Aufenthalt in Genf kennen gelernt hatte. Nicht so sehr seiner selbst, als dreier reizender Schwestern wegen, welche seine Freundinnen waren und mit denen ich gar heftig der Liebe gehuldigt hatte zu seinem Vergnügen; denn er selbst konnte leider nur noch in der Phantasie genießen. Wir begaben uns gleich auf den Weg zu den drei Schönen. Da begegnete mir ein Pfarrer, den ich auch bei meinem letzten Aufenthalt kennen gelernt hatte und dessen Nichte im Rufe einer großen Theologin stand. Von ihren Kenntnissen und ihrer Urteilskraft hatte ich damals, während eines Essens, genügend Beweise erhalten, um mich für das Mädchen zu interessieren. Erfreut, mich wiederzusehen, lud mich der Pfarrer für den andern Tag zum Mittagessen ein. Ehe wir zu unseren liebenswürdigen Freundinnen kamen, teilte mir der Syndikus mit, wir würden bei jenen ein sehr schönes Mädchen finden, welches noch nicht in die süßen Mysterien eingeweiht sei. »Desto besser,« sagte ich, »ich werde mich demgemäß benehmen und vielleicht gelingt es mir, sie einzuweihen.« Der Augenblick, wo ich diese liebenswürdigen Mädchen wiedersah, war, ich muß es gestehen, einer der angenehmsten meines Lebens. In ihrem Empfange sprach sich Freude, Befriedigung, Unbefangenheit, Dankbarkeit und Liebe zum Vergnügen aus.

Sie liebten sich ohne Eifersucht, ohne Neid und ohne irgendeinen Gedanken, welcher die gute Idee, die sie von sich selbst hatten, hätte beeinträchtigen können. Sie hielten sich meiner Achtung wert, weil sie sich ohne erniedrigende Gedanken und aus demselben Gefühl, das mich zu ihnen gezogen, mir hingegeben hatten. Die Gegenwart der Freundin nötigte uns, unseren ersten Umarmungen die Grenzen zu ziehen, welche die Anstand genannte Konvenienz fordert, und die Unerfahrene bewilligte mir nur errötend, und ohne die Augen aufzuschlagen, dieselbe Gunst. Nach den gewöhnlichen Reden und Gemeinplätzen, die man nach einer langen Abwesenheit auftischt, und nach einigen doppelsinnigen Äußerungen, über welche wir lachten und welche der jungen Helene Stoff zum Nachdenken gaben, sagte ich zu dieser, sie sei schön wie die Liebesgöttin, und ich wolle wetten, daß ihr Geist, ebenso schön wie ihre reizende Gestalt, gewissen Vorurteilen nicht unterworfen sei.»Ich habe«, entgegnete sie in bescheidenem Tone,»alle Vorurteile, welche Ehre und Religion gebieten.« Ich sah, daß sie geschont werden mußte und daß nur mit Zartheit und allmählich weiterzukommen war. Sie war kein Platz, der mit einem Handstreich erobert werden konnte. Wie zu erwarten war, verliebte ich mich in sie. Als der Syndikus meinen Namen nannte, sagte sie:»Sie sind es also, mein Herr, der vor zwei Jahren mit meiner Cousine, der Nichte des Pastors, so sonderbare Fragen erörtert hat? Ich freue mich, Ihre Bekanntschaft zu machen.«»Es freut mich, die Ihrige zu machen, Fräulein, und ich wünsche, daß Ihre liebenswürdige Cousine Sie nicht gegen mich eingenommen hat.«»Ganz im Gegenteil, denn sie schätzt Sie sehr.«»Ich werde die Ehre haben, morgen bei ihr zu speisen, und werde nicht ermangeln, ihr meinen Dank zu sagen.«»Morgen? Ich werde dabei zu sein suchen, denn ich liebe die philosophischen Gespräche sehr, obgleich ich mir nicht dareinzusprechen erlaube.« Der Syndikus lobte ihre Klugheit und Bescheidenheit mit solcher Wärme, daß ich deutlich sah, er sei in sie verliebt, und er müsse, wenn er sie noch nicht verführt, alle Mittel aufbieten, um es dazu zu bringen. Diese schöne Person hieß Helene. Ich fragte die jungen Damen, ob Helene unsere Schwester sei. Die älteste erwiderte mit feinem Lächeln, sie sei Schwester, habe aber keinen Bruder, und als sie diese Erklärung beendet hatte, stürzte sie ihr in die Arme. Nun machten der Syndikus und ich ihr um die Wette angenehme Komplimente und sagten, wir hofften, ihre Brüder zu werden. Helene errötete, erwiderte aber kein

Wort auf unsere galanten Reden. Als ich nun mein Schmuckkästchen hervorzog und sah, wie die jungen Damen sich über meine Ringe freuten, bewog ich sie, die ihnen am besten gefallenden auszuwählen, und die reizende Helene folgte dem Beispiele ihrer Gefährtinnen und belohnte mich durch einen bescheidenen Kuß. Bald darauf verließ sie uns, und wir sahen uns nun im vollen Besitze unserer alten Freiheit.

Der Syndikus hatte recht, sich in Helene zu verlieben, denn dieses junge Mädchen war nicht nur geeignet zu gefallen, sondern sogar eine heftige Leidenschaft zu erregen; aber die drei Freundinnen schmeichelten sich nicht, sie für unsere Vergnügungen gewinnen zu können, denn sie behaupteten, sie habe Männern gegenüber ein unüberwindliches Schamgefühl. Wir speisten sehr heiter zu Abend und gingen nach dem Abendessen wieder an unsre alten Spiele, bei denen der Syndikus in seiner großen Zufriedenheit bloßer Zuschauer unserer Heldentaten blieb. Um Mitternacht trennten wir uns, und der gute Syndikus geleitete mich bis zur Tür meiner Wohnung. Am folgenden Tage ging ich zum Mittagessen beim Pastor, wo ich zahlreiche Gesellschaft fand, unter andern Herrn von Harcourt und Herrn von Himenez, welcher sagte, Voltaire wisse, daß ich in Genf sei, und wünsche mich zu sprechen. Ich begnügte mich, ihm mit einer tiefen Verbeugung zu antworten. Fräulein Hedwig, die Nichte des Pfarrers, machte mir ein sehr schmeichelhaftes Kompliment, welches mir nicht so sehr gefiel als der Anblick ihrer Cousine Helene, welche bei ihr saß und welche sie mir mit dem Bemerken vorstellte, wir könnten, da wir bekannt geworden seien, sehr gut zusammenkommen; dies wünschte ich sehr. Die zweiundzwanzigjährige Theologin war schön, appetitlich, aber sie hatte nicht das gewisse, ich weiß nicht was, welches reizt und welches die Hoffnung und das Vergnügen erhöht, das Sauersüße, welches selbst die Wollust steigert. Aber ihre Freundschaft mit ihrer Cousine war hinreichend für mich, um den Versuch zu machen, ihr ein günstiges Gefühl für mich einzuflößen. Wir hatten ein vortreffliches Mittagessen, und während der Mahlzeit sprach man nur von gleichgültigen Sachen; aber beim Dessert bat der Pastor Herrn von Himenez, einige Fragen an seine Nichte zu richten. Da ich diesen Gelehrten dem Rufe nach kannte, so machte ich mich auf eine geometrische Aufgabe gefaßt; aber ich täuschte mich, denn er fragte sie, ob ein innerer Vorbehalt hinreiche, um eine Lüge zu rechtfertigen.

Hedwig erwiderte bescheiden, obwohl eine Lüge notwendig werden könnte, so bleibe doch der innere Vorbehalt immer ein Betrug. »Erklären Sie mir, wie Jesus Christus hat behaupten können, daß ihm die Epoche des Endes der Welt unbekannt sei?«»Er hat es sagen können, weil er es nicht wußte.«»Dann war er also nicht Gott?«»Diese Folgerung ist falsch, denn da Gott alles kann, so kann er auch eine Futurität nicht wissen.« Das so passend gebildete Wort Futurität schien mir bewunderungswürdig. Hedwig wurde lebhaft applaudiert, und ihr Onkel ging um den Tisch herum, um sie zu umarmen. Ich hatte einen sehr natürlichen Einwand auf den Lippen, der sie in Verlegenheit hätte setzen können, weil er sich aus der Sache selbst ergab; aber ich wollte ihr gefallen und schwieg. Herr von Harcourt wurde ebenfalls aufgefordert, Fragen an sie zu stellen; aber er erwiderte mit Horaz: »Nulla mihi est religio.« Hedwig wendete sich nun zu mir und sagte, sie erinnere sich der Amphidromie eines heidnischen Festes.»Aber ich möchte wohl,« fuhr sie fort, »daß Sie eine Frage in bezug auf das Christentum an mich richteten, eine recht schwierige Frage, die Sie selbst nicht beantworten können.«»Das ist mir sehr lieb, Fräulein.« »Desto besser, dann brauchen Sie nicht nachzudenken.« Ich denke nach, um etwas neues zu finden. Jetzt hab ich's.»Geben Sie zu, daß Jesus Christus alle menschlichen Eigenschaften in der höchsten Potenz besaß?«»Alle, ausgenommen die Schwächen.«»Rechnen Sie die Zeugungskraft zu den Schwächen?«»Nein.«»Sagen Sie mir also, von welcher Beschaffenheit das Kind gewesen sein würde, wenn Jesus Christus sich entschlossen hätte, mit der Samaritanerin ein Kind zu zeugen?« Hedwig wurde feuerrot; der Pastor und die ganze Gesellschaft blickten sich an, und ich richtete die Augen auf die Theologin, welche nachdachte. Herr von Harcourt sagte, man müsse Voltaire kommen lassen, um eine so schwierige Frage zu entscheiden, aber Hedwig blickte mit gesammelter Miene und wie als wenn sie antworten wolle, auf, und alle schwiegen.»Jesus Christus«, sagte sie, »hatte zwei vollkommene Naturen, welche in vollkommenem Gleichgewichte standen; sie waren unzertrennlich. Wenn also die Samaritanerin körperlichen Umgang mit unserm Erlöser hatte, so wäre es lächerlich, bei einem Gotte eine Handlung von solcher Bedeutung anzunehmen, ohne die natürliche Konsequenz zuzugeben: die Samaritanerin würde nach neun Monaten mit einem männlichen und nicht weiblichen Kinde niedergekommen sein, und dieses Wesen, gezeugt von einem menschlichen Weibe und einem Gottmenschen, würde ein Viertel Gott und drei Viertel Mensch gewesen sein.«Als sie dies sagte, klatschten alle Gäste, und Herr von Himenez bewunderte die Richtigkeit dieser Berechnung, sodann sagte er:»Hätte der Sohn der Samaritanerin sich verheiratet, so würden die aus dieser Ehe hervorgegangenen Kinder zu sieben Achtteilen Mensch und zu einem Achtteile Gott geworden sein.«»Vorausgesetzt, daß er nicht eine Göttin geheiratet hätte,«entgegnete ich,»wodurch das Verhältnis sehr merklich geändert werden würde.«»Geben Sie genau an,«fiel Hedwig ein,»wieviel Göttliches das Kind in der sechzehnten Generation gehabt haben würde.«»Warten Sie einen Augenblick und geben Sie mir einen Bleistift,«sagte Herr von Himenez.»Es ist nicht nötig zu rechnen,«sagte ich;»es würde einen Teil des Geistes gehabt haben, der Sie beseelt.«Alle stimmten dieser Galanterie bei, die auch derjenigen, der sie galt, nicht mißfiel. Diese schöne Blondine entflammte mich durch den Zauber ihres Geistes. Wir standen von Tische auf, um uns in einen Kreis zu setzen, und sie pulverisierte unsere Komplimente auf die leichteste Weise. Ich zog Helene beiseite und bat sie, ihre Cousine zu bewegen, daß sie aus meinem Schmuckkästchen, wo ich die Lücken vom vorigen Tage schon wieder ausgefüllt, einen Ring auswähle. Die reizende Cousine übernahm gern diesen Auftrag. Eine Viertelstunde darauf zeigte mir Hedwig ihre Hand und mit Vergnügen erblickte ich meinen Ring; ich küßte mit Entzücken die Hand, und an der Glut meiner Küsse mußte sie gewahr werden, welche Gefühle sie mir eingeflößt hatte. Am Abend erzählte Helene dem Syndikus und den drei Freundinnen die beim Mittagessen vorgekommenen Fragen, ohne den geringsten Umstand zu vergessen. Sie erzählte leicht und anmutig; ich hatte nicht nötig, ihr ein einziges Mal zu Hilfe zu kommen. Wir baten Sie, zum Abendessen zu bleiben; aber nachdem sie die drei Freundinnen beiseite genommen, wußte sie diese zu überzeugen, daß dies unmöglich; sie fügte aber hinzu, es würde ihr möglich sein, in einem Landhause, welches sie am See hatten, zwei Tage zu bleiben, wenn sie ihre Mutter persönlich um Erlaubnis bitten wollten. Auf Veranlassung des Syndikus suchten die drei Freundinnen die Mutter gleich am folgenden Tage auf, und am zweitnächsten Tage reisten sie mit Helene ab. Am Abend speisten wir bei ihnen, konnten aber nicht bei ihnen schlafen. Der Syndikus sollte mich nach einem wenig entfernten Hause führen, wo wir ein gutes

Unterkommen finden würden. Wir hatten daher keine Eile, und da die älteste große Lust hatte, ihrem Freunde ein Vergnügen zu bereiten, so sagte sie zu ihm, er könne mit mir weggehen wann er wolle, und sie wolle sich zu Bett legen. Darauf nahm sie Helene, führte sie auf ihr Zimmer, und die beiden andern gingen auf das ihrige. Wenige Augenblicke, nachdem sie sich zurückgezogen, ging der Syndikus in das Zimmer, in welchem sich Helene befand, und ich begab mich zu den beiden andern. Kaum war ich eine Stunde bei den Freundinnen, als der Syndikus meine erotischen Freuden unterbrach und mich aufzubrechen bat. »Was haben Sie mit Helene gemacht?« fragte ich. »Nichts, sie ist eine Törin, mit welcher sich nichts anfangen läßt. Sie hat sich unter der Decke verborgen und die Späße, welche ich mit ihrer Freundin getrieben, nicht mit ansehen wollen.« »Sie hätten sich an sie wenden sollen.« »Ich habe es getan, aber sie hat mich immer zurückgestoßen. Ich kann nicht mehr. Ich bin erschöpft und bin sicher, daß ich bei dieser Wilden nichts erreichen werde, wenn Sie es nicht unternehmen, sie zu zähmen.« »Wie soll ich das anfangen?« »Kommen Sie morgen zum Essen; ich werde nicht da sein, denn ich muß den Tag über in Genf bleiben. Ich werde zum Abendessen kommen, und vielleicht können wir sie betrunken machen.« »Das wäre schade. Lassen Sie mich machen.« Ich ging also am folgenden Tage allein zum Mittagessen zu ihnen und wurde sehr freundlich aufgenommen. Nach Tisch gingen wir spazieren, und die Freundinnen, welche meinen Wünschen entgegenkamen, ließen mich mit der schönen Widerspenstigen allein, welche meinen Liebkosungen und meinen dringenden Bitten widerstand, so daß ich fast alle Hoffnung, sie zu zähmen, verlor. »Der Syndikus«, sagte ich, »ist in Sie verliebt, und diese Nacht –« »Diese Nacht«, sagte sie, »hat er sich mit seiner alten Freundin belustigt. Ich habe nichts dagegen, daß jeder seinen Vergnügungen nachgeht, aber ich mag mich in meinen Handlungen und Neigungen nicht beschränken lassen.« »Wenn es mir gelänge, in den Besitz Ihres Herzens zu gelangen, würde ich mich glücklich schätzen.« »Weshalb laden Sie den Pastor und meine Cousine nicht irgendwo zu Mittagessen ein? Sie würde mich mitnehmen, denn mein Onkel liebt alle diejenigen, welche seine Nichte lieben.« »Es ist mir lieb, das zu erfahren, und ich sehne mich schon nach der Partie, zu welcher Ihr guter Geist Ihnen den Gedanken eingegeben hat.« »Sie werden das Vergnügen haben, mit meiner Cousine zusammen zu sein.«

»Ich lasse ihr Gerechtigkeit widerfahren, schöne Helene; Hedwig ist liebenswürdig und anziehend; aber glauben Sie mir, ich freue mich nur deshalb auf diese Partie, weil Sie dabei sein werden.«»Und wenn ich Ihnen nicht glaube?«»Sie würden mir unrecht tun und mir großen Schmerz bereiten, denn ich liebe Sie zärtlich.«»Trotzdem haben Sie mich zu täuschen gesucht. Ich bin sicher, daß Sie den drei jungen Damen, welche ich sehr beklage, Beweise der Zärtlichkeit gegeben.« »Weshalb?«»Weil keine von ihnen glauben kann, daß Sie sie allein lieben.«»Und glauben Sie, durch dies Zartgefühl glücklicher zu werden?«»Ja, ich glaube es, obwohl ich hinsichtlich dieses Punktes ohne alle Erfahrung bin. Sagen Sie mir aufrichtig, ob ich recht habe.« »Ja, ich glaube es.«»Sie entzücken mich; aber wenn ich recht habe, werden Sie zugeben, daß Sie, wenn Sie mich jenen beigesellen, mir nicht den Beweis Ihrer Liebe geben, den ich wünschen müßte, um von Ihrer Liebe überzeugt zu werden.«»Ja, ich gebe auch das zu und bitte Sie aufrichtig um Verzeihung. Jetzt, göttliche Helene, sagen Sie mir, wie ich es anzufangen habe, um den Pastor einzuladen.«»Das ist nicht schwer. Gehen Sie zu ihm und laden Sie ihn ganz einfach ein; und wenn Sie sicher sein wollen, daß ich dabei sein werde, so bitten Sie ihn, mich mit meiner Mutter einzuladen.«»Weshalb ›mit meiner Mutter?‹«»Weil er sie vor zwanzig Jahren geliebt hat und sie noch immer liebt.«»Und wo kann ich dieses Essen bereiten lassen?«»Ist nicht Herr Tronchin Ihr Bankier?«»Ja.«»Er hat ein schönes Lusthaus am See; bitten Sie ihn darum für einen Tag, und er wird es Ihnen mit Vergnügen leihen. Tun Sie das, aber sagen Sie weder dem Syndikus noch den drei Freundinnen etwas davon, wir wollen es ihnen später sagen.«»Glauben Sie aber, daß Ihre gelehrte Cousine gern in meiner Gesellschaft sein wird?«»Mehr als gern; seien Sie davon überzeugt.« »Wohlan; morgen soll alles in Ordnung gebracht werden. Übermorgen kehren Sie nach der Stadt zurück, und ich werde die Partie zwei oder drei Tage später ansetzen.« Der Syndikus kam zur Zeit der Abenddämmerung, und wir verlebten einen heiteren Abend. Nach dem Abendessen gingen die jungen Damen wie am vorigen Tage zu Bett, und ich begab mich in das Zimmer der ältesten, während mein Freund zu den beiden jüngsten ging. Ich wußte, daß alles, was ich tun könnte, um Helene zur Vernunft zu bringen, vergeblich sein würde; daher begnügte ich mich auch mit einigen Küssen, worauf ich ihnen eine gute Nacht wünschte und sodann den beiden jüngsten einen Besuch machte.

Ich fand sie in tiefem Schlafe, und der Syndikus langweilte sich auf eigene Hand. Ich erheiterte ihn nicht, als ich ihm sagte, daß ich keine Begünstigung habe erlangen können. »Ich sehe wohl,« sagte er zu mir, »daß ich meine Zeit bei diesem einfältigen Mädchen verliere, und werde mich zuletzt in mein Schicksal fügen.«»Ich glaube,« erwiderte ich, »daß dies das Beste ist, was Sie tun können; denn für ein unempfindliches oder launisches Mädchen schmachten, ist ein Zeichen von Dummheit. Das Glück darf weder zu leicht noch zu schwer sein.« Am folgenden Tage begaben wir uns zusammen nach Genf, und Herr Tronchin war sehr erfreut, daß er mir den Gefallen tun konnte, um welchen ich ihn bat. Der Pastor nahm meine Einladung an und sagte zu mir, ich könne mich freuen, Helenens Mutter kennen zu lernen. Es war leicht zu sehen, daß der brave Mann eine zärtliche Empfindung für diese Frau hegte, und wenn sie ihm entgegenkam, so konnte dies meinen Plänen nur zugute kommen. Am folgenden Tage, dem Tage vor dem Mittagessen in Tronchins Hause, bestellte ich bei meinem Wirte ein Mahl, bei welchem nichts gespart werden sollte. Ich sorgte zugleich für die besten Weine, die feinsten Liköre, Eis und alles, was zu einem Punsche gehört. Ich sagte ihm, wir würden unserer sechs sein, denn ich sah voraus, daß Herr Tronchin dabei sein würde. Ich täuschte mich nicht, denn er fand sich in seinem Landhause ein, um uns die Honneurs zu machen, und es wurde mir nicht schwer, ihn zum Bleiben zu bewegen. Am Abend glaubte ich dem Syndikus und den Freundinnen kein Geheimnis mehr aus diesem Mittagessen machen zu dürfen, aber Helene tat so, als ob sie nichts wisse, und sagte mir, ihre Mutter habe ihr angezeigt, daß sie mit ihr irgendwohin zum Essen gehen werde. »Es ist mir lieb zu hören,« fügte sie hinzu, »daß das Essen in dem hübschen Hause Herrn Tronchins stattfinden wird.« Das Essen war so, wie der verwöhnteste Feinschmecker es nur wünschen konnte, und Hedwig war in der Tat des Tisches Zierde. Dieses erstaunliche Mädchen spielte die Rolle der Theologin mit solcher Anmut und verlieh der Vernunft einen so außerordentlichen Reiz, daß man hingerissen wurde, selbst wenn man sich nicht überzeugt fühlte. Ich habe nie einen Theologen gesehen, der imstande gewesen wäre, ohne Vorbereitung die abstraktesten Punkte dieser Wissenschaft mit solcher Leichtigkeit, Gründlichkeit und wahrhafter Würde zu erörtern, wie dieses junge Mädchen, welches mich während des Essens vollends entflammte. Herr Tronchin, der Hedwig nie gehört, dankte mir hundertmal, daß ich ihm dieses Vergnügen verschafft; und da er uns verlassen mußte, als wir vom Tische aufstanden, lud er uns für übermorgen zur Wiederholung der Partie ein. Ein Umstand, der während des Desserts meine Teilnahme ganz besonders erregte, war die Erwähnung seiner alten Zärtlichkeit für Helenens Mutter von seiten des Pastors. Seine verliebte Beredsamkeit wuchs in demselben Maße, wie er seine Kehle mit Champagner, Cyperwein oder Likören anfeuchtete. Die Mutter hörte ihm wohlgefällig zu und hielt ihm stand, während die Fräulein sowohl als auch ich nur mäßig tranken. Indes hatte die Mannigfaltigkeit der Getränke ihre Wirkung hervorgebracht, und meine Schönen waren etwas betrunken. Ich benutzte diese allgemeine Stimmung, und bat die beiden alten Verliebten um die Erlaubnis, die beiden jungen Damen im Garten am Rande des Sees spazieren zu führen, und sie wurde mit überströmendem Herzen gegeben. Wir gingen mit untergefaßten Armen hinaus, und in wenigen Minuten waren wir allen aus den Augen. Schnell war das Gespräch auf die Frage gekommen, die ich damals Hedwig gestellt hatte. Sie gestand mir bei dieser Gelegenheit, daß sie von der Bildung des Mannes keine Vorstellung hätte, und als ich von Erregung sprach, fragte sie erstaunt: »Was ist das?« Ich gab ihr eine handgreifliche Demonstration. Die Theologin unterrichtete sich darüber, und wir stellten fest, daß auch sie selbst eine Erregung spüre, gerade an der Stelle, welche ich bedeutete. Hedwig bestätigte alles und gestand auch, daß die Natur sie oft im Schlafe zwinge, sich Erleichterung zu schaffen. Bei dieser philosophischen Unterhaltung, welche die junge Theologin mit einem magisterartigen Tone führte und welche den schönen Teint ihrer Cousine mit der Farbe der Wollust belebte, gelangten wir an ein schönes Bassin, in welches man auf einer Marmortreppe zum Baden stieg. Obwohl es kühl war, waren doch unsere Köpfe erhitzt, und ich kam auf den Einfall, ihnen vorzuschlagen, die Füße ins Wasser zu stecken, weil ihnen das gut bekommen würde, und ich erbot mich, ihnen die Schuhe auszuziehen, wenn sie es erlaubten. »Ich bin es zufrieden,« sagte die Cousine. »Auch ich,« sagte Helene. »So setzen Sie sich auf die erste Stufe, meine Damen.« Sie setzten sich, und ich stellte mich auf die vierte Stufe und zog ihnen die Schuhe aus, während ich die Schönheit ihrer Beine rühmte und für den Augenblick keine Lust zeigte, höher als bis zum Knie zu gehen. Ich ließ sie sodann ins Wasser steigen, und hier mußten sie sich wohl aufschürzen, wozu ich sie ermunterte.»Ei was!« sagte Hedwig,»die Männer haben auch Lenden.« Helene, welche sich schämte, weniger mutig als ihre Cousine zu sein, blieb nicht zurück.»Es ist genug, meine reizenden Najaden,« sagte ich;»Sie könnten sich erkälten, wenn Sie länger im Wasser blieben.« Rückwärts gehend und mit aufgehobenen Röcken, um diese nicht naß zu machen, verließen sie das Wasser, und ich erhielt die angenehme Aufgabe, sie mit allen Taschentüchern, welche ich bei mir hatte, abzutrocknen. Dieses angenehme Geschäft erlaubte mir, beliebig zu sehen und zu berühren, und ich werde dem Leser wohl nicht eidlich zu versichern brauchen, daß ich es nach besten Kräften tat. Die schöne Cousine sagte, ich sei zu neugierig, aber Helene ließ mich mit so sanfter und schmeichelnder Miene gewähren, daß ich mir Zwang antun mußte, um die Sache nicht weiter zu treiben. Als ich ihnen sodann die Schuhe und Strümpfe angezogen, sagte ich zu ihnen, ich sei entzückt, daß ich die geheimen Schönheiten der beiden schönsten Personen von Genf gesehen.»Welchen Eindruck hat der Anblick auf Sie gemacht?« »Ich wage nicht, Sie aufzufordern, sich mit eigenen Augen zu überzeugen, aber gehen Sie noch einmal ins Wasser.«»Baden auch Sie!«»Das geht nicht; für einen Mann ist die Sache zu umständlich.« »Aber wir können noch zwei gute Stunden hier bleiben, ohne zu fürchten, daß jemand kommt.« Diese Antwort zeigte mir, welches Glück meiner wartete, ich hielt es jedoch nicht für angemessen, mich einer Krankheit auszusetzen, wenn ich in meinem jetzigen Zustand ins Wasser stiege. Da ich in geringer Entfernung einen Pavillon erblickte und überzeugt war, daß Herr Tronchin ihn für uns offen gelassen, so faßte ich meine Schönheiten unter die Arme und führte sie hinein, ohne sie meine Absichten erraten zu lassen. Dieser Pavillon war mit Vasen von Alabaster, hübschen Kupferstichen und so weiter geziert; aber von ungleich größerem Wert war ein schöner, zur Ruhe und zum Vergnügen geeigneter Diwan. Hier zwischen den beiden Schönen sitzend und sie mit Liebkosungen überschüttend weihte ich sie gänzlich in die Beschaffenheit des Mannes und des Weibes ein. Nachdem wir uns sodann wieder in einen anständigen Zustand gesetzt, küßten wir uns noch eine Stunde lang; sodann sagte ich, sie hätten mich zur Hälfte glücklich gemacht; um aber ihr Werk zu vervollständigen, würden sie, wie ich hoffte, darauf bedacht sein, mir ihre ersten Gunstbezeugungen zu bewilligen. Ich zeigte ihnen dann etwas, das sie von aller Furcht vor etwaigen Folgen befreien mußte, und die

Theologin sagte zu ihrer Cousine, sie wolle sich die Sache bedenken. Nachdem wir so gute Freunde geworden, mit der Aussicht, es noch weit mehr zu werden, begaben wir uns nach dem Hause zurück, wo wir Helenens Mutter und den Pastor fanden, die am Rande des Sees spazieren gingen. Nach Genf zurückgekehrt, sah ich Helene erst am folgenden Tage bei ihrer Mutter, denn die Höflichkeit erforderte, daß ich der Witwe für die mir erwiesene Ehre dankte.»Morgen«, sagte das reizende Mädchen,»werde ich Ihnen, da wir bei Herrn Tronchin speisen, wohl etwas sagen können, und Hedwig, hoffe ich, wird das Mittel gefunden haben, Sie in voller Freiheit zur Befriedigung Ihrer Wünsche gelangen zu lassen.« Das Essen des Bankiers war gut. Wir waren unserer zwanzig zu Tisch, und das Fest galt der gelehrten Theologin und mir als reichem Fremden, der sein Geld auf eine anständige Weise ausgab. Hedwig glänzte und gab bei jeder Frage neue Beweise ihres seltenen Geistes. Nach Tisch liebkosten alle dieses erstaunliche Mädchen, so daß es mir unmöglich war, einen Augenblick allein mit ihr zu sprechen, um sie von meiner Zärtlichkeit zu unterhalten; aber ich ging mit Helenen beiseite, welche mir sagte, Hedwig werde am folgenden Tag mit dem Pastor bei ihrer Mutter zu Abend speisen.»Hedwig«, fügte sie hinzu,»wird dableiben, und wir werden zusammen schlafen, wie es jedesmal geschieht, wenn sie mit ihrem Onkel bei uns speist. Es kommt also darauf an, ob Sie, um die Nacht bei uns zu sein, sich entschließen können, sich an einem Orte zu verbergen, welchen ich Ihnen morgen um elf Uhr zeigen werde.« Ich nahm alles an. Am folgenden Tage machte ich der Witwe einen Besuch, und als Helene mir das Geleit gab, zeigte sie mir zwischen beiden Treppen eine verschlossene Tür.»Um sieben Uhr«, sagte sie, »werden Sie diese offen finden, und wenn Sie eingetreten sind, müssen Sie zuriegeln.« Um sechs und drei Viertel Uhr war ich schon eingeriegelt und wartete. Endlich schlug es zehn Uhr, und eine halbe Stunde darauf hörte ich die Stimme des Pastors, der sprechend die Treppe hinunterging. Alte Erinnerungen schwirrten mir durch den Kopf. Seit meinen Abenteuern mit den Nichten von Madame Orio hatte ich mich wohl verändert, aber vernünftiger war ich nicht gerade geworden. Ich hatte nur dazu gelernt. Vor allem habe ich früh die Erfahrung gemacht, daß die Mädchen schwer zu verführen sind, weil es ihnen an Mut fehlt; sind sie dagegen mit einer Freundin zusammen, so ergeben sie sich ziemlich leicht; die Schwächen der einen führen den Fall der andern herbei. Die Väter und Mütter glauben das Gegenteil, aber sie haben unrecht. Gewöhnlich weigern sie sich, ihre Tochter einem jungen Manne anzuvertrauen, sei es für einen Ball, sei es für einen Spaziergang, aber sie geben nach, wenn das junge Mädchen von einer ihrer Freundinnen begleitet wird. Ich wiederhole, sie haben unrecht, denn wenn der junge Mann es richtig anzufangen weiß, ist ihre Tochter verloren. Falsche Scham hält beide ab, der Verführung unbedingten Widerstand entgegenzusetzen, und ist einmal der erste Schritt getan, so ist der Fall unausbleiblich und schnell. Wenn die Freundin sich die leichteste Gunstbezeigung rauben läßt, so wird sie, um nicht darüber erröten zu müssen, ihre Freundin treiben, eine größere zu bewilligen; und ist der Verführer geschickt, so wird die Unschuld, ohne es zu vermuten, zu weit gegangen sein, um zurücktreten zu können. Je unschuldiger übrigens eine junge Person ist, desto weniger kennt sie die Mittel und das Ziel der Verführung. Unbewußt zieht sie der Reiz des Vergnügens fort, die Neugier kommt ins Spiel und die Gelegenheit tut das übrige. Es ist zum Beispiel möglich, daß es mir ohne Helene gelungen wäre, die gelehrte Hedwig zu verführen; aber ich bin sicher, daß ich nie mit Helene ins reine gekommen sein würde, wenn ihre Cousine mir nicht Freiheiten bewilligt und sich gegen mich gestattet hätte, welche sie ohne Zweifel als dem Scham- und Schicklichkeitsgefühl eines jungen Mädchens widersprechend betrachtete. Da ich, ohne meine Liebestaten zu bereuen, dennoch nicht wünsche, daß mein Beispiel dazu beitrage, das schöne Geschlecht zu entsittlichen, welches in so vielen Beziehungen unsere Huldigungen verdient, so habe ich den Wunsch, daß meine Beobachtungen den Vätern und Müttern zugute kommen mögen und ich auf diesem Wege wenigstens ihre Achtung erwerbe. Bald nach der Entfernung des Pastors hörte ich dreimal leise an mein Versteck klopfen. Ich machte auf, und eine atlasweiche Hand faßte die meinige. Alle meine Sinne bebten. Es war Helenens Hand; sie hatte mich elektrisiert, und dieser glückliche Augenblick belohnte mich schon für mein Warten. »Folgen Sie mir leise,« sagte sie halblaut, sobald sie die Tür wieder zugemacht; aber in meiner glücklichen Ungeduld drückte ich sie zärtlich in meine Arme und ließ sie die Wirkung fühlen, welche ihre bloße Gegenwart auf mich machte; ich überzeugte mich dabei von ihrer völligen Gelehrigkeit. »Seien Sie artig, mein Freund«, sagte sie, »und gehen Sie leise.«

Ich folgte ihr tastend, und am Ende einer langen Galerie führte sie mich in ein Zimmer ohne Licht, welches sie hinter uns schloß; sodann öffnete sie ein erleuchtetes Zimmer, in welchem ich Hedwig beinahe entkleidet erblickte. Sie kam mir, sobald sie mich erblickte, mit offenen Armen entgegen, und indem sie mich feurig umarmte, bezeugte sie mir ihre lebhafte Dankbarkeit wegen der Geduld, mit welcher ich an einem so traurigen Orte ausgeharrt.»Göttliche Hedwig,« sagte ich,»wenn ich Sie nicht bis zum Wahnsinn liebte, würde ich nicht eine Viertelstunde in diesem abscheulichen Versteck geblieben sein; aber es steht in Ihrer Macht, ob ich jeden Tag, solange ich hier bleibe, vier Stunden dort zubringen soll. Aber verlieren wir keine Zeit, meine Freundinnen, seien wir glücklich.«»Legen Sie sich schlafen,« sagte Helene,»ich werde die Nacht auf dem Kanapee zubringen.«»Oh, daran denke nur nicht, Cousine; unser Los muß ganz das gleiche sein.«»Ja, göttliche Helene,« sagte ich, indem ich sie umarmte;»ich liebe Sie beide gleich, und alle derartigen Zeremonien können nur dazu dienen, uns eine kostbare Zeit zu rauben, während welcher ich Ihnen Beweise meiner Liebesglut geben könnte. Ahmen Sie mir nach. Inmitten Ihrer reizenden Schönheiten werde ich selig ruhen. Kommen Sie schnell an meine Seite und Sie werden sehen, ob ich Sie liebe, wie Sie es verdienen. Wenn wir hier sicher sind, werde ich Ihnen Gesellschaft leisten, bis Sie mich zum Gehen auffordern; aber ich bitte Sie, das Licht nicht auszulöschen.« Während ich mit der gelehrten Theologin noch über die Scham philosophierte, entkleidete ich mich nach und nach gänzlich. Hedwig, welche vielleicht fürchtete, daß sie durch längere Zurückhaltung verlieren könnte, ließ errötend den letzten Schleier der Scham sinken und zitierte dabei Clemens von Alexandrien, welcher sagt, die Scham liege nicht im Hemde. Ich rühmte laut ihre Schönheit, die Vollendung ihrer Formen, um Helene zu ermuntern, welche uns langsam nachahmte; aber der Vorwurf falscher Scham, welchen ihr die Cousine machte, wirkte mehr als alle meine Lobsprüche. So erschien endlich diese Venus im Naturzustand, in großer Verlegenheit wegen ihrer Hände, mit der einen Hand einen Teil ihrer verborgenen Schönheiten, mit der anderen einen Teil ihrer Brust bedeckend, und wie beschämt, daß sie nicht alles bedecken konnte. Ihre keusche Verlegenheit, dieser Kampf zwischen der ersterbenden Scham und der Wollust bezauberte mich.

Hedwig war größer als Helene, ihre Haut war weißer und ihr Busen hatte den doppelten Umfang; aber Helene hatte mehr Leben, sanftere Form, und ihr Busen war nach dem Muster der medicäischen Venus: allmählich wurde sie durch das Beispiel ihrer Cousine dreister und wir bewunderten uns einige Augenblicke, sodann sprach die Natur, und sie sprach gebieterisch; wir hatten keinen anderen Wunsch, als ihr Genüge zu tun. Ich sagte ihnen, wie sehr es für mich Bedürfnis sei, während der Zeit, welche ich in Genf bleibe, mein Glück zu erneuern; aber sie antworteten seufzend, dies sei unmöglich. Vielleicht könnten wir uns in fünf bis sechs Tagen wieder ein solches Fest verschaffen; aber dies sei auch alles.»Laden Sie uns«, sagte Hedwig,»morgen zum Abendessen in Ihren Gasthof; vielleicht führt der Zufall die Gelegenheit zu süßen Diebstählen herbei.« Ich trat diesem Vorschlag bei. Die Nacht schien uns kurz, obwohl wir keine Minute verloren hatten, und als der Tag anbrach, mußten wir uns trennen. Ich entkam glücklich, ohne von jemandem gesehen zu werden. Nachdem ich bis Mittag geschlafen, stand ich auf und stattete dem Pastor einen Besuch ab, gegen welchen ich in dem Lobe seiner reizenden Nichte nicht geizte. Dies war das sicherste Mittel, ihn zu bewegen, am folgenden Tage in der ›Wage‹ zu speisen.»Wir sind in der Stadt«, sagte ich,»und können also bleiben, so lange wir wollen; aber suchen Sie die liebenswürdige Witwe und ihre reizende Tochter mitzubringen.« Er versprach es. Ich sorgte dafür, daß die feinsten Weine den Hauptteil des Abendessens ausmachten. Der Parost und seine Freundin tranken tüchtig, und ich schmeichelte ihrem Geschmack soviel wie möglich. Als sie so weit gekommen waren, wie ich wollte, und sie etwas im Kopfe hatten und ganz mit ihren alten Erinnerungen beschäftigt waren, gab ich den beiden Schönen einen Wink, welche sich unauffällig in ein anderes Zimmer begaben. Dann machte ich Punsch, und nachdem ich den beiden Alten davon vorgesetzt, sagte ich, ich wolle auch den Damen welchen bringen, die drüben die Kupferstiche betrachteten. Ich verlor keinen Augenblick, ging flugs zu den beiden Schönen hinaus, und wir verrichteten Wunder. Hedwig philosophierte über das Vergnügen und sagte, sie würde es nie kennen gelernt haben, wenn ich nicht zufällig die Bekanntschaft ihres Onkels gemacht hätte. Wir trennten uns um zwei Uhr morgens. Drei oder vier Tage darauf meldete mir Helene in zwei Worten, daß Hedwig an diesem Tage bei ihr schlafe und daß sie die Tür zur selben Zeit offen lassen werde.

Ich war pünktlich, und als es zehn Uhr schlug, kamen sie und wir überließen uns dem Glück. Ich hatte noch zwei Tage Zeit. Unter solchen Umständen war die Nacht, welche ich mit den beiden reizenden Mädchen zu verleben hatte, mein letztes Geschäft. Mein Unterricht war auf fruchtbaren Boden gefallen, und meine Schülerinnen waren in der Kunst, das Glück zu genießen und mitzuteilen, Meisterinnen geworden. Am nächsten Abend besuchte ich den Syndikus und seine jungen Freundinnen. Ich fand hier Helene, welche so tat, als betrübe meine Abreise sie nicht mehr als die andern; und um ihr Spiel desto besser zu verbergen, gestattete sie dem Syndikus, sie ebensowohl wie die anderen zu küssen. Ich ahmte ihre List nach und bat sie, ihrer gelehrten Cousine in meinem Namen Lebewohl zu sagen, da ich nicht persönlich Abschied nehmen könne. Ich reiste am frühen Morgen ab und langte am Abend des folgenden Tages in Lyon an.

Spanien

Nach einer abenteuerreichen Reise durch Europa hatte ich Lust, nun auch Madrid kennen zu lernen, das ich noch nie besucht hatte. In diesem Lande der Inquisition sollte ich nicht ohne Fährnisse meiner Göttin huldigen. Die Galanterie in diesem Lande ist düster und unruhig; weil sie Vergnügungen zum Zweck hat, die unbedingt verboten sind. In gewissem Sinne werden die Genüsse lebhafter und pikanter, weil der Schein des Geheimnisses sie umhüllt. Die Spanier sind klein, ziemlich schlecht gebaut, und ihre Züge sind nicht schön; die Frauen dagegen sind reizend, voller Anmut und Liebenswürdigkeit und von feurigem Temperament. Sie sind immer bereit, sich aus die gefährlichsten Intrigen einzulassen; all ihr Dichten und Trachten hat nur den einen Zweck, die Eifersucht ihrer Männer oder ihre Duennen zu täuschen. Unter mehreren Seufzenden werden sie immer den vorziehen, der vor den vielen Gefahren, mit denen ihr Besitz begleitet ist, nicht zurückbebt; sie kommen gern der Gelegenheit entgegen, und schon für den Wunsch, sie herbeizuführen, leben sie ganz. An einem der ersten Abende besuchte ich nach dem Schauspiel ganz allein in einem Domino den Maskenball.

Als Fremder wollte ich alles sehen, alles kennen lernen, und meine Neugierde kostete mir mehr als eine Dublone. Ader dieser Maskenball war für mich weit weniger kostspielig als alle späteren, und ich hatte dies der Unterhaltung zu danken, welche ich mit einem Greise im Erfrischungssaale anknüpfte.

Da er mich allein, fern von der Menge sah, sagte er:»Haben Sie Ihre Dame verloren?«»Ich habe keine Dame.«»Aber Sie scheinen sich zum Tanze zu eignen.«»In der Tat tanze ich sehr gern.«»Wenn Sie allein hierherkommen, werden Sie nie tanzen, denn die Damen, die Sie hier sehen, haben alle ihren Tänzer (parejo), der ihnen nicht gestattet, die Einladung eines anderen anzunehmen.«»Wenn es so ist, werde ich wohl auf dies verführerische Vergnügen verzichten müssen, denn ich kenne in Madrid keine Dame, welche mich auf einen Maskenball begleiten möchte.«»Sie irren sich; Sie werden sehr hübsche Tänzerinnen finden und sogar leichter als ein Madrider, da Sie Fremder sind. Seitdem unser Minister, der Graf Aranda, diese fröhlichen Gesellschaften gestattet hat, sind sie die Leidenschaft aller Frauen und Mädchen geworden. Abgesehen von den Zuschauerinnen sind hier etwa dreihundert Tänzerinnen anwesend, aber zum wenigsten gibt es viertausend junge Personen, die keinen Liebhaber haben und jetzt vor Schmerz zu Hause vergehen.«»Wie ich sehe, dürfen diese Damen nicht allein hierherkommen.«»Die Polizei verbietet es.«»Dürfte dann wohl der erste beste eine dieser Damen einladen?«»Kein Vater, keine Mutter wird Ihnen eine abschlägige Antwort geben, wenn Sie ohne Umstände um die Ehre bitten, ihre Tochter auf den Ball begleiten zu dürfen.«»Das ist ein sonderbarer Gebrauch.«»Das Wesentlichste ist, daß Sie dem Fräulein ein Kostüm, eine Maske und Handschuhe anschaffen und ihr einen Wagen zur Verfügung stellen.«»Was soll ich aber tun, Sennor, wenn man meine Einladung ausschlägt?«»Dann empfehlen Sie sich und versuchen anderwärts Ihr Glück. Aber seien Sie unbesorgt, Sie werden überall willkommen sein.« Verführt durch die Sonderbarkeit eines solchen Abenteuers, gelobte ich mir, dem Rat des Greises zu folgen, und bat ihn um seine Adresse. Er erwiderte:»Sie werden mich alle Abende in jener Loge im ersten Range finden, und wenn es Ihnen recht ist, werde ich Sie der Dame vorstellen, welche sie innehat.« Ich nannte mich und folgte ihm. Ich wurde sehr gut in der Loge aufgenommen, in welcher sich zwei Damen und ein Greis befanden. Die eine, welche noch Spuren großer Schönheit bewahrte, fragte mich, welche tertullias (Gesellschaften) ich besuche. Ich erwiderte, ich sei Fremder und habe nirgends Zutritt. »Kommen Sie zu mir,« sagte sie französisch, »ich bin die Sennora Pichona.« Die Dame hatte viele Bekanntschaften, denn sie fügte hinzu: »Mich kennt jeder.« Gegen Ende des Balles tanzte man den Fandango, von dem ich eine Vorstellung zu haben glaubte, weil ich ihn in Italien und in Frankreich tanzen gesehen hatte; aber dies war nur eine bloße Kopie gewesen, und das Original dürfte wohl nirgends anders aufgeführt werden können. Stellungen, Bewegungen, Blicke, alles war dort kalt und tot gewesen; hier lebte alles, sprach zum Herzen und zu den Sinnen. Dieser Anblick versetzte mich in eine wahre Raserei. Jeder Kavalier tanzt seiner Dame gegenüber und begleitet seine Bewegungen mit Kastagnetten. Die Bewegungen des Tänzers drücken zunächst die Begierde aus, die der Tänzerin die Einwilligung; sodann wird der Tänzer lebendiger und sinnlicher, und die Tänzerin versinkt in süßes Schmachten oder in Verzückung, bis die Ermüdung beide trennt. Man wird sich wohl denken, daß Zuschauer und Zuschauerinnen diesen Tanz mit großer Teilnahme verfolgen, und diese Teilnahme ist so glühend, daß der Fandango wahrscheinlich in den Logen fortgesetzt werden würde, wenn der Saal nicht glänzend erleuchtet wäre. Am folgenden Tage suchte ich einen Professor des Fandango und fand ihn in der Person eines Schauspielers, der mir auch einige Lektionen im Spanischen gab. Nach drei Tagen tanzte ich den Fandango vollendet und ging nun darauf aus, mir eine Tänzerin zu verschaffen. An ein Fräulein aus den höheren Ständen konnte ich mich nicht wenden, weil ich kurz abgewiesen worden wäre; andererseits wollte ich weder eine verheiratete Frau noch eine Kurtisane. Es war gerade der Tag des heiligen Antonius, der nicht nur kanonisiert worden, sondern auch den Beinamen des Heiligen erhalten hatte, und der uns immer in Gesellschaft eines Schwans gezeigt wird. Ich trete in die Kirche de la Soledad, um die Messe zu hören, beständig darauf bedacht, mir für den folgenden Tag eine Pareja zu verschaffen. Hier bemerkte ich ein junges Mädchen, welches mit zur Erde gesenkten Augen aus einem Beichtstuhle trat. Da ich aus ihrer ganzen Haltung sah, daß sie den Fandango wie ein Engel oder wie ein Teufel tanzen müsse, beschloß ich auf den Scannos del Peral mit ihr zu debütieren. Man sah wohl, daß sie keiner Familie von hohem Stande angehörte; sie war aber schön und hatte ein anständiges Wesen und eine elegante Haltung.

Nach der Beichte kniete sie in der Kirche nieder und ging dann zum Abendmahl. Ich hörte ihr zuliebe eine zweite Messe, denn die vielen Paternoster, die sie betete, brauchten Zeit. Endlich verließ sie die Kirche, ging um die Straßenecke und trat in ein einstöckiges Haus. Ich folgte ihr und klopfte an die erste Tür.»Wer ist da?«»Gente de paz.« Das ist die in Madrid gebräuchliche Antwort. Ein Gläubiger, der zu dir kommt, ein Polizist, der dich verhaften will, wird immer sagen:»Ein friedlicher Mann.« Die Tür öffnete sich und ich erblickte die junge Person in Gesellschaft eines Mannes und einer Frau; es waren ihr Vater und ihre Mutter. Ich sagte zum ersten:»Sennor, ich bin ein Fremder und großer Freund vom Tanzen, aber ich habe keine Pareja.« Der Vater wendete sich zur Frau, die Frau zur Tochter und diese blickte mich an. Ich fuhr fort:»Ich komme also auf gut Glück zu Ihnen und bitte Sie um die Erlaubnis, Ihre Tochter auf den Ball führen zu dürfen.«»Sennor, wir haben nicht die Ehre, Sie zu kennen, und ich weiß nicht, ob meine Tochter Sie wird begleiten wollen.« Das Mädchen wurde feuerrot und erwiderte auf der Stelle:»Ich werde mich glücklich schätzen, den Herrn begleiten zu dürfen.« Hierauf fragte der Vater, der sich Don Diego nannte, nach meinem Namen und meiner Adresse und versprach, sich die Sache zu überlegen und mir vor Mittag Antwort zu bringen. Noch am Vormittag meldete mir der brave Mann, daß er die Einladung annehme; aber unter der Bedingung, daß die Mutter das Ende des Balles in meinem Wagen abwarten dürfe. Im Gespräche mit ihm erfuhr ich, daß er Schuhe mache.»Wohlan!« sagte ich zu ihm, »nehmen Sie mir zu einem Paar Schuhe Maß.«»Das kann ich nicht, Sennor; ich bin Edelmann; wenn ich Ihnen Maß nehmen wollte, würde ich mir etwas vergeben.«»Ihr Stand nötigt Sie doch dazu?« »Allerdings, wenn ich Schuhmacher wäre; aber das bin ich nicht.« »Was sind Sie denn?«»Zapatero de viejo (Altflicker). Ich nehme keinen Fuß in die Hand, außer von Adligen, wie ich selber.«»Gut, Hidalgo! So nehmen Sie mir nicht Maß, sondern flicken Sie mir meine alten Stiefeln. Wird Euer Gnaden das tun?«»Ich werde es tun, und ich werde sie Ihnen so gut ausbessern, daß Sie sie für neu halten sollen.« »Abgesehen von Ihrem Adel sind Sie ein geschickter Arbeiter.«»Wir arbeiten seit fünf Generationen zum richtigen Preise. Die Arbeit wird Ihnen einen pezzo duro kosten« (ungefähr einen Taler). Am folgenden Tage schickte ich meiner Pareja einen Domino, eine Maske und Handschuhe. Am Abend begab ich mich mit einem Mietswagen zu ihr;

ich wurde mit Ungeduld erwartet. Die Mutter, in einen großen Mantel gehüllt, begleitete uns und schlief fast augenblicklich ein. Als ich mit Donna Ignazia in den Saal trat, waren die Quadrillen schon gebildet. Zwei Stunden lang versäumten wir keinen Kontertanz, worauf ich ihr ein Abendessen anbot. Alles dies erfolgte, ohne daß wir ein Wort miteinander austauschten. Ich wußte allerdings auch nicht drei spanische Worte. Um elf Uhr verkündete uns ein Paukenschlag, daß der Fandango anfange. Dieser glühende Tanz, dessen Figuren feurige Bilder der Wollust sind, entfesselte meine Zunge und gab mir die sonderbarste Liebeserklärung ein, die ich je gemacht; es war eine Mischung von französischen, italienischen und spanischen Worten. Die Kleine verstand alles; allerdings ergänzten meine Augen die Lücken meines Wörterbuchs. Sie gab mir zu verstehen, daß sie mit sich zu Rate gehen müsse, ehe sie meine Liebeserklärung beantworten könne, und daß ich durch ein in ihren Domino eingenähtes Billett von ihren Gefühlen in Kenntnis gesetzt werden solle. Ich solle ihn am folgenden Morgen abholen lassen. Als wir wieder in den Wagen stiegen, schlief oder schnarchte vielmehr die Mutter noch immer. Unsere Ankunft weckte sie und sie begrüßte uns mit einem:»Schon! Ich habe nicht Zeit zum Ausschlafen gehabt.« Dank der in unserm rollenden Hause herrschenden Dunkelheit behielt ich die weißen Pätschchen Donna Ignazias in meinen Händen, und in dieser Lage, die mich von noch viel Angenehmerem träumen ließ, erzählte sie ihrer Mutter, welches Vergnügen sie auf dem Balle gehabt. In einiger Entfernung vom Hause ihres adligen Gatten bat Ignazias Mutter den Kutscher, zu halten, um den bösen Zungen keinen Stoff zum Klatschen zu geben. Am folgenden Tage sah ich ungeduldig dem Domino Ignazias entgegen. In der Tat war das versprochene Billett im Futter eingenäht; es enthielt nur die beiden Zeilen:»Don Francisco de Ramos, mein Liebhaber, wird zu Ihnen kommen und Ihnen sagen, was Sie zu tun haben, um mich glücklich zu machen.« Der Liebhaber ließ nicht lange auf sich warten und war weniger lakonisch als die Braut. Er erzählte mir die Geschichte seiner langen Liebschaft voll zwecklosen Harrens und wollte von mir zweihundert Dukaten zur Gründung eines Geschäfts haben. Die bekam er freilich nicht, und so ging er enttäuscht. Eines Tages fand ich Donna Ignazias Vater vor meiner Tür. Der Hidalgo brachte mir meine Stiefel zurück. Er tat mir die ganz besondere Ehre an, mir um den Hals zu fallen:»Sie haben meine

Tochter bezaubert. Sie spricht vom Morgen bis zum Abend von Ihnen.«»Ich würde, dachte ich bei mir, mich lieber vom Abend bis zum Morgen mit ihr beschäftigen. Laut sagte ich:»Meiner Treu, ehrenwerter Sennor, Ihre Tochter ist eine sehr liebenswürdige, sehr hübsche und sehr anständige junge Person.«»Ein edles Geschlecht,« fiel er ein.»So anständig,« fuhr ich fort,»daß ich nicht gewagt habe, sie zu besuchen, weil ich sie bloßzustellen fürchtete.«»Mein Herr, ihr Ruf als tugendhaftes Mädchen erhebt sie über jeden Angriff, und Ihr Besuch soll mir sehr angenehm sein.« Das war gerade so gut, als ob der brave Mann gesagt hätte: Machen Sie ihr den Hof! Noch an demselben Tage begab ich mich zu Donna Ignazia. Ich fand sie neben ihrer Mutter sitzen; sie hielt einen Kranz von Rosen in der Hand, während ihre Mutter das Geschirr abwusch und der Hidalgo seinen edlen Beschäftigungen als zapatero de viejo nachging. Ich machte der Schönen ein Kompliment wegen des Balles; sie nahm es sehr gut auf und erbot sich von selbst, mich zu begleiten. Nun zog ich eine Dublone aus der Tasche und gab sie den adligen Eltern, um einen Domino und Handschuhe zu kaufen; ich blieb allein mit Ignazia. Meine bestimmte Absicht war, eine schnelle Lösung herbeizuführen, aber Ignazia hatte Grundsätze und stellte allen meinen Unternehmungen einen jungfräulichen Widerstand entgegen. Doch entriß ich ihr das halbe Geständnis:»Es ist meine Pflicht, Ihren Begierden zu widerstehen, selbst wenn es mir schwer werden sollte.« Sobald ich nur ihre Pflicht zu bekämpfen hatte, war es wahrscheinlich, daß ich mit diesem schwachen Feinde fertig werden würde. Am Abend gebrauchte ich die Vorsicht, zwei Flaschen Ratafia in meinen Wagen zu stellen, und füllte die Taschen meiner Tänzerin mit bonbons diaboligues. Als ich ihr eine goldene Dublone anbot, sagte sie:»Geben Sie diese lieber Francisco.« »Aber er ist Edelmann, er wird sie nicht nehmen.«»Doch. Sagen Sie ihm, dies sei eine Abschlagszahlung auf die zweihundert, um welche er Sie gebeten. Der arme Junge kann sie sehr gut brauchen, denn er ist so arm!«»Und so verliebt!« setzte ich lachend hinzu.»Ein erfrorener Liebhaber, der nachts auf der Straße auf mich wartet, wenn ich mit Ihnen auf den Ball gehe.«»Wenn ich dies glaubte, würde ich ihm vorschlagen, Ihrer Mutter im Wagen Gesellschaft zu leisten.« Ich glaubte zu bemerken, daß die Schöne dank den Bonbons und dem Fandango menschlicher gestimmt wurde. Die verliebten Blicke, die wollüstigen Berührungen hatten ihren Fortgang; aber wir waren noch nicht zum Küssen gekommen, und ich hatte also meine Rechnung noch nicht gefunden. Als wir uns mit Tagesanbruch verließen, gab sie mir ein Stelldichein für den folgenden Tag in der Kirche de la Soledad. Aber da sie mit einer, übrigens recht häßlichen Freundin erschien, hielt ich mich versteckt und suchte sie dann am Abend auf. Sie lud sich von selbst zum nächsten Balle ein und fragte mich, ob ich zwei ihrer Cousinen mitnehmen wolle. »Sind sie ebenso schön wie Sie?«»Schön oder nicht, tun Sie es mir zuliebe.«»Ich werde es tun. Wo wohnen diese Damen?«»Nehmen Sie diese Spitzen und gehen Sie nach der neuen Straße. In der Mitte werden Sie einen kleinen Laden mit der Aufschrift ›Zur heiligen Therese‹ finden. Dort ist es. Sagen Sie nur, Sie kommen von mir; das übrige werde ich besorgen.«»Die Damen sind Wäscherinnen?«»Und adlig.«»Wie Ihr Vater, ich weiß es.« Ich folgte Ignazias Anweisungen und begab mich mit den Spitzen zu den Cousinen. Ihr Gesicht und ihr Wesen hatte eben nichts Gewinnendes; die älteste glich dem Porträt, welches uns Cervantes von der berühmten Dulcinea von Toboso entworfen hat; die andere mag man sich als einen Dragoner in Weiberkleidern vorstellen. Trotzdem war es mir nicht unangenehm, daß Ignazia diese beiden häßlichen Frauenzimmer ausersehen hatte; meine Eigenliebe erblickte darin ein Vorzeichen meines Sieges. Eine Frau, sagte ich zu mir selbst, kann einen ihr gleichgültigen Mann mit einer schönen Person zusammenbringen, aber demjenigen, den sie zu lieben geneigt ist, wird sie immer nur eine häßliche zeigen. Nachdem wir unsere Verabredungen getroffen, speisten die beiden Cousinen und Donna Ignazia bei mir zu Mittag. Beim Trinken fuhr mir eine zum mindesten burleske Idee durch den Kopf. Ich sagte zu den Damen:»Ich sehe mit Bedauern, daß jede von Ihnen nur im Verhältnisse von einer zu dreien am Kontertanze wird teilnehmen können; aber ich weiß ein Mittel dagegen.«»Sagen Sie es.« »Die größte der jungen Damen müßte sich entschließen, Männerkleider anzulegen.« Die jüngste schrie über diesen Vorschlag laut auf und sagte:»Ich werde nie eine solche Todsünde begehen.« Ignazia, welche alle Legenden auswendig wußte, beruhigte sie, indem sie ihr das Beispiel der heiligen Marina anführte, die ihr ganzes Leben lang in Männerkleidern gegangen. »Aber«, versetzte das arme Mädchen,»wer soll mich denn anziehen?«»Ich bin der einzige, Fräulein, der Ihnen diesen Dienst leisten kann.«»Das wage ich nicht.« »Oh, tue es nur,« sagte Ignazia,»Don Jaíme ist der anständigste

Kavalier von ganz Spanien.« Nachdem ihre Bedenken beseitigt waren, verkleidete ich sie so gut von Kopf bis zu den Füßen, daß ihr Geschlecht gar nicht zu erkennen war. Als die andere Cousine mich fragte, ob ich mich auf Frauentoilette verstehe, ergriff ich diese Gelegenheit und sagte, wenn Donna Ignazia damit zufrieden sei, wolle ich ihr eine Probe meiner Geschicklichkeit geben. Sie erklärte sich bereit, und wir gingen in ein benachbartes Zimmer, welches ich verriegelte. Die Toilette dauerte lange, man errät wohl, weshalb; aber mir wurde die Zeit sehr kurz; ich entkleidete die Schöne sehr schnell, aber das Ankleiden dauerte lange. Die Cousinen wurden ungeduldig; Donna Ignazia glaubte sich, als sie wieder in das Zimmer kam, wegen der Zögerung entschuldigen zu müssen; der Domino, sagte sie, sei zerrissen und hätte erst wieder genäht werden müssen. Die Cousinen lachten; ich war freudestrahlend. Am Abend gingen wir also auf den Ball. Aber wegen der großen Menschenmenge war es nicht möglich, zu tanzen. Ich bot den Damen ein Abendessen an, und dieses dauerte bis gegen Mitternacht; wir hatten doch wenigstens den Anblick des Tanzes, wenn wir auch selbst nicht tanzen konnten. Ich hoffte, mich im Fandango mit den Damen auszeichnen zu können; plötzlich hört das Orchester zu spielen auf, die Quadrillen lösen sich auf und die Tanzenden ziehen ab. Ich fragte nach dem Grunde dieses schnellen Aufbruchs, und man antwortete mir:»Es ist Aschermittwoch, und in der Fastenzeit tanzt man nicht.« Ich brachte Ignazias Cousinen nach Hause und lieferte sie rein, wie ich sie erhalten hatte, ab. Ignazia erklärte sich bereit, noch einige Erfrischungen einzunehmen, und ich führe sie nach meiner Wohnung, in der Hoffnung auf eine süße Zusammenkunft unter vier Augen. Als ich aber in das Kaffeehaus trete, wo ich die Erfrischungen bestellen will, bemerke ich Don Francisco, der mir entgegenkommt und ohne Umstände sagte:»Ich habe Sie mit Ignazia kommen sehen; erlauben Sie, daß ich ihr einen guten Morgen wünsche?«»Meinethalben,« sage ich, meinen Verdruß verhehlend, »Sie werden ihr ein Vergnügen erweisen.« Donna Ignazia wurde bleich, als sie ihren Liebhaber erblickte.»Es ist unanständig,« sagte sie,»die Leute zur jetzigen Zeit zu belästigen.« Ich übernahm seine Verteidigung und machte Ignazia bemerklich, daß sie wenig Nachsicht für einen Mann zeige, der ihr diesen Beweis seiner Liebe gebe. Sie begriff meine Zurückhaltung und lud den armen Francisco zum Sitzen ein; er setzte sich einen Augenblick, goß sich zu trinken ein und ging dann wieder. Darauf sagte Ignazia mit traurigem Tone:»Die Gegenwart Franciscos hat mir alles Vergnügen geraubt, was ich mir mit Ihnen versprach; ich bin überzeugt, daß er in der Nähe geblieben ist, um mir aufzulauern, und daß er wohl imstande ist, sich wegen meiner Verachtung zu rächen. Ich werde mich auch wegen des Streichs, den er mir gespielt hat, rächen, und bin entschlossen, ihm ganz den Abschied zu geben; denn in Wahrheit dulde ich seine Liebe nur durch das Fenster, um einen Mann zu bekommen. Ich liebe nur Sie, Don Jaime.«»Ich bin davon überzeugt, Ignazia, und ich achte Sie zu sehr, um etwas anderes zu glauben.« Sodann brachte ich Ignazia zu ihrem Vater zurück, nachdem ich ihr geschworen, sie, solange ich in Madrid bleiben würde, zu lieben. Man weiß, daß ich den Grundsatz habe, nie die Zukunft zu verpfänden. Bald darauf mußte ich nach Aranjuez verreisen, und von dort schrieb ich meinem adligen Schuhflicker, daß ich eines möblierten Zimmers nebst Kabinett, eines Bedienten und eines Mietsfuhrwerks bedürfe. Schon nach zwei Tagen erhielt ich die Adresse der neuen Wohnung, und als ich einzog, stellte sich heraus, daß mein braver Hidalgo selbst mein Wirt war; er hatte das ganze Haus für mich gemietet und mit seinen adligen Händen alles selbst vorbereitet. Ich bot ihm meinen Tisch an, da ich nicht gern allein aß; nach vielen Einwendungen gab er meiner Bitte nach, aber mit dem Vorbehalt, daß er sich durch seine Tochter ersetzen lassen dürfe, wenn seine Beschäftigungen ihn hindern sollten, mir Gesellschaft zu leisten, eine Bedingung, die ich sehr gern einging. Am folgenden Tage war ich mit Ignazia allein und wir hatten eine Unterhaltung, die von zu charakteristischen Umständen begleitet war, als daß ich sie hätte vergessen können. In zarten und diskreten Ausdrücken hatte ich ihre Reize gelobt.»Sehen Sie, es gibt Augenblicke, wo ich häßlich sein möchte, und erst in der vergangenen Woche habe ich eine meiner Freundinnen besucht, welche die Pocken hatte, um mich von ihr anstecken zu lassen.«»Wissen Sie aber auch, daß Sie ein Verbrechen begangen haben, um sich einer scheinbaren Sünde zu entziehen?« »Das sagt mein Beichtvater auch, und er hat mir eine Buße auferlegt, die ich nicht erwartet hatte.«»Ein Rat genügte, die Buße war überflüssig. Worin besteht aber die Buße?«»Zunächst hat er mir erklärt, warum man sein Gesicht vor jeder Schändung bewahren muß; ›ein schönes Gesicht‹, sagt er, ›ist der Spiegel einer schönen Seele und ein Geschenk des Himmels, für welches man Gott täglich danken muß, denn die Schönheit ist ein Empfehlungsbrief.‹ Nach seiner Ansicht habe ich mich einer Undankbarkeit gegen den Schöpfer schuldig gemacht, und zur Buße für meine Sünden hat er mir befohlen, Rot aufzulegen, weil er mich zu bleich findet.»Ist Ihr Beichtvater jung?« »Er ist siebzig Jahre alt.«»Erzählen Sie ihm Ihre reizenden Schwächen mit allen Einzelheiten?«»Ich habe kein Geheimnis vor ihm.«»Wann denken Sie wieder hinzugehen?«»Heute abend.«»Haben Sie eine Todsünde auf dem Gewissen?«»Keine.«»Sie werden also Ihrem Beichtvater heute nichts zu sagen haben? Wenn Sie aber wollen –« Sie legte ihren hübschen Finger auf den Mund. Ich drücke sie verliebt an meinen Mund, und vermöge des Gesetzes der Anziehung war sie bald auf meinem Schoß.»Was wird mein Beichtvater sagen!« rief sie erschrocken.»Ich bin überzeugt, daß Sie nie zur Beichte gehen.«»Vor acht Tagen habe ich die Absolution bekommen.«»Sie erfreuen mich mit dieser Mitteilung.« Ich benutzte ihre Freude, und wiederum infolge des Gesetzes der Anziehung änderten wir unsere Stellung; es war nicht mehr Ignazia, die auf mir saß. Aber im entscheidenden Augenblick erhebt sich Ignazia mit einer gewaltigen Anstrengung und kniet vor einem Bilde der heiligen Jungfrau in einer Ecke des Zimmers nieder. Man muß wissen, daß jedes spanische Zimmer seine Madonna hat; diese Madonna steht gewöhnlich in einem kleinen Behälter von Gaze, über welchen ein Vorhang von braunem Zeuge niederfällt. Nachdem sie ihr Gebet vor dem Bilde der heiligen Jungfrau verrichtet, welche während unserer Unterhaltung unbedeckt gewesen war, zog sie den Vorhang vor und setzte sich wieder neben mich; sie war sehr aufgeregt. »Warum so verstört, liebes Kind?«»Ich bin nicht nur im Zustande einer Todsünde, sondern habe auch eine Heiligtumsschändung begangen. Ich wage nicht, meinem Beichtvater zu gestehen, was ich vor diesem Bilde mit Ihnen getan.« Diese naiven Worte wurden von Tränen und Schluchzen unterbrochen, und alles, was ich tun mochte, um sie wieder zur Vernunft zu bringen, war vergeblich. Am folgenden Abend sagte sie mir, sie habe ihrem Beichtvater alles gestanden, der ihr die Absolution nicht verweigert, aber nur unter der Bedingung, daß sie sich eine andere Madonna anschaffe, da die ihrige entweiht sei. Ich versprach ihr dies kleine Geschenk, und sie beteuerte mir unter Tränen, daß sie nie mehr vergessen würde, das Bild der Mutter des Erlösers zu verhüllen, wenn ich sie besuchte. Als sie dies gesagt, verschwanden ihre Tränen bis auf die letzte Spur.

Leider hatte mein Glück keine lange Dauer mehr. Mein Unstern führte den Baron von Fraiture, einen Spieler und Gauner von Gewerbe, nach Madrid, den ich in Spaa kennen gelernt hatte. Dieser Fraiture brachte mich in die größte Verlegenheit durch seine Spielergeschichten, so daß mir plötzlich alle Gesellschaften gesperrt waren. Trotz der Gefälligkeiten Ignazias wurde mir meine Nachbarschaft bald unerträglich. Ein ehrlicher genuesischer Buchhändler schoß mir hundert Pistolen vor, und so gelang es mir, Spanien zu verlassen.

Titelliste Taschenbuch-Literatur-Klassiker

Bd. 1 *Abenteuer und Fahrten des Huckleberry Finn*, Mark Twain, Bd. 2 *Andersens Märchen*, Hans Christian Andersen, Bd. 3 *Anton Reiser*, Karl Philipp Moritz, Bd. 4 *Aus dem Leben eines Taugenichts*, Joseph Freiherr v. Eichendorff, Bd. 5 *Bahnwärter Thiel*, Gerhard Hauptmann, Bd. 6 *Bambi Eine Lebensgeschichte aus dem Walde*, Felix Salten, Bd. 7 *Bauern, Bonzen und Bomben*, Hans Fallada, Bd. 8 *Bel Ami*, Guy de Maupassant, Bd. 9 *Bergkristall*, Adalbert Stifter, Bd. 10 *Candide oder der Optimismus*, Voltaire, Bd. 11 *Caspar Hauser oder Die Trägheit des Herzens*, Jakob Wassermann, Bd. 12 *Dantons Tod*, Georg Büchner, Bd. 13 *Das Bildnis des Dorian Grey*, Oscar Wilde, Bd. 14 *Das Dschungelbuch*, Rudyard Kipling, Bd. 15 *Das Fräulein von Scuderi*, ETA Hoffmann, Bd. 16 *Das Gemeindekind*, Marie v. Ebner-Eschenbach, Bd. 17 *Das Heptameron*, Margarete v. Navarra, Bd. 18 *Märchenbriefbuch der heiligen Nächte*, Max Dauphtendey, Bd. 19 *Das Marmorbild*, Joseph v. Eichendorff, Bd. 20 *Das Schloss*, Franz Kafka, Bd. 21 *Das Urteil*, Franz Kafka, Bd. 22 *David Copperfield*, Charles Dickens, Bd. 23 *Der abenteuerliche Simplizissimus*, Grimmelshausen, Bd. 24 *Der arme Spielmann*, Franz Grillparzer, Bd. 25 *Der eingebildete Kranke*, Moliere, Bd. 26 *Der ewige Spießer*, Ödön v. Horváth, Bd. 27 *Der Fürst*, Nocolò Machiavelli, Bd. 28 *Der Glöckner von Notre Dame*, Victor Hugo, Bd. 29 *Der goldene Esel*, Apuleius, Bd. 30 *Der goldene Topf*, ETA Hoffmann, Bd. 31 *Der Graf von Monte Christo*, Alexandre Dumas, Bd. 32 *Der grüne Heinrich*, Gottfried Keller, Bd. 33 *Der kleine Häwelmann und andere Märchen*, Theodor Storm, Bd. 34 *Der kleine Lord*, Frances Hodgson Burnett, Bd. 35 *Der letzte Mohikaner*, James Fenimore Cooper, Bd. 36 *Der Prozess*, Franz Kafka, Bd. 37 *Der Sandmann*, ETA Hoffmann, Bd. 38 *Der Schimmelreiter*, Theodor Storm, Bd. 39 *Der Schuss von der Kanzel*, Conrad Ferdinand Meyer, Bd. 40 *Der Seewolf*, Jack London, Bd. 41 *Der seltsame Fall des Dr. Jekyll und Mr. Hyde*, Robert Louis Stevenson, Bd. 42 *Der Stechlin*, Theodor Fontane, Bd. 43 *Der Sturmheidhof (Sturmhöhe)*, Emily Brontë, Bd. 44 *Der Tor und der Tod*, Hugo v. Hofmannsthal, Bd. 45 *Der Weg ins Freie*, Arthur Schnitzler, Bd. 46 *Der zerbrochene Krug*, Heinrich v. Kleist, Bd. 47 *Deutsches Märchenbuch*, Ludwig Bechstein, Bd. 48 *Deutschland. Ein Wintermärchen*, Heinrich Heine, Bd. 49 *Die Abenteuer der sieben Schwaben*, Ludwig Aurbacher, Bd. 50 *Die Burg von Otranto*, Horace Walpole, Bd. 51 *Die drei Musketiere*, Alexandre Dumas, Bd. 52 *Die Elixiere des Teufels*, ETA Hoffmann, Bd. 53 *Die Geschichte meines Lebens*, Georg Ebers, Bd. 54 *Die Insel Felsenburg*, Johann Gottfried Schnabel, Bd. 55 *Die Judenbuche*, Annette v. Droste-Hülshoff, Bd 56. *Die Kameliendame*, Alexandre Dumas, Bd. 57 *Die Kartause von Parma*, Stendhal, Bd. 58 *Die Kreutzersonate*, Lew Tolstoi, Bd. 59 *Die Leiden des jungen Werther*, Johann Wolfgang v. Goethe, Bd. 60 *Die Leute von Seldvyla I*, Gottfried Keller, Bd. 61 *Die Leute von Seldvyla II*, Gottfried Keller, Bd. 62 *Die Marquise*, George Sand, Bd. 63 *Die Marquise von O.*, Heinrich v. Kleist, Bd. 64 *Die Memoiren der Fanny Hill*, John Cleland, Bd. 65 *Die Ratten*, Gerhard Hauptmann, Bd. 66 *Die Räuber*, Friedrich v. Schiller, Bd. 67 *Die Regentrude*, Theodor Storm, Bd. 68 *Die Reisen des Baron zu Münchhausen*, Bd. 69 *Die Schatzinsel*, Robert Louis Stevenson, Bd. 70 *Die Verlobten*, Allessandro Manzoni, Bd. 71 *Die Verwandlung*, Franz Kafka, Bd. 72 *Die Verwirrungen des Zöglings Törleß*, Robert Musil, Bd. 73 *Die Waffen nieder*, Berta von Suttner, Bd. 74 *Die Wahlverwandtschaften*, Johann Wolfgang v. Goethe, Bd. 75 *Don Carlos*, Friedrich v. Schiller, Bd. 76 *Eduards Traum*, Wilhelm Busch, Bd. 77 *Effi Briest*, Theodor Fontane, Bd. 78 *Egmont*, Johann Wolfgang v. Goethe, Bd. 79 *Ein Held unserer Zeit*, Michail Lermontoff, Bd. 80 *Einsichten und Ausblicke*, Gerhard Hauptmann, Bd. 81 *Emilia Galotti*, Gottold Ephraim Lessing, Bd. 82 *Erinnerungen aus galanter Zeit*, Giacomo Casanova, Bd. 83 *Erzählungen*, Wilhelm Busch, Bd. 84 *Es waren zwei Königskinder*, Theodor Storm, Bd. 85 *Essays*, Michel de Montaigne, Bd. 86 *Franz Sternbalds Wanderungen*, Ludwig Tieck, Bd. 87 *Fräulein Else*, Arthur Schnitzler, Bd. 88 *Frühlings Erwachen*, Frank Wedekind, Bd. 89 *Gedanken*, Blaise Pascal.

Bd. 90 *Gefährliche Liebschaften*, Pierre-Ambroise-François Choderlos de Laclos, Bd. 91 *Gegen den Strich*, Joris-Karl Huysmany, Bd. 92 *Geschichte des Fräuleins von Sternheim*, Sophie v. La Roche, Bd. 93 *Geschichte vom braven Kasperl und dem Annerl*, Clemens Brentano, Bd. 94 *Geschichten aus dem Wienerwald*, Ödön v. Horváth, Bd. 95 *Glanz und Elend der Kurtisanen*, Honore de Balzac, Bd. 96 *Glück und Unglück der berühmten Moll Flanders*, Daniel Defoe, Bd. 97 *Götz von Berlichingen*, Johann Wolfgang v. Goethe, Bd. 98 *Gullivers Reisen*, Jonathan Swift, Bd. 99 *Heidis Lehr und Wanderjahre*, Johann Spyri, Bd. 100 *Heinrich von Ofterdingen*, Novalis, Bd. 101 *Hiob Roman eines einfachen Mannes*, Joseph Roth, Bd. 102 *Immensee*, Theodor Storm, Bd. 103 *Iphigenie auf Tauris*, Johann Wolfgang v. Goethe, Bd. 104 *Italienische Märchen*, Clemens Brentano, Bd. 105 *Ivannhoe*, Walter Scott, Bd. 106 Jahrmarkt der Eitelkeiten, William Makepaece Thackeray, Bd. 107 *Jane Eyre*, Charlotte Brontë, Bd. 108 *Jugend ohne Gott*, Ödön v. Horvath, Bd. 109 *Jürg Jenatsch*, Conrad Ferdinand Meyer, Bd. 110 *Kabale und Liebe*, Friedrich v. Schiller, Bd. 111 *Kasimir und Karoline*, Ödön v. Horvath, Bd. 112 *Kinder- und Hausmärchen*, Gebrüder Grimm, Bd. 113 *Kleiner Mann, was nun*, Hans Fallada, Bd. 114 *König Alkohol*, Jack London, Bd. 115 *Krambambuli*, Marie Ebner-Eschenbach, Bd. 116 *Lausbubengeschichten*, Ludwig Thoma, Bd. 117 *Lavinia - Pauline - Kora*, George Sand, Bd. 118 *Leben und Lüge*, Detlev von Liliencron, Bd. 119 *Lebensansichten des Katers Murr*, ETA Hoffmann, Bd. 120 *Lenz. Der hessische Landbote*, Georg Büchner, Bd. 121 *Lieutenant Gustl*, Arthur Schnitzler, Bd. 122 *Lord Jim*, Joseph Conrad, Bd. 123 *Luise*, Johann Heinrich Voß, Bd. 124 *Madame Bovary*, Gustave Flaubert, Bd. 125 *Märchen*, Wilhelm Hauff, Bd. 126 *Maria Stuart*, Friedrich v. Schiller, Bd. 127 *Max Havelaar*, Multatuli, Bd. 128 *Meister Floh*, ETA Hoffmann, Bd. 129 *Michael Kohlhaas*, Heinrich v. Kleist, Bd. 130 *Minna von Barnhelm*, Gotthold Ephraim Lessing, Bd. 131 *Moby Dick*, Hermann Melville, Bd. 132 *Nathan, der Weise*, Gotthold Ephraim Lessing, Bd. 133-1 und 133-2 *Nils Holgersson wunderbare Reise*, Selma Lagerlöf, Bd. 134 *Niels Lyne*, Jens Peter Jacobsen, Bd. 135 *Nußknacker und Mausekönig*, ETA Hoffmann, Bd. 136 *Oliver Twist*, Charles Dickens, Bd. 137 *Onkel Toms Hütte*, Herriett Beecher Stowe, Bd. 138 *Peter Schlemihls wundersame Geschichte*, Adalbert v. Chamisso, Bd. 139 *Peterchens Mondfahrt*, Gerdt v. Bassewitz, Bd. 140 *Pinocchio*, Carlo Collodi, Bd. 141 *Reinecke Fuchs*, Johann Wolfgang v. Goethe, Bd. 142 *Rheinmärchen*, Clemens Brentano, Bd. 143 *Rinaldo Rinaldini*, Christian August Vulpius, Bd. 144 *Robinson Crusoe*; Daniel Defoe, Bd. 145 *Romeo und Julia*, William Shakespeare Bd. 146 *Schach von Wuthenow*, Theodor Fontane, Bd. 147 *Schachnovelle*, Stefan Zweig, Bd. 148 *Schatzkästlein des rheinischen Hausfreundes*, Johann Peter Hebel, Bd. 149 *Schelmuffskys Reisebeschreibung*, Christian Reuter, Bd. 150 *Schloss Gripsholm*, Kurt Tucholsky, Bd. 151 *Siebenkäs*, Jean Paul, Bd. 152 *Sternstunden der Menschheit*, Stefan Zweig, Bd. 153 *Tao te king*, Laotse, Bd. 154 *Till Eulenspiegel*, Hermann Bote, Bd. 155 *Tolldreiste Geschichten*, Honorè de Balzac, Bd. 156 *Tom Jones, Geschichte eines Findelkindes*, Henry Fielding, Bd. 157 *Tom Sawyers Abenteuer und Streiche*, Mark Twain, Bd. 158 *Troquato Tasso*, Johann Wolfgang v. Goethe, Bd. 159 *Traumnovelle*, Arthur Schnitzler, Bd. 160 *Trost der Philosophie*, Boethius, Bd. 161 *Über den Umgang mit Menschen*, Adolph Freiherr v. Knigge, Bd. 162 *Uli der Knecht*, Jeremias Gotthelf, Bd. 163 *Uli der Pächter*, Jeremias Gotthelf, Bd. 164 *Ungeduld des Herzens*, Stefan Zweig, Bd. 165 *Ut oler Welt*, Wilhelm Busch, Bd. 166 *Vater Goriot*, Honorè de Balzac, Bd. 167 *Väter und Söhne*, Ivan Sergejeviç Turgenev, Bd. 168 *Verlorene Illusionen*, Honorè de Balzac, Bd. 169 *Von der Freiheit eines Christenmenschen*, Martin Luther – Bd. 170 *Von der Ursache, dem Prinzip und dem Einen*, Bruno Giordano, Bd. 171 *Vor Sonnenuntergang*, Gerhard Hauptmann, Bd. 172 *Walden oder Leben in den Wäldern*, Henry D. Thoreau, Bd. 173 *Wilhelm Meisters Lehrjahre*, Johann Wolfgang v. Goethe, Bd. 174 *Wilhelm Meisters Wanderjahre*, Johann Wolfgang v. Goethe, Bd. 175 *Wilhelm Tell*, Friedrich v. Schiller

Von demselben Autor/Herausgeber sind bei BOD bereits erschienen:

Alle Tage Feiertage
ISBN 978-3-7386-0409-2, 280 S.
Allerlei Anlässe zum Aktionieren, Feiern und Gedenken

100 Kinderlieder
ISBN 978-3-7322-3024-2, 112 S.
100 Kinderlieder, altbekannt und immer wieder gern gesungen

Liederbuch (Deutsche Volkslieder)
ISBN 978-3-8423-6702-9, 312 S.
300 Volkslieder aus 8 Jahrhunderten und aller Herren Länder

Sagen und Erzählungen aus Marburg und Oberhessen
ISBN 978-3-7347-8909-0, 164 S.
Allerlei Schwänke und Geschichten aus dem Marburger Land

Tausenderlei über die Freiheit
ISBN 978-3-7322-9721-4, 140 S.
Mehr als 1000 Zitate, Bonmots und Aphorismen über die Freiheit

Tausenderlei über das Glück
ISBN 978-3-7322-5525-2, 160 S.
Mehr als 1000 Zitate, Bonmots und Aphorismen über das Glück

Tausenderlei über die Liebe
ISBN 978-3-8423-7474-4, 140 S.
Mehr als 1000 Zitate, Bonmots und Aphorismen zum Thema Nr. Eins

Weihnachtsgedichte– Verse, Reime und Gedichte zum Fest
ISBN 978-3-7347-6393-9, 352 S.
290 Werke bekannter und unbekannter Dichter zum Weihnachtsfest

Weihnachtsgeschichten - Erzählungen und Märchen
ISBN 978-3-7347-6404-2, 392 S.
85 kurze und lange Texte zur Weihnachtszeit

Weihnachtsgeschichten 2
ISBN 978-3-7481-7533-9, 360 S.
35 kürzere und längere Geschichten zur Weihnacht

100 Weihnachtslieder
ISBN 978-3-7322-3375-5, 112 S.
100 Weihnachtslieder aus der Heimat und der ganzen Welt

Lob und Tadel an tessitore@web.de